BASTEI
LÜBBE

Jonathan Wylie
Schatten
labyrinth

Fantasy-Roman

Ins Deutsche übertragen
von Bernd Kling

BASTEI
LÜBBE

BASTEI-LÜBBE-TASCHENBUCH
Band 20258

Erste Auflage:
Juni 1995

Deutsche Lizenzausgabe 1995
Bastei-Verlag
Gustav H. Lübbe GmbH & Co.,
Bergisch Gladbach
Originaltitel:
Shadow Maze
Lektorat:
Martina Sahler/Stefan Bauer
Titelbild: Geoff Taylor by
arrangement with
Transworld Publishers Ltd.
Umschlaggestaltung:
Quadro Grafik, Bensberg
Satz: Fotosatz Schell, Hagen a.T.W.
Druck und Verarbeitung:
Brodard & Taupin,
La Flèche, Frankreich
Printed in France

ISBN 3-404-20258-9

Der Preis dieses Bandes
versteht sich einschließlich der
gesetzlichen Mehrwertsteuer.

Hier war schon immer ein Garten gewesen. Noch bevor die Menschen in das Land kamen, hatten die endlosen Folgen von Wachstum und Zerfall ihren Zauber entfaltet. Blumen erblühten und verblühten, Blätter entrollten sich und verwelkten, Früchte reiften und fielen herab, Samen wurden ausgesät und trieben aus, ließen den Kreislauf von neuem beginnen.

Halana war die letzte der Wächterinnen, die sich noch immer an die alten Bräuche gebunden fühlten. Sie hatte den Garten schon mehr Jahre gehütet, als sich irgend jemand erinnern konnte, und sie war jetzt selbst zu einem Teil des unaufhörlichen Wandels geworden. Auch Männer und Frauen haben ihre Zeit, die vergeht. Halana war jetzt alt und gebrechlich, und sie konnte sich nicht mehr zwischen den Bäumen und Pflanzen bewegen, wie sie es früher getan hatte. Doch ihre Wachsamkeit ließ nicht nach. Einige der verständnisvolleren Lords hatten ihren Wert erkannt und ihr eine letzte Aufgabe gestellt.

Ein ganzes Jahr lang beobachtete Halana nur, nahm Tag um Tag auf, wie sich das unendlich vielfältige Leben im Garten entwickelte. Nicht die geringste Veränderung entging ihrer Aufmerksamkeit. Und die Jahreszeiten vergingen in ihrem Gedächtnis ebenso wie in der Welt um sie herum.

Und dann begann sie. Alte Hände bewegten sich auf eine vorsichtige, spinnenähnliche Weise, und die Darstellung nahm fast unmerklich Gestalt an. Die Aufgabe erforderte viele Jahre, die Bilder der Jahreszeiten überlagerten sich teilweise, doch Halanas Hände hielten nie inne. Selbst als ihre Augen schwächer wurden und ihre Sicht sich verdunkelte, gab sie nicht auf. Sie nahm jetzt mit ihrer Nase und ihren Ohren wahr. Die Gerüche, die Geschmacksnuancen und die Geräusche des Gartens waren für sie lebendiger als das, was die Augen eines Kindes an einem sonnenhellen Tag wahrnehmen konnten.

Schließlich war ihre Arbeit fast vollendet, aber sie verlangsamte ihre Anstrengungen noch immer nicht. Ihre Zeit war gekommen, und sie war zufrieden. Auf eine Weise gab der Gobelin die Geschichte ihres Lebens wieder; in anderer Hinsicht war es ihr Leben. Als sie den letzten Faden verwoben hatte, nahm Halana dankbar ihren letzten Atemzug und Abschied von dem Garten und dieser Welt.

Prolog

Der Angriff begann mit der Dämmerung. Als die Sonne aufging, waren alle im Dorf verbliebenen Menschen tot. Sie waren die Glücklicheren.

Vier Tage früher hatten zwei Jungen ihr Zuhause verlassen. Jetzt kehrten sie als Männer zurück. Sie traten einzeln aus dem Wald heraus auf den Pfad, der sie dem herzlichen Empfang durch ihre Familien und Freunde entgegenführen würde – und der Feier ihres Erfolgs. Sie grinsten sich kameradschaftlich zu, als sie sich trafen. Obwohl sie noch zwei Stunden Fußweg von zu Hause entfernt waren, war die Zeit ihrer Prüfung vorbei.

Beide trugen eine Trophäe ihres Männlichkeitsrituals bei sich. Varo, der um ein Jahr älter war, trug ein Bündel, aus dem die gebogenen Stoßzähne eines wilden Ebers herausragten. Brostek starrte mit offenem Mund auf diese Trophäe und stieß einen Pfiff der Bewunderung aus. Wie alle, die in den tiefen Wäldern und in den Bergen des Hochlands für ihr Leben sorgen mußten, wußte er, daß ein erwachsener Eber das gefährlichste Raubtier in diesem wilden Gebiet war.

Varo grinste breit, und seine warmen, tiefbraunen Augen strahlten vor Heiterkeit.

»Willst du es sehen?« fragte er.

Als Brostek eifrig nickte, ließ Varo die Lederriemen von seinen Schultern gleiten und den Kopf des Ebers ganz unfeierlich auf den feuchten Boden fallen. Kleine rote Augen starrten anklagend von beiden Seiten der mit Borstenhaaren überwachsenen Schnauze zu ihnen hoch. Die leicht gelblichen Stoßzähne bogen sich von beiden Seiten des offenen Mauls weg, aus dem der abgebrochene Schaft von Varos Speer herausragte. Die Zähne und die Lippenwülste des Tiers waren blutverkrustet.

Brostek erschauerte. Er hatte noch nie ein so gräßliches Geschöpf gesehen – und er hoffte inständig, daß er niemals einem lebenden Exemplar begegnen würde.

»Es ist groß«, flüsterte er, weil ihm nichts Besseres einfiel.

»Ich weiß.« Varos Lächeln wurde ein wenig selbstgefällig. Er war sich ganz sicher, daß kein Junge jemals ähnlich erfolgreich gejagt hatte, soweit man zurückdenken konnte. Er konnte es sich leisten, großzügig zu sein. »Das ist auch eine Schönheit«, bemerkte er und zeigte auf den Kopf und den Pelz der grauen Wölfin, die über Brosteks Schulter hingen.

Einen Augenblick lang zögerte der kleinere Junge, aber dann antwortete er so selbstbewußt, wie er es vermochte.

»Sie war gut«, sagte er. »Sie hat einen ganz schönen Kampf geliefert.« Bis jetzt war Brostek glücklich gewesen über seinen eigenen Jagderfolg, aber nun konnte er sich plötzlich nur noch an die eisige Angst erinnern, als er seine seltsam vorsichtige Beute verfolgt hatte, und an die panikerfüllte Wut, als sich die Wölfin ihrer verzweifelten letzten Herausforderung stellte. Der Junge hatte einen schweren und schmutzigen Sieg errungen, wie seine zerrissene Kleidung, die gefährlich wirkenden Schrammen an seinen Armen und die verfilzten Blutflecken im Fell des Tieres bewiesen. Er starrte auf das noch immer gefletschte Gebiß und die glasigen toten Augen. Augenblicklich erschien ihm seine eigene Leistung weniger bemerkenswert.

»Die Wölfe sind am schlimmsten«, bemerkte Varo. »Wie hast du es geschafft, sie vom Rudel zu trennen?«

»Das mußte ich gar nicht«, gab Brostek zu. »Sie waren ohne sie weitergezogen.« Als der andere nichts zu dieser überraschenden Enthüllung sagte, fügte er zögernd hinzu: »Ich habe einfach Glück gehabt, nehme ich an.«

»Das Glück gehört dem tüchtigen Jäger«, antwortete Varo, indem er eine alte Redensart wiedergab. »Laß uns nach Hause gehen. Ich brauche eine ordentliche Mahlzeit.«

»Ich ebenfalls!« Brostek grinste. Die Vorstellung, in ihr Dorf zurückzukehren, erwärmte ihn mehr als die schwache Sonne des Frühherbstes, und er brannte darauf, zurückzukehren. Mit vierzehn Jahren hatte er sich aus Angeberei freiwillig für die Prüfung gemeldet, und es war nur sein eigensinniger Stolz gewesen, der die Dorfältesten dazu bewogen hatte, ihn gehen zu lassen. Varo, der älter, stärker und bereits größer als viele ausgewachsene Männer war, hatte nicht gegen solche Zweifel ankämpfen müssen.

Die Männlichkeitsprobe war eine Tradition seit Generationen, die bis in die Zeit der ersten Besiedlung der wilden Hochlandregion zurückging, und im wesentlichen war es eine ganz einfache Prüfung. Die angehenden Jäger mußten lediglich allein vier Tage in den noch immer wilden Wäldern überleben. Dabei durften sie sich nur auf ihre Geschicklichkeit und ihre Instinkte verlassen, und sie waren neben einem Jagdmesser nur mit einer einzigen Handwaffe ihrer Wahl bewaffnet. Sie mußten keine Beute erlegen, doch über die Jahre hinweg hatten es die Jungen zu einer Ehrensache gemacht, eine Trophäe nach Hause zu bringen. Es kehrten nur noch wenige von ihrem ersten alleinigen Streifzug zurück, ohne etwas vorweisen zu können.

Die Prüfungen fanden inmitten des Frühlings oder des Herbstes statt, weil der Winter zu hart und der Sommer zu bequem wäre. In Abstimmung mit den Dorfältesten konnte jedoch jeder Junge seine Zeit selbst bestimmen. Varo und Brostek waren die einzigen Jugendlichen, die sich in diesem Jahr gemeldet hatten, und es schien passend zu sein, daß sie zusammen zurückkehrten, obwohl sie sich nie besonders nahegestanden hatten. Varo war der Sohn eines der besten Jäger der Siedlung, eines Mannes, der für seine Schlauheit und List ebenso bekannt war wie für seine körperliche Kraft und Geschicklichkeit. Der junge Mann hatte diese Eigenschaften geerbt und verfügte außerdem über sein eigenes Selbstvertrauen und seinen immer gegenwärtigen Sinn für Humor. Brostek andererseits war als Waisenkind von fahrenden Leuten zurückgelassen worden. Er war von einem älteren Paar adoptiert worden, und er vergalt es seinen Pflegeeltern mit ungebrochener, treuer Liebe. Doch sosehr diese es auch versuchten, konnten sie ihn nie vergessen machen, daß er einmal verlassen worden war. Selbst jetzt war die Kluft zwischen den beiden jungen Männern nicht völlig überbrückt, doch das gemeinsame Erleben der Prüfung hatte sie zu Freunden gemacht – zumindest für diesen Tag.

Während Varo den Kopf des Ebers wieder in das Bündel wickelte, hörten sie ein Rascheln im Unterholz neben dem Pfad. Die Jugendlichen wandten sich um, als ein kleines, graues Wolfsjunges herauskam und sie mit zermürbender Intensität anstarrte. Ein paar Augenblicke lang bewegte sich keiner von ihnen, dann zog Brostek sein Schwert und schwang es wild hin und her.

»Geh weg!« rief er. »Geh!«

Der kleine Wolf betrachtete ihn vorsichtig, bewegte sich aber selbst dann nicht, als der junge Mann drohend auf ihn zuging.

»Sieht so aus, als hättest du dir mehr eingehandelt, als du eigentlich haben wolltest«, bemerkte Varo, der seine Belustigung nicht verbergen konnte.

»Um diese Jahreszeit sollten sie keine Jungen haben«, beschwerte sich Brostek wütend. »Geh weg!« rief er erneut, doch das Junge hörte noch immer nicht auf ihn.

»Das war offenbar der Grund, warum die Mutter von der Meute getrennt war«, fügte Varo hinzu.

»Ich hätte sie nicht getötet, wenn ich das gewußt hätte«, verteidigte sich Brostek verlegen. Die Jagdtradition, die das Töten der Mütter von Jungtieren verbot, galt in seiner Sicht sogar für Wölfe.

»Es ist ein Wolf!« gab Varo ungläubig zurück. »Je weniger es von ihnen gibt, desto besser. Töte ihn jetzt, damit wir es hinter uns haben.«

»Es ist eine Sie.«

»Was?«

»Das Junge ist weiblich«, murmelte Brostek leise.

»Du warst nahe genug, um das feststellen zu können?« fragte Varo lachend.

»Sie war verletzt«, verteidigte sich der andere. »Ich habe nur die Wunde gesäubert.«

»Du hast was!«

Brostek stand mit rotglühendem Gesicht da und gab keine Antwort. Geh weg! flehte er das kleine Geschöpf lautlos an. Er wußte, daß er sich nicht überwinden konnte, es zu töten. Doch diese Aufgabe Varo zu überlassen bedeutete die allergrößte Demütigung.

Das Wolfsjunge gähnte plötzlich und enthüllte kleine, nadelspitze Reißzähne. Varo lachte erneut.

»Sie ist ganz niedlich«, kommentierte er trocken.

»Es ist ein Wolf!« entgegnete Brostek wütend. »Und ich will es loswerden, aber es folgt mir ständig.«

»Es nimmt die Witterung vom Pelz seiner Mutter auf«, sagte der ältere Junge.

»Das weiß ich auch«, schnappte der andere gereizt und verfluchte sich selbst, weil er nicht schon zuvor auf diese naheliegende Erklärung gekommen war.

Sie starrten das wachsame Junge an, und sie wußten beide, daß sein gewinnender Eindruck täuschte.

»Es wird nicht mehr so freundlich sein, wenn es ein wenig größer ist«, sagte Varo. »Du solltest dir überlegen, was du mit ihm machst.«

Brostek unternahm einen letzten Versuch, das Junge zu verscheuchen. Das Tier nahm eine gespannte Haltung an, doch es bewegte sich nicht, und Brostek gab angesichts dieser unvernünftigen Beharrlichkeit auf.

»Komm«, sagte er. »Laß uns gehen. Im freien Gelände können wir sie mühelos abhängen, und bis in das Dorf hinein wird sie uns niemals folgen.«

Varo enthielt sich eines Kommentars und ging im Gleichschritt neben seinem Begleiter her, der schweigend dem Pfad folgte. Keine von ihnen sah zurück.

»Wie ist es dir gelungen, den Eber zu erlegen?« fragte Brostek schließlich in der Hoffnung, wieder das Gefühl der gemeinsamen Zufriedenheit erwecken zu können.

»Ich habe ihn so wütend gemacht, daß er sich selbst getötet hat«, antwortete der junge Jäger. Er setzte zu einem lebhaften Bericht darüber an, wie er den Eber aufgespürt und durch das Bewerfen mit Steinen und Erdklumpen wütend gemacht hatte, um es dem Tier dann zu erlauben, ihn anzugreifen – aber nur an Stellen, an denen er sich leicht in Sicherheit bringen konnte, indem er sich in das Geäst eines Baumes zog. Dieses Verhalten erschien Brostek als reiner Wahnsinn, doch Varo hatte das Ganze mehrmals wiederholt, bis der erzürnte Eber – ein Tier, das selbst unter den günstig-

sten Umständen nicht besonders gut sah – fast besinnungs-
los vor Wut war. Diesmal war der Junge nicht ausgewichen
und hatte seinen schweren, von dem Eber nicht bemerkten
Speer vor sich gehalten, während er sich fest gegen den
Stamm eines Baumes stützte. Varo hatte die Speerspitze so
ausgerichtet, daß das wahnsinnig gemachte Tier sich selbst
aufspießte und quiekend in einer Blutfontäne verendete.

»Es hat sich selbst vom Kopf bis zum Schwanz aufge-
spießt«, schloß Varo seine Geschichte freudig ab. »Ich hätte
ihn an Ort und Stelle braten können.«

Brostek war von der Erzählung angewidert und fasziniert
zugleich. Er wußte, daß er niemals die Kühnheit besessen
hätte, eine Beute auf so dreiste Weise zu erlegen. Ein Scheitern hätte den sicheren Tod bedeutet.

»Ich habe einige Zeit dazu gebraucht, den Kopf nur mit
dem Messer abzutrennen«, fügte Varo zufrieden hinzu. »Ich
hätte dein Schwert gut dazu gebrauchen können.«

Brostek suchte nach einem verborgenen Vorwurf in den
Worten seines Begleiters, doch er konnte keinen erkennen.

»Das ist erstaunlich«, sagte er wahrheitsgemäß. »Dein
Vater wird stolz auf dich sein.«

»Und der deine auf dich«, antwortete der ältere augenblicklich. »Ein Wolf ist eine stolze Trophäe.«

Sie gingen eine Zeitlang schweigend weiter. Beide malten
sich den Empfang in ihrem Dorf aus und wie sie sich ohne
jede Zurückhaltung würden rühmen können, wenn sich die
jüngeren Knaben zur Begrüßung um sie versammelten. Die
Morgenluft erwärmte sich, und ihre Stimmung wurde noch
übermütiger. Sie gingen mit raschen Schritten, während
ihre innere Erregung wuchs, und sie lachten lauthals über
die wenigen lustigen Geschichten, die sie sich zu erzählen
wußten.

Während sie sich noch immer in einiger Entfernung von
ihrem Dorf befanden, schlug ihre Stimmung abrupt um,
obwohl sich in späteren Jahren keiner von ihnen würde
erklären können, woher sie wußten, daß etwas nicht
stimmte. Vielleicht war es die tiefe Stille neben dem bestän-
digen Rauschen des Waldes; vielleicht nahmen sie bereits

ein wenig von dem beißenden Geruch wahr; oder vielleicht war es eine kaum merkliche Veränderung in der Atmosphäre des Ortes, den sie so gut kannten. Warum auch immer, die beiden hasteten weiter, hatten ihre kleinen Triumphe vergessen. Sie rannten jetzt fast, erreichten das gerodete Gelände, das sich rund um das Dorf zog, und sie wußten augenblicklich, daß ihre schlimmsten Ängste gerechtfertigt waren. Dann standen sie wie erstarrt, von ungläubigem Schweigen ergriffen.

Zu dieser Tageszeit ging es in dem Dorf normalerweise wie in einem Bienenstock zu; Gärten wurden gepflegt, Gebäude instand gesetzt, Kinder lärmten und spielten, Männer und Frauen gingen den vielen Routinearbeiten des täglichen Lebens nach. Doch jetzt war der Ort verlassen, von tödlichem Stillstand gezeichnet. Keine Bewegung war auszumachen, nicht einmal der Flügelschlag eines Vogels. Von einigen Holzhäusern waren bloße Aschehaufen zurückgeblieben, und ein paar graue Rauchfahnen zogen sich durch die träge Luft. Doch viele Hütten waren unbeeinträchtigt, als wären ihre Bewohner nur zu einem kurzen vormittäglichen Bummel aufgebrochen. Varo und Brostek wußten es besser, aber sie wollten sich noch immer nicht mit dem entsetzlichen Unglück abfinden, das über ihr Zuhause hereingebrochen war.

»Nein«, stieß Varo schwer atmend aus. »Nicht hier. Nicht *hier*!« In seinem sinnlosen, gequälten Leugnen lag ein flehentlicher Unterton.

Brostek bekam als erster wieder die Gewalt über seine Beine zurück. Er schleuderte sein Bündel auf den Boden und ließ den Wolfspelz von seiner Schulter gleiten, rannte dann auf die Hütte seiner Eltern im Mittelpunkt der Siedlung zu. Die schwere Holztür war aus ihren Angeln gerissen worden und lag neben dem Eingang.

»Mutter?« schrie er. »Vater?«

Der Junge stürzte ins Innere. Im plötzlichen Halbdunkel konnte er zunächst nicht richtig sehen, doch dann paßten sich seine Augen an, und eine wachsende Übelkeit überkam ihn. Er wandte sich um und taumelte nach draußen, holte keuchend Atem, als wäre alle Luft aus seinen Lungen entwichen. Er beugte sich nach vorn und übergab sich heftig. Seine Übelkeit ließ nur langsam nach, ließ ihn mit Schmerzen und einer inneren Leere zurück. Er zwang sich, noch einmal nach innen zu sehen. Ein einziger Blick genügte. Alle Hochländer kannten natürlich diese Berichte. Aber dies war das erste Mal, daß er mit seinen eigenen Augen dem wahren Schrecken der Messermänner von Bari gegenüberstand.

Seine Eltern lagen nebeneinander auf dem Tisch, kaum noch als menschliche Wesen erkennbar. Ihre Haut und ihre Sehnen spannten sich straff über ihre gebrechlichen Skelette. Ihre blicklosen Augen waren von grenzenlosem Schrecken geweitet; ihre Zähne entblößten sich zwischen dünnen, kalkweißen Lippen zu einem grotesken Fletschen. Über Hals und Arme zogen sich mehrere nadelfeine Schnitte, aber das Paar wies keinerlei Blutflecken auf. Der letzte Tropfen Blut war aus ihren Körpern verschwunden.

Brosteks Nerven versagten.

»Nein!« schrie er. »Nein!«

Er zog sein Schwert und schwang es heftig gegen den Türpfosten, vergrub die Klinge in dem Holz, riß es dann wieder heraus. Er schlug noch einmal zu, fluchte und schrie, als könne er so seine Wut gegen den verschwundenen Feind erleichtern. Tränen der Verzweiflung und der Trauer lösten sich von seinen wutstarren grünen Augen, als er sich selbst aus dem Wahnsinn des ihm zugefügten Kummers in Flüche und ungebremste Gewalt flüchtete. Er tobte und raste, brüllte unzusammenhängende Wortfetzen. Seine verbitterten Wortkaskaden fanden erst ein Ende, als ihm der Atem ausging. Seine Stärke verließ ihn, und während er seine Klinge zur Seite warf, fiel er auf die Knie und heulte.

Einige Zeit später waren langsame, verhaltene Schritte hinter ihm zu vernehmen, und er zwang sich selbst, sich umzuwenden und seinen Begleiter anzusehen. Der Ausdruck auf Varos ebenmäßigem Gesicht sprach für sich selbst.

»Du hast es gesehen?« fragte Brostek mit vom Entsetzen gebrochener Stimme.

Varo nickte mit ausdruckslosem Gesicht. Seine Augen verrieten nichts, nicht die geringste Gefühlsregung zeigte sich. Es war, als hätte er sich in sich selbst zurückgezogen, seinen Körper als kalte, eisige Hülle zurückgelassen. Es wirkte fast wie eine Überraschung, als er sprach.

»Alle, die noch da sind, sehen genauso aus«, sagte er tonlos.

»Deine ... deine Eltern?«

»Meine Mutter ist verschwunden«, berichtete Varo ohne jede Betonung. »Meine Geschwister ebenfalls. Mein Vater ist tot. Er ist wenigstens im Kampf gestorben. Es war Blut auf seinen Wunden.«

Das Messer in Brosteks Eingeweiden begann sich wieder zu drehen.

»Und *seine* Eltern?« flüsterte er. »Sind sie ebenfalls tot?«

Varos Großeltern gehörten zu den angesehensten unter den Dorfältesten.

»Ja.«

»Wie hier?« Er deutete auf sein eigenes Haus.

»Ja.«

Brostek fluchte leise vor sich hin und ließ den Kopf hängen. Es hätte doch eigentlich ganz anders kommen sollen! Heute sollte ein Tag des Feierns und der Freude sein. Statt dessen ...

»Komm«, sagte Varo. »Wir müssen die Körper verbrennen.«

Brosteks Fassungsvermögen kehrte nur ganz allmählich zurück, und er richtete sich wieder auf. Er wußte, daß die Opfer der Messermänner bald verbrannt werden mußten, damit ihre Verwesung nicht zu Seuchen führte.

Die jungen Männer arbeiteten den Rest des Tages, richteten einen riesigen Scheiterhaufen auf mit dem Holz der Häuser, die noch nicht abgebrannt waren. Die Toten – die entstellten Leichen der Opfer der Messermänner und die Körper der Männer, die ihr Leben gelassen hatten beim Versuch, ihre Familien zu verteidigen – wurden in dichten Reihen auf den Scheiterhaufen gelegt. Bei Einbruch der Dämmerung legten Varo und Brostek in stillschweigendem Übereinkommen ihre Trophäen dazu. Die bösartig wirkenden Köpfe des

Ebers und des zähnefletschenden Wolfs verliehen der Szenerie einen endgültig makaberen Anstrich, als das Feuer angezündet wurde und die beiden Männer zurücktraten, um zusammen anzusehen, wie die letzten Verbindungen zu ihrer Vergangenheit in Rauch aufgingen. Sie verbrachten eine schlaflose, endlos erscheinende Nacht damit, den Flammen und dem Funkenregen zuzusehen, angeekelt von dem Gestank verbrennenden Fleisches, und sinnierten hilflos über das Schicksal derer, die spurlos verschwunden waren. Die Messermänner nahmen nur die Jungen und Gesunden mit sich, und keiner ihrer Gefangenen – Männer, Frauen oder Kinder – wurde jemals wieder gesehen.

Am nächsten Morgen trugen Brostek und Varo ihre Reiseausrüstung sowie ein paar Habseligkeiten zusammen – Erinnerungsstücke an ihr früheres Leben – und bereiteten sich auf ihre Abreise vor. Doch bevor sie sich auf den Weg machten, führte Varo seinen Begleiter zu der größten Hütte, die noch immer erhalten war, und deutete auf Zeichen, die offenbar in das Holz des Torpfostens eingebrannt worden waren. Innerhalb eines großen Kreises befanden sich sieben Symbole, doch keines von ihnen bedeutete Brostek etwas. Eines der sieben, das sich genau im Mittelpunkt des Kreises befand, war darunter noch einmal zu sehen. Es war ein Dreieck, das mit der Spitze nach unten zeigte.

»Präge dir diese Zeichen ein«, wies Varo seinen Begleiter an.

Während sie die seltsamen Symbole ansahen, tanzten Lichtflecken in einem unnatürlichen Grünblau über die Zeichen gleich den letzten Funken eines Zauberfeuers. Brostek erschauerte und wußte, daß er diese Zeichen tatsächlich sein Leben lang nicht mehr vergessen würde. Es waren die einzigen wirklichen Anhaltspunkte, wenn sie Rache nehmen wollten.

Ohne ein weiteres Wort zu wechseln, wandten sich die beiden jungen Männer ab und gingen nach Westen, weg von den Bergen und auf das Herz von Levindre zu. Keiner von ihnen sah zurück.

Gleich einem kleinen grauen Schatten folgte ein paar Dutzend Schritte hinter ihnen leicht hinkend ein Wolfsjunges.

ERSTER TEIL

Trevine

1.

KAPITEL

Schatten sah von den angenehm nachgiebigen Dielenbrettern hoch, auf denen sie sich mit dem Kopf zwischen den Vorderpfoten niedergelassen hatte. Sie hatte sich in diesem seltsamen Haus immer ein wenig unsicher gefühlt – und das galt erst recht, wenn sie sich in der Nähe der noch seltsameren Bewohnerin befand. Die Wölfin verstand selten, was die Menschen genau taten – ihre eigene Welt war sehr viel einfacher –, doch die Frau, die hier lebte, war ihr ein vollständiges Rätsel. Wenigstens erkannte Schatten jetzt die eigenartige Zusammensetzung ihrer Düfte – den scharfen Beigeschmack, der sie als weiblich kennzeichnete, den Modergeruch alter Bücher und den Duft unsichtbarer Blumen. Das letztere verwirrte die Wölfin, doch die Menschen mochten es offenbar.

Und die Frau schien unentwegt zu reden. Selbst Schattens Herr wirkte still im Vergleich zu ihr.

»Habt ihr nicht bereits genug getan?« fragte Magara mit einem Ton der Verzweiflung. Sie schnitt Varos Haare, schnippelte sorgfältig in ihnen herum und versuchte, etwas Ordnung in das weißblonde Wirrwarr zu bringen.

»Bis jetzt haben wir die Welt nur von ein paar menschlichen Kreaturen befreit, die sich den Messermännern angeschlossen hatten«, antwortete Brostek. Er rekelte sich bequem in seinem Stuhl, verzehrte mit offensichtlichem Appetit Obstpasteten. »Sie werden immer einen Ersatz für sie finden können. Wir wollen die Sieben selbst.«

»Aber das versucht ihr nun bereits seit vier Jahren ...«, setzte sie an.

»Fast fünf«, murmelte Brostek, der sich einen Augenblick lang fast niedergeschlagen anhörte.

»Ohne Erfolg, und niemand dankt es euch«, beharrte Magara.

»Selbst die Dorfbewohner, die ihr gerettet habt, haben ein kurzes Gedächtnis. Ihr habt euch eine Ruhepause verdient.«

»Nein.« Dieses einzige Wort war Varos erster Beitrag zu der langen und fruchtlosen Diskussion, und diese Einmischung überraschte Magara.

»Rede nicht, während ich hiermit beschäftigt bin«, protestierte sie, »es sei denn, du willst ein Ohr verlieren.« Dann lächelte sie, da sie sich der Ironie bewußt wurde, die darin lag, daß sie Varo Befehle gab. Selbst während er saß, befand sich sein Kopf nur wenig tiefer als der ihre; wenn er stand, ragte er turmhoch über sie hinaus. Dennoch nahm er ihr den Befehlston nicht übel.

Wenn er nur nicht immer so höflich wäre, dachte sie. *Wenn er nur ab und zu richtig wütend oder glücklich oder traurig wäre – irgend etwas! Ich könnte ihn dann besser verstehen.*

Magara war zu Recht stolz auf ihr Einfühlungsvermögen in andere. Viele kamen zu ihr, um ihren Rat zu suchen oder auch nur, um zu reden. Doch Varo war immer ein versiegeltes Buch für sie geblieben. Nur seine Oberfläche – das vollendet geformte, makellos schöne Gesicht – war deutlich. Mehr gab er nicht von sich preis.

Brostek auf der anderen Seite ...

Sie sah zu Varos ständigem Begleiter hinüber und lächelte. Er löffelte noch immer Essen in seinen Mund und machte dabei ungeniert schlürfende Geräusche, als hätte er seit Tagen nichts zu sich genommen.

»Mach so weiter und du wirst eines Tages so dick wie ich«, schalt sie ihn.

Brostek grinste und schluckte. Sie führten diese Unterhaltung nicht zum erstenmal. »Du bist nicht dick«, antwortete er.

»Ich kann die Hälfte meiner Kleider nicht mehr tragen«, entgegnete sie.

»Sie sind sicher beim Waschen eingegangen«, bemerkte er.

»Und du versuchst mich nur aufzumuntern.«

»Du bist klein«, antwortete der Wanderer ernsthaft, »aber du bist vollendet geformt.«

»Klein, das ist wahr.« Selbst Brostek, der nur die durchschnittliche Höhe eines jungen Mannes hatte, war mehr als eine Handspanne größer als sie.

»Und du machst die besten Obstpasteten im ganzen Krater«, fuhr er fort.

»Das ist genau mein Problem«, seufzte Magara.

»Und außerdem«, führte Brostek weiter aus, ohne sich aus dem Konzept bringen zu lassen, »haben deine Haare die Farbe des Sommerkorns, deine Augen sind so blau wie der Himmel …« Magara brach in Gelächter aus und mußte die Arbeit mit der Schere einstellen, doch er fuhr ungerührt fort. »Du hast mehr Bücher als jeder Gelehrte gelesen, und du weißt mehr über alles in der Welt, als ich jemals in der Lage sein werde, wieder zu vergessen. Die kleinen Kinder und die Tiere lieben dich. Du bist eine ausgezeichnete Haarschneiderin, Näherin und Köchin.«

»Hör auf zu faseln«, befahl sie lächelnd.

»Nein. Da ist noch etwas. Du bist außerdem die ideale Trinkgefährtin – durch eine schreiend ungerechte Besonderheit deiner körperlichen Funktionen, die uns gewöhnlichen Sterblichen nicht vergönnt ist. Du bekommst nicht einmal einen Kater, und daher kannst du uns alles berichten, was in der Nacht zuvor geschehen ist!« Er unterbrach, um Atem zu holen. »Um es zusammenzufassen, du bist perfekt.«

Ein paar Augenblicke des Schweigens vergingen.

»Oh, du bist schon fertig?« fragte Magara schließlich.

»Ich habe mein Herz bloßgelegt«, erwiderte Brostek prompt und breitete seine Arme weit aus. »Was kann ich noch tun?«

»Du bist eine wahre Freude«, sagte sie. »Niemand außer dir kann mich so aufmuntern.«

Brostek stellte den Teller ab und rutschte aus dem Stuhl, ging auf ein Knie nieder und verschränkte die Hände vor seinem Herzen. Es gelang ihm ein Ausdruck, der sowohl ernsthaft als auch beleidigt wirkte, und seine grünen Augen sprühten Funken.

»Möge Talisman mich mit seinem Schnabel durchbohren, wenn ich auch nur ein unwahres Wort gesagt habe«, deklamierte er.

»Ich könnte mich in dich verlieben«, sagte Magara liebevoll zu ihm, »wenn du nur nicht so häßlich wärst.«

»Ach, grausames Schicksal!« rief er aus. »Meine Unvoll-
kommenheit wird durch die Lippen einer Schönheit ver-
höhnt. Ich werde mich hinter eine Maske zurückziehen, niemals mehr wird die Welt mein Gesicht sehen!« Er ließ sich
wieder auf den Stuhl fallen, gleich einem unbeholfenen
Durcheinander von Gliedmaßen, grinste dann seine Gast-
geberin an. »Ist noch eine Obstpastete übrig?«

»Nein«, erwiderte sie und lächelte zurück. »Geh und hol
mir etwas Wasser, damit ich diesen riesigen Klotz rasieren
kann, der dein Freund ist.«

Während des ganzen Wortwechsels hatte Varo stoisch
dagesessen, schweigend und reglos. Brostek tat, wie ihm
geheißen worden war. Schatten sah augenblicklich hoch
und beobachtete ihn, bis er mit der Schale zurückkam.
Magara musterte ihn.

Er ist nicht wirklich häßlich, dachte sie, *aber ...*

Einzeln gesehen waren Brosteks Gesichtszüge durchaus
schön, doch in ihrer Zusammensetzung erzeugten sie eine
seltsame Wirkung. Sein Gesicht war nicht mißgestaltet,
doch es wirkte zu einfach und unharmonisch. Es war ungefähr so, als wäre eine Statue in den Einzelteilen von einem
Meister seines Handwerks gestaltet worden, die dann von
einem unbeholfenen, untalentierten Lehrling zusammengefügt wurden. Sosehr Magara ihn mochte, sie mußte sich eingestehen, daß sie ihn körperlich nicht attraktiv fand.

Sie schob diese Gedanken beiseite und nahm ihm die Was-
serschale ab. Sie ging und holte ein paar von den schäumenden Kristallen, die ihr Freund Iro, der Alchimist, zufällig
erzeugt hatte bei einem seiner unzähligen Versuche, Blei in
Gold zu verwandeln. Dann begann sie die Mixtur in Varos
dünnen, blassen Bart einzureiben. Dunkelbraune Augen,
die eigentlich freundlich und warm hätten sein sollen – und
die zusammen mit seinen blonden Haaren sehr ungewöhnlich wirkten –, starrten zu ihr zurück. Sie wirkten eisig
gelassen, erinnerten sie irgendwie an kaltes Metall – und
schienen zugleich fast farblos zu sein. Varos Ausdruck war

fast immer von unbeirrter Wachsamkeit geprägt. Er sagte selten etwas, und nie etwas Belangloses.

Wie kann ein so unterschiedliches Paar so gut zusammenarbeiten? fragte sie sich nicht zum erstenmal.

Und dennoch waren die beiden untrennbar, zusammengehalten durch Bande, die mehr bedeuteten als Worte. Sie reichten in die Zeit zurück, als beide vor fast sechs Jahren an einem einzigen Tag ihre Familien, ihr Zuhause und die Unschuld ihrer Kindheit verloren hatten. Magara kannte beide seit drei Jahren sehr gut; ihr Haus war ihre Zuflucht geworden, wenn sie von ihren Reisen zurückkehrten. Sie wußte mehr als genug über ihren unaufhörlichen, blutigen und scheinbar vergeblichen Rachefeldzug.

Sie setzte das Rasiermesser zum letztenmal an und schloß die Rasur Varos ab. Ein starkes Kinn in einem vollendeten Gesicht kam zum Vorschein. Breite Schultern, ein nach unten schmäler werdender Oberkörper – der jetzt nackt war – und muskulöse Gliedmaßen vervollständigten das Bild.

Wenn man einen Mann schön nennen kann, dachte sie, *dann ist es Varo.* Dennoch wußte sie, daß sie nicht als einzige abgeschreckt wurde durch den unbeirrbaren Blick dieser kalten Augen und sein kühles Verhalten.

»Du bist fertig«, verkündete sie und warf Varo ein kleines Handtuch zu. Er fing es auf, trocknete sich damit ab und stand auf, ohne sich auch nur die Mühe zu machen, die Haarschnipsel von seinen Schultern zu entfernen. »Jetzt bist du dran«, sagte Magara und wandte sich Brostek zu. »Wisch dir diese Sahne aus dem Gesicht!«

Brostek legte sich auf den Boden.

»Komm schon, Mädchen.«

Schatten trottete augenblicklich herüber und begann die Sahne aus dem Schnauzbart ihres Herrn zu lecken. Es war ein komischer Anblick, doch Magara schauderte immer, wenn sie die furchterregenden Zähne der Wölfin so nahe dem verletzbaren Hals ihres Freundes sah. Sie wußte, daß Schatten Brostek treu ergeben war, wie ein gut ausgebildeter und geliebter Hund. Die Wölfin trug sogar ein Halsband, das ihr Herr ihr als Zugeständnis an die Zivilisation angelegt hatte. Doch manchmal zeigte sich noch die Wildnis in ihren Augen – und dann sah es aus, als wäre sie nur einen Augenblick davon entfernt, mit ihrer Meute zu laufen und ihr furchterregendes Heulen über das schneebedeckte Ödland der Berge ertönen zu lassen. Obwohl sie als zahm galt, rief Schatten noch immer bei vielen Angst hervor.

Die Wölfin beendete ihr unvorhergesehenes Mahl. Brostek erhob sich, streifte sein Hemd ab und nahm Varos Platz auf dem Hocker ein. Als sich die beiden Männer bewegten, schaukelte das Haus leicht.

»Danke«, sagte Varo ruhig.

»Gern geschehen, freundlicher Herr«, antwortete Magara mit liebevoller Betonung in der schwachen Hoffnung, ihn damit zu einem freundlichen Lächeln zu verleiten.

Doch der großgewachsene Mann schenkte ihr nur ein höfliches Nicken, bevor er sich umwandte und durch die offene Tür nach draußen ging. Die Sommersonne tauchte seine beeindruckende Gestalt in ein bronzenes Licht.

Magara begann ihre Arbeit bei Brostek, indem sie sein verfilztes schwarzes Haar mit den Fingern zu entwirren versuchte.

»Autsch! Sei bitte vorsichtig«, protestierte er. »Da drin befinden sich wertvolle Tierbestände.«

»Vielleicht sollte ich versuchen, sie auszuräuchern«, sagte sie nachdenklich. »Diesen Haarschopf in Brand zu stecken, wäre viel einfacher, als ihn zu schneiden.«

»Ich werde mal kurz eine Runde schwimmen gehen«, sagte er schnell und versuchte sich zu erheben.

»Die Narben werden schon bald wieder heilen«, sagte sie ihm, als sie ihn wieder nach unten drückte. »Ruhig jetzt, oder du *wirst* wirklich ein Ohr verlieren.«

Sie begann zu schneiden, Stränge dunklen Haares fielen auf den Boden. Varo blieb reglos und stumm vor der Tür stehen.

»Wird er es jemals aufgeben?« flüsterte Magara mehr zu sich selbst.

»Nein«, antwortete Brostek leise und diesmal einmal ganz ernsthaft. »Ebensowenig wie ich.«

2.

KAPITEL

Die Angriffe der Messermänner hatten vor über einem Jahrzehnt begonnen. Zuerst waren ihnen einsame Reisende oder verirrte Schäfer zum Opfer gefallen, und viele Leichen wurden erst entdeckt, als sie nur noch verfaulende Hüllen waren, die kaum noch als menschlich zu erkennen waren. Später wurden die Plünderer dreister und griffen abgelegene Bauernhöfe und Jagdhütten an, schließlich ganze Dörfer. Mit einem Hochmut, der ihrer wachsenden Unverfrorenheit entsprach, ließen sie an den Stätten ihrer Überfälle ihre Zeichen zurück, die sie in das Holz der angegriffenen Häuser einbrannten – manchmal sogar in die Haut ihrer Opfer.

Angst verbreitete sich in den Siedlungen des Hochlandes. Während viele sich in die Sicherheit der westlichen Ebenen flüchteten, blieben die meisten zurück, klammerten sich an das einzige Leben, das sie kannten. Es wurde allgemein angenommen, daß die blutdürstigen Plünderer aus dem benachbarten Land Bari kamen, obwohl es keinen Beweis dafür gab. Verläßliche Augenzeugenberichte von den Angriffen der Messermänner gab es nur wenige; diejenigen, die nicht gefangengenommen oder sofort getötet wurden, fielen oft den darauf folgenden Seuchen zum Opfer, die die Ortschaften noch für mehrere Monate unbewohnbar machten. Dieser Mangel an Informationen führte dazu, daß einige Dorfbewohner die Messermänner für mythische Wesen hielten, Geschichten entsprungen, die Kinder erschrecken sollten. Sie dachten, daß ihnen so etwas niemals passieren könnte. Bis es zu spät war.

Es hatte kaum geregelte Verbindungen zwischen Levindre und Bari gegeben. Die beiden Länder waren durch eine große Bergkette voneinander getrennt, einer von mehreren, die gleich den Speichen eines Rades von der unvorstellbar weiten Eiswüste ausgingen, die den Mittelpunkt des Kontinents bildete. Die höchsten Berggipfel im Mittelpunkt dieser eisigen Einöde waren immer hinter Wolkenbändern verborgen; selbst die Bergkette am äußersten Rand erwies sich als gewaltige Barriere, die alle Reisenden bis auf die verwegensten – oder närrischsten – entmutigte. Heute versuchte niemand mehr, die Hochpässe zu überqueren. Angst und die umlaufenden Gerüchte hatten dafür gesorgt. Einige meinten, daß die sieben Messermänner, die man nur durch die Symbole kannte, böse Zauberer waren, die die alten Kräfte wiederentdeckt hatten; andere hielten sie für Vampire, die das Blut ihrer Opfer tranken. Einige behaupteten, daß sie die Anführer eines Kriegerkultes wären und daß sie unbekannte, zu verabscheuende Götter anbeteten. Noch mehr Vermutungen gab es über die Leute, die während der Überfälle entführt worden waren. Sie wurden von den Messermännern als Sklaven oder für Opferungen benützt, vielleicht auch für geheimnisvolle Experimente. Doch nichts war jemals gewiß – denn nicht ein einziger Gefangener kehrte jemals zurück, um seine Geschichte zu erzählen.

Nur wenige behaupteten, die Messermänner bei ihren Unternehmungen gesehen zu haben, und die wenigen Berichte erwiesen sich als unverläßlich. Ihre gräßliche Erfahrung hatte gereicht, um die Augenzeugen halb in den Wahnsinn zu treiben. Ihre Berichte waren unklar und widersprüchlich. Dennoch hatten sich im Lauf der Jahre ein paar verbreitete Überzeugungen über die Messermänner herausgebildet. Es wurde angenommen, daß jeder der Sieben für sich allein arbeitete und sich durch sein eigenes Symbol zu erkennen gab, das er unterhalb der eingekreisten Gruppe von Symbolen einbrannte, daß jedoch jeder von ihnen von einer größeren Schar von Kriegern begleitet wurde. Ob diese Männer Freiwillige waren, die durch das Versprechen ewigen Lebens angelockt wurden, wie Gerüchte besagten, ob sie mehr ihrer Gier nach weltlichen Reichtümern folgten oder durch Mittel der Zauberei gezwungen wurden, den Messermännern zu dienen, war das Thema weiterer Spekulationen.

Varo und Brostek hatten eine kleine Gruppe von entschlossenen Anhängern um sich versammelt, die sich aus seltenen Überlebenden – wie sie selbst –, Abenteurern und verschiedensten Außenseitern der menschlichen Gesellschaft zusammensetzten. Sie hatten bereits mit vielen der feindlichen Angreifer abgerechnet, die außer in einer Hinsicht wie gewöhnliche Menschen wirkten. Keiner von ihnen ergab sich jemals. Sie alle zogen es vor, bis zum Tod zu kämpfen. Wenn einer von ihnen jemals unterworfen wurde, hörte sein Herz einfach auf zu schlagen. Varo hatte vermutet, daß sie ein tödliches Gift auf ihre Körper hatten einwirken lassen. Andere führten diese rätselhaften Todesfälle auf Zauberei zurück. Warum auch immer, es war eine gewaltige Enttäuschung, daß es ihnen niemals gelang, Gefangene zu nehmen.

Doch diese Enttäuschung war so gut wie bedeutungslos im Vergleich zu einer anderen. Trotz all ihrer kleinen Erfolge hatten weder Varo noch Brostek jemals einen der Sieben gesehen, und es hatte schon gar keine Chance gegeben, einen ihrer Todfeinde gefangenzunehmen oder zu töten. Wie die Messermänner von einem Ort zum anderen reisten oder warum sie es gelegentlich vorzogen, ihre Anhänger ihrem Schicksal zu überlassen – das waren Fragen, die niemand beantworten konnte.

Doch während sie ihre kaum faßbaren Feinde jagten, hatten die Wächter des Hochlands, zu denen sie sich selbst ernannt hatten, die Flut des Bösen ein wenig aufgehalten, und sie hatten einige Dörfer – zumindest vorläufig – vor ihrer Auslöschung bewahrt. Wenn ein versuchter Angriff fehlgeschlagen war, pflegten die Messermänner für Monate oder sogar Jahre nicht mehr in dieses Gebiet zurückzukehren. Doch das bedrohte Gebiet war so weit, und mit den wenigen Helfern, die ihm zur Verfügung standen, konnte Varo niemals alle zugleich verteidigen. Er und Brostek mußten sich auf ein nicht immer verläßliches Netzwerk von Boten und Spähern verlassen. Des öfteren konnten sie sich nur auf ihren eigenen Jagdinstinkt verlassen.

Vor ein paar Jahren, als ihre Gruppe sich gerade gebildet hatte und sie sich des Umfangs ihrer selbstgestellten Aufgabe bewußt wurden, hatten sie versucht, die Hilfe der Landbesitzer in Anspruch zu nehmen. Diese mächtigen

Männer, deren Vereinigung als das Kartell bekannt war, regierten praktisch Levindre. Aber es war ihnen nicht gelungen, diese Männer von der Gefahr zu überzeugen, und das Kartell hatte sich keinen Vorteil davon versprochen, auf übertriebene Gerüchte hin Expeditionen in unwichtige, spärlich besiedelte Gebiete zu finanzieren. Sie glaubten nicht, daß diese Geplänkel im Hochland jemals zu einem Krieg mit Bari führen würden – die einzige Konsequenz, die sie hätte veranlassen können, zu handeln –, weil es ein so gut wie aussichtsloses Unterfangen war, jemals eine Armee über die Berge zu führen.

Obwohl Brostek und Varo zugeben mußten, daß die Landbesitzer in diesem Punkt recht hatten, wußten sie, daß Krieg nicht die einzige Möglichkeit war, wie Feinde in ihr Land einfallen konnten. Der Gegner, dem sie sich gegenübersahen, war zu bösartig und heimtückisch. Obwohl Varo die Entscheidung des Kartells ruhig akzeptiert hatte, war Brostek wütend über die Selbstzufriedenheit jener gewesen, die ihr Leben in Sicherheit und Wohlstand verbracht hatten. Sein Begleiter mußte ihn mit sich ziehen, damit seine wütende Reaktion ihn nicht in Schwierigkeiten brachte.

Nur die Menschen des Hochlands und in den übrigen entfernten Regionen waren Varo und seinen Männern dankbar. Und wie Magara angedeutet hatte, hielt ihre Dankbarkeit gewöhnlich nicht allzu lange an, sondern wurde durch die harten Notwendigkeiten des täglichen Lebens verdrängt.

Das Kartell hatte Levindre nicht immer regiert. Die ersten Jahrhunderte nach der Besiedlung des Kontinents war sein Volk von den Herren der Verbindung geführt worden – die in der allgemeinen Bevölkerung als Zauberer bekannt waren. Diese Herren waren keine Edelleute im üblichen Sinn – die ersten Siedler hatten solche Vorstellungen abgelehnt –, sondern Männer mit besonderen Begabungen, geistige Führer, die die dem Land innewohnende Magie zum Vorteil aller nutzbar machten. Ihre Kräfte waren angeblich erstaunlich gewesen – doch nun galten sie als etwas, was besser in Märchenbücher paßte.

Die ersten Landbesitzer hatten ebenso wie die übrige Bevölkerung die Herren der Verbindung verehrt und zugleich sichergestellt, daß für all ihre materiellen Bedürfnisse gesorgt wurde und sie die Freiheit hatten, sich ganz um ihre mystische Tätigkeit zu kümmern. Doch allmählich spielten die Zauberer im Leben von Levindre eine weniger wichtige Rolle. Über eine lange Zeit des Friedens und des zunehmenden Wohlstands hinweg wurde ihre Führung immer weniger beachtet. Die Landbesitzer und ihr Geld gewannen im gleichen Maße die Vorherrschaft.

Die Zauberer selbst hatten sich an das behagliche Leben im Überfluß gewöhnt. Als ihre Kräfte zurückgingen, ließ auch der Glaube der Menschen an ihr sicheres Urteil und das Vertrauen in ihre Führung nach. Ihr Abstieg war unvermeidbar geworden. Seit vielen Jahrzehnten waren die sogenannten Herren der Verbindung jetzt geschwächt und wurden nur noch von ein paar wenigen Abergläubischen beachtet. Die Handvoll, die zurückblieb, waren meist Wanderer, wenig mehr als Vagabunden, die Kunststücke für den Rummelplatz vorführten für diejenigen, die sich dadurch noch immer unterhalten ließen. Andere hatten sich von der Welt zurückgezogen, lebten in Einsiedeleien an jenen wenigen Orten, an denen die Magie noch immer existierte – einst Stätten der Verehrung, jetzt gemieden und ignoriert.

Das Kartell, früher einmal die zweite Ebene der Regierung in diesem Land, herrschte jetzt unangefochten. Seine Mitglieder hatten wenig Interesse an den Problemen der unrentablen, fernen Regionen dieses Landes.

»Es kommt eine weitere Welle«, stellte Varo fest. »Ich kann es spüren.«

Die drei Freunde saßen jetzt auf dem Laufsteg vor Magaras Haus, ließen ihre Füße im kühlen Wasser des Sees baumeln.

»Aber es ist jetzt seit Monaten ruhig gewesen«, protestierte Magara.

»Nach diesem Muster läuft es immer ab«, antwortete Brostek und fuhr sich mit einer Hand durch seine jetzt geschnittenen Haare. »Es gibt eine kurze Zeit der Ruhe, dann folgt ein Überfall auf den anderen. Wir müssen nur vorher wissen, wo und wann.« Wie Varo hatte auch er in der letzten Zeit böse Vorahnungen gehabt. Die beiden Männer hatten gelernt, auf diese Gefühle zu achten.

»Aber ihr seid erschöpft! Ihr wart die letzten sechs Hände fast ununterbrochen auf Reisen«, beharrte Magara. »Wie könnt ihr hoffen, in eurem gegenwärtigen Zustand auch nur einen Teil des Grenzlandes schützen zu können?«

»Das können wir nicht«, gab Brostek unumwunden zu. »Aber wir müssen es versuchen.«

»Wir brauchen Hilfe«, entschied Varo.

»Ist es eine weitere Reise nach Mathry wert?« fragte sein treuer Begleiter nach einer kurzen Pause. Mathry war die Hausburg von Bullen, einem der einflußreichsten Landbarone, und dort hatten oft die Treffen des Kartells stattgefunden.

Varo blickte auf den See hinaus und antwortete nicht. Brostek sah zu Magara hinüber.

»Nein!« sagte sie rasch. »Ich kann es nicht.«

Brostek lachte. »Ich frage mich manchmal, warum ich eine Zunge in meinem Mund habe. Du kennst meine Gedanken besser als ich.«

»Das liegt daran, weil sie so offensichtlich sind«, entgegnete sie und grinste. *Ganz anders als bei Varo,* fügte sie für sich selbst hinzu.

»Warum willst du uns nicht helfen?« fragte er. »Glaubst du nicht, daß es wenigstens einen Versuch wert ist?«

»Es würde nichts nützen.«

»Du kannst das nicht *wissen*.«

»Doch, ich weiß es! Ich bin schon zu lange weg. Mein Vater würde mir jetzt überhaupt keine Beachtung schenken«, sagte Margara.

Brostek zuckte die Schultern. »Du *hast* wenigstens einen Vater«, murmelte er.

»Das ist nicht fair!« schoß Magara zurück. In ihren Augen blitzte ein Anflug von Zorn und zugleich Kränkung auf, und einen Augenblick lang war sie den Tränen nahe.

»Tut mir leid«, sagte Brostek leise.

Die darauf folgende Stille wurde durch das Geräusch starker, langsamer Flügelschläge unterbrochen. Es war Talisman, der von Magara aufgezogene Reiher – der seinen Namen erhalten hatte, weil es das erste Geschöpf gewesen war, das sie bei ihrer Ankunft im Krater begrüßt hatte. Er flog über das Wasser hinweg auf sie zu, landete unbeholfen nur ein paar Schritte von ihnen entfernt auf dem Laufsteg. Schatten, die direkt hinter ihrem Herrn lag, hob leicht den Kopf und begutachtete den Neuankömmling. Wolf und Vogel beäugten sich einen Augenblick lang verächtlich und ignorierten sodann konsequent die Gegenwart des anderen. Talisman ließ sich auf einem langen Bein nieder und schien in tiefen Schlaf zu verfallen.

»Wir werden in den Bergen gebraucht«, begann Varo, als ob er gerade eben seine Entscheidung getroffen hätte. »Wir werden in ein oder zwei Tagen aufbrechen.« Er hatte offensichtlich jeden Gedanken an eine Reise nach Mathry aufgegeben.

Magara wollte widersprechen, entschied sich dann aber, seine Worte still zu akzeptieren. Mit Varo über etwas zu debattieren, das war ungefähr so sinnvoll, als wollte man einen Baum überzeugen.

Die Sonne war unter den Kraterrand gesunken und ließ eine frühe Dämmerung über die Stadt hereinbrechen, obwohl die östlichen Wände des Kraters noch immer hell erleuchtet waren. Dies war gewöhnlich eine Zeit, die Magara wegen ihrer Farben und ihrer friedlichen Stimmung liebte, doch heute fühlte sie sich ruhelos und unbehaglich.

»Mir ist danach, vorher noch das Beste aus unserer Zeit hier zu machen.« Brostek grinste, und er teilte offensichtlich nicht ihre Stimmung. »Wir sollten heute abend damit anfangen. Ich hoffe, Newberry ist bereit für uns.«

»Immer«, versicherte ihm Magara, und ihre Miene hellte sich wieder ein wenig auf.

»Heute nacht werden die Sterne aus deinen Augen leuchten«, deklamierte er lachend. Es war eine Wendung, die er des öfteren benützte, doch niemand, nicht einmal Brostek selbst, wußte genau, was es bedeutete. Es war jedoch mit Sicherheit davon auszugehen, daß es an diesem Abend viel Gelächter, Musik und Getränke geben würde und daß ihre Freude viele andere mit in ihren Bann ziehen würde, bevor die Nacht vorbei war.

Die Kraterstadt von Trevine war einmalig geeignet für ein Vorhaben dieser Art.

3.
KAPITEL

Man erzählte sich, daß die Stadt Trevine nach dem ersten Mann benannt wurde, der in den Krater hinabgeklettert war. Das mochte bereits die erste historische Ungenauigkeit sein, denn unter den Dingen, die er auf dem Boden des Kraters fand, waren Knochen – sowohl tierische als auch menschliche. Sicher war jedenfalls, daß Trevine der erste Mensch war, der auch wieder aus dem Krater *herauskam*.

Seine längst vergangene Reise mußte enorm gefährlich gewesen sein – wie es auch alle anderen Expeditionen nach seiner Entdeckung waren, bevor die Wandleute die Kunst des Kraterkletterns zu einer Wissenschaft entwickelten. Die Felswände verliefen im Inneren des Kraters fast senkrecht; selbst an ihrer niedrigsten Stelle ragten sie bis in eine Höhe von vollen hundert Schritten über dem Felsboden. Niemand wußte, was Trevine veranlaßt hatte, diesen tollkühnen Abstieg zu machen, aber die Forschungsreise löste eine Kette von Ereignissen aus, die schließlich die jetzt wachsende und gedeihende Ortschaft entstehen ließen, die seinen Namen trug. Die meisten Bewohner der Stadt nahmen an, daß ihm die Ortschaft gefallen hätte, wenn er sie noch hätte erleben können, und es wurde des öfteren auf den Stadtgründer angestoßen. Die Bürger von Trevine waren stolz darauf, anders als die anderen zu sein: Außenseiter und Abtrünnige, die von der gewöhnlichen Welt abgeschnitten waren durch massive Felswände, die sie rundherum einschlossen – und sie gingen davon aus, daß dieser frühe Forscher aus dem gleichen Holz geschnitzt gewesen war.

Besuchern des Kraters fiel zuerst die Farbe der Felswände auf, ein weiches, staubiges Orangerot, das viele an rostendes Eisen erinnerte. Tatsächlich enthielt das Felsgestein viele Mineralien, und die Steinbrucharbeiter von Trevine schlugen ab und an eine Schicht der Oberfläche ab, um das Metall daraus zu erschmelzen. Dadurch legten sie die wirklichen Farben der darunterliegenden Schichten frei, die von

Mitternächtsblau bis Kohlenschwarz reichten. Die bloßgelegte Oberfläche bildete für ein paar Tage einen auffallenden Kontrast zu ihrer Umgebung, doch die Luft und die Feuchtigkeit verfärbten ihre Farbe ganz allmählich wieder zum gewohnten Rostrot, und innerhalb von vier oder fünf Händen würde auch dieser Bereich überhaupt nicht mehr von der übrigen Felswand zu unterscheiden sein.

Der größere Teil des Gebiets innerhalb des kreisförmigen Kraters wurde von einem See eingenommen, und das Land war dementsprechend sehr wertvoll. Vier Fünftel der Kraterwände zogen sich vom Kraterrand in das stille Wasser hinab. Nur auf der westlichen Seite führte die Felswand direkt auf festen Boden. An ihrem Fuß hatte sich eine Geröllhalde gebildet, und unterhalb davon zog sich der schmale Landstreifen hin, auf dem Trevine zum Teil errichtet worden war. Der Boden bestand hier aus einer Mischung von Gestein und fruchtbarem Boden. Durch die mühevolle Landwirtschaft der letzten Jahrzehnte war dieses Ackerland gut genutzt worden und versorgte die Stadt mit etwas frischem Getreide. Da dieser Boden so wertvoll war, wurden die ersten Gebäude im Krater auf dem mit Felsbrocken übersäten Strand des Sees errichtet, doch das Bauen auf festem Grund war schon Jahrzehnte vor Magaras Ankunft eingestellt worden. Die meisten Häuser und auch ein paar öffentliche Gebäude waren auf besonders behandelten hölzernen Stelzen über dem Wasser am Uferrand errichtet worden. Viele befanden sich noch weiter draußen und schwammen auf dem See. Diese Flöße waren durch Laufstege miteinander verbunden, die sogar mit Geländern und kleinen Treppenabsätzen versehen waren. Magaras kleines Holzhaus war eines von denen, die erst vor kurzem errichtet worden waren, und befand sich am Ende einen langen Laufstegs, der sich vom südlichen Ende der Stadt auf den See hinauszog. Als sie in Trevine angekommen war, hatte sie mehrere Nächte wachgelegen, bevor sie sich daran gewöhnte, daß sich das Haus sanft schaukelnd unter ihr bewegte. Von ihren neuen Nachbarn hatte sie erfahren, daß das dunkle Wasser unter ihren Füßen vermutlich zehn bis zwanzig

Schritte tief war – eine Tatsache, die wenig dazu beitrug, ihre ursprüngliche Unruhe zu vertreiben, doch inzwischen hatte sie sich daran gewöhnt.

Der See selbst war in seiner Mitte außerordentlich tief, doch war die Tiefe nie genau gemessen worden. Die Wasserhöhe änderte sich nie, schien von keinerlei Gezeiten oder Regenfällen beeinflußt zu werden. Die einzigen Wellen wurden durch die manchmal heftigen Wirbelwinde rund um den Krater herum verursacht. Es wurde aber nie wirklich stürmisch, und an manchen Tagen gab es überhaupt keinen Wind, so daß die Seeoberfläche so glatt wie eine geschliffene Glasscheibe war. Die Leute in der Stadt nannten es die Spiegeltage, und eine lange gepflegte Tradition verbot es an solchen Tagen, daß Boote oder Schwimmer den Zauber dieser Augenblicke störten, wenn der See die Felswände und den Himmel darüber spiegelte. Wenn man zu lange auf eine solche Oberfläche starrte, dann machte es einen jeden benommen und verwirrt, wenn man nicht einen besonders starken Willen hatte.

Doch trotz seiner Ruhe war es kein stehendes Gewässer; es war immer klar und rein. An sonnenhellen Tagen konnte man an manchen Stellen seinen tiefen Grund sehen. Die Taucher hatten ein paar Strömungen ausgemacht. Es waren Theorien über mögliche unterirdische Flüsse entwickelt worden, die in den Krater hinein und wieder nach draußen führten und deren Einflußöffnungen in den unerreichbaren Tiefen verborgen waren. Andere behaupteten, daß das Kratergestein ein reinigendes Element aufwies, das eine Verschmutzung des Wassers verhinderte. Eine weitere Theorie besagte, daß die Fische im See – die von gewöhnlichen Arten bis zu den seltsamen Geschöpfen der Tiefe reichten, von denen man selten etwas zu sehen bekam – das Wasser sauber hielten. Bis jetzt hatte noch niemand eine Erklärung dafür gefunden, wie die Fische überhaupt in den See gekommen waren. Ihre Existenz war jedoch nicht zu leugnen, und sie waren eine wichtige Nahrungsquelle: Es wurde streng kontrolliert, wieviel jedes Jahr gefangen wurde.

Trotz der Auseinandersetzungen über den Grund für die

Reinheit des Wassers waren sich die Menschen von Trevine über seine lebenswichtige Bedeutung einig. Daher wurden alle Abfälle, die nicht wiederverwendet werden konnten, in den für diesen Zweck ausgehobenen Gruben und Höhlen an der Stelle vergraben, die am weitesten vom See entfernt war. Diese Gruben zu unterhalten war eine Aufgabe der Gemeinschaft, und obwohl es eine unangenehme Aufgabe war, waren alle Bürger gern bereit, sich regelmäßig daran zu beteiligen. Es war ein kleiner Preis, den man für das Leben in dieser einzigartigen Stadt bezahlen mußte.

Viel Unentbehrliches wie Bauholz und der größte Teil der Nahrungsmittel mußten in den Krater eingeführt werden. In der Vergangenheit hatten verschiedene Händler ihren Vorteil aus dieser Situation zu schlagen versucht, doch die Bürger von Trevine machten schon bald deutlich, daß sie nicht bereit waren, Wucherpreise zu bezahlen. Sie bezahlten einen guten Preis für alles, was sie erhielten, aber sie erwarteten dafür auch, fair behandelt zu werden. Sie sorgten dafür, daß die Felswände, die sie von der Außenwelt trennten, nicht als Vorwand für minderwertige Waren oder überhöhte Preise dienten. Unternehmungslustige Kaufleute hatten schon bald die Möglichkeiten des Handels mit Trevine erkannt, und die ehrlichen unter ihnen erarbeiteten sich ihren Erfolg zusammen mit der Stadt. Der Rand des Kraters wurde deswegen bereits zunehmend besiedelt.

Mehrmals in der Geschichte der Stadt hatten ehrgeizige Visionäre sowohl unterhalb als auch oberhalb der Felswände großartige Pläne entwickelt, um den Krater leichter zugänglich zu machen. Sehr zur Erleichterung der meisten Bewohner war nie etwas daraus geworden. Die Leute von Trevine verließen sich auf die alltäglichen Methoden: Verschiedene Routen führten über die Felswand nach oben, doch der überwiegende Verkehr erfolgte über die leichtesten und am besten ausgebauten Pfade. Ein kompliziertes Zusammenspiel von Seilen, Rollen und in den Fels geschlagenen Plattformen machten zusammen mit unzähligen Fuß- und Handstützen das Aufsteigen und Absteigen möglich. Die Menschen, die ihr Leben der Erhaltung und ständigen Erneuerung dieser Einrichtungen widmeten, wurden als Wandleute bezeichnet; sie wurden aus verständlichen Gründen als wichtige Mitglieder der Kratergesellschaft angesehen. Es gab keine Pferde oder größere Tiere innerhalb des Kraters, aber die Wandleute konnten mit Stolz behaupten, daß Trevine im übrigen alles andere bekam, das es haben wollte.

Die meisten Neuankömmlinge erlebten ihren ersten Abstieg mit panischer Angst, trotz der zahllosen Sicherheitsvorkehrungen und der Erfahrenheit ihrer Führer. Doch selbst für Vielreisende auf diesem Weg war es noch immer ein beunruhigender Anblick, wenn die Wandleute spinnengleich über die steilen Routen huschten. Unfälle und sogar Todesfälle kamen durchaus vor. Angesichts der Anzahl der Leute und der Menge von Waren, die jeden Tag entlang der Felswände transportiert wurden, konnten diese traurigen Ereignisse jedoch als verhältnismäßig selten betrachtet werden.

Die Wandleute selbst waren ein ziemlich gleichmütiger Menschenschlag, die ihr gefährliches Gewerbe und den Respekt genossen, den sie weniger erfahrenen Kletterern einflößten. Sie arbeiteten hart, aber wenn sie die Felswand verließen, dann wußten sie auch zu feiern. Innerhalb der Überlieferungen der Stadtgeschichte hatten die Wandleute ihre eigenen Legenden. Sie zählten Trevine als einen der ihren, doch es gab noch viele weitere farbenprächtige Gestalten in den Geschichten, die sie erzählten, deren Namen zumeist in der Bezeichnung der Routen verewigt wurden, die sie als erste begangen hatten – Namen wie Diamond-Klippe, Cravens Spalier und Rakespills Drehwurm. Dabei wurde ihre Prahlerei von den anderen wohlwollend hingenommen; die Tatsache, daß überhaupt Handel mit der Außenwelt möglich war, war an sich schon bemerkenswert angesichts des Aufwands, der damit verbunden war. Wenn man es richtig überlegte, war es schon erstaunlich genug, daß überhaupt eine Siedlungsgemeinschaft an einem solchen Ort überleben – und sogar noch gedeihen konnte. Daß es so gekommen war, hatte eine ganze Anzahl von Gründen, aber der entscheidende Grund dafür war ein ungelöstes Rätsel, das tief im Dunkel einer entfernten Vergangenheit vergraben war.

Daß der Krater viele Jahrhunderte vor der Ankunft der Menschen in Levindre entstanden war, wurde von allen vorausgesetzt, doch gab es zwei Lehrmeinungen darüber, wie dieses gewaltige Gebilde entstanden war. Die Mehrheit war davon überzeugt, daß es einmal ein riesiger Vulkan gewesen war, dessen massive Wälle durch die geschmolzenen Ergüsse der Erde selbst gebildet worden waren. Ein paar Sonderlinge versteiften sich jedoch auf das Argument, daß das Kraterloch durch eine verheerende Explosion ausgehöhlt worden war, die durch den Aufschlag eines riesigen Felsblocks verursacht wurde, der vom Himmel gefallen war. Beide Seiten behaupteten, im Geländeverlauf und in der Gesteinsformation klare Beweise für ihre Schlußfolgerungen sehen zu können. Doch welche Theorie auch immer zutraf, inzwischen schliefen die Kräfte, die dieses Wunder der Natur einst geschaffen hatten. Der Krater und sein See waren jetzt – trotz des Eindringens der Menschen – friedlich genug, auch wenn das Vermächtnis jener rätselhaften vergangenen Katastrophe gegenwärtig war. Das Felsgestein des Kraters enthielt Elemente und exotische Legierungen, die ansonsten auf dem ganzen Kontinent nicht zu finden waren, und es war diese Laune der Natur, die den frühen Wohlstand von Trevine garantiert hatte. Der berühmteste unter den verborgenen Schätzen war ein Metall, das als blaues Gold bekannt wurde und seiner unglaublich strahlenden Schönheit wie auch seiner Seltenheit wegen einen hohen Preis erzielte. Es wurde anders als die meisten Metalle nicht als Erz gefunden, sondern in Form von reinen Körnern, deren Größe von der einer Erbse bis zu riesigen, faustgroßen Klumpen variieren konnte. Es gab sogar noch seltenere Metalle; den orange-gelben Feuerdrachen, den hellgrauen Wetzstein, der härter war als Stahl, und noch viele andere Vorräte von gewöhnlichen Erzen. Und selbst das war noch lange nicht alles. Für einige bestand die erregendste Aussicht darin, Edelsteine ausgraben zu können, von denen der Krater eine große Vielfalt bereithielt. Sie wurden nicht oft gefunden, doch mit großem Aufwand gesucht. Diamanten und die rätselhaften rosafarbenen Seesteine hatten in den meisten der reichsten Haushalten von Levindre ihren Platz gefunden, und ihr Glanz galt als der Traum eines jeden Juweliers.

Obwohl die ersten Siedler nicht hatten wissen können, wie ausgedehnt die Schatzkammern tatsächlich waren, erkannten sie in jedem Fall, daß sie auf eine lohnende Sache gestoßen waren. Als ihnen klar wurde, daß eine jede Tagesreise über die Felswand nach oben oder wieder zurück große Mühen und Gefahren mit sich brachte, richteten sie ein Lager auf dem schmalen Landstreifen neben dem See ein. Über die Jahre hin wuchs das provisorische Lager und wurde zu einer festen Ansiedlung; es kamen weitere Einrichtungen hinzu, die der Annehmlichkeit dienten, und schließlich entstand eine echte Ortschaft.

Die frühen Siedler wurden jedoch mit einem wesentlichen Problem konfrontiert. Die leicht abbaubaren Vorräte an wertvollen Metallen, Erzen und Steinen waren innerhalb weniger Jahre erschöpft. Die ganzen übrigen Reichtümer des Kraters lagen unterhalb des Sees. Menschliche Findigkeit und die Verlockung des Reichtums hatten sodann einen ganz neuen Berufszweig entstehen lassen, den des Bergbaus unter Wasser. In den folgenden Jahren wurden die Techniken und die Ausrüstung für dieses Unterfangen immer weiter entwickelt, doch die ganze Arbeit beruhte im wesentlichen auf einer bemerkenswerten Gruppe von Männern und Frauen. Es waren die Taucher, deren ungewöhnliche Geschicklichkeit, deren Mut und Ausdauer bereits sprichwörtlich waren.

Die Taucher waren im wörtlichen Sinne eine eigene Rasse, die – über viele, viele Jahre hinweg – deutliche körperliche Unterschiede von ihren Mitmenschen entwickelt hatten. Vergrößerte Lungen und die unheimliche Fähigkeit, ihren Herzschlag zu verlangsamen, wenn sie unter Wasser arbeiteten, verband sich mit ihrer Unempfindlichkeit gegenüber der eisigen Kälte der Tiefe. All diese Eigenschaften waren über die Generationen hinweg verstärkt worden, und die

Taucher von heute waren die angesehensten Bürger von Trevine. Viele von ihnen saßen in der Ratsversammlung, die die Angelegenheiten von öffentlichem Interesse entschied und das Urteil in allen Auseinandersetzungen fällte. Taucher beiderlei Geschlechts arbeiteten Seite an Seite. Obwohl die Frauen im allgemeinen beweglicher waren und extreme Kälte, Dunkelheit und Druck besser aushalten konnten, vermochten die Männer ihre größere Stärke einzusetzen, um schwerere Ladungen an die Oberfläche zu bringen. Die Taucher waren es, denen Trevine seinen Reichtum verdankte, und an Stolz und Selbstvertrauen übertrafen sie sogar die Wandleute. Sie waren die treibende Kraft der ganzen Gemeinschaft. Ihr außerordentlicher Sinn für das Praktische, verbunden mit ihrer Entschlossenheit, das Leben – in all seinen Aspekten – voll auszukosten, brachte sie dazu, für ihre Leistung auch eine Menge zu fordern. Sie konnten aber auch großzügige Gönner sein und die besten Freunde für jene, die sie respektierten.

Über die Jahre hatte die fast magische Anziehungskraft seiner Schätze die verschiedartigsten Menschen in den Krater gezogen. Schmiede, Alchimisten und Wissenschaftler kamen, um mit den Metallen zu arbeiten und sie zu untersuchen. Juweliere verwandelten sie in Kunstwerke. Kaufleute und Handwerker kamen, um die Bedürfnisse der wachsenden Stadt zu befriedigen, während sich andere insbesondere um den Handel mit der Außenwelt kümmerten. Schließlich zwang der Platzmangel dazu, die Zahl der Siedler zu begrenzen, und die Ratsversammlung stellte eine einfache, doch strikt befolgte Regel auf.

Ein Neuankömmling durfte nur bleiben, wenn er beweisen konnte, daß er wirklich etwas zum Gemeinwohl beitragen konnte. Diejenigen mit besonderen praktischen Fähigkeiten, die etwas für die Notwendigkeiten und Bedürfnisse der Stadt zu leisten vermochten, waren immer willkommen. Andere hatten es schon schwerer, die Ratsmitglieder zu überzeugen.

Die Anziehungskraft Trevines beruhte zum Teil auf seiner Atmosphäre der Andersartigkeit und seiner Unabhängigkeit. Es entwickelte den Ruf, daß es Abtrünnige und Träumer anzog, die Rebellen und Unangepaßten der Außenwelt. Unter ihnen befanden sich viele Künstler, Musiker, Schreiber und andere Visionäre, die jenseits des Kraterrandes als bloße Unterhalter angesehen worden waren, die nur von geringem Nutzen waren – und tatsächlich zusammen mit Hausknechten auf der untersten Ebene standen. Innerhalb der roten Wände des Kraters jedoch waren die wirklich Begabten immer willkommen. Dieser ständige Zustrom von kreativen Energien hatte Trevine in einen Schmelztiegel vieler Kulturen und Ideen verwandelt und das Leben seiner Bewohner ungemein bereichert. Es war ein überschäumendes, aber sehr wirksames Gebräu. Es wurde über die Bürger von Trevine gesagt, daß sie mehr von der Welt erlebten, indem sie in ihrer Stadt blieben, als sie bei ausgedehnten Reisen bis an ihr Lebensende jemals hätten erfahren können. Die Stadt zog viele Besucher an, die sich für ein paar Tage aus dem Getriebe des Alltags zurückzogen, um sich hier den besonderen künstlerischen Genüssen zu widmen.

Es wurden jedoch nicht nur die herkömmlichen Fertigkeiten – ob praktisch oder künstlerisch – akzeptiert. Magara war der Beweis dafür. So jung sie auch war, so hatte sie sich bereits als Lehrerin, als Geschichtenerzählerin und als begabte Näherin hervorgetan. Tatsächlich waren es aber ihr scharfer Verstand und ihre fast übernatürliche Einsicht in die Gedanken anderer, die den Rat beeindruckt hatten. Sie war willkommen geheißen worden und galt nun als Heilerin.

Magara hatte nicht als einzige eine ungewöhnliche Fähigkeit benützt, um Aufnahme zu finden. Vor zwei Jahren hatte ein großgewachsener Mann die gefährliche Reise vom Rand nach hier unten gemacht und sich der Ratsversammlung als Künstler vorgestellt. Als er gebeten worden war, seine besondere Begabung zu nennen, antwortete der Neuankömmling, daß er ein Koch sei. Nachdem ihn die Ratsmitglieder lachend darüber aufgeklärt hatten, daß sie bereits genug Köche hätten, erklärte er beredt und mit völligem Mangel an Bescheidenheit, ein Meister seiner Kunst zu sein.

Der Rat einigte sich darauf, ihn einer Prüfung zu unterziehen, und wies ihn an, ein Mahl zu bereiten, das Taucher, Wandleute und Musiker zugleich überzeugen konnte, daß er tatsächlich war, was er von sich behauptete. Wenn es ihm gelang, sollte er bleiben dürfen.

Am folgenden Abend ließen sich acht Männer und Frauen nieder, um sein Essen zu kosten, umringt von eine Gruppe neugieriger Zuschauer. Verschiedene Gänge wurden aufgetischt, von denen ein jeder für sich bereits genügt hätte, doch in idealer Weise den vorhergehenden Gang ergänzte und zugleich die Gaumen der Tischgäste auf das vorbereitete, was noch kommen sollte. Ihre Gesichter drückten Erstaunen und Entzücken aus, während ein kulinarisches Wunder auf das andere folgte, und das sagte eigentlich schon alles. Am Ende des Mahls stellte sich der Koch zuversichtlich vor sie hin und verschränkte die Arme vor seiner massigen Brust.

»Und jetzt erklärt mir, daß ich kein Künstler bin!« forderte er sie lächelnd heraus.

Der Name des großen Mannes war Newberry, und er führte jetzt die beliebteste Taverne in Trevine. Zu ihr waren jetzt Brostek, Varo und Magara unterwegs, um ihr nächtliches Gelage zu beginnen.

4.
KAPITEL

Newberrys Taverne am Seeufer war eines der größten Gebäude in Trevine. Der große Speisesaal war abends von Lampen hell erleuchtet und wurde von köstlichen Gerüchen aus der angrenzenden Küche und dem Gesprächsgemurmel der Gäste erfüllt, die an hölzernen Tischen saßen. Die einzige Dekoration bildeten die Weinregale und die Fässer, die entlang einer Wand aufgestapelt waren. Newberry bot seinen Kunden selten die Auswahl des Essens an, da er davon ausging, daß seine Schöpfungen gut genug für einen jeden waren. Er ging auf keinen persönlichen Geschmack ein – außer seinen eigenen –, doch seine Gäste hinterließen die Teller fast immer so leer, als wären sie eben gespült worden. Hinsichtlich ihrer Getränkewahl war er jedoch weniger gebieterisch, und jeder Kunde konnte aus dem weitgefächerten Angebot der Taverne an Bier, Wein und anderen Getränken wählen. Newberry hielt sich nicht an die Theorie, daß bestimmte Getränke am besten zu bestimmten Gerichten paßten. Er hielt es für das beste, wenn jeder das trank, was ihm zusagte – solange er das aß, was er ihm hinstellte.

Die Besucher der Taverne waren so gemischt wie die Bevölkerung der Stadt. Man konnte an einem jeden Abend Ratsmitglieder, Taucher, Wandleute und Musiker antreffen, und dazu kam noch eine bunte Mischung aller anderen Berufssparten und der übrigen Bewohner des Kraters. Hier waren sie alle gleich. Sie wurden durch das überragende Essen ihres Gastgebers angelockt und beugten sich bereitwillig seiner Autorität. Wenn er seine Arbeit in der Küche vollendet hatte, schloß sich Newberry freudestrahlend und mit erhitztem Gesicht seinen zufriedenen Gästen an und genoß mit ihnen, was immer es an diesem Abend an Unterhaltung gab.

Der Hauptgang des heutigen Abends war schon fast vorbei. Der großgewachsene Mann bewegte sich bereits zwischen den Tischen und nahm die Lobesrufe als zusätzliche

Belohnung entgegen, während seine Mitarbeiter das leere Geschirr entfernten. Bald würde es Musik geben, und es war eine von Newberrys Regeln, daß gute Musik ebenso wie gutes Essen auch wirklich genossen werden mußte. Niemand durfte gleichzeitig essen und der Musik lauschen.

Die Musiker saßen an einem seitlichen Tisch, tranken den trockenen weißen Wein, der in Metallgestellen im See gelagert und gekühlt wurde. Es waren vier junge Männer. Ihre Kleidung war nachlässig. Wie viele andere im Raum sahen sie immer wieder zu den beiden Neuankömmlingen hinüber, die vor kurzem hereingekommen waren und jetzt an einem der kleineren Tische in einer Ecke saßen. Der ältere der beiden sah völlig normal aus. Er war einfach gekleidet, und sein knochiges Gesicht wurde von dunklen Haaren umrahmt. Sein Blick war scharf und durchdringend. Eine Laute war gegen seinen Stuhl gelehnt. Er hatte seine Mahlzeit bereits beendet, doch sein jüngerer Begleiter kämpfte noch immer mit seinem Essen. Eine Menge davon blieb rund um seinen Mund hängen, und einiges war auf den Tisch und den Boden gefallen. Es wirkte auf alle anderen, als ahmte er die Eßgewohnheiten eines kleinen Kindes nach, doch weder er noch sein Begleiter schienen dieses Verhalten ungewöhnlich zu finden. Die Augen des Jungen schienen durch alles hindurchzusehen, und er nahm offenbar nichts von dem wahr, was um ihn herum geschah. Der ältere Mann saß ruhig da, wich den neugierigen Blicken aus, die auf sie gerichtet waren.

Es hatte geflüsterte Vermutungen über die Neuankömmlinge und das mögliche Leiden des einfältigen Jungen gegeben, doch niemand hatte sich direkt an sie gewandt. Jetzt erhob sich einer der Musiker. Hewitt war seiner Begabung wegen sehr angesehen, und niemand machte sich etwas daraus, daß er absichtlich zerfetzte Kleider trug und seine dunklen, gewellten Haare bis über die Schultern fielen.

»Kannst du mit diesem Ding spielen?« fragte er beiläufig und deutete auf die Laute.

»Nein«, erwiderte der Mann. »Mein Cousin ist der Musiker.«

Hewitts dünne Lippen verzogen sich zu einem ungläubigen Lächeln.

»Er kann kaum seinen Löffel zum Mund führen«, begann er. »Wie …«

Der Junge sah von seinem Teller hoch. Seine fahlen Augen waren geweitet.

»Sei vorsichtig mit dem, was du sagst«, erklärte der dunkelhaarige Mann mit einer ruhigen Stimme, die zugleich schneidend war wie ein Messer. Er starrte Hewitt an, der abwehrend seine Hände hob.

»Ich wollte niemand beleidigen«, stellte er rasch fest.

»Er sieht aus, als hätte er nicht genug Verstand, um seine eigene Nase treffen zu können«, rief jemand aus. »Geschweige denn, einen Ton zu treffen.«

Viele von Newberrys Gästen verfolgten den Wortwechsel mit Interesse, und ein paar lachten über diesen Zwischenruf. Der ältere der beiden Fremden sah sich wütend in der Runde um.

»Laßt ihn etwas spielen«, schlug ein anderer vor.

Die durchdringenden Augen des Neuankömmlings schweiften durch den Raum, als suchten sie eine Herausforderung.

»Krippenzeit«, schlug jemand vor und nannte damit ein Wiegenlied, das die allereinfachste Melodie hatte. Das rief noch mehr Gelächter hervor und veranlaßte den Begleiter des Jungen, aufzuspringen.

»Unkenntnis ist keine Entschuldigung für schlechte Manieren«, sagte er wütend. »Beleidigt nicht, was ihr nicht verstehen könnt.«

»Er scheint nicht beleidigt zu sein«, erwiderte Hewitt vorsichtig und deutete auf den Jungen. Der junge Mann wischte sich unbeholfen über den Mund und sah mit einem seltsam leeren Ausdruck zu dem Musiker hoch.

»Was meinst du dazu, Lautenspieler?« fragte Hewitt.

»Was meinst du dazu, Lautenspieler«, gab der Junge zurück und ahmte dabei die Stimmlage und Betonung des Musikers vollendet nach. Dennoch blieb sein Gesicht ausdruckslos, und in seinem Blick drückte sich weder Ironie noch Verständnis aus.

Hewitt runzelte die Stirn und sah den anderen Mann an.

»Er ist nicht wie du oder ich«, erklärte der Fremde verdrossen.

»Das können wir sehen!« rief jemand und löste damit noch mehr Gelächter aus, obgleich sich darin auch ein spürbares Unbehagen ausdrückte.

Der Fremde trat ein paar Schritte vor und warf wütende Blicke um sich, als wolle er den Zwischenrufer herausfinden.

»Wir sind nach hier gekommen ...«, schrie er halb. Sein Gesicht verfärbte sich, dann hielt er inne. Es war, als erstickten ihn seine eigenen Worte. »Wir haben geglaubt, daß hier vielleicht der einzige Ort ist, an dem wir nicht mit solchen Vorurteilen kämpfen müssen.« Er sah die um ihn versammelten Gäste an, doch keiner hielt seinem Blick stand. Angesichts seiner heftigen Wut hatte sich ein vollkommenes Schweigen über den Raum gelegt. »Es gibt ein paar einfache Dinge, die für einen jeden von euch selbstverständlich, für ihn aber nicht zu schaffen sind«, fuhr er ruhiger, aber noch immer leidenschaftlich fort. »Aber er hat Begabungen, die ihr niemals werdet verstehen können – und ein jeder, der ihn einen Idioten nennt, bekommt es mit mir zu tun!« Sein Blick schweifte noch immer über die Gesellschaft hinweg, als suchte er nach Herausforderern, doch niemand stellte sich. Er räusperte sich und schien noch etwas sagen zu wollen, überlegte es sich jedoch offenbar anders. Es war, als hätte er für sich entschieden, daß er bereits zuviel gesagt hatte.

»Musikalische Begabungen?« fragte Hewitt beschwichtigend.

»Ja.« In der Miene des Fremden zeigte sich eine gewisse Erleichterung.

Hewitt wandte sich wieder dem Jungen zu.

»Was wirst du für uns spielen?« fragte er langsam.

»Für uns spielen?« wiederholte der junge Mann im gleichen bedächtigen Ton. Er hatte das Besteck auf seinem leeren Teller immer wieder ein klein wenig verschoben, und er wandte sich jetzt wieder diesem sinnlosen Unterfangen zu.

»Er kann alles spielen«, bemerkte sein Begleiter zornig.

»*Alles?*«

»Ja«, kam die Antwort des Fremden. »Er braucht es nur einmal zu hören.«

Diese unerhörte Behauptung hatte ein leises Gemurmel zur Folge. Doch es kam zu keiner weiteren feindseligen Bemerkung, da sich Newberry nun einmischte.

»Bist du einverstanden, wenn wir das auf die Probe stellen?« fragte er.

»Warum nicht?« erwiderte der Mann, noch immer wütend und herausfordernd. »Alles!«

Newberrys eindrucksvolle Statur und seine besonnene Art hatten ihm in heiklen Situationen in der Taverne oft sehr geholfen. Er konnte stolz behaupten, daß der Betrieb seines Lokals niemals durch Gewaltausbrüche gestört wurde, und er hatte nicht vor, es hier und heute geschehen zu lassen. Der Koch war geübt darin, eine Situation einzuschätzen und wieder eine gute Stimmung herzustellen. Er hielt den Jungen für etwa sechzehn Jahre alt, doch schien er nicht über die Reife eines Kleinkindes hinausgekommen zu sein. Sein älterer Cousin stellte seine absurden Behauptungen vermutlich nur auf, weil er verzweifelt versuchen wollte, ihn vor der Lächerlichkeit zu bewahren. Newberry hatte gehofft, daß der Neuankömmling einen Rückzieher machen würde, ohne den Jungen einer solchen Quälerei auszusetzen – aber es sollte ganz offensichtlich anders kommen. Der Koch hatte jetzt keine andere Wahl mehr, als den Dingen ihren Lauf zu lassen. Der Bursche tat ihm leid, aber er wußte, daß einige seiner Kunden nicht sein Einfühlungsvermögen hatten.

Der Fremde und Newberry sahen sich an, machten deutlich, daß sie nicht zurückweichen wollten – und beide wußten, daß sie sich auf trügerischem Grund bewegten.

»Hältst du mich für einen Lügner?« In diesen Worten lag eine stille Drohung, doch die Hände des Sprechers zitterten.

»Das tue ich nicht«, erwiderte Newberry. »Aber was ist mit deinem Cousin? *Will* er spielen?«

»Immer …«

»Kann er nicht für sich selbst sprechen?« unterbrach der Koch. Nachdem er einige Augenblicke des verdrossenen Schweigens des anderen abgewartet hatte, kniete er sich vor dem Jungen nieder, so daß ihre Gesichter in gleicher Höhe waren. Aus der Nähe betrachtet wirkten die Augen des jungen Mannes noch seltsamer. Ihr Blick war intensiv, ohne auf etwas Bestimmtes gerichtet zu sein. Die Farbe der Pupillen war ein blasses Lila. »Willst du die Laute für uns spielen?«

»Spielen«, murmelte er. »Ja.« Sein leichtes Nicken war kaum mehr als ein Wackeln, als wäre er nicht in der Lage, seinen Kopf ruhig zu halten oder mit Absicht zu bewegen.

Nichts mehr zu machen, dachte Newberry reumütig. Er richtete sich auf und sah zuerst zu dem schweigenden Fremden, dann zu Hewitt.

»Was soll es also sein? Eines der alten Lieder?«

»Nein – ein neues Stück«, rief jemand aus. »Wenn er es nur einmal zu hören braucht!«

Andere äußerten ihre Zustimmung.

»Was ist mit *deinem* Lied, Hewitt?« warf einer der anderen Musiker ein. »An dem du seit Monaten arbeitest und das du uns noch immer nicht hören lassen willst?«

»Aber …« Hewitt zögerte, warf Newberry einen flüchtigen Blick zu und wünschte sich, diese Unterhaltung niemals begonnen zu haben. »Es ist nicht für die Laute gedacht.«

»Das spielt keine Rolle«, sagte der Fremde eifrig. »Er kann es anpassen.«

»Aber …«

»Spiel es, Hewitt. Es wird allmählich Zeit, daß du uns etwas Neues gönnst.« Der Sprecher war einer der Taucher, und seine Tonart ließ keinen Widerspruch zu.

Zögernd setzte sich der Musiker in Bewegung, um seine Violine zu holen. Der Geräuschpegel im Speisesaal ging zurück, während er überprüfte, ob sie richtig gestimmt war. Der Junge wirkte jetzt ganz aufmerksam, und seine Augen waren auf das Instrument gerichtet.

Hewitt begann zu spielen; langsame, langgezogene Töne

ergossen sich in den Raum, während sein Bogen sanft über die Saiten glitt. Es war eine melancholische Melodie, die an Bilder von nebelverhangenen Bergen denken ließ. Seine Zuhörer waren hingerissen.

Magara und ihre beiden Begleiter kamen gerade in diesem Augenblick an. Sie warteten in der Tür, da sie die Musik nicht stören wollten.

Hewitt begann zu singen, und seine süße, betörende Stimme ergänzte die Harmonie der Violine. Er sang von Liebenden, die durch Unglück und die Täuschung eines grausamen Vaters getrennt wurden, und von einem jungen Helden, der seine Liebste für tot hielt, seine Heimat verließ und in ferne Länder segeln wollte. Die Musik beschrieb das neblige Hochland, wurde schneller und immer lebendiger, als die Reise in sonnenbeschienene Ebenen führte. Die Zuhörer vernahmen die Hufe galoppierender Pferde und den Wind, der um das tränenüberzogene Gesicht des Reisenden blies.

Dann wurde das Tempo noch dramatischer, als das Mädchen – das in Wirklichkeit nicht tot war – vom Verrat ihres Vaters und der Abreise ihres Geliebten erfuhr. Das Lied berichtete, wie sie ihm folgte, wie tollkühn sie ritt, immer mehr aufholte – doch ihn nie erreichte.

Bei einem besonders schwierigen Stück verhedderten sich Hewitts Finger in den Saiten, und er hielt einen Augenblick inne.

»Verdammt«, murmelte er leise. Dann spielte er die Passage noch einmal, und diesmal ging sie ihm problemlos von der Hand.

Die Geschichte endete tragisch, als das Mädchen den Hafen gerade in dem Augenblick erreichte, als das Schiff ihres Geliebten ausfuhr. Der junge Mann ahnte nichts von ihrer Ankunft, als sie von ihrem Pferde stürzte. Sie starb, als sie sich das Genick – oder das Herz brach.

Als Hewitt seine Darbietung ein wenig verlegen beendete, wurde er mit großem Beifall bedacht. Sein Publikum bedankte sich für die überragende Komposition, doch der Musiker war ganz offensichtlich unglücklich und absolvierte seine Verbeugungen nur zögernd.

»Es fehlt noch ein Schlußteil«, murmelte er und spielte ein paar Noten aus der Hauptmelodie.

Dann wurde es erneut still in der Taverne, als der Junge seine Laute aufnahm und in seinem Schoß abstützte. Der Zauber des neuen Liedes hatte sie alle vergessen lassen, warum es eigentlich gespielt worden war. Einige betrachteten den älteren Neuankömmling, der nur lächelte und nichts weiter sagte. Newberry sah unglücklich zu und überlegte schon, ob er das unwürdige Schauspiel aufhalten sollte. Aber er wußte, daß er das nicht konnte.

Der Junge begann zu spielen, und das Unbehagen verwandelte sich augenblicklich in Erstaunen. Die ersten Töne gaben die traurige, gemessene Melodie vollendet wieder. Es schien so, als würden die langgezogenen Töne dem Instrument gegen seine wahre Natur entlockt. Diesmal wurde das Publikum in die graue, neblige Berglandschaft versetzt, und viele bemerkten, wie sich ihre Haut kalt und feucht anfühlte. Sie tauschten ungläubige Blicke aus.

Niemand erwartete, daß der Junge dazu singen würde, doch er tat es, setzte genau im richtigen Moment ein. Seine Stimme war höher als die Hewitts, aber sie war vollendet ausgeformt. Sie klang klar und rein, ganz im Gegensatz zu seinen zuvor gemurmelten einzelnen Silben. Die Musik beschleunigte sich; kristallklare Töne hingen in der Luft, während andere wie Sonnenlicht auf den Flügeln einer Libelle flimmerten – und die ganze Zeit über schlugen die Baßsaiten den Rhythmus der fliegenden Hufe. Hände, die zuvor bei der Handhabung eines Löffels so unbeholfen zu sein schienen, glitten jetzt flink über die Griffleiste.

Er erreichte den Punkt, an dem Hewitt einen Fehler gemacht hatte, spielte genau die gleiche Folge von falschen Tönen, hielt dann inne.

»Verdammt«, murmelte er leise und begann von neuem, spielte die Sequenz noch einmal in Vollendung. Viele seiner entzückten Zuhörer lächelten ein wenig verwirrt, doch keiner gab einen Laut von sich.

Die Geschichte erreichte ihr schicksalhaftes Ende, und statt abzubrechen, wie es Hewitt getan hatte, kehrte der Junge zu einer Variante der ursprünglichen Melodie zurück, improvisierte einen langsamen, einfühlsamen Epilog. Keine Worte begleiteten die Musik, doch jeder Zuhörer mit einer gewissen Vorstellungskraft sah das Schiff des Helden in den grauen Nebelschwaden über dem Meer verschwinden, während das Herz seiner Geliebten aufhörte zu schlagen, ohne daß er es auch nur ahnte.

Als die letzten Töne verhallten, saß das gebannte Publikum reglos und schweigend da. Dann standen alle wie ein Mann auf, und der Raum wurde mit einem wahren Tumult von Hurrarufen und Beifall erfüllt. Viele weinten, ohne es zu verbergen. Sie bemerkten nicht einmal, wie ihnen die Tränen über die Wangen liefen, so ergriffen waren sie nicht nur von der Traurigkeit des Liedes, sondern auch durch das Paradox, daß solche Schönheit und Kunst von einem so bemitleidenswerten menschlichen Wesen geschaffen worden waren.

Hewitt, der den Beifall angestimmt hatte, trat mit glänzenden Augen vor. Der Junge stand ihm von Angesicht zu Angesicht gegenüber und grinste schüchtern. Er schien den Jubel zu genießen, dennoch war er offenbar unsicher. Er ergriff vorsichtig Hewitts ausgestreckte Hand, während sein Blick auf den Boden gerichtet war.

»Danke«, sagte der Musiker, und seine Stimme konnte seine Erregung nicht verbergen. »Es ist jetzt dein Lied. Niemand wird es jemals wieder spielen.«

»Vergib uns«, sagte ein anderer.

Der Junge nickte erneut. Obwohl er den Kopf immer noch gesenkt hielt, trat der Stolz in seinem zufriedenen Ausdruck deutlich zutage.

Ein jeder wollte sich jetzt mit den beiden Neuankömmlingen unterhalten, ihnen Getränke ausgeben. Wünsche nach weiteren Musikdarbietungen wurden laut, aber eine Stimme übertönte alle anderen.

»Slaton, bist das wirklich du?« Magaras Stimme war fast erstickt, und ihre Wangen waren feucht, als sie sich durch das Gedränge kämpfte, dicht gefolgt von Brostek und Varo.

Der ältere der Fremden wandte sich ihr zu und lächelte erfreut, als er sie erkannte.

»Jetzt sind also alle schwarzen Schafe hier«, sagte er.

Magara und Slaton umarmten sich herzlich. Er strahlte jetzt über das ganze Gesicht.

»Es tut gut, dich zu sehen«, sagte er ruhig zu ihr.

»Und dich erst«, erwiderte sie und stellte ihn dann ihren Begleitern vor, während sie sich alle am Tisch niederließen. »Slaton ist ebenfalls ein undankbarer Abkömmling der landbesitzenden Klassen«, erklärte sie. »Genau wie ich. Unsere Häuser waren nur fünf Wegstunden voneinander entfernt, und wir kennen uns, seit wir klein waren.« Sie hielt inne und warf einen Blick zu Brostek, der sie nur angrinste. »Du sagst keinen Ton!« warnte sie ihn und erwiderte sein Lächeln.

»Selbst *ich* kann mich dann und wann in vornehmer Weise zurückhalten«, erwiderte er mit gespielter Herablassung, wandte sich dann dem Neuankömmling zu. »Willkommen, Slaton. Was bringt dich nach Trevine?«

»Er.« Sie alle sahen zu dem Jungen hinüber. Er saß jetzt bei den anderen Musikern, und sie spielten sich gegenseitig Melodien vor. Er nahm offenbar die bewundernden Zuhörer nicht wahr, die sich um ihn herum drängten. In seinem Gesicht lag ein angespannter Ausdruck.

»Wer ist er?« flüsterte Magara.

»Er ist der Sohn von Tante Celia. Seine Name ist Lisle.«

»Ich wußte gar nicht, daß Tante Celia geheiratet hat.« Magara erinnerte sich an eine scheue Frau mit einer weichen Stimme, die immer ein Lied auf den Lippen hatte.

»Sie ist nicht verheiratet«, erwiderte Slaton. »Sie haben es ziemlich lange verheimlicht, aber solche Geheimnisse lassen sich auf Dauer nicht verbergen. Celia wollte nie sagen, wer der Vater war, doch Gerüchte besagen, daß es ein fahrender Musiker ist. Und mir fällt es leicht, das zu glauben.«

»Lisle hat gewiß eine außergewöhnliche Begabung«, kommentierte Brostek.

»Es ist sowohl ein Segen als auch ein Fluch«, gab Slaton zurück.

»Warum ein Fluch?« fragte Varo.

»Du siehst ja, wie er ist. Alle haben ihn immer für einen Idioten gehalten, den es zu bemitleiden und dann zu vergessen galt. Celia mußte ihn allein aufziehen, so gut sie es konnte. Nur wenige versuchten ihr zu helfen, doch ihr machte es nichts aus. Sie liebte den Jungen, sorgte für ihn und sang ihm ständig etwas vor mit ihrer vogelhellen Stimme. Niemand erwartete, daß er mehr als ein paar Jahre überleben würde, doch Celia wußte es besser. Lisle gehörte zwar zum Ort, doch er wurde kaum mehr beachtet als ein Möbelstück oder einer von Vaters Hunden – aber dann erfuhren die Leute von seiner musikalischen Begabung, und alles änderte sich.« Slaton hielt inne, um etwas zu trinken, und verschluckte sich fast dabei. »Einige von uns wußten es schon lange, doch wir behielten es für uns. Ich weiß noch immer nicht, wie Vater es herausfand, aber danach wurde Lisle zu einem Ausstellungsstück, zu einer Monstrosität, die Gästen vorgeführt wurde. Sie lachten über ihn und starrten ihn an, während er sie in Erstaunen versetzte. Und Lisle gefiel es! Er freute sich immer darüber, wenn ihm jemand beim Spielen zuhören wollte, aber es zerriß das Band zwischen ihm und Celia. Mir tat es weh, wenn ich zusehen mußte, wie herablassend sie ihn behandelten – und diese niederträchtigen Beleidigungen, die er niemals verstehen konnte.« Slatons Wut kehrte wieder zurück. »Schließlich mußte ich ihn von dort wegbringen«, brach er seinen Bericht abrupt ab. Seine belegte Stimme verriet allen, wie sehr ihn das Schicksal des Jungen bewegte.

»Warum nach hier?« fragte Magara mitfühlend.

»Ich könnte dir die gleiche Frage stellen«, antwortete er und zwang sich zu einem Lächeln. Er war offensichtlich dankbar für diese Gelegenheit, das Thema zu wechseln.

»Ich fühle mich hier zu Hause«, antwortete sie. »Es ist nirgendwo so wie hier.«

»Du lebst hier aber nicht gerade im größten Luxus«, sagte

er. »Vermißt du nicht die Annehmlichkeiten des Lebens in Arenguard?«

Magara hatte seit Jahren nicht mehr gehört, wie die Bezeichnung ihrer früheren Heimat laut ausgesprochen wurde. Es berührte sie eigenartig.

»Sie behauptet, daß sie nur eines vermißt«, warf Brostek lachend ein, »nämlich die Bibliothek. Dabei hat sie hier Dutzende von Büchern!«

»Dort waren Tausende«, gab sie zurück.

»Wozu waren sie nützlich?« fragte Varo ruhig.

Es war ein alter Streit, den Magara jetzt nicht wieder aufwärmen wollte.

»Ich werde nicht meinen Atem damit verschwenden, einem muskelbepackten Koloß wie dir so etwas zu erklären«, sagte sie herablassend. »Ich befinde mich jetzt in zivilisierter Gesellschaft.«

Brostek und Varo sahen sich mit bitterer Leidensmiene an. Slaton sah es und grinste unsicher, da er ihre freundschaftliche Verbindung sah, sich aber über seine eigene Beziehung zu ihnen im unklaren war.

»Warst du in der letzten Zeit in Arenguard?« fragte Magara.

»Schon eine ganze Zeit nicht mehr. Wir sind jetzt seit über vierzehn Monaten unterwegs. Fast ein ganzes Jahr.«

»Warum habt ihr so lange gebraucht, um nach hier zu gelangen?« fragte Brostek.

»Alle Außenseiter von Levindre landen früher oder später hier«, erklärte Magara dem verdutzten Slaton. Dann fuhren sie und ihr alter Freund fort, sich Neuigkeiten aus ihren Familien zu berichten, von ihren eigenen Reisen und aus ihrem derzeitigen Leben. In der Zwischenzeit besorgten Brostek und Varo Essen und Getränke. Nachdem sein erster Heißhunger gestillt war, mischte sich Brostek neugierig wieder in die Unterhaltung ein.

»Erzähl uns mehr über Lisle«, bat er.

Slaton zögerte kurz und warf einen flüchtigen Blick auf seinen Cousin. Der Junge spielte noch immer und schien glücklich zu sein. Das beruhigte Slaton offenbar, und er wandte sich wieder seinen neuen Freunden zu.

»Er war immer ein schwaches und kränkliches Kind, und nach einer Weile wurde es offensichtlich, daß er nicht … normal war. Er begann erst im Alter von vier Jahren zu laufen, und er kennt noch immer wenige Worte – obwohl er alles genau wiedergeben kann, was zu ihm gesagt wird. Sein Augenlicht ist schwach, und er schafft es kaum, sich selbst anzuziehen. Die meisten Leute halten ihn für einen Einfaltspinsel, aber für mich ist er etwas besonderes. Es ist so, als wäre sein wirklicher Geist irgendwo gefangen und käme nur durch seine Musik heraus.«

»Aber in dieser Hinsicht ist er ein Genie«, warf Brostek ein.

»Ihr habt bisher nur einen flüchtigen Eindruck davon bekommen«, fuhr Slaton fort. »Er kennt Hunderte von Liedern, Melodien, sogar komplizierte Stücke für mehrere Instrumente. Und er vergißt niemals eine einzige Note.«

»Es ist unheimlich«, stieß Magara aus.

»Es fällt sogar mir immer noch schwer, es zu glauben, obwohl ich es nun seit Jahren beobachte.« Slaton war wieder von seiner Wut ergriffen. »Er ist ausgenützt worden. Sie haben ihn wie ein amüsantes Spielzeug behandelt, wie einen dressierten Affen, nicht wie ein menschliches Wesen. Manchmal habe ich meinen Vater gehaßt …« Er hielt inne und mied ihre Blicke. »Nach einiger Zeit konnte auch Celia diese Grausamkeit nicht mehr mit ansehen, vor allem, als …« Er hielt erneut inne, doch niemand unterbrach die verlegene Stille. Als Slaton fortfuhr, drückte seine Stimme deutlich aus, wie sehr ihn das Vorgefallene schmerzte. »Sie lief weg, verließ ihn. Sie hinterließ mir eine Nachricht, daß sie in den Labyrinthgarten von Nimmern gehen wolle. Wir haben sie nie wieder gesehen.«

»Ich dachte, es geht schon lange niemand mehr nach dort«, sagte Magara leise.

»Das ist richtig.«

»Was ist das für ein Ort?« fragte Varo.

»Es ist ein kleines Tal, geformt wie eine Schale«, antwortete sie. »Es ist einer dieser besonderen Orte der alten Zauberer, und es sollte einmal ein großer Mittelpunkt der Kraft, des Heilens und der Magie sein.«

»Warum gehen die Menschen dann nicht mehr dorthin?« wollte Brostek wissen.

»Wir haben es versucht«, sagte Slaton. »Er existiert nicht mehr.«

»Wie meinst du das?«

»Ganz einfach. Der Garten, oder was immer das war, befindet sich dort nicht mehr. Das Tal ist ständig von Nebel erfüllt. Es ist kalt und grau, und wenn man es betritt, dann spürt man nichts als nackten Felsen unter den Füßen. Nichts könnte dort wachsen. Ich habe das Tal zu durchqueren versucht. Aber es ist so, als wäre man blind, und ich habe jeden Orientierungssinn verloren. Nach einiger Zeit kam ich wieder an der Stelle heraus, an der ich das Tal betreten hatte. Die meisten versuchen es kein zweites Mal.«

»Aber du hast es getan?« fragte Magara.

»Mehrmals«, erwiderte Slaton. »Mit dem gleichen Ergebnis. Wenn Celia dort ist, dann ist sie für immer verloren. Und der Ort hat Lisle verängstigt, daher habe ich aufgegeben.«

»Es hört sich wirklich beängstigend an«, bemerkte Brostek. Varo enthielt sich eines Kommentars.

»Ihr seht nicht aus wie Männer, die sich leicht Angst machen lassen«, sagte Slaton mit einem leichten Lächeln.

»Jeder vernünftige Mensch kennt die Angst«, stellte Varo fest. »Es ist eine notwendige körperliche Funktion. Aber es gibt Dinge, die so wichtig sind, daß man die Angst überwinden muß.«

Slaton sah ihn überlegend an.

»Du hörst dich an wie ein Mann mit einer Aufgabe«, sagte er.

»Das bin ich auch«, erwiderte Varo ernsthaft. Dann erklärten er und Brostek die Sache, der sie sich gewidmet hatten. Und Magara erlebte einer der wenigen Momente, in denen Varo wirklich lebhaft wurde. Slaton hatte von den Überfällen im Grenzland gehört, doch er war noch nie auf jemanden getroffen, der aus erster Hand darüber zu berichten wußte.

Das Ausmaß der Gefahr erschreckte ihn, da er bis jetzt geglaubt hatte, daß es sich nur um seltene, zusammenhanglose Zwischenfälle handelte, und die Erzählungen von Leid und Tod stimmten ihn traurig. Aber er war nicht überrascht, daß das Kartell nicht handeln wollte.

»Das ist typisch für ihre Arroganz!« rief er aus. »Wie können sie nur so kurzsichtig sein?«

»Glaubst du, du könntest uns helfen, sie zu überreden?« fragte Brostek hoffnungsvoll.

»Das bezweifle ich. Ich bin im Augenblick nicht besonders beliebt zu Hause, und mein Vater ist ohnehin einer der kleineren Landbesitzer. Aber wenn wir eine wirklich gute Begründung ...« Er lehnte sich über den Tisch nach vorne. »Erzählt mir von den letzten Überfällen, die näher am Tiefland waren.«

Magara war bereits mit den grauenerregenden Einzelheiten dieser Angriffe vertraut und wollte sie zumindest für den Augenblick vergessen. Ihre vorhergehende Unterhaltung mit Slaton ließ jetzt Erinnerungen an ihr früheres Leben in ihr lebendig werden. Obwohl sie ganz andere Gründe gehabt hatte, von zu Hause wegzugehen, empfand sie dennoch Mitgefühl für den Freund aus ihrer Kindheit.

Keiner von uns kann jetzt zurück, dachte sie bedauernd.

Magara war als jüngste von vier Töchtern aufgewachsen. Ihr Vater war ein Landbesitzer mit beträchtlichem Reichtum und Einfluß. Als seine Frau ihm keinen Sohn schenkte, entschied er sich dafür, seine Dynastie durch die sorgfältig arrangierte Verheiratung seiner Mädchen zu sichern. Magara sah beunruhigt zu, wie ihre älteren Schwestern duckmäuserisch seinen Willen geschehen ließen. Es wurden Vereinbarungen mit Familien von ähnlichem Stand getroffen, und die sich daraus ergebenden ehelichen Verbindungen erweiterten den Einflußbereich ihres Vaters ganz erheblich.

Alle nahmen an, daß Magara in die Fußstapfen ihrer Schwestern treten würde, doch das junge Mädchen hatte andere Vorstellungen. Sie hatte schon immer einen unabhängigen Geist besessen. Jede Gelegenheit nahm sie wahr, um mehr über ferne Orte zu erfahren und die wundersamen Ereignisse in Sage und Geschichte. Sie lebte in einer Welt der Bücher und Träume, die gelegentlich durch den Besuch eines echten Reisenden belebt wurde. Zwei ihrer Schwestern und ihre Ehemänner lebten in Arenguard, dem weitläufigen Gebilde aus Stein, Ziegeln und Holz, das das Zuhause ihrer Familie war, und so konnte sie die Ehen aus erster Hand erleben. Es war offensichtlich, daß es Freuden wie auch Schwierigkeiten gab, doch Magara wußte, daß es nicht für sie bestimmt war. Noch nicht.

Als geeignete Freier um sie zu werben begannen, nahmen ihre Träume Gestalt an, und ihr Entschluß verfestigte sich. Ihr Vater liebte seine jüngste Tochter sehr, trotz seiner Gier und Zielstrebigkeit, und war durch ihren Trotz verwirrt und verletzt. Nach vielen Auseinandersetzungen, die von ihren Tränen und seiner Wut begleitet wurden, stimmte er schließlich ihrem Verlangen zu, daß es ihr erlaubt sein sollte zu reisen, »um zu sehen, wie das Leben wirklich ist«. In dieser Zeit des Umbruchs wurde Magara in ihren eigenen Augen und in denen der anderen erwachsen. Sie mußte erfahren, daß ihre Schwestern sowohl von Neid erfüllt als auch schockiert waren, und ihr Entschluß wurde noch unumstößlicher. Schließlich wurde ihrem Wunsch stattgegeben.

»Ein Jahr«, hatte ihr Vater entschieden. »Nicht mehr, nicht weniger.«

Dankbar für den Aufschub, doch zugleich von einer gewaltigen inneren Unruhe erfaßt, traf sie ihre Vorbereitungen und reiste ab. Das war vor dreieinhalb Jahren gewesen.

Noch lange bevor das Jahr vorüber war, hatte sich Magara von den Reisebegleitern befreit, auf denen ihr Vater bestanden hatte, und war in Trevine angekommen, wohl wissend, daß sie sich niemals den Erwartungen ihrer Familie würde fügen können. Als das Jahr sich seinem Ende näherte, sandte sie eine Botschaft nach Arenguard, die eben dies besagte. Die ersten Antworten stellten eine Mischung aus Drohungen und Ungläubigkeit dar. Doch die junge Frau stand zu ihrer Entscheidung, und im Laufe der Zeit verringerte sich ihre Verbindung nach Hause immer mehr. Es wurde niemals versucht, sie mit Gewalt zur Rückkehr zu zwingen. Es wurde auch nie ausdrücklich festgestellt, daß sie enterbt worden war, doch ihr Vater machte deutlich, daß sie die Konsequenzen ihrer Entscheidung tragen mußte, wenn sie kein aktives Mitglied ihrer Familie mehr sein wollte.

Jetzt, da sie in Newberrys Taverne saß, fragte sie sich, ob sie sie wieder aufnehmen würden, wenn sie zurückkehrte, oder ob sie sich völlig von ihr abgewandt hatten. Sie hatte nicht die Absicht, es herauszufinden. Sie bedauerte nicht, daß sie ihren eigenen Weg gegangen war.

Aber ich vermisse meine Bücher! fiel ihr ein, und sie lächelte zu sich selbst.

Als sie an die alte Bibliothek dachte, erinnerte sie sich an eine andere Seite ihres früheren Lebens, die ihr fehlte. Ihr Großvater war in seinen späteren Jahren ein begeisterter Bienenzüchter gewesen und hatte seine Geheimnisse an seine Lieblingsenkelin weitergegeben. Magara hatte sich zuerst gefürchtet, doch bald hatte sie die Bienenschwärme geliebt mit all ihrer Emsigkeit und ihrem tosenden Lärm. Bevor sie Arenguard verließ, hatte sie sich von den Bienenvölkern verabschiedet, hatte laut zu ihnen gesprochen, wie der alte Mann es ihr beigebracht hatte. »Sie hören vielleicht nicht deine Worte«, hatte er gesagt, »aber sie verstehen dich gut genug.«

Eine Tradition hatte vorgeschrieben, daß die Bienen informiert wurden, wann immer es einen Todesfall im Familienverbund gab. Und das war Magaras Pflicht gewesen, als ihr Großvater starb. Sie hatte ernst und feierlich gesprochen, mit Tränen in den Augen, und sie war überzeugt, daß das Summen der schwärmenden Bienen durch ihre Trauer tiefer wurde. Magara hatte entschieden, daß dem Schwarm auch glücklichere Ereignisse übermittelt werden sollten; es schien nur gerecht zu sein, und so hatte eine neue Tradition ihren Anfang genommen.

Magara schloß die Augen, um sich die Ereignisse eines bestimmten Morgens in allen lebhaften Einzelheiten in Erinnerung rufen zu können. Sie sah sich selbst, wie sie sich aus einem Fenster in der zweiten Etage des alten Hauses lehnte und den Bienenschwärmen die Nachricht zurief, daß ihre älteste Schwester soeben einen Jungen geboren hatte. Der jubelnde Ton in ihrer Stimme – oder vielleicht die Nachricht selbst – hatte die Bienen als einen riesigen Schwarm aufsteigen und in einem weiten Kreis fliegen lassen, als wollten sie das Ereignis feiern. Magara war von ihrer Reaktion entzückt gewesen, und sie konnte sie jetzt hören, als wäre sie wieder das zehnjährige Mädchen von damals.

Sie öffnete die Augen und lächelte über ihre Erinnerung, kehrte dann in die Gegenwart zurück. Doch das Summen der Bienen klang noch immer in ihren Ohren.

Lisle starrte sie an. Seine Lippen hatten sich geöffnet, doch seine Zähne waren aufeinandergepreßt, während er ein Geräusch produzierte, das unmißverständlich das auf- und abschwellende Summen des Bienenschwarms nachahmte. Als er bemerkte, daß sie ihn anstarrte, erhellte ein seltsames Leuchten seine Augen.

Einen Augenblick lang war Magara zu überrascht, um reagieren zu können. Dann wandte sie sich an Slaton, der sie und den Jungen beobachtete.

»Du hast mir nicht alles gesagt, nicht wahr?« stellte sie fest.

»Die meisten bemerken es nicht so schnell«, antwortete Slaton. Er lächelte, doch er klang zugleich furchtbar erschöpft.

»Vor Magara kannst du nichts verbergen«, erklärte ihm Brostek. »Sie liest Gedanken.«

»Das tue ich nicht!« Obwohl ihre Verärgerung sich durch Brosteks Grinsen sofort wieder legte, entging ihr nicht das momentane Erschrecken und die Furcht in Slatons Augen. »Kann er es?« fragte sie leise.

»Manchmal glaube ich es«, erwiderte er und senkte dabei die Stimme.

»Die Musik ist also nicht Lisles einzige Begabung«, stellte Varo fest, den dieser jüngste Zwischenfall faszinierte.

Slaton schüttelte den Kopf.

»Unglücklicherweise nicht«, stimmte er zu. Es war deutlich, daß er nicht gerne mehr sagen wollte.

»Laßt uns gehen«, schlug Magara vor. »Ihr könnt mit zu mir kommen.« Sie glaubte, den Grund für die Zurückhaltung ihres Freundes erraten zu haben. Es dauerte allerdings noch geraume Zeit, bis sie die Taverne verlassen konnten. Die Musiker wollten Lisle nicht gehen lassen, und der Junge schien gewillt zu sein, die ganze Nacht zu spielen. Wenn er zu einer Melodie angesetzt hatte, dann mußte er sie um jeden Preis zu Ende spielen, und es dauerte noch lange, bis seine Zuhörer sich dazu überreden ließen, keine weiteren Musikwünsche mehr zu äußern. Schließlich gelang es Magara und ihren Begleitern, die Taverne zu verlassen, nicht ohne sich zuvor bei Newberry bedankt zu haben.

Es war ruhig außerhalb der Taverne, und das Wasser des Sees war eine gähnende schwarze Leere. Die gläserne Oberfläche war übersät mit den reflektierten Abbildern der entfernten Sterne. Magara führte die anderen zuversichtlich über die Laufstege und erzählte Varo und Brostek zugleich von ihren Erinnerungen an die Bienen und Lisles unheimlicher Reaktion darauf. Slaton hörte schweigend zu.

Als sie sich ihrem Haus näherten, wechselte Magara plötzlich das Thema.

»Ihr werdet doch bei mir bleiben, nicht wahr?« fragte sie und fügte dann verlegen hinzu: »Auch wenn nicht allzuviel Platz für uns alle ist.«

»Mach dir keine Sorgen, wir können leicht einen anderen Platz finden«, warf Brostek rasch ein, und Varo nickte zustimmend.

Glauben sie, daß wir beide allein sein wollen? fragte sich Magara. Sie und Slaton waren Freunde gewesen, solange sie sich erinnern konnte, doch es hatte nie auch den Ansatz einer romantischen Verbindung zwischen ihnen gegeben. Tatsächlich verspürte sie ein überraschend starkes Verlustgefühl bei dem Gedanken, daß sich Varo und Brostek nicht mehr unter ihrem Dach befinden würden. Keiner von ihnen war ihr Liebhaber gewesen, und doch waren sie mehr als Freunde.

»Seid ihr sicher?« fragte Slaton unsicher.

»Ja«, antwortete Varo, ohne zu zögern. »Du bist neu in Trevine. Und alte Freunde sind wichtig.«

»Ich danke euch«, sagte Slaton leise.

»Ich danke euch«, echote Lisle und ahmte den Ton von Erleichterung und Dankbarkeit in der Stimme seines Begleiters genau nach.

Magara wandte sich an den jungen Mann und lächelte herzlich.

»Du bist willkommen bei uns, Lisle.« Seine ungewöhnlichen Augen schienen mehr als das blasse Licht der Sterne zu spiegeln, und sie fragte sich, was für Geheimnisse hinter seinem Blick lagen. »Kommt herein.«

Schatten begrüßte sie im Eingang, gleich einem geisterhaften Umriß in dem vom Sternenlicht erhellten Halbdunkel. Sie knurrte tief aus der Kehle heraus, da sie durch die Gegenwart von Fremden beunruhigt war.

»Es sind Freunde, Schatten!« rief Brostek. »Komm, begrüße sie.« Zu Slaton gewandt, fügte er hinzu: »Sie ist zahm.«

Slaton zuckte ein wenig zusammen, als Schatten an seiner

Hand schnüffelte und seinen Duft aufnahm. Lisle hingegen setzte sich sofort auf den Boden, so daß sein Gesicht sich in Kopfhöhe der Wölfin befand. Er zeigte keine Anzeichen der Angst, während er die Hand ausstreckte, um das weiche Fell hinter ihren Ohren zu kraulen. Die beiden spürten offenbar sofort eine enge Verbindung miteinander, während die anderen sie mit aufgerissenen Augen anstarrten.

»Die Musik ist nicht seine einzige Begabung«, bemerkte Brostek.

Magara führte sie ins Innere. Sie war begierig, mehr von der Geschichte ihres Besuchers zu erfahren. Sie zündete die Lampen an und wies den Männern ihre Plätze zu.

»Wir haben dafür gesorgt, daß euer Abend vorzeitig zu Ende war«, sagte Slaton. »Es tut mir leid.«

»Wenn mir ein Urteil erlaubt ist«, antwortete Brostek, »dann wird deine Geschichte aufregender sein als alles, was uns Newberrys Taverne hätte bieten können. Abgesehen davon habe ich vorsichtshalber ...« Er grinste und zog zwei Weinflaschen aus den weiten Taschen seiner Jacke. »Mit trockenem Mund kann man einfach nicht reden!«

Slaton blickte unsicher zu Magara hinüber.

»Du mußt uns nichts sagen, was du uns nicht wirklich sagen willst«, versicherte sie ihm. »Aber du kannst diesen beiden vertrauen.«

Die darauffolgende Stille wurde nur durch den Knall eines Korkens und die Geräusche beim Einschenken des Weins unterbrochen.

»Es tut mir leid«, sagte Slaton schließlich. »Ich zögere nicht euretwegen. Es ist nur so, daß es bis jetzt viel einfacher erschien, die Wahrheit zu verbergen. Die meisten Leute mögen keine Vorstellungen, die ihre Sicht der Welt auf den Kopf stellen. Sie fürchten sich vor ihnen.«

»Die meisten Leute fürchten sich vor dem, was sie nicht verstehen«, stellte Varo gleichmütig fest.

»Geht es dir ebenfalls so?« fragte Slaton.

»Ein wenig. Deshalb versuche immer, mehr über die Dinge herauszufinden.«

Der Neuankömmling nickte mit ernstem Gesicht. »Ich

werde am besten am Anfang beginnen«, sagte er. Er nippte von seinem Wein und warf einen raschen Blick zu Lisle, der noch immer neben der Wölfin auf den Brettern nahe der Tür hockte. »Kann ihm da draußen auch nichts passieren?«

»Darauf wird Schatten aufpassen«, versicherte ihm Brostek.

»Er ist nicht an tiefere Gewässer gewöhnt ...« Slaton war noch immer ängstlich.

»Der Laufsteg verfügt über Geländer«, sagte Magara, »und Schatten wird ihn nicht herumspazieren lassen. Hör auf, dir Sorgen zu machen, und erzähle uns, was es mit all dem auf sich hat.«

Brostek lächelte, als er die Ungeduld in ihrer Stimme bemerkte.

»Celia hat mir gesagt«, setzte Slaton an, »daß Lisle wußte, was sie dachte, und das sogar schon, als er ein Baby war. Er konnte damit natürlich nicht viel anfangen, und ich dachte mir damals nicht viel dabei. Schließlich hatte Celia oft sehr seltsame Einfälle gehabt! Doch später entdeckte ich selbst die Wahrheit. Ich dachte an ein Spielzeug oder ein Buch, und kaum wandte ich mich um, hatte er es bereits in der Hand und wollte es mir überreichen. Dann sah er mich mit diesen Augen an ...« Er hielt inne und nahm noch einen Schluck. »Und es kam immer wieder vor, daß ich an die Tür seines Kinderzimmers klopfen wollte – doch er kam mir zuvor, indem er die Tür für mich öffnete.«

»Könnte es sein, daß er deine Schritte gehört hat?« fragte Varo.

»Das überlegte ich auch, deshalb stellte ich ihn auf die Probe. Ich näherte mich barfuß. Ich schwöre, ich habe nicht das geringste Geräusch gemacht, und doch stand er augenblicklich vor mir. Und es war nicht nur meine Annäherung, auf die er reagierte. Er pflegte sich zu verstecken, wenn Vater sich näherte – nicht daß er oft zu ihm gekommen wäre.« Ein Anflug von Verbitterung legte sich über seine Miene.

»Hast du etwas gefühlt?« fragte Magara.

»Du meinst, in meinem Kopf?«

Sie nickte.

»Nicht das geringste. Ich wünschte, ich könnte das. Vielleicht würde ich es dann besser verstehen.«

»Hast du heute etwas empfunden?« fragte Brostek und sah Magara an.

»Nein. Ich glaube nicht. Ich hatte nicht erwartet ...« Sie zuckte die Schultern und brachte den Gedanken nicht zu Ende. Slaton nahm seine Erzählung wieder auf.

»Dann bemerkten wir auch noch andere Dinge. Er wußte im voraus genau, wann die Sonne aufging, und er holte uns, damit wir den Sonnenaufgang betrachten konnten. Er wußte, wann eine Blume blühen oder ein Apfel vom Baum fallen würde. So etwas läßt sich nicht vorhersagen, indem man die Gedanken anderer liest. Niemand außer Celia und mir hat das jemals bemerkt. Man nimmt von Idioten einfach nicht an, daß sie besondere Begabungen haben.« Seine Verbitterung klang wieder durch. »Selbst nachdem seine musikalische Begabung entdeckt worden war und er oft im Mittelpunkt der Öffentlichkeit stand, bemerkte kaum jemand etwas – sie sahen nur seinen Unterhaltungswert. Doch als die Sonnenfinsternisse einsetzten, änderte sich alles.«

»Sonnenfinsternisse?« Magara sah ihn überrascht an.

»Ja. Sie begannen vor eineinhalb Jahren.«

»Was für Sonnenfinsternisse?«

»Ihr müßt sie gesehen haben«, erwiderte er. Er war sichtlich erstaunt über ihre Reaktion.

Magara schüttelte den Kopf.

»Es hat hier keine gegeben«, beharrte sie. Sie erinnerte sich an die einzige Sonnenfinsternis, die sie jemals gesehen hatte, vor vielen Jahren. Ihr Großvater hatte ihr gezeigt, wie man sie durch Rauchglas gefahrlos betrachten konnte. Obwohl sie sich ein wenig gefürchtet hatte, hatte sie gebannt verfolgt, wie sich der Mond vor die Sonne schob, fasziniert von der vollendet gleichmäßigen Rundung des Himmelskörpers. Jetzt wurde ihr jedoch bewußt, wie alle drei Männer sie seltsam ansahen.

»Es hat keine gegeben!« beharrte sie erneut und sah sie abwechselnd an.

»Es hat mehr als ein Dutzend gegeben, seit wir von zu Hause aufgebrochen sind«, antwortete Slaton. »Du mußt einige von ihnen gesehen haben, sogar in diesem versteckten Winkel hier unten. Die letzte war erst gestern.«

Brostek und Varo, die zustimmend genickt hatten, runzelten ungläubig die Stirn.

»Gestern?« fragte Varo scharf.

»Ja.«

»Wann?«

»Gegen mittag.« Slaton schien jetzt verwirrt zu sein, während verdutzte Blicke ausgetauscht wurden.

»Wir haben nichts davon gesehen«, stellte Varo ruhig fest.

»Ihr müßt es gesehen haben. Wir waren nur etwa zehn Wegstunden vom Krater entfernt – und es wurde fast völlig dunkel!«

»Hier ist das nicht passiert«, sagte Magara. »Da bin ich ganz sicher.«

»Wir haben mehrere Sonnenfinsternisse gesehen«, warf Brostek ein, »aber diese ganz sicher nicht.«

»Ihr habt mir nie davon erzählt«, beschwerte sich Magara.

»Es schien nicht wichtig zu sein«, antwortete er.

»Ich verstehe das nicht«, begann Slaton. »Wie ...«

»Vergiß das erst einmal«, unterbracht ihn Magara. »Was hat das alles mit Lisle zu tun?«

Slaton schüttelte den Kopf, als wolle er ihn damit klar bekommen, und warf dann einen mißtrauischen Blick auf den Wein.

»Trink noch etwas«, schlug Brostek vor. »Mir hilft das meistens.«

»Sei still«, wies ihn Magara an und wandte sich dann wieder zu Slaton. »Nun«, drängte sie ihn.

»Lisle spürte es, bevor sie kamen«, sagte er. »Ich werde niemals vergessen, wie es zum erstenmal geschah. Vater hatte Gäste, und wie üblich wurde Lisle befohlen, ihnen im großen Saal vorzuspielen. Es war mitten im Winter und kalt, doch der Himmel war klar, und die Sonne schien durch die

Oberfenster – kannst du dich erinnern?« Magara nickte, und Slaton fuhr fort. »Alles ging zunächst gut. Lisle spielte, hörte ihre grausamen Bemerkungen überhaupt nicht, und die meisten Leute hörten ihm nicht einmal zu. Dann hörte er plötzlich auf und schrie, zeigte nach oben. Vater war wütend, aber als ein paar Augenblicke später das Licht fahl wurde, verängstigte ihn das ebenso wie alle anderen. Lisle war nicht der einzige, der zu schreien begann, als es dunkel wurde. Alles war in Aufruhr, doch ich konnte mich nach draußen durchkämpfen und sehen, was vor sich ging. Es war nicht viel zu erkennen, aber die Luft war wie aufgeladen, und das Atmen fiel einem schwer. Ein paar Augenblicke später wurde die Sonne wieder sichtbar, doch der Schaden war schon angerichtet. Der Saal war völlig verwüstet. Lisle heulte und schlug nach einem jeden aus, der sich ihm zu nähern versuchte. Er zitterte wie Espenlaub. Einige sahen ihn an, als wäre er ein Zauberer – als hätte er es geschehen lassen und nicht nur darauf reagiert. Ich hörte, wie sie flüsterten, sah die Gesten ... Es machte mich ganz krank.« Slaton schluckte hart, sein Gesicht spiegelte seinen Ekel, und dann fuhr er fort. »Celia beruhigte sich schließlich wieder und schaffte es, ihn vor meinem Vater zu beschützen, der ihn dafür auspeitschen lassen wollte, daß er sein Fest gestört hatte. Danach war der alte Mann nie wieder so begierig darauf, Lisles musikalische Talente vorzuführen.«

»Das überrascht mich nicht«, bemerkte Brostek trocken.

»Es war wie eine kleine Gnade«, sagte Slaton. »Aber nach dieser ersten Sonnenfinsternis steigerte sich Celias Verzweiflung. Bei jeder weiteren wußte Lisle im voraus, daß sie kommen würde – und das immer früher. Er versuchte sich dann zu verstecken, zitterte und schrie, ganz offensichtlich von der Angst gepackt. Er reagierte schon Tage vorher.«

»Was konnte ihm eine Sonnenfinsternis denn antun?« fragte Brostek.

»Ich weiß es nicht, aber sie begannen mich ebenfalls zu ängstigen. Es war einfach nicht natürlich, daß es so viele gab. Und für Lisle wurde es offensichtlich unerträglich. Celia wußte nicht mehr weiter, bis sie schließlich aufgab und davonlief. Ich kann ihr keinen Vorwurf daraus machen. Vater hegte noch immer einen Groll und behandelte sie beide sehr ungerecht. Nachdem sie weg war, wußte ich, daß ich mit Lisle zusammen verschwinden mußte.«

»Und während ihr unterwegs wart?« erkundigte sich Magara.

»Er weiß noch immer, wann sie eintreten, aber es scheint ihn nicht mehr so sehr mitzunehmen. Ich kann die Anzeichen mittlerweile gut erkennen, aber seine Reaktion ist bei weitem nicht mehr so heftig. Diese letzte war die leichteste von allen.«

»Aber sie war vom Krater aus nicht zu sehen«, murmelte Brostek.

»Keine von ihnen war es«, fügte Magara hinzu.

»Vielleicht solltet ihr dann hierbleiben«, schlug Brostek vor. »Hier würde Lisle nicht mehr von ihnen belästigt werden.«

Magara war begeistert. »Der Rat würde Lisle sicher akzeptieren. Allein seine Musik ...« Sie brach ab.

Slaton lächelte wehmütig.

»Unglücklicherweise tauge ich nur dazu, auf ihn aufzupassen«, sagte er bedächtig.

»Nein ...«, begann sie.

»Ich bin der typische Sohn eines Landbesitzers«, schnitt er sie mitten im Satz ab. »Ich bin sehr gut darin, andere dazu zu bringen, daß sie für mich arbeiten. Lisle hat das Geld für unsere Reise verdient, nicht ich.« Er hob seine Hände, um ihren Protest abzuwehren. »Es hat keinen Sinn, Magara. Wir suchen noch immer nach Antworten. Es muß doch irgendwo jemanden geben, der ihn versteht und ihm helfen kann. Wir müssen weiterziehen, es sei denn, du kennst hier jemanden, der uns die Antworten geben kann.«

Varo hatte längere Zeit nichts gesagt und auch kaum sein Weinglas berührt.

»Schließt euch uns an«, schlug er einfach vor.

Slaton blinzelte überrascht. »Wir ... wir wären nur eine Behinderung für euch«, antwortete er schließlich. Selbst Brostek war über das Angebot seines Begleiters verdutzt.

»Das glaube ich nicht«, bemerkte Varo kühl. »Zum einen könnt ihr weiter nach einer Lösung für Lisle suchen, und in der Zwischenzeit können wir vielleicht die Beweise sammeln, die du brauchst, wenn du uns dabei helfen willst, das Kartell zu überzeugen.«

»Aber ...«, setzte Magara an. Varo warf ihr einen flüchtigen Blick zu, hob die Augenbrauen, und sie ließ sich in ihren Stuhl zurücksinken.

»Ich weiß das Angebot zu schätzen«, erwiderte Slaton langsam.

»Überschlafe es«, schlug Varo vor. »Du kannst dich morgen entscheiden.«

»Ich kann nicht mit dem Schwert umgehen.«

»Das kannst du lernen«, warf Brostek ein, der sich für den Vorschlag zu erwärmen begann.

»Und Lisle ...«

»Es wäre eine Ehre für uns, mit euch beiden zusammen zu reiten«, stellte Varo fest.

»Ich weiß nicht, was ich sagen soll«, bemerkte Slaton, den diese Wendung des Gesprächs sichtlich verwirrt hatte.

»Nun, ich weiß es!« rief Magara wütend aus. »Das ist Wahnsinn!«

Die drei Männer betrachteten sie ruhig und warteten darauf, daß sie ihre Einwände vorbrachte.

»Wenn ihr das nicht selbst seht ...« Sie brach ab und seufzte vor Verzweiflung. »Männer!« stieß sie aus.

»Es ist noch nichts entschieden, Mags«, erklärte Slaton mit besorgter Miene.

Es machte Magara verlegen, daß er diesen Kosenamen aus ihrer Kindheit benützte, doch sie ließ es sich nicht anmerken.

»Ach, tatsächlich?« verlangte sie zu wissen. »Du kennst diese beiden nicht. Mit Logik kommt man nicht gegen sie an.«

Varo runzelte die Stirn, doch Brostek lachte nur.

»Und du bist natürlich die erste, die sich für Logik anstelle von Intuition einsetzt«, zog er sie auf.

Magara konnte sich ein Lächeln nicht verkneifen. »Vielleicht nicht, wenn es um weibliche Intuition geht.«

Brostek lehnte sich näher zu Slaton hinüber und sagte mit einem deutlich vernehmbaren Flüsterton: »Sei sehr vorsichtig mit dem, was du jetzt sagst. Sonst könnte es passieren, daß dein Bett morgen früh bei Sonnenaufgang mitten im See treibt.«

»Wenn du nicht vorsichtig bist, werfe ich dich jetzt gleich in den See«, drohte sie.

»Was wir tun, ist wichtig«, warf Varo ein. Er war der einzige, dessen Gesichtsausdruck während der ganzen Unterhaltung ernst geblieben war.

»Das habe ich niemals bestritten«, erklärte Magara resigniert. »Aber laß sie erst noch eine Weile hier. Bitte.«

Varos Antwort war nur ein Schulterzucken. Er nickte in Slatons Richtung und drückte damit aus, daß er das zu entscheiden hatte.

»Da wir gerade davon reden«, verkündete Brostek, »der Wein ist aus, und wir müssen Unterkünfte für die Nacht finden.« Er stand ein wenig unsicher auf, und die anderen folgten ihm. Slaton ging zur Tür, um nach seinem Cousin zu sehen. Lisle war auf den nackten Dielen eingeschlafen, Schatten lag unmittelbar neben ihm. Die Augen der Wölfin waren wachsam, als wäre sie vor etwas auf der Hut, und sie kläffte ein wenig, als Slaton den schlafenden Jungen vom Boden hochzog. Auf Magaras Anweisung hin trug er ihn zu dem behelfsmäßigen Bett, das Varo benutzt hatte.

Brostek und Varo suchten ihre Habe zusammen und wollten sich auf den Weg machen.

»Gute Nacht, Slaton«, rief Brostek leise. »Gute Nacht … Mags.«

Magara griff nach einer leeren Flasche und drohte, sie nach ihm zu werfen.

»Nenn mich noch einmal so«, sagte sie scharf, »und ich werde dafür sorgen, daß dich die Taucher mit in die Tiefe nehmen und dortbehalten.«

»Ja, Herrin«, antwortete er und verneigte sich spöttisch.

»Verschwindet von hier«, befahl sie lachend.

Varo und er gehorchten. Schatten tappte schweigend hinter ihnen über den Laufsteg.

»Glaubst du wirklich, daß sie uns behilflich sein können?« fragte Brostek seinen Partner.

»Vielleicht. Es könnte sich als nützlich erweisen, auf eine solche Weise in die Zukunft sehen zu können.«

»Ich sehe nicht, inwiefern das uns helfen soll.«

»Erinnere dich«, sagte Varo bedächtig. »Bilde ich mir das ein, oder ging nicht einer jeden Angriffswelle der Messermänner ein paar Tage zuvor eine Sonnenfinsternis voraus?«

Sie gingen schweigend dahin, während Brostek an ihre Zeit in den Bergen zurückdachte.

»Bei den Göttern!« rief er schließlich aus. »Du hast recht!« Als er zu begreifen begann, wie wichtig diese Entdeckung war, stieß er einen leisen Pfiff aus. »Wenn Lisle also die Sonnenfinsternisse vorhersagen kann …«

»Überleg weiter«, drängte Varo.

»Was?«

»Slaton hat uns gesagt, daß erst gestern eine Sonnenfinsternis war«, antwortete Varo. »Wie viele Tage bleiben uns also?«

7.
KAPITEL

»Du hast dich also entschieden?« fragte Magara.

»Ja. Ich wäre gern noch eine Weile geblieben, aber ...« Slaton zuckte die Schultern.

»Du willst es dir nicht noch einmal überlegen?«

»Nein«, erwiderte er augenblicklich. »Es war gestern abend ganz offensichtlich, daß niemand hier jemals einen Menschen wie Lisle gesehen hat. Du hast selbst gesagt, daß dir niemand einfällt, der uns helfen könnte. Mit Varo und Brostek zu gehen scheint genau das Richtige zu sein – jedenfalls werden unsere Reisen jetzt einen Sinn haben. Je mehr ich darüber nachdenke, desto sicherer bin ich, daß wir gehen sollten.«

»Das spricht nicht gerade für meine Überredungskünste«, kommentierte sie lächelnd.

»Niemand hätte beredter sein können«, erwiderte er und grinste zurück. »Ich weiß auch deine Besorgnis zu schätzen. Aber ich ... laß es mich einfach so sagen, ich weiß, daß wir das tun müssen.«

Magara und Slaton hatten sich bis spät in die Nacht miteinander unterhalten, nur um kurz nach Sonnenaufgang von Varo und Brostek aus dem Schlaf gerüttelt zu werden mit der Neuigkeit, daß sie noch an diesem Morgen aufbrechen mußten. Die beiden Männer schienen darüber erfreut zu sein, daß Slaton ihnen bestätigte, daß er sie begleiten wollte. Dann waren sie wieder gegangen, um ihre eigenen Vorbereitungen zu treffen.

»Ich verstehe nicht, warum plötzlich alles so hastig gehen muß«, beschwerte sich Magara.

»Sie müssen ihre Gründe haben.« Slaton hatte einen Apfel in Scheiben geschnitten und reichte den Teller an Lisle weiter, der schweigend damit beschäftigt war, aus den Brosamen auf dem Tisch ein Muster zu formen. Der junge Mann sah kurz hoch und lächelte, bevor er zu essen begann.

»Sie werden vielleicht nach hier zurückkommen«, schlug

Magara hoffnungsvoll vor. »Warum begleitet ihr sie nicht lieber das nächste Mal?«

»Und was soll ich bis dahin tun?« fragte Slaton. »Sie könnten – ich zitiere – für mehrere Monate ohne Unterbrechung unterwegs sein. Wir wollen unsere Chance lieber jetzt ergreifen.«

»Es wird schwierig werden für Lisle.«

»Nicht schwieriger als das, was er bis jetzt zu ertragen hatte.«

Sie hatten das während der Nacht schon endlos durchgekaut, hatten über das Rätsel von Lisles Begabungen und Behinderungen gesprochen, über die Überfälle und die Sonnenfinsternisse und auch über das seltsame Leben, das Varo und Brostek führten.

»Vielleicht kannst du ihnen helfen«, gab Magara zu. »Aber ich werde dich vermissen. Es hat so gutgetan, dich zu sehen – und jetzt gehst du schon wieder weg.«

Es hatte so viel zu bereden gegeben, daß sie gar nicht dazu gekommen waren, sich ihren gemeinsamen Erinnerungen hinzugeben. Magara verspürte zum erstemmal einen Anflug von Heimweh, während sie und Slaton sich erhoben. Sie umarmten sich herzlich.

»Wir kommen zurück, ich verspreche es«, sagte er leise.

Hinter ihm schabte Lisles Stuhl über die Bodenbretter, als auch er aufstand. Magara streckte dem Jungen ihre Arme entgegen. Er kam langsam näher, wobei er jedoch errötete und mit den Augen blinzelte. Sie umarmte ihn herzlich.

»Wir kommen zurück«, sagte Lisle leise nach.

Über die Schulter des Jungen hinweg traf sich Magaras Blick mit Slatons.

Ich hoffe es, antwortete sie lautlos.

Viele der Besucher des Kraters, die genug Mut für den ersten Abstieg aufbrachten, wurden zu einer Abwärtsroute überredet, die als der ›Schwung‹ bekannt war. Die Wandführer beschrieben dies – wahrheitsgemäß – als den schnellsten Weg nach und von Trevine; auf dieser Strecke waren die

Rekordzeiten für die Reise in beiden Richtungen gemessen worden. Die meisten Leute setzten Geschwindigkeit mit Leichtigkeit gleich und wollten ihre Feuerprobe so schnell wie möglich hinter sich bringen. Der erste Ausflug eines Reisenden auf dieser Strecke war meist auch ihr letzter, weil ihnen eines nicht gesagt wurde – daß zwei Drittel des Abstiegs in einem einzigen steilen Sturz erfolgten. Die Passagiere wurden entweder in einem Geschirr aus Ledergurten oder in einem Netz von dem mit Gegengewichten versehenen Flaschenzug-System am Kraterrand aufgehängt. Dann wurden sie von dem überhängenden Felsen aus durch die Luft geschwungen und auf die siebzig Schritte tiefere Diamond-Klippe hinabgesenkt.

Die Streckenbezeichnung schien eine viel unheimlichere Bedeutung zu bekommen, während sie langsam durch die Luft schwangen. Die dabei aufkommenden Empfindungen bei den Passagieren reichten von Hysterie bis zu vorübergehendem Wahnsinn. Ironischerweise war diese Etappe der Reise völlig sicher – die Wandleute verstanden ihr Handwerk gut genug, als daß es anders hätte sein können –, aber das verminderte die Wirkung auf Kraterneulinge natürlich nicht.

Die Wandleute selbst benützten den ›Schwung‹ des öfteren, genossen die Geschwindigkeit und freuten sich über den geringen Aufwand. Die schon länger dabei waren, gingen rückwärts über den Kraterrand, bevor sie sich abstießen, aber die jüngeren und tollkühneren unter ihnen legten manchmal ein Geschirr an und sprangen in die Leere. Das geschah vor allem, wenn beeindruckbare jüngere Damen in der Nähe waren. Die Flaschenzug-Systeme bremsten ihren Fall sanft genug ab, und es war ganz sicher – vorausgesetzt, sie sprangen nicht zu weit nach draußen und riskierten damit, im Rückschwung gegen die Kraterwand zu prallen. Ihr Verhalten trug aber nicht dazu bei, künftige Passagiere zu beruhigen.

Als hätte der ›Schwung‹ selbst nicht gereicht, war der Schrecken des Abstiegs noch lange nicht vorbei, wenn der kleine Felsvorsprung erreicht war. Der Abstieg setzte sich, sofern die Beine des Reisenden ihn weiterhin trugen, über den Zickzackpfad fort, der der Klippe ihren Namen gegeben hatte. Obwohl der Weg durch eiserne Pfosten und in den Felsen gehauene Hand- und Fußstützen markiert war, gab es keine Führungsseile – und der Kraterboden befand sich noch immer gut dreißig Schritte unterhalb. Die letzte Hälfte dieser Entfernung wurde entweder an freihängenden Seilen oder an einem mit Menschenkraft bedienten Flaschenzug zurückgelegt. Wenn die erstmaligen Absteiger am Boden der Felswand ankamen, waren die meisten von ihnen so erleichtert, daß sie eine ganze Zeit nicht mehr laufen konnten. Bemerkungen der Wandleute wie: »Ein Glück, daß der Wind rechtzeitig nachgelassen hat« oder: »Ist es nicht erstaunlich, wie es die Vögel schaffen, ihre Nester auf diesen kleinen Vorsprüngen vor dem Hinabfallen zu bewahren?« verbesserten ihren Zustand natürlich nicht. Andererseits konnte jeder, der den ›Schwung‹ mutig hinter sich gebracht hatte und noch in der Lage war, am gleichen Abend eine von Trevines Tavernen zu besuchen, sicher sein, daß er eines seiner ersten Getränke – und vielleicht noch einige mehr – von einem seiner Führer ausgegeben bekam.

Es lag in der Natur des ›Schwungs‹, daß keine schweren Güter und nur wenige regelmäßige Reisende über diese Strecke in den Krater kamen. Es gab zwei weitere Hauptstrecken, und es war eine von diesen, die Varo und seine Begleiter benutzen wollten, um den Krater zu verlassen. Beide begannen auf der Ausgangsplattform, einem natürlich entstandenen, weiten Felsvorsprung direkt über der Geröllhalde am Boden der Kraterwand, der von den Wandleuten zusätzlich bearbeitet worden war. Die Plattform wurde entweder durch eine von zwei in das Felsgestein gehauene Treppen erreicht oder durch eine sanft abwärts führende Rutsche. Diese Rutsche war im Lauf der Jahre mühsam geglättet worden und diente dazu, schwere Güter zu rollen oder zu schieben.

Ein großes Flaschenzug-System mit Gegengewichten hob Güter und Menschen zum Safran-Vorsprung etwa in halber Höhe der Kraterwand. Wenn es richtig gehandhabt wurde, konnten mit diesem System zwei Ladungen – eine nach oben, eine abwärts – von bis zu sechs Personen transportiert werden. Der einzig schwierige Teil dieser Strecke bestand darin, den ›Punkt‹ zu überwinden, eine schroffe Felsenzunge, die etwa dreißig Schritte höher direkt über der Ausgangsplattform hing. Das erforderte Zeit, Geduld und die Mithilfe von Wandleuten, die Cravens Spalier benützten, ein Netzwerk von Eisenpfosten, die in den Felsen geschlagen worden waren. Dies war vor Jahrzehnten geplant und ausgeführt worden von einem Mann, der unpassenderweise Craven hieß, und erlaubte es den Wandleuten, auch schwere Gewichte geschickt zu bewegen und den Passagieren aus allen Richtungen behilflich zu sein. Diese Arbeit erforderte Beweglichkeit, Stärke und äußerstes Selbstvertrauen. Der Anblick der Arbeiter, die wie menschliche Spinnen über die Felsenwand huschten, entmutigte viele Reisende. Wenn der ›Punkt‹ einmal überwunden war, dann verlief die weitere Strecke geradewegs bis zum Safran-Vorsprung, der nach einem berüchtigten Zwischenfall benannt worden war, als ein Faß vom Kraterrand gefallen und mit explosiver Wucht auf den Felsvorsprung geprallt war und den ganzen Bereich orangegelb verfärbt hatte. Der Vorsprung war von den Wandleuten geglättet und erweitert worden.

Von Safran aus führten zwei verschiedene Routen nach ganz oben. Der direktere Weg war ein zweites Flaschenzug-System, das durch einen weiten, zerklüfteten Trichter namens Schlangenmaul bis direkt zur Randpforte eins führte. In diesem Bereich, schon ziemlich nahe am oberen Ende der Kraterwand, benötigten insbesondere sperrige Güter eine gute Führung, doch alles andere gelang problemlos hindurch. Die Wandleute versuchten ihre Passagiere zur Benutzung der anderen Route zu ermutigen, damit sie den Flaschenzug öfter zum Befördern von Gütern einsetzen konnten. Doch es gab immer noch Leute, die diese Strecke bevorzugten.

Die zweite Route begann am südlichen Rand des Vorsprungs und folgte Rakespills Wahnsinn, einem schmalen, aber klar begrenzten Pfad, der mit Seilen abgesichert war.

Als diese Strecke zum erstenmal begangen wurde, war es wenig mehr als ein ausgedehnter Riß in der Kraterwand gewesen, und jeder Finger- und Zehenhalt mußte sorgfältig gesucht werden. Jetzt bedurfte es dazu nur noch einer Kombination von vorsichtigen Bewegungen und guten Nerven.

Rakespills Wahnsinn führte auf einen ebenen Rastplatz, der einfach als Felszacke bezeichnet wurde. Von hier aus ging die Strecke mit einer fast senkrechten Kletterpartie weiter über den Kraxelweg – eine Folge von metallenen Sprossen, Ringen und Geländern –, die zu einem kleineren Vorsprung führte, der mit einem ungewöhnlichen Mangel an Originalität nur als kleine Felszacke bezeichnet wurde. Hier mußte der Reisende eine weitere Wahl treffen: entweder eine kurze Strecke an einem Seil entlang und dann Seile oder ein Geschirr, an dem er bis nach oben gezogen wurde; oder eine Serie von drei Strickleitern, die jeweils sieben oder acht Schritte weiter nach oben führten und durch Spalten im höchsten Wandbereich führten. Beide Strecken kam an der Wegstation heraus, die als Randpforte zwei bekannt war.

Sicherheitsvorrichtungen waren in jedem Bereich verfügbar und erlaubten es den Reisenden, sich an Seilen oder Pfosten zu befestigen, wann immer sie sich unsicher fühlten. Das häufige Ankoppeln und Entkoppeln behinderte jedoch das Vorwärtskommen, und erfahrene Kletterer gewannen an Ansehen, indem sie auf diese Hilfen verzichteten. Brostek und Varo entschieden sich fast immer für den Weg zu Randpforte zwei, verließen sich im Zweifelsfall lieber auf ihre eigene Stärke und Gewandtheit. Die Wandleute hatten jedoch immer das letzte Wort über die Route eines Reisenden. Als Slaton am Tag zuvor um die Abfahrt nach unten ersucht hatte, hatten sie nur einen Blick auf Lisle geworfen und die beiden Männer zur Ringpforte zwei geleitet. Die beiden Vettern hatten den ganzen Abstieg in einem geschlossenen Korb aus Seilen erlebt, der zuerst durch das Schlangenmaul verschluckt wurde und dann zum zweiten Flaschenzug auf Safran befördert wurde. Sie hatten sich beide geängstigt, aber Slaton war zugleich sehr beeindruckt gewesen. Jetzt würden sie den Krater auf derselben Route verlassen.

Varo und seine Gruppe begannen ihren Aufstieg von der Ausgangsplattform aus. Nachdem sie die verlangte Maut bezahlt hatten, wurden sie in den engen, aus Seilen geflochtenen Korb dirigiert, der mit einem hölzernen Boden versehen war. Brostek und Varo, die bereits alte Hasen waren, halfen dabei mit, den Punkt zu überwinden. Gleichzeitig tauschten sie Grüße mit den Wandleuten aus, die dort ihren Dienst erfüllten.

»Ihr verlaßt uns schon wieder?« rief einer von ihnen.

»Dieser kleine Krater ist so langweilig«, rief Brostek zurück. »Wir brauchen wieder ein wenig Aufregung.«

»Wir haben eine Arbeit zu erledigen«, fügte Varo nüchterner hinzu.

»Arbeit?« rief ein anderer Wandmann zurück. »Ihr beide? Ihr wißt doch gar nicht, was das Wort bedeutet!«

»Kommt doch mit und überzeugt euch selbst«, forderte Brostek sie heraus.

»Nein, danke. Bringt den Lautenspieler bald wieder zurück. Er ist es wert, daß man ihm zuhört.«

Die Kunde von Lisles erstaunlicher Begabung hatte sich schnell verbreitet.

Die Gruppe teilte sich in mittlerer Höhe des Aufstiegs auf. Varo und Brostek brachten die restliche Klettertour aus eigener Kraft hinter sich. Sie erreichten das obere Ende der Strickleitern rechtzeitig genug, um zur Randpforte eins hinübergehen und zusehen zu können, wie ihre Begleiter und Schatten durch das Schlangenmaul hindurch nach oben gezogen wurden. Die Wölfin, die sich längst an diese unnatürliche Reise gewöhnt hatte, lag friedlich zu Lisles Füßen zusammengerollt. Normalerweise hätte sie diese Reise allein hinter sich bringen müssen – wenige Reisende waren auf ihre Gesellschaft erpicht –, aber der Junge schien ihre Gegenwart als ganz normal zu akzeptieren, und selbst Slaton schien sich inzwischen in der Nähe des Tieres behaglich zu fühlen.

»Bei den Göttern!« bemerkte Slaton, als ihm wieder auf

festen Boden geholfen wurde. »Bin ich froh, daß das vorbei ist.« Er wagte einen Blick zurück in den Krater. Auch Lisle sah über den Rand hinweg und streckte eine zitternde Hand aus. Weit unterhalb stand Magara und sah zu ihnen hoch. Sie wirkte wie eine Ameise inmitten des Gerölls am Fuß der Kraterwand, während sie zu ihnen nach oben winkte. Die vier Männer winkten zurück und sahen dann zu, wie sie sich umwandte und sich auf den Weg in Richtung der entfernten Stadt machte.

Während die Reisenden weitergingen, spürten drei von ihnen – jeder auf seine Weise und in unterschiedlichem Ausmaß – die Trauer eines Verlusts in ihren Herzen.

ZWEITER TEIL

Blutsbrüder

»Habt ihr eigene Pferde?« fragte Varo, während sie in Richtung Melton gingen, der größeren und südlicher gelegenen der beiden Randsiedlungen.

»Ein Pferd«, korrigierte ihn Slaton. »Es fällt ihm nicht schwer, uns beide zu tragen.«

»Ist das nicht unpraktisch«, wunderte sich Brostek. »Wir reisen schnell – und wir haben Ersatzpferde, wenn ihr eines brauchen solltet.«

»Wenn wir nicht mithalten können, dann laßt uns zurück«, antwortete Slaton entschieden. »Wir wollen euch auf keinen Fall beim Fortkommen behindern.« Da er die Unsicherheit in den Gesichtern seiner neuen Freunde sah, fügte er hinzu: »Lisle ist noch nie allein geritten. Und wir haben viele Wegstunden zurückgelegt, seit wir aufgebrochen sind, manchmal auch im Galopp.«

»Wird es nicht zu unbequem?«

»Nein. Ich habe einen speziellen Sattel für uns beide anfertigen lassen, und wenn es nicht anders geht, kann Lisle an meinem Rücken festgeschnallt werden. Wir haben das schon getan, wenn es sein mußte.«

»Das klingt vernünftig genug«, entschied Brostek.

»Wo ist euer Pferd?« fragte Varo.

»In den Stallungen am anderen Ende der Ortschaft«, antwortete Slaton und wies in die Richtung.

»Dann geht und holt es. Wir treffen uns am Manhires. Das ist dieser große Platz auf der Hauptstraße.«

Slaton nickte.

»Wir werden euch dort mit einigen von unseren Männern bekannt machen«, sagte Brostek. »Und euer Pferd kann sich mit Schatten beschnuppern.« Er grinste. »Aus irgendeinem Grund scheint sie eine beunruhigende Wirkung auf Pferde zu haben – am Anfang jedenfalls.«

Slaton warf einen schnellen Blick auf die Wölfin, die gerade in diesem Augenblick anhaltend zu gähnen beliebte und dabei zwei Reihen bestialisch wirkender Reißzähne entblößte.

»Ich kann mir gar nicht vorstellen, warum«, bemerkte er grinsend.

Damit trennten sich ihre Wege.

»Glaubst du noch immer, daß es eine gute Idee war, sie mitzunehmen?« fragte Brostek, während er Lisle nachsah, der nur mühsam vorankam.

»Die Zeit wird es zeigen«, antwortete Varo gleichmütig. »Laß uns nach Langel sehen.«

Die beiden Männer gingen in die Stadt hinein. Der augenscheinlichste Kontrast zu Trevine war wie immer der Staub, der sich hier über alles zu legen schien. Im Krater war die Reinhaltung des Sees von äußerster Wichtigkeit, aber hier boten die Straßen die übliche Mischung von Pferdedung, Schutt und Sommerstaub. Ihre Nasen wurden von einer Mischung von stechenden Gerüchen belästigt; dem Gestank von Jauche und faulenden Küchenabfällen, den Düften von Essen und Trinken und rauchendem Holz wie auch der unbeschreiblichen Mixtur, die ein Dutzend verschiedene Gewerbe und rund eintausend Menschen hervorbrachten.

Die Gebäude von Melton reichten von festen Steinhäusern bis zu schäbigen Baracken – und ihre Bewohner waren so unterschiedlich wie ihre Wohnstätten. Wohlhabende Kaufleute, deren feine Kleidung teilweise mit dem Zeichen der Gilde bestickt war, ritten auf wohlgenährten Pferden, während Bettler und in Lumpen gehüllte Kinder mit Straßenmusikanten und einem Jongleur mit einem Glasauge um die Münzen der wohlhabenden Passanten konkurrierten. Neben diesen Extremen konnte sich die Randsiedlung der Geschäftsinhaber rühmen, deren Fleiß – oder eben der Mangel daran – eine Stadt weitgehend prägten. Schmiede, Bäkker, Zimmerleute, Gastwirte, Wahrsager, Bauern und Metzger – sie alle wollten ihren Anteil am allgemeinen Handel haben. Andere, wie etwa Juweliere, zogen ihren Vorteil aus der Verbindung mit Trevine und den Schätzen des Kraters.

An diesem Morgen waren die Geschäfte schon in vollem

Gange, und die Straßen waren voll von Leuten, Pferden und Fuhrwerken. Straßenhändler priesen lautstark ihre Waren an, Hunde bellten und Katzen schlichen durch die Gassen, verteidigten fauchend ihr Revier. Erstmalige Besucher waren leicht an ihrem verwirrten Gesichtsausdruck zu erkennen. Die geschäftstüchtigen Einwohner stürzten sich rasch auf sie und versuchten, ihre Unerfahrenheit zu ihrem Vorteil zu nutzen. Doch nur wenige Ortsansässige schenkten Varo und Brostek mehr als flüchtige Aufmerksamkeit. Selbst Schatten wurde kaum beachtet. Der Rand war an eigenartige Reisende gewöhnt.

Manhires war ein großes Bauwerk aus Holz, das drei Seiten eines quadratischen Hofes umschloß. Zwei Gebäudeteile des U-förmigen Umrisses enthielten Stallungen; der dritte war ein einfaches Gästehaus. Es bestand aus einem großen Gemeinschaftsraum, in dem man sich zu essen und zu trinken kaufen konnte, und Schlafsälen zu beiden Seiten. Der Anschlag außerhalb lautete: »MANHIRES. DIE BESTEN PFERDESTÄLLE UND DIE WEICHSTEN BETTEN DES RANDES.« Die letztere Behauptung ging mehr auf den Geschäftssinn des Besitzers denn auf die Wahrheit zurück, aber in seinen Ställen wurden die Tiere tatsächlich gut gepflegt und versorgt. Da so viel von ihren Pferden abhing, sahen Varo und Brostek den höheren Preis von Manhires als gerechtfertigt an, für den ihre Tiere neben sicherer Unterkunft nahrhaftes Getreide und sauberes Wasser erhielten.

Sie betraten die Haupthalle des Gästehauses und stießen auf zwei Männer, die Drachen spielten, ein Kampfspiel, das mit Strategie und List auf einem Brett mit schwarzen und weißen Rechtecken ausgefochten werden mußte. Ein dritter Mann – derjenige, den sie suchten – saß nicht weit davon in einem bequemen Polsterstuhl, ging Listen durch und murmelte zu sich selbst. Alle drei sahen den Neuankömmlingen entgegen.

»Ihr kommt früh zurück.« Ein leichte Unruhe klang in Langels Stimme mit.

»Wir müssen aufbrechen«, stellte Varo ruhig fest. »Heute.«

»Heute?« Langel, ein wunderlicher Mann, stand auf und schwenkte seine Papiere herum. Er wirkte empört. »Unsere Vorräte sind noch lange nicht vollständig.«

»Sind die Pferde zum Losreiten bereit?« verlangte Varo zu wissen und ignorierte den Unmut den anderen.

»Ja, aber ...«

»Dann gehen wir mit dem, was wir haben«, sagte Varo und machte klar, daß seine Entscheidung unumstößlich war.

Langel sah zu Brostek hinüber, der lediglich grinste.

»Du wirst es schon hinbekommen, Langel«, bemerkte er. »Du schaffst es immer.«

Der andere öffnete den Mund, um zu protestieren, überlegte es sich dann aber und gab sein Einverständnis.

Varo wandte sich dem jüngeren der beiden Spieler zu, der kaum zwanzig Jahre alt war und sandfarbene Haare hatte. Er war groß und beeindruckend muskulös gebaut.

»Ross, trommle die anderen zusammen«, wies ihn Varo an. »Laß dir von deinem Bruder helfen, wenn er hier ist.«

»Ich weiß nicht, wo er ist«, erwiderte der junge Mann. »Er sagt mir nie etwas. Und auch niemand anderem, was das angeht. Ich glaube manchmal ...«

»Nun, du weißt jedenfalls, wo du Keredin finden kannst«, unterbrach ihn Varo. »Laß dir von ihm helfen.«

»Warum so eilig?« protestierte Ross. »Ich war gerade dabei, zu gewinnen.«

Varo betrachtete das Spielbrett.

»Du hättest nach vier Zügen verloren«, stellte er kategorisch fest. »Geh jetzt.«

Nach einem verblüfften Blick auf das Brett starrte Ross seinen Gegenspieler an, der selbstgefällig grinste. Dann ging er schweigend – und verzichtete einmal darauf, das letzte Wort zu haben. Der andere Spieler, ein älterer Mann mit kurz geschnittenen, leicht ergrauten Haaren und Bart, blickte erwartungsvoll auf Brostek. Er verschränkte die Arme vor seiner mit eisernen Nieten besetzten Lederjacke.

»Komm, Bair«, sagte Brostek. »Laß uns versuchen, ein paar von den Stallburschen zu wecken.«

»Paßt auf, daß ihr Slaton nicht verfehlt!« rief ihnen Varo nach, als die beiden Männer den Raum verließen.

»Slaton?« erkundigte sich Langel.

»Wir haben zwei neue Mitglieder.«

»Pferde?« fragte Langel sofort, der wie immer zuerst an die praktischen Dinge dachte.

»Sie haben eines«, antwortete Varo. »Sie reiten zusammen.«

Der ältere Mann hob die Augenbrauen.

»Ich habe jetzt nicht die Zeit, es zu erklären«, sagte sein Anführer. »Zeig mir, was wir haben.«

Slaton und Lisle kamen nur wenig später an. Brostek war erleichtert, als er sah, daß sie wirklich ein großes Reittier hatten, dem sowohl Schnelligkeit als auch Ausdauer zuzutrauen war. Er hatte Bair bereits ein wenig über die Neuankömmlinge erzählt; der alte Soldat war neugierig, mehr über sie zu erfahren, aber auch ein wenig verwirrt. Brostek war über seine Reaktion besorgt – der Veteran haßte das Kartell aus Gründen, die er nie erklärt hatte, und Slaton war der Sohn eines Kartellmitglieds. Obwohl Varo und Brostek die unangefochtenen Führer der Gruppe waren, war Bair der älteste unter ihnen, und seine Stimme hatte Gewicht bei den anderen. Sie konnten sich keine ernsthaften Debatten unter ihren Leuten leisten.

Bair sah den gerade Angekommenen zu, als sie von ihrem Pferd stiegen. Slaton und Bair drückten sich fest die Hände, als Brostek sie einander vorstellte, wobei jeder den anderen mit ernster Miene einzuschätzen versuchte. Lisle nickte in seiner seltsamen Art, als sein Name genannt wurde, ignorierte jedoch die ausgestreckte Hand des Veteranen. Bair stand einen Augenblick lang verlegen da, zog dann die Hand wieder zurück. Slaton machte einen Versuch, es zu erklären, doch der ältere Mann winkte ab.

»Wenn nur die Hälfte von dem stimmt, was der junge

Brostek mir gesagt hat«, sagte er rauh, »dann brauchst du gar nichts mehr zu sagen. Lisle ist bei uns willkommen.«

Hinter ihm lächelte Brostek erleichtert und begann damit, die Pferde zu satteln.

Langel und Varo hatten ihre Bestandsaufnahme abgeschlossen.

»Es ist nicht viel für die Berge«, sagte der Quartiermeister zweifelnd.

»Wir sind schon mit weniger zurechtgekommen«, entgegnete Varo. »Und außerdem können wir auf diese Weise schneller reisen.«

Ein Mann mit sandfarbenen Haaren kam herein.

»Warum kommst du schon wieder zurück?« verlangte Langel zu wissen.

»Das ist nicht Ross, sondern Rogan«, erklärte ihm Varo.

Die beiden Brüder sahen vollkommen gleich aus, doch in ihrem Temperament waren sie völlig gegensätzlich. Ross konnte einen Drachen in den Schlaf reden, wie man zu sagen pflegte, während Rogan von Haus aus schweigsam war und selbst Varo vergleichsweise redselig wirken ließ. Der eine lachte stets, während der andere kaum einmal lächelte. Nur im Kampf waren sie sich gleich, waren zusammen unschlagbar – ihre eleganten, präzisen Bewegungen verbanden sich mit einer fast berserkerhaften Gewalt. Wie Varo und Brostek waren die Zwillinge durch die Überfälle zu Waisen gemacht worden, und das hatte ihre Charaktere auf unterschiedliche Weise geprägt. Doch ihre Hingabe und Treue zu Varos Gruppe waren unerschütterlich.

»Du kommst gerade richtig, Rogan«, sagte Varo. »Dein Bruder ist unterwegs, um die Gruppe zu sammeln. Geh und hilf ihm. Er wird zuerst nach Keredin gesucht haben. Wenn du also weißt, wo sich andere befinden könnten ...«

Rogan nickte und ging wortlos.

»Ich hätte es wissen sollen«, bemerkte Langel. »Ross hätte niemals so lange still sein können. Aber ich werde nie verstehen, wie du sie nur nach ihrem Äußeren unterscheiden kannst.«

Es zeugte vom Geschick der Zwillinge, ihre Mitstreiter aufzutreiben, und von Langels Organisationstalent, daß die ganze Gruppe schon eine Stunde nach der Mittagszeit aus der Stadt ritt. Varo gab ein gleichmäßiges, aber nicht zu rasantes Tempo vor, und zu jedermanns Erleichterung hielt das Pferd, das Slaton und Lisle zu tragen hatte, gut mit.

Es waren insgesamt sechzehn Männer. Slaton behielt den Gedanken für sich, daß es nicht eben viele waren, um sich gegen die gewaltige Macht der Messermänner zu stellen. Er war ihnen allen vorgestellt worden, bevor sie aufbrachen, doch die knappe Zeit und ihr Aufbruch unmittelbar danach bedeutete, daß er nur ein paar wenige von ihnen mit Namen hätte nennen können. Ihre Reaktionen auf ihn hatten von herzlich bis kühl gereicht, und auf Lisle waren zahlreiche fragende Blicke gerichtet worden. Aber was auch immer sie für sich gedacht hatten, keiner der Männer hatte Varos Entscheidung in Frage gestellt, die beiden Neuankömmlinge in ihre Gruppe aufzunehmen. Als sie erst einmal unterwegs waren, ergab sich kaum mehr eine Möglichkeit, sich zu unterhalten. Slaton sehnte sich nach dem Abend, damit er seine Begleiter besser kennenlernen und vielleicht ihr Vertrauen gewinnen konnte.

Ein Mitglied der Gruppe, an das er sich erinnerte, war Keredin. Das lag teilweise an seinem auffallenden Aussehen – eine gebogene, fast schnabelähnliche Nase und eine Mähne von pechschwarzem Haar – und an der Tatsache, daß er ein ehemaliger Zauberer war. Er ritt jetzt neben Slaton und schien fast wie in Trance zu sein.

Slaton sah sich um und wußte eines ganz sicher. Er war nie in seltsamerer Gesellschaft geritten. Das wurde noch deutlicher durch einen Zwischenfall, der sich ungefähr eine Stunde nach Beginn der Reise ereignete – als sich das siebzehnte Mitglied der Gruppe anschloß.

9.
KAPITEL

Varo führte sie auf einem breiten Weg um einen Berg herum, dessen Spitze aus verwittertem, grauem Felsgestein bestand. Links von ihnen zog sich ein sanft geneigter Hang auf eine Ebene hinab, in der sich Heidekraut und Gehölz mit Flecken von Weideland abwechselten. Rechts von ihnen ragte der felsige Berg in die Höhe. Schließlich kamen sie an eine Stelle der schmalen Felswand, wo sich etwa zehn Schritte über ihnen ein bedrohlich wirkender Überhang befand. Hier hielt Varo an und lehnte sich dicht an die Felswand. Er berührte vorsichtig eine Spur von Schlamm, mit dem die Form eines X auf den Stein gemalt worden war, betrachtete dann seine verschmutzten Finger.

»Er ist hier«, stellte Varo fest und wechselte einen Blick mit Bair. Der alte Soldat legte seine Finger an die Lippen und stieß einen durchdringenden, langgezogenen Pfiff aus. Ein seltsames Heulen antwortete ihm von oberhalb, ein Schrei, wie sie noch nie einen vernommen hatten.

Die Männer der Gruppe wirkten überrascht und alarmiert – dann sprang etwas von der Bergspitze über ihnen. Pferde und Menschen strebten panikartig auseinander, als das Ungeheuer auf sie herabstürzte und das markerschütternde Heulen von neuem ertönte.

Das Geschöpf landete mit einem dumpfen Aufschlag auf dem staubigen Gras und lag erledigt da. Die Stoßzähne waren schief, und die Beine in einem unnatürlichen Winkel ausgestreckt. Obwohl seine glasigen Augen und das blutige Maul darauf hindeuteten, daß der Eber schon vor seinem Absturz von der Bergspitze tot gewesen war, starrte ihn Varo dennoch entsetzt an. Sein Gesicht war kreideweiß, als hätte er einen Geist gesehen – und nur Brostek wußte, warum.

Die anderen sahen jetzt gespannt nach oben und versuchten die Angst zu verbergen, die das tote Tier ihnen eingejagt hatte. Slaton, den es selbst ziemlich mitgenommen hatte, versuchte den zitternden Lisle flüsternd zu beruhigen.

Unter ihnen kauerte sich Schatten wie erstarrt zusammen, die Augen auf den Eber gerichtet, und aus ihrer Kehle war ein tiefes Knurren zu vernehmen.

»Komm herunter, Ryker, du Wahnsinniger!« rief jemand.

Als eine Gestalt auf der Bergspitze erschien, deren Umriß sich dunkel gegen den Sommerhimmel abzeichnete, stieß Brostek obszöne Verwünschungen aus – und vermochte seinen Ärger nur zu beherrschen, weil einige seiner Begleiter in Gelächter ausgebrochen waren.

»Du hättest wenigstens erst nachsehen können, wohin das Ding fällt«, brachte er seine Tirade kraftlos zu Ende.

»Ich dachte, ihr wißt meine Jagdbeute zu schätzen!« rief Ryker zurück. »Es war eine gute Jagd«, fügte er begeistert hinzu.

»Komm herunter«, befahl Brostek. »Wir müssen weiterreiten.«

»Schon unterwegs.«

Ryker sprang kopfüber über den Vorsprung. Einmal mehr strebten die Pferde in Panik auseinander, und Schreie gellten durch die Luft. Doch als der fallende Körper nur noch zwei Schrittlängen vom unnachgiebigen Boden entfernt war, riß ein an Rykers Knöchel befestigtes Seil ihn kurz vor dem Aufprall wieder hoch. Der Akrobat schwang mit dem Kopf nach unten hin und her und lachte zugleich über die gelungene Wirkung seiner letzten Inszenierung. Dann langte er nach oben, löste den Knoten und schnellte auf den Boden.

Er sah sich jedoch Varo gegenüber, kaum daß seine Füße den Boden erreichten. Obwohl die Miene des Anführers nichts verriet, schlug er Ryker mit der offenen Hand ins Gesicht. Der kleine, drahtige Mann kam durch die unerwartete Wucht des Schlages ins Stolpern und stürzte, sah dann gekränkt und überrascht hoch. In der schlagartigen Stille wirkte Varos Stimme unglaublich ruhig – doch die Drohung seiner Worte war unmißverständlich.

»Wenn du jemals wieder das Leben von einem von uns wegen einer solchen Vorstellung riskierst«, sagte er tonlos, »dann werde ich dich eigenhändig umbringen.« Sein

Gesicht war eine Maske, die keinerlei Gefühlsregung verriet.

»Der Tod ist unser Gewerbe, Varo«, knurrte Ryker. »Ganz gewiß das meine. Warum solltest du dich dann vor einem toten Schwein fürchten?«

Wortlos wandte sich Varo ab und bestieg wieder sein Pferd. Keiner von den anderen bewegte sich oder sagte etwas, bis Ryker langsam wieder auf die Füße kam.

»Der Eber hätte einen von uns oder ein Pferd verletzten können«, unterbrach Brostek das Schweigen. »Verschwende deine Fähigkeiten lieber an jene, die den Tod verdient haben.«

Ryker starrte verdrossen auf den Boden.

»Wo ist dein Pferd?« fragte Langel.

»Hinter dem nächsten Felsvorsprung«, murmelte er.

»Dann los«, drängte Brostek.

»Sollen wir das Fleisch mitnehmen?« fragte Langel und deutete auf den Tierkadaver.

»Laßt es liegen«, befahl Varo und spornte sein Pferd an. Schatten näherte sich vorsichtig dem Eber und beschnüffelte ihn, ließ dann aber auf den Befehl ihres Herrn hin von ihm ab. Varo führte die Gruppe für den Rest des Nachmittags schweigend an und behielt ein gutes Tempo bei. Ryker hielt sich ziemlich hinten und gewann bald seine gute Laune zurück, lachte und scherzte mit seinen Begleitern. Slaton und Lisle ritten in der Mitte neben Keredin.

»Ist er immer so?« erkundigte sich Slaton vorsichtig.

»Ryker?« antwortete der ehemalige Zauberer. »Er ist ein Geschöpf der Wildnis. Er mag keine Städte.«

»Ihr trefft ihn also hier außerhalb?«

»Ja. Ich möchte nicht dafür verantwortlich sein, was er an einem zivilisierten Ort anrichten kann.«

»Warum?«

»Er liebt es, zu töten«, antwortete Keredin. »Vorzugsweise Menschen, aber wenn das nicht geht, dann genügen auch Tiere – und je wilder sie sind, desto besser.« Beiläufig fügte er hinzu: »Und er ist gut darin.«

Bei Einbruch der Dämmerung ließ Varo die Männer anhalten, und sie errichteten ihr Lager auf einer Waldlichtung oberhalb eines kleinen Flusses. Schatten und die Pferde tranken begierig, während die Reiter einer Vielzahl von Tätigkeiten nachgingen. Slaton sah ihnen zu und wußte nicht, was er tun sollte.

»Hol den Jungen und komm zu mir«, schlug Keredin vor. Er saß mit übereinandergeschlagenen Beinen auf dem Boden und bereitete eine Feuerstelle vor, indem er einen Ring aus Steinen um trockene Blätter und Holz legte. Slaton kam diesem Vorschlag dankbar nach und holte Lisle herbei.

»Wie wird man eigentlich ein ehemaliger Zauberer?« fragte er, nachdem er eine Zeitlang bei den Vorbereitungen des anderen zugesehen hatte. Keredin lächelte.

»Durch den Umstand, daß deine Kollegen dich nicht länger für geeignet halten, zu ihrem geschätzten Kreis zu gehören«, antwortete er.

»Und warum nicht?«

»Ach – aus einer ganzen Anzahl von Gründen.«

»Wie zum Beispiel?« drängte Slaton.

»Du willst also unbedingt die pikanten Einzelheiten meines Sturzes in die Ungnade erfahren, wie?« bemerkte Keredin belustigt.

»Tut mir leid«, erwiderte Slaton, der nun begriff, daß er zu neugierig geworden war. »Du mußt es mir nicht erzählen, wenn du es nicht willst.«

»Ach, das macht mir nichts aus«, sagte Keredin gleichmütig, während er weiter mit seiner Feuerstelle beschäftigt war. Slaton wartete und ließ Keredin die Zeit, seine Geschichte in Ruhe zu beginnen. Lisle schien vollkommen glücklich zu sein und nichts von dem zu bemerken, was um ihn herum vor sich ging.

»Ich habe drei verabscheuenswürdige Verbrechen begangen«, setzte der ehemalige Zauberer an. »Das erste bestand darin, daß ich den älteren Zauberern beziehungsweise unseren Herren vom Kartell nicht genügend Respekt gezollt habe. Egal, ob sie zitternde alte Schwachköpfe oder habgierige Tyrannen waren. Offenbar war meine Vorstellung, daß die Zauberei noch immer eine Verpflichtung gegenüber den

Menschen von Levindre zu erfüllen hat und nicht ausschließlich unserer eigenen Bequemlichkeit und unserem Wohlstand dienen sollte, völlig verfehlt – um das mindeste zu sagen.«

»Zauberer sind mir eigentlich nie als besonders wohlhabend aufgefallen«, kommentierte Slaton.

»Die meisten sind es nicht«, antwortete Keredin lachend. »Sie sind zu dumm.«

»Aber einige sind es doch?«

»Ein paar, die wissen, wie sie die Gesellschaft melken können«, fuhr der ehemalige Zauberer fort. »Sie behalten ihre jämmerlichen Geheimnisse für sich und verfaulen im Luxus, während die Gefoppten für sie arbeiten.«

»Das klingt vertraut«, sagte Slaton bedauernd. »Meine Familie hat es zu einer hohen Kunst darin gebracht, von anderen Leuten zu leben.«

»Kartell?«

»Ja.«

Keredin nickte. »Ich fühle mit dir«, fügte er leise hinzu.

»Dein zweites Verbrechen?« fragte Slaton einen Augenblick später.

»Mein zweiter Fehler bestand darin, daß ich etwas über die echte Magie erfahren wollte«, sagte Keredin. »Die alte Magie. Und das wird heutzutage mißbilligt.«

»Aber Zauberei hat doch immer mit Magie zu tun«, protestierte Slaton.

»Du weißt so wenig«, antwortete der andere betrübt. »Zauberei hat damit zu tun, es auf keinen Fall zuzulassen, daß die Magie den Gewinn behindert – oder was immer das Kartell haben will. Warum sind die sogenannten Zauberer, die du siehst, so mitleiderregende Geschöpfe? Welche Gefahr könnten sie schon darstellen? Das Kartell hat es geschafft, eine ganz nützliche Sache wirkungslos werden zu lassen. Und sie haben das mit voller Absicht getan.«

Einige der anderen hatten sich inzwischen um sie versammelt, und Keredin fuhr fort, bevor es Slaton möglich war, das Gehörte zu verarbeiten.

»Aber um eine lange und ermüdende Geschichte abzukürzen, meine letzte und unverzeihliche Sünde bestand darin, meine Liebe zu gestehen.«

»Was?«

»Dir ist sicher bekannt, daß Zauberer ehelos bleiben sollen?« fragte Keredin grinsend.

Slaton nickte und spürte eine gewisse Verlegenheit, als ihm geschmacklose Witze über Zauberer und das Zölibat einfielen.

»Intime Beziehungen mit Frauen entziehen einem Zauberer seine Kräfte, verstehst du«, erklärte Keredin in einer gewollt wichtigtuerischen Tonart. »Eine solche Heuchelei! Vielleicht war es einmal so; vielleicht brauchte die alte Magie Reinheit oder Selbstverleugnung, aber als ich die Zauberei lernte, war es nur noch ein Witz. Es gab Häuser. Die besten von ihnen waren sehr verschwiegen, und die Mädchen hatten etwas – und sie wurden gut bezahlt. Es gab nur eine Regel. Es durften keine Verbindungen eingegangen werden, keine Beziehungen in der wirklichen Welt draußen. Darin habe ich gefehlt.« Er hielt inne und dachte zurück. »Wir liefen zusammen weg. Es war das Schlimmste, was ich tun konnte.« Sein Blick wirkte jetzt gehetzt.

»Und das Mädchen?« fragte Slaton zögernd, da er die Tragödie bereits ahnte.

»Sie wurde von den Rohlingen umgebracht, die losgeschickt wurden, um sie zurückzubringen. Selbst meine Kräfte reichten nicht aus, sie zu retten.« Seine Verbitterung hatte offenbar noch immer nicht nachgelassen. »Danach wurde mir gesagt, daß ich mich nicht mehr als Zauberer bezeichnen durfte. Das war mir egal. Die Magie schien mir bei weitem nicht mehr so verlockend zu sein.« Er hielt erneut inne, und Slaton überlegte vergeblich, was er dazu hätte sagen können. Es schien ihm sehr wichtig zu sein, diesem Mann zu helfen, seine schmerzliche Vergangenheit zu bewältigen, doch er wußte, daß diese Aufgabe ihn überforderte.

»Jedenfalls«, fuhr Keredin fort, »konnten sie mir nicht das Wissen nehmen, das ich bereits hatte.«

Seine sorgfältigen Vorbereitungen für das Feuer waren

jetzt abgeschlossen. Er deutete mit beiden Zeigefingern auf den Holzstoß und murmelte ein paar Worte. Mit einem plötzlichen Aufbrausen entzündeten Flammen die Holzscheite. Slaton sprang überwältigt hoch, doch Lisle schien es nicht weiter zu berühren. Der Junge lächelte nur und streckte die Hände mit den Handflächen voraus gegen das Feuer, um sie zu wärmen.

»Das ist ein nützlicher Trick«, sagte Slaton, nachdem er sich von der Überraschung erholt hatte.

»Über *Tricks* komme ich auch nicht hinaus«, erwiderte der ehemalige Zauberer. »Was eine großer Jammer ist, weil so viel mehr möglich ist.« Diesmal klang es nicht zynisch, sondern nach echtem Bedauern.

Die meisten aus der Gruppe hatten sich jetzt um das Feuer versammelt, nachdem sie ihre Aufgaben erfüllt hatten. Die Pferde waren versorgt, Holz gesammelt und die Wassergefäße wieder gefüllt worden. Sie hatten die Schlafunterlagen ausgepackt und geeignete Plätze ausgesucht. Jetzt war die Zeit gekommen, etwas zu essen. Langel und Ross brachten die Vorräte zum Feuer.

»Es gibt schmale Rationen heute abend, Jungs«, verkündete Langel, und die Männer stöhnten auf. »Wo ist denn Luchs?« fragte er und sah sich um.

»Auf der Jagd«, antwortete Bair.

»In dieser Dunkelheit?« höhnte Langel. »Er wird nicht einmal ein Scheunentor treffen.«

»Wenn er hungrig genug ist«, antwortete der Veteran, »dann trifft er alles, und wenn es pechschwarz ist.«

»Stimmt«, ließ sich eine Stimme aus der Dunkelheit vernehmen. »Du bist offenbar schon halb blind, weil du ewig deine Listen durchsehen mußt, Langel.« Dann trat ein schmaler Mann mit scharfumrissenen Gesichtszügen hervor, der einen Bogen umhängen hatte. Er schleuderte zwei Wildvögel auf den Boden.

»Die Scheunen sind ziemlich klein in dieser Gegend«, bemerkte er.

Der Anblick frischen Fleisches belebte die anderen. Ross unterhielt sie schon bald mit einer Anzahl von absurden Witzen – über die er selbst lauter lachte als jeder andere. Luchs legte sich mittlerweile hin und schien schon schlafen zu wollen.

»Erstaunlich«, sagte Slaton leise zu Keredin und deutete auf die Vögel. »Es war *wirklich* dunkel.«

»Ja, Luchs hat viele erstaunliche Fähigkeiten – und ebenso viele Geheimnisse. Abgesehen davon, daß er offensichtlich mit den Augen einer Katze sehen kann, kennt niemand seinen Namen, und er hält seine Vergangenheit unter dem Schleier der Verschwiegenheit.«

»Ganz anders als du, Zauberer!« kommentierte Luchs, dessen Augen noch immer geschlossen waren. »Du hast die Neuen bestimmt schon mit deiner Lebensgeschichte gelangweilt.«

Weder er noch Keredin klangen feindselig, doch Slaton wollte nicht wieder Keredins traurige Geschichte hören, sondern es drängte ihn, seine neuen Mitstreiter besser kennenzulernen.

»Warum Luchs?« fragte er.

»Es paßt zu mir«, antwortete der auf dem Rücken liegende Mann einfach. »Ist ein Name weniger gut, wenn man ihn sich selbst ausgesucht hat?«

Unvermutet ließ sich Lisle zum erstenmal an diesem Abend vernehmen.

»Weniger gut, wenn man ihn sich selbst ausgesucht hat?« wiederholte er und ahmte die gedehnte Sprache des Jägers nach.

Luchs richtete seinen Oberkörper auf und blickte den Jungen wütend an.

»Hast du ein Problem damit, Junge?« verlangte er zu wissen.

»Nein. Laß mich erklären …«, mischte sich Slaton rasch ein.

»Junge?« wiederholte Luchs laut, ohne seinen starren Blick von Lisle abzuwenden. Lisle schien noch immer das Feuer zu betrachten.

»Halt den Mund, Luchs!« befahl Brostek.

Die Katzenaugen richteten sich erst auf Brostek, dann auf Varo.

»Warum ist er überhaupt hier?« forderte Luchs Brostek heraus. Bei seinen Worten verstummten alle.

Während ihres hektischen Aufbruchs vom Rand hatte Varo keine Gelegenheit gehabt, seine Entscheidung in bezug auf die Neuankömmlinge zu erklären. Jetzt blieb ihm keine Wahl. Er wußte, daß keiner seiner Männer seine Autorität anzweifeln würde, aber er wollte sie von Lisles Nutzen überzeugen – und dessen war er sich selbst nicht völlig sicher. Mit sorgfältig gewählten Worten begann er die Fähigkeiten des Jungen zu erklären, wobei er vor allem seine Fähigkeit, in die Zukunft zu blicken, herausstellte. Brostek und Slaton fügten an passenden Stellen noch Erklärungen ein, aber als sie alles wesentliche gesagt hatten, sahen sie viele der Männer noch immer verdutzt an.

»Den Eber hat er nicht vorhergesehen, oder?« kicherte Ryker. »Er hat gezittert wie ein Blatt.«

»Je weniger du über *diesen* Zwischenfall sagst, desto besser«, sagte Brostek ernst. Ryker duckte sich und betastete sorgfältig das Ohr, das den Schlag Varos abbekommen hatte.

»Wenn ich *recht* habe«, sagte Varo und ignorierte die Unterbrechung, »dann könnte uns Lisle zu den Orten führen, wo Überfälle stattfinden.«

Obwohl ein paar skeptische Blicke gewechselt wurden, wurde keine grundlegend abweichende Meinung geäußert. Slaton begann zu begreifen, daß diese Gruppe wirklich voll und ganz hinter ihrer Aufgabe stand – und gegenüber Varo absolut loyal war. Wer so unterschiedliche Charaktere zusammenschweißen konnte, der konnte eine großartige Truppe befehligen.

»Du sagst, die letzte Sonnenfinsternis war vor zwei Tagen«, bemerkte Bair nachdenklich. »Ich habe sie nicht gesehen.«

»Wie hättest du auch?« rief Ross aus. »Du gehst nie nach draußen! Aber es hat sie gegeben.« Andere nickten zustimmend. »Es war nicht besonders beeindruckend«, fuhr der

Zwillingsbruder fort. »Die Sonne wurde gegen Mittag leicht verfinstert, aber nur für ein paar Augenblicke.«

Die meisten Anwesenden murmelten zustimmend. »Es schien mir aber länger zu sein«, warf Slaton ein. »Und wir waren nur zehn Wegstunden westlich.«

»Ich habe es auch länger gesehen«, fügte Ryker hinzu. »Es war wirklich ein Spektakel, muß ich sagen.«

»Von der Sonnenfinsternis war also mehr zu sehen«, mutmaßte Keredin, »je weiter nördlich oder östlich der Betrachter vom Krater entfernt war. Was bedeutet das?«

Niemand konnte ihm eine Antwort geben.

»Und dennoch war von *innerhalb* des Kraters überhaupt nichts zu sehen«, fügte Brostek hinzu.

»Wir brauchen einen Augenzeugen, der sich weiter westlich oder südlich aufgehalten hat«, schlug Ross vor. »Das könnte uns mehr verraten über ...«

»Was?« fragte Luchs und grinste boshaft.

»Wen interessiert das?« warf Langel ein. »Wir *haben* keinen Augenzeugen. Und das Essen ist fertig.«

Während sie aßen, beobachteten einige, wie sich Lisle mit seiner Portion abmühte. Eine Zeitlang wurde wenig gesprochen, aber nach der Mahlzeit wandten sie sich ihren unmittelbaren Plänen zu.

»In welche Richtung reiten wir also?« fragte Ross.

»Avranche«, antwortete Varo und nannte damit den Namen eines entfernten Bergdorfes. »Es ist eine bloße Vermutung, aber wir waren seit Monaten nicht mehr dort – und sie ebenfalls nicht.« Er mußte nicht erklären, wer *sie* waren.

Ross nickte. »Wenn dort nichts geschieht«, sagte er eifrig, »können wir über den Trockennebel-Paß Grassmeer erreichen.«

Lisle erstarrte plötzlich, ohne daß es von den anderen bemerkt wurde.

»Dann können wir unseren Weg nach Penberry fortsetzen. Dort gibt es zahlreiche Aussichtspunkte, so daß wir ein großes Gebiet übersehen können. Warum sollten wir nicht ...« Er hielt unvermittelt inne. »Warum zittert er?«

Lisle zitterte am ganzen Körper, obwohl die Nacht mild war und er dicht am Feuer saß.

»Ist mit dir alles in Ordnung?« fragte ihn Slaton, der ebenso überrascht war wie die anderen. »Was *ist* mit dir?«

Lisle antwortete nicht; seine Augen flackerten, als sähe er eine andere Welt – oder als erlebte er einen Traum.

»Holt eine Decke«, sagte Bair.

Lisle schrie, seine Augen rollten nach oben.

»Wasser! Schnell!« befahl Bair, während Slaton seinen Cousin vorsichtig auf den Boden legte.

Nach kurzer Zeit wurde Lisle wieder ruhiger, schien Trost zu finden unter der über ihn gezogenen Decke. Er nippte ein wenig von dem Wasser und schien sich bald wieder ganz erholt zu haben. Sein Kopf wackelte wie der eines Kleinstkindes, als er sich wieder aufrichtete, und seine Augen blickten in eine unbestimmte Ferne. Doch die seltsame Belastung schien von ihm genommen zu sein. Verdutzte und unsichere Blicke trafen ihn.

»Wir werden Duncery morgen früh erreichen«, stellte Varo fest und lenkte damit die Aufmerksamkeit der anderen ab. »Vielleicht gibt es dort Neuigkeiten für uns. Wir werden dann über unsere weitere Route entscheiden.«

Duncery war eine der Ortschaften, wo Botschaften ihres Netzwerks von Beobachtern hinterlassen wurden. Viele Hochländer betrachteten Varo und seine Männer als Helden und sammelten alle Informationen, die für sie nützlich sein konnten – Anzeichen für ungewöhnliche Bewegungen in den Bergen, welche Pässe durch Schneefälle unpassierbar waren, das unerklärte Verschwinden von Tieren und so fort – sie gaben die Berichte von Mund zu Mund durch Leute weiter, die von Dorf zu Dorf reisten. Obwohl die Berichte oft vage waren und sie oft zu spät erreichten, um von Nutzen zu sein, waren sie ihnen stets willkommen.

Varos Entscheidung signalisierte ihnen, daß es Zeit war, sich auf den Schlaf vorzubereiten.

»Wie wäre es mit einem Wiegenlied von unserem Musikanten?« schlug Luchs listig vor. Alle Blicke richteten sich auf Lisle, doch er reagierte nicht.

»Wirst du für uns spielen, Lisle?« fragte Brostek freundlich.

»Für uns spielen, Lisle?« betete der Junge nach und nickte.

Slaton holte die Laute aus ihrem Gepäck und überreichte sie seinem Cousin.

»Den Hexenwald«, schlug er vor.

Lisle grinste. Sein Gesicht war augenblicklich von Leben erfüllt, und sanft glitt er mit einem Finger über die Saiten. Nachdem er zwei von ihnen sorgfältig eingestellt hatte, begann er zu spielen.

Innerhalb weniger Augenblicke verwandelte sich die eintönige, vom Feuer beschienene Lichtung in ein Zauberreich der Phantasie. Die Musik verbreitete sich gleich einer Flüssigkeit, ihre Tropfen schienen sich über die flackernden Flammen des Feuers zu legen, verwandelten sie in regenbogenfarbene Märchengeschöpfe: Libellen tanzten mit schillernden Feuerdrachen, Eisvögel mit Baumfeen. Der Wald selbst schien näherzukommen und zu lauschen. Keiner sah die Bilder genauso wie der andere, doch alle standen in ihrem Bann.

Als der letzte Ton verklang, war ihre gemeinsame Ehrfurcht zu spüren. Obwohl Varos Entscheidung, Lisle in ihre Gruppe aufzunehmen, nicht offen angegriffen worden war, hatte es doch einigen Widerwillen gegeben. Was die Erläuterung der Gründe nicht geschafft hatte, hatte Lisles Musik bewirkt.

Keredin war der erste, der sich wieder erholte.

»Bei den Göttern!« flüsterte er. »Ich habe so etwas nicht mehr gehört seit ...« Er schnippte plötzlich mit den Fingern und murmelte ein paar seltsame Silben. Funken und Flammen schossen aus der Feuermitte in die Luft und brachten alle außer Lisle dazu, ihre Augen zu schützen. Der Junge lächelte nur und spielte ein blitzschnelle, zarte Tonfolge, die die neugeborene Flamme *formte*.

Das geisterhafte Gesicht von Magara lächelte sie alle an.

»Woher nimmt Langel das Geld für all eure Vorräte?« fragte Slaton. Weil er seinen Nutzen für die Gruppe beweisen wollte, hatte er sich freiwillig gemeldet, mit Bair zusammen Wache zu halten. Es war jetzt alles ruhig, und er nutzte die Gelegenheit, mehr über ihre Lebensweise zu erfahren.

»Du meinst, wir sehen nicht gerade wie gutbetuchte Kaufleute aus?« fragte der alte Soldat und grinste.

»Nicht direkt«, gab Slaton zu.

»Wir kommen zurecht«, fuhr Bair fort. »Einige der Dörfer, denen wir geholfen waren, sind recht großzügig im Rahmen ihrer Möglichkeiten. Und wenn wir zu spät gekommen sind, um einen Ort zu retten, dann haben wir alles an uns genommen, was einen gewissen Wert hatte. Die Toten haben nichts dagegen!« Seine Miene war jetzt ernsthaft, und Slaton konnte die schrecklichen Erinnerungen sehen, die sich in seinen Augen spiegelten. Dann zuckte er mit den Schultern. »Und wir machen das Beste daraus. Langel bekommt es hin, daß uns wenig für eine weite Strecke reicht. Einige von uns arbeiten in der wenigen Zeit, die uns bleibt – und ein paar von uns sind sich nicht zu schade, unsere Vorräte auf eine ... etwas weniger übliche Weise zu strecken.«

»Wie etwa, von denen *auszuleihen*, die ohnehin genug haben?«

»So kann man es auch ausdrücken.«

»Ich wollte nur taktvoll sein.«

»Das warst du auch«, antwortete Bair und grinste erneut. »Aber Kerwin würde es nicht das geringste ausmachen, ein Dieb genannt zu werden.«

»Wer ist Kerwin?« fragte Slaton und versuchte, mit dem Namen ein Gesicht zu verbinden.

Bair deutete in die Dunkelheit.

»Da drüben. Der Blonde, dessen Augen immer unruhig sind. Laß ihn nicht in die Nähe deiner Taschen, wenn etwas Wertvolles drin ist!« Er lachte leise, als er den überraschten

Ausdruck seines Begleiters sah, und fügte dann hinzu: »Mach dir keine Sorgen. Varo hat ihm die schlimmsten Übertreibungen abgewöhnt, aber manchmal kann er einfach nicht anders, als sich Dinge *anzueignen* – doch niemals von uns. Er setzt seine Verstohlenheit und Schnelligkeit bei uns für andere Zwecke ein, und seine Fähigkeiten haben uns schon oft geholfen.«

Ihre Unterhaltung wurde durch eine Bewegung im Lager unterbrochen, als eine Gestalt sich erhob und vorsichtig auf sie zubewegte. Slaton erkannte Brostek, und er wußte sofort, warum er nicht schlafen konnte. Der Anblick von Magaras Gesicht in den Flammen hatte sie alle beschäftigt – selbst diejenigen, die sie noch nie zuvor gesehen hatten. Nachdem sich die anfängliche Aufregung gelegt hatte, hatte Varo vorgeschlagen, sich etwas Schlaf zu gönnen. Seine leise Beharrlichkeit hatte die meisten beruhigt, doch seinen Partner hatte das Zwischenspiel offenbar sehr berührt.

»Konnte nicht schlafen«, murmelte Brostek unnötigerweise, als er sich Bair und Slaton anschloß. Magaras Flammenbild ging ihm offensichtlich nicht mehr aus dem Kopf.

»Bei einer Nachtwache ist man immer froh, Gesellschaft zu haben«, sagte Bair gleichmütig.

Ein paar Augenblicke des Schweigens vergingen.

»Ich habe es doch nicht geträumt, oder?« platzte Brostek heraus. »Ihr habt sie auch gesehen?«

Slaton nickte.

»Ein nettes Schätzchen«, bemerkte Bair. »Frage mich, wie *sie* das empfunden hat.«

Die beiden anderen starrten ihn an. Sie waren beide so sehr mit ihren eigenen Reaktionen auf Magaras geisterhafte Erscheinung beschäftigt gewesen, daß keiner von beiden die mögliche Wirkung auf *sie* bedacht hatte.

»Du glaubst doch nicht ...«, begann Slaton. »Sicher ...« Er gab auf, da er wußte, daß diese Frage nicht zu beantworten war.

»Keredin kann oder will nicht erklären, was geschehen ist«, beschwerte sich Brostek. »Er sagt nicht einmal, wer es getan hat, er oder Lisle. Sieh ihn dir an – da liegt er und schnarcht zufrieden!«

»Und Lisle wird dir auch kaum weiterhelfen können«, sagte Bair. Slaton zuckte zusammen und bemerkte, daß Brostek ihn hoffnungsvoll ansah.

»Sieh mich nicht so an«, bat er. »Ich habe keine Ahnung. Lisle hat noch nie so etwas getan. Es hat mich auch erschüttert.«

Brostek nickte enttäuscht.

»Hinter Keredin verbirgt sich mehr, als auf den ersten Blick zu sehen ist«, erinnerte ihn Bair. »Du solltest das wissen. Er wird reden, wenn er soweit ist. Leg dich jetzt wieder schlafen.«

Brostek zögerte und akzeptierte dann den Rat seines Gefährten. Er wandte sich ab und ging vorsichtig zwischen den schlafenden Männern zu seiner eigenen Decke zurück. Er legte sich nieder, fand aber noch immer keinen Schlaf. Wie war Magaras Gesicht heraufbeschworen worden? Und warum? Es schien so sinnlos zu sein, fast grausam – und Grausamkeit war kein typischer Zug von Keredin – oder Lisle, soweit er es beurteilen konnte. Und wer *hatte* es getan? Lisle war Magara erst am Abend zuvor begegnet, aber Brostek wußte, daß Keredin sie *niemals* gesehen hatte. Und ihre Ähnlichkeit war vollkommen gewesen. Also mußte es Lisle gewesen zu sein. Doch wie Slaton sagte, hatte der Junge so etwas noch nie getan. Außerdem hatte er, als er zuvor gespielt hatte, für jeden eine andere Vision heraufbeschwört – und doch hatten sie *alle* Magaras Gesicht gesehen. Es ergab keinen Sinn.

Brostek wäre fast noch einmal aufgestanden, um die Wahrheit aus Keredin herauszuholen. Aber er beherrschte sich; wie Bair gesagt hatte, würde der einstige Zauberer reden, wenn er soweit war. Brosteks Gedanken kehrten statt dessen zum Inhalt des Bildes selbst zurück.

Ich liebe sie, dachte er zum ersten Mal. *Weiß sie davon? Was empfindet sie für mich?* Es war klar, daß sie gute Freunde waren, aber konnte es – sollte es jemals mehr sein als das?

Wenn wir nicht unsere Aufgabe hätten …

Brostek brachte seinen Gedanken nicht zu Ende, wandte sich absichtlich anderen Dingen zu. Sein Blick fiel auf den Umriß des friedlich schlummernden Varo. Brostek kannte seinen Partner besser als jeder andere, doch er hätte nicht erklären können, wie dieser auf die Vision reagiert hatte. Nach außen hatte Varo so ungerührt wie immer gewirkt, doch er hatte seinen inneren Aufruhr verraten durch sein hastiges Drängen, daß sie sich alle schlafen legen sollten. Er hatte es den Männern damit unmöglich gemacht, Mutmaßungen über die seltsame Erscheinung anzustellen. *Er liebt sie ebenso wie ich*, begriff Brostek plötzlich. *Ich frage mich, ob er es selbst weiß.*

Dann beschäftigten sich seine Gedanken mit Slaton, Magaras Freund aus Kindheitstagen. Er schien ehrlich zu sein, aber vielleicht wußte er mehr, als er sagte. Brostek fragte sich, was in der Nacht geschehen war, die sie zusammen verbracht hatten. Als sich sein Gesicht spürbar erhitzte, erkannte er, daß er eifersüchtig war.

Sei doch nicht so dumm!

Er fühlte sich ziemlich lächerlich und schlief endlich ein. Seine letzten wachen Gedanken waren Bairs Worte.

Ich frage mich, wie sie es empfunden hat.

Als sich Slaton am nächsten Morgen erhob, waren seine Augen stark gerötet. Er fand sein Pferd bereits fertig hergerichtet und gesattelt vor. Er weckte Lisle und setzte sich benommen in Bewegung. Erst später bemerkte Slaton, daß Keredin wieder neben ihnen ritt. Der ehemalige Zauberer erwies sich als ebenso mitteilsam zum Thema von Magaras Erscheinung, wie Brostek vorhergesagt hatte, daher ließ Slaton das Thema fallen. Er fragte sich mit einiger Verspätung, wer sich um sein Reittier gekümmert hatte.

»Du kannst Jed dafür danken«, sagte ihm Keredin. »Ihm und seinem Anhang.« Er deutete auf eine Gruppe von vier großen Männern, die zusammen hinter den Anführern ritten.

Slaton erinnerte sich, wie diese Männer im Lager zusammen gearbeitet hatten. Im Gegensatz zu ihrer offensichtlichen Stärke waren sie äußerst sanft mit den Tieren umgegangen. Er suchte in seinem Gedächtnis nach ihren Namen. *Das sind Jed und sein Bruder Lorimer. Die beiden hinter ihnen sind ihre Cousins Chase und Neal.* Slaton hatte keinen aus diesem Quartett viel reden gehört. Sie schienen mit ihrer Rolle im Hintergrund zwischen so vielen auffälligen Figuren ganz zufrieden zu sein.

»Ihre Farm war eine der ersten, die von den Messermännern überfallen wurde«, erzählte Keredin bereitwillig weiter.

»Wie sind sie entkommen?« fragte Slaton.

»Sie hatten auf einer weit entfernten Wiese gearbeitet und kamen zu spät nach Hause. Inzwischen waren alle anderen tot oder verschwunden. Sie versuchten die Angreifer zu verfolgen, doch sie bekamen sie nie zu sehen. Danach zogen sie umher. Doch sie konnten sich nie wieder niederlassen und Beschäftigung bei einem der großen Landbesitzer suchen, daher kehrten sie in das Hochland zurück und lebten als Jäger und Sammler. Dabei sind sie uns begegnet.«

»Sie sehen aus, als stünden sie auch bei einem Kampf ihren Mann«, sagte Slaton.

»Das tun sie«, bestätigte Keredin. »Und sie haben außerdem eine persönliche Rechnung zu begleichen. Indem sie sich Varo und Brostek anschlossen, haben sie ihrem Leben einen Sinn gegeben.«

»Wegen Varo und Brostek sind wir alle dabei«, sagte Slaton nachdenklich.

»Selbst du und Lisle?«

»Selbst wir«, bestätigte er. »Was für eine Hilfe wir auch immer sein können …« Slaton zuckte mit den Schultern.

»Varo hätte euch nicht aufgefordert, euch uns anzuschließen, wenn er nicht Pläne mit euch hätte.«

»Ist er immer so berechnend?«

»Du hast ihn erlebt. Was meinst du?« In Keredins Worten lag eine Spur von Herausforderung. »Etwas in ihm ist gestorben, als seine Familie und sein Zuhause vernichtet wurden. Der einzige Mensch, für den er etwas empfindet, ist Brostek

– und man muß schon genau hinsehen, um das feststellen zu können. Aber zwischen ihnen gibt es eine sehr starke Verbindung. Jemand hat sie einmal Blutsbrüder genannt.«

Ihr Weg führte sie durch den Wald und dann in die offene Heidelandschaft hinaus. Ein dritter Reiter gesellte sich an ihre Seite.

»Was für Flausen setzt dir der Zauberer in den Kopf?« fragte der Neuankömmling. Er grinste und ließ schöne weiße Zähne in einem freundlichen, breiten Gesicht aufblitzen. Die Lust am Possenreißen blitzte in seinen weit auseinanderliegenden blauen Augen auf.

»Achte nicht auf ihn, Slaton«, riet Keredin, bevor der andere selbst antworten konnte. »Vilman ist die Ausnahme, die die Regel beweist. Ich weiß nicht, *warum* er mit uns reist. Ganz bestimmt nicht wegen unserer Aufgabe oder unserer Anführer wegen … und er wäre niemals in der Lage, *echten* Blödsinn noch als solchen zu erkennen, weil für ihn alles nur Blödelei ist.«

Das Grinsen des jungen Mannes wurde noch breiter.

»Zauberer reden immer zuviel«, bemerkte er. »Ich fühle mich nur wohl, wenn etwas los ist – und das ist bei dieser fröhlichen Bande immer der Fall.«

»Diese fröhliche Bande?« wiederholte Lisle überraschend.

Vilman lachte.

»Das muß doch auf Dauer so sein, als lebte man mit einem persönlichen Echo«, bemerkte er trocken und wurde dann ernsthafter. »Glaubst du, daß er kämpfen kann?«

»Dazu wird es nicht kommen«, warf Keredin rasch ein.

»Für Lisle bin *ich* verantwortlich«, antwortete Slaton bestimmt. »Wir beanspruchen keine Sonderrolle. Wenn wir kämpfen müssen, dann werden wir es tun, so gut wir es können.«

Vilman nickte und lächelte wieder.

»Vielleicht sollte er etwas für die Messermänner spielen«, schlug er vor. »Sie so bezaubern, daß sie sich ergeben. Kannst du den Totentanz spielen, Lisle?«

Zuerst kam keine Reaktion. Dann stieß Lisle ein Winsel aus, gefolgt von einem wahnsinnigen Gelächter. Vilman lachte nur in sich hinein, schien mit sich zufrieden zu sein und spornte sein Pferd an, um sich den Reitern vor ihnen anzuschließen.

Slaton drehte sich mit beunruhigter Miene im Sattel um, doch Lisle hatte sich wieder beruhigt.

»Bist du in Ordnung?«

Der Junge lächelte und nickte auf seine eigene, unbeholfene Weise. Seine seltsamen Augen verrieten nichts von dem, was in seinem Inneren vor sich ging.

Die Reisegesellschaft erreichte die Ortschaft Duncery in den späten Morgenstunden. Der Aufenthalt war angenehm, da Varo ein gutes Tempo vorgelegt hatte. Es erwies sich jedoch als eine nur kurze Pause, nachdem sie davon erfuhren, daß in Avranche ungewöhnliche Vorzeichen beobachtet worden waren. Ein Rudel Wölfe hatte sich seit Tagen herumgetrieben, sehr zur Beunruhigung der Dorfbewohner, und war dann plötzlich wieder verschwunden. Das Wild war sehr rar geworden in der Gegend, seltsame Lichter waren im Wald oberhalb gesehen worden, und die Bergadler hatten ungewohnt oft ihre Kreise gedreht. All dies schien Varos Vermutung über die Gegend zu bestätigen, obwohl bislang nichts von den Messermännern oder ihren Helfern gesehen worden war.

Trotz Langels Murren war die Gruppe eine Stunde nach ihrer Ankunft bereits wieder unterwegs in die höher gelegenen Gebiete. Die Berge kamen näher, während sie mit einem neuen Gefühl der Dringlichkeit weiterritten.

Zwei Tage später erreichten Varo und seine Männer Avranche, kurz bevor es Mittag wurde. Slaton hatte sich zunehmend um Lisle gesorgt, während sie sich dem Ort näherten. Der Junge hatte weinerlich gewirkt und hatte mehrmals auf Varo gedeutet und versucht, Slaton etwas zu sagen. Seine Wortfetzen ergaben jedoch keinen Sinn, und es schien keinen Grund für seine Unruhe zu geben. Avranche wirkte friedlich, die Bewohner gingen ihren täglichen Angelegenheiten nach – die Ankunft der Gruppe unterbrach sie jedoch. Die Dorfältesten kamen, um mit Varo und Brostek zu sprechen. Sie bestätigten die Berichte von den seltsamen Ereignissen der letzten Zeit, aber sie bestanden darauf, daß alles wieder beim alten war.

Die Spannung innerhalb der Gruppe löste sich und mündete in Enttäuschung, bei Slaton sogar in Erleichterung. Doch bevor eine Entscheidung über ihr weiteres Vorgehen getroffen werden konnte, stieß der noch immer auf dem Pferd sitzende Lisle eine überirdische Wehklage aus. Seine Stimme hob sich und fiel in einem langgezogenen Heulen, das erschreckend wirkte im Vergleich zu seiner gewohnten musikalischen Anmut. Alle richteten augenblicklich ihre Aufmerksamkeit auf ihn; die Dorfbewohner ängstigten sich, und viele hielten sich die Ohren zu. Einige machten vergebliche Handzeichen gegen das Böse und den Wahnsinn. Dann streckte Lisle zitternd einen Arm aus, und alle Augen wandten sich in Richtung auf das Bergtal oberhalb des Dorfes. Der Trockennebel-Paß machte seinem Namen alle Ehre; ein trüber Nebel füllte den oberen Teil des Tals aus und schob sich auf sie zu.

Brostek und Varo warfen sich vielsagende Blicke zu.

»Das ist kein Nebel. Das ist Rauch!« rief Varo aus.

»Grassmeer!« schrie Ross mit geweiteten Augen.

»Los!« brüllte Brostek, während er in den Sattel sprang.

Sie hatten einen Kampf vor sich – vorausgesetzt, sie kamen noch rechtzeitig an ihr Ziel.

Später erinnerte sich Slaton kaum noch an Einzelheiten ihres hektischen Ritts nach Grassmeer. Zunächst war er verhalten geritten, da er wußte, daß sowohl Lisle als auch sein eigener Mangel an Erfahrung sie eher zu einer Belastung machten. Doch sein Pferd wurde schon bald von der fieberhaften Aufregung angesteckt und flog so schnell wie die anderen dahin. Hinter ihm ließ Lisle ein langgezogenes Heulen erklingen, das Furcht und Wut ausdrückte, aber auch einen unglaublichen Eifer. Slaton fragte sich flüchtig, ob das der Schlachtruf seines Cousins war.

Einige der Männer vor ihnen stießen Schreie aus, um ihre Reittiere zu größerer Geschwindigkeit anzutreiben oder andere zu ermutigen. Die meisten jedoch waren schweigend entschlossen, und ihre Gedanken verloren sich im Rauschen des Windes und im Donnern der Hufe. Der stechende Rauchgestank drang in ihre Nasen, doch Lisles heulender Gesang brach nie ab. Noch bevor Slaton es begriff, ritten sie auch schon in Grassmeer ein – und sein Weltbild zerbrach in zahllose Scherben, von denen eine jede eine Szene der Verwirrung, des Schreckens und der Verzweiflung darstellte.

Die Hälfte der Häuser von Grassmeer stand in Flammen. Die kaum mehr atembare Luft war erfüllt von Schreien und Flüchen, während die Menschen ziellos in alle Richtungen liefen.

Eine Frau stolperte mit entflammten Kleidern aus einer brennenden Hütte heraus. Hinter ihr taumelte ein kleiner Junge, der sein Gesicht mit den Armen zu schützen versuchte. Das Kind wurde von einem Soldaten ergriffen, der ein schmutziggrünes Kopfband mit einem Abzeichen trug: ein großes M, das von einer waagrechten Linie durchkreuzt wurde. Die Mutter des Kindes wandte sich schreiend um und vergaß ihre eigene Bedrängnis, doch ein anderer Soldat schlug mit dem Schwert nach ihr. Sie stürzte und griff sich an den Bauch. Der Junge wurde weggeschleppt, aber Varo erreichte den Entführer, und die stählerne Klinge seines Schwertes schnitt tief in den Hals des Mannes. Der Plünderer sank in einer roten Pfütze zusammen. Der Junge schlug heftig auf dem Boden auf, kauerte sich zusammen und blieb reglos liegen.

Weitere Soldaten mit grünen Bändern trieben unbewaffnete Dorfbewohner vor sich her – die meisten von ihnen waren älter oder sehr jung – in Richtung auf die Berge oder auf die Versammlungshalle zu, die den Mittelpunkt der Siedlung bildete.

Andere Dorfbewohner, sowohl Männer als auch Frauen, leisteten noch immer Widerstand. Sie verstärkten jetzt ihre Anstrengungen, da neue Hoffnung in ihnen aufkeimte. Aber die Angreifer waren zahlenmäßig weit überlegen und besser bewaffnet: Hacken und Stangen konnten nicht viel gegen Schwerter und Eisenspeere ausrichten. Gleichzeitig änderten die Eindringlinge ihre Taktik. Bevor Varo und seine Männer aufgetaucht waren, hatten sie so viele Gefangene wie möglich zu machen versucht; jetzt waren sie nur noch darauf aus, zu töten. Da sie nun begreifen mußten, daß ihnen Widerstand entgegengesetzt wurde, stachen viele Plünderer einige ihrer wehrlosen Opfer nieder, bevor sie sich den ernsthaften Gegnern zum Kampf stellten.

Ein paar Augenblicke lang gab es ein furchtbares Gemetzel, doch dann verhinderten die Neuankömmlinge das weitere Abschlachten. Sie ritten mit großer Geschwindigkeit in die Ortschaft hinein und verteilten sich. Dabei benutzten sie die Reittiere zu ihrem Vorteil , indem sie ihre Feinde niederritten und ihre größere Höhe wirksam einsetzten. Trotzdem war es offensichtlich, daß sie gegen die Überzahl der Plünderer nicht bestehen konnten, solange sie Mann gegen Mann kämpften.

Das Element der Überraschung verhalf ihnen im ersten Ansturm zu einem guten Erfolg. Viele der Plünderer mit den grünen Bändern gingen zu Boden, als Varo und Brostek eine Schneise in die Masse ihrer Körper schlugen und dabei inmitten der aufeinanderschlagenden Klingen nicht um ihr eigenes Leben zu fürchten schienen. Schatten lief neben ihnen her und verstärkte noch den Schrecken, den sie auslösten. Ross und Rogan gingen ebenfalls zusammen vor. Ihre Pferde kreisten die Feinde ein, und die Schwerter der Zwillinge schnitten wie eine zweischneidige Sense in die Körper der Feinde. Die älteren Mitglieder der Gruppe bildeten ebenfalls eine Kampfgemeinschaft: Langel, Bair und Keredin kämpften Seite an Seite – wenn auch weniger nahe beisammen als die Zwillingsbrüder –, hielten sich gegenseitig den Rücken frei und warnten sich vor unbemerkten Gefahren. Andere gingen weniger systematisch vor; Jed und seine Verwandten waren während des wilden Rittes voneinander getrennt worden, und jeder kämpfte jetzt für sich. Slaton sah, wie die beiden Farmer von ihren Pferden gezogen wurden. Er war jedoch zu weit entfernt, um ihnen helfen zu können. Andere Mitglieder ihrer Gruppe kämpften sich zu ihnen durch. Vilman war ebenfalls mitten im Kampfgetümmel, während sich Luchs davon fernhielt. Er trieb sich mehr am Rand des Geschehens herum und schoß seine tödlichen Pfeile aus dem Pferdesattel ab.

Kerwin und Ryker hatten sich unter die Menge gemischt. Slaton begriff, daß die beiden von ihren Pferden gestiegen waren. Er bekam ab und zu flüchtig etwas von ihnen zu sehen, während sie sich durch das Chaos bewegten, angriffen, sich zurückzogen und erneut angriffen – so schnell und tödlich wie giftige Schlangen. Rykers schmales, dunkles Gesicht schien vor Begeisterung zu leuchten, und in seinen Augen glühte eine mordlüsterne Freude.

Slaton hatte keine Zeit mehr, das Geschick seiner Mitstreiter zu verfolgen; er und Lisle befanden sich selbst in Gefahr. Zwei feindliche Soldaten steuerten auf sie zu und schwangen ihre Speere. Slaton verfluchte seine eigene Dummheit und machte sich daran, sein Schwert zu ziehen. Doch bevor ihm das gelang, schrie Lisle. Der schmerzhaft schrille Ton war von so schneidender Klarheit, daß ihr Pferd sich aufbäumte und die Plünderer erschrocken innehielten. Dieses Zögern war alles, was Brostek und Vilman benötigten, um über sie herzufallen. Einen Augenblick später waren die beiden Soldaten tot.

»Haltet euch heraus!« keuchte Brostek und riß sein Pferd wieder herum, während Schatten ihm folgte.

»Habt ihr euren Spaß?« fragte Vilman mit hochgezogenen Augenbrauen, bevor er sich wieder dem Kampf zuwandte.

Eine Gestalt in einem blauen Umhang kam aus der Versammlungshalle heraus, stand ruhig und reglos inmitten des Tumults. Kalte Augen überblickten das Geschehen, sahen von einem der Reiter zum nächsten. Ein leichtes Lächeln spielte über die Lippen des Beobachters, als gefiele ihm, was er sah. Sein unerbittlicher Blick ruhte auf einigen länger als auf den anderen. Keredin und Brostek genossen ebenso wie Varo seine besondere Aufmerksamkeit, bevor er sich Slaton und Lisle zuwandte. Slaton hatte sein Pferd wieder beruhigen können und hielt abwehrend sein Schwert vor sich, doch jetzt fühlte er sich nackt und wehrlos. Er konnte die Gefahr in diesem starren Blick spüren, und er war sich sicher, daß auch Lisle diese Empfindung teilte. Der Junge zitterte und verstummte angesichts des Mannes, der sicher einer der Messermänner von Bari war.

Varo hatte jetzt den reglosen Beobachter entdeckt, und seine eiserne Miene wurde noch entschlossener. Er drängte sein Pferd in Richtung auf seinen Gegenspieler, wurde jedoch von einer Mauer verzweifelter Menschen abgehalten. Er wollte sich mit dem Pferd über sie hinwegsetzen, wurde aber aufgehalten und sah sich nach Unterstützung um.

»Luchs!« schrie er, um über das Tosen der Flammen und das Klirren der Waffen hinweg gehört zu werden. »Luchs!« Varo deutete auf den reglosen Feind.

Luchs hörte ihn. Er legte einen Pfeil auf die Kerbe, zielte und ließ ihn fliegen. Die Pfeilspitze schnellte unfehlbar ihrem Ziel entgegen. Die Gestalt im Umhang bewegte sich nicht, zuckte nicht einmal mit der Wimper, während der Pfeil mitten in seine Brust eindrang. Der Schaft glitt glatt durch ihn hindurch und blieb zitternd im Holz hinter ihm stecken. Der Messermann selbst war in keiner Weise verletzt worden.

Sein kaltes Lächeln verstärkte sich. Mit einer Geste der äußersten Verachtung wandte er seinen Angreifern den

Rücken zu und deutete mit beiden Zeigefingern auf den Türpfosten. Das plötzliche Auflodern eines blauen Feuers blendete alle Umstehenden, und ein unheimliches Knistern zerriß die Luft. Als es vorüber war, war auch der Messermann verschwunden. Er hatte sich vollkommen in Luft aufgelöst.

Wenn Varo Wut oder Enttäuschung empfand, so war es in seinem Gesicht nicht zu erkennen. Er raste auf das Holzgebäude zu, ließ feindliche Soldaten wie vertrocknete Blätter links und rechts zu Boden gehen. Da ihr Anführer verschwunden war, gaben viele der Plünderer auf und liefen davon, wurden zu einer leichten Beute ihrer Verfolger. Andere kämpften weiter, aber ihre Anstrengungen waren nur noch halbherzig. Viele fanden den Tod und ließen mit ihren erbärmlichen Überresten den Berg von Leichen noch weiter anwachsen.

Varo erreichte die Halle, stieg ab und ging hinein. Wie erwartet, war hier nichts von dem Messermann zu sehen, doch lagen im Inneren mehre blutleere Körper herum. Mit noch immer ausdruckslosem Gesicht ging Varo wieder nach draußen. Auf dem Holz glühte bläulich das bereits vertraute Brandmal; darunter wurde ein Symbol wiederholt.

Gegen Abend war eine gewisse Art von Ordnung wiederhergestellt worden, auch wenn Grassmeer nie wieder sein würde wie zuvor. Obwohl die Ankunft von Varo und seiner Gruppe die Ortschaft vor der völligen Verwüstung bewahrt hatte, hatten alle Familien Verluste zu beklagen. Viele der noch Lebenden waren verletzt. Alle, die zu heilen vermochten – Keredin, Bair und einige der ortsansässigen Frauen –, waren den ganzen Nachmittag über voll beschäftigt. Selbst jene, die keine Verletzung davongetragen hatten, waren verwirrt und standen unter Schock; die Plünderer hatten niemanden verschont, jung oder alt, Mann oder Frau. Den traurigsten Anblick boten die kleinen Körper, die behutsam auf den dörflichen Scheiterhaufen gelegt wurden.

Varos Männer hatten ebenfalls Verluste zu beklagen. Lorimer und Neal waren tot. Ihre zerhackten Leichen waren kaum noch erkennbar. Jed, Chase, Langel und Vilman waren verletzt, würden sich aber wieder erholen. Die meisten anderen hatten kleinere Schnitte und Schrammen abbekommen. Obwohl die Zahl ihrer Opfer minimal war im Vergleich zu den dreißig oder noch mehr Plünderern, die getötet worden waren, überwältigte sie ein betäubendes Gefühl des Verlustes und der Trauer. Es wurde noch verschlimmert durch das rätselhafte Entkommen des Messermannes und das Wissen, daß so viele Dorfbewohner hätten gerettet werden können, wenn sie nur ein wenig früher angekommen wären. Wie üblich war keiner der Plünderer lebend gefaßt worden, und so bestand keine Hoffnung, mehr zu erfahren.

»Nun, wir kommen der Sache näher«, bemerkte Langel. »Wir haben vorher noch nie einen der Sieben zu Gesicht bekommen.«

»Das schien ihm aber nicht viel auszumachen, oder?« warf Vilman ein.

Sie hatten alle das hämische Lächeln in dem knochigen Gesicht des Mannes bemerkt.

»Ich schwöre, mein Pfeil hat ihn genau getroffen«, murmelte Luchs und schüttelte ungläubig den Kopf.

»Das hat er«, bestätigte Keredin tonlos.

»Aber wie …?«

»Dieser Mann – wenn er ein Mann *ist* - hat Kräfte«, antwortete der ehemalige Zauberer mit finsterem Blick.

»Zauberei«, sagte Brostek.

»Es ist immer möglich gewesen, die Magie für das Böse wie auch für das Gute zu verwenden«, stimmte Keredin zu. »Ich sollte das besser als jeder andere wissen. Ich kann mir das nicht einmal ansehen …« Er machte ein Handzeichen zu dem blauen Brandzeichen auf der Halle, das im schwachen Licht der Dämmerung glühte, » …ohne mich übergeben zu wollen.«

»Ich werde er herausschneiden«, entschied Brostek.

Er trat vor das Holzgebäude, das Schwert in der Hand. Während er auf das Holz einschlug, flogen die Splitter in alle Richtungen, bis von dem verhaßten Zeichen nichts mehr übrig war. Zufrieden kehrte Brostek zu seinen Begleitern zurück, die ein gutes Stück von den Dorfbewohnern entfernt saßen und ihre Trauer respektierten.

Bair hatte Jeds Verband überprüft und wandte sich Slaton zu.

»Ist der Junge jetzt in Ordnung?«

Lisle hatte lautlos gezittert, seit der Messermann ihn angesehen hatte. Er war inzwischen ruhiger, aber es hatte sich als unmöglich erwiesen, ihm eine Reaktion zu entlocken.

»Ich glaube, es geht ihm ein wenig besser«, antwortete Slaton. »Ich … es tut mir leid, daß wir so hinderlich waren. Wir passen das nächstemal besser auf uns selber auf.«

»Ihr hättet Probleme bekommen, wenn er nicht geschrien hätte«, bemerkte Vilman mit einem trockenen Lächeln.

»Laß gut sein, Vilman«, wies ihn Brostek an. »Wir lernen alle durch unsere Fehler.«

»Kann Lisle für Lorimer und Neal spielen?« fragte Jed plötzlich. Es waren seine ersten Worte nach einer langen Zeit des Schweigens.

»Ich weiß nicht«, antwortete Slaton.

»Hol die Laute«, sagte Keredin bestimmt.

Ross sprang eifrig auf, holte das Instrument und legte es vor Lisle nieder, der es verständnislos ansah.

»Wirst du spielen, Lisle?« wiederholte Jed. »Für meinen Bruder und meinen Vetter?«

»Lisle?« fragte Slaton nach, als sein Cousin nicht reagierte.

Dann nahm der Junge die Laute mit zitternden Händen auf stützte sie auf seinem Schoß ab. Er schien wieder von dieser Welt zu sein. Er überprüfte die Einstellungen und sah fragend auf seinen Beschützer.

»In die Nacht hinein«, schlug Slaton vor.

Während Lisle eine gemessene, elegische Melodie spielte, die von einer gespenstischen Traurigkeit erfüllt war, wurden alle Zuhörer von seiner Musik ergriffen und starrten auf den noch immer brennenden Scheiterhaufen. Die Körper der beiden Vettern lagen Seite an Seite neben den Dorfbewohnern, die sie nicht mehr hatten retten können. Das Lied bedurfte keiner Worte, um von ihrer Reise in das Unbekannte zu berichten oder von der Trauer derer, die zurückblieben. Während er spielte, schien Lisles Gesicht von innen erleuchtet zu sein – nicht aus Freude, sondern durch ein seltsames, fast überirdisches Entzücken. Viele der Dorfbewohner versammelten sich um sie, um seiner Musik zu lauschen. Ebenso wie Jed und Chase weinten sie offen, als die letzten Töne sich verloren.

»Danke«, sagte Jed schließlich mit gebrochener Stimme.

Während die Dorfbewohner schweigend in die Dunkelheit davonschlichen, sagte Keredin leise: »Deine Musik lindert viele Schmerzen, Lisle. Ich wünschte nur, sie könnte *das* beseitigen.«

Er wies auf den Eingang der Gemeinschaftshalle. Auf dem von Brosteks Schwert freigelegten Holz leuchtete erneut das blaue Brandzeichen. Der Glanz schien sie alle zu verspotten.

Varo und seine Gruppe blieben zwei weitere Tage in Grassmeer, zum Teil wegen ihrer eigenen Verwundeten, und zum anderen, weil sie den überlebenden Dorfbewohnern helfen wollten. Das Zeichen des Bösen hatte sich bis auf ein paar blaue Funken verflüchtigt.

Es war noch keine Entscheidung darüber getroffen worden, was als nächstes getan werden sollte. Selbst Varo schien unsicher zu sein, was auf die anderen beunruhigend wirkte. Seine entschiedene Führung vermittelte ihnen allen ein Gefühl der Sicherheit, aber er schien jetzt auf einen Anstoß von außen zu warten. Brostek wußte, daß sein Freund seine Hoffnung in Lisles besondere Begabungen setzte. Doch das Wunderkind war noch weniger mitteilsam als sonst. Wenn Lisle irgendwelche Vorstellungen von ihrem nächsten Ziel hatte, dann war er offensichtlich nicht willens oder in der Lage, ihnen mehr darüber zu sagen. Tatsächlich schien er nur abends lebendig zu werden, wenn er für seine neuen Begleiter und die Dorfbewohner die Laute spielte.

Es war darüber diskutiert worden, ob die geflüchteten Plünderer verfolgt werden sollten. Ryker und Luchs hatten zusammen mit wenigen Dorfbewohnern einige der Entflohenen gejagt und getötet und damit eine letzte, bittere Rache geübt. Aber es schien letztlich nur eine Zeitverschwendung zu sein, wenn sie diese Handvoll Feinde jagten, von denen ein jeder entweder bis zum Tod kämpfte oder ohne ersichtlichen Grund sein Leben aushauchte.

»Wenn ich glauben könnte, daß wir dadurch wieder an den Messermann herankommen«, gab Brostek zu, »dann wäre ich unbedingt dafür. Doch er reist offenbar nicht auf die uns bekannte Weise.«

»Das ist vorsichtig ausgedrückt«, kommentierte Ross. »Du blinzelst einmal, und er ist weg. Wohin auch immer er geht, er ist so schnell wie eine scheltende Stimme. Fast wie ...«

»Und wir wissen, daß sie für eine ganze Zeit nicht mehr in ein bestimmtes Gebiet zurückkehren«, fuhr Brostek fort und unterbrach damit seinen redseligen Gefährten. »Daher sollten die wenigen Plünderer, die überlebt haben, keine unmittelbare Bedrohung darstellen.«

»Aber *sie* reisen auf die uns bekannte Weise«, bemerkte Bair. »Zu Fuß.«

»Ja.«

»Wir können also ihre Spur verfolgen, wenn wir es wollen.«

»Ja«, warf Varo ein. »Aber sie zerstreuen sich stets nach einer Niederlage. Ihr kennt das. Wir müßten uns also aufteilen, aber es ist wichtig, daß wir zusammenbleiben.«

»Da stimme ich zu«, fuhr Bair fort. »Aber vielleicht wäre es wenigstens *einmal* sinnvoll, einen von ihnen zu verfolgen. Nicht, um ihn gefangenzunehmen, sondern um zu sehen, wohin er geht.« Er hielt inne, während die anderen über seinen Vorschlag nachdachten. »Wir wissen, daß sie zumindest für Monate nicht in der gleichen Gegend angreifen. Woher bekommen sie dann ihre Anweisungen, wohin sie als nächstes kommen sollen?«

»Es muß einen Ort geben, an dem sie sich treffen«, antwortete Ryker.

»Genau! Und vielleicht sind dort die Messermänner!« gab Bair seine Schlußfolgerung triumphierend bekannt.

Ein kurzes Schweigen entstand. Blicke wurden ausgetauscht, und dann begannen die Einwände.

»Ein solcher Ort wäre sicher bewacht«, begann Luchs. »Wir würden direkt in eine Falle laufen.«

»Es könnte drüben in Bari sein«, fügte Ross hinzu. »Wir könnten in den Bergen hängenbleiben.«

»In jedem Fall ist es vielleicht gar nicht so einfach, ihnen zu folgen«, sagte Varo. »Ein Mann kann zu Fuß Wege begehen, die kein Pferd erklettern kann.«

»Und es wäre schwierig für uns, unentdeckt zu bleiben«, warf Brostek ein.

»Aber es ist sicher einen Versuch wert!« rief Vilman aus. »Wie es jetzt läuft, kommen wir doch kaum weiter, oder?«

»In welche Richtung sind diejenigen gelaufen, die geflüchtet sind?« fragte Langel.

»Nach Nordosten«, antwortete Ryker augenblicklich. »Nicht viele von ihnen sind weit gekommen«, fügte er zufrieden hinzu.

»Auf die Hochpässe zu«, bestätigte Langel und machte damit seine Schlußfolgerung klar. »Und für eine Expedition in die eisigen Berge sind wir nicht ausgerüstet. Es wäre Wahnsinn, selbst wenn wir alle in der besten Verfassung wären.«

»Diesmal nicht«, sagte Varo zu Bair und schloß damit das Thema ab. »Aber wir behalten es für die Zukunft im Auge.«

An ihrem dritten Tag in Grassmeer erhielten Ross und Rogan den Auftrag, einen kurzen Abstecher nach Avranche zu machen, um ihre Vorräte aufzufüllen. Langel setzte die Zwillinge oft für solche Aufgaben ein, wenn er es nicht lieber selbst erledigte. Die rasche Auffassungsgabe und Beredsamkeit von Ross einerseits, auf der anderen Seite Rogans irritierendes Schweigen – dieser Gegensatz machte sie zu idealen Verhandlungspartnern. Bei dieser Gelegenheit konnten sie viel herausholen; zwar war Lorimers Pferd zusammen mit seinem Herrn umgekommen, doch Neals Pferd war unversehrt und würde einen guten Preis bringen. Langel schickte seine Helfer mit einer Liste von Gütern los, die er dafür haben wollte. Als die Brüder wieder nach Grassmeer zurückkehrten, brachten sie jedoch mehr als nur Vorräte mit.

In Avranche waren Nachrichten von verschiedenen seltsamen Zwischenfällen in einem anderen Dorf angekommen, das sich drei Tagesreisen weiter südlich befand. Dieser Bericht hatte einen unheilvoll vertrauten Klang, und Varo entschied sich auf der Stelle, daß sie beim ersten Sonnenstrahl in diese Richtung aufbrechen würden. Er sah zu Lisle hinüber, während er den anderen seine Entscheidung kundtat, doch der Junge reagierte nicht.

Als sie sich aufmachten, bemerkte Slaton jedoch, daß

Lisle wieder weinerlich wurde, und sein Zustand schien sich mit jeder Stunde zu verschlimmern. Brostek und Varo reagierten grimmig, als sie davon erfuhren. Sie drängten zu noch größerer Eile, da sie fürchteten, wieder einmal zu spät zu kommen.

Gegen Mittag des zweiten Tages ihrer Reise in den Süden wurde Lisles Verhalten noch auffälliger. Er sackte hinter Slaton zusammen, vergrub das Gesicht in den Händen und in der Jacke seines Beschützers und flüsterte unverständlich vor sich hin. Was auch immer sie versuchten, seine Angst ließ sich nicht verringern oder erklären. Sie konnten nur weiterreiten. Das Reisewetter war ideal; die Sonne schien hell, doch die Luft des Hochlandes war kühl. Es war nichts zu erkennen, was Lisles Angst hätte rechtfertigen können.

Bis mittags.

Als die Sonne ihren Zenit hätte erreichen sollen, nahm die Kühle der Luft spürbar zu. Lisle hob den Kopf und deutete nach oben. Die anderen sahen hoch, bedeckten die Augen, wurden vom Entsetzen ergriffen. Vor ihren Augen erlosch die Sonne.

Niemand konnte feststellen, ob die Dunkelheit von der einen Seite oder von der anderen kam oder ob der ganze brennende Kreis auf einmal verblaßte. Alle wurden von panischem Schrecken erfaßt, als sich das gleißende Licht in Orange verwandelte, dann in Blutrot und schließlich in Schwarz. Eine künstliche Nacht legte sich über Levindre.

Die Kälte und die Angst ließen selbst die furchtlosesten Männer erzittern. Lisle schrie und verstärkte damit noch ihr Entsetzen.

»So schnell?« stieß Varo aus. Sie hatten noch niemals von zwei Angriffen so kurz nacheinander gehört.

»Passiert es *wirklich* wieder?« fragte sich Brostek laut.

Sie mußten sich nur das gequälte Gesicht Lisles ansehen, um die Antwort zu wissen.

DRITTER TEIL

Das Schatten-Labyrinth

13.
KAPITEL

Magara hatte den Reisenden auf dem Kraterrand nachgewunken und ging nun langsam nach Hause. Dort angekommen, fühlte sie sich zerstreut und ruhelos und versuchte sich durch ihre alltäglichen Erledigungen abzulenken. Sie brachte die Gästebetten in Ordnung, spülte Teller und Trinkgefäße ab, wischte den Boden und sang dabei leise vor sich hin. Schließlich mußte sie sich aber eingestehen, daß sie sich elend und unbehaglich fühlte. Die Gedanken, die sie während des ganzen Nachmittags zu verscheuchen versucht hatte, ließen sich nicht länger verdrängen.

Wie schon bei früheren Anlässen, fand Magara auch diesmal Trost in der stummen Gesellschaft von Talisman. Der Reiher stand reglos am Ende des Laufstegs und schien zu schlafen. Er öffnete ein Auge, als Magara nach draußen kam. Während sie sich neben ihm niederließ, zauste er mit seinem langen Schnabel in den Federn unter einem Flügel herum.

»Ich wünschte, ich hätte Flügel wie du.«

Der Reiher wandte sich ihr zu und betrachtete sie.

»Schon gut«, sagte sie. »Ich wünsche mir *manchmal*, ich hätte Flügel. Hände sind auch ganz praktisch. Aber ich könnte so vieles tun, wenn ich fliegen könnte.«

Der Reiher wandte sich um und schien über den See zu blicken. Magara wußte, daß er ihr noch immer zuhörte.

»Ich würde zum Beispiel nach Nimmern fliegen«, fuhr sie fort. »Vielleicht könnte ich auf diese Weise Celia finden.« Sie erzitterte, obwohl der Tag noch warm genug war. »Bei den Göttern, ich verabscheue diesen Ort.« Sie bezweifelte, ob sie den Mut aufgebracht hätte, das verborgene Tal zu betreten, wie Slaton es getan hatte. Doch seine Geschichte hatte sie fasziniert und erschreckt zugleich. »Warum ist Celia überhaupt nach dort gegangen?« fragte sie laut. »Sie muß verzweifelt gewesen sein, diese arme Frau, aber was konnte sie sich von einem solchen Ort erhoffen?«

Talisman gab keine Antwort.

»Vielleicht hat sie geglaubt, die alte Magie könnte Lisle helfen«, fuhr sie fort. »Oder zumindest erklären, warum er sich so sehr vor den Sonnenfinsternissen fürchtete.« Sie legte eine kurze Pause ein. »Und das ist noch eine ganz andere Sache«, rief sie aus. »Es ist einfach nicht richtig. So viele Sonnenfinsternisse dürfte es nicht geben. Es ergibt keinen Sinn. Und warum haben wir sie von hier aus nicht gesehen?«

Talisman zerzauste seine Federn.

»Ich weiß es auch nicht«, gab Magara leise zu.

Das seltsame Paar saß schweigend eine Zeitlang nebeneinander. Magara bewegte ihre Zehen im Wasser des Sees. Ihr Begleiter äugte genau, um sicher sein zu können, daß die kleinen weißen Dinger keine Fische waren. Schließlich wurden ihr die Füße zu kalt. Sie zog die Beine hoch und schlang die Arme um ihre Knie.

»Es ist schon schlimm genug ...«, begann sie und hielt wieder inne. »Dann taucht ausgerechnet Slaton auf und erinnert mich an ... an Arenguard. Und dann geht er wieder weg, einfach so!« Verächtlich fügte sie hinzu: »Männer!«

Magara sah zu Talisman hinüber, um zu sehen, ob er sich betroffen fühlte. Doch der Reiher blickte noch immer ruhig über den See hinweg.

»Hast du keine Familie?« fragte sie. »Bist du niemals einsam? Oder spürst du das Verlangen nach ... nach ... einer Reiher-Dame?«

Magara hatte noch nie einen anderen Reiher innerhalb des Kraters gesehen, doch Talisman schien sein Revier nicht verlassen zu wollen. *Vielleicht kommst du so viel besser weg,* überlegte sie und beneidete den Vogel um seine Selbstbeherrschung. Slatons kurzer Besuch hatte lange vergrabene Erinnerungen wieder ans Tageslicht gebracht, und Lisles rätselhafte Gegenwart hatte ihre innere Unruhe noch verstärkt. Magara begann ihr Eindringen in ihr ansonsten friedliches Leben mittlerweile als Störung zu empfinden, schalt sich aber sogleich selbst dafür.

»Es gibt soviel *wirklich* Böses in der Welt«, sagte sie laut zu sich selbst und dachte dabei an die Messermänner, »daß man sich nicht in einen so banalen Unsinn hineinsteigern sollte.«

Der Reiher klapperte zweimal zustimmend mit dem Schnabel, ging dann an den Rand des Laufstegs und hob ab. Magara sah ihm zu, wie er über das Wasser hinwegschwebte und mit langsamen, kräftigen Flügelschlägen an Höhe gewann. Sie spürte eine ungerechtfertigte Traurigkeit, da sie wieder allein zurückgelassen worden war.

»Ich war noch nicht fertig«, beschwerte sie sich. Dann lächelte sie und hoffte, daß keiner ihrer Nachbarn die absurde, einseitige Unterhaltung mitgehört hatte. *Sie werden glauben, daß ich allmählich wahnsinnig werde,* stellte sie fest, während sie aufstand, um ins Haus zu gehen. *Wenn sie nicht jetzt schon davon überzeugt sind!*

Doch die Unruhe blieb in ihr, daher änderte sie ihre Absicht und ging zielgerichtet den Laufsteg hinab.

Iros Hütte war eines der wenigen Gebäude in Trevine, die auf festem Boden standen. Noch ungewöhnlicher war, daß der Boden aus festem Stein war, unter großen Mühen zusammengefügt aus größeren Steinplatten, die aus dem oberen Bereich der Geröllhalde geholt worden waren. Der Grund dafür eröffnete sich einem schnell, wenn man dem Alchimisten bei seiner Arbeit zusah. Feuer und alle Arten von außergewöhnlichen und gefährlichen Chemikalien waren Iros Arbeitsmittel, und die verschütteten Reste seiner Experimente fraßen sich in den Boden und hinterließen ihre Spuren. Alles, was weniger widerstandsfähig als Stein war, hätte nicht lange standgehalten.

Niemand wußte genau, wie alt Iro war, aber Magara hatte manchmal das Gefühl, daß er wirklich uralt war. Sein Gesicht war bleich und faltig. Seine dünnen Haare waren schon vor Jahren weiß geworden – wie einige sagten, als Ergebnis einer chemischen Reaktion, die weit heftiger als erwartet ausgefallen war. Doch seine Hände waren die eines viel jüngeren Mannes, und seine blauen Augen waren klar und blickten immer neugierig. Er trug immer einen langen Umhang mit vielen Taschen, den Iro nachdrücklich als

Arbeitskleidung zu bezeichnen pflegte. Der Stoff mochte einmal weiß gewesen sein, jetzt war er grau mit zahlreichen farbigen Flecken – oder Verzierungen, wie Iro es sah.

Magara hatte niemals genau verstanden, was der Alchimist eigentlich tat oder wie er den Rat dazu überredet hatte, ihn bleiben zu lassen. Wenn man ihn fragte, berief er sich stets darauf, daß er in der Nachfolge von vielen ehrbaren Vorfahren vergangener Zeitalter stand, die sich der Aufgabe gewidmet hatten, einfache Metalle in Gold zu verwandeln. Ob das stimmte oder nicht, es war in jedem Fall nicht die ganze Wahrheit. Magara wußte von mehreren Erfindungen, die Iro versehentlich gemacht hatte und die im Krater inzwischen angewandt wurden. Er war so etwas wie eine Institution in Trevine geworden, da er schon länger hier lebte, als die meisten Menschen zurückdenken konnten. Niemand stellte daher sein Recht in Frage, hier bleiben zu dürfen.

Das Tor der Hütte stand offen, als Magara ankam, aber es war dunkel innerhalb. Sie wollte eben leise nach ihm rufen, als die Stimme des Alchimisten erklang.

»Bleib, wo du bist«! befahl er scharf.

Magara erstarrte in der Bewegung. Eine kleine Flamme flackerte kurz auf, dann knisterte es plötzlich, und ein Schauer von silbernen und goldenen Funken erhellte die Dunkelheit. Sie wirbelten zuerst im Kreis, dann jedoch schossen sie durch den Innenraum, offenbar von nichts und niemandem kontrolliert. Die Geräusche hastiger Bewegungen waren aus dem Inneren der Hütte zu vernehmen, dann tauchte Iro auf, kroch auf allen vieren heraus, während der Funkenkreis über ihm tanzte.

Magara trat zur Seite. Sie war beeindruckt, aber auch ein wenig verängstigt. Iro ignorierte sie. Er wandte sich um, um zu beobachten, wie seine Schöpfung ausbrannte.

»Faszinierend«, murmelte er. »Vielleicht mit ein wenig mehr Fixierung ...«

Die letzten Funken erloschen, und die Stille kehrte zurück. Rauchschwaden trieben langsam durch den Türrahmen.

»Was versuchst du gerade?« fragte Magara leise. »Verwandelst du Blei in Gold?«

Iro sah beim Klang ihrer Stimme überrascht hoch, als hätte er vergessen, daß er Besuch hatte. Doch dann lächelte er, als er begriff, wer es war.

»Nein«, antwortete er. »Das Ergebnis ist nur ein bißchen weniger Blei, als ich zuvor hatte.«

»Sehr nützlich«, sagte sie und grinste jetzt ebenfalls. »Dein Gesicht ist völlig von Ruß bedeckt.«

Iro zog einen schmutzigen Fetzen aus einer seiner Taschen und rieb sich die Wangen ab, verschmierte damit den Ruß nur noch gleichmäßiger.

»Besser?« fragte er hoffnungsvoll.

»Viel besser.«

»Womit habe ich dieses Vergnügen verdient?« fragte er und griff nach ihrer ausgestreckten Hand, um sich von ihr auf die Beine helfen zu lassen.

»Ich muß mit dir reden«, antwortete Magara ernst.

»Das paßt sehr viel besser zu dir als zu mir«, bemerkte der Alchimist nachdenklich. »Aber ich nehme an, ich kann so gut zuhören wie die meisten anderen. Komm herein.«

Er wandte sich im Eingang noch einmal um, hielt inne und überlegte es sich dann noch einmal.

»Vielleicht lassen wir uns erst einmal ein Weilchen draußen nieder«, schlug er vor. »Möchtest du etwas trinken?«

»Nein, danke.«

»Du traust meiner Erfahrung im Destillieren nicht, wie? Da könntest du recht haben.«

»Nun, du kochst oft ein wirklich seltsames Gebräu«, bemerkte Magara.

»Manchmal«, gab Iro zu. »Worüber wolltest du reden?«

»Hast du jemals von einem Ort namens Nimmern gehört?«

»O ja«, bestätigte der Alchimist. »Es ist einer der berühmtesten magischen Orte. So nennen es jedenfalls die meisten Leute. Die Herren der Verbindung pflegten sie Knoten zu nennen.«

»Knoten?«

»Orte, an denen verschiedene Linien der Magie – oder von Kräften – sich treffen«, fuhr Iro fort. »Linien, die sich kreuz und quer über das ganze Land ziehen, wie die Zauberer behaupten. Wenn sich mehrere von ihnen kreuzen, wird das als Knoten bezeichnet. Es sollen Orte sein, an denen die Magie alltäglich ist, an denen man alles geschehen lassen kann, wenn man nur weiß, wie.«

»Sie sind Teil der Verbindung?« fragte sie. »Und so sind alle magischen Orte miteinander verbunden?«

»Ja. Die Zauberer pflegen sich zu Wächtern der Knoten zu ernennen. Nicht, daß sie heutzutage viel mehr als ihr eigenes Geld zu bewachen hätten«, bemerkte Iro verächtlich.

»Sind diese Knoten denn gefährlich?«

»Das sagen jedenfalls die Zauberer. Die Verbindung kann sich zum Bösen entfalten – wie natürlich auch zum Guten«, erwiderte der Alchimist. »Gewöhnliche Leute wie uns würde das rasch verderben«, fügte er sarkastisch hinzu. »Warum willst du etwas über Nimmern wissen?«

»Weil es nicht mehr existiert«, antwortete Magara. Sie gab Slatons Bericht von Celia und dem Nebel wieder. Dabei hoffte sie, von Iro eine Erklärung zu erhalten. Er hörte offensichtlich interessiert zu, konnte ihr aber nicht weiterhelfen.

»Die Geschichte der Zauberei ist voll von solchen Ungereimtheiten«, sagte er. »Ich habe leider keine Ahnung, was das bedeutet.«

»Aber es bedeutet bestimmt nichts Gutes?« beharrte Magara.

Iro zuckte die Schultern.

»Was glaubst *du*?« fragte er zurück.

»Das ist nicht fair!« rief sie aus. »Du hast kein Recht, meine eigenen rhetorischen Tricks gegen mich anzuwenden.«

»Es scheint zu funktionieren, wenn du sie benützt.« Iro grinste über ihre Empörung, ließ sich dann aber erweichen. »Na schön«, gab er zu. »Es hört sich für mich gar nicht gesund an. Aber was sollen wir deswegen schon unternehmen?«

»Etwas Furchtbares passiert«, sagte Magara, die jetzt wieder völlig ernst war. »Nicht nur hier, sondern überall. Es beunruhigt mich.«

Ihre Unruhe wuchs. Sie hatte immer gewußt, daß es das Böse in der Welt gibt, aber jetzt schien es wie aus heiterem Himmel auf *ihre* Welt überzugreifen. Und dennoch gab es nichts Bestimmtes, das sie als Ursache hätte benennen können.

»Rede«, befahl Iro und blickte ihr fest ins Gesicht. »Deshalb bist du doch gekommen.«

So berichtete ihm Magara von Lisle und den Sonnenfinsternissen – und den offenen Fragen, die sich mit beiden verbanden – und von ihren Befürchtungen wegen der Überfälle der Messermänner entlang der Grenze. Iro hörte ihr aufmerksam zu, obwohl er einiges davon bereits vernommen hatte. Magara wußte jedoch, daß er nicht erkennen konnte, warum diese Dinge für sie im Zusammenhang standen.

»Das Leben ist voller Geheimnisse und Wunder«, schlußfolgerte er schließlich, »aber das alles führt zu nicht viel, oder?«

Magara wußte, daß er sich täuschte, ohne es erklären zu können.

»Bist du sicher, daß es keinen anderen Grund für deine Verstimmung gibt?« fügte der Alchimist hinzu.

»Wie?«

»Wie ist es mit dem Umstand, daß Varo und Brostek gegangen sind?« fragte er einfach.

Ein paar Augenblicke lang verstand sie ihn nicht, dann errötete sie. »Du glaubst, daß ich Trübsal blase!« warf sie ihm vor und lächelte wehmütig.

»Die menschliche Gattung ist für solche Dinge bekannt«, antwortete Iro. »Die beiden bedeuten dir offenbar sehr viel.«

»Wie kannst du das beurteilen?« fragte sie leicht spöttisch.

»Durch das, was du nicht von ihnen erzählst.«

»Oh.«

Eine Zeitlang saßen sie schweigend da.

»Ich bin verwirrt«, gab sie zu.

»Sie sind ein seltsames Gespann.«

Das ist gewiß wahr! dachte Magara. *Fühle ich mich so eigenartig und unruhig, weil ich die beiden vermisse?*

»Ich habe angefangen, mich in Varos Gegenwart wohl zu fühlen«, begann sie. »Aber ich verstehe ihn nicht. Er ist so *kalt*.«

»Er sieht aber auch gut aus.«

Sie nickte, ohne Iros Blick zu erwidern.

»Und Brostek?«

»*Er* nimmt überhaupt nichts ernst, und das ist beinahe genauso schlecht. Ich ... ich mag ihn sehr, aber ...«

»Aber?«

»Es macht Spaß, sich mit ihm zu unterhalten ... und ich glaube, er mag mich ...«

»Aber du siehst ihn nur als einen Freund?« schlug Iro vor.

»Ungefähr so.«

»Und sie fehlen dir beide.«

»Ja, das tun sie. Sie sind beide besessen von ihrer Aufgabe – und aus guten Gründen, wie ich glaube –, aber ich wünschte, sie wären länger geblieben. Jetzt, da sie weg sind, scheint mein Leben so leer und sinnlos zu sein.«

»Das, junge Dame, ist blühender Unsinn«, sagte Iro mit Bestimmtheit. »Sie haben ihr Leben gewählt. Du führst dein eigenes.«

»Und was für eines«, sagte Magara klagend.

»Hör zu«, fuhr der Alchimist mit einem Anflug von Verzweiflung in seiner Stimme fort. »Ich bin kein Experte, aber sogar *ich* kann erkennen, daß du eine Fülle von Begabungen hast. Und ich bin nicht der einzige, der dir das sagt, so daß du es nicht als das Gewäsch eines alten Wirrkopfes abtun kannst!« Seine Heftigkeit erschreckte Magara, und sie blickte ihn mit weit aufgerissenen Augen an. »Du bist eine Heilerin und eine Lehrerin, und die Leute *bezahlen* dich dafür, daß du Geschichten erzählst. Wenn das nicht zu einem erfüllten und lohnenden Leben reicht, dann weiß ich nicht, was das sein soll! Du bist klug und attraktiv ...«

»In dieser Reihenfolge«, unterbrach Magara lachend. »Meine Schwestern waren schöner als ich. Ich war die *intelligentere* Tochter, die niemand bemerkte.«

»Quatsch«, erklärte der Alchimist. »Wenn ich ein paar Jahrzehnte jünger wäre ...« Er lächelte und wurde dann wieder ernsthaft. »Sieh mal, Magara, du kommst immer gleich auf den Kern der Dinge, wenn dich andere um Rat und Hilfe bitten. Warum kannst du das nicht auch einmal auf dich selbst anwenden?«

»Das ist nicht so einfach.«

»Wer hat gesagt, daß es einfach sein soll«, forderte er sie heraus. »Hör auf, meine Zeit mit deinem Selbstmitleid zu verschwenden. Geh und mach etwas Nützliches.« Seine barschen Worte paßten nicht zu der Belustigung, die aus seinen Augen funkelte.

»Wie zum Beispiel?«

»Dein Kopf ist im Augenblick voll von all diesen alten Legenden und Mythen«, antwortete Iro. »Warum siehst du nicht in deinen alten Büchern nach, ob du etwas über Nimmern findest?«

»Da gibt es nichts«, behauptete Magara.

»Bist du sicher?« beharrte er. »Bücher nennen die Dinge nicht immer bei ihrem wirklichen Namen.«

Sie dachte darüber nach, bis ihr etwas ganz anderes einfiel.

»Warum sagen uns die alten Geschichten nichts über die Art und Weise, wie die magischen Orte miteinander verbunden sind?« fragte sie, halb an sich selbst gerichtet.

»Vielleicht deshalb, weil die meisten von Zauberern geschrieben wurden«, meinte Iro. Er blickte Magara an, während sie diese Möglichkeit überlegte, und gratulierte sich selbst dazu, sie aus ihrer Beschäftigung mit sich selbst herausgerissen zu haben.

»Vielleicht ...«, flüsterte sie und stand auf. »Danke, Iro.«

Und damit ließ sie ihn zurück. Der Alchimist sah ihr liebevoll nach, verschwand dann in seiner Hütte und entzündete eine Lampe. Er hatte selbst noch etwas zu lesen.

Es wurde dunkel, als Magara ihr Zuhause erreichte. Sie ging ohne Umwege zu der Truhe, die ihren wertvollen Vorrat an Büchern enthielt, und stöberte darin herum, suchte nach einem bestimmten Band. Nachdem sie ihn gefunden hatte, streckte sie sich aus und gähnte. Da sie in der Nacht zuvor wenig geschlafen hatte, war sie müde, obwohl es noch nicht spät war, und wollte lieber in ihrem Bett lesen.

Während sie sich niederlegte, spürte sie etwas Hartes in ihrem Kissen, und zog es heraus. Es war eine kleine Scheibe rostfarbenen Felsgesteins aus der Kraterwand. Kleine Bereiche der roten äußeren Schicht waren herausgeschlagen worden und ließen den schwarzen Stein darunter sichtbar werden. Die Botschaft lautete: *Ich denke an dich, Kleine. B.*

Das ist typisch Brostek, dachte sie und spürte plötzlich einen Kloß in ihrem Hals. *Was ernst gemeint ist, kann nicht lange währen.*

Magara wußte wie alle anderen im Krater, daß solche Botschaften sich rasch wieder verloren, während das Schwarz sich wieder in Rot verwandelte und die Buchstaben unsichtbar wurden.

Sie legte den Stein auf den kleinen Nachttisch und legte sich nieder, wobei sich eine eigenartige Mischung aus Zufriedenheit und Traurigkeit in ihr breitmachte. Das Buch war vergessen. Sie lächelte und vergoß ein paar Tränen, bevor sie einschlief.

In dieser Nacht träumte Magara, daß sie sich in einer Waldlichtung befand. Eine Gruppe von Männern umringte sie. Sie starrten sie mit weit aufgerissenen Augen an. Magara erkannte in ihnen Varo, Brostek und seine Anhänger sowie Slaton und Lisle, der seine Laute spielte. Sie waren alle in ein seltsames, flackerndes Licht getaucht, das von ihr auszugehen schien.

Heute nacht werden die Sterne aus meinen Augen strahlen, dachte sie, und der Traum verlor sich in der Dunkelheit.

14.
KAPITEL

Magara erinnerte sich normalerweise nicht an ihre Träume, aber sie erwachte am späten Morgen mit einer lebhaften Erinnerung an die Szene in der Waldlichtung. Es schien ihr beinahe so, als wäre es wirklich geschehen. Sie versuchte noch immer herauszufinden, was es zu bedeuten hatte, als ihr Haus sanft zu schaukeln begann, was immer das erste Anzeichen für die Ankunft eines Besuchers war. Sie hörte näherkommende Schritte, während sie auf die verblassende Botschaft auf dem Stein blickte und sich ohne viel Hoffnung fragte, ob ihre Freunde sich vielleicht noch einmal alles überlegt hatten und zurückkehrten.

Sie war bereits aufgestanden und hatte sich einen Umhang übergeworfen, als es wie erwartet an der Tür klopfte. Hewitt stand mit verhärmtem Gesicht davor, seine Haare und die Kleider noch ungepflegter als gewohnt.

»Ich brauche deine Hilfe«, flüsterte er heiser.

»Komm herein«, antwortete sie. Sie war gern bereit, ihm zu helfen, obwohl sie noch reichlich verschlafen war. »Du siehst erschöpft aus. Wann hast du zuletzt geschlafen?«

»Vor drei Tagen«, murmelte Hewitt, während er eintrat.

»Dann brauchst du dein Bett mehr als alles andere«, sagte sie zu ihm.

»Nein. Ich muß mit jemandem reden.«

Ich kenne dieses Gefühl, dachte Magara, während sie auf einen Stuhl wies. »Also gut, rede.«

»Ich ... habe nicht mehr schlafen oder essen oder spielen können«, begann er, »seit ... seit ...«

»Lisle«, ergänzte sie für ihn. Hewitt nickte benommen und seufzte dann. »Du scheinst es jedoch *geschafft* zu haben«, fuhr Magara fort, »weiterhin zu trinken.«

Der Musiker grinste verlegen. »Diese Fähigkeit scheint mir erhalten geblieben zu sein«, gab er zu. Dann wirkte sein Blick wieder gehetzt. »Er hat dieses Lied besser gespielt, als ich es jemals könnte, und er hat es nur einmal gehört! Du warst dabei. Du weißt, daß ich recht habe.«

»Du hast recht.«

»Was hat es dann noch für einen Sinn?« lamentierte er. »Mein ganzes Leben habe ich nur das wirklich gut gekonnt. Und dann kam Lisle – es ist so, als wollten mich die Götter wegen meiner lächerlichen Anstrengungen verspotten.«

»Ich bin sicher, sie haben wichtigere Dinge zu tun«, wandte Magara vorsichtig ein.

»Aber verstehst du nicht?« rief Hewitt aus. »Ich *weiß* jetzt, wie Musik sein kann, zu welchen Höhen sie sich aufschwingen kann. Und ich weiß, ich kann es nicht erreichen.« In seiner Stimme schwangen die Qualen mit, die er erlitt. »Und daß mir das vorgemacht wird von … von einem …«

»Von einem sabbernden Idioten?« soufflierte sie ihm.

»Nein!« schrie er, während sich sein Gesicht rötete. »Ich würde niemals … mir fehlen die Worte«, schloß er unglücklich ab. »Aber Lisle ist nicht wie du oder ich.«

»Genau das ist der Punkt«, sagte Magara leise. »Er ist sehr eigenartig, vielleicht einmalig, und auf ihm lastet sicherlich mehr als ein Fluch. Aber vielleicht entschädigen ihn die Götter dafür, indem sie ihm diese unglaubliche Begabung geschenkt haben.«

»Ich würde *alles* geben, um so spielen zu können«, sagte Hewitt leidenschaftlich.

»Würdest du in Kauf nehmen, wie er zu sein?« fragte sie. Der junge Mann starrte sie an, als ergäben ihre Worte nicht den geringsten Sinn, dann schüttelte er langsam den Kopf. Magara erklärte, so gut sie es vermochte, Slatons Vermutungen darüber, was in Lisles Kopf vor sich ging. Während Hewitt ihr zuhörte, wurde er zunehmend ruhiger.

»Du siehst also«, schloß Magara ihre Erklärung ab, »Lisle ist in einem ganz engen Bereich ein wirkliches Genie, während er in anderer Hinsicht immer ein kleines Kind bleiben wird. Und ist deine Musik schlecht, nur weil jemand anders besser spielen kann als du?«

»Aber ich war immer der Beste«, flüsterte er.

»Was ist wichtiger – der Beste zu sein, oder die Musik

selbst?« fragte sie und fuhr fort, ohne auf eine Antwort zu warten. »Du bist ein wunderbarer Musiker, Hewitt. Du hast Hunderten von Leuten großes Vergnügen bereitet, auch mir. Ich habe es erlebt, wenn du in Verzückung gerätst, wenn du dich in der Melodie verlierst. Glaubst du wirklich, daß das wertlos ist – nur weil jemand besser spielt als du?«

»Ich glaube nicht«, gab er schließlich zu, »aber ...«

»Aber nichts. Du hast Fleiß und Geschick und Liebe in deine Musik eingebracht, und du solltest das nicht vergeuden.«

»Es wird aber niemals wieder so sein wie vorher«, sagte er kleinlaut.

»Niemand von uns bleibt so, wie er war«, erklärte ihm Magara. »Weil wir lebendig sind.«

Hewitt sah sie an, als könnte er das nicht glauben. Dann nickte er und flüsterte: »Sag mir, was ich tun soll.«

Er ist wie ein verlorener kleiner Junge, dachte Magara traurig. Laut sagte sie: »Geh jetzt schlafen. Und dann iß, wenn du wieder zu dir kommst. Morgen, wenn du dich danach fühlst, geh zu Newberry und sage ihm, daß du spielen willst. Laß dich im voraus durch eine Mahlzeit bezahlen. Dann *mußt* du spielen.« Sie grinste. »Alles klar?«

»Ich werde es versuchen«, sagte er zögernd.

»Gut – ich werde kommen und es mir anhören«, versprach sie. »Wenn ich höre, daß du dein neues Lied wieder spielst, dann weiß ich, daß du in Ordnung bist.«

»Niemals«, stellte Hewitt fest. »Es ist jetzt sein Lied. Ich könnte doch nicht ...«

»Das werden wir sehen«, unterbrach Magara. »Jetzt geh lieber, bevor du in meinem Stuhl einschläfst.«

Während sie ihn nach draußen begleitete, blinzelte Hewitt und schien überrascht zu sein, daß es draußen hell war.

»Es ist heiß«, bemerkte er, und mit dieser tiefgründigen Beobachtung schwankte er den Laufsteg hinab, wobei er sich am Geländer festhielt. Magara sah ihm nach, bis er aus ihrer Sichtweite verschwand. Dann fiel ihr ein, daß es schon bald mittag sein mußte – sie war noch nicht einmal angezogen, und es *war* tatsächlich heiß. Der Himmel war wolkenlos blau, und die leichte Brise, die die Oberfläche des Sees kräuselte, schien die Hitze des Tages nur noch zu betonen.

Einer plötzlichen Eingebung folgend, warf Magara ihren Umhang beiseite und hatte nur noch ihre leichte Unterwäsche an. Sie sah sich um und hoffte, daß niemand sie beobachtete und dabei ihr übergewichtiges Fleisch sah, und ließ sich dann schnell ins Wasser gleiten. Sie keuchte, als sie die Kälte des Sees schlagartig zu spüren bekam. Doch sie zwang sich zu kraftvollen Schwimmbewegungen und gewöhnte sich rasch daran. Wenig später ließ sie sich mit geschlossenen Augen auf dem Rücken treiben. Sie war jetzt entspannter als seit Tagen – obwohl sie noch immer den Bauch einzog für den Fall, daß jemand vom Ufer aus zusah.

Ein Schatten fiel für einen kurzen Augenblick über sie. Sie war alarmiert, da sie befürchtete, es könnte eine Sonnenfinsternis sein. Doch als sie die Augen öffnete, machte sie die Sonne fast blind. Sie wandte sich um und entdeckte, daß es Talisman gewesen war, der auf seinem schweigenden Weg zu ihrem Haus über sie hinweggeschwebt war.

Es waren mehrere Boote draußen auf dem See. Die meisten trieben zwischen den Tiefen in der Mitte des Sees und den flacheren Gewässern am Rand. Eines von ihnen war ziemlich nahe, daher schwamm Magara darauf zu. Sie erkannte schon bald zwei der Taucher, Cole und Pera. Da sie ihre Arbeit nicht stören wollte, hielt sie eine gewisse Entfernung zu ihnen. Während sie zusah, tauchte ein weiterer Mann neben dem Boot aus dem Wasser auf. Es war Rayne, und er gab offenbar Anweisungen aus. Magara konnte nicht hören, was gesagt wurde, doch sie wartete mit brennendem Interesse darauf, was als nächstes geschehen würde. Dann entdeckte Pera sie und rief ihr einen Gruß zu.

»Magara! Komm zu uns auf das Boot. Wir haben etwas gefunden, das interessant sein könnte.«

Einen Moment lang war Magara zu überrascht, um zu antworten – die Taucher wünschten sich selten Besuch, während sie ihrer Arbeit nachgingen. Doch dann wurde ihr schnell klar, daß sie diese günstige Gelegenheit beim Schopf packen mußte, und sie akzeptierte bereitwillig. Sie war ihrer

Schwimmart wegen etwas verlegen, die ihr plötzlich ein wenig schwerfällig erschien. Sie näherte sich dem Boot und wurde von den beiden aus dem Wasser gezogen. Im Boot angekommen, konnte sie nicht anders, als ihren eigenen, kaum bekleideten Körper mit Peras geschmeidiger Gestalt zu vergleichen, doch die Taucher bemerkten ihre Verlegenheit überhaupt nicht.

»Du interessierst dich für alte Sachen, nicht wahr?« fragte Cole. »Geschichte und all das?«

»Ja. Warum?«

»Weil da unten etwas ist«, rief Rayne vom Wasser aus. »Und wir hätten gern, daß du es dir mal ansiehst.«

»Natürlich«, antwortete Magara. »Bringt es hoch.«

»Das können wir nicht«, sagte Pera. »Du muß nach unten, um es anzusehen.«

»Laßt diesen Blödsinn!« rief sie aus. »Es ist *viel* zu tief für mich hier.«

»Wir werden dir helfen«, erklärte Cole. »Du kannst es bereits aus einer Tiefe von zwanzig Schritten sehen.«

»Nur zwanzig Schritte?«

»Der Grund des Sees ist natürlich viel tiefer«, fuhr Cole nüchtern fort. »Aber das Licht ist gut heute.«

»Natürlich«, murmelte Magara.

»Es ist erstaunlich, daß es bisher noch niemand entdeckt hat«, fügte Rayne hinzu. »Es muß durch Craigs Ausgrabungen freigelegt worden sein.«

»Es hat seither ein paar seltsame Strömungen gegeben«, stimmte Pera zu. »Vielleicht wurde dadurch der Schlick ausgewaschen, der es verdeckt hat.«

»Was *ist* es?« fragte Magara.

»Wir wissen es nicht«, antwortete Cole. »Deshalb wollen wir, daß du mit nach unten kommst.«

»Aber ihr müßt doch *irgendeine* Vorstellung haben«, bohrte sie weiter.

»Es ist aus Stein«, ließ sich Rayne entlocken. »Und ganz anders als das meiste Zeug dort unten.«

»Und?« wollte Magara weiter wissen.

»Es ist geschaffen worden«, sagte Pera. »Es sind eindeutig

Umrisse und Markierungen zu erkennen – als wäre es einmal Teil eines Bauwerks gewesen.«

Die Männer nickten zustimmend.

»Und an einer Stelle ist eine Art von Symbol in die Oberfläche gemeißelt«, fügte Cole hinzu.

»Es ist zu symmetrisch, um natürlichen Ursprungs zu sein«, stimmte Rayne zu.

»Eine Schrift?« fragte Magara interessiert.

»Glaube nicht«, sagte Cole. »Komm mit und sieh's dir an.«

»Aber ...«

»Wir werden es dir leicht machen«, sagte Pera sachlich. »Sieh mich an. Du mußt genauso atmen wie ich.«

Während Magara tat, wie ihr geheißen worden war, gab Rayne ihr weitere Anweisungen.

»Halte dich an unseren Gürteln fest«, erklärte er ihr. »Mit einer Hand an jedem Gürtel. Und bewege auch deine Füße nicht, während wir tauchen. Auf diese Weise wird deine Luft länger reichen. Pera geht zuerst nach unten und zeigt dir, worauf du achten mußt. Die Kugel wird eine Zeitlang leuchten, versuche das zusätzliche Licht zu nutzen.«

»Und der Weg zurück?« fragte Magara zwischen zwei langen Atemzügen.

Die Taucher lachten.

»Das schaffst du auch allein«, versicherte ihr Rayne. »Du mußt dich nur in Richtung der Sonne halten.«

»Und nicht einatmen, bevor du wieder oben bist«, fügte Cole hinzu.

»Danke für den Tip.«

Ein paar Augenblicke später befand sich Magara wieder im Wasser, flankiert von den beiden Männern – die jeweils einen Stein vom Rumpf des Schiffs nahmen und mit Lederriemen an ihren Gürteln befestigten.

»Bereit?«

»So bereit, wie ich nur sein kann.« Magara fühlte sich ganz benommen vor innerer Anspannung.

»Noch einmal tief einatmen«, wies Pera sie an. »Wir sehen uns unten wieder.« Damit sprang sie vom Boot und verschwand im Wasser. Die beiden Männer tauchten ab und zogen Magara mit sich. Das Wasser brauste an ihr vorbei, während sie zwischen ihren starken Körpern in die Tiefe gerissen wurde. Das Sonnenlicht schwand dahin, und die Kälte nahm zu. Sie konnte kaum glauben, wie schnell sie sanken, und doch war Pera ihnen schon weit voraus. Ihre Kugellampe, in der ein Öldocht eingeschlossen war, strahlte wie magisch aus der Tiefe.

Ihr Blut rauschte in Magaras Ohren, und ihr fiel ein, daß sie ein wenig Luft aus ihren Lungen lassen mußte. Silberne Luftblasen entschwanden nach oben, und sie spürte, wie der Druck sich verstärkte. *Nicht weiter*, flehte sie schweigend.

Cole deutete mit Nachdruck nach unten, und sie versuchte, in der Dunkelheit zu erkennen, was Pera für sie sichtbar machen wollte. Zuerst ergab es überhaupt keinen Sinn, doch dann sah sie die geraden Ränder und Winkel, das graue Gestein, das sich von den matteren Grautönen daneben abhob. Und dann sah sie das Symbol. Pera hielt die Kugellampe dicht daran, ihre Finger fuhren die Umrisse nach – doch einen Augenblick später ließ das Licht schlagartig nach. Magaras Lungen schrien nach Erleichterung; sie hatte genug gesehen.

Cole und Rayne lösten die Steine von ihren Gürteln und kehrten zur Oberfläche zurück. Magara klammerte sich noch kurz an ihnen fest, doch dann ließ sie los und kämpfte sich selbst weiter nach oben.

Sie tauchte wieder aus dem Wasser und sog verzweifelt die Luft in die Lungen. Die drei Taucher befanden sich rund um sie herum und waren bereit, ihr zu helfen, sofern es sich als notwendig erweisen sollte. Sie grinsten sie an.

»Es ist ganz leicht, nicht wahr?« bemerkte Rayne.

»Nicht das geringste Problem«, fügte Cole hinzu.

Magara fehlte der Atem, um ihnen zu widersprechen, und stieß daher nur schwach nach ihnen.

»Zurück ins Boot«, entschied Pera.

Nachdem sie alle wieder an Bord waren und Magara sich einigermaßen erholt hatte, sprachen sie über ihren Fund.

»Hast du es gesehen?«

»Ja.«

»Und?«

»Tut mir leid«, erklärte sie mit klappernden Zähnen, »aber das Zeichen sagt mir nichts.«

Die Enttäuschung der Taucher war deutlich aus ihren Gesichtern zu lesen.

»Bist du sicher, daß du es richtig gesehen hast?« fragte Cole.

»Vier Kreise, von denen jeder zwei andere berührt, und sie bilden zusammen einen ungefähr quadratischen Umriß«, antwortete Magara.

»Wir hatten angenommen, es könnte irgendein geheimes Symbol sein«, sagte Rayne.

»Nun, wenn es das *ist*, dann ist sein Geheimnis noch immer sicher«, bemerkte sie dazu. »Ich habe es noch nie gesehen.«

»Nicht einmal in einem deiner Bücher?«

Magara schüttelte den Kopf.

»Ist es nicht schon ein Rätsel, daß da unten überhaupt so *etwas* ist?« Die Taucher nickten zustimmend. »Entweder ist es unvorstellbar alt, oder jemand hat sich wirklich große Mühe gegeben, uns einen Streich zu spielen.«

»Es ist kein Streich«, erwiderte Pera mit Gewißheit. »Niemand hätte die Steine so sehr bearbeiten können, ohne daß wir alle es bemerkt hätten.«

»Und das Gestein ist zu schwer, als daß es jemand nach Trevine hätte bringen und dann im See versenken können«, fügte Rayne hinzu.

»Dann muß dieses Rätsel ungelöst bleiben«, schlußfolgerte Magara. »Die Geschichte dieses Orts reicht nur ein paar Jahrhunderte zurück. Vielleicht entstammt dieses Gebilde aus Stein einer viel älteren Epoche. Ich werde es aber überprüfen, so gut ich es kann«, versprach sie.

»Vielleicht könnten wir mehr davon freilegen«, schlug Cole vor. »Vielleicht finden wir weitere Symbole.«

»Ich möchte gern mehr über alles erfahren, *was* immer ihr dort findet«, sagte Magara und fügte dann rasch hinzu:

»Aber erwartet bitte nicht, daß ich noch einmal tauche. Ich bin nicht dafür gebaut.« Sie tätschelte lächelnd ihren Bauch.

»Das ist doch kein Grund zur Klage«, sagte Pera. »Das macht dich schwimmfähig und schützt dich vor der Kälte.«

»Du sieht zumindest, was da ist – im Unterschied zu Leuten, die so tun, als sähen sie nichts.«

»Du siehst prächtig aus«, versicherte ihr Rayne.

»Ich habe noch etwas anderes gesehen da unten«, sagte Magara und wechselte damit das Thema. »Es war am anderen Ende des Steingebildes. Es hat geglitzert.«

»Ach das«, winkte Cole ab. »Es ist ein Splitterstein. Wertlos.«

»Aber es sah schön aus.«

»Dort unten, ja«, stimmte Rayne zu. »Aber wenn wir ihn an die Luft befördern, dann bleibt nach ein paar Tagen nur noch ein Häufchen Sand. Er braucht das Gewicht des Wassers über sich.«

»Als sie zuerst gefunden wurden«, erklärte Pera, »versuchten die Menschen sie zu erhalten, aber es ist vergeblich. Und die Juweliere können ohnehin nichts damit anfangen. Schlage nur einen Kristall ab, und sie brechen alle auseinander. Wir kümmern uns nicht um sie.«

Magaras Interesse war geweckt.

»Könnt ihr ihn trotzdem für mich holen?« bat sie.

Die Taucher sahen sich gegenseitig an, und Cole zuckte die Schultern.

»Warum nicht?« sagte er und tauchte so geschickt ins Wasser ein, daß es um ihn herum kaum aufspritzte.

Ein paar Augenblicke später tauchte er wieder auf und hielt seine Beute hoch. Magara nahm den faustgroßen Splitterstein vorsichtig entgegen, aber er fühlte sich fest genug an. Das Sonnenlicht blitzte in seinen vielen unregelmäßigen Kristallen, und winzige Regenbogen zogen sich durch die Luft.

»Er ist wundervoll«, flüsterte sie.

»Behalte ihn im Wasser«, riet ihr Pera. »Auf diese Weise wird er ein bißchen länger halten.«

Die Taucher ruderten Magara zum Laufsteg zurück. Sie

ging nach drinnen, um sich umzuziehen und den Splitterstein in eine Schalte mit Wasser zu legen. Da sie sich ungewöhnlich müde fühlte und noch immer ein wenig fröstelte, brachte sie eine Matte auf die Bretter nach draußen und legte sich in die Sonne, dachte über die Ereignisse des Tages nach. Sie glaubte, daß Hewitt bald seine gesunde Selbstachtung wiederfinden würde – die zuvor fast an Arroganz gegrenzt hatte. Doch das Rätsel des Steingebildes im See hingegen würde sie kaum lösen können – wo sollte sie auch anfangen?

Magara saß noch immer draußen, als die Sonne hinter der Felswand im Westen verschwand. Sie beobachtete, wie der Schatten sich langsam dem Laufsteg näherte, und zwang sich dann, wieder aufzustehen. Sie ging hinein und sah nach dem Splitterstein; er war noch ganz, aber war ohne Sonnenlicht nicht mehr so beeindruckend. Sie fragte sich kurz, ob Iro vielleicht eine Möglichkeit finden konnte, ihn zu erhalten – vielleicht hatte er das schon versucht? Doch dann fiel ihr der Rat des Alchimisten ein, und sie suchte nach ihrem Buch.

Um Lampenöl zu sparen, ging Magara zum Lesen wieder nach draußen. Obwohl die Sonne über Trevine früh unterging, würde es noch eine Zeitlang hell sein. Das Buch durchzublättern fiel ihr schwer, da sie immer wieder besonders geliebte Abschnitte entdeckte und erneut lesen wollte. Doch Magara wich ihrer Aufgabe nicht aus und suchte nach Bezügen zu Nimmern, Sonnenfinsternissen und – der Gewißheit wegen – dem Symbol, das sie auf dem Grund des Sees gesehen hatte. Sie fand nichts davon. Sie wollte schon einen anderen Band holen und erneut beginnen, als sie einen kurzen Abschnitt entdeckte, den sie noch nie gelesen hatte. Er war mit »Schatten-Labyrinth« überschrieben – und das allein weckte schon ihre Neugier.

Der Abschnitt berichtete in etwas altertümlicher Sprache von einer Probe, die die Herren der Verbindung vorbereitet hatten, um das Für und Wider eines ungenannten Problems zu ergründen. Sie hatten durch magische Kräfte einen einsamen Turm in eine graue Wolke gehüllt. Innerhalb dieser Wolke, oder dieses Schatten-Labyrinths, stellten sie verschiedene Aufgaben bereit, die nur von Menschen absolut reinen Herzens gelöst werden konnten. Alle unwürdigen Bewerber würden innerhalb des Schatten-Labyrinths umherirren, völlig die Orientierung verlieren und schließlich wieder das Labyrinth verlassen, ohne ihrem Ziel nähergekommen zu sein oder mehr erfahren zu haben. Der Bewerber mit dem Recht auf seiner Seite hingegen würde seinen Weg zum Turm finden, woraufhin die Wolke verschwinden und das Urteil gesprochen werden würde.

Ich frage mich, ob es einen Turm im Tal von Nimmern gibt, dachte Magara. Es war ihr nicht entgangen, daß Slatons Erfahrung ganz ähnlich dem war, was einem vergeblichen Bewerber im Schatten-Labyrinth widerfahren sollte. Natürlich auch nicht die Tatsache, daß Slaton unglücklicherweise nicht das Recht auf seiner Seite hatte, wenn dieser Vergleich zutraf.

Die Beschreibung war entmutigend und gab nur wenige Einzelheiten der Probe innerhalb des Labyrinths preis, was Magaras Phantasie anregte. Eine Geschichte nahm Form an, und ihr fiel ein, daß Hewitt an diesem Abend nicht bei Newberry spielen würde. Sie überlegte, ob der Wirt sie an seiner Stelle beschäftigen würde. Sie benötigte nicht viel für ihr tägliches Leben, aber die Gäste der letzten Zeit – insbesondere Brostek – hatten ihre Vorräte weitgehend aufgebraucht, so daß eine freie Mahlzeit und ein paar Münzen durchaus willkommen waren. Mehr noch, die Geschichte hatte begonnen, ihr eigenes Leben zu führen; wenn das geschah, dann blieb Magara keine andere Wahl, als sich ein Publikum zu suchen.

Die letzte Probe erwies sich beinahe als Mortens Untergang. Er war inzwischen erschöpft, und der Anblick des menschenfressenden Riesen, der sich ihm bedrohlich in den Weg stellte, ließ sein Herz sinken. Das Ungeheuer stand als Wache inmitten einer schmalen Brücke, die sich über eine so tiefe Schlucht spannte, daß man den Grund nicht sehen konnte. Die Kluft war weit, und sie ließ sich nur durch die Brücke überwinden.

»Was möchtest du haben, damit du mich passieren läßt?« rief Morten.

»Gold!« antwortete der Riese, wobei sich seine kleinen Augen vor Gier verengten.

Morten wußte, daß die Sonne hinter ihm unterging. Wenn die Dunkelheit herabkam, bevor er den Turm erreichte, dann hatte er seine letzte Gelegenheit verpaßt. Und er hatte kein Gold.

»Ich habe Gold«, versprach er. »Warte hier.«

»Was sollte ich denn sonst tun?« bemerkte der menschenfressende Riese verächtlich.

Morten wandte sich um und lief zurück, um den Sack voll Stroh zu holen, den er zusammen mit seinem Pferd zurückgelassen hatte. Die Wolkenschwaden wirbelten um ihn herum, während er sich zurückzog, als freuten sie sich über seine Niederlage. Zwischen ihm und dem Turm senkte sich das Schatten-Labyrinth herab.

Er legte rasch eine dichtgepreßte Lage Stroh oben in den Sack und wandte sich wieder zurück zur Brücke. Als der Riese in Sicht kam, begann Morten zu schwanken, als wäre das Gewicht des Sackes zu groß für ihn. Als er noch etwa zwanzig Schritte von ihm entfernt war, ließ er den Sack auf den Boden nieder und ächzte ob der Anstrengung. Dann richtete er sich wieder auf und wandte sich erneut an das Ungeheuer.

»Hier ist mein Gold. Es gehört dir, wenn du mich passieren läßt. Aber ich muß mich zuerst noch waschen, bevor ich gehe, um meine Liebste zu sehen.«

Morten hatte den Sack kunstvoll so drapiert, daß er nur ein wenig offen war und die Strahlen der Sonne das goldfarbene Stroh aufleuchten ließen. Die Augen des unmenschlichen Wesens verengten sich noch weiter, als Morten auf einen Wassertümpel zuging, der ein paar Schritte entfernt war. Er begann sich zu waschen, tauchte sein Gesicht und seine Arme ein, behielt aber den Riesen genau im Auge, der mißtrauisch auf das falsche Gold schielte.

Schließlich wurde, wie Morten gehofft hatte, die Habgier des Menschenfressers so groß, daß er es nicht mehr ertragen konnte; er schleppte sich auf den Sack zu, um sich seine Belohnung zu holen. Morten wartete so lange ab, wie er es aushielt, rannte dann auf die Brücke zu und sprang mit einem

Satz auf sie hinauf. Die Tiefe ängstigte ihn, und er mußte kämpfen, um im Tritt zu bleiben.

Das ungeheuerliche Geschöpf brüllte vor Wut. Es hatte bemerkt, daß es hereingelegt worden war, aber sein schlurfender Gang war zu langsam, um das fliehende Opfer einzuholen. Von seiner Wut übermannt, schleuderte der Riese einen Felsblock in Richtung auf die Brücke – doch dieser flog vorbei, ohne einen Schaden anzurichten, und fiel in die Schlucht hinab. Und Morten war auf der anderen Seite!

Magaras gefesseltes Publikum stieß einen gemeinsamen Seufzer der Erleichterung aus. Die Erzählerin wartete ein paar Augenblicke, bevor sie fortfuhr.

Sowie Morten die andere Seite erreichte, verschwanden augenblicklich die Schlucht, die Brücke und der Riese. Der letzte Wutschrei des Ungeheuers hallte in der Leere wider.

Magara hielt erneut inne und erlaubte den Zuhörern, sich auf die bevorstehende letzte Prüfung einzustellen. In der von ihr erfundenen Geschichte war die Probe von einem arroganten Landbesitzer ersonnen worden, der das Schatten-Labyrinth hatte einrichten lassen, um Bewerber um die Hand seiner Tochter zu prüfen. Er hatte sich käuflicher Zauberer bedient, die Magara als lächerliche Figuren beschrieb, damit die Aufgaben so gestellt wurden, daß mächtige und vor allem reiche Männer sie am ehesten bestehen konnten. Doch hatte sich das Mädchen – das in einem einsamen Turm eingesperrt war – ohne Wissen ihres Vaters mit einem der Zauberer befreundet. Dieser Magier hatte noch eine Spur von Anstand in sich, und er hatte sich bereit erklärt, heimlich sicherzustellen, daß zumindest einige der Aufgaben echte Prüfungen von Liebe und Charakter waren.

Sehr zum Verdruß des Landbesitzers waren alle von ihm bevorzugten Bewerber gescheitert, sei es durch Dummheit, Gier oder Selbstüberschätzung. So war er schließlich gezwungen, den wahren Geliebten seiner Tochter in das Schatten-Labyrinth treten zu lassen. Und Morten hatte durch seinen Mut, seinen Einfallsreichtum und die geistige Beweglichkeit, die seinen Vorgängern so offensichtlich abgingen, bestanden – bis jetzt. Doch nun stand ihm die größte Prüfung bevor.

Morten war ihr jetzt nahe. Er spürte seine Liebste, aber er konnte sie nicht sehen. Das Schatten-Labyrinth vor ihm war ein dichter Nebel, der sich nirgendwo lichtete. Es war dunkel wie bei einer Sonnenfinsternis.

Zum erstenmal geriet Magaras Geschichte ins Stocken. Sie hatte sagen wollen, dunkel wie in der Nacht. Doch die Worte hatten sich selbst geformt. Rasch gewann sie ihre Fassung wieder und fuhr fort.

Hinter ihm war völlig klare Sicht. Wenn er nach vorne sah, war er blind angesichts der unbekannten Gefahren. Nach allem, was er wußte, konnten vor ihm gewaltige Untiefen lauern, unsichtbare Ungeheuer, Fallen jeder Art. Von hier aus weiterzugehen, das bedeutete, daß er sich einem grenzenlosen Vertrauen hingab – um zu beweisen, daß seine Liebste, sein Ziel, jedes Risiko wert war.

Die Sonne war schon fast zur Hälfte untergegangen, und er zögerte noch immer. Ihm blieben nur noch Augenblicke, sich zu entscheiden. Zum erstenmal berührte ihn die Angst mit ihrer feuchtkalten Hand – doch dann wehte ein schwacher Hauch ihres vertrauten Duftes zu ihm heran, und das war die Ermutigung, die er benötigte. Morten schritt furchtlos in die Dunkelheit hinein. Und er fand sich allein in einer schwerelosen Stille wieder.

Die Leute von Newberrys Taverne waren verstummt und hielten den Atem an, nahmen im Geiste an den Gefahren ihres Helden teil.

Wie weit er ging oder wie lange es dauerte, würde Morten nie erfahren, aber er kam schließlich gerade in dem Augenblick aus der Wolke heraus, als die Sonnenfinsternis endete – und dort vor ihm lag der Turm, der in das Licht der letzten Sonnenstrahlen des Tages getaucht war. Als er zurückblickte, sah er, daß er über einen Damm gegangen war. Hätte er nicht genau den richtigen Weg gewählt, wäre er auf den Felsen unterhalb zerschmettert worden, wo das ruhelose Meer strudelte und schäumte.

Mit brennendem Herzen öffnete er das Tor zu dem Turm mit dem Schlüssel, den er von dem Drachen erkämpft hatte,.und lief die Wendeltreppe hinauf. Und dort, in der obersten Kammer, von wo aus man sowohl das Land als auch das Meer überblicken konnte, fielen sich Morten und Julitta in die Arme. Sie waren vereint für alle Zeit.

Newberry führte den Applaus an, als Magara ihre Geschichte zu Ende erzählt hatte. Sie verneigte sich mehrmals und lächelte über die aufmunternden Beifallsrufe. Ein Hut wurde herumgereicht, und ein ordentliches Klimpern von Münzen wurde hörbar. Zwischen die Glückwünsche mischten sich Rufe nach Zugabe, doch Magara wehrte diese Wünsche mit einer versteckten, aber wachsenden Ungeduld ab.

Ihr war soeben eingefallen, daß sie eine Sonnenfinsternis gesehen hatte, während sie im Krater lebte. Aber es war nicht im Himmel über ihr gewesen.

16.
KAPITEL

Magara eilte mit gemischten Gefühlen, die sowohl ihre innere Erregung als auch eine Vorahnung ausdrücken mochten, nach Hause. Sie zündete eine Lampe an und ging direkt zu der behelfsmäßigen Truhe, in der sie ihre alte Kleidung aufbewahrte. Sie durchstöberte sie fast bis zum Boden, fand schließlich, was sie suchte, und zog es heraus. Es war lange her, seit sie den Gobelin zuletzt betrachtet hatte. Sie hatte ihn gut verpackt und verstaut, und das nicht nur, um das empfindliche Gewebe zu schützen, sondern auch aus Enttäuschung. Magara hatte sich seit ihrer Ankunft in vielen anderen, praktischeren Künsten versucht, darunter auch in der Gobelinstickerei. Doch es war ihr nie gelungen, etwas zu schaffen, das auch nur entfernt an dieses Stück herankam, das sie von zu Hause mitgebracht hatte.

Zuhause? Es war lange her, seit Magara an Arenguard als ihr Zuhause gedacht hatte. Sie hielt inne und dachte über die Erinnerungen nach, die Slatons unerwarteter Besuch in ihr wachgerufen hatte. Bis vor ein paar Tagen war ihr das Leben so einfach erschienen. Jetzt war alles ungewiß.

Sie wickelte den Gobelin vorsichtig auseinander und legte ihn auf dem Boden aus. Dann zog sie die Lampe näher heran und betrachtete aufmerksam den linken unteren Bereich. Ja, da war es! Zuvor hatte sie immer angenommen, daß die Sonne von dichten Wolken teilweise verdunkelt wurde. Jetzt war sie sicher, daß es eine Sonnenfinsternis war; da sie nun wußte, wonach sie sehen mußte, war der leuchtende Hof um die verdunkelte Sonne unverkennbar.

Der Gobelin hatte Magara seit ihrer Kindheit fasziniert, und jetzt wurde ihr Interesse von neuem angeregt. Bei seinem Entwurf und der Ausführung war das feinste Detail beachtet worden; jedes Blatt und jede Blüte, jedes Tier und jeder Vogel, jeder Tropfen Wasser und jeder Lichtschimmer waren in einer Weise lebendig, wie es eine bloße Abbildung nicht erzielen konnte. Es war eine Meisterin ihres Handwerks gewesen, die diese Stickerei vor langer Zeit geschaffen hatte, aber sie hatte auch über das Auge einer Künstlerin verfügt. Niemand wußte genau, wie alt der Gobelin war. Er war offenbar schon seit vielen Generationen im Besitz von Magaras Familie gewesen, und dieser kostbare Schatz war eine der wenigen nicht lebensnotwendigen Sachen gewesen, die sie sich von Arenguard mitzubringen erlaubt hatte.

Der Gobelin war rechteckig, höher als breit, und in vier gleichmäßige Rechtecke aufgeteilt, von denen ein jedes eine Landschaft darstellte. Im Mittelpunkt des Gobelins befand sich ein kleiner Kreis aus Blumen. Es gab Muster in jedem Viertel und innerhalb des ganzen Entwurfs, die deutlich werden ließen, daß die gewählten Ansichten eng miteinander verbunden waren, doch keines der Muster war völlig durchgehend. Es gab unerklärliche, seltsame Stellen, verborgene Unstimmigkeiten, und die Sonnenfinsternis hing mit einer solchen Kuriosität zusammen. Obwohl die Sonne – ob sie nun durch eine Sonnenfinsternis oder durch eine Wolke verdunkelt wurde – im Himmel stand, spiegelte die stille Wasseroberfläche des Sees darunter das schimmernde Abbild des Mondes wider. Als sollte das noch betont werden, wurde nahe dem See ein einsamer grauer Wolf gezeigt, dessen Schnauze zu einem Heulen emporgereckt war, das Magara beinahe hören konnte.

Was also sagt mir das alles? überlegte sie und dachte an Schatten. Sie fragte sich, ob Brosteks Wolf jemals den Mond anheulte – oder eine Sonnenfinsternis.

Diese Szene befand sich im unteren linken Viereck, das Magara für das letzte der vier hielt. Daher kehrte sie an den Anfang zurück, um sehen zu können, ob der ganze Gobelin jetzt eine andere Bedeutung bekommen hatte, da sie die Sonnenfinsternis erkannt hatte.

Ihr Ausgangspunkt war immer das obere linke Viereck gewesen, und das aus zwei einfachen Gründen. Zunächst stellten die vier Bereiche eindeutig die vier Jahreszeiten dar, und die erste von diesen war der Frühling. Pflanzen trieben Knospen aus, Bäume begannen zu blühen, und das Wetter war eine gewollte Mischung aus Sonnenschein und Regen, was die wechselhafte Natur dieser besonders lebendigen Jahreszeit kennzeichnete.Die farbenfrohe Wölbung eines Regenbogens vervollständigte das Bild. Aber da waren auch Besonderheiten, die nur zu erkennen waren, wenn man das Bild aus nächster Nähe betrachtete. Verborgen zwischen den Frühlingsblumen befand sich Löwenzahn in seiner herbstlichen Reife, bevor der Wind seine federgleichen Samen davonblies, sehr viel früher als gewohnt. Und ein Grasstreifen war mit gefallen Blättern bedeckt.

Fast alle anderen Anzeichen im linken oberen Rechteck gaben jedoch eindeutig den Frühling wieder, während als nächstes im oberen rechten Bereich der Sommer folgte. Hier schien die Sonne in einem klaren blauen Himmel. Eine Vielzahl von Blumen stand in voller Blüte, und das Laubwerk war dicht und grün. Der ganze Eindruck war der von Hitze und Erfüllung, verglichen mit der Energie und dem Versprechen des Frühlings. Und dennoch, zwischen den extravaganten Farben der Ringelblumen, Lupinen und Rosen waren im Vordergrund deutlich die scheuen Blütenblätter von Schneeglöckchen auszumachen.

Die Bilderfolge setzte sich im unteren Bereich zur rechten Hand mit dem Herbst fort. Die Bäume bestanden hier aus milden Schattierungen von Rot und Gold. Herabgefallene Blätter lagen funkelnd in dem diffusen, orangefarbenen Licht eines nebligen Sonnenuntergangs. Früchte und Beeren schmückten die meisten Zweige und Sträucher, doch eine Trauerweide war in ihrer eigenen Zeit gefangen und trug die pollengeladenen Kätzchen des beginnenden Frühlings.

Der Kreislauf wurde durch den Winter abgeschlossen. Die Sonnenfinsternis war umrahmt von einer kalten grauen Masse von Wolken. Der Boden war von Schnee bedeckt, und der aufkommende Sturm kündigte noch mehr davon an. Die meisten Bäume waren kahl; nur ein paar Kiefern waren noch immer grün. Der heulende Wolf verlieh dieser letzten Ansicht zusätzliche Kälte. Und doch stand im Mittelpunkt dieser Trostlosigkeit, inmitten des Schnees kaum zu erkennen, ein Strauch mit weißen Rosen in unmöglicher voller Blüte.

Die zweite Bildfolge, die innerhalb der Bilder der vier Jahreszeiten enthalten war, zeigte die fortschreitenden Stationen im Leben einer Frau. Im Frühling wurde sie als Kind gezeigt, das mit vor Erregung weit ausgestreckten Armen durch den Garten rannte, während die dunklen Haare im Wind flatterten. Im Sommer war sie eine junge Frau, schön und zurückhaltend, die noch immer von der Freude der Jugend erfüllt war, während sie sich bückte, um an den Blumen zu riechen. Im dritten Quadranten war sie eine erwachsene Frau, wirklich schön und mit einer ruhigen, ausgeglichenen Miene. Sie stand aufrecht und sah zu einem langhalsigen Schwan hoch, der über ihr flog. Im Winter ihres Lebens war sie schließlich eine alte Frau mit silbernen Haaren, die mit stiller Gelassenheit in ihrem Garten saß und an einem Gobelin arbeitete. Magara hegte keinen Zweifel, daß diese letzte Gestalt ein Selbstporträt der Näherin war und daß die anderen Erinnerungen an das frühere Leben der Frau darstellten. Was hatte sie veranlaßt, so viel Zeit und Mühe an diese äußerst sorgfältige und dennoch von Leben pulsierende Arbeit zu verwenden? Und warum die offensichtlichen Anomalien innerhalb des gewohnten Musters? Magara hatte oft versucht, eine Antwort auf diese Fragen zu finden, und doch war sie einer Lösung nicht nähergekommen, seit sie den Gobelin zum erstenmal gesehen hatte. Vielleicht gab es Anhaltspunkte, die sie übersehen hatte.

Sie hatte noch mehr fortlaufende Veränderungen bemerkt, was die Position der Sonne und die Perspektive der einzelnen Bereiche anging. Diese beiden Dinge hatten miteinander zu tun, aber keines der Muster war durchgehend. Jedes der vier Bilder zeigte eine andere Ansicht und Lage der Landschaft – was bedeutete, daß sie entweder verschiedene Orte darstellten oder – wie Magara glaubte – vier Aussichten in verschiedene Richtungen vom gleichen Punkt aus wiedergaben. Die gelegentliche Übereinstimmung der Ränder zwischen den Quadranten schien diese Auffassung zu stützen. Zum Beispiel zog sich ein Bach plätschernd im Frühling von links nach rechts, verschwand am Rand, tauchte aber eine Daumenbreite weiter im Sommer wieder auf. Ein Tannengehölz schien sich über die Linie zwischen Herbst und Winter auszudehnen. Überzeugendere Hinweise waren jedoch an anderer Stelle zu finden. Im Sommer befand sich die Sonne kaum über dem Horizont, ihr helles, goldfarbenes Licht deutete auf den Sonnenaufgang hin – woraus sich entnehmen ließ, daß die Stickerin und der Betrachter in Richtung Osten sahen. Ähnlich war es im Herbst, als die Sonne wiederum tief im Himmel stand, obwohl die Farbgebung diesmal klar auf einen Sonnenuntergang verwies – das ließ vermuten, daß diese eine Aussicht in westlicher Richtung war. Das wurde bestätigt durch einen V-förmigen Schwarm von Gänsen, die hoch im Himmel von rechts nach links – oder südlich – flogen, und diese Vögel zogen um diese Jahreszeit tatsächlich in den Süden.

Das ließ Norden und Süden für die beiden anderen Bereiche übrig, aber diesmal half die Position der Sonne nicht weiter. Im Frühling stand die Sonne hoch und hätte aus allen Richtungen gleich ausgesehen. Im Winter stand die verfinsterte Sonne ebenfalls hoch, aber die Angelegenheit wurde durch den widergespiegelten Mond noch verwirrender. Trotzdem war Magara zu der Überzeugung gekommen, daß der Frühling die nördliche Seite darstellte, weil in einer winzigen Ecke des dargestellten Himmels eine andere Gruppe von Gänsen vor dem Betrachter davonflog – und im Frühling wanderten sie logischerweise in Richtung Norden.

Das bedeutete, daß ihre Reihenfolge nicht mit derjenigen übereinstimmte, die von den Jahreszeiten vorgegeben wurde. Mittag, Sonnenuntergang, Sonnenaufgang, wieder Mittag – oder Nacht, wenn man die Widerspiegelung des Mondes als bedeutsamer sehen wollte. Wie auch immer man es ansah, der Verlauf war unklar, was auch für die vier verschiedenen Blickwinkel galt. Norden, Osten, Westen, Süden. Es wäre sicher konsequenter gewesen, sich in einer Richtung rund um den Kompaß zu bewegen: Norden, Osten, Süden, Westen. Obwohl Magara in den Mustern überhaupt keinen Sinn erkennen konnte, enthielten die Bilder so viele interessante Stellen und bereiteten so viel Vergnügen, daß sie gerne bereit war, der Näherin aus grauer Vorzeit alle Eigenarten ihrer Arbeit zu verzeihen. Was ein glücklicher Umstand war, denn es waren noch weit mehr von ihnen zu entdecken.

Abgesehen von den Pflanzen, die entgegen der natürlichen Reihenfolge der Jahreszeiten in ihrer Blüte standen, waren noch ein paar Dinge nicht so unschuldig, wie sie auf den ersten Blick aussahen. Zwischen den Glockenblumen am Waldrand hoppelten einige Hasen dahin und schienen sich überhaupt nicht vor dem Fuchs mit seinem buschigen Schwanz zu fürchten, der sich mitten unter ihnen befand. Der Fuchs wiederum schien in dieser ungewöhnlichen Gesellschaft recht zufrieden zu sein. Im Mittelpunkt des sommerlichen Bildes war ein zerfallenes Gebäude aus honigfarbenem Stein. Leere Fenster und Bogengänge wurden von Efeu überrankt, und die Reste zerbrochener Standbilder waren überall zerstreut, als wären diese absichtlich zerstört worden. In dem, was früher offenbar ein Hof gewesen war, befand sich ein Zierteich mit einem goldenen Fisch, der aus der mit Seelilien bedeckten Wasseroberfläche zu springen schien. Über dem Teich befand sich ein Brunnen, der trotz des offensichtlichen Verfalls des Bauwerks noch immer funktionierte. Weiter hinten schimmerte ein Eisvogel im Flug.

Im Herbst reiste der tieffliegende Schwan in die entgegengesetzte Richtung wie die Gänse, aber das schien nicht so bedeutsam zu sein. Magara war nicht einmal sicher, ob die Schwäne Wandervögel waren. Sie hatte es jedenfalls immer schade gefunden, daß das elegante weiße Geschöpf allein war, da sie wußte, daß Schwäne ihr Leben lang einem Partner die Treue hielten. Auf der Wiese zu Füßen der Frau grasten ein paar farbenprächtige Enten, was eigenartig schien, da gerade in diesem Viereck keine Wasserstelle zu sehen war. Am seltsamsten aber war ein Eichhörnchen, das von dem großen roten Apfel herunterhing, den es gerade aß. Früher oder später würde es genau das verspeist haben, woran es sich unsicher klammerte. Magara war sich sicher, niemals ein Eichhörnchen erlebt zu haben, das sich so unsinnig verhielt.

Aber die beängstigendste Ungereimtheit war vermutlich der Anblick eines grauen, steinernen Grabmales inmitten des Frühlings. Darauf richtete Magara jetzt ihre Aufmerksamkeit, nachdem sie die Sonnenfinsternis näher betrachtet hatte. Daß eine so krasse Erinnerung an die Sterblichkeit in einem Kunstwerk vorkam, das im übrigen randvoll von Leben war, war schon überraschend genug. In jedem Fall aber hätte es besser zu den düsteren Tönen des Winters gepaßt. Vielleicht wäre das ein zu eindeutiger Bezug für die Künstlerin in ihrem hohen Alter gewesen – und sie hatte daher das kleine Mädchen abgebildet, wie es neben dem Grab tanzte und sich glücklicherweise noch nicht mit Gedanken an ihren Tod beschäftigte.

Ein ganz besonderes Rätsel bot die Inschrift, die auf dem gehauenen Grabstein gerade noch zu erkennen war. In kleinen Lettern stand geschrieben:

NIMMER
DER ORT

Nimmer
die zeit

Früher war Magara diese seltsame Grabinschrift wie ein Schrei der Verzweiflung erschienen, als ob der hier beerdigte Mensch nicht in der Lage gewesen wäre, die ihm zugewiesenen Aufgaben im Leben durchzuführen. In Gedanken hatte sie nach der zweiten und der vierten Zeile Ausrufezeichen hinzugefügt und damit die Enttäuschung verstärkt, die in den Worten enthalten war – und damit auch mehr Trotz und Herausforderung in sie gelegt.

Bei dieser Gelegenheit fiel ihr jedoch die seltsame Anordnung der Buchstaben auf wie auch die Tatsache, daß nur der erste Buchstabe des zweiten Reimpaars großgeschrieben wurde. Vielleicht lautete auch hier, wie an anderen Stellen des Bildes, die Botschaft ganz anders, als auf den ersten

152

Blick zu vermuten war. Vielleicht war es der Hinweis auf ein Rätsel, das sie noch nicht einmal zu ahnen begann? In Gedanken nahm sie das N aus der dritten Zeile und versetzte es an die jetzt naheliegende Stelle:

> NIMMERN
> DER ORT
>
> immer
> die zeit

Konnte es wirklich sein, daß ihre entfernte Vorfahrin den magischen Ort namens Nimmern wiedergegeben hatte? War es wirklich ein Zufall, daß Slaton ihr die Nachricht von diesem märchenhaften Ort zu dieser Zeit überbracht hatte? War die Näherin einer früheren Zeit noch immer in einer gewissen Weise dort – *immer die zeit* –, und stand der Gobelin in Zusammenhang mit Celias Verschwinden? Und konnte es sein, daß all dies mit den geheimnisvollen Sonnenfinsternissen zu tun hatte?

War es wirklich möglich?

Die Nacht war schon halb vorbei, als Magara sich zwang, die endlosen Mutmaßungen aufzugeben. Ihr letzter Gedanke vor dem Einschlafen war entmutigend; wenn sie jemals Antworten auf ihre Fragen erhalten sollte, dann würde sie nach Nimmern gehen müssen.

17.
KAPITEL

In den ersten, noch kaum wärmenden Sonnenstrahlen schienen Magara ihre Überlegungen der vergangenen Nacht weithergeholt und phantastisch zu sein. Sie lag im Bett, fühlte sich durch den fehlenden Schlaf ziemlich elend und dachte noch einmal über alles nach. Es gab keinen wirklich schlüssigen Grund für sie, die Reise nach Nimmern zu unternehmen, sofern sie den Ort überhaupt zu finden vermochte. Doch ein Gefühl in ihr beharrte darauf, es wenigstens zu versuchen.

Aber was ließe sich damit erreichen? fragte sie sich selbst. *Selbst wenn ich hineinkäme ...* Ihr fiel ein, daß es Celia offenbar gelungen war, das verborgene Tal zu betreten, aber niemand sagen konnte, was seither mit ihr geschehen war. *Vielleicht könnte ich ihr helfen.* Sich selbst die Rolle eine heldenhaften Retterin zuzuteilen, erschien Magara ziemlich unsinnig, und sie lächelte über die Vorstellung. *Und ich kann nichts unternehmen, weder dort noch irgendwo sonst, damit die Sonnenfinsternisse nicht mehr geschehen! Was soll es also für einen Sinn haben?*

Der einzige Sinn, entschied sie rasch, konnte darin bestehen, daß sie vielleicht ein oder zwei der Geheimnisse aufklären konnte, die sich plötzlich in ihr Leben gedrängt hatten. War das nicht Grund genug, eine irrsinnige Expedition zu starten?

Und wie soll ich nach dort gelangen? Magara besaß kein Pferd, nachdem sie ihre alte Stute vor Jahren verkauft hatte. Sie besaß auch keine erwähnenswerte Menge von Geld und nur wenig Habe, die sie hätte verkaufen können. Selbst das Haus gehörte nicht ihr; die Stadt Trevine hatte es ihr auf Zeit überlassen.

Magara stand schließlich auf und kleidete sich an. Sie zwang sich auch, ein Frühstück einzunehmen, bevor sie losging, um erneut Iro zu besuchen. Sie nahm den sorgfältig in eine schützende Hülle eingewickelten Gobelin mit sich. Die

Hütte des Alchimisten war so dunkel wie immer, und es kam keine Antwort, als sie seinen Namen rief. Magara wollte schon fast aufgeben, als sie ein leises Rascheln aus dem Inneren vernahm. Sie rief erneut, diesmal wesentlich lauter. Weitere scharrende Geräusche, ein lautes Gähnen und ein Hustenanfall waren zu vernehmen, während Iro zu sich kam. Es stellte sich heraus, daß er fast die ganze Nacht wach gewesen war und an seinen Experimenten gearbeitet hatte. Als sie sich dafür entschuldigen wollte, daß sie seine Ruhe gestört hatte, wischte er es einfach beiseite. Er war neugierig zu hören, was sie entdeckt hatte.

»Hast du irgend etwas über Nimmern herausgefunden?« fragte er barsch.

»Nicht in den Büchern«, antwortete sie und gab dann erst den Abschnitt über das Schatten-Labyrinth wieder, bevor sie den Gobelin und seine offensichtliche Verbindung mit Nimmern beschrieb.

Die beiden knieten daraufhin längere Zeit im Eingang, brüteten über dem entrollten Bilderteppich und tauschten Beobachtungen über die verschiedenen Besonderheiten aus. Der Alchimist enttäuschte Magara – er stimmte mit all ihren Schlußfolgerungen überein, konnte jedoch keine neuen Einsichten beitragen.

»Faszinierend«, schloß Iro, richtete sich auf und streckte sich ächzend. »Es reicht beinahe aus, damit ein alter Mann wieder auf Reisen gehen will.« Er sah Magara erwartungsvoll an.

»Glaubst du, ich sollte nach dort gehen?« fragte sie.

»Was *denkst* du?« antwortete er lächelnd.

»Mach das nicht noch einmal!« gab sie lachend zurück. »Gib mir eine richtige Antwort.«

»Selbst wenn dies Nimmern *ist*«, begann der Alchimist, »und dessen können wir absolut nicht sicher sein – dann ist es nicht mehr ...« – dabei deutete er auf den Gobelin – »wie *das*. Wir wissen das durch Slatons Bericht. Nach dort zu gehen, könnte gefährlich sein.«

Das hatte sich auch Magara schon überlegt, aber sie wollte Iros Gründe hören.

»Warum gefährlich?«

»Gerade du mußt doch die Legende von dem Ort gehört haben, der sogar für Zauberer zu gefährlich ist«, antwortete er. »Es ist eine der bekanntesten Sagen in der Geschichte der Magie.«

»Natürlich«, antwortete sie ungeduldig. »In der Fassung, die ich gelesen habe, wird der Ort Vortex genannt und als eine Art von Wirbel beschrieben, in dem alle Linien der Magie zusammentreffen. Und wenn ein Zauberer mächtig genug war, um in diesen Wirbel zu gelangen, erhielt er genug Macht, um die Welt beherrschen zu können. Aber diese Geschichte hat nichts mit dem hier zu tun. Du kannst nicht *ernsthaft* glauben, daß Nimmern und Vortex ein und dasselbe sind!«

»Nein, offensichtlich nicht«, sagte er ruhig. »Aber wenn die Magie im Vortex – *wo immer* das sein mag – so gefährlich ist, warum sollen wir dann annehmen, daß sie an anderen Orten immer harmlos ist? Bei einer vernünftigen Betrachtung muß man stets davon ausgehen, daß jede Handlung, jede Kraft, jedes Ding ihr Gegenstück mit der gleichen Bedeutung oder Kraft haben. Wenn die Magie für das Gute benutzt werden kann, wie die Geschichte und die alten Erzählungen uns glauben machen wollen, dann kann sie auch zum *Schlechten* benutzt werden. Nicht nur ehrbare Leute können raffiniert sein, wie du weißt. Vielleicht ist jemand aus den falschen Gründen in Nimmern eingedrungen und hat mit Absicht oder versehentlich den Ort verdorben.«

Magara starrte wieder auf den Gobelin.

»Etwas wie das zu zerstören«, sagte sie leise, »wäre wirklich böse.«

»Es sind natürlich nur Vermutungen«, fügte Iro versöhnlicher hinzu.

»Das mit dem Vortex ist jedenfalls nur eine Sage«, erklärte Magara. »Er kann doch nicht wirklich existieren – oder doch?«

»Du weißt besser als ich, daß alle Legenden auf *etwas* beruhen«, antwortete der Alchimist.

»Ja, aber diese Sache mit der Weltherrschaft kann nur auf Aberglauben beruhen«, widersprach sie. »Legenden werden immer ausgeschmückt! Ich habe das selbst oft genug getan und weiß daher, wovon ich rede.«

»Ein gutes Argument«, gab Iro zu, obwohl er nicht ganz überzeugt zu sein schien.

»Weißt du, wo Nimmern ist?« fragte Magara unvermittelt.

»Ungefähr sechs oder sieben Tagesritte nördlich von hier, glaube ich«, antwortete er und betrachtete sie genau.

Magara überlegte ein paar Augenblicke und fragte dann: »Gibt es magische Orte näher am Krater?«

»Der nächste, von dem ich weiß, ist Heulenberg.«

»Davon habe ich gehört«, sagte sie und runzelte die Stirn.

»Das überrascht mich nicht«, sagte Iro dazu. »Es ist nur ein paar Wegstunden von deinem früheren Zuhause entfernt. Um nach dort zu gelangen, mußt du praktisch durch Arenguard hindurch.«

»Jetzt fällt es mir ein!« rief Magara aus. »Die Gegend ist dafür bekannt, daß es dort kälter ist als überall sonst. Und es liegen viele düstere alte Steine herum. Ich wollte nie dorthin gehen. Aber mir hatte auch niemand jemals etwas davon gesagt, daß es ein magischer Ort war«, führte sie bedauernd zu Ende.

»Ich bin selbst nie dagewesen«, sagte Iro, »daher kann ich auch nichts zu den dortigen Temperaturen sagen, aber ich weiß, daß sich auf der Spitze des Berges ein Kreis aus Steinen befindet, der schon länger bestehen soll als die ältesten Siedlungen in Levindre. Daher weiß natürlich auch niemand, wer ihn errichtet hat. Die Legende berichtet, daß die Steine die Kinder eines Gottes sind, die ihrem Vater den Gehorsam verweigerten; er verwandelte sie zur Strafe in Stein – damit sie Zeit bekamen, über ihre Bosheit nachzudenken.«

»Nicht einmal meine Eltern waren *so* bösartig«, sagte Magara und grinste.

»Nun, ich denke, es ist immer noch möglich, daß Vater wiederkehrt und sie zurückverwandelt«, fügte Iro hinzu.

»Das möchte ich gerne sehen!«

»Die Legende besagt außerdem«, fuhr Iro fort, »daß im

Heulen des Windes auf dem Berg Geheimnisse liegen – wenn man es versteht, sie zu hören. Daher der Name.«

»Wenn es von hier aus nördlich ist, dann liegt es auch auf dem Weg nach Nimmern, nicht wahr?« fragte Magara nachdenklich.

»Mehr oder weniger.«

Iro wartete schweigend ab und sah seine Besucherin an. Sie war wieder tief in Gedanken versunken.

»Woher weißt du das alles?« fragte sie schließlich.

Der Alchimist lächelte. »Ich habe es genauso erfahren, wie auch *du* den Dingen auf den Grund gehst. Indem ich neugierig bin. Ich bin schon lange genug auf dieser Welt, um eine Menge mitbekommen zu haben.«

Magara widerstand der Versuchung, ihn nach seinem tatsächlichen Alter zu fragen. Sie wußte ohnehin, daß sie nicht die richtige Antwort bekommen hätte.

»Jetzt beschäftige ich mich nur noch damit, dieses elende Feuerrad richtig hinzubekommen«, fuhr Iro fort. »Es dauert schon viel zu lange.«

»Wozu die Eile?« fragte sie.

Der Alchimist hatte offenbar schon vor Magara erkannt, daß sie sich entschlossen hatte.

»Weil ich es zu deiner Abschiedsfeier fertig haben will«, erklärte er ihr.

An diesem Abend ging Magara zu Newberrys Taverne. Sie hatte zu Recht vermutet, daß die regierende Ratsversammlung von Trevine sich dort zusammenfand. Rothar, einer der dienstältesten Taucher, saß mit ein paar Freunden bei einem Glas zusammen. Als Magara ihn fragte, ob er Zeit für sie hätte, wurde sie zu ihrer Runde eingeladen und nahm gerne an, obwohl sie lieber unter vier Augen mit ihm gesprochen hätte.

»Was kann ich für dich tun?« Die Stimme des Stadtrats war tief und volltönend.

»Wenn ich Trevine vorübergehend verlassen möchte«,

begann Magara, »würde mir der Rat dann die Rückkehr gestatten?«

»Natürlich«, antwortete er. »So leicht ändern wir unsere Auffassung nicht, und außerdem bist du ein geschätztes Mitglied unserer Gemeinschaft.« Rund um den Tisch wurde zustimmend genickt, ohne daß Magara es bemerkte.

»Könnt ihr mein Haus für mich freihalten?« fragte sie.

»Wie lang wirst du voraussichtlich wegbleiben?«

»Drei, vielleicht vier Hände lang. Auf jeden Fall nicht länger als einen Monat.«

»Dann dürfte es kaum ein Problem geben«, versicherte er ihr. »Darf ich fragen, wohin du gehen willst?«

»Eine Freundin von mir ... hat Probleme«, sagte Magara verlegen. »Ich möchte versuchen, ihr zu helfen.«

»Ich werde dich nicht weiter ausfragen«, sagte Rothar in seiner gütigen Art. »Mach dir keine Sorgen darum, ob wir dich wieder willkommen heißen, Magara.«

»Danke.«

»Bleibst du hier, um die Musik zu hören?« fragte er und nickte zur Bühne hin.

Magara war hocherfreut, als sie sah, daß sich Hewitt unter den Musikern befand. Sie blieb, um ihn spielen zu hören, setzte sich an einen kleineren Tisch und bestellte ein wenig Wein. Sie hatte nicht vorgehabt, hier zu essen, da sie ihre Münzen zusammenhalten wollte, doch Newberry spendierte ihr eine freie Mahlzeit – »als Dank, weil du Hewitt dazu bewegt hast, wieder zu spielen«, wie er sagte. Sie kehrte an diesem Abend müde, doch entschlossen nach Hause zurück, und die Großzügigkeit ihres Freundes hatte ihre Stimmung merklich verbessert.

Magara stand am nächsten Morgen früh auf und überlegte, was sie alles noch vor ihrem Aufbruch tun mußte, um ihre Angelegenheiten in Ordnung zu bringen. Die Reise selbst war ihr größtes Problem – sie konnte sich kein Pferd kaufen oder auch nur leihen, und mit Pferdekutschen zu reisen, war teuer, mühsam und zeitaufwendig. Sie fragte sich, ob einer ihrer Freunde ihr vielleicht helfen konnte, ein Reittier zu besorgen; sie mußte dann eben später sehen, wie sie diese Gefälligkeit zurückzahlen konnte.

Sie wollte schon gehen und sich auf die Suche machen, als sie Schritte auf dem Laufsteg draußen hörte. Sie öffnete die Tür, bevor der Besucher auch nur klopfen konnte, und sah in Hewitts leicht überraschtes Gesicht.

»Hallo«, sagte sie. »Du hast nicht schlecht gespielt gestern abend«, sagte sie und hoffte, daß er inzwischen von seinen Selbstzweifeln befreit war.

»Nicht schlecht«, antwortete er, und etwas von seiner früheren Großspurigkeit zeigte sich in seinem Lächeln. »Ich habe gehört, daß du uns verlassen willst.«

»Die Neuigkeit hat sich ja schnell verbreitet«, bemerkte sie verblüfft.

»Das sollte dich nicht überraschen«, sagte er zu ihr. »Musiker sind die schlimmsten Klatschtanten.«

Magara lächelte und war froh, daß sie ihn wieder so munter erlebte.

»Ich möchte gern mit dir gehen«, sagte Hewitt dann.

Einen Augenblick lang war Magara zu überrascht, um zu antworten. »Warum?« fragte sie schließlich.

»Es ist Zeit für mich, weiterzuziehen«, antwortete er ernsthaft. »Und du ... du verstehst mich.«

Nicht so gut, wie du denkst, überlegte sie, da sie seiner wahren Motive nicht sicher war.

»Willst du nicht wissen, wohin ich gehe?« fragte sie.

»Das ist mir ganz egal. Paß auf, mach dir keine Sorgen. Es ist kein Problem. Sobald du genug von mir hast, sagst du zu mir, daß ich verschwinden soll, und ich gehe. Ich möchte nur anfangs ein wenig Gesellschaft haben, das ist alles.«

Der Gedanke, bei ihren Reisen Gesellschaft zu haben, gefiel Magara. Doch obwohl der junge Mann das Gegenteil behauptete, kannte sie ihn nicht besonders gut.

»Komm herein und setz dich hin«, wies sie ihn an. Hewitt gehorchte ohne Widerrede. »Tut mir leid, daß ich so direkt bin«, sagte sie bestimmt, »aber du hast nicht etwa so blöde Flausen im Kopf, wie etwa, in mich verliebt zu sein?« Sie hatte schon wiederholt Probleme dieser Art mit Leuten gehabt, denen sie geholfen hatte. Die Vernarrtheit hatte nie lange angehalten, doch sie konnte zunächst sehr stark sein – und sehr lästig.

»Nein, nein! Das ist es überhaupt nicht!« rief er aus. »Ich würde nie etwas versuchen. Ehrlich.«

Magara wußte nicht, ob sie erleichtert oder betrübt sein sollte ob seiner offenen und ehrlichen Antwort.

»Ich muß Trevine verlassen«, fuhr er fort. »Aber ich bin schon so lange hier …«

»Du fürchtest dich vor der Welt da draußen?«

Er nickte.

»Ich weiß, wie du dich fühlst.« Hewitt sah überrascht zu ihr hoch, doch Magara sprach rasch weiter. »Wie schnell kannst du dich zur Abreise bereitmachen?«

»Ich bin schon bereit«, antwortete er, verbesserte sich dann aber. »Sobald ich meine Violine geholt habe. Wie willst du reisen?«

»Das ist im Augenblick noch ein Problem«, sagte sie ihm. »Ich muß jemanden finden, der mir ein Pferd leiht – oder das Geld, um eines zu mieten.«

»Da kann ich helfen«, erklärte er eifrig, was ihre offensichtliche Skepsis nur noch verstärkte. »Mein Bruder lebt jetzt auf dem Rand. Er ist ein Händler – er kann Pferde entbehren.«

So wie Hewitt es aussprach, klang das Wort »Händler« fast wie ein Fluch.

»Das hört sich an, als ob du es eigentlich nicht gutheißt?« wollte sie wissen.

»Nein. Ihn interessiert nichts außer Geld.«

»Aber du glaubst, daß er uns helfen kann?«

»Ja.« Der Musiker grinste. »Was mich angeht, hat er eine Schwäche – ich *gehöre* schließlich zu seiner Familie.«

»Das wäre wunderbar«, sagte Magara. »Danke. Wir reisen gleich morgen früh ab.« *Ich hoffe, Newberry vergibt mir!*

»In Ordnung. Also bis dann.« Hewitt stand auf und ging zur Tür, zögerte und wandte sich um. »Übrigens, *wohin* gehen wir?«

Da das Problem, ein Reittier zu finden, so überraschend gelöst worden war, hatte Magara noch genug Zeit übrig. Sie wollte mit so wenig Ballast wie möglich reisen und wählte nur die notwendigste Reisekleidung aus. Diese Entscheidung fiel ihr leichter, weil sie wußte, daß Hewitt sie begleitete. Für einen guten Musiker bot sich unterwegs immer die Möglichkeit, sein Spiel gegen Unterkunft und Verpflegung einzutauschen. Sie konnten sich daher ersparen, eigene Ausrüstung und Vorräte mit sich zu führen. Je mehr sie darüber nachdachte, gefiel es Magara, von Hewitt begleitet zu werden. Was hatte Slaton über sich selbst als den Sohn eines Landbesitzers gesagt? »Ich bin sehr gut darin, andere Leute dazu zu bringen, daß sie für mich arbeiten.« *Vielleicht habe ich diesen Dreh auch noch nicht verlernt.*

Unmittelbar vor der Mittagszeit, als sie sich Gedanken darüber machte, was noch zu erledigen war, begann sich Magara ziemlich seltsam zu fühlen. Sie schob es zuerst nur auf ihre Müdigkeit und die Hitze. Aber sie fühlte sich bald noch seltsamer und setzte sich hin, da sie befürchtete, in Ohnmacht zu fallen. Ihr Unbehagen wurde schließlich fast greifbar. Obwohl ihr die Tatsache bewußt war, daß sie sich noch immer in ihrer vertrauten Umgebung befand, sahen ihre Augen etwas anderes, und in ihre Ohren drangen andere Geräusche.

Es begann mit einem überirdischen Heulen und der plötzlichen Vorahnung eines Unglücks. Dann spürte sie, wie ihr der Wind ins Gesicht blies. Ätzender Rauchgestank verfing sich in ihrer Nase, und sie vernahm eine schreckliche Wehklage mit einem Ton, der durch und durch ging. Danach Flammen, Panik und überall Leute. Blut und Schrecken. Die Schreie der Frauen und Kinder. Soldaten mit grünen Kopfbändern. Schreckliche Bilder, vor denen sie ihre Augen nicht verschließen konnte.

Halte dich da heraus! Eine Stimme, die sie kannte.

Macht es dir Spaß? Ein Fremder.

Die Bilder des Kampfes verblaßten, und eine tiefergehende Furcht legte sich über sie. Eine Gestalt in einem blauen Umhang tauchte flimmernd in dem Zimmer auf, das dem Seeufer zugewandt war, umhüllt von einem blaßgrünen Schein. Der Mann schien auf unsichtbare Gegenstände zu blicken, und seine Augen bewegten sich mit einer gelassenen Bedächtigkeit. Sein Blick blieb auf Magara haften, und er lächelte gemein. Die Bosheit in seinem Blick ließ sie erzittern. Dann war da ein strahlendblaues Aufleuchten – und er verschwand. Die Vision wich von ihr. Doch obwohl Magara wußte, daß sie in ihrem Haus sicher war, fühlte sie sich schwach und zittrig. *Lisle, warum zeigst du mir das?* Sie wußte irgendwie, daß sie Varo, Brostek und seine Männer während des Kampfes erlebt hatte, gesehen durch die Augen des Jungen. Aber wie und warum, das verstand sie nicht im geringsten. Die lähmende Furcht war inzwischen vergangen, aber sie fühlte sich noch eine Zeitlang nervös. Wenn Lisle diese Gestalt im blauen Umhang tatsächlich gesehen hatte, dann mußte er sich sogar noch schlimmer fühlen – und dieser Gedanke war nicht geeignet, ihre Ängste um die anderen Reisenden zu mindern.

Hewitt kehrte am frühen Abend zu ihr zurück, um ihr zu berichten, daß er die Sache mit den Reittieren mit seinem Bruder klargemacht hatte. Sie machten miteinander aus, sich bei Sonnenaufgang wieder zu treffen. Magara ließ ihn nichts von ihrer Unruhe spüren, und er ging, um von anderen Freunden Abschied zu nehmen. Einige Zeit später glaubte sie eine Melodie zu hören, die sie noch nie gehört hatte. Die Musik war anmutig und elegant und erfüllt von einer gespenstischen, friedvollen Trauer; sie beruhigte ihre aufgewühlten Gedanken und ließ das Zittern ihrer Glieder vergehen.

Sie bereitete eine letzte Mahlzeit vor und ging dann nach draußen, um zu sehen, ob Talisman da war. Der Reiher war nirgendwo zu sehen, aber der sternenbeleuchtete See erinnerte sie an den Splitterstein, und sie ging wieder hinein, um ihn anzusehen. Selbst im trüben Licht der Lampe war zu erkennen, daß etwas nicht stimmte. Ohne daß sie es bemerkt hatte, hatte die Schale, in der sie das kristalline Gebilde aufbewahrt hatte, einen Riß bekommen, und das Wasser war langsam herausgesickert. Wie die Taucher ihr vorhergesagt hatten, hatte sich der Splitterstein völlig aufgelöst, und zurückgeblieben war etwas, das wie ein gewöhnliches Häufchen Sand aussah.

Verstimmt wollte Magara die Überreste wegwerfen, als sie etwas Glänzendes bemerkte, das im Sand verborgen war. Sie zog es heraus und wischte es sauber, konnte ihren Augen kaum trauen. Vor ihr befanden sich vier fein gearbeitete Ringe, die zu einer Art von Quadrat verbunden waren. Es war eine genaue Nachbildung des Symbols, das sie auf dem Steingebilde im See gesehen hatte. Und es war innerhalb des Splitterstein eingebettet gewesen! *Ich hatte also recht mit meiner Annahme, daß es wichtig war,* gratulierte Magara sich selbst. Es kam ihr so vor, als hätte ihr der Krater ein wunderbares Geschenk zukommen lassen, einen Glücksbringer für ihre Reise. Sie hatte das Gefühl, daß es darauf gewartet hatte, von ihr entdeckt zu werden.

Die vier Ringe waren gleich groß und viel zu klein, um auch nur auf ihren kleinsten Finger zu passen. Magara fand einen dünnen Lederriemen und fädelte ihn durch einen der Ringe und band ihn um ihren Hals.

Magara schlief gut in dieser Nacht. Sie war für alle Abenteuer bereit, die auf sie warten mochten. Ein paar Stunden lang zumindest war sie völlig unbekümmert ob der Rätsel, die sie weiterhin umgaben.

Magara und Hewitt brachen wie geplant auf, als die ersten Sonnenstrahlen über den Rand kamen, während Trevine noch im Schatten der gegenüberliegenden Felswand verblieb. Zu Magaras insgeheimer Freude kreiste Talisman träge über ihnen, während sie ihren Aufstieg machten, schien von ihr Abschied nehmen zu wollen, bevor er im Sturzflug zum See zurückkehrte. Die beiden Reisenden empfanden es als seltsam, vom Rand auf die Stadt hinabzusehen, und es fiel ihnen schwer, sich abzuwenden und wegzugehen.

Sie bekamen die von Hewitt versprochenen Pferde, obwohl sein Bruder murrte und nörgelte, und schon bald waren sie auf ihrem Weg nach Norden. Magaras Plan war einfach. Sie wollten zuerst in Richtung Arenguard reiten, obwohl sie nicht beabsichtigte, tatsächlich ihr früheres Zuhause zu besuchen. Von dort aus mußte es einfach genug sein, Heulenberg zu finden – einen Ort, für den sie sich jetzt sehr interessierte. Danach, so hoffte sie, konnten sie dank Iros kurzen Anweisungen und mit der Hilfe der Leute in der Gegend nach Nimmern gelangen. Sie weigerte sich allerdings, auch nur darüber nachzudenken, was dort geschehen konnte.

Als sie Hewitt von ihren Absichten berichtete, fragte er sie, warum sie keinen Aufenthalt in Arenguard machen sollten.

»Ich habe etwas Geld von meinem Bruder ausgeliehen«, fügte er hinzu, »aber es ist nicht viel, und freie Unterkunft zu bekommen ist immer eine gute Sache, wenn man unterwegs ist.«

»Es ist eine lange Geschichte«, sagte Magara matt.

»Wir habe jede Menge Zeit«, hielt er dagegen.

Daher erzählte Magara ihm von der Entfremdung zwischen ihr und ihrer Familie und von ihrem Zögern, ohne Ankündigung zurückzukehren – zumal sie sofort wieder aufbrechen würde, um ihr ungewöhnliches Ziel zu erreichen.

»Wohlgemerkt«, schloß sie, »ich wäre froh, ich könnte ein paar Stunden in der Bibliothek dort verbringen. Du würdest nicht glauben, wie viele alte Bücher sie dort haben.«

»Warum machst du es dann nicht?«

»Das habe ich gerade erklärt!«

»Dann verkleide dich doch«, schlug er prompt vor. »Läßt dein Vater manchmal Musiker aufspielen?«

»Ja. Er mag sie, aber …«

»Dann kannst du als mein Helfer mitkommen«, entschied Hewitt und sah sie überlegend an. »Mit einem Bart und der entsprechenden Kleidung könnten wir es so hinbekommen, daß dich niemand erkennt. Ich könnte spielen, während du die Bibliothek aufsuchst.«

»Das wird niemals gutgehen!« sagte Magara zu ihm und lachte über die bloße Vorstellung. Aber sie war bereits in Versuchung – und Hewitt wußte es.

Als sie den Bergkamm erreichten, von dem aus Arenguard zum erstenmal zu sehen war, wollte sich Magara instinktiv wieder abwenden. Eine Zeitlang war ihr Hewitts Plan durchführbar, sogar spaßig erschienen – und der Gedanke an die Bibliothek war eine starke Verlockung –, doch jetzt, da das wirkliche Arenguard nur noch ein oder zwei Stunden entfernt war, schien ihr die ganze Angelegenheit der reinste Wahnsinn zu sein. Während sie die vorhergehende Nacht in einer Taverne verbracht hatten, hatten sie die Verkleidung zusammengestellt – sehr zur Verwirrung des Wirts am nächsten Morgen. Magara trug jetzt Hewitts überzählige Kleider, die ihr überraschend gut paßten, aber sogar noch zerfetzter waren als die gewohnte Kluft des Musikers. Ihre Haare waren mit einem schmutzigen Fetzen nach hinten gebunden, und ihre Augenbrauen waren mit Stiefelwachs verstärkt und dunkel gefärbt. Ihr Gesicht war bereits viel dunkler als zu der Zeit, in der sie Arenguard verlassen hatte, und ein ungleichmäßiger Stoppelbart aus Pferdehaaren war in filzigen Streifen aufgeklebt worden. Hewitt erklärte sich zufrieden mit seiner Schöpfung. Magara fühlte sich unwohl und absolut lächerlich und erwartete, daß ein jeder die Täuschung sofort durchschaute. Doch niemandem fiel etwas auf, und eine Zeitlang fühlte sie sich besser. Doch jetzt näherten sie sich ihrem früheren Zuhause, und ihr war zunehmend unbehaglich zumute.

»Ich bin nicht sicher, ob ich das schaffe«, sagte sie.

»Du hast keine Wahl«, antwortete Hewitt fröhlich. »*Ich* gehe, und ich habe deine Kleider.«

Er trug eines von Magaras Hemden, das viel anständiger aussah als das seine; zusammen mit seinen frisch gewaschenen langen Haaren gab es ihm ein unkonventionelles, aber künstlerisches Aussehen. Die übrigen Kleider von Magara waren ganz unten in Hewitts Satteltasche versteckt.

»Warum sollten wir diese Gelegenheit auslassen«, fuhr er fort. Er genoß dieses Abenteuer offensichtlich. »Aber du mußt mit einer viel tieferen Stimme reden – oder vorgeben, taub zu sein.«

»Ich kann mir gar nicht mehr vorstellen, warum ich einmal geglaubt habe, dich zu mögen«, bemerkte sie.

»Du meinst, wenn man einmal von meinem Charme, meiner Begabung und meinem außerordentlich guten Aussehen absieht?« antwortete er grinsend.

Du bist wieder ganz der alte! dachte Magara. Laut sagte sie: »Bring mich nicht zum Lachen. Ich kann in dieser Aufmachung nicht einmal lächeln, ohne daß vielleicht alles abfällt.«

»Mach dir keine Sorgen«, sagte er. »Dein einziges Problem wird sein, es hinterher wieder abzubekommen. Ich bin stolz auf mein Werk, verstehst du. Du wirst vielleicht eine Zeitlang so bleiben müssen!«

»Das sagst du mir *jetzt*.«

Die Unterhaltung hatte vorübergehend Magaras Ängste und Schuldgefühle beschwichtigt, doch als sie noch näher kamen, kehrten die Zweifel zurück, und ihr Magen krampfte sich zusammen.

Und so kehrte Magara am späten Nachmittag eines warmen und schwülen Tages zur Stätte ihrer Kindheit zurück. Tausend Erinnerungen überwältigten sie. Hier waren die Felder, auf denen sie gespielt und das Reiten gelernt hatte, die Gärten, in denen sie so sehr aufgepaßt hatte, nicht auf die Pflanzenschößlinge zu treten, die Bienenstöcke, bei denen sie so viele glückliche Stunden mit ihrem Großvater verbracht hatte. Aus noch größerer Nähe konnte sie die einzelnen Gebäude erkennen, die den sich ausbreitenden Ort Arenguard ausmachten: die Ställe, wo sie zum erstenmal erlebt hatte, wie neues Leben in diese Welt kam, und mit weit aufgerissenen Augen zugesehen hatte, wie ein Fohlen seine ersten wackligen Schritte machte; die Kornkammer und die Mühle, die durch das große Wasserrad angetrieben wurde; der Weiher daneben, in dem sie im Sommer geschwommen war; die ganzen Nebengebäude und die kleineren Häuser um das Zentrum herum; und natürlich das große Haus mit zwei Stockwerken und all den Anbauten und Flügeln, die neue Generationen hinzugefügt hatten.

Sie sehnte sich plötzlich danach, zu sehen, ob ihr Zimmer noch immer so war, wie sie es verlassen hatte, mit all ihren alten Freunden zu reden, mit ihrer Familie – vor allem ihren Schwestern, deren Kinder schon größer sein mußten. Und ihre Eltern ...

»Komm schon, Gorman. Laß uns sehen, ob sie hier unsere Dienste gebrauchen können«, sagte Hewitt laut.

Magara reagierte mit Verspätung auf den Namen, den sie als den ihren bestimmt hatten. Sie wurde mit einem Schlag aus ihrer Träumerei und zurück in die Gegenwart gerissen. Hewitt hatte es für die Männer gesagt, die in den Gärten arbeiteten. Während sie an ihnen vorbeiritten, war sie sich ganz sicher, daß bereits der erste, der sie aus der Nähe zu sehen bekam, sie als Arenguards abtrünnige Tochter erkannte und sie wegen ihres unverzeihlich provozierenden Verhaltens als unerwünscht hinauswerfen lassen würde.

Am Eingang zum mittleren Hof wurden sie von einem stämmigen Mann begrüßt, den Magara nicht erkannte.

»Hab ihr hier zu tun?«

»Möchte dein Herr heute abend vielleicht gute Musik hören?« fragte Hewitt zurück. »Wir wollen nur Unterkünfte und eine Mahlzeit für mich und meinen Diener dafür haben.«

Der Mann betrachtete sie von oben bis unten.

»Wartet hier im Hof«, beschied er ihnen schließlich und ging davon.

Sie ritten hinein und waren sich sehr wohl der Aufmerksamkeit mehrerer neugieriger Zuschauer bewußt. Magara wurde ganz heiß, und sie schwitzte. Ihre Gesicht juckte unerträglich, und sie hoffte verzweifelt, daß ihr Bart sich nicht abschälen würde. Der Mann kehrte zurück und winkte Hewitt zu. Der Musiker folgte ihm und trug seine Violine bei sich, während Magara abstieg und sich bemühte, in ihren Bewegungen männlich zu erscheinen. Sie wartete bei den Pferden, und kurz darauf kehrte Hewitt zurück.

»Bring die Pferde in die Ställe, Gorman«, befahl er. »Wir sehen uns in der Küche, wenn du dich um sie gekümmert hast.« Er lächelte und winkte ihr zu.

Während Magara die Reittiere wegführte, dachte sie darüber nach, daß Hewitt seine Rolle offenbar sehr genoß.

19.
KAPITEL

Magara stapfte mühsam zur Küche und war dankbar, daß die Dunkelheit hereingebrochen war. Man hatte ihr die Ställe gezeigt und gesagt, wo das Futter und das Wasser für die Pferde zu finden waren – obwohl sie das natürlich längst wußte. Dann war sie zu dem Raum mit den Schlafstellen geführt worden, die für Hewitt und sie gedacht waren. Sie war erleichtert, daß man ihnen eine eigene Schlafkammer zugewiesen hatte; wenn man sie in einen der großen Schlafsäle gesteckt hätte, wäre es schwieriger für sie gewesen, heimlich die Bibliothek aufzusuchen.

Während der ganzen Wortwechsel hatte sie alle Fragen mit unartikuliertem Knurren beantwortet. Nachdem ihre Ausrüstung verstaut war, war der Stallbursche sichtlich froh, ihr den Weg zur Küche zeigen und diesen griesgrämigen Fremden los zu sein.

Die Küchenräume waren noch weitgehend so, wie Magara es in Erinnerung hatte; dämpfig, heiß und erfüllt von angenehmen Gerüchen, widerhallend vom Klirren der Pfannen und den Stimmen, die das Geklapper zu übertönen versuchten. Hewitt aß bereits und plauderte mit den Köchen. Magara erkannte mehrere von ihnen, und ihr Herz setzte einen Augenblick lang aus. Das war die erste wirkliche Bewährungsprobe.

»Da bist du ja, Gorman«, rief Hewitt aus. »Komm und iß mit uns. Vale hat uns ein wirkliches Festessen aufgetischt!« Er lächelte einem der Dienstmädchen zu, war offenbar bereits von ihr bezaubert. Magara schloß sich ihm an und setzte sich wortlos, den Blick gesenkt.

»Gorman ist ein Mann, der nicht viele Worte macht«, erklärte Hewitt, »aber ohne ihn wäre ich verloren.«

Niemand schenkte Magara viel Aufmerksamkeit, aber sie war noch immer unruhig und erwartete, jeden Augenblick entlarvt zu werden. Das Küchenpersonal war jedoch weit mehr mit der Arbeit beschäftigt oder damit, sich mit dem viel interessanteren Musiker zu unterhalten. Keiner schenkte seinem verstockten Diener auch nur einen zweiten Blick. Sie begann zu essen, da sie inzwischen wirklich hungrig war, doch das Schlucken fiel ihr schwer.

»Wir haben einen guten Tag erwischt, Gorman«, fuhr der unerschütterliche Hewitt fort. »Der Herr dieses Hauses, Danyel« – Magara zuckte zusammen, als er den Namen ihres Vaters aussprach – »hat einen wichtigen Gast. Wie ist noch sein Name, Vale?«

»Bullen«, antwortete das Mädchen. »Er ist ein hohes Tier im Kartell.«

»Das ist ein Publikum, Gorman, wie?«

Magara grunzte und wünschte, er spräche sie bei seiner Unterhaltung gar nicht an.

Hewitt grinste. »Es braucht offenbar mehr als das, um dich zu beeindrucken«, meinte er gutmütig. Vale und ein paar andere lachten darüber.

Magara fühlte sich immer unbehaglicher. Aber sie wußte, daß Hewitt nicht aufhören würde, bis sie etwas sagte.

»Essen ist gut«, murmelte sie mit einer so rauhen Stimme, wie sie hervorbringen konnte. »Das zählt!«

»Du hast wie ein echter Reisender gesprochen!« rief Hewitt aus, was zu weiterem Gelächter führte. »Es *ist* gut – ich hätte gern noch mehr, wenn es möglich ist.« Vale kam dieser Aufforderung rasch nach. »Es spielt sich besser mit einem vollen Magen«, sagte er zu ihr und lächelte sie an.

Eine Stunde später lag Magara auf ihrem Bett und fragte sich, wann sie ihre Kammer verlassen sollte. Hewitt war gegangen, um zu spielen. Sie hatte zugleich mit ihm die Küche verlassen, da sie nicht in weitere Unterhaltungen gezogen werden wollte. Die Köche hatten nicht einmal ihr Weggehen beachtet, und ihr Zutrauen in ihre Verkleidung war ein wenig größer geworden. Bullens Besuch war natürlich nützlich. Es bedeutete, daß das Abendmahl zu einer ziemlich ausgedehnten Angelegenheit wurde, die fast das ganze Personal ihres Vaters in Anspruch nahm. Damit wurde es leichter für sie, die Bibliothek zu erreichen, ohne entdeckt zu werden. Sie wußte, daß das Festessen schon im Gange war. Da es draußen bereits dunkel war, gab es keinen wirklichen Grund mehr für sie, noch weiter zu zögern. Es war ganz klar, welchen Weg sie zu wählen hatte. Zuerst mußte sie sich Zugang zu Steads Kartei verschaffen; ohne sie bestand keinerlei Aussicht, in der kurzen Zeit, die ihr zur Verfügung stand, das zu finden, was sie suchte. Der alte Bibliothekar war ihr einmal ein wirklich guter Freund gewesen, der die Liebe des jungen Mädchens zu Büchern zu schätzen gewußt hatte, und er hatte sie in die Geheimnisse der großen Schubladen mit ihren vielen Karten eingeführt – Hinweise auf all die vielen Bände in der Bibliothek und seine Lebensarbeit. *Hoffentlich bewahrt er den Schlüssel noch immer am gleichen Platz auf!* dachte sie und überwand sich dazu, sich aus dem Bett zu erheben. *Wenn ich jemals gehen will …*

Sie verließ die Unterkünfte der Diener und überquerte den Hof. Er war so verlassen, wie sie es gehofft hatte, und sie konnte mühelos in den Passagen untertauchen, die vom Hauptgebäude wegführten. Als sie schließlich am Westflügel ankam, klopfte ihr Herz schneller. Der Seiteneingang war offen, und sie glitt hinein. In der Eingangshalle brannten keine Lampen, und sie blieb kurz stehen, bis sich ihre Augen an das schwache Licht gewöhnt hatten, das durch die Fenster ins Innere drang. Inzwischen war sie ruhiger, und sie schlich den verlassenen Korridor entlang, der zur Bibliothek führte.

Schließlich erreichte sie die Tür, zu der sie wollte. Durch die Ritzen war kein Licht zu sehen. *Laß sie nicht verschlossen sein!* flehte sie und drückte langsam auf den Griff. Mit einem lauten Klicken, das ihr Herz einen Schlag aussetzen ließ, öffnete sich die Tür. Magara ging auf Zehenspitzen hinein und schloß vorsichtig hinter sich ab. Das schwache Licht der fernen Sterne legte einen silbernen Schimmer über den Vorraum der Bibliothek.

Seitlich stand eine Lampe, wie Magara es erwartet hatte, und daneben befanden sich Kerzen aus künstlichem Wachs, um sie zu entzünden. *Jetzt kann ich nicht mehr zurück*, dachte sie, als sie den Docht entflammte und ein gelblicher Schein den Raum erhellte.

Die Schränke waren verschlossen, und Magara sah zu dem kleinen Regalbrett hoch, das sich immer außerhalb ihrer Reichweite befunden hatte. Selbst jetzt benötigte sie noch einen Hocker, um es zu erreichen. Sie kletterte hoch und fühlte das Brett mit ausgestreckten Fingern ab. Schließlich ertastete sie das kühle Metall, und sie stieß einen Seufzer der Erleichterung aus.

Die Schränke und ihr Inhalt waren in alphabetischer Reihenfolge angeordnet, und Magara ging sofort zum dritten, der mit dem Buchstaben N begann. Es gab drei Dinge, die sie nachsehen wollte: Nimmern, Sonnenfinsternisse und das Symbol mit den vier Ringen. Sie wußte nicht, wie sie das letztere suchen sollte, daher begann sie mit dem verzauberten Tal. Die sich darauf beziehende Karteikarte war leicht zu finden. Sie war mit kleinen Buchstaben und Nummern vollgeschrieben, die sich auf die Standorte der entsprechenden Bücher im Saal der Bibliothek bezogen. *So viele!* überlegte Magara hilflos. *Wie kann ich nur hoffen, sie alle lesen zu können? Und warum kann ich mich nicht von früher an sie erinnern?* Sie steckte die Karte ein, schloß dann den siebten Schrank auf und begann, die nächsten Karten zu durchwühlen.

Somnambulismus, Sonate, Sonett, Sonnwendfeier, Sorption … *Nichts* über Sonnenfinsternisse?

Sie ging sie noch einmal durch, da sie annahm, das Stichwort übersehen zu haben. Noch immer nichts. Und es paßte nicht zu Stead, daß er etwas falsch einsortierte. Sie wollte eben ihre Suche ausweiten, nur um sicherzugehen, als sie eine Stimme vernahm, die sie erschrocken hochschnellen ließ.

»Stillgestanden, ich bin bewaffnet!« Die Stimme hinter ihr klang gefaßt, aber äußerst entschlossen. »Ich hoffe, du hast einen guten Grund, um hier zu sein, junger Mann.«

Magara konnte nichts sagen, nicht einmal klar denken. Sie stand regungslos, ihr Herz raste. Sie war in einem Alptraum gefangen.

»Dreh dich ganz langsam herum«, befahl der Mann, »und halte deine Hände so, daß ich sie sehen kann.«

Sie tat, wie er sie geheißen hatte, fürchtete sich vor dem, was in den nächsten Augenblicken geschehen mußte. Sie hatte die Stimme inzwischen erkannt.

Steads Augen verengten sich, als er das Gesicht des Eindringlings sah. »Wer bist du?« verlangte er zu wissen.

Einen Augenblick lang überlegte Magara, ob sie die Täuschung aufrechterhalten sollte. Doch sie wußte, daß es sinnlos war, und ergab sich in das Unvermeidbare.

»Stead, ich bin es«, sagte sie mit unverstellter Stimme. »Magara.« Erschütterung und Unglaube spiegelten sich im Gesicht des Bibliothekars, und in der darauf folgenden Stille wurde in seinem wechselnden Gesichtsausdruck der Kampf zwischen dem deutlich, was seine Augen und andererseits seine Ohren aufnahmen. Er vermochte die lange, schmale Klinge in seiner Hand nicht mehr ruhig zu halten.

»Das hier ist aufgeklebt«, fügte sie verzweifelt hinzu und berührte ihr Gesicht. »Ich bin es *wirklich*. Ich brauche noch immer einen Hocker, um deinen Schlüssel vom Regal zu holen.«

Stead starrte auf den Hocker, dann auf das Regal, dann wieder auf den Eindringling. Er war offensichtlich noch immer verwirrt.

»Magara?« flüsterte er schließlich.

»Ja.«

»Was ...?« begann Stead, verstummte dann wieder, war ganz offensichtlich nicht in der Lage, eine sinnvolle Frage zu formulieren.

»Tut mir leid«, sagte sie leise und ging zögernd einen Schritt auf ihn zu. »Ich habe das nicht gern hinter deinem Rücken gemacht, aber ...«

»Deine Familie ...«, platzte er heraus.

»Sie dürfen es nicht erfahren«, sagte sie schnell. »Bitte, Stead. Es ist sehr wichtig.«

»Aber ...« Er bemühte sich noch immer, die Situation zu begreifen.

»Schließ die Tür«, bat Magara ihn. »Ich will es erklären, so gut ich es kann.«

Der Bibliothekar wandte sich langsam um, schloß die Tür und verriegelte sie. Als er sich ihr wieder zuwandte, hatte er seine Fassung teilweise zurückgewonnen. Obwohl seine ersten Worte noch rauh klangen, ließ sein Verhalten in Magara bereits die Hoffnung aufkeimen, daß er sie nicht verraten würde.

»Was soll das alles?« verlangte er resolut zu wissen. »Schämst du dich denn nicht? In deinem eigenen Heim!«

»Es ist nicht mehr mein Zuhause«, erwiderte sie.

»Es macht mich traurig, das von dir zu hören«, antwortete er mit einem ersten Anflug von Verärgerung. »Ein paar Dinge, die du getan hast, sind vielleicht schwer zu vergeben, aber du bist noch immer ein Teil dieser Familie. Das …« Er deutete mit seinem Schwert in ihre Richtung, um auf ihre seltsames Äußeres hinzuweisen. »Erklär mir das bitte. Und sag mir einen guten Grund, warum ich dich nicht sofort zu deinem Vater bringen sollte.«

»Ist er nicht zu sehr mit Bullen beschäftigt?« fragte Magara, ohne zu überlegen, und bedauerte ihre Worte noch im gleichen Augenblick.

»Werde nicht unverschämt, junge Dame!« rief Stead, während sich seine Miene verdunkelte. Seine Erregung bewies, daß in ihren Worten etwas Wahres lag, doch Magara beeilte sich, den Schaden wiedergutzumachen.

»Tut mir leid. Laß es mich erklären.«

»Ich höre«, sagte er erwartungsvoll und legte sein Schwert auf einen Tisch.

So knapp sie es konnte, berichtete ihm Magara von Celia, Nimmern und Lisle, dann auch von Varo, Brostek und ihrer Aufgabe, von dem Gobelin – an den sich Stead erinnerte –, von ihren Reiseplänen und schließlich von den Gründen für ihre Verkleidung. Der alte Mann hörte ihr geduldig zu, unterbrach sie nie, und sein Gesicht blieb ausdruckslos. Als sie ihren Bericht beendet hatte, schwieg Stead noch so lange, daß Magara sich schon fragte, was er von ihr erwarten mochte. Vergeblich suchte sie in ihrem Gedächtnis nach etwas Wichtigem, daß sie vielleicht ausgelassen hatte.

»Du bist also nach hier gekommen«, sagte er schließlich, »um Informationen über Nimmern zu erhalten.«

Magara begann wieder zu hoffen. Er hatte ihre Erklärung akzeptiert.

»Ja«, antwortete sie eifrig. »In den wenigen Büchern, die ich habe, stand so gut wie nichts darüber. Aber hier ist so viel zu finden.« Beschämt zog sie die Karteikarte aus ihrer Tasche.

Stead nickte mit ernster Miene.

»Das ist wahr genug«, bestätigte er. »Obwohl es eine ganz andere Sache ist, ob dabei auch etwas ist, das deiner Freundin helfen kann. Was brauchst du sonst noch?«

»Ich muß mehr über Sonnenfinsternisse wissen.«

Der Bibliothekar nickte erneut, als hätte er das erwartet. »Du bist also auch darüber beunruhigt?«

»Wer noch?« fragte sie.

»Das Kartell«, antwortete er und überraschte sie damit. »Diese Bibliothek ist einer der Gründe für Bullens Besuch. Er hat offenbar das gleiche überlegt wie du.«

»Sie nehmen die Sonnenfinsternisse tatsächlich ernst?« Magara wollte ihren Ohren kaum trauen.

»Sie bedrohen den Tierbestand«, antwortete Stead. »Die Milcherträge sind zurückgegangen, und es hat zu viele Totgeburten gegeben.«

Das erklärt es! dachte sie mit einem Anflug von Zynismus.

»Nimm dann noch das übliche abergläubische Gerede dazu«, fuhr Stead fort, »und es kommt mit Sicherheit Unruhe auf. Das ist gar nicht im Sinne des Kartells, und seit ein paar Händen reden sie jetzt darüber, daß man deswegen etwas tun müsse. Natürlich ohne zu einem Ergebnis zu gelangen.«

»Fehlt die Karte deshalb?« fragte sie.

Diesmal war Stead an der Reihe, eine Karte aus seiner Tasche zu ziehen.

»Was hast du herausgefunden?« wollte Magara wissen.

»Nichts«, antwortete er. »Wir haben nur ein gewisses

astronomisches Wissen. Ein paar Tatsachen, die auf Himmelsbeobachtungen und der Zeitrechnung basieren. Wir wissen nur, daß es zu viele von diesen elenden Erscheinungen gibt. Der Mond kann sie nicht *alle* verursachen.«

»Was ist es dann?«

»Das weiß niemand.«

»Was glauben die Zauberer?« fragte sie. Sie war bereit, sich an jeden Strohhalm zu klammern.

»Pah!« stieß er aus. »Du weißt ganz genau, daß die Zauberer selten über etwas nachdenken. Sie haben ein paar Zaubersprüche und Beschwörungen gemacht, wie ich gehört habe, aber natürlich ohne Ergebnis. Wenn das ihre ganze Kunst ist, dann verstehen sie rein gar nichts von wirklicher Magie.« Seine Stimme drückte seine ganze Verachtung aus.

Magara konnte nicht ihre Enttäuschung darüber verbergen, daß sich ein weiterer Weg als Sackgasse erwiesen hatte.

»Es macht mir angst«, gestand sie leise ein. Ihr Gefühl einer bösen Vorahnung wuchs.

»Das geht nicht nur dir so«, sagte Stead. »Aber ich weiß auch nicht, war wir tun können.«

»Glaubst du, daß das alles zusammenhängt?« fragte sie, da sie hoffte, doch noch ein Muster entdecken zu können. »Die Sonnenfinsternisse, Nimmern, die Messermänner?«

»Ich wüßte nicht, wie«, sagte der alte Mann. »Dein Gobelin zeigt als einziges eine Verbindung, und sie ist sehr dürftig. Was die Messermänner angeht, so würde ich nicht alles glauben, was die Leute in den Bergen erzählen.«

»Aber ich *kenne* diese Leute!« widersprach sie empört. »Sie lügen nicht.«

Stead zuckte mit den Schultern. »Ich kann noch immer keinen Zusammenhang sehen«, bemerkte er.

Lisle, dachte Magara. *Es hängt mit ihm zusammen, aber wie kann ich das erklären?* Sie fühlte sich vollkommen niedergeschlagen.

»Es ist aussichtslos«, sagte sie unglücklich. »Ich weiß nicht einmal, was ich zu tun versuche – oder warum.«

»Du versuchst, einer Freundin zu helfen«, antwortete Stead. »Was ich für einen guten Grund halte.«

Die Vorstellung von Celia, wie sie in diesem grauen Tal gefangen war, ließ Magaras Entschlossenheit teilweise zurückkehren. Das zumindest war eine greifbare Sache, für die es sich zu handeln lohnte.

»Wirst du mir also helfen?« fragte sie hoffnungsvoll.

»Wenn ich es kann«, antwortete er. »Vergiß nicht, ich kann deine Methoden nicht gutheißen. Auf eine so schändliche Weise herumzuschnüffeln – aber du glaubst zumindest, gute Gründe dafür zu haben.«

»Ich werde eines Tages wieder nach hierher kommen – und dann so, wie es sich gehört«, versprach sie ihm dankbar.

»Das solltest du unbedingt tun.«

»Du kannst sogar meinen Eltern von all dem hier erzählen, wenn ich wieder weg bin«, fuhr sie fort. »Obwohl es mir lieber wäre, wenn du es nicht tätest.«

»Ich glaube nicht, daß ihnen gefallen würde, wie ich auf deinen Besuch reagiert habe«, meinte er und lächelte dabei zum erstenmal. »Es ist besser, nichts zu sagen.«

»Danke.«

»Mögen die Götter mir vergeben«, bemerkte er. »Dein Vater würde es vermutlich nicht. Komm, wir haben eine Menge zu tun. Ich nehme an, du willst morgen früh gleich wieder aufbrechen.«

Magara nickte, und Stead griff nach der Lampe. Sie gingen in den Bibliothekssaal, eine große Halle mit endlosen Regalreihen.

»Warum bist du nicht beim Abendmahl?« fragte Magara.

»Sie erlauben da einem selbstgefälligen jungen Herumtreiber, mit einer Violine kreischenden Lärm zu machen. Ich kann das nicht ausstehen. Ich verstehe überhaupt nicht, wie man sich so einen Radau anhören kann.«

Magara prägte sich diese Beschreibung ein, um sie bei einer späteren passenden Gelegenheit verwenden zu können. Sie lächelte noch immer, als Stead sie zu einem Tisch führte.

»Ich suche heraus, du liest«, wies er sie an und nahm die Karteikarte aus ihrer Hand. »Das geht schneller.«

Ein paar Stunden später türmten sich auf dem Tisch vor Magara verschieden hohe Stöße von Büchern auf. Ihre Augen schmerzten, und in ihrem Kopf hatte sich ein dichter Nebel ausgebreitet. Stead hastete noch immer mit einer Geschwindigkeit hin und her, die über sein Alter hinwegtäuschte, stellte Bücher in die Regale zurück und suchte immer noch mehr heraus. Eine Vielzahl von Verweisen führte nur zu beiläufigen Erwähnungen von Nimmern, aus denen sie wenig Neues erfuhr. Einige waren ausführlicher, aber selbst diese wiederholten sich nach einiger Zeit nur noch. Nachdem sie eine halbe Nacht nachgeforscht hatten, waren sich die beiden nur dessen sicher, daß der Gobelin sehr wahrscheinlich Nimmern wiedergab. Der verzauberte Garten wurde oft als ein Ort bezeichnet, an dem alle Jahreszeiten zugleich stattfanden, wo die Zeit auf eine seltsame, nicht vorhersehbare Weise verging, wo die Rosen inmitten des Schnees erblühen und Früchte im Frühling reifen konnten. Es gab auch ein paar Stellen über die Wächter von Nimmern, Zauberer oder von ihnen eingesetzte Leute, die sich um den Ort kümmerten und seinen sich ständig verändernden Zustand und die von ihm aufgeworfenen Rätsel aufzeichneten. Magara war überzeugt, daß die Frau, die den Gobelin geschaffen hatte, eine der Wächterinnen gewesen war und daß sie ihre Kunstfertigkeit benutzt hatte, um eine bleibende Darstellung dieses seltsamen Ortes zu hinterlassen. Vergeblich hoffte sie, auf den Namen der Stickerin zu stoßen.

Auf die Geschichte folgten die Legenden, und es gab viele von ihnen. Die meisten bezogen sich vor allem auf die heilenden Kräfte von Nimmern oder auf das angebliche Geschenk des ewigen Lebens, das jene erhalten sollten, die sich innerhalb seiner Grenzen aufhielten oder von seinen Früchten aßen. Andere erzählten von seiner ungewöhnlichen Schönheit, von der selbst die mürrischsten Männer hingerissen waren. Andere waren überladen, schienen wirklich weithergeholt zu sein, und einige davon waren gewiß nicht mehr als Phantastereien. Doch zwei der Legenden weckten Magaras Interesse. Das war zum einen die oft wiederholte Feststellung, daß nur derjenige, der unschuldig oder reinen Herzens war, den Weg zum Mittelpunkt des Gartens finden konnte – das erinnerte wiederum an das Schatten-Labyrinth. Zum anderen war es der verbreitete Glaube, daß die Welt so lange vor dem Bösen geschützt war, »wie die Sonne über Nimmern scheint«. Wenn der Garten sich jetzt tatsächlich unter einer dichten Wolkenwand – seiner eigenen, einzigartigen Sonnenfinsternis – befand, dann wartete Übles auf sie alle.

Mitternacht war schon lange vorbei, und die tiefe Nacht hielt alles in ihrem kalten, dunklen Bann. Die übrigen Bewohner Arenguards lagen längst im Schlaf.

»Das ist alles, glaube ich«, stöhnte Stead und legte einen letzten Band vor sie hin. »Hast du etwas Neues herausgefunden?«

Magara hatte ihm laufend von ihren Entdeckungen berichtet, während sie die Bücher durcharbeitete.

»Nein, nur Wiederholungen«, antwortete sie enttäuscht.

»Also keine plötzlichen Offenbarungen?«

»Nein.«

»So läuft es fast immer«, bemerkte er stoisch. »Du solltest dir jetzt etwas Schlaf gönnen.« Er setzte sich schwerfällig nieder.

»Du ebenfalls.«

Stead nickte.

»Danke«, sagte Magara herzlich. »Ich bin jetzt jedenfalls noch entschlossener, nach Nimmern zu gehen.«

»Sei vorsichtig, Magara«, sagte er, und seine müden Augen verrieten seine Besorgnis. »Ich fühle mich verantwortlich ...«

»Ich werde auf mich aufpassen«, versprach sie.

»Also ins Bett.«

»Eine letzte Frage«, sagte sie rasch und zog den silbernen Anhänger unter ihrem Hemd hervor. »Sagt dir das irgend etwas?«

Stead blickte es an. »Nett«, sagte er müde.

»Die Form«, hakte sie nach, »*sagt* sie dir etwas?«

»Hmmmm, ja. Jetzt, da du es erwähnst. Einige Zauberer

haben es benützt – es ist ihr Symbol für das Licht, glaube ich.«

»Licht.«

»Ja«, bestätigte er. »Aber das ist alles, was ich weiß. Wo hast du es gefunden? Im Bauch von einem Fisch?«

»So ungefähr.«

Sie standen auf und umarmten sich verlegen.

»Ich werde dich nicht küssen«, sagte Magara, strich mit den Fingern über seinen Bart, und sie lächelten sich an.

Alles war ruhig, nichts regte sich. Der Weg zurück zu ihrer Kammer verlief ohne Zwischenfall. Doch als sie die Unterkünfte der Diener erreichte, sah sie, daß in ihrem Raum noch immer eine Lampe brannte. Sie konnte zwei Stimmen hören; Flüstern, Seufzen und Geräusche, die durch Bewegung entstanden.

Vale hat offenbar mehr Gefallen an Hewitt gefunden, als ich gedacht hätte!

Leise und viel zu müde, um jeglichen Groll empfinden zu können, zog sich Magara zurück. Sie ging schwerfällig zu den Ställen und fand eine leere Bucht neben der ihrer Pferde. Im Heu fiel sie sogleich in einen erschöpften Schlaf.

20.
KAPITEL

Magara wurde am nächsten Morgen früh geweckt durch das übliche geschäftige Treiben in den Ställen. Sie war verkrampft und bis auf die Knochen durchgefroren, und sie war froh, als zwei der Burschen sie in die Küche zum Frühstücken mitnahmen. Die Wärme und das Essen taten ihr gut, trotzdem sprach sie kein Wort, um sich nicht versehentlich zu verraten. Hewitt kam später herein, lachte und war sichtlich in bester Laune. Sehr zu Magaras Empörung – sie wollte so schnell wie möglich aufbrechen – nahm er ein herzhaftes Frühstück ein, bevor sie losgehen konnten, um ihre Habe zu holen und die Pferde zu beladen.

»Hast du etwas erreicht?« fragte er, als sie bereits unterwegs waren.

»Nicht viel.«

»Aber wir gehen noch immer nach Nimmern.«

»Ja.«

Magara war nicht darauf aus, es näher zu erklären, aber ihre Antwort schien Hewitts Neugier gestillt zu haben.

»Dieser Bullen ist ein arrogantes Schwein«, bemerkte er zufrieden. »Er hat die ganze Zeit geredet, während ich gespielt habe! Aber er ist nicht knapp bei Kasse. Er hat mir das zugeworfen.« Er hielt eine große Silbermünze hoch. »Und er hat auch einen Hauszauberer bei sich gehabt.«

Magara antwortete nicht, da es sie abstieß, wie er an allem sein Vergnügen fand.

»Ist mit dir alles in Ordnung?« fragte er.

»Ich war fast die ganze Nacht wach«, entgegnete sie, »und die kurze Zeit, die ich *schlafen* konnte, bin ich auf Stroh gelegen. Das wenige, das ich in der Bibliothek herausfinden konnte, macht es nur noch schlimmer. Ich finde es schrecklich, Arenguard auf diese Weise zu verlassen – und ich kann das hier nicht länger ertragen!« fügte sie hinzu, während sie an ihrem Bart zerrte. »Abgesehen davon geht es mir gut!«

»Tut mir leid, daß ich etwas gesagt habe«, murmelte er.

Eine Zeitlang ritten sie schweigend nebeneinander her.

»Tut mir leid, daß ich dich so angefahren habe«, entschuldigte sich Magara schließlich. »Es ist nicht deine Schuld, daß mich so vieles beschäftigt. Laß uns sehen, wo wir Wasser finden können. Dort vorne müßte ein Bach sein.«

Ihre Erinnerung hatte sie nicht getrogen, und sie führten die Pferde in ein Dickicht von Bäumen, das durch den Bach geteilt wurde. Magara verbrachte einige Zeit damit, ihren Bart abzuwaschen und die schmalen Streifen von Klebstoff abzulösen, wonach sich ihr Gesicht sehr wund anfühlte. Das verbesserte ihre Laune nicht gerade, aber es war eine enorme Erleichterung, wieder sie selbst zu sein. Dann wechselte sie wieder in ihre eigenen Kleider, während sich Hewitt geziert abwandte.

»Gestern nacht warst du offenbar nicht so galant«, reizte sie ihn. »Was hättet ihr gemacht, wenn ich hereingeplatzt wäre?«

»Das hätte uns nichts ausgemacht.«

»Ich hätte *überhaupt keinen* Schlaf bekommen bei dem Lärm, den ihr gemacht habt!«

»Tut mir leid, daß du im Stall schlafen mußtest«, sagte er und klang zerknirscht.

»Es war bequem genug«, sagte Magara zu ihm, nachdem sie sich vollends verwandelt hatte. »Laß uns gehen.«

Sie ritten schweigend weiter nördlich.

»War es die Sache wert?« fragte Hewitt etwas später. »Ich meine, nach Hause zu gehen.« Er schien sich wirklich Gedanken zu machen.

Magara überlegte eine Weile, bevor sie ihm antwortete.

»Unter dem Strich, ja«, sagte sie schließlich. »Es hat mir verschiedene Dinge bestätigt, auch wenn ich nicht viel Neues erfahren habe. Aber auf diese Weise werde ich es nie wieder tun. Ich habe die ganze Zeit gefühlt, daß es falsch war.«

»Das kommt alles davon«, bemerkte er grinsend, »wenn man sich die falschen Reisegefährten aussucht.«

»Insbesondere einen selbstgefälligen jungen Herumtreiber wie dich«, stimmte sie zu.

»Einen was?«

Mit großem Vergnügen erklärte es ihm Magara.

»Manche Leute haben einfach keinen Geschmack«, war sein einziger Kommentar.

Sie aßen ihr Mittagsmahl im Freien und ließen sich schmekken, was Hewitt von Arenguard mitgebracht hatte.

»Ich kann mir gar nicht vorstellen, wer uns dieses Festmahl mit auf den Weg gegeben haben könnte«, sagte Magara unschuldig.

»Sogar Herumtreiber können manchmal nützlich sein«, entgegnete er.

Bei Einbruch der Dämmerung erreichten sie ein einsames Bauernhaus. Die abgehärmte Frau war gern bereit, ihnen gegen ein paar Münzen ein einfaches Essen zu bereiten und ihnen einen Platz für die Nacht auf dem Dachboden zu überlassen. Die Kleinbauern führten kein leichtes Leben unter dem Kartell. Die gemeinsame Matratze bereitete ihnen keine Probleme. Die Reisenden waren beide zu erschöpft, um an irgend etwas anderes als Schlafen zu denken. Im übrigen hatte Hewitt bereits klargemacht, daß ihm Magara nicht »das« bedeutete.

Sie standen früh am nächsten Morgen auf und ritten mit neuem Schwung, da sie nun nicht mehr weit von Heulenberg entfernt waren.

Die Anhöhe kam ungefähr eine Stunde vor der Mittagszeit zum erstenmal in Sichtweite, und selbst aus der Entfernung hatte der Hügel ein bedrohliches Aussehen. Die offene Landschaft in der Umgebung war überwiegend grün, das Weideland war üppig und fruchtbar, doch Heulenberg war öde und fast grau. Als sie näherkamen, konnten sie erkennen, daß das Gras der oberen Hänge vertrocknet und fleckig war. Selbst der Farn und das Heidekraut wirkten leblos.

»*Hier* kann nicht viel Magie sein«, bemerkte Hewitt, während sie sich nach oben wandten.

Magara wollte dem fast zustimmen, doch ihre Sturheit trieb sie voran. Die Pferde trotteten langsam auf den Hügelkamm zu. Obwohl der Weg nach oben nicht steil war, schien er endlos zu dauern. Der Himmel über ihnen war völlig klar, aber durch eine beständige frische Brise war die Luft sehr kalt.

Als die Sonne direkt über ihnen stand, sahen sie endlich die Steine vor sich – die nicht magischer aussahen als ihre Umgebung. Aber hier war ein Rätsel. Die Steine waren in einem unregelmäßigen Kreis angeordnet, der einen Durchmesser von vielleicht zwanzig Schritten haben mochte. Sie wirkten wie Wächter, die nichts zu bewachen hatten. Die einzelnen Steine waren unregelmäßig geformt, waren nur von Wind und Regen bearbeitet worden, aber ein jeder war mit Absicht und einer gewissen Genauigkeit an seine Stelle gesetzt, zum Teil in der braunen Erde versenkt worden.

Magara stieg ab und führte ihr Pferd an den Rand des Kreises. Sie fragte sich, warum jemand eine solche Mühe aufwenden sollte, um ein so offensichtlich sinnloses Monument zu errichten. Sie streckte die Hand aus und berührte den nächststehenden Monolithen, der fast so groß war wie sie. Sie hatte irgendeine Empfindung erwartet – ein Prikkeln, eisige Kälte oder Hitze –, aber es war nur Stein, kalt und von Flechten überzogen.

Magara trat in den Kreis hinein. Sie überlegte mit einer gewissen Niedergeschlagenheit, daß es vermutlich nur Zeitverschwendung gewesen war, nach hier zu kommen, als es um sie herum fahl und schließlich dunkel wurde. Beide Pferde wieherten unruhig, und es wurde noch kühler.

Es war keine totale Sonnenfinsternis, doch sie kam ganz plötzlich. Innerhalb von Augenblicken war von der Sonne nur eine dunkelrote Sichel übrig, die die Steine gespenstisch aufglühen ließ. Zugleich wurde Magara von Entsetzen gepackt, sie verharrte reglos, spürte das Brausen des Windes in ihrem Gesicht, hörte das Donnern von Hufen. *Ich möchte das nicht sehen, Lisle,* flehte sie schweigend, aber ihr blieb keine Wahl.

Eine weitere Gestalt mit einem blauen Umhang tauchte vor ihr auf, diesmal mit einem Umriß von schimmerndem Purpurrot. Magara erzitterte, als er sie ansah, doch diesmal war der Blick des Messermannes weder ruhig noch arrogant. In seinen kalten Augen lag ein Anflug von Furcht, und sein Körper verharrte in einer unnatürlichen, steifen Position. Ein Schrei war zu vernehmen, dann folgte ein verschwommener Eindruck von Bewegung. Der Mann taumelte und griff nach seiner Schulter. *Sing, Lisle, sing!* rief eine unbekannte Stimme. Ein blendendes blaues Aufblitzen. Knisterndes Feuer und der Gestank des Todes. Ein Wüten wie das eines Sturms im Winter. Eine Blutfontäne, die alles durchtränkte, alles ...

Das Rot verwandelte sich in Schwarz.

Als Magara zu sich kam, lag sie fast im Mittelpunkt des Kreises. Ihr Kopf dröhnte, und ihr ganzer Körper schmerzte. Hewitt kniete neben ihr und bot ihr Wasser aus einer Feldflasche an. Über ihr schien friedlich die Sonne in einem klaren blauen Himmel.

»Trink«, sagte er zu ihr.

»Was ist passiert?« krächzte sie und nippte dann an der Flasche.

»Die Sonnenfinsternis begann genau in dem Augenblick, als du in den Kreis getreten bist«, antwortete er. Dabei lächelte er und war offensichtlich froh, daß sie wieder zu sich gekommen war. »Du hast zu zittern begonnen und ein *sehr* seltsames Geräusch gemacht. Dann bist du bis nach hier gegangen und zusammengebrochen. Mein Pferd hat mich fast abgeworfen, und ich habe eine ganze Zeit gebraucht, bis ich es wieder in der Gewalt hatte. Dann bin ich so schnell wie möglich zu dir gelaufen.«

»Hast du etwas *gesehen*?« wollte sie wissen.

»Was denn?« fragte er und sah sie verwirrt an.

»Einen Mann mit einem blauen Umhang.«

»Nein.« Er hatte die Stirn in Falten gelegt. »Hast du deinen Kopf verletzt, als du gestürzt bist?«

»Du hast wirklich nichts gesehen?« fragte sie hartnäckig weiter.

»Nur dich und die Steine im Schein des roten Lichtes«, antwortete er mit zitternder Stimme. »Der Wind hat sie auch noch heulen lassen – es hat mir einen kalten Schauder über den Rücken gejagt. Ich gestehe gerne ein, daß ich diesen Ort nicht mag!«

»Das geht mir nicht anders«, stieß sie heraus. *Was war geschehen?* Sie schauderte, als sie sich an die blutigen Bilder erinnerte.

»Was hast *du* gesehen?« fragte Hewitt vorsichtig.

Sie beschrieb in aller Kürze ihre Vision und erklärte ihm dann zögernd, worauf sie sie zurückführte. Es fiel dem jungen Musiker offensichtlich schwer, ihre Worte zu akzeptieren, aber er zweifelte nicht an ihrer Ernsthaftigkeit.

»Laß uns von hier verschwinden«, sagte er. »Kannst du gehen?«

Er half Magara auf die Füße und führte sie aus dem Kreis.

»Sollen wir gleich nach unten reiten?« fragte Hewitt.

»Nein, ich bin schon wieder in Ordnung«, versicherte sie ihm. »Aber ich würde mich gern noch ein wenig ausruhen.« Sie fühlte sich jetzt sehr müde und war gerührt, daß er sich so um sie sorgte. Sie erreichten ihre Pferde und ließen sich nieder.

»Ich fürchte, heute gibt es kein Festmahl«, verkündete er und kramte in seiner Satteltasche herum. »Brot, Käse, Wasser – das ist alles.« Er überreichte ihr ihre Portion und sah sie ernsthaft an. »Bist du noch immer sicher, daß du nach Nimmern willst?«

»Ja.« Sie begann zu essen und war mit der einfachen Kost durchaus zufrieden.

»*Dieser* magische Ort hat dir nicht besonders gutgetan«, führte er aus. »Wer kann uns garantieren, daß Nimmern nicht viel schlimmer ist?«

»Niemand.«

»Warum sollen wir es dann riskieren?«

»Ich muß es tun.«

Hewitt zuckte die Schultern und akzeptierte ihre Entscheidung.

»Wir lange brauchen wir, um nach dort zu gelangen?« fragte er.

»Zwei Tage oder so.« Magaras Nachforschungen in der Bibliothek hatten ihr eine bessere Vorstellung von der Lage Nimmerns gegeben, doch den genauen Weg nach dort wußte sie noch immer nicht.

Sie saßen eine Zeitlang schweigend beisammen und aßen, während sie ihren Gedanken nachhingen. Dann begann Hewitt plötzlich in Magaras Tasche zu wühlen.

»Ich habe eine Idee«, rief er, zog den Gobelin heraus und rollte ihn vorsichtig auseinander. Magara hatte ihn ihm gezeigt, nachdem sie Trevine verlassen hatten, und der Künstler in ihm war von seiner Schönheit und Ursprünglichkeit beeindruckt gewesen. »Wenn du damit recht hast«, fuhr er fort, »und wir uns Nimmern aus dem Süden nähern, dann müßte die Ansicht dahinter so aussehen.« Er deutete auf den Frühling. »Das ist der Teil, von dem du annimmst, daß er in die nördliche Richtung geht, nicht wahr? Der Horizont liegt hinter dem Garten, daher sollte er für uns sichtbar sein, während wir uns nähern. Wir können danach Ausschau halten. Sieh dir diesen Umriß hier an ...«

Hewitt bemerkte erst jetzt, daß Magara ihm keine Aufmerksamkeit mehr schenkte. Sie sah sich einen anderen Bereich näher an.

»Es hat sich verändert!« platzte sie heraus. »Da!«

Inmitten der herbstlich untergehenden Sonne war ein kleiner, aber klar zu erkennender schwarzer Punkt. Allein durch den Anblick wurde ihr schlecht.

»Was meinst du?«

»Dieser schwarze Punkt«, antwortete sie und deutete darauf. »Er war vorher nicht da. Es ist der Anfang einer weiteren Sonnenfinsternis!«

»Ach, hör mal«, widersprach er. »Es kann sich doch nicht von selbst verändern.«

»Das hat es aber!« beharrte sie schrill auf ihrer Beobachtung. »Ich schwöre es. Die eine Sonne ist bereits verdeckt, und jetzt geschieht es mit der anderen.« Sie hockte über dem Gobelin und versuchte herauszufinden, ob es weitere Veränderungen gegeben hatte. Sie wußte, daß sie recht hatte mit dem schwarzen Punkt. Um so erleichterter war sie, als sie sah, daß die beiden anderen Sonnen keine Zeichen der Veränderung aufwiesen.

»Das ist lächerlich!« rief Hewitt aus. »Das Ding war die ganze Zeit über eingepackt.«

»Da!« rief Magara, und ihr Herz schlug wild. »Erinnerst du dich an die weißen Rosen im Winter? Die so gar nicht zur Jahreszeit passen?«

»Ja.«

»Sieh sie dir jetzt an.«

Hewitt tat es – und riß die Augen staunend auf. Zwei der tadellosen Blumen waren jetzt verwelkt. Die Blütenblätter hatten die Farbe verloren und waren fast abgestorben.

»Bei den Göttern!« flüsterte er. »Das ist entsetzlich.«

Doch Magara hatte bereits eine weitere Veränderung bemerkt. Im Mittelpunkt des Gobelins, wo sich die vier Teile trafen, befand sich die kleine Fläche mit einem Blumenmuster. Doch jetzt hatte sich eine Art von Einfassung darum herum gebildet, so daß die Blumen durch vier symmetrische Kurven von den Bildern getrennt waren. Mit angehaltenem Atem griff Magara unter ihr Hemd und zog den Anhänger über den Kopf. Sie legte das silberglänzende Metall auf den Gobelin. Die äußere Form entsprach genau dem gewebten Umriß.

»Dieser Rand war vorher nicht da«, sagte sie zu ihm.

Hewitt hatte es aufgegeben, ihr zu widersprechen. Ihm fiel überhaupt nichts mehr ein, was er hätte sagen können. Magara legte den Anhänger wieder um und bemerkte, daß sie zitterte. Diese neue Entdeckung ließ die Gefahren in der Welt viel *persönlicher* erscheinen.

»Nun, das beantwortet zumindest eine Frage«, sagte Hewitt schließlich.

»Und das wäre?«

»Die Magie ist *gewiß* noch immer lebendig«, antwortete er.

»Aber auf eine ganz schreckliche Weise stimmt etwas nicht«, fügte Magara hinzu.

»Und wenn wir nach Nimmern wollen«, schloß Hewitt rauh, »dann sollten wir sehen, daß wir lieber früher als später dort ankommen.«

Sie hockten noch eine Zeitlang da und untersuchten den Gobelin auf weitere Veränderungen. Hewitt entdeckte den letzten Unterschied jedoch erst, nachdem sie bereits aufgegeben hatten und sich auf den Weg machen wollten.

»Hat ein Regenbogen nicht sieben Streifen?« fragte er unsicher.

Magara sah rasch auf den Frühling und bemerkte, daß der oberste Streifen verschwunden war.

»Das Rot ist verschwunden!« bestätigte sie.

Sie konnten sich beide nicht vorstellen, was das zu bedeuten hatte.

In dieser Nacht träumte Magara von einer Welt, die von einer blauen Sonne beschienen wurde. Doch auch das bedeutete ihr nichts, und sie vergaß es wieder, als sie ihre Reise fortsetzten.

21.
KAPITEL

Sie brauchten fast drei Tage, um Nimmern zu erreichen. Bei jedem Zwischenaufenthalt untersuchten sie den Gobelin, konnten jedoch keine weiteren Veränderungen entdecken.

»Glaubst du, daß die Sonnenfinsternis sie verursacht hat?« fragte Hewitt. »Oder ist es vielleicht passiert, weil wir auf Heulenberg waren?«

»Vielleicht hat es mit beidem zu tun«, antwortete Magara. »Ich weiß es nicht – wir können beide nur raten.«

Sie ritten weiter und erkundigten sich unterwegs oft nach der Richtung. Die meisten Leute unterwegs waren überrascht, daß überhaupt jemand nach Nimmern wollte, und betrachteten die Reisenden mit einer gewissen Neugier; andere erklärten, nichts von einem solchen Ort zu wissen.

»Wie der Horizont dort verläuft – kommt dir das bekannt vor?« fragte Hewitt schließlich aufgeregt.

Magara nickte, während Hoffnung und Furcht sich zugleich in ihr aufstiegen.

»Es war doch ganz gut, daß du es mir überlassen hast, den Weg für dich zu finden«, bemerkte er.

»Ich weiß nicht, *was* ich ohne dich getan hätte«, erwiderte sie und bemühte sich, nicht zu lächeln.

»Oh, du wärst schon hier angekommen – irgendwann«, gab er mit einer wegwerfenden Bewegung zu, »aber du hättest nur halb soviel Spaß dabei gehabt.«

»Oder halb soviel Ärger!« gab sie zurück.

»Das ist der Dank!« beschwerte er sich und gab vor, eingeschnappt zu sein.

Als sie von den umgebenden Hügeln aus das Tal erblickten, schlug ihre Stimmung vollkommen um. Es war, als wäre eine gigantische Suppenschüssel mit einer blaßgrauen Schleimsuppe gefüllt worden. Selbst in der kräftigen Nachmittagssonne wirkte der Ort kalt und leblos, bar jeder Schönheit, die dem natürlichen Nebel an einem frühen Morgen eigen war.

»Wie lange geht das hier schon so?« fragte Hewitt leise.

»Ich weiß es nicht«, sagte Magara, die sich zu erinnern versuchte, was Slaton ihr gesagt hatte. »Zumindest mehrere Hände. Vielleicht sogar Monate.«

»Ich möchte nicht eine *Stunde* da drin verbringen«, antwortete er, »geschweige denn einen Monat.«

Magara empfand ähnlich, aber sie wußte, daß sie es versuchen mußte. Das schuldete sie Celia, Lisle und Slaton, und vor allem sich selbst. Die beiden Reisenden ritten schweigend weiter, empfanden die Stimmung um sich herum zunehmend bedrückender. *Kein Wunder, daß es die Leute vorziehen, diesen Ort zu ignorieren*, dachte Magara schwermütig. Während sie sich näherten, sahen sie, daß sich die Oberfläche des Nebels wellenförmig bewegte gleich den Windungen einer riesigen Schlange oder den Wellen bei ruhiger See. Es schien nicht vom Wind herzurühren, und die grauen Ränder veränderten ihre scharfen Umrisse nicht.

Die Pferde fingen an, gereizt zu reagieren. Magara und Hewitt stiegen daher ab und banden die Tiere fest, bevor sie zu Fuß weitergingen. Eine tödliche Stille umgab sie. Kein Vogelgesang war zu hören, und selbst die Windgeräusche wurden erstickt. Ein paar Schritte vor dem Rand der Nebelwand hielten sie an.

»Du gehst wirklich hinein?« flüsterte Hewitt.

»Wenn ich es kann. Ja.« Magara sprach mit fester Stimme.

»Dann komme ich mit dir«, sagte er.

»Nein. Jemand muß hierbleiben und auf die Pferde aufpassen. Und es könnte sein, daß ich Hilfe brauche, wenn ich wieder auftauche.«

»Es könnte sein, daß du da *drin* Hilfe brauchst!« rief er aus. Er war noch immer nicht gewillt, sie allein gehen zu lassen.

»Ich weiß dein Angebot zu schätzen«, sagte sie bedächtig, aber entschieden zugleich. »Aber dies ist *meine* Aufgabe.«

»So mögest du mich denn verschmähen«, sagte er dramatisierend zu ihr. »Ich werde mich hier vor Leid verzehren, bis du wieder zurückkehrst.« Er schenkte ihr ein gezwungenes Lächeln, doch seine Augen verrieten echte Besorgnis.

»Spiel für mich«, schlug sie vor. »Selbst wenn ich durch

den Nebel nichts sehen kann, so werde ich dich doch hören und mich daran orientieren können. Irgend etwas sagt mir, daß ich mich über angenehme Töne freuen werde, wenn ich da drin bin!«

Hewitt sah sie einen Augenblick lang gespannt an, ging dann einen Schritt auf sie zu und umarmte sie kurz und brüderlich. Ebenso unvermittelt wandte er sich ab und ging zu den Pferden hinüber.

»Möchtest du das mitnehmen?« rief er und hielt den Gobelin hoch.

»Nein!« rief sie zurück. »Behalte es bei dir. Es wird mir da drin nicht helfen können.«

Hewitt verstaute die Rolle wieder und kehrte zu ihr zurück.

»Jetzt?« fragte er.

»Jetzt.« Magara wußte, daß sie mit jeder weiteren Verzögerung riskierte, ihre Nerven zu verlieren.

»Viel Glück«, sagte er und legte sein Kinn auf das Instrument.

»Wir sehen uns bald wieder«, versprach sie und lächelte so zuversichtlich, wie sie konnte. Dann wandte sie sich Nimmern zu.

Hewitt begann zu spielen – eine lebhafte und lyrische Melodie, die so gar nicht zu dieser Situation paßte –, und Magara erreichte den Rand des Nebels. Graue Schlieren zogen sich um ihre Stiefel; bald konnte sie nicht einmal mehr ihre eigenen Füße sehen. Sie ging langsam weiter, ertastete sich ihren Weg über den Boden, den sie nicht sehen konnte. Der Nebel kroch bis zu ihrer Hüfte hoch, bedeckte dann ihre Arme und die Brust. *In das Schatten-Labyrinth hinein.*

Magara atmete tief durch und ging entschlossen weiter. Sie sah nicht zurück.

Hewitt verfolgte jeden Schritt Magaras mit einer Mischung von Schrecken und Trauer, als der Nebel sie zunehmend umhüllte – doch er spielte die leichte, beschwingte Melodie weiter. Das war ein schwieriges Unterfangen für einen Musiker, dessen Spiel normalerweise von seinen Stimmungen bestimmt wurde. Bald war nur noch ihr Kopf zu sehen, eine goldene Blume, die über einem Meer von grauem Nebel schwebte. Dann ein weiterer Schritt nach vorn, und sie war weg.

Im gleichen Augenblick ließ das Licht der Sonne nach, und Hewitt sah angsterfüllt nach oben, wodurch er vorübergehend geblendet wurde. *Nein!* flehte er in Gedanken. *Nicht jetzt!* Er sah zurück zu der Stelle, wo Magara verschwunden war – aber es war nichts mehr von ihr zu sehen. *Nicht jetzt, Magara!* Die Sonnenfinsternis nahm zu, legte eine dunkle Decke über eine unheimliche Landschaft. Als sie ihren Höhepunkt erreicht hatte, erschien es Hewitt, als bekäme der Hof der Sonne einen Stich ins Blaue, doch er führte das auf seine überreizte Phantasie zurück. Dann erschien die Sonne wieder – aber die Dunkelheit wich nicht aus Hewitts Herz. Es gab noch immer kein Lebenszeichen von Magara.

Er spielte weiter, aber er tat es ganz unwillkürlich; seine Finger spielten wie aus eigenem Antrieb.

Von dem Augenblick an, in dem ihr Kopf in den Nebel eintauchte, war Magara vollkommen blind. Es war nicht die Schwärze der vollkommenen Dunkelheit, sondern ein fahles, undurchsichtiges Miasma. Die Veränderung trat so plötzlich ein, daß sie zu taumeln begann und instinktiv die Hände ausstreckte. Sie konnte nicht einmal ihre eigenen Arme erkennen. Sie gewann das Gleichgewicht langsam wieder zurück und kämpfte gegen den fast unwiderstehlichen Drang an, sich umzudrehen und zurück zu Hewitt zu laufen. Mit einer Hand berührte sie ihr Gesicht. Sie fühlte ihre Nasenspitze – und sie konnte sie noch immer nicht sehen. Panik erfüllte sie, und wieder mußte sie sich selbst davon abhalten, augenblicklich umzukehren. Dann zwang sie sich, Hewitts Musik zuzuhören, sich darauf und nur darauf zu konzentrieren. Sie war jetzt entfernter, aber immer noch hinter ihr zu vernehmen. Einen Augenblick lang setzte er aus, und sie war froh, als er gleich wieder weiterspielte.

Sie atmete tief ein, wehrte sich gegen die irrationale Furcht, der Nebel könnte ihre Lungen vergiften, und versuchte sich zu beruhigen. Eine feuchte Kälte umfing sie, und sie spürte, wie sich auf der bloßen Haut ihres Gesichts und ihrer Hände Tropfen zu bilden begannen. Es war kaum mehr vorstellbar, daß irgendwo noch immer die Sonne schien.

Sie überwand sich, einen weiteren Schritt nach vorn zu gehen. Sie bewegte sich vorsichtig, die Hände vor sich ausgestreckt. Einen Augenblick lang wurde die Musik leiser, ertönte dann wieder stärker – aber diesmal von links –, obwohl sie sicher war, daß sie sich nicht zur Seite gewandt hatte. Magara lauschte einen Augenblick und fragte sich, ob sich der Ort vielleicht um sie herum drehte. Sie entschied sich dafür, ihrem eigenen Richtungssinn zu vertrauen. Sie ging einen weiteren Schritt nach vorn. Die Musik war wieder lauter geworden – und kam direkt von vorn! *Nein, das ist unmöglich!* dachte sie wütend. Spontan hockte sie sich hin und versuchte alle Gedanken an die Welt außerhalb zu verdrängen. *Hier gelten die Spielregeln von Nimmern.*

Die Musik verklang, und Magara fand sich eingehüllt in eine vollkommene Stille. Sie streckte die Hände aus und spürte den Boden neben sich, berührte Gras und den Stiel einer kleineren Pflanze. *Slaton sagte, es wäre nur nackter Stein.* Sie brach den Stiel ab und hielt ihn sich an die Nase, nahm den scharfen Geruch wahr, der von ihm ausging. *Hier wächst immer noch etwas.* Magara versuchte, an der Blume selbst zu riechen, und mußte dann niesen, weil ihre Nase gekitzelt wurde. *Löwenzahn-Samen.* Das hätte in der wirklichen Welt durchaus der Jahreszeit entsprochen, aber auf dem Gobelin waren sie im Frühling abgebildet worden. *Befinde ich mich jetzt dort? Im Frühling?* Diese Überlegung gab ihr neuen Mut. Der Gobelin hatte sie an diesen Ort geführt. Konnte er sie zu seinem Mittelpunkt führen?

Plötzlich vernahm sie die trällernde Stimme eines jungen Mädchens. Sie zuckte überrascht zusammen, ihr Herz raste. Hüpfende Schritte verrieten ihr, daß die unsichtbare Erscheinung näherkam. *Das ist es! Das Mädchen im Frühling.* Sie konnte jetzt den Refrain verstehen, den das Mädchen immer wieder sang.

Die Natur braucht keine Namen
für Frühling, Sommer, Herbst und Winter
Sie treibt Blumen, Früchte, Samen
Wurzeln, Äste, Zweige, Blätter

Magara wandte sich um, als das kleine Mädchen sich an ihr vorbeibewegte, wollte sie gerne sehen und ihre unschuldige Freude mit ihr teilen. Instinktiv versuchte sie, der unsichtbaren Gefährtin zu folgen, und unternahm mit ausgestreckten Armen ein paar zögernde Schritte. Doch die Stimme verlor sich wieder. *Lauf nicht so schnell!* flehte Magara schweigend, da sie unfähig war, ihre eigene Stimme zu benutzen. Doch es war vergebens.

Dann trafen ihre Hände auf kalten, harten Stein, und sie hielt augenblicklich inne. Die Oberfläche war glatt und eben. *Das Grabmal.* Magara schauderte vor Entsetzen, als ihre Finger über die Ränder des Steins glitten und dann auf die seitliche Inschrift stießen. Sie tastete die Buchstaben des Verses nach, an den sie sich noch immer gut erinnern konnte.

NIMMERN
DER ORT

immer
die zeit

Einfach den Jahreszeiten folgen, dachte sie. *Wenn das hier der Frühling ist, dann muß ich in den Sommer gelangen. Und wenn ich bei dem Grab bin, dann bin ich im Mittelpunkt dieses Viertels. In welche Richtung muß ich also gehen?*

Zu ihrer Linken bellte unerwartet ein Fuchs. Auf dem Gobelin hatte sich das Tier zwischen den Glockenblumen unter den Bäumen befunden, nahe dem linken Rand des Bildes. *Vermutlich*, überlegte Magara, *muß ich in die entgegengesetzte Richtung gehen, um in den Sommer zu gelangen.* Sie wandte sich nach rechts und setzte vorsichtig einen Schritt vor den anderen. Schon bald hörte sie das Plätschern eines kleinen Bachs, und Wasser spritzte auf, als sie mit einem Fuß hineingeriet. *Ja, stimmt,* fiel ihr ein, und es gab ihr neue Hoffnung. Der Bach verlief auf dem Gobelin von links nach rechts, und er tauchte später im Sommer wieder auf. Sie bückte sich und überprüfte mit den Fingern, in welche Richtung das Wasser floß. Dann folgte sie seinem Verlauf, ging vorsichtig auf den feuchten, rutschigen Steinen.

Einige Zeit später begann sich Magara zu fragen, ob ihre Schlußfolgerungen richtig waren. Doch dann erwärmte sich die Luft und wurde plötzlich von den vielfältigen Düften des Sommers erfüllt. Bienen summten emsig, Vögel sangen. *Wenn ich dem Bach weiter folge,* befand Magara, *dann werde ich die Ruine erreichen.* Doch zu ihrer Bestürzung verschwand der Bach; sie konnte das Plätschern in keiner Richtung mehr hören.

Dafür hörte sie ein plötzliches Plumpsen zur Rechten. Magara begriff, daß das die Fische sein mußten, die in den Teich zurücksprangen, und folgte diesen Geräuschen. Sie hörte das Wasser, das aus dem steinernen Brunnen sprudelte. Hastig ging sie weiter, um die nächste Etappe ihres Weges zu erreichen.

Sie stolperte über ein größeres Stück einer zerbrochenen Statue, schürfte sich dabei ein Knie und beide Hände auf. Der Sturz erschreckte sie sehr. Alles schien so gut voranzugehen, aber jetzt wurde ihr wieder klar, daß sie sich in eine Leere gestürzt hatte, in der unbekannte Gefahren auf sie lauerten. Nimmern erinnerte sie daran, daß sie nichts als gültig voraussetzen durfte.

Vorsichtig raffte sie sich wieder auf. *Wohin jetzt?* Sie wagte nur noch daran zu denken, wie sich das Rätsel lösen lassen konnte. Auch nur an andere Möglichkeiten zu denken, hätte bedeutet, den Wahnsinn herauszufordern.

Ein freudiger Seufzer erklang zu ihrer Rechten, und sie wußte sofort, was es bedeutete. Magara wünschte sich, sie könnte die junge Frau sehen, wie sie sich bückte, um an den duftenden Blumen zu riechen. Sie ging auf das Geräusch zu. Sie wußte, daß die Frau im Vordergrund des Bildes erschien und ihr daher die Richtung in den Herbst weisen konnte. Einmal spürte Magara sogar einen Luftzug und hörte das Rascheln eines Kleides ganz in ihrer Nähe. Es war eine äußerst merkwürdige Empfindung, und sie wich zurück wie vor einem Geist. *Weiß sie nicht, daß ich hier bin?* fragte sie sich. *Bin ich ein Geist für sie?* Sie hielt mitten im Schritt inne. *Konzentriere dich!* befahl sie sich selbst. *Geh weiter!*

Sie trat versehentlich eine Pflanze nieder, und sie fühlte sich ein wenig schuldig, obwohl sie es nicht hätte vermeiden können. Sie kniete sich nieder, um zu sehen, was es war. Die Blume war so beschädigt, daß sie nicht mehr zu identifizieren war, doch neben ihr fanden ihre tastenden Hände mehrere ähnliche, zierliche Formen. *Schneeglöckchen*, dachte sie triumphierend. *Die nicht zur Jahreszeit passen. Ich bin fast da.*

Sie stand auf und ging weiter, stolperte erneut und fiel wieder hin. Heftig prallte sie auf, wurde von Angst ergriffen und war den Tränen nahe. Dann begriff sie, daß sie auf weichen, nassen Blättern aufgekommen war. Die Luft war jetzt deutlich kühler und feucht. *Herbst,* entschied sie mit großer Erleichterung und raffte sich erneut hoch, rieb ihre klebrigen Hände an den Kleidern ab. *Und wie finde ich jetzt den Winter?* Ihr fiel ein, daß sich ein Gehölz von Tannenbäumen über den Rand zwischen beiden Bildern zog, aber sie konnte ihren Duft nicht wahrnehmen. Sie lauschte angestrengt und hörte das ferne Quaken von Enten, konnte sich jedoch nicht erinnern, in welchem Teil des Gobelins sie sie gesehen hatte. Obwohl sie verzweifelt in ihren Erinnerungen kramte, fiel ihr nichts weiter ein, das sich als nützlich hätte erweisen können. Fast wäre sie wieder von panischer Angst erfaßt worden. Sie fragte sich kurz, ob es ihr Schicksal war, für immer blind umherzuwandern. *Beherrsche dich!* wies sie sich an. *Überlege! Was gibt es noch im Herbst?* Sie ging die Dinge in Gedanken durch: die nicht zur Jahreszeit passenden Weidenkätzchen, das Eichhörnchen auf dem Apfel – das schien alles nichts zu bringen. Die Frau stand hier unbeweglich, sah zu dem Schwan hoch. *Der Schwan!* Auf dem Gobelin flog der Schwan von links nach rechts, auf den Winter zu. Wie auf ein Stichwort hin waren über ihr langsame, schwere Flügelschläge zu vernehmen. Magara sah wie selbstverständlich nach oben, aber sie erkannte natürlich nichts. Sie hörte, wie sich der Schwan näherte, über sie hinwegschwebte und davonflog. Sie wandte sich um, um dem Vogel in seine Richtung zu folgen. Ein paar Augenblicke später stieß sie gegen einen Baum und schlug mit dem Kopf schmerzhaft an den Stamm. Sie fühlte sich besser, als sie sich hinkniete, um den federnden Boden unter ihren Füßen zu untersuchen, und dabei entdeckte, daß er von Tannennadeln bedeckt war. Der Duft war jetzt unverkennbar. Sie eilte weiter, ertastete sich ihren Weg zwischen den Bäumen hindurch.

Dann kam eine wirkliche Kälte über sie; Schnee knirschte unter ihren Füßen, und in der Nähe heulte ein Wolf, ließ sie erschrocken zusammenzucken. Sie konnte noch immer nichts sehen. *Ich habe den Winter erreicht. Wo ist nun der Mittelpunkt des Schatten-Labyrinths?* Der Wolf heulte erneut auf, und Magara bekam eine Gänsehaut vor Furcht. Diese unwirkliche Bestie konnte ihr sicher nichts antun ...

Dann fiel ihr der See ein, und sie war zu erschrocken, um sich bewegen zu können. In dieses eisige Wasser zu fallen konnte verheerend, sogar lebensgefährlich sein. *Was soll ich als nächstes tun?* Während sie noch verzweifelt überlegte, drang der unangenehm süßliche Geruch von Fäulnis in ihre Nase. Ihre Hände suchten und fanden die absterbenden Rosen. Sie stach sich mit einem bereits wunden Finger an einem Dorn und saugte mit zitternden Lippen das Blut ab. *Wohin jetzt? Was willst du jetzt noch?* fragte sie verzweifelt.

Es schien hoffnungslos zu sein, nach etwas Vertrautem zu suchen. Sie zog den Anhänger aus dem Splitterstein unter ihrem Hemdkragen hervor. Ihre Finger klammerten sich fest um die metallenen Ringe.

Zum erstenmal war da eine winzige Auflockerung innerhalb des grauen Nebels, ein silbriger Schimmer, der sie anlockte. Beinahe hysterisch vor Erleichterung taumelte sie auf das Licht zu. Das Strahlen wurde heller, weitete sich aus. Und sie trat durch die Mauer aus Schatten ...

... in einen schönen, sonnenbeschienenen Garten. Sie blickte sich völlig überrascht um und sah blühende und gedeihende Pflanzen und Bäume. Vögel und andere Tiere schenkten der Landschaft Farbe, Bewegung und ihren Gesang. Der Nebel hatte sich vollkommen aufgelöst.

Magara hätte am liebsten vor Freude geweint. Sie hatte es geschafft! Sie hatte sich der Prüfung als würdig erwiesen. Sie konnte wieder sehen – und sie hatte auch ihre Stimme wieder.

»Celia!« rief sie und erwartete fast, daß die Angerufene augenblicklich auftauchen würde. »Celia!«

Hinter ihr erklang eine Stimme: »Ach, gut, daß du endlich hier bist. Ich habe dich erwartet.«

Überrascht drehte sie sich um und erstarrte in ungläubigem Entsetzen. Der Mann im blauen Umhang lächelte, aber seine violetten Augen waren kälter als Eis.

VIERTER TEIL

Der Tanz des Todes

22.
KAPITEL

Keiner von ihnen hatte jemals eine so vollständige Verfinsterung der Sonne erlebt. Das einzig verbliebene Licht stammte von einem dünnen roten Strahlenkranz – alles andere war Dunkelheit. Die Reiter blickten in den Himmel hinauf, während Lisle weiterhin schrie und Slaton vergeblich versuchte, ihn zu beruhigen. Die violetten Augen des Jungen waren weit aufgerissen, während er starr auf eine Ansammlung von Tannenbäumen starrte, die sich hundert Schritte vor ihnen befand. Sein Cousin versuchte zu erkennen, was seinen jungen Schützling so offensichtlich ängstigte, und er sah flüchtig ein gespenstisches rotes Leuchten zwischen den Schatten. Das teuflische Licht pulsierte schwach unter den Bäumen unmittelbar neben dem Wegrand.

»Seht!« rief Slaton und streckte eine Hand aus. »Dort drüben!«

Varo und Brostek brauchten nur einen kurzen Blick darauf zu werfen. Sie spornten ihre Pferde an, preschten rücksichtslos durch die mitternächtliche Dunkelheit. Der Rest der Gruppe folgte ihnen. Als die Anführer dem Licht so nahe waren, wie es vom Weg aus möglich war, brachten sie ihre Pferde abrupt zum Stehen. Varo stieg ab, zog zugleich sein Schwert und stürzte sich in das Dickicht. Brostek war ihm dicht auf den Fersen. Die anderen folgten, lagen aber bereits um ein paar Schritte zurück. Slaton und Lisle blieben im Sattel, während Lisle heftig zitterte .

Kaum zwanzig Schritte vom Pfad entfernt bildeten die Bäume eine kleine kreisförmige Lichtung. In ihrem Mittelpunkt stand ein Mann in einer unbeholfenen, steifen Position. Um seinen blauen Umhang, seinen kahlen Kopf und seine ausgestreckten Hände schimmerte ein purpurfarbener Umriß – das geisterhafte Gegenstück zum unnatürlichen Hof der Sonne. Um seinen Hals hing ein Anhänger in der Form eines großen M, das nach unten verlängert und unterstrichen war. Es war eines der Symbole, das die Männer zu hassen gelernt hatten. Der Messermann schrie wütend, und sein Gesicht zuckte heftig. Entgegen der kalten Verachtung, die aus dem Blick seines Kollegen in Grassmeer gesprochen hatte, verbarg sich hinter diesen Augen sowohl Furcht als auch Bosheit.

Als er die sich nähernden Schwertkämpfer sah, brüllte er vor Wut, stieß scheußliche Drohungen aus und versprach unvorstellbare Schrecken. Alle außer Varo zuckten vor diesem Schrei zurück, und selbst er kam nur wenige Schritte weiter, bis er eben den Rand der Lichtung erreichte. Dort wurden seine Glieder so schwer wie Blei, und eine furchtbare Müdigkeit bemächtigte sich seines ganzen Körpers. Seine Stärke verließ ihn; er konnte sich nicht mehr bewegen. Seine Begleiter erlitten das gleiche Schicksal – sie alle wurden in einem bewegungslosen Zustand gehalten, und es half ihnen nichts, so sehr sie auch fluchten und dagegen ankämpften. Während er darauf wartete, wieder von diesem Bann befreit zu werden, blieb Varos Gesicht völlig ausdruckslos, und nur in seinen Augen brannte kalter Haß.

Der Blick des Messermannes ging über die anderen Mitglieder der Gruppe hinweg und blieb auf jemandem im Hintergrund hängen. Seine Furcht verstärkte sich, und er gab weitere schreckliche Verwünschungen von sich, während er mit unsichtbaren Fesseln zu kämpfen schien, die ihn gefangenhielten. Dabei starrte er noch immer in den Hintergrund der Gruppe. Der Blick seiner stechenden Augen bohrte sich in die Dunkelheit.

Lisle schrie, aber der Ton, den er von sich gab, klang nicht menschlich. Es war ein langer, reiner, anhaltender Ton, der nichts als Schmerz ausdrückte. Es war die Musik des Wahnsinns. Als das Geräusch die Düsternis zerschnitt, verspürten sie alle ein kurzes Nachlassen der Kraft, die sie zurückhielt. Und zumindest einer von ihnen konnte die Zeit nutzen und reagieren. Ein Pfeil löste sich von Luchs' Bogen, erkennbar nur als rotes Flirren in dem falschen Licht. Der Messermann wurde in der Schulter getroffen, obwohl er im letzten Augenblick versuchte, die Gefahr abzuwehren. Diesmal drang der Pfeil in wirkliches Fleisch ein. Der Feind im blauen

Umhang taumelte, griff nach der Wunde, schrie wütend und versuchte seine Gewalt über die Angreifer aufrechtzuerhalten – obwohl offensichtlich war, daß seine Bemühungen inzwischen eher ein verzweifelter Kampf waren.

Aus dem Dunkel drang Keredins Stimme mit einem gequälten, halb erstickten Schrei.

»Sing, Lisle. Sing!«

Der Junge stieß augenblicklich einen unheimlichen, klagenden Ton aus. Seine Stimme schwoll wie eine Sirene des Todes auf und ab. Alle, die es hörten, erschauerten. Aber die Wirkung auf den Messermann war wirklich erstaunlich. Er verlor vollends die Kontrolle, seine Schreie wurden zu einem unzusammenhängenden Gestammel, und die rabenschwarzen Augen richteten sich auf den nächsten seiner Gegner. Er hob mit dramatischer Geste einen Arm, deutete direkt auf Varo. Die Männer waren plötzlich von ihrer Lähmung befreit und wollten handeln. Doch ein anderes Geschöpf aus ihrer Mitte reagierte noch schneller.

Schatten löste sich aus dem Unterholz und sprang den Messermann mit bestialischer Wut an. Ihre raubtierhaften Zähne schlossen sich um den Hals des Zauberers, während sich ein blaues Feuer von seinen Fingerspitzen löste. Der unerwartete Angriff raubte ihm das Gleichgewicht, und der Blitzstrahl verfehlte sein Ziel bei weitem. Tannennadeln gingen knisternd in Flammen auf, und ein Mann schrie im Todeskampf auf.

Der Messermann wirbelte herum, schleuderte den Wolf von sich – obwohl die häßlichen Bißstellen in seinem Hals bereits heftig bluteten – und bereitete sich darauf vor, noch einmal anzugreifen. Aber es war zu spät. Varo konnte sich wieder frei bewegen und wirbelte wie ein Akrobat herum; seine Klinge schnitt wie eine winterliche Sense des Todes durch die Luft und drang in den Hals seines Feindes ein. Der Hieb war so heftig und doch so genau geführt, daß der Kopf des Messermannes vollkommen abgetrennt und durch die Luft gewirbelt wurde. Sein Körper blieb noch ein paar Augenblicke stehen, als wäre er nicht sicher, was er als nächstes tun solle. Sein roter Umriß verschwand, während er zu

Boden ging. Der Kopf ging einen Augenblick später mit einem dumpfen Aufprall nieder.

Als die Sonne wieder schien, beleuchtete sie eine Schrekkensszene. Das Blut aus der schrecklichen Wunde spritzte in alle Richtungen heraus, und Varo wurde innerhalb von Augenblicken bis auf die Haut durchnäßt. Bald war die ganze Lichtung rotglänzend, doch hörte die Flut noch immer nicht auf. Die Männer zogen sich angeekelt zurück, während der unmögliche Geysir weiterspie. Es war, als blutete die Erde selbst. Als der abscheuliche Strom endlich nachließ, war soviel Blut vergossen worden, daß es aussah, als hätte ein Massaker an hundert Männern stattgefunden; der eindringliche Gestank drohte ihnen die Besinnung zu rauben. Nur die Augen des Zauberers waren noch nicht von Rot überzogen, und sie schienen noch immer zu sehen – der vorwurfsvolle Blick des toten Mannes war auf die Angreifer gerichtet.

Von dem Baum, der durch das Zauberfeuer in Brand gesetzt worden war, war nur noch rauchende Asche übrig, doch hatte sich das Feuer nicht weiter ausgebreitet. Kerwin, der die für Varo bestimmte Ladung abbekommen hatte, war tot. Seine früher so ruhelosen Augen waren nur noch mit dunkler Asche gefüllte Einbuchtungen, und sein Körper war bis zur Unkenntlichkeit verbrannt. Als sie sich von dem Schock zu erholen begannen, zogen die anderen seine Überreste von der entsetzlichen Lichtung. Es wurden keine Worte gewechselt, während seine Freunde Vorbereitungen trafen, um ihn auf der anderen Seite des Weges zu beerdigen.

Varo blieb allein zurück und starrte auf die Lichtung. Obwohl seine Miene keine Gefühlsregung verriet, schien er sich nicht mehr bewegen zu können und wurde schließlich von Brostek weggezerrt. Schweigend suchten die beiden Männer nach einer Wasserstelle, um sich von dem Blut zu reinigen, das sich über alles ergossen hatte. Danach schlossen sie sich wieder den anderen am Wegrand an. Slaton und Lisle saßen inzwischen nicht mehr auf ihren Pferden. Lisle hatte in dem Augenblick, als der Messermann getötet wurde, zu singen aufgehört und schlagartig das Bewußtsein verloren. Slaton hatte ihn vor einem Sturz bewahrt, und jemand hatte ihnen beiden aus dem Sattel geholfen. Als der Junge wieder zu sich kam, blickten seine Augen hilflos und verängstigt, aber er hatte sich beruhigt. Er lächelte sogar.

»Er erholt sich schnell wieder«, bemerkte Vilman mit Bewunderung.

»Sein Gedächtnis arbeitet anders als das unsere«, erklärte ihm Slaton. »Für ihn ist *das* vielleicht niemals passiert.« Er machte eine Geste zu der Lichtung hin.

»Ein nützlicher Trick«, sagte Bair.

»Wie bist du darauf gekommen, daß er singen sollte?« fragte Varo Keredin.

»Ich habe diese Art von lähmendem Bann schon einmal erlebt«, erklärte der ehemalige Zauberer. »Aber nur der mächtigste meiner früheren Kollegen konnte das bewerkstelligen, und dann nur jeweils bei einer Person.« Eine solche Behauptung über Zauberei wäre normalerweise mit Sarkasmus und offenem Spott beantwortet worden, doch sie alle hatten die Macht des Zauberers am eigenen Leib erlebt. »Die Theorie besagt, daß jedes menschliche Bewußtsein Teil der Verbindung ist«, fuhr Keredin fort, »dem Netz der Welt. Wer die Stärke besitzt, die Verbindung selbst zu verändern, sie für seine eigenen Zwecke zu beeinflussen, der kann auch auf das Bewußtsein eines anderen Menschen zugreifen, seinen Körper kontrollieren.«

»Aber Lisle?« wollte Varo wissen, während die anderen noch über die Worte des früheren Zauberers nachdachten.

»In Lisles Bewußtsein ist offenbar etwas – oder es fehlt vielleicht etwas –, das es unmöglich macht, ihn so zu kontrollieren, wie es mit uns geschehen ist. Oder vielleicht hätte es einfach zuviel Kraft erfordert, ihn zu kontrollieren. Jedenfalls war Lisle offensichtlich derjenige, vor dem sich der Messermann am meisten fürchtete, und wir haben alle das Nachlassen des Banns gespürt, als Lisle zum erstenmal geschrien hat. Diese Chance habe ich gesehen und genützt.«

»Das war goldrichtig«, warf Ross ein.

»Und du hast echt schnell reagiert, Luchs«, bemerkte Ryker. »Das war ein guter Schuß.«

»Nein«, erwiderte der Bogenschütze ernsthaft. »Ein guter Schuß hätte ihn ins Herz getroffen, in den Kopf oder den Hals. Und Kerwin wäre noch am Leben«, fügte er bitter hinzu.

»Das *wissen* wir nicht«, stellte Brostek nachdrücklich fest. »So gut können wir die magischen Kräfte nicht einschätzen.«

»Kerwin hat einfach Pech gehabt«, erklärte Keredin. »Die Ladung, die ihn umgebracht hat, war ein letzter verzweifelter Versuch, die Zauberkraft noch einmal aufs Geratewohl einzusetzen.«

»Aber warum wurde der Messermann diesmal wirklich von dem Pfeil verletzt?« fragte Varo, der es noch immer verstehen wollte. »Warum war *er* verletzbar, während es der Mann in Grassmeer nicht war?«

»Ich wünschte selbst, ich wüßte das«, antwortete Keredin.

»Könnte es mit der Sonnenfinsternis zu tun haben?« fragte Ross aufgeregt. »Um die Sonne herum war ein roter Ring, und er war von einer Art roter Aura umgeben.«

»Da muß ein Zusammenhang bestehen«, stimmte Brostek zu, »aber warum sollte ihn das verwundbar machen?«

»Wen interessiert das?« rief Vilman plötzlich aus. »Der Punkt ist, wir haben einen von ihnen *erwischt*! Wir haben allen Grund zum Jubeln!«

»Wir haben noch sechs vor uns«, sagte Varo gleichmütig. »Wenn sie alle tot sind, *dann* werden wir jubeln.«

»Nun, es ist in jedem Fall besser als alles, was wir vorher erreicht haben«, antwortete Vilman verdrossen.

»Wenn sie alle ein so abscheuliches Ende nehmen«, sagte Ryker und blickte finster drein, »dann gibt das noch eine ganz schöne Schau, bis wir damit fertig sind. Habt ihr seinen Kopf gesehen?« Er machte mit einer Hand nach, wie sich der Schädel des Zauberers im Flug gedreht hatte.

Varo wandte sich unvermittelt ab und ging weg. Brostek zögerte nur kurz und folgte ihm dann. Er trat an den Rand der schicksalhaften Lichtung und riß ungläubig die Augen auf. Der Körper des Zauberers war jetzt eine schwarze, faulende Hülle, die kaum noch als menschlich zu erkennen war. Doch das Entsetzen über diese häßliche Verwesung bedeutete wenig neben der Tatsache, daß das Blut bis auf den letzten Tropfen verschwunden war. Alles, was vor einer Stunde mit tropfendnassem Rot überzogen gewesen war, war jetzt völlig unbefleckt, als wäre überhaupt nichts geschehen.

In dieser Nacht wurde Keredin durch Hände wachgerüttelt, die sanft, aber nachdrücklich seine Schulter festhielten. Er spürte ein leichtes Unbehagen, als er den Glanz in Lisles seltsamen Augen sah.

»Was willst du?« flüsterte er.

Lisle nickte unbeholfen und zog nachdrücklich am Arm des ehemaligen Zauberers. Keredin stand auf, hüllte sich in eine Decke und folgte dem winkenden Lisle an das niedergebrannte Lagerfeuer. Bair und Langel, die zusammen Wache hielten, sahen die Bewegung und schlossen sich ihnen an.

»Was ist?« fragte Bair neugierig.

»Ich weiß es nicht«, antwortete Keredin. »Lisle hat mich aufgeweckt. Er will etwas.«

Der junge Musiker deutete unsicher auf die Glut des Lagerfeuers, riß dann die Arme hoch und machte dazu brausende Geräusche. Es war eine groteske Vorstellung, aber ihre Bedeutung war klar.

»Du willst Flammen?« fragte Keredin.

»Spielen«, sagte Lisle und nickte nachdrücklich. »Spielen.«

»Wecke Varo und Brostek auf«, flüsterte Bair. »Schnell!« Langel beeilte sich zu gehorchen.

Lisle nahm seine Laute auf, ließ sich mit übereinandergeschlagenen Beinen nieder und wartete geduldig, während er auf die schwelenden Überreste des Feuers blickte. Varo, Brostek und Slaton, der ebenfalls geweckt worden war, versammelten sich schon bald um ihn und fragten leise, was eigentlich vor sich ging.

»Ich weiß es nicht«, sagte ihnen Keredin. »Lisle möchte, daß Flammen auflodern.« Es war nicht notwendig, sie daran zu erinnern, was beim letztenmal geschehen war. »Es ist offenbar wichtig für ihn.«

»Macht weiter«, sagte Varo leise, ohne daß ihm die geringste Schläfrigkeit anzumerken war.

Keredin führte das aus, was er seine Glanznummer nannte, und orangefarbene Flammen schlugen aus der Glut heraus. Während sie ihre langen flackernden Schatten warfen, spielte Lisle eine sehr schnelle Tonfolge, die weder Melodie noch Rhythmus aufwies, aber eine eigene Schönheit und Kraft ausdrückte. Zum Erstaunen der Zuschauer reagierten die Flammen, indem sie zunächst etwas zurückgingen und dann erstarrten, als wären sie eingefroren in der Zeit. Doch Lisle hörte nicht auf zu spielen, schnell und dann langsam, manchmal lieblich, manchmal dissonant; seine Musik schien die eingefangene Flamme zu formen. Eine Feuerkugel bildete sich mitten in der Luft, verdunkelte sich und verfärbte sich schließlich blau.

»Eine Sonnenfinsternis!« stieß Langel aus.

Unterhalb der blauen Sonne formte sich ein weiteres Bild und legte sich über das Feuer. Während Lisles Musik weiter ertönte, sahen die Betrachter einen verkleinerten grünen Hügel mit einem großen grauen Turm auf seinem Kamm. Die Turmspitze war zerfallen, obwohl das übrige Bauwerk noch ordentlich erhalten wirkte. Es war ein Treffpunkt von Krähen, die wie kleine schwarze Punkte um das Türmchen kreisten. Das Bild war so wirklich, daß es ihnen allen so vorkam, als könnten sie die Hände ausstrecken und alles berühren. Dann war es plötzlich verschwunden. Das vertraute rote Glühen der Glut kehrte zurück, und das nächtliche Schweigen breitete sich wieder aus.

»Spielen«, sagte Lisle, und es klang zufrieden. »Spielen.« Er sah Keredin, Varo und Brostek abwechselnd an, als erwarte er eine Antwort.

»Du willst, daß wir diesen Ort aufsuchen?« fragte Varo.

Lisle nickte. Sein Ausdruck wechselte zwischen Freude und Furcht.

»Wird dort die nächste Sonnenfinsternis stattfinden?« wollte Brostek wissen.

Lisle sah ihn mit weit aufgerissenen Augen an.

»Hat jemand diesen Ort erkannt?« fragte Varo und sah sich in der Runde um.

»Es sah aus wie der Turm über Jordanstein«, antwortete Bair, »aber als wir zuletzt dort waren, war er noch vollständig. *Dieser* Turm war halb zerfallen.«

»Ich erinnere mich jetzt auch daran«, sagte Varo. »Fällt jemandem noch etwas anderes ein?«

»Könnte Aberr sein«, meinte Langel.

»Nein, der Turm dort sieht zwar ziemlich ähnlich aus, aber er ist von anderen Gebäuden umgeben«, erwiderte Bair. »Jordanstein ist der einzige Ort, wo ein einzelner Turm in dieser Art steht. Ich hole meine Landkarte. Vielleicht erkennt Lisle etwas.«

Sie zeigten Lisle die Karte und erhofften sich irgendeine Bestätigung, doch entweder sah er den Ort nicht, oder die Landkarte an sich bedeutete ihm nichts. Er betrachtete den Plan nur ein paar Augenblicke lang und ignorierte ihn dann. Statt dessen deutete er wieder auf das Feuer und wirkte zunehmend bekümmert. Bair gab auf.

»Was machen wir jetzt also?« fragte Brostek.

»Wir gehen nach Jordanstein«, antwortete Varo entschieden. »So schnell wir können.«

Jordanstein lag südwestlich, in der Luftlinie kaum mehr als zwanzig Wegstunden entfernt. Auf dem Pferderücken war es jedoch wesentlich weiter, da die Strecke über zwei zerklüftete Hügelketten führte, die von den hohen Bergen herabführten, und in dieser Landschaft waren viele Umwege notwendig. Da es keine richtigen Wege gab, kamen sie manchmal nur sehr langsam voran. Die Männer reisten so schnell wie möglich, aber am Abend des zweiten Tages hatten sie ihr Ziel noch immer nicht erreicht. Brostek gab seiner Enttäuschung Ausdruck, da er wußte, daß der Turm vermutlich ganz in der Nähe war, doch Varo blieb gelassen und befahl den Männern, ein Lager zu errichten. Er wußte, daß es katastrophal enden konnte, wenn sie in der Dunkelheit versuchten, diese felsige Landschaft zu durchqueren.

Während der ganzen Nacht berichteten die Wachtposten, daß seltsame Lichter, Blitze und andere Leuchterscheinungen zu sehen waren, die aus der Richtung von Jordanstein kamen. Obwohl es die Männer um so mehr drängte, so schnell wie möglich nach dort kommen, konnten sie vor Anbruch der Dämmerung nichts unternehmen. Zu ihrem Pech brach der nächste Tag später als gewohnt an, da – zum erstenmal seit mehreren Händen – dunkle Wolken von den Bergen herabzogen und die Sonne hinter den grauen Wokenbänken verborgen blieb. Sie vernahmen grollenden Donner über sich, und es begann zu regnen. Warme Sturzbäche kamen mit der wilden Heftigkeit eines Sommergewitters auf sie herab. Der glitschige Boden unter ihnen wurde noch tückischer, und die letzte Wegstunde ihrer Reise schien eine Ewigkeit zu dauern.

Als sie sich endlich dem Hügel näherten, wurde schnell deutlich, daß sie besonders vorsichtig vorgehen mußten. Eine große Anzahl von Männern war auf dem Abhang unterhalb des Turms zu sehen. Varo, Brostek, Bair und Luchs ließen daher ihre Pferde bei den anderen zurück und pirschten

sich im Schutz des Waldes voran, um die Szene besser beobachten zu können. Der Regen hatte inzwischen aufgehört,
aber die Luft war noch immer feucht, und der schlammige
Boden schimmerte im Licht der Sonne, die wieder zum Vorschein gekommen war.

»Das Dorf ist doch auf der anderen Seite des Hügels?«
fragte Varo, und Bair nickte.

»Ja«, erwiderte der Veteran. »Sie haben sie vielleicht noch
nicht einmal gesehen.«

»Sie *müssen* diesen ganzen Haufen bemerkt haben!« rief
Brostek aus. »Es sind zu viele, als daß man sie übersehen
könnte! Und was ist mit diesen Lichtern in der Nacht?«

»Kannst du Kopfbänder sehen?« wollte Bair wissen.

»Ja«, bestätigte Luchs. »Sie sind blau.«

»Aber keine blauen Umhänge«, stellte Varo fest.

»Was tun sie?« fragte Bair mit zusammengekniffenen
Augen.

»Nicht viel«, erwiderte Luchs. »Sie scheinen nicht besonders organisiert zu sein dort oben.«

»Dann müssen wir unsere Arbeit tun, bevor es anders aussieht«, sagte Varo. »Laßt uns gehen.«

»Es sind sehr viele«, sagte der alte Soldat bedächtig.
»Mehr, als wir jemals zuvor gesehen haben. Es müssen fünfzig oder noch mehr sein.«

»Und wir sind nur zwölf«, fügte Brostek hinzu. »Dreizehn, wenn ihr Slaton mitzählt.«

»Vierzehn«, korrigierte ihn Varo. »In diesem Kampf
könnte Lisle der beste Soldat sein, den wir haben. Erinnert
ihr euch an sein Lied?'«

»Der Tanz des Todes«, bemerkte Luchs grimmig.

Sie kehrten zu den anderen zurück, und Varo erteilte
Anweisungen. Ross und Rogan wurden damit betraut, in
einem weiten Bogen um den Hügel zu reiten, um die Dorfbewohner zu warnen – sofern sie sich der Gefahr noch nicht
bewußt waren. Die übrige Gruppe würde sich dem Hügel
von der anderen Seite nähern, um dann von oben herab
angreifen zu können.

»Ist der Turm unversehrt oder zerstört?« fragte Slaton, während sie sich in Bewegung setzten.

»Der obere Teil ist zerfallen«, antwortete Luchs. »Lisle hat das ganz richtig gezeigt. Sieht so aus, als wäre hier eine Menge passiert, seit wir das letztemal hier waren.«

Sie ritten langsam weiter und nützten jede Deckung, die sie erreichen konnten – teilweise zu ihrem eigenen Schutz, zum anderen, um den Zwillingen genug Zeit zu verschaffen, bis sie das Dorf erreichten. Die Reiter sahen oft nach ihren Feinden, wenn es die Landschaft erlaubte. Doch den Männern mit den blauen Bändern war nicht anzumerken, ob sie die Berittenen bereits entdeckt hatten.

»Sie haben nicht einmal Wachposten aufgestellt«, bemerkte Ryker.

»Sie machen es uns fast zu leicht«, fügte Vilman hinzu.

»Seid dessen nicht so sicher«, verwies Brostek sie mit scharfer Stimme. »Es kann tödliche Folgen haben, wenn man so über seine Gegner denkt.«

Sie bewältigten schließlich den Weg um den Hügel herum bis auf die andere Seite, von wo aus sie das Dorf sehen konnten. Die Ortschaft wirkte vollkommen ruhig, als wäre von der Bedrohung noch nichts bemerkt worden. Daher konnten sie ihren Aufstieg beginnen, ohne mit einem Aufsehen rechnen zu müssen. Doch bevor sie auf dem Hügel ankamen, tauchten Ross und sein Zwilling bei ihnen auf.

»Nun?« wollte Varo wissen.

»Es ist niemand dort«, antwortete Ross.

»Überhaupt niemand?« Brostek blickte auf das Dorf hinab.

»Sind wir zu spät gekommen?« fragte Varo.

»Das glaube ich nicht«, sagte Ross. »Wir haben keine Anzeichen für Kämpfe entdeckt, und keines der Häuser war beschädigt oder niedergebrannt. Aber wir haben das hier gefunden.« Er überreichte Varo ein ausgefranstes Stück Pergament, auf das eine Botschaft gekritzelt worden war.

»Großer Zauberer. Es ist im Turm. Rette uns«, las Varo vor.

»Es war an einem Pfahl in der Hauptstraße befestigt«, fügte Ross hinzu. »Wir konnten es nicht übersehen.«

»Was ist im Turm?« fragte Brostek, als sie alle in Richtung auf das einsame Bauwerk blickten.

»Ich weiß nicht«, antwortete Ross, »aber ich schätze, die Dorfbewohner sind einfach alle davongelaufen.«

»Und befindet es sich – was immer *es* ist – noch immer im Turm?« wollte Varo wissen.

»Er sieht jetzt verlassen aus«, antwortete Brostek. »Ich werde gehen und es mir ansehen. Ihre beide kommt mit mir«, fügte er hinzu, an die Zwillinge gewandt, um sich dann wieder Varo zuzuwenden. »Sag Luchs, daß er uns Deckung geben soll.«

»Kommt ihr hinein, ohne gesehen zu werden?« fragte Varo und deutete auf die Soldaten auf der anderen Seite des Hügels.

»Ich glaube schon. Wir werden vorsichtig sein.«

Er und die Zwillinge gingen zu Fuß los, während Varo zurückging, um den anderen zu berichten. Die Mitglieder der Gruppe sahen unruhig zu, wie ihre Freunde sich entfernten, jederzeit bereit, ihnen sofort zu Hilfe zu eilen.

Brostek lief gebückt, um den Eingang des Turms zu erreichen. Dabei hielt er sich im Schatten des dunklen, verlassenen Bauwerks, damit er nicht von dem Heer unterhalb entdeckt wurde. Ross und Rogan folgten dicht hinter ihm mit bereits gezogenen Schwertern. Nichts regte sich im Inneren, aber die massive Holztür hing schräg in den Angeln. Hinter ihr war vollkommene Dunkelheit.

»Ich zähle ab«, flüsterte Brostek. Er hielt drei Finger hoch, dann zwei, dann einen. Als sich der letzte Finger in seine Faust schloß, reagierten die Zwillinge in gewohntem Einklang. Sie stießen die Tür zurück und sprangen dann zur Seite, stützten sich jeweils mit dem Rücken gegen die Innenwand. Brostek drang unterhalb der Mitte ein, das Schwert bereit, und sah sich rasch in dem dunklen Innenraum um. Er war leer.

Das einzige Geräusch kam von tropfendem Wasser. Ein steinernes Treppenhaus führte zum nächsten Absatz, und Brostek ging vorsichtig voran, spähte durch das Treppengeländer nach oben. Was er sah, ließ das Blut in seinen Adern gefrieren, aber es war offensichtlich, daß der Bewohner des Raums keine Gefahr darstellte. Der Mann saß in einem Stuhl, als ruhte er sich nur eben aus, aber sein Gesicht war in verzweifeltem Entsetzen erstarrt. Die Augen traten fast aus den Höhlen, die Hände klammerten sich an den Armlehnen fest. Was immer seinen Tod verursacht hatte, er war auf keinen Fall leicht oder schmerzlos gewesen. Die Zwillinge tauchten hinter Brostek auf und sahen sich fassungslos um, während sie den Raum betraten.

»Seht weiter oben«, wies er sie an. »Ich glaube nicht, daß noch jemand da ist, aber seht überall nach. Ich möchte ihn mir näher ansehen.«

Die Brüder gehorchten, und Brostek blieb allein mit der Leiche zurück. Von dem vielfarbigen Umhang abgesehen, trug der Mann gewöhnliche Reisekleidung. Es waren keinerlei Anzeichen von körperlichen Verletzungen zu erkennen. Was immer – oder wer immer – ihn getötet hatte, hatte raffiniertere Mittel eingesetzt. *Großer Zauberer. Es ist im Turm,* dachte Brostek. *Aber du warst nicht einmal fähig, dich selbst zu retten.* Er entdeckte eine Kette, die um den Hals des Toten hing, und zog sie hoch. Ein Anhänger war daran befestigt, der die Form von vier sich gegenseitig berührenden Kreisen hatte. Es erwies sich als unmöglich, die Kette über den Kopf des toten Mannes zu ziehen, daher riß Brostek sie mit einer schweigenden Entschuldigung auseinander und steckte sie in eine Tasche. Ross und Rogan kehrten zurück.

»Alles leer«, sagte Ross. »Der obere Teil ist völlig hinüber – sieht so aus, als hätte es ein Feuer gegeben. Und der Regen hat den Rest erledigt.«

»Konntest du sehen, was die Truppe da unten macht?« fragte Brostek.

»Natürlich«, antwortete Ross und wurde wieder lebhafter. »Sie sind noch immer in ihrem Lager, so wie es aussieht. Sie scheinen ziellos umherzulaufen, aber sie bleiben in einem bestimmten Gebiet. Sie haben keine Feuer gemacht und keine Zelte errichtet.«

»Kein Lärm«, fügte Rogan knapp hinzu.

»Das stimmt«, fuhr Ross fort. »Sie unterhalten sich nicht,

es sind keine Befehle zu hören, nichts. Es ist unheimlich. Und sie haben offenbar keinen Schimmer, daß wir hier sind.«

»Gut«, antwortete Brostek. »Gehen wir zurück.«

Sie verließen den Turm rasch wieder und waren froh, wieder im Freien zu sein. Als sie die anderen erreichten, berichtete Brostek über das, was sie gesehen hatten.

»Wenn ein Messermann hier *war*«, schloß er, »dann ist er wieder weg.« Rogan nickte zustimmend. Brostek nahm den Anhänger aus seiner Tasche. »Der Tote hat das hier getragen. Sagt dir das irgend etwas, Keredin?«

Der ehemalige Zauberer streckte die Hand aus und zog sie rasch wieder zurück.

»Was ist los?« fragte Varo scharf.

»Ich möchte es nicht berühren«, antwortete Keredin. »Es könnte Kräfte freisetzen, die ich nicht kontrollieren kann.«

»Erkläre uns das«, verlangte sein Anführer.

»Dieses Symbol steht für das Licht«, fuhr Keredin fort. »Aber es war auch das Zeichen einer Gruppe von Zauberern, die vor langer Zeit davon überzeugt waren, daß sie immer wachsam sein mußten gegen eine böse Dunkelheit. Sie glaubten, daß es die Welt zerstöre. Diese Zauberer des Lichts galten als sehr mächtig, aber ich dachte, die letzten von ihnen seien schon vor Jahrhunderten gestorben.«

»Vielleicht nicht«, sagte Brostek leise und sah den Anhänger mit zunehmendem Interesse an.

»Aber wenn der Tote einer von ihnen *ist*«, fuhr Keredin bebend fort, »dann sind sie entweder nicht mehr mächtig, oder *es* ist noch furchtbarer, als wir es uns vorstellen können.«

»Die Messermänner sind mir schon furchtbar genug«, erklärte Langel.

»Nun, was immer *es* ist, Messermann oder nicht«, sagte Varo, »es ist jetzt weg. Und wir haben viel zu tun. Säubern wir diesen von Maden überzogenen Hügel.«

Zustimmendes Gemurmel kam auf, und sie bestiegen ihre Pferde. Slaton und Lisle wurden angewiesen, sie nicht weiter als bis zum Kamm zu begleiten.

»Wenn Lisle nach Singen zumute ist, dann habe ich nichts dagegen«, erklärte Brostek. »Aber wir wollen, daß ihr beide euch keinen unnötigen Gefahren aussetzt.«

Slaton wußte, daß es keinen Sinn hatte, ihm zu widersprechen. Er hielt sich im hinteren Bereich der Gruppe, während sich die Pferde auf den höchsten Punkt des Hügels zu bewegten. Von da an wäre weitere Zurückhaltung unsinnig gewesen, und alle außer Slaton gaben ihren Pferden die Sporen und ritten in Angriffsformation den grasüberzogenen Hang hinab.

Der Feind reagierte nicht unmittelbar. Es schien niemanden mit einer klaren Befehlsgewalt zu geben. Obwohl die Männer alle alarmiert waren, gab es keinen Versuch, sich organisiert zu verteidigen. Varo erledigte fünf Soldaten, bevor sie auch nur die Gelegenheit hatten, zu ihren Waffen zu greifen, und auch seine Begleiter schlugen bei diesem ersten Angriff eine furchtbare Bresche in die Menge ihrer Feinde. Die weitere Entwicklung konnte Slaton, der von oberhalb zusah, nur schwer verfolgen. Varo und seine Männer schienen sich durch eine wirbelnde Masse von Soldaten zu bewegen, die alle ein blaues Kopfband trugen. Die Bänder waren mit einem Zeichen versehen, das aus einem T oberhalb und einem O unterhalb zu bestehen schien. Einige der Männer versuchten zu fliehen, doch Luchs' Pfeile holten die meisten von ihnen ein. Ein paar erreichten die Deckung naher Bäume, doch die große Mehrzahl von ihnen blieb stehen und kämpfte, als hätten sie keine andere Wahl. Obwohl sie in der Überzahl waren, waren die einzelnen Soldaten keine wirklichen Gegner für die berittenen Angreifer, die bereits erfahrene Veteranen in solchen Auseinandersetzungen waren.

Varo war ein weißer Wirbelwind des Todes. Mit einem Ausdruck eisiger Ruhe schlug er seinen Weg durch die Reihen der Feinde. Brostek und Schatten bildeten ein unschlagbares Paar. Auch die Zwillinge führten wie immer zusammen heftige Angriffe aus, wobei sie stets die Bewegungen des anderen im voraus wußten. Keredin, Bair und Langel bildeten ebenfalls eine starke Kampfeinheit, während Ryker und Vilman lieber allein ihre mörderische Spur zogen. Jed und Chase kämpften zusammen, doch ohne ihre früheren Gefährten schienen sie ihre gewohnte Sicherheit eingebüßt zu haben und kamen sich ein paar mal selbst in den Weg. Bevor der Kampf vorbei war, war ein Speer in Jeds Rücken gedrungen, und Chase hatte viele Wunden davongetragen.

Lisle sah den Kämpfen schweigend zu, schien jetzt innerlich ganz gefaßt zu sein. Slaton spürte, daß es nicht mehr lange dauern konnte. Der letzte Widerstand war gebrochen, und die wenigen verbliebenen Soldaten wurden entweder niedergemäht und verstärkten das Durcheinander von herumliegenden Körpern, oder sie waren geflohen – um von Luchs und dem nicht zu bremsenden Ryker gnadenlos gejagt zu werden. Dann wurde Slatons Aufmerksamkeit auf ein plötzlich aufflammendes blaues Licht gerichtet, das von einem der oberen Turmfenster kam. Lisle schrie, und Slaton rief zu Varo und Brostek hinab, während er zugleich sein verängstigtes Pferd unter Kontrolle zu halten versuchte.

Ein Wutschrei war aus dem Turm zu vernehmen, und wieder flammte ein Licht auf, diesmal von einer tieferen Stelle. Alle Reiter, die es sich erlauben konnten, ließen die Kampfstätte hinter sich. Während die letzten überlebenden Feinde ihr Heil in der Flucht suchten, kehrten sie zum Turm zurück.

Es blitzte noch einmal auf, begleitet von einem ohrenbetäubenden Donnerschlag, diesmal vom Fuß des Turms aus. Die Überreste der blauen Tür flogen auf einer blauen Flammenwand heraus. Slatons Pferd bäumte sich auf und warf dabei fast seine Reiter ab. Augenblicke später, als Slaton das verängstigte Tier mit Mühe wieder in seine Gewalt bekam, kam ein Messermann heraus, dessen blauer Umhang vom Wind erfaßt wurde. Slaton hätte schwören können, daß niemand den Turm während des Kampfes betreten hatte, und zuvor war er gewiß leer gewesen – aber das spielte jetzt keine Rolle. Der Zauberer sah sich um, starrte Slaton und Lisle an und sah dann auf die Reiter hinab, die sich auf dem Hang nach oben arbeiteten.

»Sing, Lisle«, zischte Slaton, aber sein Cousin reagierte nicht.

Der Messermann lachte, als mache ihm der Verlust seiner Leute überhaupt nichts aus, stemmte die Hände in die Hüften und blickte mit Verachtung auf die Männer, die gegen ihn ankämpfen wollten. Ein Pfeil von Luchs flog durch die Luft – so treffsicher wie immer, doch der Zauberer blinzelte nicht einmal, als er genau durch seinen Schädel ging. Statt dessen bewegte er seine Hände, und ein blaues Feuer flammte knisternd und fauchend um ihn herum auf, bildete einen Kreis um ihn. Der Angriff der Reiter schlug fehl, da ihre Pferde vor dem Feuer zurückscheuten.

Lisle wählte diesen Augenblick, um sein Lied zu beginnen. Es war eine liebliche Melodie ohne Worte, und sie klang für einige seiner Begleiter seltsam vertraut. Der Messermann starrte den Jungen an, fasziniert, aber offensichtlich nicht davon beeinträchtigt.

»Ganz nett«, gab er gönnerhaft zu, doch dann verengten sich seine Augen, und seine Stimme wurde rauh. »Insbesondere, da es aus einem so leeren Kopf kommt.« Er hörte ein paar weitere Augenblicke zu, während alle um ihn herum atemlos abwarteten, und befahl dann: »Genug!« Er machte wieder eine herablassende Handbewegung, und Lisle verstummte. Und die Welt um sie herum veränderte sich ...

Die nachmittägliche Sonne, die bis jetzt hell und stark durch die vom Regen gereinigte Luft geschienen hatte, verdunkelte sich ein wenig. Der Messermann sah hoch, und eine Spur von Beunruhigung blitzte in seinen Augen auf. Brostek spürte, wie sich seine Tasche erwärmte, und zog die abgerissene Kette heraus. Er hielt sie an beiden Enden, so daß der Anhänger sich nicht lösen konnte. Erstaunt sah er, daß das silberne Metall in einem grellen Weiß zu glühen begann – es war eindeutig zu heiß, um es noch berühren zu können.

»Nein!« brüllte der Messermann und starrte noch immer in den Himmel. »Das ist zu früh. Du hast mir dein Wort gegeben.« Er knurrte wütend, gab die entsetzlichsten Verwünschungen von sich.

Die Sonne wurde blau.

Dann fiel die Dunkelheit herab und ließ nur einen blauen

Hof im Himmel zurück, der seine Entsprechung in dem feurigen Umriß des jetzt wie versteinert dastehenden Zauberers fand. Das einzige wirkliche Licht ging von dem metallenen Symbol aus, das Brostek vor sich hielt.

»Jetzt!« schrie Keredin. »Das ist unsere Chance!«

Die Reiter setzten sich in dem dämmrigen Licht alle zugleich in Bewegung. Das Gesicht des Zauberers war jetzt von Furcht erfüllt. Er murmelte wütend vor sich hin. Von seinen Handflächen lösten sich blaue Feuerkugeln und rasten auf die Reiter zu. Die erste Ladung war auf Brostek gezielt, doch ein aufloderndes weißes Licht von seinem Anhänger fing das Feuer ab und wirbelte es in den Himmel über ihnen.

Lisle sang jetzt wieder – die gleiche, geisterhafte Melodie –, und der zweite Blitzstrahl ging in seine Richtung. Sein Pferd bäumte sich auf, und die Flamme erwischte statt dessen Slaton. Sowohl er als auch Lisle wurden zu Boden geschleudert. Dann bog das Feuer ab und raste auf die anderen Reiter zu, die in Panik auseinanderstrebten. Rogan wurde erwischt und zu Boden geworfen, bevor das Feuer seine Kraft verlor.

Inzwischen hatten Brostek und Varo ihre Pferde wieder im Griff und drangen auf den Feind ein. Er sah sie gehässig an, hatte jedoch keine Chance, die auf seinen Handflächen entstehenden Feuerkugeln auf sie zu schleudern. Zwei Schwerter sausten auf ihn nieder, und der Zauberer ging zu Boden. Als die Sonne wieder auftauchte, zogen sich die beiden Angreifer schnell wieder zurück. Sie erwarteten das Schlimmste und betrachteten aus sicherer Entfernung, was sie angerichtet hatten.

Die klaffenden Wunden des Messermannes spien tatsächlich wieder unvorstellbare Mengen von Blut aus, doch diesmal floß es direkt nach *oben*, in die Luft, wo es spurlos verschwand.

Die Zuschauer verfolgten es fasziniert und entsetzt zugleich, bis die Schmerzensschreie ihrer Gefährten sie aus ihrem Bann rissen.

24.
KAPITEL

Es war eine traurig gestimmte Gruppe, die in dieser Nacht die leeren Häuser von Jordanstein als Unterkunft benutzte. Obwohl es ihnen gelungen war, die schlecht vorbereiteten Feinde zu überraschen und einen zweiten gehaßten Messermann zu töten, hatten sie ebenfalls schwere Verluste hinnehmen müssen. Jed war noch immer am Leben gewesen, als sie ihn gefunden hatten, aber er war seinen Verletzungen erlegen, noch bevor sie ihn von dem mit Blut getränkten Feld tragen konnten. Chase war so schwer verwundet, daß Keredin – der selbst unversehrt war –, nicht erwartete, daß er die Nacht überleben würde.

Rogan war auch lebensgefährlich verletzt. Seine Kleidung und seine Haare waren von dem Zauberfeuer versengt worden, und seine Gesichtshaut hatte den rosafarbenen Ton wie nach einer heftigen Verbrühung. Doch diese Verletzungen reichten nicht aus, um seinen Zustand zu erklären. Der ruhigere der beiden Zwillinge war vollkommen bewußtlos, sein Körper war kalt und steif. Er atmete kaum wahrnehmbar, sein Puls war schwach und langsam. Was immer die anderen versuchten, er reagierte nicht in der geringsten Weise. Ross, der nur unwesentliche Schnitte und Abschürfungen abbekommen hatte, war völlig verwirrt ob des kritischen Zustands seines Bruders und blieb ständig an seiner Seite.

Slaton war sogar in einem noch schlimmeren Zustand. Auch er lag in einem Koma, das nicht durch die leichten Verbrennungen in seinem Gesicht und auf seinem linken Arm erklärt werden konnte, und er hatte sich außerdem heftige Quetschungen zugezogen, als er vom Pferd stürzte. Es gab keine Anzeichen dafür, daß Slaton wieder zu Bewußtsein kommen würde; das blaue Feuer bewirkte offenbar mehr als nur Verbrennungen.

Lisle war wie durch ein Wunder völlig unverletzt geblieben, aber er schien nur noch in seiner eigenen Welt zu leben. Der Junge starrte in die Luft, sah nichts und reagierte auf nichts. Er ließ sich nur bewegen, indem sie ihn ergriffen und den Abhang des Hügels nach unten trugen. Jetzt lag er neben seinem Cousin auf einer Liege, starrte zur Decke und zitterte krampfartig. Seine Lippen bewegten sich immer wieder fieberhaft, und ein seltsames Flüstern war zu vernehmen – aber niemand konnte verstehen, was er sagte.

Brosteks linke Hand war schwer verbrannt durch das weiße Licht, das von dem Anhänger ausgegangen war, aber er war im übrigen unversehrt geblieben. Bair hatte sich eine tiefe Schnittwunde zugezogen, die über seinen ganzen rechten Vorderarm verlief, und seine Schwerthand war völlig bandagiert und damit kaum mehr zu benutzen. Die anderen hatten mehr Glück gehabt und waren mit kleineren Verletzungen davongekommen, die alle leicht versorgt werden konnten.

Da Bair teilweise behindert war, gehörte es jetzt zu Keredins Pflichten, die Verwundeten zu versorgen. Sie waren alle in das größte Haus in Jordanstein gebracht worden, wobei Varo und Ross bereitwillig halfen. Den anderen vier Männern war es überlassen worden, sich ihre eigenen Unterkünfte zu suchen. Der ehemalige Zauberer war bis zum Einbruch der Dämmerung beschäftigt, aber dann blieb nicht mehr viel zu tun übrig. Nachdem er sich um ihre offenkundigen körperlichen Verletzungen gekümmert hatte, wußte er nicht, wie er Slaton, Rogan und Lisle weiter hätte behandeln können. Ihre Freunde konnten nur abwarten und hoffen.

»Ich gehe zum Turm hoch«, verkündete Keredin müde. »Ich möchte mir diesen Zauberer ansehen.«

»Ich komme mit«, sagte Varo und griff nach einer Lampe.

Die beiden Männer gingen hinaus. Sie winkten Luchs und Vilman zu, die am anderen Ende der Dorfstraße Wache hielten, und begannen den Hügel zu erklettern. Nahe dem Turm hielten sie inne, um die Leiche des Messermannes zu betrachten. Sie war jetzt schwarz und begann auf schreckliche Weise zu verwesen – sie hatten nichts anderes erwartet. »Wir müssen es verbrennen«, stellte Keredin fest. »Sonst könnte es das Dorf verseuchen.«

»Ich werde mich darum kümmern«, erwiderte Varo.

Sie gingen weiter zum Turm und betraten einen Raum, dessen Wände geschwärzt waren, während alles andere zu Asche geworden war. Mit vorsichtigen Schritten gingen sie die Treppe hoch, um feststellen zu müssen, daß auch der obere Raum völlig ausgebrannt war. Von dem Stuhl des Zauberers waren nur noch verkohlte Holzreste übrig, auf denen noch immer ein dunkles Skelett saß. An den Knochen klebten ein paar schwarze Fleischfetzen.

»*Das* kann uns nicht mehr viel verraten«, bemerkte Keredin.

»Warum könnte der Messermann das getan haben?« wollte Varo wissen. »Wozu?«

»Vielleicht war er zu mächtig geworden«, überlegte der ehemalige Zauberer. »Oder vielleicht behagte ihm dieser Ort nicht.«

Sie gingen noch ein paar Treppenabsätze weiter nach oben, doch sie fanden nichts von Interesse.

»Was glaubst du, wie er nach hier gekommen ist?« fragte Varo. »Ich bin sicher, Slaton hätte uns gewarnt, wenn er während des Kampfes aufgetaucht wäre, und vorher war der Turm leer. Er hätte sich nirgendwo verstecken können.«

»Ich habe eine Theorie dazu«, sagte Keredin nachdenklich. »Aber es paßt noch nicht alles zusammen.«

»Sag mir, was du weißt.«

»Ich *weiß* überhaupt nichts. Ich rate nur.«

»Was auch immer.«

»Ich werde es dir sagen, während wir zurückgehen«, sagte Keredin. »Wir müssen noch etwas Holz auftreiben.«

Sie gingen die Treppe hinab und zurück zum Dorf.

»Ich glaube, daß das, was wir als Messermänner sehen, nur Simulationen oder Geistererscheinungen sind«, begann Keredin. »Eine Art von Spiegelbild, wenn du es so ausdrücken willst. Während sich der echte Zauberer an einem ganz anderen Ort befindet.«

»In Bari?«

»Das läßt sich ebensogut vermuten wie alles andere.«

»Was bedeutet, daß sie hier unverwundbar sind«, schloß Varo.

»Ja«, erwiderte Keredin, »außer, daß sie während einer Sonnenfinsternis auch hier *wirklich* werden.«

»Was wir bereits zweimal bewiesen haben«, bestätigte Varo nickend.

»Irgendwie«, fuhr sein Begleiter fort, »werden während einer Sonnenfinsternis entweder beide Hälften wirklich, oder die echte Person versetzt sich in ihren Doppelgänger.«

»Ich hoffe, das letztere trifft zu«, sagte Varo. »Die Vorstellung, daß wir nur die Hälfte dieser beiden getötet haben, würde mir nicht gefallen.«

»Ich glaube nicht, daß sie sich dann so offensichtlich gefürchtet hätten, wie es der Fall war«, antwortete Keredin.

»Wenn es so gefährlich für sie ist«, sagte Varo, »warum erscheinen sie dann überhaupt während der Sonnenfinsternisse?«

»Die beiden, denen wir eben begegnet sind, schienen keine Wahl zu haben. Sie waren bestimmt nicht besonders glücklich darüber.«

»Du meinst, sie sind in eine Falle gegangen?«

»Möglich.«

»Aber wer könnte sie in eine Falle locken wollen?«

»Ich weiß es nicht.« Keredin hielt inne, als ihm etwas anderes einfiel. »Auf der anderen Seite«, sagte er, »*brauchen* sie vielleicht die Sonnenfinsternisse.«

»Wozu?«

»*Das* ist die wirklich entscheidende Frage.«

»Aber die Sonnenverfinsterungen stehen immer im zeitlichen Zusammenhang mit den Angriffen auf die Dörfer«, sagte Varo.

»Das sieht so aus«, erwiderte Keredin. »Vielleicht sind sie eine Art von Vorbereitung auf irgendwelche widerwärtigen Rituale, die die Messermänner ausführen.«

»Sie ziehen den Leuten das Blut heraus«, sagte Varo ausdruckslos. »Diese beiden hatten wahrlich genug davon.«

»Jetzt nicht mehr«, kommentierte Keredin trocken.

»Was glaubst du, wohin es geflossen ist?«

»Ich traue mich nicht einmal zu *raten*, wie eine Antwort darauf lauten könnte.«

Sie hatten inzwischen das Dorf erreicht und suchten nach einem Holzvorrat. Sie nahmen zwei Armvoll mit und gingen wieder den Hang hinauf.

»Dann sind da die verschiedenen Farben«, fuhr Varo fort. »Der Hof der verdeckten Sonne und das den Messermann umhüllende Licht entsprechen sich – und das gilt auch für die Kopfbänder der Soldaten.«

»Ich glaube, die Sonnenfinsternisse gehören jeweils zu einem der Männer«, erwiderte Keredin langsam. »Die beiden letzten waren die dunkelsten und vollständigsten, die wir jemals erlebt haben. Ist das richtig?«

»Ja. Ganz eindeutig.«

»Und jedesmal waren wir ganz in der Nähe des Zauberers.«

»Die Sonnenfinsternisse finden also unmittelbar über ihnen statt«, schlußfolgerte Varo.

»Das hört sich logisch an«, antwortete der ehemalige Zauberer. »Vielleicht gewinnen sie ihre Macht durch die falsche Dunkelheit.«

»Eine Macht daraus, daß etwas fehlt?« Varo konnte diese Vorstellung offenbar nur schwer akzeptieren.

»Es ergibt nicht viel Sinn, nicht wahr«, sagte Keredin. »Es wäre aber natürlich möglich, daß sie die Kraft des Blutes aufnehmen können, indem sie selbst körperlich werden.«

Sie hatten den Turm fast wieder erreicht.

»Und der Zauberer da drin?« fragte Varo.

»Der Anhänger – und wieder Licht«, sagte Keredin nachdenklich. »Da muß ein Zusammenhang bestehen.«

»Vielleicht kommt tatsächlich die Dunkelheit, die diese alten Zauberer gefürchtet haben«, überlegte Varo.

»Eine ständige Sonnenfinsternis«, flüsterte der andere und zitterte bei diesem Gedanken.

Als sie den verrunzelten Körper des Messermannes erreichten, legten sie das Holz rund um ihn herum und hielten dabei den Atem an, um den Gestank nicht einatmen zu müssen. Dann traten sie ein paar Schritte zurück. Keredin entzündete das Feuer und war überrascht, als er gleichzeitig ein Aufflackern in einem der Turmfenster wahrnahm. Nachdem der Scheiterhaufen heftig brannte, gingen die beiden Männer in den Turm, um der Sache nachzugehen – und sie sahen, daß die letzten Überreste des Zauberers ebenfalls brannten.

Später an diesem Abend, als der Scheiterhaufen auf dem Hügel niedergebrannt war und Varo den anderen von ihren Vermutungen berichtet hatte, kümmerte sich Keredin wieder um seine Patienten. Er stellte wie erwartet fest, daß er nur wenig für sie tun konnte, und schloß sich daher den anderen an, die sich zum Essen versammelt hatten. Während der zusammenhanglosen Unterhaltung nach der Mahlzeit sonderte sich der ehemalige Zauberer ab und bearbeitete mit seinem Messer ein flaches Holzbrett.

»Was machst du?« fragte Brostek schließlich und spähte über seine Schulter.

»Ich versuche herauszufinden, ob eine Art von Muster darin enthalten ist«, erklärte Keredin.

In das Holz waren die sieben Symbole der Messermänner in einer Reihe nebeneinander eingekerbt.

Obwohl das verhaßte blaue Leuchten fehlte, erbebte Brostek bei diesem Anblick vor Abscheu.

»Und siehst du etwas?« fragte er leise. Varo trat hinzu, wobei sein Gesicht zu einer Maske erstarrte, als er die eingekerbten Symbole sah.

»Im Augenblick noch nicht«, erwiderte Keredin. »Da ist etwas, das mir vertraut vorkommt, aber ...« Er zuckte die Schultern. »Jedenfalls wissen wir, daß diese beiden tot sind.« Er deutete auf die beiden Symbole ganz links in der Reihe. »Und daß ihre Farben Rot beziehungsweise Blau waren. Der nächste war derjenige, den wir in Grassmeer gesehen haben.«

»Grün«, fügte Brostek hinzu.

»Aber wir wissen überhaupt nichts über die anderen vier«, fuhr Keredin fort. »Fällt jemandem etwas ein?«

»Das ist derjenige, den ich haben will«, sagte Varo und deutete auf das Symbol am anderen Ende. Er brauchte nicht zu erklären, warum. Sie alle wußten, daß es der Messermann war, der für die Zerstörung des Dorfes von Varo und Brostek verantwortlich gewesen war.

»In dem Brandzeichen waren die Symbole in einem großen Kreis eingeschlossen«, sagte Brostek. »Könnte das etwas bedeuten?«

»Ich wüßte nicht, was«, antwortete Keredin. »Es sind hier so viele verschiedene Formen; Kreise, Dreiecke, Buchstaben, sogar die Herzform. Aber ich kann sie nicht miteinander in Verbindung bringen.«

Die anderen hatten den Wortwechsel verfolgt, und jetzt mischte sich Luchs ein.

»Es kann doch nicht darum gehen, Rätsel wie diese zu lösen«, sagte er. »Für uns ist vielmehr wichtig, daß wir im voraus wissen, wo und wann die nächste Sonnenfinsternis stattfinden wird. Damit wir den Rest von ihnen erwischen können und diesem Spuk ein für allemal ein Ende bereiten können.«

»Das ist das, was wir *alle* wollen«, antwortete Varo.

»Nun, jetzt haben wir unsere Chance«, warf Langel ein. »Es ist in letzter Zeit alles so schnell passiert. Das müssen wir nützen.«

»Aber wir brauchen Lisle«, entgegnete Brostek. »Nur durch ihn haben wir die beiden erwischt.«

»Ich kann nichts für ihn tun«, sagte Keredin, nachdem ihn die anderen ansahen. »Ich kann ihn nicht behandeln. Ich nehme an, er muß sich selbst heilen.«

Sie sahen zu dem Jungen hinüber – der genau in diesem Augenblick seine Lippen zu bewegen begann und etwas Unverständliches murmelte. Keredin eilte an seine Seite.

»Versucht er vielleicht, uns etwas zu sagen?« hoffte Varo.

Keredin zuckte die Schultern. »Ich habe nichts verstehen können. Wir setzen uns am besten abwechselnd neben ihn. Vielleicht bekommen wir dann etwas mit.«

»Haben wir nicht alle etwas vergessen?« fragte Bair. »Mit mir könnt ihr eine Zeitlang nicht viel anfangen.« Er hielt seinen bandagierten Arm hoch. »Chase ist in einem ziemlich üblen Zustand, und diese drei können sich nicht bewegen, geschweige denn kämpfen. Wie könnt ihr da noch davon ausgehen, den Messermännern ebenbürtig zu sein, selbst *wenn* ihr sie findet?«

»Wir müssen es versuchen«, sagte Varo nach einem Augenblick des Schweigens. »Ihr könnt alle hierbleiben, bis ihr wieder geheilt seid. Die Dorfbewohner kommen vielleicht bald wieder zurück. Wenn Lisle wieder zu sich kommt, könnt ihr uns eine Botschaft schicken.«

»*Wenn* Lisle zu sich kommt«, bemerkte Bair spitz.

»Er muß«, sagte Varo, als könnte es keinen Zweifel daran geben. »In der Zwischenzeit werden wir das Beste tun, was wir mit den verbliebenen Männern erreichen können. Wie bisher auch.«

Lisle sagte etwas. Es war jetzt deutlich vernehmbar, und in seinem Ton klangen Angst und Schmerzen mit.

»Maga.«

»Was ist, Lisle?« fragte Keredin sanft, während sich die anderen um sie versammelten.

»Magra.«

»Magara?« fragte Brostek.

»Magaaara«, klagte Lisle und zog die zweite Silbe in die Länge. »Magaaara!«

Die Umstehenden blickten sich gegenseitig an, während er wieder in sein Schweigen zurückfiel. Brostek kniete neben dem Bett und flüsterte drängend in das Ohr des Jungen.

»Was ist mit ihr? Ist sie in Gefahr?«

Es kam keine Antwort. Lisles Augen waren völlig leer.

»Vielleicht kann *sie* ihn heilen«, schlug Luchs vor. »Nach dem, was ihr von ihr erzählt habt, kann sie sich in die Gedanken anderer einfühlen – und ich glaube, es geht hier um den Geist, der geheilt werden muß.«

»Aber wir können jetzt nicht alle nach Trevine losziehen«, protestierte Vilman. »Es ist zu weit vom ganzen Geschehen weg.«

»Ohne Lisle geschieht gar nichts«, meinte Langel.

»Aber was nützt er uns in diesem Zustand?« fragte Bair. »Ich könnte ihn nach Trevine zurückbringen. Vielleicht *kann* Magara ihm wirklich helfen, und wir schließen uns wieder euch an. Der Krater kann nicht mehr als zwei oder drei Tage westlich von hier sein. Es ist zumindest einen Versuch wert.«

Varo hatte protestieren wollen, doch er mußte einsehen, daß der Vorschlag des alten Soldaten vernünftig war.

»Du wirst Hilfe brauchen«, stellte er fest.

»Ross und ich werden es zusammen schaffen«, antwortete Bair. »Meinst du nicht auch, Junge?«

Ross sagte ausnahmsweise nichts. Er war offenbar hin- und hergerissen zwischen dem Wunsch, weiter mit den anderen zu kämpfen, und dem Verlangen, bei seinem Bruder zu bleiben und alles nur Mögliche zu tun, um seine Genesung zu fördern.

»Ist das nicht etwas übereilt?« fragte Vilman. »Es könnte auch gut sein, daß es ihnen schon in ein paar Tagen wieder bestens geht.«

»In diesem Fall kehren wir um und folgen euch nach«, antwortete Bair sofort, »und wir haben damit kaum etwas verloren. Was meinst *du*, Keredin?«

Der ehemalige Zauberer zögerte, bevor er sprach.

»Ich weiß nicht«, sagte er schließlich. »Ich habe so etwas noch nie gesehen. Vielleicht kommen sie in der nächsten Stunde wieder zu sich, oder sie bleiben noch Monate in diesem Zustand. Niemand kann das sagen.«

»Dann ist es den Versuch wert, sie zu Magara zu bringen«, entschied Varo. »Ross?«

»Ich werde mitgehen«, antwortete der Zwilling leise.

»Was ist mit Chase?« fragte Langel. »Es wird schwierig

sein, ihn zu transportieren, und wir können ihn auch nicht allein zurücklassen.«

»Einer von uns muß hierbleiben, bis die Dorfbewohner zurückkommen«, entschied Varo.

»Dann sind wir nur noch zu sechst«, sagte Luchs wehmütig. »Damit sind wir nicht mehr besonders schlagkräftig.«

»Es läßt sich nicht ändern«, antwortete Varo kompromißlos.

Eines der Probleme löste sich auf eine Weise, die niemandem gefiel, als Chase – trotz Keredins Bemühungen – in der Nacht starb. Am nächsten Morgen wurden er und sein Cousin auf einen weiteren Scheiterhaufen außerhalb des Dorfes gelegt, und die anderen nahmen Abschied von ihnen. Dann halfen sie, Rogan, Slaton und Lisle auf ihre Reittiere zu binden, und die beiden Gruppen trennten sich.

25.
KAPITEL

Hewitt hatte gespielt, bis seine Finger sich verkrampften. Dann sang er, was ihm gerade eben einfiel, während er seine Finger knetete, um sie wieder beweglich zu machen. Er spielte erneut, und eine wohltönende Melodie erklang über dem kalten grauen Tal. Stunden vergingen. Die Nacht fiel herab, und er konnte nichts sehen außer den fernen Sternen, die ihr Licht für seine einsame Wache spendeten. Er spielte auch während der Stunden der Dunkelheit. Er wußte nicht mehr, wo er war oder warum er spielte – er wußte nur, daß er spielen mußte. Als sich ihm seine Finger wieder verweigerten, sang er, bis er heiser wurde.

Die Dämmerung brach an, und mit ihr kam das Schweigen. Der Musiker wurde vom Schlaf übermannt, obwohl er sich dagegen wehrte. Er lag zusammengerollt neben dem Garten, der keiner mehr war.

Hewitt kam gegen Mittag wieder zu sich, und augenblicklich überkam ihn eine Welle der Verzweiflung. Er blickte sich rasch um und mußte erkennen, daß Magara nicht zurückgekehrt war. Er wollte sich nicht ausmalen, was ihr zugestoßen sein mochte. Da er nichts Besseres zu tun hatte, griff er nach der vom Tau benetzten Violine, säuberte sie sorgfältig und stimmte die Saiten neu. Er dachte daran, erneut zu spielen, aber er wußte, daß es sinnlos war. Sie hätte ihn jetzt mit Sicherheit nicht hören können. Und schon beim bloßen Gedanken daran verkrampften sich seine Hände.

Er ging zu den Pferden, sprach leise zu ihnen und führte sie zu einem nahe gelegenen Bach, wo sie trinken konnten. Er wusch sich und trank selbst, bevor er sie in Reichweite frischen Grases wieder anband.

»Sieht danach aus, daß wir eine Weile hier bleiben«, sagte er ihnen. »Darauf sollten wir uns besser einrichten.«

Hewitt machte das Bestmögliche aus der wenigen Ausrüstung, die er mit sich führte. Er erstellte eine einfache

Unterkunft und war froh, daß es eine warme Jahreszeit war. Dann sah er seine Vorräte durch und nahm ein einfaches Mahl ein.

Und was jetzt?

Er untersuchte die nähere Umgebung und fand ein paar Beeren sowie einen Birnbaum, dessen Früchte aber noch zu hart waren. Das reichte nicht fürs Überleben, und Hewitt war kein Jäger. Er wußte nicht einmal, wie man ein Feuer machen konnte. Er stöberte in seinem Gedächtnis und erinnerte sich, daß das nächste Dorf ungefähr eine Wegstunde entfernt war und daß sie danach an einem Bauernhaus vorbeigekommen waren, das vielleicht um eine halbe Wegstunde näher war. Er zählte sein Geld. Dank Bullens achtloser Großzügigkeit konnte er damit schätzungsweise Nahrungsmittel kaufen, die bei vorsichtigem Umgang mehrere Tage reichten – wenn er jemand finden konnte, der es ihm verkaufte, ohne daß er sich zu weit von Nimmern entfernen mußte. Aber das konnte er später noch entscheiden; im Augenblick wollte er noch nicht aufbrechen.

Er kehrte oft zu dem Punkt zurück, an dem er Magara hatte verschwinden sehen, und sah über den unveränderten, wogenden Nebel hinweg, während er sich trübsinnig fragte, ob die letzte Sonnenfinsternis sie so sehr mitgenommen hatte wie die vorhergehende.

Als die Dunkelheit hereinbrach, aß er wieder eine karge Ration und bereitete sich auf die Schlafenszeit vor, indem er eine Decke und zusätzliche Kleidung aus seiner Satteltasche holte. Dabei bemerkte er den Gobelin und verfluchte sich selbst dafür, daß er ihn noch nicht auf weitere Veränderungen überprüft hatte. Es war zu dunkel, um jetzt noch Einzelheiten erkennen zu können, und er nahm sich vor, es als erstes am nächsten Morgen nachzuholen. Er schlief unbeständig, da er nicht an die nächtlichen Geräusche in der offenen Landschaft gewohnt war, und war froh, als es dämmerte und die Sonne aufstieg.

Zuerst kümmerte er sich um die Bedürfnisse der Pferde, streckte sich, um seine steifen Glieder wieder zum Leben zu erwecken, und holte dann den Gobelin heraus. Es war sogleich offensichtlich, daß weitere Veränderungen stattgefunden *hatten*, als er ihn aufrollte. Sein Herz schlug schneller, als er sah, daß der schwarze Punkt inmitten der Herbstsonne größer geworden war und jetzt drei Viertel der orangefarbenen Kugel verdeckte. Eine unnatürliche Dunkelheit legte sich über dieses Viertel des Gobelins.

Als nächstes bemerkte er, daß der Regenbogen eine weitere Farbe verloren hatte; diesmal war es der blaue Streifen aus der Mitte des Bogens. Hewitt wunderte sich kurz über die gestrige Sonnenverfinsterung und das blaue Aufblitzen, das er in ihrem Hof zu erkennen geglaubt hatte. Er fragte sich, ob zwischen diesen beiden Vorgängen eine Verbindung bestehen konnte. Der Regenbogen wirkte jetzt äußerst seltsam. Er hatte sich eigentlich in zwei Bögen aufgeteilt, und durch die Lücke dazwischen war der Himmel sichtbar.

Erst später bemerkte er die drei anderen Veränderungen: Zwei weiße Rosen waren im Winter bereits verwelkt gewesen; jetzt war der ganze Strauch tot, ein tristes, dunkles Durcheinander auf dem schneebedeckten Boden. Dem einsamen Wolf hatten sich weitere angeschlossen; die raubtierhafte Bedrohung wirkte durch die Meute noch viel beängstigender. Und schließlich zeigten sich auf dem Apfel, an dem das Eichhörnchen hing, dunkelbraune Stellen von Fäulnis.

Was immer geschieht, dachte Hewitt, *es ist nicht gut*. Er sah über den seltsamen Nebel hinweg. *Magara, wo bist du?*

Ihm fiel ein, daß er eigentlich hineingehen und nach ihr suchen müßte, und er kämpfte mit sich selbst; Furcht stand gegen Verbundenheit und Treue, Vernunft gegen Notwendigkeit. Am Ende siegte die Kraft der Freundschaft. Daher ging er an den Rand des Nebels und trat vorsichtig hinein. Nichts geschah. Ängstlich, aber doch entschlossen ging er weiter.

Lange Augenblicke vergingen, bis er allen Mut zusammennahm, den letzten Schritt machte und völlig in die graue Masse eindrang. Die völlige Dunkelheit entsetzte ihn, doch er zwang sich trotz der Beklemmung in seinem Herzen zum Weitergehen – nur um zu seiner völligen Überraschung wieder aus dem Nebel zu treten, nur wenige Schritte von seinem Ausgangspunkt entfernt. Zwei weitere Versuche brachten das gleiche rätselhafte Ergebnis. Hewitt gab auf, war auf eine beunruhigende Weise zugleich enttäuscht und erleichtert.

Er setzte sich hin, um zu warten. Es blieb ihm nichts anderes übrig.

»Ich nehme doch an, du hast den Gobelin mitgebracht?«

»Nein.« Magara sah keinen Sinn darin, zu lügen.

»Schade. Aber das macht nichts, weil ohnehin kein Zauberer mehr übrig ist, der über das Geschick oder den Mut verfügt, ihn zu benutzen.«

In Magaras Kopf drehte sich noch immer alles, nachdem ihr Triumph sich so rasch in eine katastrophale Niederlage verwandelt hatte. Wie konnte ihr so schwer erkämpfter Erfolg zu einem solch schrecklichen Ende führen – und das inmitten solcher Schönheit?

Während sie sich dem Mann im blauen Umhang zuwandte, richtete sich ihr Blick auf den Anhänger an seinem Hals. Er hatte die Form eines Dreiecks, dessen Spitze nach unten wies, und dieser Anblick erfüllte sie mit einem namenlosen Schrecken. Ein schwacher Farbschimmer umhüllte das Symbol, wobei das zarte Violett sie an Lisles Augen erinnerte.

»Das bedeutet natürlich, daß du dich noch mehr anstrengen mußt«, fuhr der Mann fort. »Tatsächlich mußt du ganz am Anfang beginnen.«

»Wer *bist* du? Was machst du hier?« platzte Magara heraus.

»Ich bin hier, weil ich Schönheit zu schätzen weiß«, antwortete er und wirkte belustigt.

»Aber du bist ein Messermann von Bari!« rief sie aus. Schönheit paßte wirklich nicht zu dem Schrecken, den dieser Mann vor ihr verkörperte.

»Ich habe gehört, daß wir manchmal so genannt werden«, antwortete er. »Messermann paßt in einer gewissen Weise. Aber Bari kaum.«

»Woher kommst du dann?« Die Grundfesten ihrer Welt zerbrachen.

»Von hier.«

»Von Nimmern?« fragte sie erstaunt.

Der Zauberer lachte, als hätte sie einen Witz gemacht.

»Tatsächlich«, antwortete er, »habe ich in deinem Land gelebt, als ich noch in der Welt der Menschen zu Hause war – im großen und mächtigen Staat Levindre.« Sarkastisch fügte er hinzu: »Ist es nicht ein wunderbares Land? Es überrascht mich, daß ausgerechnet du es dort ausgehalten hast.«

»Warum ausgerechnet ich?« fragte sie mit zunehmender Verwirrung.

»Du verleugnest dich also sogar selbst«, spottete er mit einem herablassenden Lächeln. »Wie schwach sind doch die Bande der Herkunft geworden. Kein Wunder, daß ihr alle so leicht kapituliert habt.«

»Wovon redest du?« Sie war jetzt völlig verwirrt, doch insgeheim überlegte sie, daß es von Vorteil sein mochte, wenn sie ihn weiterreden ließ. Vielleicht ergab sich dabei eine Möglichkeit, ihn anzugreifen – oder sogar zu fliehen. Aber sie hatte keine Waffe.

»Ich habe diese Entwicklung lange vor den anderen gesehen«, sagte der Messermann und setzte zu einer gehässigen Tirade an. »Das Kartell hat alles bestimmt, es ging nur noch um Geld, während sich die Zauberer angebiedert und um Gefälligkeiten gebettelt haben. Das alte Wissen wurde nicht mehr genutzt, die Knoten wurden vergessen und die Herren der Verbindung dem Spott preisgegeben. Kein Respekt mehr!« Er war jetzt wütend und schrie. »Du kannst das nicht bestreiten«, warf er ihr vor. »Es ist überall um dich herum.«

Magara war wie gelähmt. Sie hatte solche Argumente auch schon von anderen gehört, aber es ergab keinen Sinn, sie aus dem Mund dieses Mannes zu hören. Und worauf sollte das hinaus? Sie hörte zu und hoffte verzweifelt, einen Ausweg aus dieser schrecklichen Situation zu finden.

»Ich wußte, daß es einen anderen Weg gab«, schwadronierte der Zauberer weiter und gestikulierte mit den Armen, als hielte er eine leidenschaftliche Rede vor einem dankbaren Publikum. »Und ich hatte recht! Sie sagten, es sei unmöglich, aber ich habe ihnen das Gegenteil bewiesen. Und sieh sie dir jetzt an!« Er lachte höhnisch. »Natürlich war es zu meinem Vorteil, daß die Zauberei geschwächt war, nachdem ich meinen eigenen Weg gegangen bin. Ich habe diese Entwicklung sogar noch ein wenig gefördert – und es hat mir großes Vergnügen bereitet, das zu tun!«

Er ist verrückt, völlig verrückt, erkannte Magara. Je länger er wütete, desto mehr Zeit gewann sie, um einen Plan zu schmieden. Wenn sie diese Bäume da drüben erreichen konnte …

»Der Vortex war natürlich der Schlüssel«, fuhr der Messermann fort und nahm ihre Aufmerksamkeit erneut in Anspruch. »Ach, ich sehe, daß du mit diesem Begriff etwas anfangen kannst. Ja! Der Vortex – ein entfernter, gefährlicher Ort der legendären Magie, sogar für Zauberer zu gefährlich. Verborgen vor der Welt und voll von verbotenen Wundern. Ich habe ihn gefunden! Ich habe ihn mir angeeignet!« Er brüstete sich mit hämischer Freude, in seinen Augen blitzte der Eifer des Wahnsinns.

»Wo ist der Vortex?« fragte Magara schwach, fürchtete sich vor seiner Antwort.

Der Mann im blauen Umhang lächelte wissend.

»Du befindest dich darin«, sagte er.

»Aber das ist Nimmern«, protestierte sie.

»Und jeder andere Ort«, antwortete er.

»Der Vortex könnte nicht so wunderschön sein«, behauptete sie. Die Landschaft war zu natürlich, zu friedlich und angenehm. Solche Schönheit konnte unmöglich der Sitz der höchsten Macht sein.

»Wäre es dir vielleicht lieber, es sähe anders aus?« erkundigte er sich.

Ohne auf eine Antwort zu warten, schnippte er mit den Fingern, und die idyllische Landschaft wurde augenblicklich durch eine Ebene ersetzt, die sich vollkommen flach und ohne besondere Merkmale endlos erstreckte; sie glänzte wie Stahl unter einer gnadenlosen Sonne.

Seine Finger schnippten erneut, und sie standen auf einer

schmalen Sandbank, die auf beiden Seiten von aufschäumenden Meereswellen bestürmt wurde. Der Lärm toste in Magaras Ohren, und eine salzige Brise peitschte ihre Haare.

Noch ein Schnippen, und rund um sie herum ragten nebelumhüllte Berggipfel majestätisch in den Himmel. Ein scharfer Wind blies von einem zugefrorenen See zu ihnen herüber und fegte den Schnee von den Pinienbäumen, die an den unteren Hängen des Tals wuchsen.

Seine Finger schnippten noch einmal – und alles war wieder wie zuvor.

Magara fühlte sich benommen, krank und hilflos. Ihre Beine gaben fast nach. *Werde ich wahnsinnig?*

»Aufhören!« flehte sie und verdeckte ihre Augen mit den Händen.

»Manchen Leuten kann man es gar nicht recht machen«, bemerkte er lachend. »Möchtest du dich hinsetzen?«

Magara spürte, wie sich etwas von hinten gegen ihre Knie schob, und sie taumelte zurück, fiel in einen Stuhl, der aus dem Nichts aufgetaucht war. Sie wollte schreien, aber ihre Lungen waren damit beschäftigt, Luft zu holen. *Hol mich von hier weg!* Ihr stummes Gebet blieb ohne Antwort. Alle Gedanken an Flucht und Widerstand waren wie weggeblasen. Sie empfand Verbitterung über ihre Niederlage.

»Es war einfach genug, nachdem ich einmal im Vortex war«, fuhr der Zauberer fort, der es offenbar genoß, ihr einen Vortrag zu halten. »Ich machte ständig Fortschritte – und manchmal war es wirklich harte Arbeit. Deshalb habe ich andere hereingelassen. Aber *ich* war zuerst hier! Ich habe alles schon von Anfang an geplant – und sie beginnen das jetzt zu begreifen.« Er kicherte und klang dabei wie ein triumphierendes Kind. »Natürlich gab es zunächst den Widerstand der sogenannten Zauberer des Lichts.« Er spie diese Worte mit absoluter Verachtung aus. »Aber sie waren keine Gegner für mich. Zu schwach, und sie kamen viel zu spät. Eigentlich eine Schande, wenn man überlegt, was aus der Zauberei geworden ist. Und der letzte von ihnen hat erst gestern ein *so* tragisches Ende gefunden.« Er seufzte theatralisch.

Magara hörte inzwischen nicht mehr zu. Sie lehnte sich in dem Stuhl zurück und wünschte sich nur noch, daß der Alptraum bald ein Ende fände.

»Paß auf«, fuhr sie der Mann in oberlehrerhafter Manier an. »Ich komme jetzt auf die Rolle, die du spielst.«

Magaras Körper gehorchte einem fremden Willen. Ohne daß sie es gewollt hatte, hob sie den Kopf und öffnete die Augen, um den Messermann aufmerksam anzusehen. *Er könnte ebensogut mein Herz am Schlagen hindern*, dachte sie hoffnungslos.

»Das ist schon besser. Wo war ich noch stehengeblieben?« Er hielt inne, und da Magara keine andere Wahl hatte, beschäftigte sie sich zum erstenmal mit seinem Äußeren. Sein Gesicht war überraschend jugendlich mit weicher, faltenloser Haut. Der jungenhafte Ausdruck wurde durch welliges braunes Haar verstärkt. *Aber das ist nur das Äußere. Er kann ganze Welten verändern – warum nicht auch seine eigene Erscheinung?*

»Alles ist nach Plan verlaufen«, fuhr er fort. »Und ich habe keine Fehler begangen! Ich habe immer weiter nach draußen gegriffen, verbunden und verwandelt. Die Knoten und die Linien. Es war wunderbar. Und es ist jetzt fast fertig. Nur noch ein paar lose Enden, die verbunden werden müssen, um der Sache den letzten Schliff zu geben.« Er hielt wieder inne und beugte sich zu Magara, brachte sein Gesicht ganz nahe an das ihre. Es war entsetzlich, den Wahnsinn in seinen jungen Augen zu sehen, aber sie konnte nicht wegsehen.

»Von allen magischen Orten«, zischte er, »hat sich mir nur Nimmern verweigert, trotz all meiner Anstrengungen. Ich habe ein ganzes Zeitalter gebraucht, um den Grund dafür herauszufinden.« Er richtete sich wieder auf, und seine Stimme klang wieder gutgelaunt wie zuvor. »Sehr schlau. Es war natürlich keine *wirkliche* Bedrohung. Es war einfach genug, es von der übrigen Welt abzuschneiden, so daß es niemand gegen mich benutzen konnte.«

Das Schatten-Labyrinth.

»Der Gobelin war eine glänzende Idee«, gab der Zauberer

zu. »Und er wurde vor so vielen Jahrhunderten geschaffen! Heutzutage gibt es niemanden, der so schöpferisch und geschickt ist. Ja, wirklich raffiniert, wie ich schon sagte, aber du bist meine Antwort.«

»Ich?« krächzte Magara.

»Natürlich. Du bist die letzte direkte Nachfahrin – von den jüngsten Kindern – der Wächter«, sagte er ihr. »Sogar die Erbfolge war mehr als geschickt. Diese vielen falschen Linien. Ich habe *Jahre* gebraucht, um dich zu finden. Aber ich wußte, daß du am Ende zu mir kommen würdest. Und dein Gespür für den richtigen Zeitpunkt ist tadellos. Ich brauche dich, um den Schutz des Gobelins aufzuheben – und mir noch bei einer anderen kleinen Angelegenheit zu helfen. Das sind deine Aufgaben. Komm, du solltest anfangen.«

»Wie kannst du so überzeugt sein, daß ich dir helfen werde?« fragte Magara, wozu sie allen verbliebenen Trotz einsetzen mußte.

»Wenn du siehst, was ich dir jetzt zeigen werde«, antwortete er und krümmte einen Finger, so daß sie gegen ihren Willen aufstehen mußte, »dann wirst du sehr froh sein, daß du etwas tun kannst, um mir zu helfen.«

Er drehte sich lächelnd um und ging voraus, um ihr den Weg zu zeigen.

Die Verwandlung geschah diesmal nur langsam, und sie war noch schlimmer als zuvor. Während sie gingen, verblaßte die Landschaft allmählich, und um sie herum tauchten wieder die Berge auf, die Magara schon gesehen hatte. Obwohl Wolken sie umhüllten, waren die hochragenden Gipfel selbst klar zu sehen und glitzerten im Licht der Sonne. Das von ihnen umschlossene Tal war ausgedehnt und kahl, aber nicht völlig verödet. Tausende von Pinienbäumen standen an den unteren Hängen, und winterfestes Hochlandgras wuchs in mittlerer Höhe mitten im Schnee. Durch das Tal unterhalb zogen sich drei Seen, und auf den ersten von ihnen ging der Messermann zu. Der See war gefroren, und seine Oberfläche war mit einer dünnen Schneedecke überzogen.

Magara zitterte, als sie den eisigen Wind zu spüren bekam, und der Zauberer reagierte mit einer ungeduldigen Geste. Ein dicker, wollener Umhang legte sich über ihre Schultern, und sie hüllte sich darin ein, ohne sich weiter darüber Gedanken zu machen, wie solche Dinge geschehen konnten.

Der Mann, der Gewalt über sie hatte, führte sie auf das Eis. Sie folgte ihm vorsichtig und kam ein wenig ins Rutschen, als sie das Eis auf seine Tragfähigkeit prüfte.

»Es ist ganz fest«, versicherte er ihr. »Es ist vollständig gefroren.«

Etwa zwanzig Schritte vom Ufer entfernt – und noch immer in ziemlicher Entfernung von der Mitte des Sees – hielt er an und wandte sich ihr zu.

»Fühlst du es nicht?« fragte er und atmete tief ein, als genösse er die frische Bergluft. Er schien größer geworden zu sein; auch der violette Schimmer um ihn herum schien kräftiger zu leuchten.

»Was soll ich fühlen?« fragte Magara niedergeschlagen. »Warum hast du mich hierher gebracht?«

»Kratze doch ein bißchen Schnee weg«, schlug er vor.

Zögernd kniete sie sich nieder und tat es, schreckte dann entsetzt zurück. Dort, nur eine Handbreit unter der Oberfläche und durch das alles einschließende Eis verzerrt, war deutlich das Gesicht eines Mannes zu sehen. Sein Mund stand offen, als wollte er schreien; seine weit aufgerissenen Augen starrten nach oben.

Magara wurde übel, und sie schloß die Augen. Doch statt sich in der Dunkelheit zu verlieren, blieb das Bild des Mannes bestehen. Obwohl es unmöglich war, weitete sich ihr Blickfeld aus, und sie sah nicht einen, sondern Hunderte von Körpern, die in den eisigen See gebettet waren – eine Reihe von Menschen lag neben der anderen begraben. Sie befand sich über einem unvorstellbar gräßlichen Friedhof.

»Was für eine Art von Leichenschänder bist du?« flüsterte sie kraftlos.

»Das ist ein begreifliches Mißverständnis«, antwortete er belustigt. »Aber sie sind nicht tot.«

Magara öffnete die Augen und starrte entsetzt auf den Mann unter ihren Füßen.

»Da du sie nun gesehen hast«, fuhr der Zauberer fort, »möchtest du sie vielleicht auch noch hören?«

In Magaras Kopf wurde eine furchtbare Kakaphonie von Jammern und Wehklagen laut, eine Vielzahl von Stimmen, von denen eine jede herzzerreißend war in ihrem entsetzlichen Schmerz und ihrem einsamen Wahnsinn.

Hilf mir.

Kalt, so kalt.

Hört das nie auf?

Ich kann mich nicht bewegen. Warum kann ich mich nicht bewegen?

Wo ist die Sonne?

So kalt.

Hilf mir, bitte.

Kreischen, Schreien, Stöhnen. Wortlose Klänge, die alptraumhafte Qualen ausdrückten.

»Hör auf, hör auf!« schrie Magara, hielt sich die Ohren zu

und versuchte sich von dem Schrecken abzuwenden, da sie befürchtete, wahnsinnig zu werden.

Der Lärm hörte unvermittelt auf, aber sie wußte, daß es weiterging, obwohl sie es nicht mehr hören konnte. Sie war überwältigt vom Mitgefühl für die Gefangenen im See und vom Haß gegen den grausamen Zauberer. Er lächelte bösartig.

»Du kannst sie befreien«, sagte er zu ihr. »Oder du kannst dich ihnen anschließen. Du hast die Wahl.«

»Wie das?« flüsterte sie, obwohl sie die Antwort bereits kannte.

»Wenn du tust, worum ich dich bitte«, antwortete er, »werde ich sie nicht mehr brauchen und sie freilassen. Wenn nicht ...«

Magara zitterte. Trotz des wärmenden Umhangs steckte die Kälte bereits in ihren Knochen.

»Natürlich waren es nur die Starken und Gesunden, die die Reise bis nach hier geschafft haben«, fuhr er fort, offensichtlich stolz auf diesen bösartigen Plan.

Ein Teil von Magaras Bewußtsein nahm die verborgene Bedeutung seiner Worte auf. *Das hier ist wirklich. Der Vortex befindet sich wirklich in den Bergen. Wie kann ich dann hier sein?*

»Es war immer viel leichter, ihnen dort die Kraft zu nehmen, wo wir sie gefunden haben«, fuhr der Messermann fort. »Die Kinder, die Alten und die Schwachen hätten die weite Reise niemals überstanden.«

Magara erinnerte sich an die entsetzlichen Geschichten, die Varo und Brostek von den überfallenen Dörfern erzählt hatten: von den blutlosen Körpern der Jungen wie der Alten und vom Verschwinden aller gesunden und tauglichen Bewohner. *Jetzt weiß ich, wo sie sind*, dachte sie unglücklich.

»Ich habe ein paar der frühen Unternehmungen selbst mitgemacht«, sagte der Zauberer, »aber es war eine Verschwendung meiner Kraft, sie auf diese Weise aufzuteilen. Ich habe es jetzt schon eine ganze Zeitlang den anderen überlassen. Das ist viel besser so, und ich kann dadurch sicherstellen, daß die Übertragung der Energien an den Vortex richtig ausgeführt wird. Eingefangenes Licht ist schließ-

242

lich ein potentiell gefährliches Medium. Ich möchte nicht, daß vielleicht einer meiner Kollegen auf Ideen kommt, die über seine Rolle hinausgehen.«

Eingefangenes Licht? fragte sich Magara erstaunt. *Er meint offenbar die Sonnenfinsternisse.*

»Die Anstrengung jedoch«, begann er wieder, »diese guten Menschen zum Vortex zu bringen, war es gewiß wert. Denn sie bieten mir viele Vorteile, wenn sie erst einmal hier sind. Blut, die Energie ihres Bewußtseins, die vollständige Verbindung – alles gebündelt zu einer starken Kraftquelle.«

Du bist nicht nur wahnsinnig, dachte Magara. *Du bist auch abgrundtief böse. Aber du warst offenbar nicht immer so. Was hat dich in ein solches Ungeheuer verwandelt?*

»Der See am Ende des Tals ist auch bereits gefüllt«, sagte der Zauberer und deutete in die Ferne. »Aber ich habe noch Platz für mehr!«

Der mittlere See war größer als die beiden anderen. Die Wasseroberfläche war ruhig, aber nicht zugefroren.

»Das wird natürlich nicht nötig sein, *wenn* du mir gehorchst.« Er spie die Worte in ihr Gesicht. In seinen Augen spiegelte sich unergründliche Bosheit, während er auf ihre Antwort wartete. Aber Magara sagte nichts, und der Messermann kehrte wieder zu einem lockeren Plauderton zurück.

»Wir haben einige der Männer als eine Art Eskorte eingesetzt. Diejenigen, deren Bewußtsein leichter beeinflußbar war, waren natürlich am besten zu benutzen, und wir haben darauf geachtet, daß sie nie in die Gegend ihrer früheren Heimat zurückkehrten. Eine solche Truppe dabeizuhaben war nicht *wirklich* erforderlich, aber es war dienlich, den wirklichen Zweck unserer Unternehmungen zu tarnen. Und die Geschichten, die über diese Besuche verbreitet wurden! Du hättest sie zu schätzen gewußt!«

Warum sagst du mir all das? fragte sich Magara. Sie wußte jetzt über so viele Dinge Bescheid, aber sie wußte nur zu gut, daß sie nichts dagegen unternehmen konnte.

»Was willst du von mir?« fragte sie leise. Sie wußte, daß sie nicht die Stärke aufbringen würde, sich selbst zu einem lebenden Tod unter dem Eis zu verurteilen.

»Setze deine Begabung ein«, antwortete er sofort. »Ich möchte, daß du eine Geschichte erzählst. Ja, daß du ein Buch schreibst. Das sollte dir doch zusagen.«

»Was für eine Geschichte?«

»Ich werde es dir zeigen«, sagte er herablassend. »Laß uns einfach davon ausgehen, daß es dein Gegenstück zum Gobelin sein wird.«

Magara konnte sich nicht vorstellen, daß sie jemals etwas so Gewaltiges würde erschaffen können. *Ich habe keine magischen Kräfte.* Offenbar bemerkte der Messermann ihre Zweifel. »Unterschätze dich nicht selbst, meine Liebe. Du hast eine wirkliche Begabung. Die Geschichte ein wenig umzuschreiben dürfte nicht schwierig sein für dich. Du hast das schließlich schon getan!«

Aber das war nur ein Spiel, protestierte sie schweigend. *Zur Unterhaltung.*

»Für den Fall, daß du noch immer unentschieden sein solltest«, fügte der Messermann listig hinzu, »möchte ich dich darauf hinweisen, daß das Schicksal deiner Freunde ebenfalls in meiner Hand liegt.«

»Was soll das heißen?«

»Varo und Brostek?« intonierte er mit hochgezogenen Augenbrauen. »Was für barbarische Namen – aber es war amüsant, ihre Possen zu verfolgen.«

Magara fühlte sich ganz betäubt von all den Qualen, aber dieser Schlag schmerzte sie mehr, als sie es für möglich gehalten hätte. *Sie auch?* dachte sie verzweifelt.

»Ironischerweise haben sie sich in letzter Zeit ganz nützlich gemacht«, fuhr der Zauberer fort, als spräche er über Werkzeuge. »Meine Kollegen haben sich als zunehmend schwierig erwiesen. Ein wenig Ehrgeiz mag gut sein, aber zuviel kann gefährlich werden. Sie sind jetzt entbehrlich, und daher habe ich deinen Freunden ein gewisses Ausmaß von Erfolg gestattet.« Er lachte über ihren entsetzten Ausdruck.

All diese Zeit und Mühe, dachte Magara, *nur um von diesem*

Teufel genarrt zu werden! Sie wünschte sich, bei ihnen sein zu können.

»Sie haben sogar unlängst das Glück gehabt, einen Führer zu finden«, erklärte der Zauberer, »aber er kann ihnen jetzt nichts mehr nützen. So ein *unglücklicher* Zwischenfall.«

Ein Führer? Meinte er Lisle?

»Ich werde dir zeigen, wie du seinen Platz einnehmen kannst«, fuhr er fort. »Du wirst deinen Freunden helfen, ihr eigenes rührendes Verlangen zu erfüllen und mir dabei gleichzeitig zu helfen. Deine Alternative besteht darin, sie ihrem Schicksal zu überlassen. Und wenn einer meiner Kollegen sie findet – und das werden sie tun –, dann werden deine beiden jungen Freunde einen furchtbaren Tod sterben, wie ich dir versichern kann. Und völlig sinnlos.«

Magara sah flüchtig vor sich, wie Varo und Brostek den gräßlichen Kräften eines der »Kollegen« des Zauberers ausgesetzt waren, und ihr ganzes Wesen sträubte sich dagegen. Sie begriff, daß die beiden Männer ihr viel mehr bedeuteten, als sie jemals geahnt hatte. Liebte sie *wirklich* diese beiden, die so wenig zueinander zu passen schienen, und einen jeden auf seine Weise? Sie wußte, daß sie alles tun würde, um ihnen solche Leiden zu ersparen.

Sie spürte eine Sehnsucht in sich, die stärker war als alles, was sie jemals zuvor empfunden hatte. Sie sehnte sich von ganzem Herzen nach der einfachen Welt zurück, die noch vor wenigen Tagen existiert hatte. Sie wollte ihnen sagen, wie sie fühlte, bevor es zu spät war. Sie wollte wieder mit ihnen zusammen sein.

Brostek, wo bist du? Er war es immer, mit dem sie sprach, obwohl sie dabei immer Varos Gesicht vor sich sah.

»Nun?« fragte ihr Peiniger im blauen Umhang. »Wie lautet deine Antwort?«

»Zeig mir, was ich tun soll.«

Der Messermann lächelte.

Und in diesem Augenblick befand sich Magara allein in einem Garten, dem Garten ihres Gobelins. Nimmern war unbeschreiblich schön; wohin auch immer sie sich wandte, waren neue Aussichten, die Freude und inneren Frieden schenkten, die den ständigen Kreislauf des Lebens wiedergaben. Sie erkannte die Ansichten, die den vier Himmelsrichtungen entsprachen; die Bäume und Pflanzen, die Tiere und Vögel, sie alle waren ihr vertraut. Sie erfuhr einen kurzen Augenblick des Glücks, als sie sich fragte, ob sie endlich aus einem schrecklichen Alptraum erwachte. Aber dann setzten die Veränderungen ein.

Blumen verwelkten und starben vor ihren Augen ab. Pflanzen sackten zu einer faulenden Masse zusammen, Früchte fielen herab und überzogen sich mit Schimmel. Blitze spalteten die Bäume und ließen geschwärzte, leblose Hüllen zurück. Gräser zerfielen zu Staub. Vögel stürzten vom Himmel, und ihre vergifteten Kadaver waren bald nur noch unförmige Haufen von Knochen und Federn. Tiere flohen oder griffen einander an, ihre Zähne und Klauen waren von Blut überzogen. Einst kristallklare Bäche verwandelten sich in ölige, schmutzige Rinnsale, an deren Rändern sich Schaum ablagerte. Fische erstickten, und ihre aufgedunsenen Körper trieben auf der Oberfläche schmutziger Tümpel.

Von der Frau auf dem Gobelin war hier nirgends etwas zu sehen; doch das Grabmal hatte sich verändert. Es war nur eine winzige steinerne Gruft, in der offenbar die Knochen eines sehr jungen Kindes aufbewahrt wurden. Die Inschrift auf der Seite besagte ganz schlicht **HALANA**.

Ihr Leben ging nicht über den Frühling hinaus. Sie hat ihr Werk niemals vollendet.

Als die Sonne völlig verdeckt wurde und die endlose Nacht hereinbrach, verschwand mit dem Licht auch alle Wärme. Nimmern verwandelte sich in einen Ort der eisigen Kälte und der Dunkelheit. Wölfe strichen umher, bis sogar sie das abgeschnittene Tal mieden.

Hier war immer ein Garten gewesen. Aber jetzt war er tot. Das Leben hatte sich verflüchtigt, alles war wüst und leer.

Als es zu Ende war, fand sich Magara wieder auf dem zugefrorenen See wieder. Sie heulte hilflos auf, und sie wußte, daß der Niedergang Nimmerns in all seinen furchtbaren Einzelheiten fest in ihr Gedächtnis eingebrannt war.

»Gut«, bemerkte der Messermann und betrachtete wohlgefällig ihre verzweifelte Miene. »Wirkliche Künstler bringen ihre Gefühle in die Arbeit ein.«

»Ich ... ich kann ... das nicht schreiben!« stieß Magara aus. Die Worte kamen ihr nur mühsam über die Lippen.

»Du kannst es, meine Liebe«, erwiderte er unbeirrt. »Du hast keine Wahl.«

»Was passiert ... wenn ich es tue?« fragte sie tonlos.

»Wenn Nimmern endlich unter meiner Kontrolle ist«, antwortete er, ohne zu zögern, »dann kann ich all meine Kraft, alle Magie im Vortex konzentrieren. Die Verbindung wird mir gehören – und nur mir allein! Ich werde allmächtig sein.«

»Bist du das nicht bereits?« flehte sie und sah in seine glänzenden Augen. *Ist das nicht schon genug?*

»Hier schon«, erwiderte er selbstgefällig. »Aber der Rest der Welt wartet auf mich. Hast *du* dir niemals gewünscht, ein Gott zu sein?«

Ohne auf eine Antwort zu warten, verwandelte der Zauberer erneut die Umgebung, und Magara saß an einem Tisch in einer Bibliothek. Vor ihr lagen Federn, Tinte und ein Buch, das noch nicht geöffnet war. Es trug weder auf der Vorderseite noch auf dem Rücken einen Titel. Sie sah sich um und stellte fest, daß sie allein war. Dann erkannte sie schlagartig, wieso ihr der Raum so vertraut erschien. Es war eine genaue Nachbildung der Bibliothek in Arenguard.

Die körperlose Stimme des Zauberers erklang in ihren Ohren.

»Es schien mir gut zu passen. Du kannst anfangen.«

Magara versuchte aufzustehen. Sie hoffte, daß sie vielleicht *wirklich* in Arenguard war und daß sie einfach in einen anderen Teil des Hauses gehen konnte ...

Aber ihre Beine gehorchten ihr nicht, und sie ergab sich ihrer Verzweiflung. Sie ließ sich nach vorn auf den Tisch fallen, vergrub das Gesicht in den Armen und weinte. Nachdem Stunden vergangen zu sein schienen, richtete sie sich wieder auf, wischte die Tränen ab und schlug die erste Seite des Buches auf. Sie sah auf eine leere Seite.

Magara griff nach einer Feder, tauchte sie in das Tintenfaß und begann zu schreiben.

Nachdem sich Varo und Brosteks Gruppe von ihren verletzten Begleitern verabschiedet und aus dem verlassenen Dorf geritten war, hatten ihre Anführer noch keine Vorstellung davon, in welche Richtung sie sich wenden sollten. Aber irgendwohin mußten sie gehen — untätig zu sein, kam für sie nicht in Frage. Da ihnen nichts Besseres einfiel, ritten sie nach Norden, auf die höchsten, entferntesten Berge zu. Hochebenen zwischen den Bergrücken ließen es einfacher erscheinen, das Gebirge zu überqueren.

Sie hatten sich sogar überlegt, ob sie sich in zwei oder drei Gruppen aufteilen sollten, da sie davon ausgingen, daß ein Mann ausreichte, um einen Messermann zu töten, wenn er während einer Sonnenfinsternis angegriffen wurde. Sie ließen diese Idee jedoch schnell wieder fallen, da ihre Feinde von Soldaten mit Kopfbändern begleitet sein konnten. Gegen ihre Überzahl reichten selbst sieben Schwerter kaum aus.

Bei jedem Gehöft und jedem kleinen Weiler unterwegs zogen sie Erkundigungen ein, doch sie erfuhren nichts von Bedeutung. Sie entschieden sich, in dieser Nacht im Freien zu übernachten; es sah nicht nach Regen aus, und es war noch warm genug. Doch schon der nächste Tag würde sie in das kaum besiedelte Hochland bringen, wo die Nächte kalt waren, und diese Aussicht hob ihre Stimmung nicht. Ihr Weg hatte kein klares Ziel, und sie alle wußten das. Die kürzlichen Erfolge, obwohl teuer erkauft, hatten sie ungeduldig werden lassen. Daß Lisle – der offensichtlichste Grund für ihren Erfolg – nicht hatte mitkommen können, machte die Dinge noch schlimmer. Alle, vielleicht mit Ausnahme von Varo, waren gereizt und streitlustig. Mehrere Rangeleien um Kleinigkeiten brachen aus, während das Lager errichtet wurde. Vilman und Ryker, die vielleicht am unberechenbarsten von ihnen allen waren, schrien sich einmal an und bedrohten sich sogar gegenseitig. In seiner Zielstrebigkeit war Varo in andere Dinge vertieft, so daß er für solche Belanglosigkeiten keine Zeit hatte. Es blieb daher Brostek überlassen, die anderen zu beruhigen. Obwohl er selbst nicht gerade in der besten Stimmung war – seine versengte Hand schmerzte noch immer und erschwerte ihm das Reiten –, war er sich seiner Verantwortung nur zu bewußt. Er versuchte die Stimmung mit seiner üblichen Frotzelei aufzuheitern, hatte damit jedoch nur teilweise und vorübergehend Erfolg. Er wünschte sich, Ross und Bair wären mitgekommen und könnten ihm jetzt helfen.

Die Männer nahmen ihr Abendessen wortkarg und angespannt ein. Varo und Keredin unterhielten sich wieder über die Theorien des ehemaligen Zauberers, kamen aber zu keinen neuen Schlußfolgerungen.

»Sieht so aus, als wäre es deinen Messermännern gelungen, die wirkliche Magie zu erschaffen, nach der du immer gesucht hast, nicht wahr, Zauberer?« stellte Vilman spitz fest.

»Ja«, gab Keredin zu. »Auf eine gewisse Weise beneide ich sie.«

Alle sahen ihn ungläubig an.

»*Wie?*« platzte Luchs heraus. »Du beneidest diesen Abschaum?«

»Nicht ihre Methoden«, beeilte sich Keredin zu erklären. »Aber die Ergebnisse. Die Fähigkeit, geistige Bilder über große Entfernungen zu übertragen. Die Sonne selbst zu verdunkeln. Das sind Wunder, die die Zauberei hätte hervorbringen können, wenn sie sich nicht hätte korrumpieren lassen.«

»Willst du damit sagen, daß die Messermänner nicht korrumpiert sind?« fragte Vilman.

»Nein. Es ist ganz offensichtlich, daß sie *vollkommen* korrumpiert sind. Aber wenn die Magie für das Böse benutzt werden kann, dann muß auch das Umgekehrte möglich sein – daß sie für das Gute eingesetzt werden kann. Sie haben den Weg gefunden. Wir haben ihn verloren. *Das* ist es, worum ich sie beneide.«

Varo stand mit bleichem Gesicht auf und ging davon. Er

wandte sich noch einmal um und sagte: »Wer einen solchen Abschaum beneidet, der gehört nicht zu uns. Nimm dein Pferd und reite.« Er sagte es mit ruhiger Stimme und ausdrucksloser Miene.

»Nein, du verstehst nicht«, rief Keredin aus, der über die Reaktion seines Anführers entsetzt war.

»Geh!« sagte Varo. »Ich möchte dich nie wieder sehen.« Obwohl er es mit einem kühlen, fast gleichgültigen Ton sagte, wirkte seine ganze Gestalt vor Wut verkrampft, die Anspannung seiner Muskeln verriet die innere Erregung. »Wenn du hierbleibst, werde ich dich töten.«

Bei diesen Worten sprang Brostek auf. Er wußte, daß er rasch handeln mußte, und er stellte sich zwischen die beiden Männer. Die anderen waren wie gelähmt und sahen schweigend zu.

»Ich wollte doch nur sagen ...«, begann Keredin flehentlich.

»Sei ruhig!« befahl Brostek barsch und wandte sich seinem Partner zu. »Du hast kein Recht, so mit Keredin zu sprechen«, stellte er nachdrücklich fest.

Varo sah ihn starr an und öffnete den Mund, um etwas zu erwidern, doch Brostek ließ ihm gar nicht erst die Möglichkeit dazu.

»Er ist nun schon seit *Jahren* bei uns«, fuhr er fort. »Und seine Treue ist nie in Frage gestellt worden. Ohne ihn hätten wir das alles nicht erreichen können, was wir tatsächlich erreicht haben. Ohne ihn wüßten wir nicht, gegen was wir eigentlich angetreten sind. Was haben *wir* über die Magie gewußt?

Sein Neid beruht auf einem Traum. Willst du diesen Mann dafür verurteilen? Er hat sein ganzes Leben lang bedauert, daß er aus der Magie nicht das hat machen können, was es hätte sein können, was es hätte sein sollen. Er würde ebensowenig wie *du* die Methoden der Messermänner anwenden, um seinen Traum zu verwirklichen! Etwas anderes anzunehmen ist vollkommen lächerlich. Das weißt du auch, wenn du nur richtig darüber nachdenkst.« Brosteks Wut funkelte aus seinen Augen. Es war noch nie erforderlich gewesen, daß er Varo in einer solchen Weise gegenübertrat. Und nie zuvor war eine Meinungsverschiedenheit zwischen ihnen so offen ausgetragen worden. Brostek zitterte vor Aufregung, doch er war von seinem Standpunkt überzeugt. »Keredin ist mit uns durch dick und dünn gegangen«, führte er aus. »Er hat sein Leben für uns riskiert. Ist das dein Dank dafür?«

Varo stand völlig regungslos da, aber alle konnten die Anzeichen des Kampfes sehen, der in ihm tobte. Die Männer warteten schweigend und angespannt ab. Varo sagte nichts, und seine Miene veränderte sich nicht im geringsten. Als er in der Dunkelheit verschwand, holten die sechs Männer zum erstenmal wieder tief Luft.

»Was soll ich tun?« fragte Keredin.

»Du bleibst«, erwiderte Brostek entschieden. »Er wird bald einsehen, daß er nicht recht hatte.«

»Bist du sicher?« fragte der ehemalige Zauberer, der seine Unruhe nicht zu verbergen vermochte. »Gegen sein Schwert habe ich keine Chance.«

»Er müßte auch mit meinem Schwert rechnen«, sagte Brostek.

»Autsch! Es gibt hier offenbar ein paar Leute, die es nötig hätten, von Magara besänftigt zu werden.« Vilman sagte es so locker, wie er es nur vermochte.

»Laß sie aus dem Spiel!« schnappte Brostek, bereute seine letzten Worte aber sofort wieder und machte eine versöhnliche Geste zu Vilman hin, während er zugleich traurig den Kopf schüttelte. Der Abenteurer zuckte die Schultern und akzeptierte die wortlose Entschuldigung. Niemand wollte eine neue Unterhaltung beginnen. Sie versuchten die Angelegenheit zu vergessen, aber es war unmöglich. Nachdem eine Stunde vergangen war und Varo noch immer nicht wieder aufgetaucht war, ging Brostek los, um nach seinem Freund zu suchen.

Varo saß ganz in der Nähe, mit dem Rücken gegen einen Baumstamm gelehnt, und starrte auf den Boden zwischen seinen Stiefeln. Er bewegte sich nicht, als Brostek näherkam.

»Ist mit dir alles in Ordnung?«

Varo reagierte nicht, gab keinen Ton von sich. Es war, als nehme er Brostek überhaupt nicht wahr.

Du mußt auf deine Weise damit fertig werden, dachte Brostek. Laut sagte er: »Komm zurück, wenn du soweit bist. Ich werde Wache halten.« Es kam wieder keine Reaktion. Er hatte auch keine erwartet.

Brostek ging zum Lager zurück und beruhigte Keredin, ignorierte aber die Neugierde der anderen. Es sagte ihnen, daß sie sich schlafen legen sollten, und war froh, daß er keine weiteren Erklärungen abgeben mußte.

Varo kam ein paar Stunden später zurück. Brostek, der inzwischen selbst müde war, sah hoch und lächelte erleichtert.

»Ich werde die Wache übernehmen«, sagte Varo gleichmütig.

»Nein«, antwortete sein Partner. »Du brauchst deinen Schlaf. Keredin ist an der Reihe.« Er zweifelte ohnehin daran, ob der ehemalige Zauberer in dieser Nacht viel Schlaf bekommen hätte.

Varo lächelte zustimmend und ging, um sich hinzulegen. Brostek sah seinem Freund nach und wußte, daß er keine Entschuldigung erwarten durfte, keinerlei Eingeständnis, falsch gehandelt zu haben. Aber er konnte auch sicher sein, daß die Angelegenheit für Varo – wie auch immer er sich dazu durchgerungen hatte – erledigt war. Sie brauchten sich nicht weiter damit zu beschäftigen.

Der nächste Tag begann ereignislos, wobei alle sehr vorsichtig miteinander umgingen. Gegen Mittag befanden sie sich schon viel höher, und die schneebedeckten Berge waren östlich und nördlich gut zu sehen. Die Gruppe hatte den Punkt erreicht, von dem aus sie sich für eine von zwei Richtungen entscheiden mußte; nördlich in Richtung auf die höchsten Gipfel und dann weiter nach Osten zu den Übergängen, die schließlich nach Bari führten, oder aber in Richtung Süden, obwohl sie noch nie von Überfällen in dieser Region gehört hatten.

»Irgendwelche Vorschläge?« fragte Varo.

»Nein«, erwiderte der ehemalige Zauberer. Er hatte sich den ganzen Morgen über still und wachsam verhalten, da er sich über seine eigene Situation noch nicht ganz im klaren war.

»Jemand anders?« rief Varo über die Schulter.

»Irgendwohin, wo es eine gute Taverne gibt!« antwortete Vilman.

»Hier oben?« rief Brostek aus und stimmte in das Gelächter der anderen ein.

»Es gibt zumindest noch Skiviemoor«, schlug Langel vor. »Vielleicht haben sie dort etwas gesehen?«

Skiviemoor war ein entfernter Weiler weiter im Osten, der einmal als Zwischenstation auf der langen, mühsamen Reise durch die Berge gedient hatte. Es war jetzt wenig mehr als eine Geisterstadt, obwohl es ein paar tapfere Seelen noch immer dort aushielten.

»Das Gasthaus ›Zur halben Strecke‹ ist *keine* gute Taverne«, protestierte Vilman, und diese Untertreibung rief noch mehr Gelächter hervor. Nicht einmal der Name des schäbigen Wirtshauses stimmte; wenn man es erreicht hatte, hatte man erst einen Bruchteil des Weges über den Bergpaß hinter sich.

»Aber wir hätten wenigstens ein Dach über dem Kopf«, führte Luchs aus.

»Vorausgesetzt, es ist nicht bereits im letzten Winter weggeblasen worden!« sagte Vilman.

»Oder unter dem Gewicht des Schnees zusammengebrochen«, fügte Langel hinzu.

»Wenn auch sonst nichts, so könnten wir dort vielleicht doch Informationen bekommen«, entschied Varo. »Also los.«

Zwei Stunden später allerdings fragten sie sich, ob sie nicht einen Fehler begangen hatten. Gewitterwolken türmten sich vor ihnen auf. Die Reiter beobachteten aufmerksam den herannahenden Sturm und achteten nicht auf die Sonne hinter ihrem Rücken, bis eine plötzliche Verdunkelung Brostek veranlaßte, sich umzudrehen.

»Seht!« rief er und deutete nach oben.

Seine Begleiter schwangen herum. Die Sonnenfinsternis kam ganz plötzlich, aber sie war ungleichmäßig und bei weitem nicht vollständig, und ihr Hof wies einen seltsamen grünen Stich auf. Einige der Reiter fluchten, da sie wußten, daß sie Wegstunden von dem grünen Messermann entfernt waren. Es war eine große Enttäuschung für sie, daß sie ihn nicht angreifen konnten, während er verwundbar war.

»Kann jemand feststellen, wo sich der Mittelpunkt der Sonnenfinsternis befindet?« fragte Varo.

Niemand konnte es. Außerdem wußten alle, daß sich der Ort der nächsten Sonnenfinsternis nicht sicher vorhersagen ließ, selbst wenn es ihnen gelang, den Brennpunkt der gegenwärtigen ausfindig zu machen. Ihre Enttäuschung wuchs. Da ihnen nichts anderes übrigblieb, setzten sie ihren Weg nach Skiviemoor fort.

In dieser Nacht lag Brostek auf seiner Strohmatte und wußte, daß er lange keinen Schlaf finden würde. Der Wirt des Gasthauses ›Zur halben Strecke‹ war von der Ankunft so vieler Gäste überrascht gewesen, und es war ihm schwergefallen, ihnen auch nur ein einfaches Mahl zu bereiten. Wie Luchs bereits treffend formuliert hatte, hatten sie zumindest ein Dach über ihren Köpfen. Die Nacht war kühl, und es sah noch immer nach Regen aus, so daß sie über die Unterkunft wirklich froh sein konnten.

Ich hätte mich im Freien wohler gefühlt, dachte Brostek. Er wälzte sich ruhelos hin und her und versuchte nicht an Tiere zu denken, die sich in seiner Matratze befinden mochten.

Als er endlich einschlief, verfiel er in einen ungewöhnlich lebhaften Traum. Er schwebte in endloser Dunkelheit, und eine Stimme sagte: »Heute nacht werden die Sterne aus deinen Augen leuchten.« *Das bin ich!* dachte er. *Aber ich habe nichts gesagt.* Dann spürte er etwas Warmes ganz dicht bei sich, und der Umriß des Anhängers, den er dem toten Zauberer abgenommen hatte – vier sich berührende Ringe – erschien. »Wie der meine.« Dann sagte die Stimme: »Ich denke an dich.« *Kleine*, ergänzte Brostek, der Magara erkannt hatte und im Schlaf lächelte.

Ein weiteres Bild tauchte in seinen Gedanken auf. Diesmal war es eine Felswand aus grauem Gestein, die mit waagerechten roten Steifen durchzogen war und an deren Fundament sich Höhlen befanden. Eine leuchtende orangefarbene Kugel brannte in einem der Höhleneingänge gleich einer winzigen Sonne. Er fühlte sich davon angezogen, schwang durch die Leere hinab – aber erreichte sie nie. Im letzten. Augenblick fühlte er, daß etwas nicht stimmte, und zuckte zurück. Die vier Ringe waren wieder da, und er spürte ihre Wärme. Ein anderes Bild. Ein Dorf, hinter dem sich ein Hügel erstreckte. Der Umriß eines Pferdes war in die Grasfläche gezogen worden und ließ die kreidige Erde darunter sichtbar werden.

Der Traum verging rasch, als er erwachte. Varo rüttelte an seinen Schultern und sprach nachdrücklich auf ihn ein.

»Ich habe gesehen, wo die nächste Sonnenfinsternis sein wird«, sagte Varo, und sein Gesicht war erhitzt. »Da war eine orangefarbene Sonne, in einer Höhle am Fuß einer Felswand.«

Brostek wußte nicht, was er sagen sollte.

Sie waren alle bereit, bevor es dämmerte. Das Erstaunen, das Varo und Brostek darüber empfanden, daß sie den gleichen Traum gehabt hatten, verwandelte sich rasch in zunehmende Erregung, als sie beide begriffen, daß dies das von ihnen erhoffte Zeichen war. In ihrem Eifer überlegten sie beide nicht, wie es zu diesem Traum gekommen sein mochte.

In der grau-roten Felswand erkannten sie schon bald die Salem-Schlucht, die sich zwei oder drei Tagesritte nördlich befand. Aus Bairs Landkarte konnten sie eine Strecke über einen Hochpaß ersehen, die fast in einer direkten Linie nach dort führte und mit der sie alle einverstanden waren – bis Brostek das weiße Pferd einfiel.

»Nein«, sagte er zur Überraschung der anderen. »Wir müssen diesen Weg hier über Marestone nehmen.« Er deutete auf das auf der Karte verzeichnete Dorf.

»Aber dann müssen wir um die ganze Wiseman-Kette reiten«, wandte Langel ein. »Das ist ein weiterer Tagesritt.«

»Es war in dem Traum«, sagte Brostek. »Das weiße Pferd, das in den Kreideboden geritzt war.« Er sah zu Varo und suchte dessen Zustimmung, bekam aber nur leichtes Kopfschütteln. »Wir müssen diesen Weg nehmen«, beharrte er. »Ich bin sicher.«

»Ganz sicher?« fragte Varo.

»Ja. Und in jedem Fall ist der Weg nach Marestone leichter. Dadurch können wir wieder Zeit hereinholen. Und entlang des Wegs sind Dörfer, so daß wir vielleicht noch ein paar Neuigkeiten aufschnappen können.«

»Also Marestone«, sagte Varo und beendete damit die Diskussion.

Ihr Besuch in Marestone, das sie eineinhalb Tage später erreichten, erwies sich als sehr ereignisvoll. Die Dorfälteren kannten die Gruppe von ihren früheren Aufenthalten und kamen gleich bei ihrer Ankunft heraus, um ihnen eine erstaunliche Neuigkeit zu berichten. Einer der gefürchteten Messermänner war vor zwei Tagen einfach durch Grassmeer gegangen – während der Sonnenfinsternis, die sie auf dem Weg nach Skiviemoor beobachtet hatten. Er hatte sich offenbar seltsam bewegt, als wären seine Glieder nicht ganz unter seiner Kontrolle gewesen. Die überlebenden Dorfbewohner hatten den verhaßten Mörder ihrer Angehörigen erkannt und ihn, da er nun offenbar hilflos war, in einem wahren Blutbad der Rache niedergemetzelt.

»Es sieht fast so aus, als wollten die Messermänner sterben«, sagte Keredin dazu.

»Oder es zwingt sie jemand dazu«, meinte Brostek nachdenklich.

Die Älteren wußten noch etwas zu berichten, das nicht weniger erstaunlich war. Eine Gruppe von sechs Männern aus Bari – ausgerechnet von dort – hielt sich zur Zeit in Marestone auf, um sich hier von der erschöpfenden Überquerung der Berge auszuruhen, bevor sie ihren Weg nach Westen fortsetzen wollte.

»Sie sagen, daß sie die Hilfe des Kartells erbitten wollen«, sagte der älteste von ihnen.

»Da werden sie aber Glück haben«, sagte Luchs mit ätzendem Spott.

»Sie scheinen aber harmlos zu sein«, fuhr der alte Mann fort. »Sie sind so friedlich, wie man es sich nur wünschen kann.«

»Ich möchte sie sehen«, sagte Varo.

Die Barianer schliefen noch immer, obwohl es weniger als eine Stunde vor der Mittagszeit war. Doch ihr Anführer, ein Mann namens Lynton, ließ sich rasch wecken. Seine innere Unruhe war nicht zu übersehen, als er Varo gegenübertrat.

»Ich weiß, was ihr denkt«, begann er, bevor jemand anders sprechen konnte. »Die Messermänner kommen von Bari – ja, so habe ich das erwartet«, sagte er, als er den Ausdruck in ihren Gesichtern sah. »Nun, es stimmt nicht! Wir sind ebenso angegriffen worden.«

Varo und seine Begleiter sahen sich gegenseitig an.

»Woher sollen wir wissen, ob du die Wahrheit sagt?« fragte Varo.

»Ich bin unbewaffnet nach hier gekommen«, erwiderte Lynton. »Würde ich das tun, wenn ich an einer Verschwörung teilnähme? Wir brauchen Hilfe. Die Überfälle werden immer häufiger, und die meisten unserer Bürger glauben, daß die Angriffe von Levindre ausgehen. Und jetzt kommen noch diese Sonnenfinsternisse. Wir fürchten uns, und wir haben nicht die Mittel, über die euer Land verfügt. Ich bin ein Risiko eingegangen, indem ich nach hier gekommen bin. Wenn die Messermänner wirklich nicht von Levindre *kommen*, dann sind euer Kartell und seine Zauberer unsere letzte Hoffnung.« Seine Stimme klang auf eine überzeugende Weise aufrichtig.

»Unsere Zauberer sind nicht mehr das, was sie früher einmal waren«, sagte Keredin und war sich der Ironie seiner Worte sehr wohl bewußt.

»Das ist keine gute Nachricht«, antwortete Lynton niedergeschlagen. »Die unseren sind ebenfalls tief gefallen. Der letzte Zauberer mit gewissen Fähigkeiten hat sich in die Berge zurückgezogen. Er hat uns den Rat gegeben, daß wir uns an die Zauberer in Levindre wenden sollten. Er hat mir das als Zeichen für jene mitgegeben, die ich um Hilfe bitten könnte.« Der Barianer holte ein kleines Kästchen aus seiner Tasche, öffnete es und zeigte seinen Zuhörern den Inhalt. Ein flaches silbernes Schmuckstück lag darin, das die Form von vier Ringen hatte.

Wortlos zog Brostek den Anhänger aus seiner Tasche und hielt ihn neben den anderen. Die beiden waren identisch.

»Dann bin ich unter Freunden«, sagte Lynton erleichtert.

»Das bist du«, bestätigte Varo. »Was hat dir dein Zauberer noch gesagt?«

»Er sagte, unsere große Hoffnung liege in einem großen Krater mit einer roten Felsinnenwand und einem See darin«, erwiderte Lynton. »Kennt ihr einen solchen Ort?«

»Ich glaube, daß es ihnen letztlich nützt«, verteidigte Brostek seine Meinung.

»Wenn wir die Messermänner töten, dann hilft ihnen das?« fragte Luchs ungläubig.

»Vielleicht macht der Tod des einen die anderen stärker«, mutmaßte Keredin.

»Es gibt keine Anzeichen dafür«, meinte Vilman dazu. »Nachdem wir die ersten beiden getötet haben, konnten ein paar Dorfbewohner einen dritten mit Sensen und Hacken umbringen. *Er* ist nicht stärker geworden!«

»Aber was passierte, als all das Blut verschwand?« wollte Brostek wissen. »All diese Kraft muß *irgendwo* geblieben sein.«

»Ihr könnt mit den Barianern nach Trevine gehen«, sagte Luchs. »Ich gehe zur Salem-Schlucht. Wenn er *dort* ist, dann brauche ich nur einen Pfeil. Ihr könnt euren Träumen folgen. Ich gehe auf die Jagd.«

»Ich gehe mit Luchs«, sagte Ryker.

Sie stritten sich nun schon den ganzen Nachmittag. Seit sie Lynton begegnet waren, war Brostek davon überzeugt, daß ihre Pläne auf eine ganz furchtbare Weise falsch waren. Jetzt stritt er mit Keredins Unterstützung dafür, daß sie auf dem schnellsten Weg nach Trevine reiten sollten. Luchs, Vilman und Ryker sprachen sich mit gleichem Nachdruck dagegen aus. Langel war unentschieden, und Varo nahm ausnahmsweise nicht an der Debatte teil. Er war offenbar hin- und hergerissen. Der Traum war irgendwie trügerisch gewesen, wie Brostek erklärt hatte – im nachhinein sah das auch Varo so –, aber vor den Messermännern davonzulaufen hieß für ihn, den einzigen Sinn seines Lebens zu verleugnen.

»Ich möchte nicht, daß wir uns trennen«, bat Brostek die anderen. »Wir werden eure Hilfe brauchen.«

»Dann kommt mit zur Salem-Schlucht«, antwortete Ryker. »Anschließend kehren wir zum Krater zurück – nachdem es einen Messermann weniger gibt, über den wir uns Gedanken machen müssen.«

»Nein. Sie werden in den Tod getrieben. Es gibt etwas, das hinter ihnen steht. Und *das* ist der wirkliche Feind.« Es schien Brostek fast unmöglich zu sein, seine Begleiter zu überzeugen, aber seine eigene Überzeugung festigte sich um so mehr.

»Unsinn«, gab Luchs zurück. »Wenn sie von etwas gezwungen werden, dann tut dieses Etwas *uns* einen Gefallen.«

»Der Feind meines Feindes ist mein Freund«, sagte Vilman.

»Ich weiß, daß ihr euch täuscht«, sagte Brostek mutlos.

»Meinst du nicht, daß du dich ein wenig zu sehr von den silbernen Anhängern und den Ratschlägen der Zauberer beeinflussen läßt?« erkundigte sich Ryker sarkastisch.

»Vielleicht sind es bessere Waffen als eure Schwerter«, antwortete Keredin.

Ein paar Augenblicke sagte keiner etwas.

»Dann teilen wir uns also auf?« fragte Luchs schließlich.

»Ja«, sagte Brostek resigniert.

Alle sahen Varo an.

»Ich werde zur Salem-Schlucht gehen«, sagte ihr Anführer.

Brostek war entsetzt. Wie hatte die Saat der Zwietracht so schnell aufgehen können?

»So sei es denn«, sagte er und konnte noch immer nicht glauben, daß das Band zwischen ihnen, das durch so viele Jahre des gegenseitigen Vertrauens gefestigt worden war, jetzt getrennt werden sollte. *Blutsbrüder.*

Sie verließen das Gasthaus schweigend und betroffen und traten in den Hof, um sich den Barianern anzuschließen, die sich zur Abreise vorbereiteten. Und dann geschah das Undenkbare. Die Pferde wieherten unruhig, und den Männern stockte der Atem, als die Sonne verschwand und nur ein helles orangefarbenes Leuchten um einen dunklen Kreis im Himmel zurückließ.

»Zu spät!« sagte Luchs mit Abscheu.

»Wir wären jetzt dort, wenn wir den direkten Weg genommen hätten«, seufzte Vilman.

Varo erhob seine Stimme. Ihrem Klang war nicht anzumerken, wie er über diese Entwicklung der Dinge dachte.

»Die Entscheidung ist für uns getroffen worden«, sagte er. »Wir gehen nach Trevine. Zusammen.«

Niemand widersprach ihm, aber alle wußten, daß es mehr als nur einiger Worte bedurfte, um die Risse innerhalb der Gruppe zu beseitigen. Brostek ritt schweigend. Er war traurig über das, was geschehen war, und es verschaffte ihm keine Zufriedenheit, daß er seinen Willen bekommen hatte, nur weil es zu spät geworden war. Er begann seine eigenen Beweggründe in Frage zu stellen. Magara hatte mit dem schicksalhaften Traum zu tun gehabt, und er fragte sich, inwieweit seine Gedanken dadurch beeinflußt worden waren. Schließlich würde er sie wiedersehen, wenn er nach Trevine zurückkehrte.

Als die dreizehn Reisenden Marestone verließen, erreichten Bair, Ross und die von ihnen begleiteten Verletzten soeben den Kraterrand. Die Reise war lang und schwierig gewesen, und der Zustand derer, die das Feuer des Messermannes getroffen hatte, hatte sich nicht verbessert. Bair kümmerte sich um Übernachtungsmöglichkeiten in Melton, während Ross die Reise hinab in den Krater unternahm. Er kehrte mit der verheerenden Nachricht zurück, daß Magara Trevine vor mehr als zwei Händen verlassen hatte und daß niemand wußte, wann ihre Rückkehr zu erwarten war.

Nach seinem vergeblichen Versuch, Magara nach Nimmern zu folgen, wurde Hewitt immer verdrossener und ruheloser. Doch alles andere wäre ihm lieber gewesen als die Ablenkung, die ihn aus seiner erzwungenen Untätigkeit riß. Die Sonnenfinsternis geschah etwa zwei Stunden nach der Mittagszeit und überraschte ihn vollkommen, doch diesmal reagierte er schnell und sah nach oben, um zu sehen, ob wieder ein bestimmter Farbton vorherrschte. Der Stich ins Grüne war unverkennbar, und sobald die Sonnenfinsternis vorbei war, beeilte sich Hewitt, den Gobelin zu untersuchen.

Der grüne Streifen des Regenbogens war wie erwartet verschwunden, obwohl dies die einzige Veränderung im Frühling war. Überall sonst waren die Veränderungen wesentlich ausgeprägter. *Es geschieht so schnell!* dachte er und starrte entsetzt auf die beschleunigte Rückentwicklung des Gartens. Die untergehende Sonne des Herbstes war jetzt fast vollkommen verfinstert und ließ nur eine schmalen schimmernden Hof zurück; noch schlimmer war ein kleiner schwarzer Punkt inmitten des sommerlichen Sonnenaufgangs. Mehrere Pinienbäume hatten sich sowohl im Herbst als auch im Winter in leblose schwarze Stümpfe verwandelt, die aussahen, als ob sie durch Blitze gespalten und verbrannt worden wären. Der große Apfel war herabgefallen und war auf dem Boden aufgeplatzt, um sich in eine widerliche schlammige Masse zu verwandeln. Das Eichhörnchen war nirgendwo zu sehen. Der Schwan stürzte mit offenem Schnabel und roten Augen vom Himmel, als wollte er die Frau angreifen – die sich zusammenkauerte und mit hochgerissenen Armen ihren Kopf zu schützen versuchte. Von ihrer einstigen heiteren Gelassenheit war nichts mehr zu spüren. Die Enten zu ihren Füßen flatterten mit den Flügeln, als wären sie überrascht. Insgesamt wirkte der Herbst jetzt viel dunkler, kalt und trübe, und der Eindruck des Zerfalls war viel stärker, als es in dieser Jahreszeit natürlich gewesen wäre. Der Winter schien bereits sehr unwirtlich zu sein, und obwohl bislang nur der kleine schwarze Punkt den Sommer beeinträchtigte, wußte Hewitt, daß auch er bald dem Niedergang geweiht war. Er fürchtete sich schon vor dem, was bei der nächsten Sonnenfinsternis passieren konnte. Er malte sich aus, daß das wirkliche Nimmern unter dem Nebel in ähnlicher Weise heimgesucht werden mußte – und wußte zugleich, daß er Magara nicht helfen konnte.

Am nächsten Tag entschied sich Hewitt für das Risiko, die unmittelbare Gegend zu verlassen. Er hielt es für den nächsten logischen Schritt, einmal rund um Nimmern zu reiten. Magaras Pferd und ihre Habe zurückzulassen schien ihm sicher genug zu sein; er hatte seit drei Tagen niemanden gesehen, und ein Diebstahl war mehr als unwahrscheinlich.

Er schrieb eine Nachricht für Magara für den Fall, daß sie während seiner Abwesenheit auftauchte, und befestigte sie an seiner behelfsmäßigen Unterkunft. Dann ritt er los, immer an der Nebelwand zu seiner rechten Seite entlang. Den wogenden grauen Nebel zu beobachten erwies sich als sinnloses Unterfangen, da er aus allen Richtungen das gleiche Bild bot. Selbst das umgebende Land war die gleiche nichtssagende Heidelandschaft wie das Gebiet, in dem er sein Lager aufgeschlagen hatte. Und die kleinen Dickichte und Gehölze beherbergten keinerlei tierisches Leben. Es war offensichtlich, daß nicht nur die Menschen Nimmern mieden.

Hewitt brauchte über eine Stunde, um die gegenüberliegende Seite des Nebels zu erreichen, und er schätzte den Durchmesser des flachen, kreisförmigen Tals auf mehr als eine viertel Wegmeile. Er setzte seine Rundreise weiter fort und hatte schon fast die Hälfte des Rückwegs hinter sich, als er einen seltsamen Aufbau am Fuß eines alleinstehenden Eichenbaums sah. Reisig, Zweige und Blätter standen in alle Richtungen ab; es sah aus wie ein riesiges, nicht besonders ordentliches Krähennest. Es war das erste Anzeichen dafür, daß er vielleicht doch nicht ganz allein in der Gegend war. Daher entschied er sich dafür, es zu untersuchen.

Während er noch ein paar Schritte davon entfernt war, tauchte zu seiner Überraschung plötzlich ein Kopf am Ende des bunten Haufens auf, der ihn intensiv wie ein Vogel anstarrte und dann wieder verschwand. Hewitt stieg ab und ging vorsichtig näher heran.

»Hallo?«

Es raschelte, und dann bewegte sich etwas. Eine Frau kroch auf allen vieren heraus und setzte sich mit übereinandergeschlagenen Beinen auf die trockene Erde. Sie war bemitleidenswert schmal und in schmutzige Fetzen gekleidet. Ihr Gesicht war hager, und die Lippen waren mit Beerensaft verschmiert; die blauen Augen unter den ungekämmten, glanzlosen Haaren waren klar und sahen ihn an.

»Ich kann dir das Geheimnis nicht verraten«, sagte sie ernsthaft.

»Was für ein Geheimnis?«

»*Das* Geheimnis.«

Hewitt war überrascht über diese seltsame Begrüßung. »Lebst du hier?« fragte er.

»Ja.«

»Wie lange bist du schon hier?«

»Schon immer.«

»War der Nebel immer hier?«

»Was für ein Nebel?« fragte die Frau und runzelte die Stirn.

»Das dort«, erwiderte er und deutete darauf.

»Das ist kein Nebel!« Ihr Ton drückte eindeutig aus, daß er etwas vollkommen Lächerliches gesagt hatte.

»Was ist es dann?«

»Es ist ein *Geheimnis*.«

»Oh.« Hewitt kam zu der Überzeugung, daß die seltsame Einsiedlerin sogar noch exzentrischer war, als auf den ersten Blick zu vermuten war. »Warst du da drin?«

»O ja! Schon oft.« Ein Anflug von Stolz klang in ihrer Stimme mit.

»Wie kommt man hinein?« fragte er und versuchte zu verbergen, wie sehr ihn ihre Antwort interessierte. *Oder ist das auch ein Geheimnis?* fragte er sich stumm.

»Man muß auf die Lichter warten«, antwortete die Frau, als ob Hewitt das eigentlich hätte wissen müssen.

»Was für Lichter?«

»Die Lichter zum Reiten.«

»Das verstehe ich nicht«, sagte Hewitt und dachte, daß die alte Frau so übergeschnappt war wie eine Sumpfotter.

»Die Lichter kommen heraus, und man reitet auf ihnen.« Sie erklärte es ihm geduldig und sprach mit Hewitt wie mit einem kleinen Kind. »Sie bringen einen hinein. Aber *dich* werden sie nicht mitnehmen.«

»Warum nicht?«

»Du mußt irgendwie anders sein«, sagte sie wissend.

»Wie sieht es da drinnen aus?« fragte er, um es auf eine andere Weise zu versuchen.

»Spinnengewebe.«

So hatte es Hewitt auch empfunden, als er mit dem grauen, alptraumhaften Stoff in Berührung gekommen war. Dann kam er auf einen ganz anderen Gedanken.

»Wie ist dein Name?«

Die Frau schien von seiner Frage überrascht zu sein, überlegte eine Weile und versuchte sich an die richtige Antwort zu erinnern.

»Celia«, sagte sie schließlich.

Hewitt verfluchte sich selbst dafür, daß er die Wahrheit nicht sofort erkannt hatte. Obwohl diese Frau nicht ganz Magaras Beschreibung von Celia entsprach, konnte das kaum überraschen, da sie schon lange so lebte. Wenn er sich nicht sehr täuschte, war es Celia nie gelungen, die Abwehr Nimmerns zu überwinden, und das hatte sie zusammen mit ihren früheren Sorgen in den Wahnsinn getrieben. Magara riskierte alles – und es war sinnlos! Er starrte auf den Nebel, und Haß stieg in ihm auf.

»Ich kann das alles verschwinden lassen, wenn du willst«, versicherte ihm Celia heiter.

»Wie?«

Sie wandte sich dem Nebel zu, schloß die Augen und kicherte.

Obwohl Hewitt selbst genug Probleme hatte, tat die Frau ihm furchtbar leid, und er versuchte sie zu überreden, mit ihm zu seinem Lager zu kommen. Doch sie rührte sich nicht von der Stelle. Sie zuckte auch nur mit den Schultern, als er den Namen ihres Sohnes erwähnte. Sie erklärte wieder und wieder, daß sie auf die Lichter warten müsse, und er gab schließlich auf. Wenn Celia so lange in der Wildnis überlebt hatte, dann würden ihr ein paar Tage mehr sicher nicht schaden. Außerdem sah Hewitt keine Möglichkeit, ihr zu helfen – und er wagte es nicht, das Lager längere Zeit zu verlassen, solange Magara nicht zurückgekehrt war.

Am nächsten Tag gingen seine Lebensmittel zur Neige. Er änderte daher seine Nachricht an Magara und ritt los. Er brauchte einige Zeit, um das nächstgelegene Bauernhaus zu finden, und dann traf er auf einen Bauern und seine Frau, die Hewitt und sein Geld mit tiefem Mißtrauen betrachteten. Sie konnten nichts entbehren, und so mußte der Musiker seinen Weg bis zur Ortschaft fortsetzen.

Er kehrte am frühen Nachmittag ohne Geld, aber voll beladen zurück. Er wollte Celia etwas zu essen bringen; da sie nirgendwo zu sehen war, ließ er die Nahrungsmittel nahe ihrem Nest zurück und machte sich wieder auf den Weg zu seinem Lager. Der Gobelin hatte ihn dabei ständig begleitet – er wußte, daß Magara ihm niemals vergeben würde, wenn dem guten Stück etwas passierte –, aber er hatte sich seit zwei Tagen in keiner Weise verändert. Während er seine Vorräte auspackte, fühlte er jedoch eine seltsame Vorahnung und sah nach oben. Die Sonnenfinsternis kam ganz plötzlich, und die orangefarbene Tönung ihres Hofes war ganz deutlich. *Auf die Lichter warten*, fiel ihm wieder ein, und es gab ihm zu denken.

Sobald die Sonnenfinsternis vorbei war, untersuchte Hewitt den Gobelin erneut, aber der orangefarbene Streifen des Gobelins war noch immer vorhanden, und er begann seine früheren Vermutungen in Frage zu stellen. Sonst hatte sich ebenfalls nichts verändert – aber das war nur ein geringer Trost.

Die Zeit hatte aufgehört, für Magara von Bedeutung zu sein. Sie war eingeschlossen in der Bibliothek, die es nicht wirklich gab. Es gab für sie weder Nacht noch Tag, weder Sonnenaufgang noch Sonnenuntergang. Es gab keine Sonnenfinsternisse. Die meiste Zeit konnte sie sich nicht einmal vom Tisch erheben. Selbst das Essen und die Getränke wurden ihr gebracht, und zwar von einem Mann, der niemals lächelte und immer stumm blieb, auch wenn sie ihn ansprach. Er war das einzige lebende Wesen, das sie zu sehen bekam – abgesehen von den regelmäßigen Besuchen des Messermannes. Wann immer es notwendig war, wurde es ihr ermöglicht, ihre Füße zu gebrauchen und die angrenzenden Räume aufzusuchen – die in Arenguard nicht existierten –, um sich zu waschen und sich um ihre übrigen Bedürfnisse zu kümmern. Wenn man davon absah, hatte sie überhaupt keine Freiheit. Sie schlief sogar in ihrem Stuhl, um verkrampft und gerädert wieder aufzuwachen. Das Buch befand sich immer vor ihr.

Obwohl sie den größten Widerwillen dagegen hatte, schrieb Magara die Vision des verfallenen Gartens nieder, wie es ihr der Zauberer gezeigt hatte. Sie verbrachte soviel Zeit wie möglich damit, die Wunder des noch nicht beeinträchtigten Gartens zu beschreiben, was den Zauberer schon bald ungeduldig werden ließ. Furchtsam begann sie daher, mit ihren Worten Bilder der Zerstörung zu zeichnen. Blitze schlugen ein, Bäume und Pflanzen starben ab, Früchte verfaulten und fielen herab. Diese Vorgänge machten sie ganz krank, aber der Messermann erinnerte sie daran, daß sie viel größeres Ungemach heraufbeschwor, wenn sie ihm nicht gehorchte.

Einmal besuchte er sie jedoch wieder aus einem ganz anderen Grund. Sie erwachte gerade aus einem Schlaf mit schweren Träumen und murmelte: »Ich kann jetzt nicht schreiben. Ich bin erschöpft.«

»Heute nacht habe ich eine andere Aufgabe für dich«, erwiderte er.

Magara wartete stumm ab, da sie nichts Gutes erwarten konnte.

»Du sollst gewisse Anweisungen an deine Freunde übermitteln«, erklärte er. »Ich wollte dich das schon früher tun lassen, aber einer meiner Kollegen war in der letzten Zeit zu leichtsinnig. Sein Tod war fast zu einfach.«

»Wie kann ich ihnen diese Anweisungen senden?« fragte sie schicksalsergeben.

»Benütze die Verbindung«, antwortete er. »Vergiß nicht, wo du bist. Alle Linien verlaufen durch den Vortex, und sie stehen dir zur Verfügung.«

»Warum machst du es nicht selbst?«

»Ich könnte es natürlich«, sagte er beiläufig, »aber es paßt einfach besser auf *diese* Weise, meinst du nicht auch? Du wirst sie leicht finden können, und sie kennen dich. Sie vertrauen dir.«

»Wie kann ich sicher sein, ob ich sie nicht in eine Falle locke?«

»Überhaupt nicht.« Sein Lächeln ließ Magara zusammenzucken.

»Was soll ich ihnen sagen?« fragte sie resigniert.

»Zeig ihnen dieses Bild.« Er berührte ihre Stirn mit einem Finger, und vor ihrem geistigen Auge sah sie graue, mit roten Streifen durchzogene Felswände mit Höhlen an ihrem Fußende. Eine orangefarbene Feuerkugel leuchtete in einer der Höhlenöffnungen.

»Sie sollten dankbar sein für den Rat«, bemerkte der Zauberer. »Wenn sie sich beeilen, werden sie noch einen von meinen ehemaligen Kollegen antreffen. Und er wird ziemlich hilflos sein.« Es klang fast frohlockend.

Wenn sie einen weiteren Messermann töten, dann machen sie damit diesen hier noch stärker, begriff Magara. *Aber was kann ich tun?* Laut sagte sie: »Also gut. Wie benutze ich die Verbindung?«

»Soll ich dir ein Bild davon zeichnen?« fragte er spöttisch. Auf ein Schnippen seiner Finger hin verschwand die Bibliothek, und Magara trieb in endloser Dunkelheit. Dann wurden in der Dunkelheit Muster sichtbar; endlose Linien von Licht, zuerst schwach und dann immer stärker; ein unendliches Netz, dessen Linien sich wieder und wieder kreuzten; sie trafen aufeinander, teilten sich, wuchsen zusammen, und das alles ohne Ende.

»Sieh dir das Netz an«, forderte sie der Zauberer aus dem Dunkeln auf. Er klang belustigt.

Magara fühlte sich winzig klein in dieser Weite und hilflos gegenüber den komplizierten Strukturen, aber sie wußte, daß dies der Stoff der Wirklichkeit war. Hier spielte sich das wirkliche Leben der ganzen Welt ab; hier war alles enthalten, was in der Vergangenheit geschehen war oder noch geschehen würde. Wer die Verbindung beherrschte, das wußte sie, war wahrhaftig ein Gott.

Ein Widerstreit der Gefühle tobte in ihr. *Ich könnte dies sicher benutzen, um ihn zu besiegen!* Aber die Gefahren einer solchen Macht hatte sie schmerzhaft erfahren müssen. *Man muß sich nur ansehen, was es aus ihm gemacht hat. Wenn ich es benütze, werde ich wie er.* Ehrgeiz, Furcht und Gier stiegen gleichzeitig in ihr auf, aber noch stärker war ihr Mitleid. Die Verbindung war krank, starb vielleicht sogar – mit allen Auswirkungen, die das auf ihre Welt hatte. Magara wollte helfen, doch dazu hätte sie das verlorene Gleichgewicht wiederherstellen müssen. Sie wußte, daß diese Aufgabe über ihre Fähigkeiten hinausging. Die Stimme ihres Peinigers riß sie rauh aus ihren Träumen, und seine Worte waren eine unheimliche Antwort auf ihre Gedanken.

»Denke nicht daran, mein Geschenk zu mißbrauchen. Die Verbindung läßt sich ihre Geheimnisse nicht von jemandem entreißen, der nicht eingeweiht ist. Wenn du dich übernimmst, mußt du einen hohen Preis dafür bezahlen. Und ich werde zusehen.«

»Was muß ich tun?« fragte Magara, und ihre Stimme klang schwach und verloren in der Leere.

»Denk an deine Freunde, denk an etwas, das nur für sie typisch ist«, wies er sie an. »Die Verbindung wird sie für dich finden. Dann laß sie das Bild sehen, das ich dir gegeben habe.«

Varo? Brostek? versuchte sie zögernd.

Linien verschoben sich und wirbelten herum. Muster formten sich und lösten sich wieder auf. *Etwas, das nur für sie typisch ist,* dachte sie und fühlte sich leicht benommen. Es gab so viele Möglichkeiten und so viele Fallgruben. Magara sah eine Zeitlang nur zu und dachte nach. Sie ging Erinnerungen durch, bis sie auf den Satz kam, den Brostek zu ihr gesagt hatte.

Heute nacht werden die Sterne aus deinen Augen leuchten.

»Das bin ich«, sagte jemand. »Aber ich habe nichts gesagt.«

Magara erkannte Brosteks Stimme, bekam sein schlafendes Gesicht flüchtig zu sehen und lächelte. Varo war ebenfalls in der Nähe. Dann zog etwas anderes ihre Aufmerksamkeit auf sich. Die Wärme zog sie zu den vier Ringen, die sich gegenseitig berührten. *Wie die meinen,* dachte sie und wandte sich rasch wieder davon ab, da sie befürchtete, der Messermann könnte es entdecken.

»Stelle die Verbindung richtig her«, befahl er irritiert.

Ich denke an dich, sandte sie aus, um sogleich Brosteks Antwort zu erhalten.

»*Kleine.*»

Sie hatten sich ihr jetzt beide geöffnet. Sie sandte ihnen daher das Bild mit der Felswand und spürte, wie sie es aufnahmen – und entsetzte sich augenblicklich über das, was sie tat, wußte, daß es falsch war. Aber dann fühlte sie eine weitere Quelle der Wärme, einen weiteren Umriß ähnlich ihrem Anhänger. Sie ließ es nicht aus ihrem Blickfeld entschwinden, und sie sah eine entfernte Ortschaft, und in den Kreideboden davor war der Umriß eines Pferdes gezogen. Sie kannte alle drei Örtlichkeiten; ihre Freunde, die Felswand, das Dorf – aber dann verschwanden sie alle zugleich, und sie fand sich orientierungslos in der Bibliothek wieder.

Der violette Schimmer um den Zauberer herum flackerte heftig, als er sie mißtrauisch aus seinen kalten Augen anstarrte.

»Was hast du gemacht?« wollte er wissen. »Am Schluß, meine ich?«

»Du … du hast gesagt, daß sie sich beeilen sollten«, antwortete sie. »Der direkte Weg zu der Felsenschlucht ist zugeschneit, daher habe ihnen gesagt, daß sie einen anderen Weg nehmen sollen.« Sie wartete ab, da sie nicht wußte, ob er ihre hastig improvisierte Erklärung akzeptierte. Sein Gesicht verriet nichts.

»Ich gratuliere«, sagte er schließlich. »Du scheinst wirklich eine Begabung für diese Arbeit zu haben. Ich werde vielleicht darauf zurückkommen.« Er sprach freundlich mit ihr, doch sie hörte die verborgene Drohung aus seinen Worten heraus. »Laß mich den Anhänger sehen«, fuhr er unerwartet fort.

»W-was für ein Anhänger?« stammelte sie.

»Komm schon.« Er streckte seine Hand aus. »Versuche nicht, meine Geduld zu strapazieren.«

Zögernd zog Magara den Anhänger heraus und überreichte ihn ihm. Der Messermann untersuchte ihn lächelnd. Es entging ihr jedoch nicht, daß er nur das lederne Band berührte, nicht aber das Metall selbst. Nach ein paar Augenblicken warf er es wieder zu ihr zurück.

»Wenn dir solche Kinkerlitzchen helfen«, höhnte er. »Du kannst jetzt schlafen, wenn du es nötig hast, und dann schreibst du weiter.«

Nachdem er weg war, grübelte Magara darüber nach, ob die vier Ringe vielleicht eine besondere Bedeutung hatten. Der herablassende Ton ihres Peinigers hatte überzeugend geklungen, und er hätte es ihr sicher nicht zurückgegeben, wenn sie es gegen ihn verwenden konnte. Und dennoch …

Die Zeit verging – doch Magara hätte das nur durch die langsame Vollendung des Buches beweisen können. Sie haßte jedes Wort, das sie schreiben mußte, und suchte nach allen möglichen Ausflüchten, um ihre Arbeit zu verzögern. Sie überarbeitete einzelne Abschnitte wieder und wieder, wiederholte sich und gab vor, gewisse Einzelheiten zu vergessen. Und sie machte die merkwürdige Entdeckung, daß der Messermann dadurch zwar verärgert wurde, jedoch nichts gegen ihre Zeitschinderei unternahm. Sie fragte sich, warum er sie nicht zu größerer Beeilung zwang. Sie schlief so viel wie möglich und erledigte so wenig neue Arbeit wie möglich, doch sie wußte sehr wohl, daß sie nur das Unvermeidbare verzögerte.

Während sie um Zeit spielte, schweiften ihre Gedanken oft zu Varo und Brostek ab. Was sie wohl aus der Vision gemacht hatten, die sie ihnen übermittelt hatte. Sie hoffte, daß auch ihre wirklichen Gefühle angekommen waren und daß die beiden Männer zu dem Dorf mit dem Kreidepferd gehen würden. Dort, wenn überhaupt irgendwo, konnten sie Hilfe finden. *Bei den Göttern, ich wünschte, ich wäre jetzt bei ihnen!* Sie stellte sich Varos vollendete Züge vor und spürte, wie sich seine starken Arme um sie schlangen und sie mühelos vom Boden hoben. Sie hörte Brostek lachen und scherzen und zu ihr sagen, sie solle doch nicht so dumm sein. Was er jetzt wohl zu ihr sagen würde. *Hör endlich mit den Tagträumereien auf, und überlege, ob es einen Ausweg gibt!* gab sie sich selbst die Antwort. *Aber wie?*

Viel später erst dämmerte ihr, daß sie die Verbindung vielleicht doch selbst benutzen konnte. Es war eine beängstigende Vorstellung, aber wenn der Zauberer recht hatte, der sie gefangenhielt, dann waren die Möglichkeiten unbegrenzt – sofern sie Erfolg hatte. Je mehr sie darüber nachdachte, desto sicherer wußte sie, daß sie es versuchen mußte. *Du scheinst wirklich eine Begabung für diese Arbeit zu haben.* Doch Magara wußte nicht, wo sie anfangen sollte. *Soll ich dir ein Bild davon zeichnen?* Wie konnte sie sich selbst ein Bild zeichnen?

Alle Linien verlaufen durch den Vortex, und sie stehen dir zur Verfügung.

Einen Augenblick lang saß Magara wie erstarrt, und ihr Herz raste. Die Worte waren ihr vertraut, aber es war nicht die Stimme des Zauberers gewesen.

Wer bist du? fragte sie flehentlich. *Sprich mit mir.* Sie war sich plötzlich der Unermeßlichkeit bewußt, die sie wirklich umgab, obwohl sie nichts sehen konnte. *Sie* war die Verbindung geworden.

Ein Bild formte sich in ihren Gedanken: eine Frau, die sie sofort als die Frau von dem Gobelin erkannte. *Halana.* Irgendwie war sie das kleine Mädchen, die erwachsene Frau und die alte Stickerin zugleich, aber Magara wollte sie lieber als die zauberhaft schöne junge Frau sehen, deren lange schwarze Haare locker über die Schulter fielen – oder Halana zog es vor, sich ihr so zu zeigen.

Du befindest dich auf unsicherem Boden, Magara. In deiner Welt ist dies als das Reich der Toten bekannt. Es klang ein wenig feindselig.

Hilf mir, flehte Magara.

Du mußt deinen eigenen Weg wählen.

Aber ich habe keine Wahl.

Es gibt immer eine Wahl, widersprach ihr Halana. *Warum verrätst du auf diese Weise deine Begabung? Du bist eine Heilerin, aber das* ... sie deutete auf das Buch ... *das bedeutet Krankheit, vielleicht sogar Tod. In der Vergangenheit haben deine Geschichten viele Herzen berührt, und dein Einfühlungsvermögen hat vielen verstörten Seelen geholfen. Hiermit verleugnest du das alles.*

Aber wenn ich es nicht tue ... schrie Magara, die durch die Anschuldigungen über alle Maßen betroffen war, *werden diese armen Menschen im See niemals befreit werden* – und ich werde ebenfalls ihr Schicksal teilen.

Und wenn du es tust, entgegnete Halana, *werden wir alle ihr Schicksal teilen. Der Preis für deinen Erfolg wird nicht nur die Zerstörung Nimmerns sein, sondern der Tod oder die Versklavung aller in unserer Welt. Wenn er die absolute Herrschaft über die Verbindung gewinnt, dann wird die Dunkelheit überall sein außer im Vortex – und für immer.*

Nein!

Du weißt in deinem Herzen, daß ich recht habe, fuhr Halana erbarmungslos fort und ignorierte ihr verzweifeltes Leugnen. *Sei du selbst, Magara. Er braucht deine Hilfe. Verweigere dich ihm um unseretwillen.*

Die Verbindung brach damit ab, und Magara verstand es ebensowenig, wie sie das Zustandekommen der Verbindung nicht hatte begreifen können. Sie legte ihre Feder nieder und starrte auf das beschriebene Blatt vor ihr. In ihren Worten sah sie Feigheit und Schuld. Sie zitterte und spürte, wie sich das Eis immer fester um sie schloß.

30.

KAPITEL

Bair und Ross stellten ihre Pferde ein und fragten sich, was sie nun tun sollten, da sie eigentlich keinen Grund mehr hatten, den Krater zu besuchen. Auf dem Weg zurück zu dem Schlafsaal, in dem Rogan, Lisle und Slaton lagen, stellten sie Mutmaßungen darüber an, ob sich in Trevine vielleicht eine andere Heilerin befand, die ihren kranken Freunden helfen konnte.

»Es sind viele begabte Leute da unten«, stellte Bair fest.

»Wir werden uns erkundigen«, stimmte Ross zu. Er war sehr niedergeschlagen wegen der Krankheit seines Bruders, aber er war noch lange nicht gewillt, die Hoffnung aufzugeben.

Als sie in dem Raum ankamen, hatte sich der Zustand der Patienten noch immer in keiner Weise verändert. Wenig später wurden sie auf einen Besucher aufmerksam – es war einer der Wandmänner, der Ross soeben in den Krater und wieder nach oben gebracht hatte.

»Der Rat hat euch alle eingeladen, in Trevine zu bleiben«, berichtete er ihnen. »Werdet ihr kommen?«

»Gerne«, erwiderte Bair und nahm das unerwartete Angebot dankbar an.

»Dann werde ich die Vorbereitungen treffen«, antwortete der Wandmann und sah auf die drei leblosen Gestalten. »Wartet hier.«

»Ich frage mich, was sie dazu veranlaßt hat« sagte Ross, als der Mann gegangen war.

»Ich weiß es nicht. Aber ich bin in jedem Fall froh darüber.«

Später kehrte der Wandmann mit mehreren seiner Kollegen zurück. Sie legten die drei Verletzten auf feste Tragen und befestigten sie sorgfältig darauf, trugen sie dann zum Rand. Bair und Ross folgten und bewunderten dabei die Tüchtigkeit der Wandleute.

Als sie die Bodenplattform erreichten, dämmerte es

bereits, aber es wartete dennoch ein Empfangskomitee, um sie zu begrüßen. Unter ihnen befand sich ein großer, muskulöser Mann, der eine klare Autorität ausstrahlte. Er trat vor, sowie Bair und Ross aus ihrem Förderkorb befreit waren.

»Der Rat heißt euch willkommen«, sagte er. »Ich bin Rothar.«

Bair stellte sich und Ross vor, dann die drei verwundeten Männer.

»Lisle und Slaton kennen wir«, erwiderte Rothar. »Sie sind gute Freunde von Magara und auch für sich genommen bemerkenswert.«

»Das können wir von uns nicht behaupten«, antwortete Bair. »Wir sind nur Freunde von Magara ...« – selbst das war fast schon übertrieben – » ... und hatten gehofft, daß sie unsere Begleiter heilen könnte.«

»Magaras Freunde sind hier willkommen«, sagte der Ratsherr. »Sie ist ein geschätztes Mitglied unserer Gemeinschaft. Wie ihr wißt, ist sie zur Zeit nicht hier – Iro kann euch mehr darüber berichten.« Er deutete auf einen weißhaarigen Mann mit einem grauen Arbeitskittel, der in der Nähe stand. »Aber wir wollen euch zuerst zu Magaras Haus bringen. Das paßt sicher am besten.« Rothar ging voraus. »Es gibt noch mehrere in Trevine, die zu heilen verstehen«, sagte er ihnen. »Vielleicht können sie euren Gefährten helfen.«

Erst später an diesem Abend ergab sich für Iro endlich die Gelegenheit, mit Bair und Ross zu sprechen. Sie befanden sich in Magaras Haus auf dem See und hatten bereits mehrere Besucher empfangen. Keiner hatte herausfinden können, was ihren Freunden fehlte, oder einen Vorschlag zu ihrer Behandlung machen können. Einige hatten jedoch versprochen, weitere Forschungen dazu anzustellen und am nächsten Tag wiederzukommen.

Der Alchimist berichtete den beiden Männern von Magaras Entscheidung, nach Nimmern aufzubrechen, und von den Umständen, die dazu geführt hatten. Er erzählte auch alles, was er über ihr Ziel wußte.

»Sofern sie und Hewitt sich nicht in unvorhersehbarer Weise verspätet haben«, schloß er, »dann müßten sie Nimmern bereits vor Tagen erreicht haben. Aber ich kann beim besten Willen nicht sagen, wann wir sie wieder hier erwarten können. Wir wissen nur, daß sie nicht vorhatte, länger als einen Monat wegzubleiben.«

Die beiden Reisenden wußten nicht so recht, was sie davon halten sollten, aber sie stimmten in einem überein: Brostek und Varo sollten sobald wie möglich davon erfahren.

»Ich werde gleich morgen früh aufbrechen«, sagte Ross. »Kümmere dich bitte auch meinetwegen um sie.« Er sah zu seinem Bruder hinüber.

»Natürlich«, erwiderte Bair, der das bereitwillige Angebot des jüngeren Mannes zu schätzen wußte, diese Aufgabe zu übernehmen. »Geh zuerst nach Duncery und laß dann die Nachricht an allen anderen gewohnten Stellen zurück. Auf diese Weise wird sie entweder unsere Nachricht schon bald erreichen, oder wir erfahren von ihnen.« An Iro gewandt fügte er hinzu: »Danke für deine Hilfe.«

»Es ist das wenigste, was ich tun konnte«, erwiderte der Alchimist. »Ich habe schon von euren Taten gehört. Und ich wünsche ebenso wie ihr, daß Magara sicher zurückkehrt.«

Ross war bereits einen ganzen Tag weg – und während dieses Tages hatte sich der Zustand der drei Verletzten trotz aller Anstrengungen seitens der Bewohner von Trevine nicht verändert –, als Lisle sich zu rühren begann. Doch Bair bemerkte es nicht. Er war vor Erschöpfung in einen tiefen Schlaf gefallen.

»Magara«, stieß Lisle aus, und ein freundliches Lächeln belebte sein Gesicht.

Lisle setzte sich langsam auf, sah sich um, verließ dann rasch das Bett, nahm vorsichtig seine Laute auf und ging auf Zehenspitzen zur offenen Tür. Im Gegensatz zu seiner sonst eher plumpen Fortbewegung ging er so leichtfüßig, daß das

Haus nicht ein bißchen schwankte. Es war, als schwebte der Junge dahin.

Als er den Laufsteg draußen erreicht hatte, starrte er gebannt auf den See. Die Oberfläche war ruhig und spiegelte den sich allmählich erhellenden Himmel vollendet wider, ebenso die dunklen Felsen des Kraterrandes und die übrigen Gebäude von Trevine. Doch Lisle sah tief in das Wasser hinein.

Ein Boot war unweit von ihm seitlich am Laufsteg festgemacht, und kurze Zeit später stieg Lisle so geschickt und unauffällig in das Boot, wie es diesem unbeholfenen Jungen niemand zugetraut hätte. Er starrte lange und bedächtig auf den Knoten, mit dem das Seil am Bug festgemacht war, und zog ein paarmal vorsichtig daran. Der Knoten löste sich nicht. Dann begann Lisle ganz leise zu singen; seine Finger tanzten zu der Melodie, banden geschickt den Knoten auf und machten das Boot los.

Es waren noch kaum Leute unterwegs, und diese sahen höchstens flüchtig auf den See hinaus; es war eine alte Tradition, daß niemand die Stille dieser Spiegeltage störte, diese Zeiten, in denen nicht einmal der Wind die makellose Oberfläche des Wassers kräuselte. Niemand sah, wie Lisle das kleine Boot langsam und mühsam zur Mitte des Sees hin bewegte, indem er mit einem Ruder paddelte. Er sang noch immer leise vor sich hin; die sanften Wellen im Kielwasser des Boots verbreiteten sich über das im übrigen bewegungslose Wasser.

Nachdem er etwa fünfzig Schritt weit gekommen war, hielt Lisle inne, schien zufrieden zu sein und legte das Ruder nieder. Er griff nach seiner Laute, saß ganz still und sah über das Wasser hinweg. Die Kräuselungen, die die von seinem Boot zurückgelegte Strecke kennzeichneten, verzerrten noch immer die Wasseroberfläche, und er betrachtete sie genau, bevor er zu spielen begann. Eine leise, besänftigende Melodie erklang, wie ein Wiegelied für den Wind. Das gekräuselte Wasser schien zu reagieren, glättete sich zunehmend, während die Musik sanft über die Oberfläche glitt. Schließlich war wieder alles glatt, und Lisles Boot fand eine genaue Entsprechung in seinem Spiegelbild im Wasser. Die Stille kehrte zurück, als der Junge sein Instrument niederlegte, dann aufstand und in den Spiegel sprang.

Er tauchte unter, wobei seine Arme und Beine sinnlos herumfuchtelten, bevor sie im Wasser verschwanden. Bald verrieten nur noch ein paar silberne Blasen, die sich zur Oberfläche kämpften, die Stelle, an der ihn das Wasser verschlungen hatte. Dann hörte auch das auf, und völlige Ruhe kehrte im Krater ein.

Als das leere Boot wenig später entdeckt wurde, löste es große Bestürzung aus. Niemand konnte sich vorstellen, wer so gegen die Tradition verstoßen hatte; noch konnte jemand erklären, was aus dem Ruderer geworden war. Die Taucher waren sicher, daß es niemand aus ihren Reihen war, doch niemand außer ihnen konnte so lange unter Wasser bleiben. Der Besitzer des Boots beschwor, es ordentlich festgemacht zu haben.

Erst als Bair durch den Aufruhr zu sich kam und das Verschwinden Lisles bemerkte, gingen ihre Vermutungen in die zutreffende Richtung. Selbst dann zögerten die Taucher jedoch damit, ihre Bräuche zu brechen, um eine Rettungsaktion zu starten, doch Bair blieb unnachgiebig. Dann kam eine leichte Brise auf, so daß sich das Wasser ohnehin zu kräuseln begann, und die Boote liefen sofort aus. Lisles zurückgelassene Laute bestätigte ihre schlimmsten Befürchtungen. Sie tauchten und suchten die Gegend ab, in der der Junge verschwunden war, doch sie fanden nichts. Wenn er ertrunken war, dann mußte sein Körper in den tiefsten, am wenigstens zugänglichen Teil des Sees gesunken sein, und es konnte daher lange dauern, bis er entdeckt wurde – wenn überhaupt.

Es erwies sich als müßig, Mutmaßungen darüber anzustellen, warum Lisle das getan hatte. Es konnte keine Erklärung, keinen vernünftigen Grund für seine Handlungen geben. Alle trauerten über den Verlust eines so einmaligen Menschen.

Bair kehrte zu den beiden anderen zurück, die ihm anvertraut waren und die sich noch immer im Koma befanden. Er trauerte um Lisle und gab sich die Schuld, da er nicht gut genug auf ihn aufgepaßt hatte. Nur wenige Tage hatte er den Musiker gekannt, aber er hatte wie alle seine Begleiter große Achtung vor den Jungen gehabt. Das einzig Tröstliche daran war, daß der Junge offensichtlich ohne jede äußere Hilfe das Bewußtsein wiedererlangt hatte – und das war eine gute Aussicht für Rogan und Slaton. Doch selbst dieser Gedanke brachte eine neue Sorge mit sich. Wenn Slaton erwachte, dann mußte er ihm von Lisles Schicksal berichten.

Magaaara.

Lisle wußte, daß sie irgendwo in der Nähe war, und wollte sie finden. Obwohl er seine Gefühle nicht in Worte hätte fassen können, wußte er, daß die Musik, die sein Leben ausmachte, viel lieblicher klang, wenn er ihr nahe war. Er nahm nicht an, daß sie sich im See befand. Er wußte nicht einmal, was ein See war. *Doch* er hörte ihr Lied. Es kam aus dieser Richtung, und er versuchte, ihr zu folgen.

Er hatte keine Angst, als das Wasser an ihm vorbeiströmte, denn er kannte die Gefahren nicht. Die silbernen Blasen faszinierten ihn, aber es schmerzte, wenn er zu atmen versuchte, und so hörte er auf damit. Statt dessen sah er sich um und lauschte, hörte noch immer ihr Lied – das jetzt immer lauter wurde – über das Rauschen in seinen Ohren hinweg.

Hinab, hinab. Dunkler und dunkler. Und kalt. Schmerzen in seiner Brust, in seinen Ohren, in seinem Gesicht. Schwärze. Hinab, hinab …

Magaaara.

Dann ging es wieder aufwärts, obwohl er nicht die Richtung gewechselt hatte. Es war jetzt heller. Die Schmerzen nahmen zu, und es war noch immer kalt, aber die Dunkelheit war weg. Nach oben, nach oben …

Lisles Kopf stieß durch die Oberfläche, triefend von eisigem Wasser, während er in der kalten Luft prustete und nach Luft schnappte. Er schlug mit Armen und Beinen um sich, um nicht wieder unterzugehen. Die Schmerzen ließen nach, aber die bittere Kälte blieb.

Lisle sah sich um und war nicht im geringsten überrascht, als er sah, daß der See jetzt von hohen, schneebedeckten Bergen umgeben war. Er wußte, daß sie hier war. Doch obwohl ihr Lied jetzt noch lauter klang, konnte er sie noch immer nicht sehen.

Magaaara.

Auf beiden Seiten befand sich jeweils ein weiterer See. Sie waren jedoch eingefroren, und ihre Lieder klangen häßlich. Sie taten Lisles Ohren weh, daher hörte er weg und blickte in die weitere Ferne. Ein düsteres Schloß aus grauem Stein befand sich an einem Ende des Tals, und von dort ertönte Magaras Lied. Lisle planschte auf das Ufer zu, als das Lied plötzlich abbrach.

Nein, Lisle! Geh weg. Böse *hier.*

Von ihrer Stimme aufgehalten, kämpfte sich Lisle nicht weiter voran. Er ließ sich in das eisige Wasser zurücksinken. Der Schmerz ihrer Zurückweisung ließ das Lied in seinem eigenen Herzen verstummen.

Hinab, hinab. Er stürzte in die Dunkelheit.

Ross erreichte Duncery am späten Vormittag, nachdem er Trevine vor wenig mehr als einem Tag verlassen hatte. Er war sowohl erstaunt als auch erfreut darüber, daß die von ihm gesuchten Männer aus der entgegengesetzten Richtung in das Dorf ritten. Varo und Brostek ritten am Kopf einer überraschend großen Gruppe, und Ross fragte sich, wer die Fremden sein mochten. Als sie kurz darauf Neuigkeiten austauschten, erfuhr er von den Abgesandten aus Bari und noch viel mehr; er bemerkte aber auch die Spannungen unter seinen Mitkämpfern. Seine eigenen Neuigkeiten wurden mit gemischten Gefühlen aufgenommen.

»Lisle *hat* also gesagt, daß Magara in Gefahr ist«, stellte Brostek fest. »Und nicht, daß er sie brauchte.«

»Dessen können wir nicht sicher sein«, gab Luchs zu bedenken.

»Wenn sie in Schwierigkeiten ist, wie konnte sie dann diese Botschaft in euren Träumen übermitteln?« wollte Ryker wissen.

Varo mischte sich rasch ein, bevor Brostek darauf antworten konnte.

»Woher weißt du das alles?« fragte er Ross.

»Ein seltsamer Kauz namens Iro hat es uns gesagt«, erwiderte der Zwilling. »Magara hat mit ihm darüber gesprochen, bevor sie Trevine verlassen hat.«

»Sag uns alles darüber«, befahl sein Anführer.

Ross wiederholte zunächst Iros Erklärung über die Knoten, so gut er es konnte, und fügte dann hinzu, daß Nimmern einer von diesen war. Dann berichtete er ihnen von dem geheimnisvollen sogenannten Schatten-Labyrinth, von dem Magara annahm, daß es den magischen Ort umgab. Das paßte zu Slatons früherer Beschreibung, an die sich Varo und Brostek nur zu gut erinnern konnten. Dann beschrieb Ross den Gobelin und berichtete ihnen von Magaras Absicht, über das nahe Arenguard befindliche Heulenberg zu reisen, und daß sie von einem Musiker namens Hewitt begleitet wurde.

»Magara hat angenommen, daß das alles irgendwie zusammenhängt«, schloß Ross. »Nimmern, die Sonnenfinsternisse und die Messermänner.«

»Nun, was die beiden letzteren angeht, hat sie bestimmt recht«, sagte Brostek.

»Aber wie paßt Nimmern dazu?« fragte Luchs skeptisch. »Hört sich für mich so an, als hätte sie sich da auf ein ganz und gar nutzloses Unterfangen eingelassen.«

»Das glaube ich nicht«, widersprach Keredin.

»Warum?« fragte Varo schnell.

»Wenn Magara recht hat und der Gobelin tatsächlich Nimmern *darstellt*«, antwortete der ehemalige Zauberer, »dann möchte ich wetten, daß es ein Bildschlüssel ist.«

»Ein was?« fragte Brostek.

»Ein Bildschlüssel – ist etwas, das einen Knoten vor Veränderungen schützt«, erklärte Keredin. »Es kann viele Formen annehmen, aber im wesentlichen ist es eine Darstellung der wirklichen Gestalt des Ortes. Wenn der Ort in Gefahr ist, durch irgend etwas beschädigt zu werden, dann stellt der Bildschlüssel von selbst seinen ursprünglichen Zustand wieder her. Man kann es so ausdrücken, daß es das Gedächtnis ist, nach dem der Knoten sich selbst von neuem erschafft. Wenn ich recht habe, dann muß der Gobelin *sehr* alt sein, weil die Geheimnisse dieser mächtigen Magie schon vor Jahrhunderten verlorengegangen sind. Und um einen Bildschlüssel zu überwinden, bedarf es einer ebenso starken Macht.«

»Aber jemand hat sie, da es das Schatten-Labyrinth gibt?« fragte Varo.

»Nicht unbedingt«, antwortete Keredin. »Ich habe das Gefühl, daß jemand den Bildschlüssel unsichtbar machen will, ihn verbergen, damit er seine Wirkung nicht mehr entfalten kann.«

»Wer würde das wollen?« fragte Ryker. »Und warum?«

»Die Messermänner haben bewiesen, daß sie Zauberer

mit beträchtlichen Fähigkeiten sind«, erwiderte Keredin. »Vielleicht trotzt ihnen Nimmern in einer gewissen Weise?«

»Wie kann ein Garten *irgendwem* trotzen?« wollte Vilman wissen. »Das ergibt einfach keinen Sinn.«

»Und wenn es viele von diesen magischen Knoten gibt«, fügte Ryker hinzu, »warum geht es ausgerechnet um Nimmern?«

»Es ist offensichtlich, daß wir es in unserem Kampf mit Magie und mit Menschen zu tun haben«, sagte Varo. »Die Zauberei hat ihre eigenen Gesetze, und ich gebe gerne als erster zu, daß wir sie nicht verstehen.«

»Dem kann ich nicht widersprechen«, gab Vilman zu und zuckte die Schultern.

»Der Gobelin hat eine Sonnenfinsternis gezeigt«, wandte Langel ein. »Vielleicht ist das der Zusammenhang.«

Es war keine überzeugende Beweisführung, selbst für Keredin nicht, aber er dachte bereits weiter.

»Wenn ich recht habe«, sagte er, »dann könnte der Gobelin auch eine Art von Führer darstellen, um nach Nimmern zu gelangen und das Schatten-Labyrinth zu überwinden.«

»Und wenn es Magara damit gelungen ist, hineinzukommen?« fragte Brostek.

»Da können wir beide nur Vermutungen anstellen«, lautete die Antwort.

Varo und Brostek sahen sich an. Diesmal stimmten sie vollkommen überein.

»Wir müssen nach Nimmern gehen«, stellte Brostek fest.

»Wartet einen Augenblick«, wandte Luchs ein. »Vor zwei Tagen wolltet ihr nach Trevine gehen. Jetzt sind wir nur einen Tagesritt davon entfernt, und ihr wollt eine andere Richtung einschlagen?«

»Brostek und ich werden nach Nimmern gehen«, bestätigte Varo ruhig. »Ihr alle müßt jetzt selbst für euch entscheiden, welchen Weg ihr wählt. Die Abgesandten von Bair wollen zum Krater. Wollt ihr sie begleiten?«

»Wir sind Magaras Freunde«, fügte Brostek hinzu. »Wir müssen ihr helfen.«

»Ich hätte nie gedacht, daß ihr wegen einer Frau einem

Kampf ausweicht«, sagte Vilman halb spöttisch, halb entrüstet.

Brostek sprang augenblicklich auf und starrte ihn mit funkelnden Augen an. Sie hatten ihn noch nie so wütend erlebt.

»Wir weichen vor nichts aus!« rief er aus, und seine kalte Stimme drückte beherrschte Wut aus. »Du bist ein *Narr*, wenn du so etwas annimmst!«

Verblüfft von Brosteks heftiger Reaktion sagte Vilman nichts mehr, aber der Blick seiner stahlblauen Augen blieb vorwurfsvoll. Brostek setzte sich langsam wieder.

»Wenn Magara nicht in Trevine ist und sich Lisles Zustand nicht verbessert hat«, wandte Langel ein, »warum sollen wir dann nach dort gehen.«

»Lisle könnte sich doch wieder erholen, oder vielleicht gibt es dort andere, die ihm helfen können«, erwiderte Varo. »Und die Barianer wollen nach dort. Sie glauben, daß es wichtig ist.«

»Ich sehe nicht, daß uns Trevine oder Nimmern wirklich weiterbringen können«, kommentierte Luchs, »wenn die Messermänner in den Bergen sind.«

»Dort werden wir auch sein«, versprach Brostek, »sobald wir das hinter uns gebracht haben.«

»Können wir es uns leisten, so lange zu warten?« fragte Langel. »Sie bleiben vielleicht nicht für immer in den Bergen. Die Sonnenfinsternisse folgen jetzt immer dichter aufeinander. Ich glaube, das läuft auf etwas hinaus, und das wird schon bald passieren.«

»Auf was soll es hinauslaufen?« fragte Luchs spitz.

»Die Sonnenfinsternisse *helfen* uns«, fügte Ryker hinzu. »Während sie stattfinden, sind die Messermänner verwundbar.«

»Aber was, wenn *ich* recht habe?« warf Brostek ein. »Wenn es nur eine halbe Sache ist, die Messermänner zu töten? Wenn wir die anderen stärker machen, indem wir einige töten? An die Macht, die der letzte haben könnte, dürfen wir gar nicht denken.«

»Das ist nur eine Theorie«, sagte Luchs. »Du hast keine Beweise dafür, du gehst nur nach deinen Gefühlen. Was mich angeht, ich habe es lieber mit einem als mit fünf Messermännern zu tun.«

»Nun, ich gehe zurück nach Trevine«, warf Ross ein. Er haßte es, wenn er zuhören mußte, wie die Meinungsverschiedenheiten zwischen seinen Freunden ausgetragen wurden. Er wollte dem ein Ende bereiten, wünschte sich, daß Entscheidungen getroffen wurden. »Rogan wartet dort auf mich«, fügte er hinzu.

»Ich komme mit dir«, sagte Langel müde. »Jetzt, da wir es schon fast erreicht haben.«

Ryker, Luchs und Vilman tauschten Blicke aus, und der Bogenschütze sprach für sie.

»Also gut. Nach Trevine.«

»Ich gehe nach Nimmern«, entschied Keredin. »Ich möchte es selbst einmal sehen.«

So teilte sich die Gruppe erneut auf, und Brostek fragte sich wehmütig, ob ihre Trennung diesmal endgültig war.

Am Nachmittag des folgenden Tages kam die übriggebliebene Gruppe in Sichtweite des Kraters. Die Barianer sahen beeindruckt nach unten.

»Das ist der Ort!« rief Lynton aus. »Genau so wurde er uns beschrieben.«

Ross ging zu den Wandleuten bei der Randpforte eins hinüber und kam mit der Nachricht zurück, daß sie alle nach unten eingeladen waren.

»Sie ebenfalls?« fragte Langel und deutete auf die Barianer.

»Natürlich«, antwortete Ross grinsend. »Mir tun sie hier jeden Gefallen. Muß an meinen Überredungskünsten liegen.«

»Sie wollten vermutlich nur, daß du den Mund hältst«, bemerkte Vilman.

Das Erstaunten der Barianer nahm während der atemberaubenden Reise in den Krater hinab noch zu. Die Nachricht von ihrer Ankunft war ihnen offenbar vorangeeilt; mehrere

Ratsmitglieder warteten, um sie zu begrüßen, und die Fremden wurden eingeladen, um ihr Anliegen in der Ratsversammlung vorzutragen. Iro war ebenfalls da, und er führte die fünf anderen zu Magaras Haus, wo sie auch wieder auf Bair trafen. Als sie eintraten, saß Lisle in der Mitte auf dem Boden. Er war in eine Decke und einen Schal gehüllt, aber seine Arme ragten daraus hervor, und er spielte eine leise, melancholische Melodie auf seiner Laute.

»Es geht ihm besser!« rief Ross aus und sah mit neuer Hoffnung zu Rogan hinüber.

»Bei den beiden anderen hat sich leider nichts geändert«, sagte Bair zu ihm, »aber Lisle hat sich erholt. Aber das ist noch nicht die ganze Geschichte.«

Nachdem ihm alle wesentlichen Neuigkeiten berichtet worden waren – einschließlich der orangefarbenen Sonnenfinsternis, von der weder Ross noch Bair etwas mitbekommen hatten –, erzählte ihnen Bair, wie Lisle am Tag zuvor verschwunden war.

»Aber dann, als wir bereits alle Hoffnung aufgegeben hatten«, fuhr er fort, »tauchte er inmitten des Sees auf, und die Taucher zogen ihn heraus. Er ist noch jetzt bis auf die Knochen durchgefroren, aber ansonsten wieder ganz normal – oder zumindest das, was für Lisle als normal gelten muß.«

»Aber wo ist er *gewesen*?« fragte Langel.

»Das weiß keiner«, erwiderte Bair. »Die Taucher sind völlig verblüfft. Sie beschwören, daß er niemals so lange im See hätte bleiben können, ohne zu ertrinken.«

»Es ist unmöglich«, sagte Ryker und schüttelte den Kopf. »Ich möchte wetten, er kann nicht einmal schwimmen.«

»Hat er etwas gesagt?« fragte Luchs erwartungsvoll.

»Nur eine Wendung, und diese wieder und wieder, als redete er mit sich selbst«, antwortete Bair. »Es scheint ihn traurig zu machen, aber so sehr wir ihm auch zugeredet haben, er sagt nichts anderes. Er sagt: Nein, Lisle. Geh weg. *Böse* hier.«

Wie auf ein Zeichen hin hörte Lisle auf zu spielen und sprach.

»Nein, Lisle. Geh weg. *Böse* hier.«

Es waren die gleichen Worte, aber sie klangen diesmal anders. Und Iro erkannte die Sprechweise sofort.

»Das klang genau wie Magara!« sagte er.

32.
KAPITEL

Die drei Tage nach der orangefarbenen Sonnenfinsternis
verliefen für Hewitt ereignislos. Er führte nur kleinere Arbeiten aus, die ihm das Leben in dieser Einsamkeit erleichtern
sollten. Im übrigen vertrieb er sich die Zeit damit, auf seiner
Violine zu üben. Er fragte sich, wie lange er noch hier warten
mußte.

Er besuchte ein paarmal Celias Unterkunft, aber sie war
selten dort anzutreffen. Die Lebensmittel, die er für sie dagelassen hatte, waren unberührt geblieben; und wenn sie sich
trafen, dann machte sie sehr deutlich, daß sie seine Hilfe
nicht wollte. Obwohl er sie zu überreden versuchte, mit zu
seinem Lager zu kommen, lehnte sie ab – zu seiner insgeheimen Erleichterung. Einige Male glaubte er eine Bewegung
im Unterholz nahe seinem Zelt zu erkennen, während er
musizierte. Er widerstand jedoch der Versuchung, zu rufen
oder es näher zu untersuchen.

In gewissen Abständen untersuchte er den Gobelin. Die
Sonnenfinsternisse waren nicht weiter fortgeschritten, und
der schwarze Punkt im sommerlichen Sonnenaufgang war
unverändert geblieben. Der Regenbogen – oder was davon
übrig war – hatte sich auch nicht weiter verändert. Der Musiker glaubte dennoch seltsame, scheinbar unbedeutende Einzelheiten zu sehen, die sich von Tag zu Tag veränderten. Sie
waren jedoch so geringfügig, daß er nie sicher sein konnte,
ob es nicht nur Auswüchse seiner Phantasie waren.

Während Hewitt geduldig auf ihre Rückkehr wartete,
festigte sich Magaras Entschluß immer mehr. Halanas Botschaft hatte sie in Angst und Schrecken versetzt, und sie
glaubte jedes Wort davon. Sie war darauf gestoßen worden,
wie böse der Mann wirklich war, dem sie sich entgegenzustellen wagte, und sie begriff, daß es keine Hoffnung für sie
gab. Wenn sie das *Buch* vollendete, dann war der Sieg des

Zauberers vollkommen, und das bedeutete den Untergang der ganzen Welt. Es war unvorstellbar. Aber wenn sie es nicht ...

Obwohl sie gar nicht an die Schrecken zu denken wagte, die er ihr zufügen konnte, hatte sie in ihrem Herzen immer gewußt, daß es falsch war, was sie tat. Halana hatte dieses Gefühl nur bestätigt. Magaras eigenes Schicksal schien jetzt nicht mehr von Bedeutung zu sein, und auf eine gewisse Weise machte es die Dinge leichter für sie.

Ihre einzige Hoffnung lag nur darin, es hinauszuzögern. Halana hatte sie darauf hingewiesen, und sie hatte auch selbst beobachtet, daß der Messermann sie nicht einfach zwingen konnte, zu schreiben, was er wollte. *Sei du selbst, Magara. Er braucht deine Hilfe.* Er brauchte ihre willentliche Mitarbeit – vermutlich wurde die Magie, die die Kraft des Gobelins aufheben sollte, sonst nicht wirksam. *Verweigere dich ihm um unseretwillen.* Das bedeutete, daß der Zauberer, der sie gefangenhielt, seine Drohungen nur bis zu einem bestimmten Punkt wahr machen konnte. Wenn er sie arbeitsunfähig machte, dann verbaute er sich selbst die Möglichkeit, sein höchstes Ziel zu erreichen. Theoretisch konnte sie daher die Fertigstellung des Buchs fast unendlich verzögern.

Allerdings mußte sie ein paar Fortschritte vorweisen, um ihn zu besänftigen. Sie wollte seine Geduld nicht unnötig strapazieren, doch Magara war entschlossen, ihre Aufgabe niemals zu beenden. Sie hoffte, daß sie den Mut aufbringen würde, schreiend in das Eis zu gehen, statt sich ihm zu unterwerfen. Bis dahin aber war auch die geringste Chance einen Versuch wert.

Die erste Chance rührte von einer Bemerkung her, die der Zauberer kurz nach ihrer ersten Begegnung gemacht hatte. Es war um den Gobelin gegangen. *Aber das macht nichts, weil ohnehin kein Zauberer mehr übrig ist, der über das Geschick oder den Mut verfügt, ihn zu benutzen.* Sie hatte die Bedeutung dieser Worte damals nicht erfaßt; in ihrer Verzweiflung begann sich Magara jetzt zu fragen, ob der Messermann vielleicht recht hatte.

Selbst wenn ein Zauberer nach Nimmern gelangen konnte, was konnte der dort erreichen? Ihr Gegner fürchtete offenbar eine solche Möglichkeit. Der verzauberte Garten – solange er nicht besiegt war – verfügte also vielleicht über seine eigene Magie, die mächtig genug war, um der Herrschaft des Zauberers über die Verbindung zu widerstehen. Was hatte er noch einmal gesagt? *Es war einfach genug, es von der übrigen Welt abzuschneiden, so daß es niemand gegen mich benutzen konnte.*

Aber gab es einen solchen Zauberer? Sie waren inzwischen alle wenig geachtet, und die Zauberer wurden in Levindre als eine Art von Witz angesehen, daher war es nicht gerade wahrscheinlich. Dennoch war es Magara gelungen, in Nimmern einzudringen – und sie war keine Zauberin –, wieviel Begabung war also wirklich nötig? Zum anderen mochte ihre Verbindung mit dem Ort durch ihre Herkunft viel wichtiger gewesen sein, als sie angenommen hatte.

Eines gab ihr ein wenig Hoffnung, und das war die Existenz von zwei weiteren Anhängern mit vier Ringen, die sie während ihres Ausflugs in die Verbindung gesehen hatte. Ihr eigener war der entscheidende Schlüssel gewesen, um das Schatten-Labyrinth zu öffnen. Wenn also die anderen ebenfalls ...

Einer war offenbar bei Brostek und Varo. Obwohl das einerseits ermutigend war, wußte sie, daß die beiden nicht mehr magische Begabung als sie selbst besaßen. Sie hatte jedoch keine Ahnung, wer den Anhänger besaß, den sie in dem Dorf mit dem Kreidepferd gespürt hatte. Vielleicht war das der Zauberer, den sie suchte. Vielleicht täuschte sich der Zauberer, wenn er annahm, daß der letzte der Zauberer des Lichts tot war. Schließlich stellten die vier Ringe das Licht dar, und es war das offensichtliche Erkennungszeichen für einen dieser Zauberer. Und ihr Peiniger hatte den Anhänger nicht direkt anzufassen gewagt, daher mußte er über eine eigene Kraft verfügen.

Magara blieben zwei Probleme. Zuerst einmal wußte sie nicht, wie sie mögliche Retter wissen lassen sollte, daß sie nach Nimmern kommen sollten. Abgesehen von Hewitt kannten nur Iro und Stead ihr Ziel. Sie fragte sich kurz, was der Musiker jetzt wohl unternahm, und ging davon aus, daß er sie inzwischen aufgegeben haben mußte. Sie konnte ihm daraus keinen Vorwurf machen, und sie lächelte ein wenig, als sie sich an sein lebhaftes Wesen und seinen großzügigen Charakter erinnerte. *Hör auf, deinen Erinnerungen nachzuhängen!* befahl sie sich selbst.

Es war unwahrscheinlich, daß einer der drei Männer eine Verbindung mit den von ihr gesuchten Leuten herstellte, es sei denn, Varo und seine Gruppe kehrten nach Trevine zurück. Und das war nicht eben wahrscheinlich. Sie mußte also versuchen, erneut mit ihnen Verbindung aufzunehmen, oder direkt mit dem unbekannten Zauberer. Und das konnte sie nur, indem sie die Verbindung benutzte. *Die Verbindung läßt sich ihre Geheimnisse nicht von jemandem entreißen, der nicht eingeweiht ist. Wenn du dich übernimmst, mußt du einen hohen Preis dafür bezahlen.* Selbst wenn sie die Verbindung wieder finden konnte, würde sie sie ohne die Anweisungen des Zauberers benützen können? Würde sie sich übernehmen? Aber konnten die möglichen Folgen überhaupt schlimmer sein als das, was ihr ohnehin bevorstand? *Du befindest dich auf unsicherem Boden, Magara. In deiner Welt ist dies als das Reich der Toten bekannt. Vielleicht* konnte ihr Halana wieder helfen. Aber wie sollte Magara sie erreichen? Das letztemal hatte Halana sich an sie gewandt; seither hatte sie nichts mehr von ihr gespürt.

Sie hoffte beinahe, daß ihr Gegner sie noch einmal drängen würde, die Verbindung erneut für seine eigenen widerwärtigen Zwecke zu benutzen. Es wäre natürlich zu gefährlich, etwas zu unternehmen, während er sie überwachte. Aber sie könnte zumindest den Umgang mit dem Netz aufmerksam verfolgen und vielleicht auch lernen, wie sie es selbst beginnen konnte. Sie war entschlossen, es in jedem Fall zu versuchen.

Ihr zweites Problem bestand darin, daß sie sicherstellen mußte, daß derjenige, der vielleicht Nimmern erreichte, auch hereinkommen konnte. Da sie den Hinweisen des

Gobelins hatte folgen können, hoffte sie, daß Hewitt doch noch geblieben war und die Information weitergeben konnte. Aber dafür gab es natürlich keine Garantie. Magara wußte jedoch, daß der Gobelin sich verändert hatte, noch bevor sie mit dem *Buch* angefangen hatte. Sie war überzeugt, daß das mit den bösen Absichten des Zauberers und mit bestimmten Ereignissen zu tun hatte, wie zum Beispiel den Sonnenfinsternissen und dem Tod der anderen Messermänner. Deswegen konnte sie nicht sicher sein, daß die von ihr bemerkten Hinweise noch immer unverändert vorhanden waren. Und so begann sie eine Methode zu ersinnen, um neue anzulegen.

Wenn es der Zweck des *Buchs* war, dem Gobelin entgegenzuwirken, dann schien es logisch zu sein, daß alles, was sie schrieb, entweder Nimmern selbst oder den Gobelin beeinflußte – oder auch beides. Wenn sie also Spuren in ihrer Geschichte verbergen konnte, die nicht das Mißtrauen des Zauberers hervorriefen, aber von den anderen erkannt wurden, dann konnte sie sie vielleicht durch das Schatten-Labyrinth führen. Neue Ideen keimten in ihr auf, und Magara wandte sich mit neuem Eifer ihrer Aufgabe zu.

Magaaara.

Sie wurde durch den Schrei aus weiter Ferne aus ihrer Konzentration gerissen, den sie in ihrem Geist klar vernehmen konnte. Sie hatte eine kurze Vision von silbernen Blasen, die nach oben trieben, von einer Welt, die kalt und dunkel wurde. Schmerzen. Sie schnappte unwillkürlich nach Luft, als wäre ihr der Atem ausgegangen.

Magaaara.

Es war lauter geworden. Es war Lisle, das wußte sie, aber wie war das möglich? Nach den ersten quälenden Kampfszenen, die er ihr gezeigt hatte, hatte sie keine Verbindung mehr zu ihm gehabt, seit sie in das Schatten-Labyrinth eingetreten war. Was hatte sich geändert? Die Schmerzen verschlimmerten sich, aber die Dunkelheit wich. Die grelle Helligkeit von Schnee und Eis schlug ihr plötzlich entgegen. Mit fassungslosem Erstaunen sah sie die Berge, die zugefrorenen Seen, und sie begriff, daß Lisle sich im Vortex befand.

Magaaara.

Sie sah mit ihren eigenen Augen die graue Burg, in der sie gefangen war, und sie spürte seine Erleichterung und seine Anspannung; sie wußte auch, daß der Messermann sich der Gegenwart des Fremden ebenso bewußt sein mußte.

Nein, Lisle! Geh weg. Böse *hier,* flehte sie ihn schweigend an, da sie um sein Leben fürchtete.

Magara spürte, wie er davonglitt, wie sich seine Schmerzen durch Trauer und Verletzung noch verdoppelten. Sie kämpfte mit Schuldgefühlen, aber sie war froh, daß er den Vortex verlassen hatte. Sie dachte lange über das erstaunliche Auftauchen des Jungen nach. Wie war er nach hier gekommen? Oder war es nur eine Illusion gewesen? Was hatte er im See gemacht? Immer mehr Fragen bestürmten sie, und nichts davon ergab einen Sinn. Wenn sie recht hatte und der Vortex sich in den höchsten Bergen befand, dann hatte Lisle sie unmöglich erreichen können, indem er auf herkömmliche Weise reiste. Also mußte er durch einen magischen Ort gekommen sein – was er tatsächlich getan hatte –, und die Verbindung hatte ihn auf eine übernatürliche Weise nach hier geleitet. Konnte Lisle in Nimmern sein? Und wenn ja, wo waren Slaton und die anderen? Wenn nicht, dann mußte er aus einem Gebiet gekommen sein, daß bereits von dem Zauberer kontrolliert wurde – ein unangenehmer Gedanke. Aber warum sollten nicht auch andere nach hier kommen können, wenn es ihm gelungen war?

Sie erwartete, daß der Zauberer kommen und sie wegen Lisle befragen würde, und wußte nicht, was sie ihm in diesem Fall sagen sollte. Er stattete ihr seinen nächsten Besuch jedoch erst sehr viel später ab, nachdem sie geschlafen und einen für sie neuen Tag begonnen hatte.

»Steh auf.«

Magara spürte, wie ihre Beine wieder zum Leben erwachten. Sie gehorchte und wankte ein wenig. Es kribbelte unangenehm in ihren Beinen, als sie durch den Raum ging, aber sie genoß die Bewegungen, erfreute sich ihrer vorübergehenden Freiheit. Währenddessen blätterte ihr Gegner durch die letzten Seiten ihres Buchs.

»Du bist noch langsamer vorangekommen«, bemerkte er. »Ich bin enttäuscht.« In seinen sanften Worten lag eine kalte Drohung, und er sah sie mit listigen Augen an, bevor er weitersprach.

»Du bist schlau genug, um zu begreifen, daß ich dich nicht zum Schreiben zwingen kann«, sagte er und überraschte sie durch seine Offenheit. »Aber ich kann dich dazu zwingen, daß du schreiben *willst*.«

Magara sagte nichts. Sie fürchtete sich vor dem, was als nächstes kommen würde.

»Das Schicksal der Menschen im Eis berührt dich offensichtlich nicht«, fuhr er fort. »Ich hätte dich nicht für so gefühllos gehalten. Vielleicht wäre das anders, wenn ich dich ihnen öfter zuhören lassen würde. Vielleicht sogar, während du schläfst. Was hast du denn in letzter Zeit geträumt?«

Magara schluckte schwer. Sie wußte, daß er das tun konnte, was er ihr androhte – und daß es sie in den Wahnsinn treiben würde.

»Wenn du mir solche Träume eingibst, dann werde ich zu erschöpft sein, um zu schreiben«, protestierte sie schwach. »Ich brauche ausreichenden Schlaf. Das Buch zu schreiben, ist anstrengend – und ich mache es so schnell, wie ich kann.«

Sie bemerkte selbst, wie verzweifelt ihre Worte klangen.

»Wirklich?« Es entstand eine lange Pause, während der er sie beobachtete. Ein schwaches Lächeln spielte um seine Lippen. »Deine Arbeit ist wirklich ausgezeichnet«, sagte er schließlich. »Ich kann beinahe sehen, wie es alles geschieht. Vieles davon ist tatsächlich schon geschehen.« Er bestätigte damit, was sich Magara zuvor schon gedacht hatte. »Aber du kannst *so* sehr viel mehr, dessen bin ich sicher. Wenn ich es zum Beispiel einrichten würde, daß du das Sterben deiner so geliebten Freunde miterleben könntest – meinst du nicht auch, daß du dich mit der Vollendung deiner Aufgabe beeilen würdest, um ihre Qualen zu beenden?«

Magara erkannte sofort ihre Chance. Vielleicht konnte sie jetzt eine Verbindung zu Brostek und Varo herstellen. Die Gefahr für sie war nur zu offensichtlich, und sie wollte nicht wissen, ob sie es ertragen konnte, sie leiden zu sehen. Aber sie wußte, daß sie die Gelegenheit nutzen mußte, wenn sie sich ihr bot.

»Oder vielleicht sollte die Drohung dich persönlicher treffen«, fuhr der Messermann fort. »Ich denke, du könntest mit einem Auge ebensogut schreiben wie mit zwei Augen.«

Grauenhafte Schmerzen stachen durch Magaras Schädel, und sie sah mit ihrem linken Auge überhaupt nichts mehr. Schreiend tastete sie mit den Händen nach ihrem Gesicht und erwartete eine leere Augenhöhle, aus der Blut strömte – doch ihr Auge war völlig unversehrt. Nur die unglaublichen Schmerzen ließen nicht nach. Dann machte der Zauberer eine kleine Geste, und Magara verlor vor Erleichterung fast das Bewußtsein, als die Schmerzen nachließen und ihre Sicht zurückkehrte.

»Ich bin im Umgang mit Messern erfahren«, fügte ihr Peiniger mit ausdruckslosem Gesicht und ohne sein übliches sardonisches Lächeln hinzu. »Willst du wirklich, daß ich es dir vorführe?«

Magara brach der kalte Schweiß aus, und sie schüttelte den Kopf.

»Dann schreibe!« befahl er.

Am ersten Morgen nach ihrer Rückkehr zum Krater trafen sich Bair und die restlichen Mitglieder von Varos Gruppe wieder in Magaras Haus. Die vier Neuankömmlinge waren anderweitig untergebracht worden, da in Magaras kleiner Behausung kein Platz für sie gewesen war.

»Wir sollten öfter nach hier kommen«, verkündete Vilman, als er hereinkam. »Dieses Essen gestern abend war das beste, was ich seit Jahren bekommen habe. Kein Wunder, daß Varo und Brostek hier so viele Freunde haben.«

»Unsere Gastgeber scheinen für uns ihre eigenen Regeln zu brechen«, sagte Luchs. »Sie sind normalerweise sehr streng, wenn es darum geht, wer hier wie lange bleiben kann.«

»Du meinst, sie haben sogar *mich* hereingelassen«, fügte Ryker grinsend hinzu.

»Es hat hier immer Besucher gegeben«, warf Ross ein. »Aber ich weiß nicht, wie lange sie uns bleiben lassen werden.«

»Laut Rothar, so lange wir wollen«, antwortete Langel. »Und niemand legt sich mit *ihm* an!«

»Ich glaube, daß sie manchmal ein Interesse daran zeigen wollen, was in der übrigen Welt passiert«, sagte Luchs. »Daß wir die Barianer mitgebracht haben, hat uns vermutlich geholfen.«

»Aber dieses plötzliche Interesse *ist* seltsam«, sagte Ryker. »Ich meine, Varo und Brostek müssen ihnen doch schon seit Jahren von den Messermännern erzählt haben.«

»Vielleicht gehen sie davon aus, daß sie eine wichtigere Rolle zu spielen haben, da dies der einzige Ort ist, der nicht von den Sonnenfinsternissen betroffen ist«, meinte Bair. »Jedenfalls wollen sie jetzt herausfinden, was vor sich geht.«

»Sie haben gestern abend bestimmt genug Zeit damit verbracht, alle wichtigen Tatsachen aus uns herauszubekommen«, stimmte Luchs zu. »Wenn es nicht das Essen und die

Getränke bei Newberry gegeben hätte, dann wäre ich mittendrin eingeschlafen.«

»*Warum* gibt es über dem Krater keine Sonnenfinsternis?« fragte Ross. »Vielleicht haben die Barianer recht, und es ist wirklich ein ganz besonderer Ort.«

»An diesem besonderen Ort werden wir *niemals* die Gelegenheit bekommen, einen Messermann zu töten«, bemerkte Ryker mit beißendem Unterton. »Oder irgend etwas sonst«, murmelte er mehr zu sich selbst.

»Nun, wir sind jetzt hier«, sagte Luchs. »Was sollen wir nun tun?«

»Lisle geht es besser – das ist doch das, was wir wollten?« antwortete Ryker. »Warum sollen wir jetzt nicht zusammen mit ihm zurück in die Berge?«

»Warum so eilig?« rief Vilman aus. »Wir haben heute abend einen Tisch bei Newberry.«

»Es geht um ernste Dinge, Vilman«, sagte Langel.

»Mir ist es ebenfalls ernst«, antwortete er.

»Es gäbe ein paar Probleme, wenn wir jetzt schon gingen«, erklärte Bair nüchtern. »Slaton ist noch immer bewußtlos, und ich weiß nicht, ob wir ohne ihn mit Lisle klarkommen können.«

»Er scheint ganz in Ordnung zu sein«, meinte Ryker.

»Zu reisen ist aber etwas anderes«, antwortete der Veteran.

»Ich möchte noch ein oder zwei Tage bei Rogan bleiben«, warf Ross ein. »Wenn Lisle sich erholt hat, dann stehen auch die Aussichten für die beiden anderen gut.«

»Ich bin noch immer nicht ganz tauglich, wenn es ums Kämpfen geht«, fügte Bair hinzu.

»Und Keredin ist ebenfalls nicht hier«, sagte Langel.

»Na und?« wollte Ryker wissen.

»Lisle brauchte Keredins Flammen, um uns zu zeigen, wohin wir gehen sollten«, erklärte Langel. »Vielleicht schafft er es nicht ohne sie.«

»Wir können auch ein Feuer für ihn machen«, sagte Luchs.

»So einfach ist das vielleicht nicht«, stellte Bair fest.

»Also sollen wir einfach hier herumsitzen und nichts tun?« Ryker ging wie ein gefangenes Tier auf und ab.

»Wir sollten wenigstens warten, bis wir etwas von Varo hören«, schlug Ross vor.

»Ab wir wissen überhaupt nicht, wie lange er unterwegs sein wird«!« wandte Luchs ein. »Es könnte einige Hände dauern! Und während wir hier festsitzen, bekommen wir nicht einmal mit, wie viele Sonnenfinsternisse wir verpassen.«

»Vielleicht wird jemand anders die Arbeit für uns tun«, sagte Vilman. »Wir haben den Messermann in Grassmeer schließlich auch nicht getötet. Wir könnten natürlich auch in den See springen und für eine Weile untertauchen, wie es Lisle getan hat. Dann müßten wir nicht entscheiden, was wir unternehmen sollen.«

»Wenn du nicht ernst sein kannst, dann halte deinen Mund!« schnappte Bair.

»Ich werde eine Runde schwimmen«, entschied Vilman. »Es ist zu heiß, um hier zu bleiben, und das Wasser sieht einladend aus. Laßt es mich wissen, wenn ihr euch entschieden habt.«

»Gibt es Fische da drin?« fragte Ryker.

»Ja, aber wenn du sie töten willst, machst du das auf eigene Gefahr«, antwortete er andere. »Das ist das Vorrecht der Taucher.«

»Ich werde mich nur mal umsehen«, versprach Ryker und grinste.

Die beiden Männer gingen hinaus.

»Ruft uns, wenn ihr abstimmen wollt«, verabschiedete sich Vilman.

Die anderen sahen sich gegenseitig an.

»Bei den Göttern!« stieß Langel aus. »Wir werden Probleme mit diesen beiden bekommen, wenn wir noch länger hierbleiben.«

Von draußen waren platschende Geräusche zu hören, und Lisle sah des Lärms wegen hoch.

»Vielleicht haben sie ganz recht«, sagte Luchs. »Genießen wir diese Ferientage, solange wir es können. Ich habe das

Gefühl, daß wir später nicht mehr viel Gelegenheit dazu haben werden.«

»Dann bleiben wir einstweilen hier?« Bair sah sich in der Runde um, und die anderen nickten.

»Einstweilen?« echote Lisle und sah den alten Soldaten von der Seite an.

Dann begann der Junge zu spielen. Die anderen hörten eine Zeitlang zu, aber das Lied war so klagend, während die Sonne draußen so strahlend schien, daß zuerst Luchs, dann Langel und Bair den Raum verließen. Ross blieb zurück, um bei den bewußtlosen Verletzten Wache zu halten.

Die ganze Gruppe versammelte sich jedoch schon kurz nach Mittag wieder, als eine Abordnung zu Magaras Haus kam. Die Besucher waren Rothar, ein Taucher namens Rayne, Lynton und sein Stellvertreter Tagila. Nachdem alle hereingekommen waren, war der Raum gedrängt voll, und es herrschte eine erwartungsvolle Atmosphäre. Nachdem sie sich nach der Gesundheit der Patienten erkundigt hatten, berichtete Rothar ein wenig darüber, was sie mit den barianischen Abgesandten besprochen hatten.

»Meine Herren«, begann der Ratsherr, »nach dem, was mir Lynton und seine Leute erzählt haben und was ich von euren neuesten Taten gehört habe, glaube ich, daß sich auch Trevine kampfbereit machen muß, um es so auszudrücken. Ich gebe zu, daß ich zunächst nicht gesehen habe, daß es auch uns betreffen könnte, als Varo und Brostek von den Überfällen der Messermänner berichtet haben. Ich hoffe, ihr vergebt mir meine Kurzsichtigkeit, denn es ist jetzt klar, daß sowohl Levindre als auch Bari in Gefahr sind. Unsere Gemeinschaft kann es sich daher nicht mehr erlauben, sich hier herauszuhalten. Die Tatsache selbst, daß die unnatürlichen Sonnenfinsternisse uns hier nicht erreichen, ist ein Grund für Dankbarkeit und Sorge zugleich. Wir wissen nicht, ob uns das zu einem sicheren Zufluchtsort oder zu einem Ort besonderer Gefahren macht, aber in beiden Fällen müssen wir handeln.«

Die Reisenden tauschten Blicke aus. Sie hatten lange darauf gewartet, daß ein Mann mit einem solchen Einfluß so etwas sagte – und selbst wenn es nur in Trevine war, so war es zumindest ein Anfang.

»Aber *unsere* Mittel reichen nicht aus«, fuhr Rothar fort und drückte damit ihre Gedanken aus. »Wir alle wissen, daß das Kartell über die Macht in diesem Land verfügt; sie haben die Männer, das Geld, die Waffen und alle anderen Voraussetzungen für die großangelegte Operation, die vielleicht erforderlich ist. Ich schlage daher vor, daß wir eine Delegation zu der jährlichen Versammlung des Kartells in Mathry senden, die in der nächsten Hand abgehalten werden wird. Wir können unsere unterschiedlichen Anliegen zusammen vorbringen. Ich habe vor, für Trevine zu sprechen; Tagila und ein Offizier werden die Sprecher für Bari sein. Lynton und die übrigen aus seiner Gruppe werden hierbleiben aus Gründen, auf die ich im Augenblick nicht weiter eingehen will. Es ist natürlich angebracht, daß ein oder zwei von euch uns dabei begleiten. Eure unmittelbare Erfahrung wird von höchster Wichtigkeit sein.« Rothar hielt inne und hob die Hände, um möglichen Bemerkungen zuvorzukommen und dann wieder fortzufahren. »Ich weiß, daß Varo und Brostek das bereits versucht haben, aber sie hatten nur wenig Beweise zu bieten. Die Zeit ist reif, es wieder zu versuchen. Und in Abwesenheit eurer Anführer müßt ihr einen Vertreter wählen.«

»Bair?« schlug Luchs augenblicklich vor, und Rothar wandte sich an den Veteranen.

»Dein Alter und der Umstand, daß du wegen deiner Verletzung in nächster Zeit nicht wirst kämpfen können, machen dich zum idealen Kandidaten«, sagte er.

»Ich möchte nichts mit dem Kartell zu tun haben«, stellte Bair grimmig fest. »Und sie würden mich in ihrer Mitte nicht gerade willkommen heißen.«

Seine Freunde waren überrascht. Sie hatten natürlich immer von seinen feindseligen Gefühlen gegenüber dem Kartell gewußt, aber dies war sicher zu wichtig, um sich von einem alten Groll leiten zu lassen.

»Glaubst du nicht ...«, begann Langel.

»Nein!« sagte Bair mit einem Ton der Entschiedenheit. Eine verlegene Pause entstand.

»Jemand anders?« fragte Rothar schließlich.

»Jemand anders?« sagte Lisle nach.

Die Barianer sahen ihn überrascht und verständnislos an, doch die anderen gaben keine Erklärung dazu ab.

»Langel ist die beste Wahl«, sagte Bair schließlich.

»Ich? Wieso das?«

»Weil du ruhig, vernünftig und praktisch veranlagt bist«, antwortete der andere augenblicklich. »Wenn jemand etwas aus diesen Bastarden herausholen kann, dann du. Abgesehen davon«, fügte er, während er die anderen wütend und lächelnd zugleich ansah, »ist dieser ganze Haufen hier viel zu hitzköpfig und konfus, um sich diplomatisch verhalten zu können.«

Ryker lachte. Luchs knurrte nur, und Ross blickte grinsend auf seine Füße.

»Du hast recht, o Weiser«, antwortete Vilman. »Wir sind nur ungestüme Knaben.«

Rothar wußte ganz offensichtlich nicht, was er von diesem Wortwechsel halten sollte.

»Bair hat recht«, sagte Luchs zu Langel. »Du bist der beste Mann für diese Aufgabe.«

»Wirst du es tun?« fragte der Ratsherr erleichtert.

»Sieht nicht so aus, als hätte ich die Wahl«, antwortete Langel.

»Gut«, sagte Rothar und nahm dies als Zustimmung. »Das ist also geklärt.«

»Warum gehst du nicht nach Mathry, Lynton?« fragte der soeben ernannte Abgesandte.

»Wir haben entdeckt, daß Trevine noch außergewöhnlicher ist, als wir erwartet hatten«, begann der Barianer eifrig. »Auf dem Boden des Sees befindet sich ein riesiges steinernes Abbild des Symbols, das unser Zauberer uns mitgegeben hat.« Er wollte noch mehr sagen, aber Rothar mischte sich ein.

»Rayne war der erste, der es entdeckt hat«, sagte er. »Er soll es erklären.«

Der Taucher berichtete pflichtgemäß, wie er und andere das bearbeitete Steingebilde unter Wasser entdeckt, es von Trümmern befreit und damit das faszinierende Symbol der vier sich berührenden Ringe freigelegt hatten, das in den Stein geschlagen war.

»Wir haben Magara nach unten gebracht, damit sie es sich ansehen konnte«, fuhr Rayne fort, »aber sie konnte nicht mehr damit anfangen als wir. Es muß sehr alt sein. Wir wissen jetzt, daß das Symbol für das Licht steht, so wie es früher von den Zauberern benützt wurde – aber das ist alles.«

»Aber es bestätigt unsere Überzeugung, daß wir an den richtigen Ort gekommen sind«, fügte Lynton hinzu. »Deshalb werde ich bleiben.«

»Um was zu tun?« fragte Luchs.

»Vielleicht erst einmal nichts. Aber es ist offenbar unsere Bestimmung, hier zu sein.«

»Ist da noch etwas anderes?« fragte Langel den Taucher.

»Magara hat einen Splitterstein nahe dem Steingebilde gesehen«, sagte Rayne zu ihm. »Wir haben ihn für sie nach oben geholt, aber ich kann dem keine Bedeutung beimessen.«

»Wo ist er?« fragte Luchs.

Rothar erklärte, daß die Splittersteine sich auflösten, sobald sie aus dem See geholt wurden.

»Das hilft uns dann also auch nicht weiter«, erklärte Bair.

»Wir wissen also nur, daß da unten ein uraltes Gebilde aus Stein ist«, faßte Vilman zusammen. »Was bringt uns das?«

Obwohl ihm niemand eine Antwort auf seine Frage geben konnte, war Lynton zumindest optimistisch.

»Ich bin sicher, daß sich das schon bald klar zeigen wird.«

»Ich hoffe es«, kommentierte Ryker trocken. »Weil es mir im Augenblick so vorkommt, als fischten wir im trüben.«

»Könnte dieses Ding im See etwas mit Lisles Verschwinden zu tun haben?« fragte Ross.

»Nein«, sagte Rayne. »Wenn er ohne Hilfe so weit nach unten gekommen wäre, dann wäre er mit Sicherheit ertrunken. Außerdem haben wir alles wieder und wieder überprüft. Es gibt da unten keine Lufttaschen, in denen er hätte verweilen können, absolut nichts. Was er getan hat, ist einfach nicht möglich.«

Alle sahen den Jungen an.

»Wer weiß schon, was bei Lisle alles möglich ist?« meinte Bair.

Langel verbrachte den restlichen Nachmittag und den frühen Abend in einer Beratung mit Rothar und Tagila, um sich anschließend mit seinen Freunden in Newberrys Taverne zu treffen.

»Wer kümmert sich um Lisle und die beiden anderen?« fragte er, als er alle fünf Mitkämpfer um den Tisch versammelt sah.

»Iro und einer seiner Freunde«, antwortete Vilman aufgeräumt. »Damit wir deine Abreise angemessen feiern können. Versuch einmal von dem.« Er schenkte Wein in ein Glas.

»Woher habt ihr das Geld für all das?« fragte Langel mißtrauisch.

»Du mußt immer den Vorratsverwalter spielen, wie?« zog ihn Luchs auf.

»Daß wir Magaras Freunde sind, kommt uns hier offenbar zustatten«, erwiderte Vilman. »Brostek ist wohl nicht der einzige, der sie ins Herz geschlossen hat.«

»Außerdem«, fügte Ryker hinzu, »solltest du als enger Vertrauter von Rothar wissen, daß wir Gäste des Rates von Trevine sind.«

»In diesem Fall kannst du mein Glas gleich wieder füllen«, sagte Langel grinsend. »Das tut gut, und ich habe offenbar einiges nachzuholen.«

»Laß dich nicht davon abhalten!« stimmte Vilman zu.

»Wie war es mit Rothar?« fragte Bair.

»Beeindruckend«, antwortete Langel ernsthaft. »Er klingt vielleicht ein bißchen wie jemand, der sich gerne reden hört, aber er kann auch Dinge ins Rollen bringen, wenn er das will. Er hat bereits eine Gruppe vorausgeschickt, die in Mathry den Boden für uns bereiten soll, und er hat alles bis in die Einzelheiten mit mir und Tagila besprochen. Es würde mich sehr überraschen, wenn er es nicht schaffen würde, etwas aus dem Kartell herauszuholen. Wir werden morgen früh aufbrechen.«

»Es kommt einem doch komisch vor, daß wir nun mit den Barianern zusammenarbeiten, nachdem wir sie so lange für den Feind gehalten haben«, sagte Ryker nachdenklich.

»Das Leben ist seltsam«, verkündete Vilman und hob damit sein Glas, um anzustoßen.

Nachdem sie sich am nächsten Tag von Langel verabschiedet hatten, kehrten die anderen zu Magaras Haus zurück. Ross war wegen Rogans unverändertem Zustand niedergeschlagen, und Lisle machte noch immer einen kläglichen Eindruck. Die anderen suchten daher nach etwas, was ihren Aufenthalt etwas aufheitern konnte.

»Da wir jetzt wissen, daß wir auf die Rückkehr Langels warten müssen«, sagte Luchs, »können wir uns ebensogut entspannen und uns unseres Lebens freuen.«

»Ich gehe vielleicht zum Rand hinauf«, entschied Ryker. »Um ein wenig zu jagen. Dieser Ort engt mich auf Dauer zu sehr ein.«

»Ich möchte lieber, daß wir alle zusammenbleiben«, sagte Bair. »Wenn die Zeit kommt, müssen wir uns vielleicht schnell auf den Weg machen.«

»Laß dir von Rayne ihre Fisch-Speere zeigen«, schlug Vilman seinem Gefährten vor. »Komm aber bitte nicht in meine Nähe, während ich schwimme!«

Am frühen Nachmittag ließ der Wind nach, und der Tag wurde noch heißer. Die Gruppe sah neugierig zu, als die Taucher ihre Boote an den Strand brachten.

»Was machen sie denn?« wollte Luchs wissen.

»Sie spüren die kommende Stille«, sagte Bair zu ihm. »Sie nennen das die Spiegeltage. Niemand darf dann auf den See.«

»Warum nicht?« fragte Vilman, stand auf und ging zum Ende des Laufstegs.

»Ich weiß es nicht«, antwortete der Veteran. »Es ist eine Tradition hier.«

»Dieser Ort ist *seltsam*«, erklärte Ryker.

Lisle kam auf Zehenspitzen aus dem Haus. Sein Gesicht war ernst und angespannt. Die Wasseroberfläche war jetzt vollkommen ruhig.

»Nicht das leiseste Plätschern«, sagte Vilman leise. »Unglaublich. Es ist, als ob ...«

Niemand sollte erfahren, was Vilman soeben sagen wollte. Denn genau in diesem Augenblick versetzte ihm Lisle einen plötzlichen, harten Stoß. Vilman stolperte über das niedrige Geländer, stürzte kopfüber in das Wasser ...

... und verschwand.

Hewitt hatte zwei Tage fast nur damit verbracht, den unaufhörlichen Nebel zu beobachten.

Zehn Tage! wurde ihm bewußt, als er am nächsten Tag erwachte. *Ich bin seit zehn Tagen hier. Zwei ganze Hände!* Es schien unmöglich zu sein. Ihm wurde ganz übel, als er daran dachte, daß sich Magara während dieser ganzen Zeit *innerhalb* des Nebels befunden hatte.

Er ging seinen gewohnten routinemäßigen Tätigkeiten nach – Waschen, Essen, dann auf der Violine üben –, aber er dachte die ganze Zeit über an die beiden Ereignisse am Tag zuvor, die die scheinbar endlose Eintönigkeit unterbrochen hatten.

Die erste Sache passierte, als er musizierte. Inmitten eines Stücks war ihm bewußt geworden, daß er von einer wunderschönen Stimme begleitet wurde. Er spielte weiter und versuchte zugleich herauszufinden, von wo die Stimme kam. Schließlich kam Celia aus ihrem Versteck heraus und lächelte scheu, während sie ihn begleitete.

»Du singst gut«, sagte er, nachdem das Stück zu Ende war. Er hätte nicht erwartet, daß ein so gebrechliches und unterernährtes Wesen eine so entzückende Stimme hervorbringen konnte.

»Du spielst gut«, antwortete sie wehmütig. »Du erinnerst mich an jemanden, den ich einmal kannte.«

Magara hatte Hewitt von Celia berichtet, und er wußte, daß sie von Lisles Vater sprach. Er hatte es für eine traurige Geschichte gehalten und sich gefragt, ob er nicht ein Lied darüber schreiben sollte.

»Kennst du die Rose von Evermore?« fragte er.

»O ja!« rief sie aus und schlug ihre knochigen Hände mit fast kindlicher Erregung zusammen. »Es war eines meiner Lieblingslieder.«

So spielte Hewitt, und sie sang. Eine Zeitlang vergaß der junge Musiker Magara, vergaß den Nebel, und er erfreute sich nur noch an der Musik, die sie zusammen machten. Sie lächelten sich an, als sie das Lied mit einer bravourösen Passage beendeten.

»Hast du für Lisle gesungen?« fragte Hewitt nach einer Atempause.

»O ja«, antwortete sie mit einem traurigen Lächeln. »Die ganze Zeit über. Aber er ist jetzt tot.«

Hewitt widersprach ihr nicht; Celia hatte offenbar eine Art von Frieden gefunden, und er wollte das nicht gefährden.

»Ich muß jetzt gehen«, sagte sie plötzlich. »Die Lichter kommen.« Und damit hastete sie davon.

»Wo? Wann?« rief er hinter ihr her, aber sie antwortete nicht. Er ging ein paar Schritte hinter ihr her, gab dann aber auf und überließ die verrückte Frau ihrem Wahn.

Der zweite Zwischenfall, eine weitere Sonnenfinsternis, war viel beunruhigender gewesen. Sie war anders als alle vorhergehenden abgelaufen. Die Dunkelheit war bei weitem nicht vollständig gewesen, und der ungleichmäßige Hof hatte zwei Farben aufgewiesen – ein helles, reines Gelb hatte sich mit Indigoblau abgewechselt. Strahlen in diesen Farben waren über den verdunkelten Himmel gewandert, als fange ein riesiger Edelstein das Licht der Sonne auf. Es war ein faszinierender Anblick, und Hewitt hätte es als wunderschön bezeichnet, wäre er sich nicht der möglichen unangenehmen Folgen bewußt gewesen.

Er konnte sich danach kaum überwinden, den Gobelin anzusehen, aber er wußte, daß er das tun mußte. Und es war so schrecklich, wie er befürchtet hatte. Die geringfügigen Veränderungen der vorangegangenen Tage waren durch eine Welle des Verfalls überschwemmt worden. Sowohl der gelbe als auch der indigoblaue Streifen waren aus dem Regenbogen verschwunden und ließen nur noch Orange und Violett zurück, die nun einzeln äußerst seltsam wirkten. Die Sommersonne war jetzt völlig verdeckt, was bedeutete, daß sich jetzt drei der vier Bildbereiche in weitgehender Dunkelheit befanden. Die helle Sonne des Frühlings war bereits beeinträchtigt durch einen schwarzen Kreis in ihrem

Mittelpunkt, der vielleicht ein Drittel ihrer Oberfläche bedeckte.

Eine weitere Veränderung war so weitgehend, daß Hewitt einige Zeit benötigte, um sie insgesamt wahrzunehmen. Die Frau war aus den drei verfinsterten Bildteilen verschwunden, so daß nur noch das kleine Mädchen im Frühling übrig war. Und sie hatte sich bewegt. Sie sprang nicht mehr glücklich durch den Garten, sondern saß neben dem Grab, und ihr kleiner Körper verdeckte die Inschrift. Eine Atmosphäre der Einsamkeit umgab ihre kleine Gestalt, ein Gefühl der Trostlosigkeit. Hewitt bildete sich sogar ein, winzige, glitzernde Tränen auf ihren Wangen zu sehen.

Auf den anderen Teilen des Gobelins waren nur noch ein paar Tiere oder Vögel am leben. Die Wölfe strichen noch im Winter herum, und der Fuchs kläffte im Frühling, aber seine Fänge waren jetzt blutrot verfärbt, und seine Vorderpfoten ruhten auf den verstümmelten Überresten eines Opfers. Die Kaninchen waren verschwunden, ebenso wie die Gänse, der Eisvogel und die meisten Enten. Noch schlimmer war, daß der Schwan des Herbstes tot war, und sein Körper war nur noch ein häßlicher Haufen von wurmdurchlöchertem Fleisch und zerfallenden Federn war. Die verbliebenen Enten waren kaum noch lebendig. Ihre Augen wirkten glasig und hatten einen scheußlichen weißen Überzug, das Gefieder war abgestumpft und klebrig. Die Schnäbel standen offen, als schnappten sie nach Luft.

Fast alle Pflanzen und Bäume waren jetzt tot, wenn man von ein paar kränklich wirkenden Knospen im Frühling absah. Geschwärzte Stämme und faulender Unrat dominierten die drei anderen Viertel. Der Sommer, der bislang relativ unversehrt davongekommen war und der einmal so reich an blühendem Leben gewesen war, war jetzt nur noch eine Wüste des Niedergangs. Stinkmorcheln und andere unangenehme Pilzarten waren aus Sporen in der verwesenden Vegetation entstanden und ernährten sich von dem Tod. Der Bach war zu einem schlammigen, verfärbten Rinnsal geworden, und die Fische trieben in Seitenlage auf der Oberfläche des öligen Teichs. Der Brunnen wurde von braunen, glitschigen Unkräutern erstickt, die auf die Steine unterhalb tropften und dort Flecken hinterließen. Im Herbst war der Boden voll von herabgefallenen Früchten und Beeren, die nicht mehr als solche zu erkennen waren und deren Fleisch einen übelriechenden, schäumenden Brei entstehen ließ. Und die Bäume rauchten sogar noch im Winter. Ihre glühende Asche erinnerte an die urzeitliche Kraft, die sie zerstört hatte.

Selbst der Frühling war inzwischen sehr beeinträchtigt. Es waren kaum noch Anzeichen eines gesunden Wachstums zu sehen. Wenn der Gobelin wirklich eine genaues Spiegelbild des wirklichen Zaubergartens war, dann würde Nimmern bald tot sein. *Und was soll ich tun, wenn Magara sich noch immer darin befindet?* fragte sich Hewitt, rollte dann den Stoff zusammen und verstaute ihn. Er konnte es nicht mehr ertragen, den Gobelin anzusehen.

Eine weitere Nacht war inzwischen vergangen, und er wußte, daß er wieder nachsehen mußte. Obwohl ihn der Anblick des Gobelins wieder mit Abscheu erfüllte, konnte er keine weiteren Veränderungen erkennen. Er war zumindest darüber froh und legte den Gobelin wieder weg.

Hewitt nahm seine Violine auf und begann zu spielen, betrachtete dabei die ganze Zeit den wogenden Nebel, aus dem Nimmern bestand. Dann wurde er sich ganz allmählich eines anderen Rhythmus bewußt. Es war ein Hämmern, das aus der Erde selbst zu kommen schien. Er sah auf.

Drei Reiter kamen direkt auf ihn zu, und die Hufe ihrer Pferde trommelten auf den Boden ein. Selbst aus dieser Entfernung konnte Hewitt Varos blonde Haare erkennen, wie sie in der Sonne schienen. Neben ihm war der weniger beeindruckende Umriß seines Partners, und an seiner Seite natürlich der graue Blitz, den sie Schatten nannten. Hewitt erkannte das dritte Mitglied der Gruppe nicht, aber der Reiter hatte eine Mähne schwarzer Haare, die im Wind wehten, während sie auf ihn zudonnerten. Sie kamen in einer Weise näher, die den Eindruck eiserner Entschlossenheit entstehen ließ.

Nachdem der Zauberer seine schreckliche Macht vorgeführt hatte, zwang sich Magara, wieder mehr zu schreiben, um ihn zumindest vorübergehend friedlicher zu stimmen. Sie schrieb einiges genauso, wie er es wünschte, aber sie versuchte auch ihre persönliche Eigenart mit einzubringen und hoffte dabei erneut, daß jemand ihren Hinweisen folgen würde, wie sie denen von Halana gefolgt war. Dieser neue Abschnitt enthielt viele Seiten, aber sie schaffte es, die eigentliche Entwicklung auf das Ziel des Messermanns hin so gering wie möglich zu halten. Er sah jedoch nur den zunehmenden Fluß ihrer Wörter und war offenbar zufrieden damit.

Magara schrieb, schlief und schrieb wieder. Sie fühlte sich schrecklich am Ende eines jeden »Tages«. Der natürliche Rhythmus ihres Körpers war durch das ständige unnatürliche Licht gestört. Sie war inzwischen zu der Ansicht gekommen, daß sie mehr über ihre *wirkliche* Umgebung herausfinden sollte. Daher sprach sie den Zauberer gleich an, als er das nächstemal erschien.

»Ist es jetzt Tag oder Nacht?«

»Was spielt das für eine Rolle?« fragte er zurück.

»Meine Gedanken sind verwirrt«, antwortete sie. »Ich kann mich nicht konzentrieren. Ich weiß nicht mehr, wann ich schlafen, aufwachen oder essen soll. Ich kann nicht mehr richtig schreiben, wenn ich in einer so falschen Welt lebe.«

»Deine wirkliche Umgebung wäre weniger angenehm«, erklärte er ihr.

»Du nennst das angenehm?« erwiderte sie heftig und sah auf ihre bewegungslosen Beine hinab.

»Nun gut.«

Die Bibliothek verschwand. Ihr Stuhl, der Tisch, das *Buch* und ihre Schreibutensilien befanden sich jetzt in einer kahlen, steinernen Kammer mit einer einzigen Tür. Die Fenster befanden sich ziemlich weit oben, nur wenig unterhalb der

Decke und natürlich außerhalb ihrer Reichweite. Als sie hochsah, konnte Magara durch die Fenster hindurch den nächtlichen Himmel sehen, in dem gerade ein oder zwei Sterne sichtbar waren. Öllampen brannten in Ständern entlang der Wände.

»Danke«, sagte sie.

»Du bist gut vorangekommen«, bemerkte er und sah dabei über ihre Schulter. »Du wirst bald fertig sein.«

Als der Zauberer ging, starrte Magara auf die Worte, die sie eben geschrieben hatte, als sähe sie sie zum erstenmal. Ihr Peiniger hatte recht. Sie hatte nur noch sehr wenig Zeit übrig.

Obwohl es als ein Traum begann, war sich Magara bewußt, daß es gleichzeitig auch mehr war als das. Als sich Halana ihr zeigte, sah sie, daß das junge Mädchen sehr blaß war, und in ihren Augen lag ein stummes Flehen. Sie sprach mit der Stimme eines Kindes, aber in ihren Worten lag Weisheit.

Mein Tod wird das Ende bedeuten, Magara. Du weißt das.

Es wird niemals geschehen, versprach sie.

Es ist nur eine schmale Linie, die jetzt mein Leben schützt, fuhr Halana fort. *Paß auf, damit du nicht einen Schritt zu weit gehst.*

Dieser Teil der Geschichte wird niemals umgeschrieben werden, versicherte ihr Magara nachdrücklich. *Was immer er mir auch antut.*

Gut gesagt. Das Mädchen lächelte matt. *Du bist von meinem Stamm. Halte dein Wort.*

Dann gibt es noch Hoffnung?

Solange Nimmern lebt, gibt es immer Hoffnung.

Aber ich werde vielleicht nicht mehr leben, um zu sehen, wie die Hoffnung sich erfüllt? fragte Magara leise.

Halanas Schweigen sprach Bände.

Wird der Zauberer nach Nimmern kommen?

Ich kann dir das nicht sagen. Halana begann zu husten.

Tut mir leid, sagte Magara, da sie wußte, daß sie für die Krankheit des Mädchens verantwortlich war. *Ich tue mein Bestes.*

Mehr können wir nicht erwarten, antwortete Halana, bevor sowohl ihr Bild als auch ihre Stimme sich verloren.

Geh nicht weg! flehte Magara.

Ich muß. Meine eigene Welt ruft mich.

Wie kann ich es benutzen? Wie komme ich in die Verbindung? rief sie ihr verzweifelt nach.

Frage, kam die schwache Antwort.

Halana war verschwunden, und Magara wachte auf. Wie sollte sie fragen? Die Verbindung war wieder zustande gekommen, doch Magara wurde ganz übel bei dem Gedanken an die Krankheit der Näherin, für die sie verantwortlich war. *Du wirst nicht aufhören zu existieren, Halana,* versprach sie. *Ich werde dich nicht sterben lassen.*

In den Fenstern über ihr erhellte sich der Himmel, aber Magara fühlte sich unglaublich müde, als hätte sie überhaupt keine Ruhe gehabt. Sie versuchte daher, noch einmal Schlaf zu finden.

Als sie wieder erwachte, erfüllte helles Sonnenlicht den Raum, doch sie nahm die Feder nicht auf. Magara grübelte nach und wartete ängstlich darauf, daß der Zauberer zurückkehrte und ihren mangelnden Fleiß bemerkte.

Es war unvermeidbar, daß sich ihre Gedanken mit Varo und Brostek beschäftigten. Sie sah wieder Varos dunkelbraune Augen, die wunderschön waren, aber einen beunruhigend kalten Ausdruck hatten. Ihr fiel ein, wie sie ihn rasiert und damit das vollendet geformte, kräftige Gesicht unter dem hellblonden Haar sichtbar gemacht hatte. Dann tauchte Brostek auf und zog ihre Aufmerksamkeit auf sich. Sie lächelte über sein unscheinbares Äußeres, seine lachenden grünen Augen. Wo waren sie jetzt? Konnte sie ihnen eine Botschaft übermitteln? *Fragen? Wo fragen? Was fragen?* überlegte sie. Selbst wenn sie in Verbindung mit ihnen treten *konnte,* wie konnte sie verhindern, daß der Zauberer, der sie gefangenhielt, davon erfuhr?

Du darfst dir darüber keine Gedanken machen! sagte sie zu sich selbst und dachte dann noch einmal darüber nach. *Sogar dann nicht, wenn es Varo und Brostek das Leben kostet? Aber wenn ich es nicht schaffe, werden sie ohnehin sterben,* erkannte sie. In einer Welt, in der der Messermann im blauen Umhang als Gott regierte, war kein Platz mehr für ihre Freunde.

Es ist hoffnungslos.

Frage.

Zeige mir ein Bild. Bitte!

Die Leere fiel auf sie herab. Die Verbindung war da! Magara begriff nun, daß sie immer dagewesen war; sie hatte nur darauf gewartet, von ihr wahrgenommen zu werden. Begeisterung und Furcht erfüllten sie zugleich.

Varo? Brostek?

Linien bewegten sich. Immer neue Muster bildeten sich.

Wo bist du?

Es kam keine Antwort.

Was mache ich falsch? fragte sie sich.

Ein Gefühl der Bestürzung umfing sie, aber es kam nicht aus ihr selbst. Sie fragte sich kurz, ob sie sie vielleicht erreicht hatte, sie aber aus irgendeinem Grund nicht antworten konnten.

Könnt ihr mich hören?

Es kam ein neuer Ansturm der Gefühle; eine seltsame, aber deutlich spürbare Wärme, die aus zwei ganz verschiedenen Richtungen kam.

Bringt den Zauberer nach Nimmern! Sie hoffte, daß jemand ihren Worten Beachtung schenkte.

»Das werden wir tun.«

Die Worte schwebten aus der Unendlichkeit zu ihr, und neue Hoffnung erfüllte sie. Sie hatte die Stimmen nicht erkannt, und sie konnte nicht sicher sein, ob es wirklich ihre Freunde waren.

»Der Zauberer ist nicht bei uns.«

Es war noch eine andere Stimme, die wiederum von einem anderen Ort kam, aber ebenfalls mit der Wärme verbunden war. Der Mann klang bereitwillig, aber zugleich bedauernd.

Wartet! Ich verstehe nicht.

Ihr Tor zur Verbindung schloß sich.

Geht nicht weg! flehte sie, aber die Verbindung war weg.

Magara öffnete die Augen und fand sich in dem von

Öllampen erleuchteten Raum wieder, durch dessen Fenster kein Sonnenlicht mehr drang. *Wie lange war ich in der Verbindung?* Es schienen nur Augenblicke gewesen zu sein. Es war doch sicher kein ganzer Tag vergangen? Dann begriff sie, daß es eine Sonnenfinsternis war. Sie konnte die Sonne nicht sehen, aber gelbe und indigoblaue Strahlen ließen die Schatten hin- und herhuschen, als kämpften zwei Farben gegeneinander. Dann war es vorbei. Das Sonnenlicht kehrte zurück, und die plötzliche Helligkeit blendete sie.

Magaras Herz schlug schneller, als sich die Tür öffnete und ihr Peiniger hereinkam. Ihre bisherige Kühnheit verschwand, als sie sich vorstellte, was er mit ihr anstellen würde. Hatte er entdeckt, daß sie die Verbindung benutzt hatte, um zu versuchen, mit ihren Freunden in Kontakt zu kommen? Hatte er ihre ausbleibenden Fortschritte bei dem *Buch* bemerkt? Aber der Zauberer erwähnte keines von beiden. Er wirkte hocherfreut und tanzte fast durch den Raum.

»Hast du es gesehen?« fragte er. »War es nicht wunderschön?« Er warf den Kopf zurück und lachte, als er Magaras verwirrten Ausdruck bemerkte.

»Ich habe meine beiden verbliebenen Kollegen ... überredet ... sich in der nördlichen Einöde ein Duell zu liefern«, erklärte er. »Es war ganz natürlich, daß die gleich starken Gegner beide Erfolg und beide verloren haben. Sie sind jetzt tot, und ich habe ihre Kraft, ihre so schwer gewonnene Kraft«, krächzte er. »Und ich mußte nicht einmal einen Finger heben!«

Er will nur prahlen, begriff Magara. *Und ich bin das beste Publikum, das er hat.* Sie hoffte, daß seine Stimmung anhielt und seine Aufmerksamkeit von ihren Taten ablenkte. Sie sah seiner selbstvergessenen Vorstellung zu und spürte eine Erleichterung, die sich mit Abscheu mischte. Sie bewahrte jedoch ein ausdrucksloses Gesicht.

»Es ist nur noch einer übrig«, fuhr der Messermann fort. »Und er wäre auch schon erledigt, wenn deine dummen Freunde nicht so nachlässig gewesen wären.«

»Soll ich noch einmal versuchen, mit ihnen in Verbindung zu kommen?« fragte Magara mit einem Kloß in der Kehle.

»Nein, für solche Belanglosigkeiten habe ich keine Zeit mehr«, antwortete er. »Das Spiel geht jetzt um höhere Einsätze.«

Ein Spiel? dachte Magara ungläubig. *Er nennt das ein Spiel?* Er schien sich zumindest nicht ihrer Versuche bewußt zu sein, mit Brostek und Varo in Verbindung zu kommen. Magara war sich nicht sicher, ob sie erleichtert oder enttäuscht darüber sein sollte, daß ihr keine zweite Chance vergönnt war.

»Nicht mehr lange hin, wie?« schloß er gutgelaunt und ging hinaus, ließ eine mitgenommene und entsetzte Magara zurück. Seine Zuversicht wirkte erschreckend, da sie mit einer so ehrfurchtgebietenden Macht einherging. Es war kaum vorstellbar, sich ihm zu widersetzen. Ihre eigenen Bemühungen erschienen ihr so kläglich – ihre lahmen Versuche, das *Buch* in ihrem Sinne zu ändern, und jetzt die Verbindung. Hatte sie wirklich Verbindung mit irgend jemandem hergestellt? Die Antworten, die sie erhalten hatte, waren sowohl anonym als auch widersprüchlich gewesen. *Wir werden es tun. Der Zauberer ist nicht bei uns.*

Ihr Peiniger war eindeutig durch den Kampf zwischen den beiden Messermännern abgelenkt gewesen. Aber das war jetzt vorbei, und Magara wagte nicht, es so schnell wieder zu versuchen. In jedem Fall fühlte sie sich vollkommen ausgelaugt und beunruhigt durch den offensichtlich ausgebliebenen Erfolg. Sie versuchte sich zu beruhigen, klar zu denken. Das mißlang ihr aber kläglich, da plötzlich eine andere Vision über sie kam.

Magaaara.

Sie vernahm erneut Lisle. Aber diesmal klang seine Stimme schwach und entfernt, und das Gesicht, das sie sah, war nicht das des Jungen. Es war ein breites Gesicht mit weit auseinanderstehenden blauen Augen – die jetzt vor Entsetzen aufgerissen waren –, und sie sah es prustend im Wasser des Sees. Sie erkannte darin einen der Männer aus Varo und Brosteks Gruppe, der sie zusammen mit den anderen in einem Traum angestarrt hatte.

Was geht da vor sich?

Magaaara.

Vor ihr blitzte ein Bild des Kraters auf, von den Männern, die in den spiegelgleichen See starrten. Dann löste sich die Vision auf, und sie war wieder allein mit ihren Gedanken.

Werde ich wahnsinnig? fragte sie sich verzweifelt.

Am nächsten Morgen öffnete Magara das *Buch.* Sie war zu erschöpft und verwirrt, um irgend etwas anderes zu tun. Sie starrte auf die Seite und begriff, daß sie dabei war, das letzte Kapitel zu beginnen.

Die Zeit lief davon.

»Lisle! Was machst du?« schrie Bair, als das Aufklatschen im Wasser durch den schweigenden Krater hallte.

»Was hat dir Vilman denn getan?« fragte Luchs lachend.

»Er mußte sich ohnehin einmal waschen«, kommentierte Ryker und grinste breit. »Komm wieder heraus, Vilman. Du bringst uns alle in Schwierigkeiten.«

Sie warteten darauf, daß ihr Gefährte wieder auftauchte, aber nach ein paar Augenblicken beruhigte sich das Wasser wieder, und es war nichts von ihm zu sehen. Ihre gute Laune ging in Verwirrung und schließlich in Besorgnis über.

»Wo ist er hin?« fragte Ross und drückte damit die Sorge aller aus.

Das Seewasser war klar, nachdem die von Vilmans Eindringen herrührenden kleinen Wellen im weiteren Umkreis verliefen, aber von Vilman war nichts zu sehen. Sie standen jetzt alle am Geländer und starrten in die Tiefe. Von den anderen Laufstegen sahen Leute herüber, die das Aufklatschen gehört hatten.

»Magaaara!« schrie Lisle plötzlich.

Sie alle wandten sich dem Jungen zu.

»Was zum Teufel stimmt nicht mit dir?« fragte Luchs. »Du hast *Vilman* hineingestoßen, nicht Magara.«

»Er spielt uns einen Streich«, mutmaßte Ryker. »Er versteckt sich vermutlich unter dem Haus oder dem Laufsteg. Ich gehe hinab und sehe nach.« Damit zog er sein Hemd aus.

»Was geht hier vor sich?« Es war Cole, einer der Taucher. Er blickte sie wütend an, während er näherkam. »Den Spiegel zu brechen, bringt uns allen Unglück.«

»Das Unglück scheint Vilman mehr zu treffen als uns«, bemerkte Ryker trocken. »Er ist verschwunden.«

»Magaaara«, wiederholte Lisle und starrte noch immer in das Wasser.

Ein paar Leute sahen kurz zu ihm, versuchten dann, unter

den Laufsteg zu spähen. Ihre Bewegungen verursachten kleinere Kräuselungen auf der Wasseroberfläche.

»Wir können nicht einfach hier warten …«, begann Bair.

»In Ordnung, ich werde gehen«, entschied Cole. Er ließ sich in das Wasser gleiten, und die anderen sahen zu, wie er mit kraftvollen Bewegungen tauchte und eine Bahn rund um das Haus zog. Er schien unendlich lange unter Wasser zu bleiben, doch als er wieder auftauchte, litt er nicht einmal unter Atemnot.

»Nichts!« sagte er, als könnte er es selbst kaum glauben. »Er *ist* verschwunden.«

»Wie Lisle«, sagte Bair leise.

»Dieser Ort *ist* wirklich seltsam«, fügte Ryker hinzu.

»Er ist doch ein guter Schwimmer, oder nicht?« fragte Cole, aber niemand kam mehr dazu, ihm darauf zu antworten. Genau in diesem Augenblick brach kaum mehr als zehn Schritte entfernt der See auf, und Vilman schoß prustend und nach Luft schnappend aus dem Wasser, planschte dann mit heftigen Bewegungen auf den Laufsteg zu. Cole starrte ihn wie einen Geist an, während die anderen ihn nach oben auf die Bretter zogen. Sie lachten jetzt vor Erleichterung, aber Vilmans Gesicht war kreidebleich, seine Augen waren geweitet. Er zitterte und war durchgefroren.

»Hat es dir Spaß gemacht, eine Runde zu schwimmen?«

»Es ist … ich …«, stammelte Vilman, hustete dann und spuckte etwas Wasser aus.

»Wo hast du dich versteckt?« fragte Luchs. »Du hast uns ganz schön erschreckt.«

»Nicht … versteckt«, keuchte er und war offenbar immer noch außer sich. Ihr Lächeln erstarb, als sie begriffen, daß er ihnen nichts vorspielte.

»Was ist passiert?« fragte Cole, der zu ihnen getreten war.

»Wer hat mich hineingestoßen?« wollte Vilman wissen und ignorierte die Frage.

»Lisle«, antwortete Luchs. »Warum?«

Vilman starrte den Jungen an, und in seinen Augen lag so etwas wie Haß. »Er ist dort gewesen«, sagte er.

»Wo gewesen?« fragte Bair, aber Vilman schenkte ihm

keine Aufmerksamkeit. Er raffte sich mühsam auf und ging auf Lisle zu, packte ihn am Kragen.

»Wo ist es, Lisle?« wollte Vilman wissen und schüttelte den Jungen. »Wohin hast du mich geschickt?«

»Laß ihn in Ruhe!« rief Ross.

»Bist du verrückt geworden?« rief Bair aus.

Sie trennten die beiden, und Lisle verdrückte sich zur Seite, als Vilman von ihm abließ und den Kopf schüttelte, als könnte er so einen klaren Kopf bekommen. Er fluchte und zitterte.

»Willst du uns jetzt sagen ...«, begann Bair.

»Als er mich hineingestoßen hat«, unterbrach ihn Vilman, »bin ich hier in das Wasser getaucht. Aber als ich wieder an die Oberfläche gekommen bin, war ich an einem ganz anderen Ort.«

»Was!«

»Ich war in einem See, der von schneebedeckten Bergen umgeben ist«, fuhr er fort. »Da waren auch andere Seen, aber sie waren zugefroren. Und am Ende des Tals stand eine Burg. Es war so kalt, und ich hatte wirklich Angst. Ich dachte, ich müßte ertrinken. Aber als ich unterging, tauchte ich einen Augenblick später wieder auf. Und zwar hier!«

»Sind in deiner Familie schon Geisteskrankheiten vorgekommen?« fragte Ryker ganz unschuldig.

»Es ist wahr – ich schwöre es«, beharrte Vilman. »Warum sollte ich eine solche Geschichte erfinden?«

»Du hast schon Geschichten erfunden«, meinte Luchs.

»Dann versuch es selbst«, sagte der andere wütend. »Ich möchte sehen, wie *dir* das gefällt.«

»Cole ist kurz nach dir getaucht«, sagte Ross zu ihm. »Aber *er* ist nicht von hier verschwunden.«

»Ihr braucht mir nicht zu glauben!« schrie Vilman. Er zitterte noch mehr, und er war noch immer totenbleich.

»*Etwas* ist offenbar mit ihm passiert«, sagte Bair.

Cole, der während des ganzen Wortwechsels geschwiegen hatte, meldete sich wieder zu Wort.

»Ich könnte schwören, daß er nicht dort unten war, als ich nach ihm gesucht habe.«

»Nein!« antwortete Vilman mit klappernden Zähnen. »Und zwar deshalb, weil ich mich in den Bergen zu Tode gefroren habe.«

»Und Lisle ist vorher schon verschwunden«, fügte Cole hinzu.

»Das war auch an einem Spiegeltag!« rief Ross aus.

Der Taucher nickte.

»Vielleicht bedeutet unsere Tradition mehr, als uns selbst bewußt war«, sagte er.

»Ihr nehmt das doch nicht etwa wirklich ernst?« fragte Ryker ungläubig.

»Ich muß es wohl«, antwortete Cole.

»Das nächstemal springst *du* hinein«, drohte Vilman, aber Ryker rollte als Antwort nur mit den Augen.

»Wirst du kommen, um dem Rat darüber zu berichten?« fragte der Taucher.

»Ja.« Vilman hatte sich wieder ein wenig erwärmt.

»Und du hast keine Vorstellung, wo dieser Ort war?« fragte Bair.

»O doch«, schnappte Vilman. »Es war der kleine Teich, in dem ich als kleiner Junge Froschlaich sammelte.« Sarkastisch fuhr er fort: »Muß ich doch glatt vergessen haben.« Der alte Soldat blieb gelassen.

»Aber da waren Berge«, bohrte Luchs nach.

»Ja. Größer als alle Berge, die ich in meinem Leben gesehen habe.«

»Lisle hat nach Magara gerufen, während du verschwunden warst«, sagte Ross. »Kannst du dir denken, warum?«

»Nein. Es sei denn, sie befände sich in dieser entsetzlichen Burg.«

»Könnte es sein, daß du in Nimmern warst?« fragte Bair.

»Dann müßte sich die Geographie Levindres aber schon sehr drastisch geändert haben!«

Ihre Unterhaltung wurde unterbrochen, als Lynton und eines der Ratsmitglieder von Trevine sich eilig näherten.

»Meine Freunde!« rief der barianische Abgesandte. »Die Ereignisse haben eine neue Wendung genommen. Ich habe eine Vision gehabt.«

»O nein«, ächzte Ryker. »Du nicht auch noch.«

Als sich die Gruppe an diesem Abend erneut versammelt hatte, kam Iro und ließ sich von ihnen die Ereignisse des Tages aus ihrer Sicht schildern. Vilman erzählte seine Geschichte noch einmal. Er hatte sich wieder fast völlig erholt, und sein Entsetzen ließ offenbar zunehmend nach. Dann berichteten sie Iro von der »Vision« des Barianers.

»Tatsächlich hat er nichts *gesehen*«, begann Luchs.

»Lynton besteht darauf«, sagte Bair, »die Stimme einer Frau in seinem Kopf vernommen zu haben. Zuerst hat sie gesagt: Wer bist du? – und dann: Was mache ich falsch? Lynton wollte ihr antworten, aber er wußte nicht, wie – die ganze Sache hat ihn ziemlich verwirrt.«

»Das kann ich verstehen«, bemerkte Ryker.

»Dann sagte sie: Kannst du mich verstehen?« berichtete Ross weiter, »und Lynton nahm an, daß die Stimme aus seinem Anhänger gekommen war.«

»Der offensichtlich aus telepathischem Silber gemacht ist«, meinte Ryker scherzhaft.

»Als er ihn herauszog«, fuhr Ross fort und ignorierte die Unterbrechung, »war er warm.«

»Das sind die meisten Gegenstände bei dieser Hitze«, fügte Ryker hinzu.

»Sei still, Ryker«, knurrte Luchs.

»Dann sagte sie: Bringt den Zauberer nach Nimmern«, fuhrt Ross fort.

»Nimmern?« fragte Iro.

»Wir haben das gleiche gefragt« erwiderte Bair. »Lynton meinte, er hätte zuerst geglaubt, nimmer zu hören, aber es sollte vermutlich Nimmern heißen.«

»Danach war er ziemlich verwirrt«, sagte Ross.

Ryker öffnete den Mund, um etwas zu sagen, überlegte es sich aber besser, als er den Ausdruck in Luchs' Gesicht bemerkte. Ross berichtete weiter.

»... aber er erinnert sich daran, daß er darauf hinweisen wollte, daß er keinen Zauberer bei sich hatte. Dann redete die Frau davon, daß sie nicht verstehe, und dann: ›Geht nicht weg!‹ Lynton sagt, daß sie verzweifelt klang. Und damit war es zu Ende.«

»Könnte es Magara gewesen sein?« überlegte Iro laut.

»Wie wollen wir das feststellen können«, antwortete Bair.

»Lisle glaubt, daß sie in dem Bergtal ist, nicht in Nimmern«, sagte Vilman.

»Ich frage mich, ob er recht hat«, sagte Iro nachdenklich. »Es gibt eine Legende über einen Ort hoch oben in den höchsten Bergen – Vortex genannt. Es soll der Ort sein, an dem alle Linien der Verbindung zusammenlaufen, ein Ort großer Macht, großer Magie. Magara und ich haben uns darüber unterhalten, bevor sie aufgebrochen ist. Vielleicht ist sie nach dort statt nach Nimmern gegangen.«

»Aber *warum* sollte sie nach dort gehen?« wollte Luchs wissen. »Und vor allem, *wie*? Wenn es sich wirklich im menschenleeren Hochland dort oben befindet, ist es fast völlig unzugänglich. Selbst mit entsprechender Ausrüstung käme sie nie so schnell nach dort.«

»Es war nur ein Gedanke«, sagte Iro.

»Vielleicht ist *sie* auch in einen See gesprungen«, legte Ryker nahe. Er hatte es scherzhaft gemeint, aber der Alchimist griff die Idee auf.

»Das ist es!« rief er aus. »Wenn es wirklich der Vortex ist, dann ist er natürlich mit allen anderen Knoten einschließlich Nimmern verbunden.«

»Du meinst, sie wurde durch Magie nach dort gebracht«, fragte Bair. »Ist das nicht ein bißchen weithergeholt?«

»Frag Vilman«, antwortete der Alchimist. Sie saßen eine Zeitlang schweigend da, bevor Iro fortfuhr. »Laßt uns annehmen, daß der Ort, den Vilman – und vermutlich auch Lisle – erreicht haben, der Vortex ist.«

»Das ist eine gewagte Annahme«, sagte Luchs.

»Und würde das nicht bedeuten, daß auch Trevine ein magischer Ort ist?« fragte Ross.

»Ja, in einer gewissen Weise«, sagte Iro, der sich für das Thema zu begeistern begann. »Erinnerst du dich, wie du mir von dieser Theorie Keredins berichtet hast? Von den Messermännern, die nur geisterhafte Abbilder der wirklichen Männer sind? Nun, vielleicht ist der See hier das Spiegelbild des Sees im Vortex.«

»Aber nur, wenn der See spiegelglatt ist?« vollendete Bair.

»Offensichtlich«, stimmte Iro zu. »Es muß einen Grund für diese Tradition gegeben haben.«

»Nun, es müßte einfach sein, das zu überprüfen!« sagte Luchs.

»Das solltest diesmal besser du machen!« sagte Vilman zu ihm.

»Wie hat der Rat reagiert, als du ihm von dem anderen See erzählt hast?« fragte Iro.

»Sie wollen das Steingebilde dort unten von Tauchern näher untersuchen lassen«, antwortete Vilman. »Aber sie scheinen ebenso verwirrt zu sein wie wir. Wenn nicht noch mehr. Schließlich ist das hier ihre Heimat, und es muß schokkierend für sie sein, wenn ihnen gesagt wird, daß sie ihr wahres Wesen nicht kennen.«

»Glaubst du, sie werden uns helfen, Iros Theorie zu überprüfen?« fragte Luchs. »Sie können das offensichtlich am besten.«

»Sie würden ihr eigenes Tabu brechen, und das wird ihnen überhaupt nicht gefallen«, antwortete der Alchimist. »Aber es kann nicht schaden, sie zu fragen.«

»In Ordnung, nehmen wir also an, wir tauchen alle hinab und kommen im Vortex wieder heraus«, warf Ryker ein. »Was machen wir *dann*? Und was hat das alles mit den Messermännern zu tun? Ich glaube, wir würden ziemlich frieren, und das wäre alles.«

Iro berichtete ihnen von den anderen Legenden, die sich um den Vortex rankten.

»Wenn einer der Messermänner – oder wer immer sie kontrolliert – sich im Vortex befindet, dann könnte das der Grund für die Sonnenfinsternisse sein. Es könnte auch die ewige Dunkelheit mit sich bringen, vor der sich die Zauberer des Lichts so gefürchtet haben.«

»Als ich dir zum erstenmal begegnet bin, habe ich dich für halbwegs normal gehalten«, antwortete Ryker. »Glaubst du wirklich diesen ganzen Ende-der-Welt-Quatsch?«

»Nein«, antwortete Iro, »aber ich habe auch nicht geglaubt, daß in diesem See magische Kräfte liegen.«

»Also, wenn ihr meine Meinung hören wollt«, sagte Ryker grinsend. »Ich denke, daß Vilman ein gefährlicher Irrer ist, den man einsperren sollte. Und Lynton ist auch nicht besser.«

»Du solltest aufpassen, daß du mir nicht den Rücken zudrehst, wenn der See das nächstemal ruhig ist«, erwiderte der Irre, aber er lächelte dabei.

Am nächsten Morgen vernachlässigten die Taucher ihre gewohnte Arbeit, um das Steingebilde und die Bereiche zu untersuchen, in denen Lisle und Vilman verschwunden waren. Sie fanden nichts, aber ein leichter Wind kräuselte ständig die Wasseroberfläche, so daß niemand überrascht war.

Später an diesem Tag kam die Nachricht vom Rand, daß ein paar Leute am Tag zuvor eine teilweise Sonnenfinsternis und seltsame gelbe und purpurfarbene Stahlen am nordöstlichen Himmel miterlebt hatten. Von innerhalb des Kraters war nichts gesehen worden. Da die Sonnenfinsternis vom Rand aus beobachtet werden konnte, war anzunehmen, daß sie in einer gewissen Weise stärker als alle vorherigen gewesen war.

Und sie dachten alle daran, daß die höchsten Berggipfel im Nordosten lagen.

Die drei Pferde kamen schwitzend und mit aufgerissenen Augen zum Halten, und Brostek sprang aus dem Sattel.

»Wo ist sie?« wollte er wissen.

»Da drin«, antwortete der Musiker und deutete auf den Nebel.

»Allein?«

»Ja. Ich habe versucht ...«

»Wie lange ist sie schon weg?« unterbrach Varo.

»Zehn Tage.«

»Bei den Göttern!« rief Brostek aus. »Warum hast du sie nicht aufgehalten?«

»Ich konnte nicht«, versuchte sich Hewitt zu verteidigen. »Sie ...«

»Hast du nicht einmal nach ihr gesehen?« unterbrach ihn Brostek wütend.

»Ich habe es *versucht*», antwortete Hewitt und wurde nun selbst ziemlich wütend. »Es ist unmöglich – man wird vollkommen blind, sobald man hineingeht. Ich bin nur immer im Kreis gegangen und wieder herausgekommen.«

»Das wollen wir selbst sehen«, stellte Brostek angriffslustig fest und schritt auf den grauen Nebel zu.

»Warte!« Keredin war als letzter abgestiegen, und obwohl er nach ihrem wilden Ritt ein wenig außer Atem war, war seine Stimme fest und überzeugend. Brostek zögerte und sah seinen Begleiter fragend an.

»An diesem Ort ist mehr als ein bißchen Nebel«, sagte der ehemalige Zauberer. »Du weißt das. Daran müssen wir denken, bevor wir hineingehen. Magara ist schon sehr lange weg. Eine weitere Stunde wird für sie keinen großen Unterschied machen, aber es kann den Unterschied zwischen Erfolg und Scheitern ausmachen.«

»Keredin hat recht«, fügte Varo ruhig hinzu. »Wir wissen nicht, womit wir es hier zu tun haben.«

Brostek sagte eine Zeitlang nichts. All seine Instinkte

drängten ihn dazu, Magaras Rettung sobald wie möglich zu versuchen. Doch er sah ein, daß der Rat seiner Freunde vernünftig war.

»In Ordnung«, stimmte er zu und wandte sich an Hewitt. »Sag uns alles, was du weißt.«

»Und beginne mit dem Anfang«, fügte Keredin hinzu.

So berichtete Hewitt ihnen davon, wie er und Magara Trevine verlassen hatten, was sie in Arenguard über die Sonnenfinsternis herausgefunden hatten, von ihrer offensichtlichen Verbindung mit Lisle auf Heulenberg und schließlich von dem sich ständig verändernden Gobelin.

»Hat Magara den Gobelin bei sich?« fragte Keredin.

»Nein. Ich habe ihn hier.«

»Warum hast du das nicht gleich gesagt?« wollte Brostek wissen.

Hewitt hatte gezögert, ihnen das verbliebene Bild zu zeigen, ging jetzt aber los, um den Gobelin zu holen. Als er ihn für sie aufrollte, wichen sie alle erschrocken zurück.

»Was für ein entsetzlicher Ort«, keuchte Brostek. Keredin war sein Ekel anzusehen; nur Varos Miene blieb ausdruckslos.

»Ich wünschte, ich könnte euch zeigen, wie es früher ausgesehen hat«, antwortete Hewitt. »Es war so schön.«

»Die Veränderungen haben immer während der Sonnenfinsternisse stattgefunden?« fragte Keredin.

»Es hat so begonnen«, antwortete Hewitt. »Ich habe jedenfalls die Unterschiede immer kurz danach bemerkt. Und es ist größtenteils noch immer so. Aber seit Magara hineingegangen ist, finden auch zu anderen Zeiten Veränderungen statt. Die schrecklichen Dinge der letzten Zeit sind fast alle gestern passiert, nach der Sonnenfinsternis mit den blauen und gelben Strahlen. Habt ihr sie gesehen? Und gleichzeitig sind diese Farben aus dem Regenbogen verschwunden.«

»Zwei weitere Messermänner sind tot?« wunderte sich Varo. Der Zusammenhang zwischen den Zeitpunkten, an denen ihre Feinde getötet worden waren, und dem Ver-

328

schwinden der entsprechenden Farben war von allen drei Reisenden bemerkt worden.

»Sieht ganz danach aus«, bestätigte Brostek.

»Dann sind nur noch zwei übrig«, sagte Keredin. »Offenbar hat der orangefarbene Messermann überlebt, als wir die Salem-Schlucht nicht rechtzeitig erreicht haben.«

»Was passiert«, fragte Brostek leise, »wenn alle Farben des Regenbogens verschwunden sind?«

»Dunkelheit«, flüsterte Hewitt und verstand die Besorgnis des anderen nur zu gut.

»Die doppelte Sonnenfinsternis geschah zur gleichen Zeit, als wir die Botschaft von Magara erhalten haben, nicht wahr?« fragte Varo Brostek.

»Botschaft?« wollte Hewitt wissen. »Was für eine Botschaft?«

»Es war sehr verwirrend«, antwortete Varo. »Wir haben beide gleichzeitig ihre Stimme in unseren Gedanken vernommen. Sie hat unsere Namen gerufen, aber das übrige konnten wir nicht verstehen. Dann hat sie gefragt: Könnt ihr mich hören?«

»Und ich habe diese zunehmende Hitze gespürt«, fügte Brostek hinzu. Er zog den Anhänger des Zauberers aus seiner Tasche und hielt ihn hoch.

»Magara hat auch so einen Anhänger!« rief Hewitt aus. »Sie hat ihn in einem Splitterstein aus dem See gefunden.«

»In Trevine?« fragte Keredin ungläubig.

»Ja«, bestätigte der Musiker. »Iro hat Magara gesagt, daß es ein altes Wahrzeichen für das Licht ist.«

Die drei Reisenden sahen sich gegenseitig an.

»Dann hat Lynton vielleicht recht, und der Krater *ist* wichtig«, sagte Varo. »Aber warum?«

»Ihr wolltet mir etwas von Magaras Botschaft sagen«, fragte Hewitt ungeduldig nach.

»Wir glauben, sie hat gesagt: Weckt den Zauberer von Nimmern«, erzählte Varo. »Aber es war undeutlich.«

»Jedenfalls«, warf Brostek ein, »hat sie sich auf diesen Ort bezogen. Wir waren ohnehin auf dem Weg nach hier, aber das hat uns natürlich zu noch größerer Eile angetrieben.«

»Andererseits schienen uns ihre letzten Worte eher zum Abwarten zu raten«, fuhr Varo fort. »Sie hat uns zu verstehen gegeben, daß wir nicht gehen sollten. Aber weil das dem widersprach, was sie zuvor gesagt hatte, hat sie damit vielleicht etwas ganz anderes gemeint. Wir wissen nur nicht, was.«

»Es bedeutet zumindest, daß sie noch am Leben ist«, sagte Hewitt leise. Er hatte daran schon ernsthaft zu zweifeln begonnen. »Habt ihr ihr antworten können?«

»Wir haben es versucht, aber wir wußten nicht, wie«, antwortete Varo.

»Wir waren uns beide einig, daß wir das tun sollten, worum sie gebeten hat«, erklärte Brostek, »aber dann begriffen wir, daß wir nicht wirklich wußten, was das war. Wie sollen wir diesen Zauberer von Nimmern wecken?«

»Nun, zuerst müssen wir dort hineingelangen«, antwortete Keredin.

Sie sahen auf den unablässig wogenden grauen Nebel.

»Glaubst du noch immer, daß dies der Bildschlüssel Nimmerns ist?« fragte Varo und deutete auf den Gobelin.

»Ja, ich bin dessen jetzt ganz sicher«, antwortete Keredin. »Was Magara in Arenguard gelesen hat, hat es bestätigt, und die Veränderungen spiegeln bestimmt das, was im Inneren geschehen ist. Und wir wissen bereits, daß der Gobelin irgendwie mit den Messermännern und den Sonnenfinsternissen zusammenhängt.«

»Das Kartell ist ebenfalls beunruhigt wegen der Sonnenfinsternisse«, warf Hewitt ein.

»Nun, da fühle ich mich aber schon viel besser«, bemerkte Brostek verbittert. »Jetzt können wir uns alle ganz in Sicherheit fühlen.«

»Es gab eine Sonnenfinsternis genau in dem Augenblick, als Magara hineingegangen ist«, sagte Hewitt, dem dieser schicksalhafte Augenblick soeben einfiel. »Die blaue.«

Diese Vorstellung brachte sie für ein paar Augenblicke zum Schweigen, aber dann holte Varo sie in die Gegenwart zurück.

»Also gut. Laßt uns zusammenfassen, was wir wissen.

Der Gobelin ist der Bildschlüssel zu Nimmern und sollte auch der Schlüssel sein, um das Schatten-Labyrinth zu öffnen. Magara muß es gelungen sein, hineinzukommen. Wenn sie nur herumgelaufen wäre und sich verirrt hätte, dann wäre sie wie alle anderen, die es bereits versucht haben, schon lange wieder herausgekommen. Also können wir es vielleicht auch schaffen.« Er klang zuversichtlich, als glaubte er wirklich, daß sie ihrer Freundin in das Schatten-Labyrinth folgen konnten.

»Aber sobald wir hineingehen, sind wir wie blind«, fügte Brostek hinzu. »Hewitt sagt, daß man nicht einmal die eigene Hand sehen kann, wenn man damit seine Nase berührt.« Der Musiker bestätigte das.

»Und es gibt noch etwas«, fuhr Varo fort. »Wenn wir Magara richtig verstanden haben, dann befindet sich ein Zauberer da drin. Irgendwie sollen wir ihn wecken; vielleicht wird er uns gegen die Messermänner helfen können.« Er hielt inne. »Weiß jemand noch etwas?«

»Vielleicht helfen dir die alten Legenden?« überlegte Hewitt. »Nur die, die unschuldig und reinen Herzens sind, sollen in der Lage sein, Nimmern zu betreten. Die Welt ist sicher vor dem Bösen, solange über dem Garten die Sonne scheint. Und es ist ein Ort, an dem alle Jahreszeiten zugleich existieren können.«

»Wie unschuldig sind *wir*?« fragte sich Brostek.

»Wenn Nimmern so aussieht«, sagte Keredin und nickte in Richtung auf den Gobelin, »dann ist dort nicht mehr viel Sonnenlicht übrig.«

»Alle Jahreszeiten zugleich?« fragte Varo nach.

Hewitt berichtete ihm von den widersprüchlichen Einzelheiten in den ursprünglichen Bildern.

»Davon ist jetzt überhaupt nichts mehr zu sehen«, kommentierte Varo.

»Die Jahreszeiten sind ein einziges Durcheinander«, fügte Brostek hinzu.

Sie starrten auf die häßlichen Bilder.

»Aber der Gobelin ist die einzige wirkliche Hilfe, die wir

haben«, stellte Keredin fest. »Und wir werden ihn nicht mehr sehen können, wenn wir im Inneren sind.«

»Dann sollten wir uns die Bilder gut einprägen«, sagte Varo. »Gebt mir ein wenig Zeit.«

Er nahm den Gobelin und ging damit weg, um ihn allein zu studieren.

»Wird er sich an alles erinnern können?« fragte Hewitt leise.

»Bis auf den letzten Fadenstich«, erwiderte Brostek. »Varo hat diese Fähigkeit. Sein Gedächtnis ist phänomenal.«

»Wir sollten uns besser um die Pferde kümmern«, sagte Keredin. »Hilfst du uns, Hewitt?«

»Kommst du mit uns?« fragte Brostek Keredin, als sie die Arbeit zusammen erledigten.

»Ja«, sagte der ehemalige Zauberer entschlossen.

»Sicher? Das ist unsere Aufgabe, die von Varo und mir.«

»Ich mache das für mich«, lautete die Antwort. »Und für Mattie.«

»Deine Geliebte?« fragte Brostek. Keredin hatte ihren Namen noch nie erwähnt.

Er nickte. »Ich habe die Zauberei ihretwegen aufgegeben. Das ist die letzte Chance, um etwas wiedergutzumachen. Wenn die Magie nur einmal noch benutzt wird, um etwas wirklich Gutes zu erreichen, dann möchte ich dabei sein und es sehen. Ich weiß, daß auch sie sich das wünschen würde, trotz allem, was die Magie uns angetan hat.«

»Hast du jemals bereut, daß du versucht hast, mit ihr davonzulaufen?« fragte Brostek.

»Ich habe den Versuch nie bereut«, antwortete Keredin. »Nur, daß wir es nicht geschafft haben. Und bei Magara werden wir nicht scheitern.«

»Ich werde jedenfalls tun, was immer in meiner Macht steht.«

»Du liebst sie, nicht wahr?« meinte der ältere Mann.

»Ja«, gab Brostek zu. »Varo ebenfalls – obwohl ich mich manchmal frage, ob er es überhaupt weiß.«

Hewitt hatte während dieses Wortwechsels geschwiegen

und sich wie ein Eindringling gefühlt, aber jetzt wandte sich Brostek an ihn.

»Die letzten beiden Hände müssen sehr einsam für dich gewesen sein, da du hier ganz allein warst«, sagte er.

»Ich habe ein wenig Gesellschaft gehabt«, antwortete der Musiker und berichtete von Celia. »Sie hat gestern mit mir gesungen.«

»Vielleicht wird sie das heute wieder tun«, bemerkte Keredin.

Die beiden anderen sahen sich um und bemerkten, daß Celia sich ihnen näherte. Sie war offenbar nervös und hielt den Kopf etwas abgewandt, betrachtete sie von der Seite.

»Magara hat mich gebeten, für sie zu spielen, als sie hineinging«, sagte Hewitt und bedeutete Celia, zu ihnen zu kommen. »Wir könnten das gleiche für euch tun.«

»Das wäre uns recht«, antwortete Brostek.

Celia war nähergekommen und sah immer wieder auf Schatten – der ihren Blick friedlich erwiderte.

»Die Lichter kommen«, verkündete sie.

Brostek und Keredin sahen Hewitt an. Er erklärte ihnen ihre seltsame Theorie und fügte leise hinzu, daß er die Einsiedlerin für verrückt hielt.

»Willst du uns die Lichter zeigen?« fragte Keredin freundlich.

Celia nickte eifrig wie ein begeistertes Kind. Doch mehr konnten sie ihr nicht entlocken, so sehr sie es auch versuchten, und sie gaben es schließlich auf.

Varo kehrte zurück und erklärte, bereit zu sein. Die drei Männer banden sich sicherheitshalber mit einem Seil zusammen und winkten Hewitt und Celia zum Abschied zu. Sie sahen sich noch einmal an, bevor sie in den undurchsichtigen Nebel traten. Schatten folgte Brostek dicht auf den Fersen. Seit ihrer Ankunft war weniger als eine Stunde vergangen. Hewitt sah sie gehen, und in seinem Herzen mischte sich Hoffnung mit unangenehmen Vorahnungen.

Er spielte für sie, und Celia sang, als fühlte sie sich glücklich wie lange nicht mehr. Die drei Männer und der Wolf verschwanden im Schatten-Labyrinth, und diesmal ereignete sich keine Sonnenfinsternis.

38.
KAPITEL

Der Morgen schien Magara endlos zu dauern. Die Zeit kroch dahin. Sie spürte, daß sich der Zauberer in der Nähe befand und darauf wartete, daß sie ihre Aufgabe zu Ende brachte. Er besuchte sie häufiger, und sie fand sein Drängen mehr als unangenehm. Magara schrieb so langsam, wie sie nur konnte, aber es gab nur noch ein Ereignis von Bedeutung, das aufgezeichnet werden mußte – Halanas früher Tod –, und sie war entschlossen, das *nicht* niederzuschreiben. Und so füllte sie ein paar Seiten mit unbedeutenderen Einzelheiten des Zerfalls. Obwohl dies nicht viel Wirkung hatte, hoffte sie, ihren Peiniger damit noch ein wenig hinhalten zu können.

Sie wünschte sich, es wäre so, als schriebe sie auf einem Gesteinsbrocken aus der Kraterwand von Trevine. Dann würde die Schrift nach einiger Zeit verblassen, und all das Böse würde rückgängig gemacht. Ihr fiel wieder Brosteks Botschaft ein. *Ich denke an dich, Kleine.* Magara wußte, wie sehr Brostek sie mochte, aber jetzt hoffte sie, daß er sein Versprechen wörtlich nahm.

Die Sehnsucht nach ihm war so groß, daß Magara es kaum aushalten konnte. Sie zweifelte längst nicht mehr daran, daß auch sie ihn liebte. Wenn sie sich vorstellte, daß sie ihm das niemals würde sagen können, traten ihr die Tränen in die Augen. Es spielte keine Rolle, daß sein Aussehen bei weitem nicht ihrem Idealbild entsprach; sie wußte jetzt, daß ihre Gefühle für ihn weit mehr als nur freundschaftlich waren. Wut auf sich selbst stieg in ihr hoch – warum hatte es so furchtbarer Umstände bedurft, damit sie sich ihre Liebe zu ihm eingestehen konnte? Sie machte sich Vorwürfe, weil sie nicht zur richtigen Zeit gehandelt hatte.

Und Varo? Magara konnte nicht bestreiten, daß sie sich von ihm körperlich angezogen fühlte, obwohl es ihr schwerfiel, in diese unmöglich kalten braunen Augen zu sehen. Und was er für sie empfand, würde immer ein Rätsel bleiben, das tief in seinem besessenen und berechnenden Geist verborgen war. Sie hatte schon seit einiger Zeit erkannt, daß die beiden Freunde deshalb so gut harmonierten, weil sie so verschieden *waren*. Und ihr war auch klar, daß sie jetzt ihre letzte Hoffnung auf die beiden Männer setzte. *Wo sind sie jetzt?* fragte sie sich.

Sie erwarten dein Zeichen.

Die Stimme des Mädchens kam aus dem Nichts. Magara war überrascht, aber sie gewann sofort neue Zuversicht.

Halana? Bist du es?

Sie haben das Schatten-Labyrinth von Nimmern betreten, fuhr das Mädchen mit schwacher Stimme fort. *Entscheide dich jetzt.*

Damit war die Verbindung wieder abgebrochen, und Magara wünschte sich, sie hätte weitere Ratschläge von Halana erhalten können, wußte aber, daß sie jetzt handeln mußte. Es mußte ganz dringend etwas getan werden – und schnell. Varo und Brostek waren im Schatten-Labyrinth! Sie hatte keine Zeit, um zu überlegen, ob sie den Zauberer mit sich gebracht hatten. *Sie warten auf dein Zeichen.* Reichten die von ihr angelegten Hinweise aus? Sollte sie alles riskieren, indem sie ihnen eine direkte Botschaft durch das *Buch* schickte?

Magara blätterte die Seite um und entdeckte, daß sie das letzte leere Blatt erreicht hatte. Ihr blieb keine andere Wahl, als jetzt das Ende zu bestimmen. Die Eingebung kam aus der Geschichte über die Prüfung im Schatten-Labyrinth, die sie – vor unendlich langer Zeit, wie es ihr jetzt schien – erfunden hatte. Darin war das letzte Hindernis eine Vertrauensprobe gewesen; es mußte bewiesen werden, daß die Liebe jedes Risiko wert war, jede unbekannte Gefahr. Das traf jetzt auch für Magara zu. Und so würde es für Varo und Brostek sein. Wenn der Messermann ihren Verrat entdeckte, war sie gewiß verloren, aber alles andere war noch schlimmer. Magara wollte nicht scheitern, indem sie gar nichts tat. Sie wollte ihr Versprechen an Halana halten!

Sie begann zu schreiben, und diesmal glaubte sie jedes

Wort. Sie wollte, daß es wahr wurde. Und sie hoffte, daß es irgendwo eine Macht gab, die das wirklich geschehen ließ.

Ein einziger Lichtstrahl bohrte sich durch die Dunkelheit, die über Nimmern gekommen war. Es war wie ein Funkfeuer, das die Menschen reinen Herzens zum Garten führte. Und die Botschaft des Lichts besagte: Habt Vertrauen.

Die gleiche Botschaft erschien auf dem Grabstein oberhalb eines Symbol aus vier sich berührenden Ringen, das tief in den Stein gemeißelt war. *Habt Vertrauen.*

Weiter kam Magara nicht. Die Tür zu ihrer Kammer wurde aufgerissen, und ihr Peiniger stürmte mit wutverzerrtem Gesicht herein. Violettes Licht funkelte und blitzte überall um ihn herum auf.

»Was machst du?« schrie er.

Er entriß Magara das *Buch* und überflog rasch die letzte Seite, riß sie dann wütend heraus, zerknüllte das Papier und schleuderte es in eine Ecke des Raums. Während er das tat, spürte Magara, wie sich der Anhänger an ihrem Hals erwärmte.

»Du kleine Schwachsinnige!« schrie der Zauberer. »Hast du geglaubt, mich mit so kindischen Tricks täuschen zu können? Du verdienst ...«

Starke Schmerzen schossen durch jeden Nerv in Magaras Körper; sie konnte nicht einmal schreien, da der Atem aus ihren Lungen gesaugt wurde. Sie wußte, daß sie sterben würde, und sie wäre lieber gleich in die Vergessenheit gesunken, als diese Qualen einen Augenblick länger zu ertragen. Kein lebendes Wesen konnte das aushalten.

Doch es war nicht nur ihr Körper, der zu leiden hatte. Die Bilder, die ihrem Bewußtsein aufgezwungen wurden, waren in gewisser Hinsicht noch schlimmer. Blut wurde ausgespien, die Schreie derer, die im See eingefroren waren, waren immer schriller und gräßlicher zu vernehmen, und alles Lebendige zerfiel. Sie sah, wie ihr eigenes Gesicht schrumpfte und sich verfärbte, während Flammen nach ihren Haaren griffen. Die Schwärze kam näher ... und wich wieder zurück.

Magara fiel nach vorn. Sie war schweißüberströmt, schrie hilflos und schnappte nach Luft. Ihr Peiniger hatte sich im letzten Augenblick erweichen lassen. Tatsächlich war es dem Messermann gelungen, sein Wut zu beherrschen. Er hatte vielleicht erkannt, daß eine solche Bestrafung sie umbrachte und er sich damit selbst die Chance nahm, seinen Traum zu erfüllen.

»Du siehst, was dir blüht, wenn du mir noch einmal den Gehorsam verweigerst?« rief er. Dann beruhigte er sich und fügte in seinem gewohnten eisigen Ton hinzu: »Du wirst jetzt deine Geschichte innerhalb einer Stunde beenden – oder es kommt noch schlimmer für dich. Verstanden?«

»Ich kann nicht«, krächzte Magara. »Die letzte Seite ist weg.«

Sie zahlte einen hohen Preis für ihren geringfügigen Trotz. Eine Folge schmerzhafter Stiche verlief über ihren Körper. Die Schmerzen waren so heftig wie zuvor, aber sie kamen gezielt und kontrolliert. Jeder Teil von ihr zitterte in der schrecklichen Erwartung und zuckte noch, wenn die Qual sich bereits weiterbewegt hatte. Als die Schmerzen ihren Hals erreichten, fiel Magara fast in Ohnmacht, aber ihr Peiniger war jetzt zu berechnend, um das zuzulassen. Ihr Mund und ihre Zähne, Nase und Wangen, dann ihre Augen und Ohren litten unerträgliche Qualen. Einen Augenblick lang war sie blind; als sie wieder sehen konnte, war der Rand des herausgerissenen Papiers verschwunden, und an seiner Stelle befand sich ein neues Blatt.

»Sei diesmal sehr vorsichtig mit dem, was du schreibst«, warnte sie der Zauberer. »Und gib mir diesen Anhänger. Du kannst ihn überhaupt nicht benützen, aber er bringt dich offenbar auf dumme Gedanken.« Er streckte erwartungsvoll eine Hand aus.

Magara entfernte den Riemen und warf den Anhänger mit zitternder Hand dem Zauberer zu. Der Messermann machte eine instinktive Bewegung, um ihn zu fangen, überlegte es sich dann aber anders, und ließ ihn zu Boden fallen.

»Wenn er dir nicht schaden kann«, flüsterte Magara mühsam, »warum berührst du ihn dann nicht?«

Er starrte sie ein paar Augenblicke lang kalt an. Dann bückte er sich, um den Anhänger aufzuheben. Er schloß seine Faust um den Anhänger und hielt sie hoch. Sein Gesicht verkrampfte sich ein wenig vor Schmerzen, aber er gewann rasch die Beherrschung zurück. Seine Hand begann rot zu glühen, als wäre sie eine kleine Lampe, und die Knochen wurden als Schatten im Fleisch sichtbar. Es wurde so grell, daß Magara schon auf Rauch und den Gestank verbrannter Haut wartete. In der Ecke ihrer Gefängniszelle ging die zerknüllte Seite plötzlich in Flammen auf, und ihre letzte Hoffnung wurde restlos zerstört.

Das Glühen verging, und der Messermann öffnete seine Faust, ließ einen kleinen, schwarzen, formlosen Klumpen Metall sichtbar werden, den er verächtlich zur Seite warf. An seiner Hand war nichts zu sehen.

Er machte eine leichte Bewegung mit dem Handgelenk, und Magara fand sich gezwungen, ihre Feder wieder aufzunehmen.

»Bring es zu Ende!« befahl er. »Jetzt!«

Schatten knurrte tief, als ihr Herr sie in den Nebel führte, und sie heulte auf, da sie als erste der Gruppe ihre Sicht verlor. Brostek beugte sich hinab, um sie zu beruhigen, kraulte das Fell hinter ihren Ohren; die Wölfin wurde ruhiger und folgte ihm allein nach seiner Witterung. Die drei Männer drangen tiefer ein und hörten dabei die ganze Zeit Hewitt und Celia zu, deren Musik sie gerne lauschten, obwohl sie überhaupt nicht zu dieser Umgebung paßte.

Varo ging in der Mitte und immer ein wenig voraus. Er war größer als seine Begleiter, und daher konnte er noch ein wenig länger sehen als sie. Er spürte ihren unsicheren Gang, während sie so gut wie blind wurden, und vernahm ihr heftiges Atemholen. Obwohl sie wußten, was geschehen würde, waren sie dennoch nicht vorbereitet auf diese entsetzliche Empfindung von Isolation und Enge. Und dann zogen beide an dem Seil, während sie in entgegengesetzte Richtungen strebten. Varo zerrte kräftig daran und hielt das Seil dann fest gespannt, um sich nicht von seinem geradlinigen Weg abbringen zu lassen.

»Ihr habt die Richtung geändert!« sagte er und hob instinktiv die Stimme, da die beiden anderen jetzt für ihn unsichtbar waren.

»Nein, das habe ich nicht«, antwortete Brostek, und seine Stimme klang leicht gedämpft. »Ich gehe geradeaus.«

»Ich ebenfalls«, sagte Keredin. »Ich schwöre es.«

»Ihr strebt beide in verschiedene Richtungen«, beharrte Varo. »Und zwar genau entgegengesetzt.« Er zog erneut an den Seilen und verkürzte die Entfernung zwischen ihnen. »Ich halte meinen Kopf über dem Nebel, solange ich es kann. Folgt mir.«

Seine Begleiter stimmten knurrend zu, und sie bewegten sich langsam voran. Brostek und Keredin schlurften unsicher dahin, eine Hand am Seil, die andere vor sich ausgestreckt.

»Könnt ihr irgend etwas sehen?« fragte Varo und hielt vorübergehend inne.

»Überhaupt nichts«, antwortete Brostek. »Es ist schrecklich.«

»Ich rieche aber etwas«, sagte Keredin.

»Was?«

»Ich weiß nicht. Es ist widerlich süß.«

»Ich bekomme jetzt auch eine Schwade mit«, fügte Brostek hinzu. »Es weht von hinter uns. Es ist schwach, aber beständig.«

»Das ist unmöglich«, sagte Varo. »Der Nebel bewegt sich nicht.«

»Es *kommt* aber von dort«, bestätigte Keredin. »Ich spüre es ebenfalls.«

»Noch ein paar Schritte, und ich tauche auch völlig ein«, sagte ihnen Varo. Er ging bereits auf Zehenspitzen und hatte sich zu seiner vollen Länge gestreckt. »Könnt ihr die Musik noch immer hören?«

»Ja, aber sie kommt von rechts«, antwortete Brostek.

»Nein, sie kommt von links!« rief Keredin aus.

»Sie spielt noch immer hinter uns«, sagte Varo, »Wir sind die ganze Zeit stur geradeaus gegangen.«

»Ich hatte das Gefühl, daß wir uns drehen«, antwortete sein Partner.

»Nun, das haben wir nicht. Seid ihr bereit?«

»Niemand könnte jemals dafür bereit sein«, sagte Keredin. »Laßt uns einfach gehen.«

Sie schoben sich weiter vorwärts. Varo holte tief Atem, bevor er ganz eintauchte. Augenblicklich verstand er das Zögern der anderen. Daß alle Helligkeit schlagartig verschwand, war äußerst beunruhigend, aber er ließ sich davon nicht aus der Fassung bringen.

»Bist du drin?« fragte Brostek.

»Ja.«

»Die Musik hört sich jetzt an, als käme sie von vor uns«, sagte Keredin zögernd.

»Ich höre sie immer noch von rechts«, antwortete Brostek.

340

»Achtet nicht auf sie«, sagte ihnen Varo. »Hier gelten andere Regeln.«

Die beiden anderen dachten für sich, daß es leichter gesagt als getan war, was ihr Anführer ihnen vorschlug. Die Musik stellte ihre letzte Verbindung mit der Außenwelt dar, und es bedurfte einer eisernen Willensanstrengung, sie zu ignorieren; einfach genug für Varo, aber nicht für sie. Die drei Männer und der Wolf waren jetzt völlig blind, und eine kühle Feuchtigkeit begann durch ihre Kleidung zu dringen. Unechte Tautropfen legten sich auf Haare und Haut. Ein leichter Wind blies von hinter ihnen. Sie atmeten tief ein und versuchten ihre klopfenden Herzen zu beruhigen.

»Was jetzt?« fragte Brostek.

»Haltet still«, befahl Varo. »Ich werde mich bücken. Ich möchte sehen, worauf wir gehen.« Sie taten, wie er ihnen gesagt hatte, und spürten seine Bewegungen durch das Seil. Varos Finger stießen auf Gras, das feucht, aber nicht verfault war. Er berichtete den anderen davon und fügte hinzu: »Wenn der Gobelin ein zuverlässiger Führer ist, dann müssen wir uns in dem Teil befinden, der als Frühling dargestellt wird. Hier ist noch immer etwas Leben.« Er legte eine Pause ein und fuhr dann nachdenklich fort: »Ich kann die Musik dort unten überhaupt nicht hören, und der Geruch ist stärker ...«

»Sssch!« zischte Brostek plötzlich. »Ich höre etwas.«

In der folgenden Stille hörten sie leise den Gesang eines kleinen Mädchens. Aus ihrer Stimme waren deutlich ihre Schmerzen und ihre Trauer herauszuhören, aber den tatsächlichen Wortlaut des Liedes konnten sie nicht verstehen. Varo stand auf und bewegte sich vorsichtig, um nicht das Gleichgewicht zu verlieren.

»Laßt uns in ihre Richtung gehen«, sagte er leise. »Es muß das Mädchen bei dem Grabmal sein. Und jetzt zusammen.«

Sie drangen tiefer in den Irrgarten ein. Während Hewitts Musik verklang und ihre verwirrende Anziehungskraft auf sie verlor, wurde die Stimme des Mädchens zunehmend lauter. Sie klang heiser und müde. Schließlich konnten sie die Worte verstehen.

Die Natur braucht keine Namen
für Frühling, Sommer, Herbst und Winter
Sie treibt Blumen, Früchte, Samen
Wurzeln, Äste, Zweige, Blätter

Dann stockte ihr Gesang, und sie begann zu husten. Einem trockenen, rasselnden Geräusch folgte schmerzhaftes Pfeifen und qualvolles Aufschluchzen. Schatten heulte wie aus Mitgefühl leise auf, und Brostek wollte zu ihr gehen, um sie zu trösten und ihre Schmerzen zu erleichtern.

Niemand brauchte etwas zu sagen. Sie gingen weiter vorwärts, die Arme suchend vor sich ausgestreckt. Dann trafen Brosteks Finger auf eine unerwartete Wärme. Es war nur eine flüchtige Empfindung, wie das Gefühl der Wärme an einem kalten Tag. Es war gleich wieder vorbei, aber er wußte, daß sie es gewesen war. Ein kalter Schauer lief ihm über den Rücken; er hatte das Gefühl, als hätte er einen Geist berührt. Das Mädchen starb, und wenn sie es tat, dann starb gewiß auch der Garten mit ihr. Brostek wollte ihr etwas zurufen, ihr sagen, daß sie ihr zu helfen versuchten, aber er konnte es nicht. Einen Augenblick später traf seine Hand auf kalten, glatten Stein, und er rief den anderen zu, daß sie stehenbleiben sollten.

»Es ist das Grabmal.«

Seine Gefährten kamen näher und tasteten die Umrisse des Grabsteins ab.

»Da ist eine Inschrift«, sagte Keredin.

»Wie lautet sie?«

Der ehemalige Zauberer fuhr mühsam die Buchstaben nach.

»H-A-L«, berichtete er und zögerte dann. »Ich bin nicht sicher, wie der nächste Buchstabe heißt. Ein Teil davon fehlt.« Einen kurzen Augenblick später fügte er hinzu: »Dann kommt nichts mehr.«

»Wenigstens wissen wir jetzt, wo wir sind«, sagte Varo.

»Oh, wirklich?« Brostek klang belustigt.

»Auf dem Gobelin, meine ich«, antwortete Varo ernsthaft.

»Das Grabmal befindet sich im Mittelpunkt des Vierecks, das dem Frühling gewidmet ist.«

»Glaubst du, daß das Mädchen uns etwas sagen wollte?« fragte Keredin. »Sollen wir ebenfalls den Jahreszeiten folgen? Den Zyklus des ursprünglichen Gobelins vollenden?«

»Hört sich logisch an«, kommentierte Brostek. »In welcher Richtung ist also der Sommer?«

Bei dieser seltsam klingenden Frage verlor der ehemalige Zauberer vollends die Fassung. Er hatte versucht, ruhig zu bleiben, wollte sein Wissen einsetzen, um seinen Gefährten zu helfen. Aber jetzt erschien es unmöglich, die vor ihnen liegende Aufgabe zu bewältigen – obwohl es seine eigene Idee gewesen war.

»Ich bin … Ich bin nicht sicher, ob ich das schaffe«, platzte er heraus und schien plötzlich sehr verängstigt zu sein. »Wir könnten für immer hier verloren sein.« Er zog sich an dem Seil entlang und griff nach Varos Hand. »Um Himmels willen, verlaß mich nicht.«

Varo wußte nicht, wie er auf diesen Ausbruch reagieren sollte, und es war Brostek, der Keredin wieder beruhigte.

»Wir werden dich nicht verlassen«, versicherte er ihm. »Wir sind zusammen hereingekommen, und wir werden auch zusammen wieder hinausgehen. Aber wir müssen die Ruhe bewahren.« Die anderen schwiegen. »Alles klar?« fragte Brostek nach.

»Ja«, sagte Keredin zitternd und klang etwas verlegen.

»Du hast gesagt, daß der Gobelin der Schlüssel zu diesem Ort ist«, fuhr Brostek fort und versuchte bewußt, den ehemaligen Zauberer wieder mit einzubeziehen. »Wenn wir nach ihm gehen, welche Richtung müssen wir dann einschlagen, um in den Sommer zu gelangen?«

»Nach rechts, nehme ich an«, antwortete Keredin, »aber wie können wir feststellen, welche Richtung das von hier aus ist? Richtungen bedeuten hier so gut wie nichts.« Er zitterte, während der Wind sich drehte.

Ein verängstigtes Kaninchen schrie plötzlich auf. Sie wandten sich automatisch in diese Richtung, doch der Schrei erstarb ebenso plötzlich wieder. Ein Fuchs bellte triumphierend, und Schatten knurrte zurück. In seinen Gedanken sah Varo die blutigen Reißzähne des Fuchses und hielt dieses Bild gegen das Bild des Gobelins in seinem Gedächtnis.

»Der Fuchs war genau in der entgegengesetzten Richtung, in der die Grenze zum Sommer liegt«, sagte er.

»Also sollten wir uns von diesem Geräusch entfernen?« schlug Keredin vor und klang wieder ein wenig zuversichtlicher.

»Aber Hewitts Musik hätte uns in verschiedene Richtungen geführt«, gab Brostek zu bedenken.

»Das kam von draußen«, stellte Varo fest, als wäre damit alles erklärt.

»Und die Stimme des Mädchens hat uns alle zum Grabmal geführt«, sagte Keredin.

Sie gingen vorsichtig los. Bald versanken ihre Stiefel im Schlamm, und der unangenehme Geruch wurde mit jedem Schritt intensiver. Varo bückte sich, um den Boden zu untersuchen, und entdeckte fließendes Wasser. Als er seine Finger wieder herauszog, waren sie schmierig und rochen faulig.

»Das ist das, was von dem Bach übrig ist«, sagte er. »Wir sind also auf dem richtigen Weg.«

Ein wenig später schienen sie durch eine unsichtbare Wand zu treten. Es war viel wärmer hier, aber der Gestank des Zerfalls war zehnmal schlimmer, und sie alle hielten angeekelt die Luft an. Der süße Geruch des Frühlings war schon widerlich genug gewesen, aber das war nichts im Vergleich zu diesem alles durchdringenden Gestank, der ihnen den Magen umdrehte. Ihre Stiefel platschten durch eine weiche, verwesende Masse und setzten Blasen mit fauligen Gasen frei, die ihnen übel werden ließen. Schatten heulte mitleiderregend auf; für die Wölfin war es noch unerträglicher.

»Stinkmorcheln«, keuchte Brostek. »Diesen Geruch erkenne ich überall.« Er erinnerte sich, wie Magara ihn einige der ekelerregenden Pilze hatte begutachten lassen, die Iro kultivierte.

»Dann ist hier der Sommer«, sagte Varo und klang trotz der entsetzlichen Atmosphäre erfreut.

»Der Tod des Sommers«, flüsterte Keredin.

Der Wind, den sie von hinten gespürt hatten, als sie sich vom Grabmal entfernten, hatte sich wieder ein wenig gedreht. Einen Augenblick lang war der Gestank nicht ganz so durchdringend.

»Folgt der Wind uns, oder folgen wir ihm?« fragte der ehemalige Zauberer und überlegte dabei, wie er auf diesen Gedanken gekommen war.

»Du glaubst, der Wind könnte uns helfen?« fragte Varo mißtrauisch. »Warum?«

»Ich weiß nicht. Vielleicht hat Magara eine Spur für uns hinterlassen, der wir folgen sollen.«

»Eine Spur im Wind?« fragte Brostek skeptisch. »Wie hätte sie das anstellen sollen?«

»Er kann jedenfalls nicht wegfaulen«, sagte Keredin und schnappte nach Luft.

»Wir werden weiter darauf achten«, entschied Varo. »Wir sollten jetzt leise sein und lauschen.«

Ganz deutlich hörten sie das Geräusch von Tropfen, die in ein stehendes Wasser fielen, und ein Heulen, als bliese der Wind durch eine ausgehöhlte Form. Beide Geräusche kamen von vorn und von rechts, und das war auch die Richtung, die der Wind jetzt einschlug.

»Die Ruine?« meinte Keredin.

»Ja«, stimmte Varo zu. »Laßt uns nach dort gehen. Es hilft uns zumindest, uns weiter zu orientieren.«

Der Bach war unter der Masse verfaulender Pflanzen verschwunden, aber der Boden unter ihren Füßen war noch immer rutschig. Sie stolperten des öfteren, fingen sich gegenseitig auf. Ihre Hände und Knie waren bald mit Morast überzogen. Schatten litt ebenfalls. Sie hielt sich immer dicht bei den Beinen ihres Herrn, so daß er ein paarmal fast über sie stürzte; ihr Geruchssinn war jetzt weniger verläßlich in einem solchen Durcheinander von fauligen Düften.

Einmal verfing sich das Seil zwischen Varo und Brostek an etwas, das ihnen den Weg versperrte.

»Paß auf!« warnte Varo.

Die beiden Männer wichen zurück, als das Hindernis mit einem dumpfen Aufklatschen auf dem Boden landete. Es drang mit einem häßlichen, gurgelnden Geräusch tiefer in den Schlamm ein. Sie gingen vorsichtig darum herum, ertasteten ihren Weg und entdeckten, daß sie eine der zerbrochenen Statuen umgestürzt hatten, deren zerfressener Stein jetzt mit Schmutz überzogen war. Danach arbeiteten sie sich noch vorsichtiger voran, da keiner von ihnen stürzen oder auf den Boden gezogen werden wollte.

»Fisch!« sagte Brostek plötzlich, als Schatten mißbilligend knurrte. »Bei den Göttern, ist das scheußlich!«

Die beiden anderen bemerkten nun auch den neuen Geruch. Das Tropfen war lauter zu hören.

»Wir sind fast da«, sagte Varo. »Der Fisch befand sich in dem Teich beim Brunnen.«

Während er das sagte, sank Keredins Fuß in Wasser ein, und er fiel beinahe um. Er streckte eine Hand aus, konnte sich an einem Stein festhalten, der von glitschigen Moosen überzogen war. Er zog seinen Stiefel wieder heraus.

»Wir *sind* da«, bemerkte er und fühlte sich ganz übel.

»Wenn ich recht habe«, verkündete Varo, »dann sollten wir uns jetzt nach halbrechts wenden, um den Herbst zu erreichen.«

»Den Gobelin abwärts?« fragte Brostek.

»Ja. Bis jetzt hat es geklappt.«

Bei diesen Worten drehte sich der Wind erneut und blies in die Richtung, die Varo vorgeschlagen hatte, und damit war es für ihn geklärt.

Sie wußten, daß sie den Herbst betreten hatten, als sie die kühleren Temperaturen wahrnahmen und das schwache Krächzen der Enten hörten. Als nächstes bemerkten die drei Männer die veränderten Gerüche. Das war zunächst erleichternd, aber die neuen Gerüche erschienen ihnen bald ebenso schlimm. Über allem lag der süßliche, ekelerregende Geruch von verfaulenden Früchten – die größtenteils bereits zu gären begannen –, so daß die Luft schwer war und sie benommen machte. Aber darunter lagen noch andere Gerüche, die von widerwärtiger Verwesung zeugten, und die drei Männer dachten sofort an den toten Schwan. Der Wind hatte unvermittelt nachgelassen, als sie die imaginäre Grenze überschritten, aber Varo wußte, wohin sie zu gehen hatten.

»Folgt den Geräuschen der Enten«, wies er die anderen an. »Sie werden uns zu dem Schwan führen. Dann sollten wir uns wieder nach rechts wenden.«

Als das traurige Quaken lauter wurde, nahm auch der Gestank des Todes zu. Es war jetzt überwältigend. Varo berührte etwas mit seinem Stiefel, das leicht nachgab, als er es anstieß. Er beugte sich hinab, um es zu untersuchen. Ausgefranste Federn streiften seinen Arm, und dann berührten seine Fingerspitzen die sich windende Masse von Maden. Er schüttelte sie ab und spürte dabei keinen Abscheu, sondern Befriedigung.

»Gut«, sagte er. »Geht vorsichtig weiter.«

Er wandte sich nach rechts in die von ihm gewählte Richtung, aber in diesem Augenblick kam eine kühle Brise auf, die ihnen direkt ins Gesicht blies. Sie zögerten.

»Es *kann* nicht die andere Richtung sein«, sagte Varo leise.

»Bis jetzt hat der Wind immer gestimmt«, erklärte Brostek und schnüffelte dann, als die Brise einen neuen Duft mit sich brachte. »Riecht wie Zwetschgenwasser«, sagte er. Magara hatte ihn oft wegen seiner Vorliebe für den feurigen Schnaps aufgezogen.

»Sollten wir dann die andere Richtung einschlagen?« fragte Varo, der zum erstenmal unsicher war.

»Erinnert euch doch – Hewitt hat uns gesagt, daß die Perspektive auf dem Gobelin sich außerhalb der zu erwartenden Reihenfolge ändert«, warf Keredin ein.

»Und das heißt?«

»Wenn man vom Sommer in den Herbst geht, dann schwenkt die Perspektive von östlich nach westlich«, fuhr der frühere Zauberer fort. »Vielleicht dreht sich auch der Wind entsprechend. Vielleicht muß er uns jetzt ins Gesicht blasen.«

»Wenn es etwas mit Magara zu tun *hat*, dann hast du

sicher recht«, sagte Brostek. »Sie kennt meine Vorliebe für Zwetschgenwasser, und sie nimmt natürlich an, daß ich in diese Richtung gehe.«

»Also in diese Richtung«, entschied Varo.

Sie gingen weiter, machten dabei einen Bogen um die Überreste des Schwans und schoben ihre Stiefel vorsichtig über den rutschigen Boden.

Der Winter brach wie eine Eislawine über sie herein, und die Kälte ließ ihre Lungen brennen. Hier war der Gestank des Zerfalls abgelöst durch die trockene, leblose Luft der eisigen Einöde. Das Geheul von Wölfen verstärkte die trostlose Atmosphäre. Schatten gab so etwas wie eine Antwort; mit gesträubten Rückenhaaren und gefletschtem Gebiß stieß sie den Urschrei ihrer Gattung aus. Alle drei Männer – selbst Brostek, den Schatten liebte – zuckten angesichts des unheimliches Geheuls zusammen.

Der Wind blies ihnen noch immer ins Gesicht, aber das schien nur wenig Grund zur Zuversicht zu geben. Sie nahmen den beißenden Geruch von verbranntem Holz wahr, hörten den Einschlag eines Blitzes und das Knistern von Flammen, aber sie sahen natürlich nichts von den brennenden Bäumen. Ein paar Schritte weiter hielten sie alle zugleich inne, als ihnen die Erkenntnis kam.

»Wir haben das letzte Viereck erreicht«, sagte Brostek. »Was machen wir jetzt?«

»Damit sind wir am Ende des Wegs«, fügte Keredin hinzu.

»Sollen wir wieder zurück in den Frühling?« schlug Varo vor.

»Wir werden uns immer und immer wieder im Kreis bewegen.« Keredins Stimme überschlug sich fast vor Angst.

»Was ist uns entgangen?« fragte sich Brostek laut. So weit gekommen zu sein und noch immer nichts sehen zu können, das war ein grausames Schicksal.

Doch dann wurde ihre Blindheit vorübergehend aufgehoben, als ein Lichtstrahl in die Dunkelheit drang. Sie sahen es einen Augenblick lang, fühlten sich davon angezogen. Unwillkürlich gingen sie auf das Licht zu, hielten dann aber inne, als verborgene Schrecknisse auf sie einstürmten.

Varo wußte, daß dieser Weg über den zugefrorenen See führte, und damit gingen sie das Risiko ein, durch das Eis zu brechen und in den tiefen Wassern darunter zu ertrinken. Auf eine solche Weise zu sterben war immer sein ureigener Alptraum gewesen, der so tief in ihm verborgen war, daß er niemals mit jemandem darüber gesprochen hatte.

Keredin hörte Matties Stimme, die ihn anflehte, nicht zu ihr zu kommen. Sie sagte, daß *sie* dort auf ihn warteten und daß sie sie töten würden, wenn er ihnen nicht gehorchte. Diese Worte waren nie wirklich gesprochen worden, aber in seinen Gedanken hatte sich Keredin mit dieser schicksalhaften Entscheidung immer wieder gequält. Jetzt sah es danach aus, daß ihm die Chance gegeben wurde, seine persönliche Geschichte neu zu schreiben, seine Aussicht auf Liebe aufzugeben und damit ihr Leben zu retten.

Selbst Schatten wurde mit dem für sie schlimmsten Bild des Schreckens konfrontiert – eine Feuerwand aus brennenden Bäumen, durch die kein Entkommen möglich war. Sie knurrte und wich vor dem verhaßten Feuer zurück.

Und Brostek wußte, daß dort eine Meute von heißhungrigen Wölfen auf ihn wartete. Er war auf einmal wieder ein Junge, der die wilden Tiere betrachtete, die ihn gewiß in Stücke reißen würden, wenn er ihnen zu nahe kam.

Habt Vertrauen.

Sie alle hörten es, obwohl kein Ton vernehmbar war. Der Anhänger in Brosteks Tasche erhitzte sich. Er nahm ihn heraus, und er erleuchtete den Nebel um ihn herum mit einem schwachen Glühen. Sie wechselten keine Worte, und das war auch gar nicht nötig. Sie gingen auf ihre Schreckensbilder zu, nahmen in Kauf, was immer das Schicksal für sie bereithielt. Sie wurden vorwärtsgetrieben durch die Liebe und waren bereit, dafür alles aufs Spiel zu setzen. Das Leuchtfeuer im Schatten-Labyrinth zog sie näher.

Dann ließ sie eine plötzlich auflodernde Flamme wieder erblinden, und danach war das Leuchtfeuer wieder erloschen. Aber sie hatten ihr Ziel erreicht, und sie waren zusammen durchgekommen. Der Nebel war verschwunden, aber es war erschreckend, was sie jetzt sahen. Sie hatten das Schatten-Labyrinth überwunden, aber Nimmern bot sich ihnen so dar, wie der Gobelin es gezeigt hatte; dunkler Verfall und stinkender Tod, so weit sie nur sehen konnten. Sie hatten ihren Traum verwirklicht; aber ihre Belohnung bestand darin, in einem unaufhörlichen Alptraum leben zu müssen.

Noch schlimmer aber war, daß in dieser furchtbaren Einöde nichts von dem Zauberer zu sehen war – oder von Magara.

40.
KAPITEL

Hewitt und Celia musizierten noch eine Zeitlang weiter, nachdem die drei Männer in den Nebel eingedrungen waren. Und während dieser ganzen Zeit änderte sich nichts außer der Position, von der die Sonne auf den Nebel herabschien. Schließlich ruhte sich das Paar aus. Aus einer Eingebung heraus sah sich Hewitt den Gobelin noch einmal an. Er hatte sich verändert. Die wenigen letzten Anzeichen von Leben waren ausgelöscht worden. Das Mädchen lag reglos neben dem Grabstein, und der Fuchs war ganz verschwunden. Die Enten waren tot, nur noch bloße Skelette auf der kahlen Erde; selbst die Wölfe lauerten jetzt am Rand des Webstückes, als wollten sie Nimmern für immer verlassen. Noch beunruhigender wirkte es, daß die Frühlingssonne jetzt fast vollständig verfinstert war. Zwei Drittel des Kreises waren bereits schwarz und warfen einen langen Schatten auf die Überreste des verlassenen Gartens. Hewitt schloß die Augen vor Entsetzen und fragte sich, auf was sich die drei Freunde eingelassen hatten. Dann schrie Celia plötzlich laut auf.

»Die Lichter. Sieh dort! Die Lichter!« Ihre Stimme klang triumphierend, als hätte sie schon immer gewußt, daß das passieren mußte.

Hewitt öffnete die Augen. Das Flackern auf der Oberfläche des Nebels war zuerst kaum wahrnehmbar, und er dachte, daß es vielleicht nur eines Sinnestäuschung war, die durch das Sonnenlicht hervorgerufen wurde. Es wurde jedoch stärker, und ein wirbelndes Lichtmuster wurde deutlich, das sich unverkennbar in der langsam wogenden grauen Masse bewegte. Es war die erste wirkliche Veränderung, die Hewitt in der ganzen Zeit beobachten konnte.

»Was bedeutete das, Celia?« fragte er besorgt.

Die Einsiedlerin antwortete ihm nicht direkt, begann aber unvermittelt zu tanzen.

»Ich kann es verschwinden lassen!« rief sie frohlockend, schloß die Augen und kicherte.

Hewitt spürte, wie in ihm eine Wut über ihre Launenhaftigkeit aufkam. Er wollte eben etwas sagen, als er begriff, daß Celias Prahlerei diesmal kein alberner Witz war. Er konnte zusehen, wie der Nebel zunehmend dünner wurde und sich in nichts auflöste ...

... und den Schrecken dahinter enthüllte.

Für einen Augenblick waren Hoffnungen in Hewitt erwacht, aber der Anblick von Nimmerns Niedergang entsetzte ihn. Nicht einmal die Veränderungen des Gobelins hatten ihn darauf vorbereitet. Seine Beine gaben nach. Er hockte sich hin und fühlte sich ganz krank.

Celia öffnete die Augen wieder und betrachtete die Landschaft vor sich.

»Schön«, sagte sie glücklich und ging auf das stinkende, schwarze Ödland zu. Hewitt sah ihr zu, wie sie sich bückte, um etwas vom Boden aufzunehmen, und er wußte, daß er es nicht schaffen würde, ihr zu folgen.

Magara sah auf die letzte Seite des *Buchs*. Ihre Stunde war jetzt fast vorbei, und sie fühlte sich wie eine verurteilte Gefangene, die auf den Augenblick ihrer Hinrichtung wartete. Denn sie war sicher, daß sie sterben würde, wenn die Stunde vorbei war – und sie war eisern entschlossen, ihre Aufgabe niemals zu beenden, sondern sich lieber dem Zorn des Zauberers auszuliefern.

Seit seinem Ultimatum hatte sie ein paar weitere Zeilen geschrieben, und der Platz reichte nur noch für ein oder zwei weitere. Sie hatte es getan, um den Messermann zu beschwichtigen und noch ein wenig Zeit zu gewinnen, falls er während ihrer Frist von einer Stunde auftauchen sollte. Aber ihr Peiniger war nicht aufgetaucht, und Magara mußte sich einfach nach dem Grund dafür fragen. Es konnte ihr nicht mehr viel Zeit bleiben bis zum Augenblick des äußersten Termins – und seines Triumphes.

Ein kleiner Funken Hoffnung keimte in ihr auf. Vielleicht

hatte der andere überlebende Messermann, dessen kennzeichnende Farbe orange war, ihren Peiniger angegriffen; vielleicht bestand eine winzige Chance darin, daß sich die beiden gegenseitig vernichteten. Oder vielleicht – ein Gedanke, der noch übertriebener optimistisch war – hatte der Zauberer, nach dem sie gerufen hatte, tatsächlich Nimmern erreicht. Magara konnte sich einfach nicht erlauben, das zu glauben; sie war sicher, daß sie es mitbekommen hätte, daß sie seine Ankunft gespürt hätte. Und dennoch …

Du wirst nur dann etwa sehen, wenn du deine Augen offenhältst. Sie erinnerte sich an diese Redewendung aus ihrer Kindheit; ihr Lehrer pflegte es immer zu sagen. Und sie hatte nichts zu verlieren.

Zeig mir ein Bild.

Es kam keine Antwort, und Magara begriff, daß es nicht so einfach sein konnte. Es hing nicht von den Worten ab, sondern von der Absicht. Man mußte wirklich voll dahinterstehen, um die Verbindung zu erreichen.

Sie bemühte sich um völlige Entspannung, konzentrierte dann ihr ganzes Wesen darauf, die Verbindung um eine Antwort zu bitten; sie wußte, daß sonst keine Aussichten auf Erfolg bestanden. Einen Augenblick lang geschah nichts, aber dann spürte sie die weite Leere um sich herum. Diesmal war sie voll von Feuer und Licht – die Verbindung war in einer Auseinandersetzung entflammt, die jenseits ihrer Vorstellungskraft lag. Sie hockte zusammengekauert in ihrer engen, kleinen Kammer und bat darum, Nimmern sehen zu dürfen; sie wurde mit einer Vision der Verwüstung und der dunklen Verzweiflung belohnt. Aber inmitten der Dunkelheit erstrahlte ein einziger Funken Licht, und sie beobachtete ihn mit wachsender Hoffnung. Ihr Herz machte einen Satz, als sie Varo, Brostek und Schatten sah – und einen anderen Mann, in dessen wallenden Haaren das Licht funkelte. *Der Zauberer!*

Plötzlich wußte sie, was sie zu tun hatte. Sie öffnete die Augen, sah auf das *Buch* und schrieb ihre letzten trotzigen Worte. Dann setzte sie sich zurück, war ganz krank vor

Angst, aber dabei seltsam zufrieden. Sie sah die Tür auffliegen, als ihr Gegner hereinstürmte. Magara bereitete sich auf ihren Tod vor.

Weit entfernt von Magaras Gefängniszelle und dem Ort, an dem Hewitt noch immer Wache hielt, stand eine Gruppe von Männern, die die Oberfläche eines Sees betrachteten. Keiner von ihnen wußte genau, was sie eigentlich erwarteten, aber sie alle wußten, wann es zu sehen sein würde. Sobald die Oberfläche zu einem Spiegel wurde …

Aber der Wind blies durch den Krater, und kleine Wellen verzerrten die Bilder der Felswand, des Himmels und der Stadt. Über ihnen kreiste träge ein Reiher, und auf einem der Laufstege sah ein Junge ernst auf das sich bewegende Wasser, ging dann und holte seine Laute.

Die drei Männer sahen sich entsetzt um. Dies war eine Szene aus den dunkelsten Tiefen eines Alptraums. Selbst das wieder sichtbare Sonnenlicht schien zu zögern, eine solche Landschaft zu erhellen.

»Wo ist sie?« fragte Brostek hoffnungslos.

»Niemand könnte das eine ganze Hand lang überleben«, sagte Varo. »Geschweige denn zwei.«

Sie schienen beide vollkommen in ihren Schmerzen verloren zu sein, und so übernahm Keredin – zu seiner eigenen Überraschung – die Initiative.

»Wir teilen uns auf«, entschied er, »und durchkämmen das Gebiet im Mittelpunkt des Tals. Wenn wir irgendwo einen Hinweis auf Magara oder den Zauberer finden können, dann dort.«

»Hier ist niemand«, sagte Brostek verzweifelt.

»Sucht trotzdem«, fuhr der ehemalige Zauberer unbeirrt fort, »nach irgend etwas, wie klein es auch immer sein mag, das noch immer gesund und lebendig ist. Egal was.«

»Hier *drin*?« fragte Brostek.

»Die Sonne scheint wieder über Nimmern«, antwortete Keredin fröhlicher, als er sich wirklich fühlte. »Also besteht noch immer die Chance, daß wir es retten können.«

Varo und Brostek sahen nicht aus, als glaubten sie auch nur ein Wort davon, aber sie führten seine Anweisungen dennoch aus. Einige Zeit später trafen sie sich wieder, hatten jedoch weder etwas von den gesuchten Personen noch gesundes Leben entdeckt.

»Das einzige, was sich verändert hat, ist die Inschrift auf dem Grabstein«, berichtete Varo außerdem. »Sie besagt jetzt H-A-L-A-N – aber das ergibt noch immer keinen Sinn. Und von dem Mädchen ist überhaupt nichts zu sehen.«

»Es muß hier *etwas* geben«, beharrte Keredin.

»Nun, wir können es nicht finden«, antwortete Brostek. »Wofür brauchst du es eigentlich?«

»Seht mal«, begann der frühere Zauberer und hoffte, sie aus ihrer Niedergeschlagenheit reißen zu können. »Wir haben es doch immerhin geschafft, nach Nimmern zu kommen, oder nicht? Ich weiß nicht mehr als ihr über das, was mit Magara geschehen ist, aber zumindest haben wir eine Chance, Nimmern wiederherzustellen. Das ist *etwas*. Und vielleicht helfen wir damit auch Magara, wenn wir das tun, wo immer sie ist. Wer weiß das schon?«

»Wie?« wollte Varo wissen.

»Nimmern war einmal magisch«, antwortete Keredin. »Und ich glaube, daß es das noch immer ist. Der Bildschlüssel existiert noch immer.« Er ignorierte ihre ungläubigen Blicke, während er fortfuhr: »Und darauf war die vierte Sonnenfinsternis nicht vollständig. Wenn dieser Ort vollkommen tot wäre, dann wären wir nie nach hier gelangt. Deshalb *muß* es möglich sein, ihn wiederherzustellen! Das ist es, was Magara von uns wollte.«

»Sie wollte, daß es der Zauberer macht«, erklärte Brostek.

»Nun, der Zauberer ist nicht hier«, schnappte Keredin. »Ich bin das Beste, was wir hier haben! Versteht ihr nicht? Das ist meine Chance, aus all den sinnlos vertanen Jahren noch etwas zu machen. Die Heuchelei zu besiegen, mir selbst zu beweisen, daß die Zauberei keine überholte Kunst ist, sondern noch immer etwas bedeutet für die Welt. Vielleicht versage ich dabei, aber das ist ein Risiko, daß ich *eingehen* muß. Und ich brauche eure Hilfe.«

Seine beiden Begleiter hatten ihn noch nie so lebhaft erlebt, und seine eindringliche Stimme drang schließlich zu ihnen durch, siegte über Brosteks Schwermut und Varos Unverständnis.

»Was sollen wir also tun?« fragte Varo.

»Der Bildschlüssel ist das Mittel, um einen Knoten wiederherzustellen«, erklärte Keredin. »Ich weiß, daß unserer verfälscht ist, aber das Original muß sich noch immer irgendwo befinden. Wir müssen einen Weg finden, ihn freizulegen.«

»Aber wir haben den Gobelin nicht dabei«, wandte Brostek ein.

»Varo hat ihn. In seinem Kopf.« Der ehemalige Zauberer

wandte sich an den Mann mit den blonden Haaren. »Denke nach! War auf dem Gobelin noch etwas übrig, das lebendig und unverdorben war? Irgendwo? Wenn wir das finden, dann können wir einen neuen Anfang machen. Und wenn Nimmern wieder lebt, dann besteht auch Hoffnung für den Rest.«

»Den Rest von was?« fragte Varo, der noch immer verwirrt war.

»Die Verbindung«, erklärt Keredin. »Verstehst du nicht? Wenn ein so großer, so mächtiger und so gut geschützter magischer Ort fast durch das Böse besiegt worden ist, dem wir gegenüberstehen – ob es nun die Messermänner sind oder nicht –, dann muß auch der Rest angegriffen sein. Magaras Erfahrung in Heulenberg deutet auch darauf hin. Ich erinnere mich daran, wie dieser Ort vor langer Zeit gewesen ist – er war bekannt als eine Gegend der Ruhe und des Friedens, in der sogar die Träume immer angenehm waren.«

»Das sieht heute ganz anders aus«, sagte Brostek.

»Genau«, stimmte der ehemalige Zauberer zu. »Wenn wir dem Bösen hier Einhalt gebieten können, dann hilft das vielleicht nicht nur Nimmern.« Er sah wieder zu Varo, der in Gedanken versunken war.

»Da ist überhaupt nichts«, sagte er schließlich. »Selbst die letzten paar Pflanzen im Frühling sterben bereits ab.«

»Was ist mit dem Gebiet rechts vom Mittelpunkt, diesem kleinen Stück, in dem sich alle vier Bereiche treffen?« fragte Keredin, der verzweifelt nach einem kleinen Anlaß für weitere Hoffnung suchte.

»Nein«, antwortete Varo überzeugt. »Dort ist nichts. Es ist nur noch der nackte Boden übrig, genau wie hier.« Ein paar Schritte rund um sie herum war die Erde völlig steril; es gab nicht einmal mehr abgestorbenes Gras.

»Wie sieht es entlang der Ränder aus?« bohrte Keredin weiter. »Sollen wir uns vielleicht weiter draußen umsehen?«

Varo suchte wieder in seinem Gedächtnis.

»Nein …«, sagte er. »Ich glaube nicht … Warte!« Die anderen hielten den Atem an. »Da könnte etwas sein«, fuhr Varo fort. »Im Frühling, ganz am Rand zur linken Seite, da war reifer Löwenzahn. Er war überhaupt nicht mehr gelb, daher habe ich ihn für tot gehalten. Es könnte noch eine lebendige Pflanze sein – und gesund.«

»In welcher Richtung ist der Frühling?« wollte Brostek nachdrücklich wissen.

Sie sahen sich alle um, aber es gab kaum sichtbare Unterschiede in den Überresten des früheren Gartens.

»Der Frühling geht in die nördliche Richtung«, sagte Varo schließlich. »Wenn wir uns jetzt im Mittelpunkt befinden, dann müssen wir uns also nach Norden wenden.«

»Aber wir haben den Nebel aus dem Süden betreten und sind in den Frühling gekommen«, gab Brostek zu bedenken. »Bedeutet das nicht, daß wir nach Süden gehen sollten? Und welche Richtung *ist* überhaupt südlich?«

Ihre alptraumhafte Wanderung durch den dichten Nebel hatte ihnen vollständig die Orientierung genommen. Sie hatten überhaupt keinen Richtungssinn mehr, und daher suchten sie nach Hinweisen in der Entfernung. Sie überlegten, ob ihnen im Verlauf des Horizonts etwas bekannt erschien, und hielten nach Orientierungspunkten außerhalb von Nimmern Ausschau.

»Das ist der Norden«, entschied Brostek schließlich und streckte die Hand aus.

»Nein, ich würde sagen, es geht in diese Richtung«, sagte Keredin und deutete in eine Richtung, die fast im rechten Winkel zu der von Brostek vorgeschlagenen stand.

»Wir werden beides versuchen«, sagte Brostek. »Varo, du nimmst den anderen Weg, nur für den Fall, daß wir uns *beide* täuschen.«

»Wir müssen uns beeilen«, fügte Keredin hinzu. »Ich glaube nicht, daß wir noch viel Zeit haben.«

Er ging zusammen mit Brostek los, während Varo einen Augenblick lang zögerte. Dann erinnerte er sich an etwas und ärgerte sich über sich selbst, weil er nicht schon früher daran gedacht hatte. Das Grabmal befand sich im Frühling! Da er wußte, wo der Grabstein war, rannte er in diese Richtung los und rutschte dabei streckenweise über den schmierigen Boden. Als er daran vorbeikam, fiel ihm auf, daß die

Inschrift inzwischen einen weiteren Buchstaben bekommen hatte. Doch er lief verzweifelt weiter, um die Pflanze zu erreichen.

Während er sich noch immer in einer gewissen Entfernung zum Rand befand, sah Varo eine Gestalt durch den Morast wandern, und er erkannte Celia. Er rannte auf sie zu. Sie ging langsam durch den schmutzigen, dunklen Schlamm, der zwischen ihren bloßen Zehen herausgedrückt wurde; in ihren Händen hielt sie die Überreste einer Blume. Als Varo näherkam, hörte sie auf zu singen und brachte die Blume an ihre Lippen und pustete. Kleine flaumige Samenschirmchen flogen davon und verteilten sich.

»Nein!« schrie Varo und überraschte damit Celia. Sie wandte sich um und wollte davonlaufen. »Warte, Celia. Bitte!«

Zu seiner Erleichterung blieb sie schwankend stehen und erlaubte es ihm, sich zu nähern. Die Samen, die sie weggeblasen hatte, waren fast alle in dem widerwärtigen Schlamm gelandet.

»Kann ich deine Blume haben?« fragte er freundlich.

»Aber ich habe mein Lied noch nicht zu Ende gesungen«, erwiderte sie und sah ihn mißbilligend an.

»Nein, das mußt du nicht mehr«, sagte Varo schnell. »Ich brauche sie.« Er hatte bemerkt, daß nur ein einziger Samen übrig war, der nur noch schwach an der Pusteblume befestigt war. »Wegen der Lichter«, ließ er sich einfallen. »Sie haben mir gesagt, daß ich die Blume für sie holen soll.«

Celia sah ihn einen Augenblick lang mißtrauisch an, nickte dann langsam und überreichte ihm die Blume. Varo nahm sie ganz vorsichtig und spürte den noch immer frischen Saft des abgebrochenen Stiels, hielt schützend seine Hand um den Kopf der Blume.

»Danke«, sagte er und ging dann so rasch, wie er es eben wagen konnte, in Richtung auf den Mittelpunkt.

Celia folgte hinter ihm, konnte aber mit seinen langen Schritten nicht ganz mithalten. Sie sah sich um und rief immer wieder aus: »Hübsch! So hübsch!«

Als Varo wieder den Flecken Erde erreichte, war von seinen Begleitern nichts zu sehen. Er rief ihre Namen in das tödliche Schweigen hinein, und schon bald kamen sie eilig zurück.

»Hast du es gefunden?« fragte Brostek atemlos.

»Ich glaube ja. Aber es ist nur noch ein Samen übrig. Celia hat die übrigen weggeblasen.«

»Zeig es mir«, verlangte Keredin. Varo öffnete vorsichtig seine Hand, und der ehemalige Zauberer nickte. »Damit müssen wir es schaffen«, sagte er.

»Sagtest du Celia?« fragte Brostek dann.

»Ja. Sie wandert durch diesen Schlamassel, scheint dabei aber ganz glücklich zu sein.«

In diesem Augenblick wurde Celias Gesang aus der Ferne vernehmbar. Die drei Männer sahen kurz zu ihr hin, kehrten dann wieder zu ihren eigenen Angelegenheiten zurück.

»Was jetzt?« erkundigte sich Brostek.

»Jetzt versuche ich mich daran zu erinnern, wie es ist, ein Zauberer zu sein«, erwiderte Keredin mit einem wehmütigen Lächeln. »Gibst du mir den Anhänger?«

»Du wolltest ihn vorher doch gar nicht berühren«, sagte Brostek und zog ihn aus seiner Tasche.

»Ich weiß, aber er ist eine Quelle der Kraft, von der ich bei weitem nicht genug habe, und daher muß ich es riskieren«, erklärte Keredin. »Aber das ist das wenigste, was mir jetzt Sorgen macht. Schon indem ich das *versuche*, mische ich mich in Dinge ein, die weit über das hinausgehen, was ich kenne.« Er nahm den Anhänger und ließ ihn an der Kette baumeln.

»Was hast du vor?« fragte Varo.

»Ich werde die alten Wächter dieses Orts anrufen«, antwortete er. »Alle Knoten hatten früher ihre Wächter – und derjenige von Nimmern hat vermutlich den Gobelin gewoben.«

»Aber du sagtest, daß der Gobelin aus grauer Vorzeit stammt«, meinte Brostek zweifelnd.

»Die Wächter sind unserem Verständnis nach alle tot«, erklärte Keredin, »aber die Verbindung erhält ihre Geister – oder was immer –, wie es auch alles Leben erhält. Hier ist genau der Ort, an dem ich mit ihnen Kontakt aufnehmen kann. Es wäre vermutlich gar nicht dumm, wenn ihr beiden ein bißchen auf Abstand bleibt. Ich weiß nicht, was passieren wird.«

»Könnte es gefährlich sein?« fragte Varo.

»Das ist ungefähr so, als würde jemand fragen, ob das Meer feucht ist«, antwortete Keredin lachend. »Wenn man über seine Grenzen hinausgeht, ist das immer gefährlich. Leute wie ich waren nie dazu ausersehen, mit so gewaltigen Kräften umzugehen.«

»Wir bleiben bei dir«, stellte Brostek einfach fest, und Varo stimmte zu.

Keredin wollte widersprechen, zuckte dann aber die Schultern.

»Was immer geschieht«, sagte er ernst, »ich danke euch für diese Gelegenheit. Ihre beide habt meinem Leben wieder einen Sinn gegeben, den ich schon verloren glaubte. Es sieht jetzt so aus, als wäre alles auf diesen Punkt hinausgelaufen.«

»Du warst der beste und treueste alle Freunde«, stellte Varo fest. Es war so etwas wie eine Entschuldigung für seine früheren Zweifel, und deutlicher hätte er das nie ausdrücken können.

»Viel Glück«, fügte Brostek hinzu.

Keredin ließ den Anhänger in seine Hand schnellen. Es war eine beiläufige Bewegung, doch sein Herz pochte dabei. Zuerst geschah nichts, aber dann begann seine Faust zu zittern, und gleichzeitig leuchtete der Umriß der bloßen Erde in einem unirdischen Licht auf. Schatten knurrte leise, und seine Rückenhaare stellten sich auf.

»Weg von hier, schnell!« stieß Keredin aus.

»Nein! Wir bleiben!« erwiderte Brostek.

»Ich kann es nicht kontrollieren!« Keredins Gesicht war verzerrt, er hielt die Augen geschlossen. Auf seiner Stirn hatten sich Schweißtropfen gebildet.

»Es hat die gleiche Form wie der Anhänger!« rief Varo aus und betrachtete zum ersten Mal den Umriß des Fleckens

Erde. Das Leuchten war jetzt heller geworden und flackerte bläulich-weiß.

»Blast den Samen ... auf den Boden«, krächzte Keredin. Es klang, als hätte er große Schmerzen.

Varo tat, worum er gebeten worden war. Brostek und er sahen zu, wie der Samenschirm zu Boden schwebte und auf der dunklen, leblosen Erde aufkam.

»Wächter von Nimmern!« rief der ehemalige Zauberer heiser aus. »Wenn ihr mich hört, so helft mir. Euer unwürdiger Diener bittet um eure Hilfe.«

Nadelfeine Lichtstrahlen tanzten um Keredin herum wie Leuchtkäfer in einem Wirbelwind. Im gleichen Augenblick wuchs der erleuchtete Umriß um die drei Männer herum zu einer Mauer aus Licht, die wie das Symbol der vier Ringe geformt war. Sie hörten Celia in der Nähe singen, und Varo und Brostek wandten sich um, um nach ihr zu sehen. Keredin konnte sich nicht bewegen. Er wirkte erstarrt, er zitterte und schien sich gegen ein schweres Gewicht zu stemmen.

Celia ging auf die helle, durchscheinende Mauer zu, schien sich ihrer offenbar gar nicht bewußt zu sein. Die beiden Männer riefen ihr zu und versuchten sie durch wildes Gestikulieren zu warnen. Aber sie sang weiter und kam immer näher.

Die Natur braucht keine Namen
für Frühling, Sommer, Herbst und Winter

Sie ging in die Mauerwand hinein, die um sie herum aufflammte und sie in weißes Feuer hüllte. Aber jetzt war es das kleine Mädchen aus dem Gobelin, das vor ihnen stand. Lächelnd fuhr sie mit ihrem Lied fort.

Sie treibt Blumen, Früchte, Samen
Wurzeln, Äste, Zweige, Blätter

Unter den gebannten Blicken der drei Männer ging sie zu der Stelle, wo der Samen aufgekommen war, und hielt ihre Hände darüber. Dann sah sie zu Keredin hoch. Obwohl sie nicht sprach, gab es offenbar eine Verständigung zwischen ihnen.

»Ja!« keuchte er schließlich.

Das Mädchen kam wieder hoch, sah kurz auf die beiden anderen Männer und den Wolf, ging dann wieder ihres Wegs. Als sie auf der anderen Seite wieder aus der Mauer herauskam, war es wieder Celia, die weiterging, als wäre nichts geschehen. »Hübsch!« hörten sie sie sagen.

Dann wurde ihre Aufmerksamkeit wieder auf die Erde gezogen. Vor ihren Augen kam ein grüner Schößling aus dem Boden. Blätter wuchsen und gingen auseinander, und in der Mitte trieb ein kräftiger Stiel nach oben. Eine gelbe Blume blühte, deren Blütenblätter in ihrer dunklen Umgebung leuchteten. Sie verblühte rasch und verwandelte sich in die vertraute Pusteblume. Eine unsichtbarer Windhauch verteilte die federleichten Samen – und innerhalb von Augenblicken stieß eine Vielzahl von grünen Schößlingen durch die Erde.

»Sehr hübsch«, sagte eine kalte, sarkastische Stimme.

Ihr Erstaunen ging in Entsetzen über, als sie hochsahen und den Messermann im blauen Umhang unmittelbar jenseits der Lichtmauer stehen sahen. Seinen Umriß hob ein kräftiges violettes Leuchten hervor, und er trug einen schweren Metallanhänger, der die Form eines umgekehrten Dreiecks hatte. Schatten knurrte und machte sich sprungbereit, während Varo augenblicklich das Schwert zückte. Brostek zog ebenfalls seine Waffe und ging vorwärts. Ihr Gegner beachtete sie überhaupt nicht. Seine violetten Augen waren auf Keredin gerichtet.

»Er ist eine Erscheinung«, sagte Keredin mit schwerer Stimme. »Ihr könnt ihm hier nichts anhaben.«

Varo und Brostek erstarrten, ließen den reglosen Messermann jedoch nicht aus den Augen.

»Wie aufmerksam von dir«, bemerkte der Zauberer. Obwohl er belustigt klang, waren seinen Augen kalt und wütend. »Es sieht so aus, als hätte ich dich unterschätzt. Ich hatte nicht erwartet, daß ein abtrünniger Zauberer so weit kommen würde.«

»Ich habe erst angefangen«, krächzte Keredin, seine Stimme ganz belegt vor Verachtung.

»Nun komm schon«, sagte sein Gegenspieler herablassend. »Ein paar Unkräuter innerhalb dieser Abschirmung! Du wirst doch nicht etwa erwarten, daß du mehr als das erreichen kannst?«

»Nimmern *wird* wieder gedeihen«, flüsterte Keredin trotzig. »Der Bildschlüssel existiert noch immer. Und du kannst nichts tun, um es zu verhindern!«

»Aber wir sind Brüder, du und ich!« rief der Zauberer. »Du hast die gleichen Träume wie ich.«

»Nein! Nicht zu einem solchen Zweck.« In Keredins Ablehnung klang seine ganze Entschiedenheit mit. »Du hast etwas genommen, was schön und großartig sein sollte, und zu etwas gemacht, das häßlich und bösartig ist. Daran will ich nicht teilhaben.«

»Aber ich könnte dich zu einem Gott machen!« versuchte ihn der Mann in der blauen Robe zu verlocken. »Und dir zeigen, wie die Magie wirklich sein sollte. Ich sehe doch, welche Schmerzen dir diese lächerliche Anstrengung verursacht. Siehst du denn nicht, daß es keine Grenze mehr gibt, die wir zusammen nicht überschreiten können?«

Varo und Brostek wollten ihren Freund vor den Verführungskünsten des Zauberers warnen, aber sie wußten, daß er diesen Kampf allein austragen mußte. Sie hätten sich keine Gedanken darum zu machen brauchen. Keredin erwies sich als standhaft.

»Du verschwendest deinen Atem!« gab er zurück. »Nimmern wird leben.«

»Dann werdet ihr sterben«, drohte der Messermann.

»Nur zu gerne!« Mit einer letzten, verzweifelten Anstrengung warf Keredin den Anhänger zu Brostek. »Es liegt jetzt an dir«, sagte er zu ihm.

Der Zauberer schäumte vor Wut, als die Lichtwand sich aufzulösen begann. Brostek fing den Anhänger auf und spürte die davon ausgehende Kraft wie einen elektrisierenden Schlag, der seinen Arm ergriff und dann seinen ganzen Körper erfaßte.

»Danke, Magara!« rief Keredin aus einem unerklärlichen Grund. Er stand reglos und zitterte nicht mehr, als wäre ihm eine schwere Last genommen worden.

Ein Messer blitzte in der Hand des Zauberers auf. Der Schirm war jetzt völlig verschwunden. Sie konnten verschwommen eine Bewegung wahrnehmen, und eine Klinge flog auf Keredin zu, und von ihrem Metall stoben violette Funken weg. Varo sprang und versuchte das Messer mit seinem Schwert aus der Bahn zu bringen. Er schlug genau zur richtigen Zeit zu, aber der verzauberte Dolch glitt einfach durch seine Waffe hindurch. Keredin machte keinen Versuch, dem Messer auszuweichen, und es traf ihn in der Brust. Ob es durch Zauberei erschienen war oder nicht, seine Wirkung war schrecklich real. Als es sein Herz durchbohrte und sich rotes Blut auf seinem Hemd ausbreitete, verließen die Funken das Metall und bewegten sich auf Brostek zu. Augenblicklich loderten weiße Flammen hoch, die ihn und seinen Wolf umhüllten – und im gleichen Augenblick verschwand Varo. Wenig später erschienen sie wieder und sahen völlig verändert aus. Brostek und Schatten waren jetzt von einem weißen Strahlenkranz umgeben, während Varo hinter einer schwarzen Ummantelung verborgen war, die ihn vollständig einhüllte. Die beiden Freunde waren instinktiv in Bewegung, um ihren Gegner anzugreifen, aber der Zauberer war verschwunden – und bevor sie reagieren konnten, wurden auch sie ins Nichts geschleudert.

Keredin ging zu Boden und blieb allein auf seinem gelben Bett zurück. Der schmerzhafte Ausdruck wich von seinem Gesicht, und er lächelte. Um ihn herum war Bewegung, und obwohl die Sicht seiner Augen bereits nachließ, konnte er dennoch die Wiedergeburt des Gartens sehen. Er wußte, daß sie nun unumkehrbar war. Der wirkliche Bildschlüssel setzte sich wieder durch.

Gras legte sich grün über die Erde. Pflanzen und Sträucher begannen zu wachsen. Bäume fanden wieder ins Leben zurück und entfalteten einen Reichtum von Blättern, Blüten und Früchten. Insekten trugen mengenweise Blütenpollen zwischen ihnen hin und her. Vögel flogen umher und zwitscherten. Fische schwammen in den Bächen, die sich erneut ihren Weg suchten. Die Tiere waren alle zurückgekehrt. Alle Jahreszeiten waren vorhanden mit ihrem endlosen Kreislauf der sich ständig verändernden Pracht. Nimmern erblühte von neuem.

Keredin sah das alles, und er wußte, daß sein Leben auf diesen Augenblick ausgerichtet gewesen war. Es war die Erfüllung seiner Träume. Im Augenblick vor seinem Tod sah er Matties Gesicht vor sich – und auch sie lächelte. Mit großer Freude ging er zu ihr.

42.
KAPITEL

Während die Magie in Nimmern wieder erwachte, kamen zwei Männer an einem Ort weit im Süden aus einem langen, unnatürlichen Schlaf zu sich. Slaton und Rogan öffneten die Augen und setzten sich auf. Sie sahen sich erst gegenseitig an, dann zu Ross, der erstaunt lächelte.

»Wo sind wir?« fragte Rogan seinen Zwilling.

Draußen spielte jemand eine wohlklingende Melodie auf einer Laute.

Hewitt traute kaum seinen Augen. Nachdem der Nebel sich verflüchtigt und Celia sich auf den Weg gemacht hatte, war eine Zeitlang nichts mehr geschehen. Er verharrte angespannt und beobachtete, erhoffte sich weitere Veränderungen. Es passierte nichts, während für ihn ein ganzes Zeitalter zu vergehen schien. Aber dann sah er die Lichtblitze im Mittelpunkt des Tals, und zu seiner großen Freude konnte er sehen, wie sich farbige Flecken inmitten des Verfalls ausbreiteten. Zuerst kam das Grün, dann kamen Tupfer von Rosa, Gelb, Rot und Blau hinzu, als die Natur in all ihren Farben erblühte und sich das Leben von der Mitte des Gartens in Wellen immer weiter nach außen dehnte. Hewitt hätte vor Begeisterung laut aufschreien können, aber er stand nur da und sah der Entwicklung mit offenem Mund zu.

Und dann dachte er an den Gobelin und rollte ihn schnell aus. Er veränderte sich, noch während er zusah! Von einem seltsam geformten gelben Fleck in der Mitte breiteten sich die farbigen Ranken immer mehr aus, wobei sich die feinen Farbfäden bewegten und wie lebende Wesen ihre Tönung änderten. Es dauerte nicht lange, bis der ganze Gobelin wieder in seiner einstigen Pracht vor ihm lag. Während der ganzen Zeit blickte Hewitt zwischen ihm und dem wirklichen Nimmern hin und her. Er war sich nicht sicher, was hier von wo kopiert wurde.

Alles war wieder an seinem gewohnten Ort. Die Sonnenfinsternisse gehörten der Vergangenheit an. Die Sonne schien wieder über drei der vier Bildteile, und der Mond im winterlichen Himmel war so deutlich sichtbar wie seine Reflexion im See darunter. Die Frau war in all ihren Lebensphasen zurückgekehrt, so anmutig und heiter wie zuvor. Jede Jahreszeit zeigte sich wieder in ihrer ganzen Eigenart zusammen mit den ursprünglich vorhandenen Widersprüchen.

Nur der Regenbogen vervollständigte sich nicht. Es bleiben zwei farbige Streifen, zwischen denen der blaue Himmel verlief.

Als sich der Gobelin schließlich nicht weiter veränderte, sah Hewitt hoch und bemerkte, daß der Garten selbst ebenso vollkommen war. Doch obwohl er noch schöner war als alles, was er je gesehen hatte, wußte er, daß es für ihn noch immer nicht an der Zeit war, den Garten zu betreten. Das Lied, das die Verwandlung in seinem Herzen erweckte, würde er niemals spielen können, aber er erfreute sich dennoch daran.

Celia schritt langsam durch die friedlichen Lichtungen und duftenden Wiesen von Nimmern und sang dabei leise vor sich hin. Schließlich stieß sie auf einen Mann, der inmitten einer farbenprächtigen Ansammlung von Löwenzahn auf dem Rücken lag. Seine Brust bewegte sich nicht, und Celia war sicher, daß er tot war. Er hatte jedoch keine sichtbare Verletzung, und daher nahm sie an, daß sein Herz einfach zu schlagen aufgehört hatte.

Celia ging weiter und kam kurz darauf wieder zurück, um dem Mann eine einzelne weiße Rose auf die Brust zu legen.

»Hübsch«, sagte sie nachdenklich und ging ihres Wegs.

43.
KAPITEL

Magara starrte den Mann im blauen Umhang an, dessen wütende violette Augen sie ängstigten, und erwartete ihren Tod. Doch er bewegte sich nicht weiter auf sie zu. Ein paar Augenblicke später fiel ihr auf, daß er ziemlich zerstreut wirkte, und daß der Strahlenkranz fehlte, der ihn sonst immer umgeben hatte. Er war ganz offensichtlich mit etwas anderem beschäftigt, und er warf nur einen beiläufigen Blick auf das, was sie geschrieben hatte.

»Du hast dich also dafür entschieden, meinen Sieg zu verzögern, statt dir meine Dankbarkeit zu verdienen«, sagte er schließlich. »Um so schlimmer für dich.«

Magara stieß das schicksalhafte Buch von sich weg und nahm allen Mut zusammen.

»Du kannst mich nicht zwingen, dieses böse Werk zu vollenden«, sagte sie. »Mein Talent dient dem Heilen, nicht dieser ... Krankheit.«

Sie hatte erwartet, daß er die Seite herausreißen würde, wie er es zuvor getan hatte. Doch er schenkte ihr überhaupt keine Beachtung, als bedeutete sie ihm nichts.

»Ich werde mich später mit dir abgeben«, sagte er zu ihr. »Du wirst eine Ewigkeit lang Zeit haben, deine Entscheidung zu bedauern.« Er lächelte über den bestürzten Ausdruck in ihrem Gesicht, lief dann mit wehendem blauen Umhang durch den Raum. »In der Zwischenzeit ...«, fügte er hinzu und schnippte mit den Fingern.

Schmerzen zuckten durch Magaras Beine, pflanzten sich in langsamen Wellen weiter fort. Sie fühlte sich, als würde jeder Knochen immer und immer wieder gebrochen. Sie biß die Zähne zusammen und wußte wohl, daß es kein Mittel gab, um solche Leiden erträglich zu machen. *Eine Ewigkeit.*

Magara war auf ihren Tod vorbereitet gewesen. Aber sie wußte jetzt, daß sie eine Närrin gewesen war, indem sie ihn sich schnell und leicht vorgestellt hatte. Ihr Gegner war weit größerer Grausamkeiten fähig. Sie versuchte sich verzweifelt abzulenken, an etwas anderes zu denken als an die peinigenden Schmerzen. Aus irgendeinem Grund hatte der Messermann das *Buch* aufgegeben, und daher war sie jetzt entbehrlich; er konnte sie zwingen, alles zu ertragen, was er ihr antun wollte. Sie hatte sich unbewußt darauf verlassen, daß er ihr in seiner Wut ein schnelles Ende bereiten würde, aber seine letzten Worte hatten das ganz deutlich widerlegt. Und zum erstenmal begriff Magara wirklich, was auf sie zukam.

Sie starrte erneut auf das *Buch*. Die letzte Zeile war mit kräftigen, trotzigen Buchstaben geschrieben – »Der Zauberer des Lichts kehrte nach Nimmern zurück«. Sie spürte in all ihrem Schmerz einen kleinen Funken des Triumphes, und sie klammerte sich fieberhaft daran. Die Tatsache allein, daß der Zauberer die Seite nicht zerstört hatte, mußte bedeuten, daß ihre Worte wahr geworden waren. Hatte sie sie wahr werden *lassen*, oder hatte sie nur berichtet, was sie gesehen hatte? Der Zauberer in ihrer Vision war ihr bekannt vorgekommen, ohne daß sie sich erklären konnte, warum.

Danke, Magara.

Die Worte waren ein Aufschrei vor Dankbarkeit und Erleichterung, und sie kamen von nirgendwo. Die Verbindung verlor sich schnell wieder, aber noch bevor sie ganz weg war, begriff Magara. Der Mann war Keredin, der ehemalige Zauberer, der zu der Gruppe von Varo und Brostek gehörte. Sie hatte seine traurige Geschichte gehört. Ihr wurde jetzt klar, daß er versucht hatte, die Kunst der Zauberei wieder zu erlernen, um einen verzweifelten Versuch zur Rettung des Gartens zu unternehmen. Ihre ungenauen Worte hatten ihm eine Stärke über seine eigene hinaus gegeben und ihm dadurch zum Erfolg verholfen. Sie waren zu einer Prophezeiung geworden, die sich jetzt erfüllt hatte.

Tränen rannen über Magaras Wangen – halb für Keredin, halb für sich selbst. Ihre Sicht war einen Augenblick lang verschwommen, und als sie auf dem Schreibtisch vor sich eine Bewegung wahrnahm, glaubte sie zuerst, an Halluzinationen zu leiden. Sie rieb sich die Augen und sah noch einmal hin. Das *Buch* schrieb sich selbst! Die kräftige Schrift ging von ihrer letzten Zeile aus, die schwarze Tinte bewegte sich wie ein lebendes Wesen über die Seite.

»Die Magie wurde neu geboren«, las sie erstaunt, »und der Garten erblühte von neuem.«

Aber das war nicht alles. Während Magara zusah, begannen die früheren Worte auf der Seite zu verblassen, verschwanden dann völlig. *Als hätte man auf die Felswand geschrieben.* Magara blätterte durch die vorhergehenden Seiten. Sie waren alle wieder leer. Ihre Tränen flossen nur so, als die Bürde der Schuld von ihr genommen wurde. Die Geschichte wurde tatsächlich von neuem geschrieben – aber nicht so, wie es der Messermann geplant hatte. Das letzte Hindernis gegen seinen endgültigen Triumph bestand noch immer. Nimmern lebte – und wurde mit jedem Augenblick stärker.

Magara war erleichtert, aber als die Schmerzen in ihren Beinen intensiver wurden, wurde sie sich rasch wieder ihrer verzweifelten Situation bewußt. Sie fiel erneut in tiefe Verzweiflung. *Laß mich sterben*, flehte sie, von Selbstmitleid ergriffen. *Laß mich sterben. Ich halte das nicht länger aus.*

Doch dann schienen ihre Qualen wieder zu vergehen, als sie auf eine ungewisse Weise spürte, daß Varo und Brostek in der Nähe waren. Bilder blitzten in ihr auf, und sie wußte, daß sie sich im Vortex befanden, ebenso wie sie selbst nach hier befördert worden waren. Aber sie hatten sich verändert. Brostek war ein Geschöpf aus weißen Flammen geworden, und sie konnte Varo überhaupt nicht richtig sehen, sondern nur als einen schwarzen Umriß. Liebe und Verlangen brannten in ihrem Herzen wie ein Feuer, und ihre Dunkelheit wurde von einem schwachen Strahl der Hoffnung erleuchtet. Doch dann erinnerte sie sich daran, daß der Messermann im Vortex so gut wie allmächtig war, und ihre Hoffnung verwandelte sich in Niedergeschlagenheit. Sie wußte, daß ihre Freunde schon bald so hilflos sein würden wie sie selbst.

In ihrer Kammer war kein Laut zu vernehmen; in ihren Gedanken schrie Magara vor Verzweiflung.

Sobald Magaras Peiniger das *Buch* gesehen hatte, hatte er gewußt, was geschehen war. Er hatte gewußt, daß es ein Risiko war, die Nachfahrin Halanas zu benutzen, um der in den Gobelin eingewobenen Magie entgegenzuwirken, aber er war es bewußt eingegangen. Er hatte sich nie wirklich vorstellen können, daß jemand in der Lage sein könnte, aus ihrem närrischen Unterfangen einen wirklichen Vorteil zu ziehen. Der Versuch des abtrünnigen Zauberers wäre jämmerlich gescheitert, wenn ihm Magara nicht geholfen hätte – und dann noch das unglückliche Zusammentreffen mit dem Anhänger des Lichts. Und doch wußte er, daß er diese Möglichkeit hätte vorhersehen und darauf vorbereitet sein sollen. Er konnte seine Wut nur schwer beherrschen, während er den entfernten Schauplatz durch die Augen seines Scheinbildes sah.

Der Zauberer hatte Magaras Zelle verlassen und sie dabei noch ein wenig von seiner Rache spüren lassen. Er rief jetzt sein Spiegelbild zurück, und sein violetter Strahlenkranz kehrte wieder, als er sich mit ihm vereinigte. Er war tief in seinen Gedanken versunken und blieb ein paar Augenblicke lang stehen. Der abtrünnige Zauberer war tot, aber er war in der Lage gewesen, seine Macht auf seine beiden Begleiter zu übertragen, was der Messermann nicht erwartet hatte. Und dennoch würden sie niemals in der Lage sein, sie zu kontrollieren. Konnten solche Anfänger *wirklich* glauben, daß sie ihn überwältigen konnten?

Der Messermann beförderte sie in sein Lager, da er wußte, daß er sie dort ohne große Mühe vernichten konnte. Aber zuerst hatte er noch eine Aufgabe für sie, und die Vorstellung von dem, was sie erwartete, bereitete ihm großes Vergnügen.

Brostek und Varo blieb kaum Zeit, auf Keredins Tod und ihre eigene ungewöhnliche Verwandlung zu reagieren. Das Tal von Nimmern verschwand, und sie fanden sich mit noch immer gezogenen Schwertern neben einem zugefrorenen See hoch in den Bergen wieder. Der Messermann war nirgendwo zu sehen. Sie versuchten beunruhigt ihren Standort zu bestimmen und sahen, daß sich zwei weitere Seen hinter dem nahe gelegenen befanden. Am anderen Ende des Tals ragte drohend eine graue Burg auf. Schatten heulte und betonte damit noch die gespenstische Atmosphäre der Landschaft.

»Wo sind wir?« Brostek war völlig entnervt. In ihm flossen Kräfte, die er nicht verstand, und die Welt war offensichtlich verrückt geworden. »Was ist mit uns passiert?«

»Ich weiß es nicht. Ist mit dir alles in Ordnung?« Obwohl seine Worte Besorgnis ausdrückten, hatte Varos Stimme jetzt einen metallischen Klang, der nichts Menschliches mehr an sich hatte. Es hörte sich an, als dringe seine Stimme durch massive Metallplatten.

»Ich glaube ja«, antwortete Brostek und starrte auf den schwarzen Umriß, der sein Partner war. »Und du? Ich kann dich nicht *sehen*.«

»Ich fühle mich ganz normal«, erwiderte Varo.

Brostek sah auf den Anhänger, der auf seiner linken Handfläche ruhte. *Es ist etwas in mir, und ich habe nicht die leiseste Ahnung, wie ich damit zurechtkommen soll. Ich bin kein Zauberer – ich weiß nicht, wie man mit Magie umgeht!*

»Vielleicht ist das hier der Ort, an den Magara gekommen ist«, sagte Varo in seiner ruhigen, unnatürlichen Tonart. »Wenn es so ist, dann ist es am naheliegendsten, in der Burg nach ihr zu suchen. Sollen wir dort nachsehen?«

Brostek nickte und versuchte noch immer, gegen seine wachsende innere Unruhe anzukämpfen, und sie machten sich auf den Weg um den zugefrorenen See herum. Sie waren jedoch erst ein paar Schritte weit gekommen, als wie aus heiterem Himmel ein Mann dicht vor ihnen auftauchte. An seinem blauen Umhang war er als ein Messermann zu erkennen, und ein orangefarbenes Leuchten zog sich um seinen Körper. Er trug einen schweren Anhänger um seinen Hals, der wie ein Herz geformt war, das auf einer horizontalen Linie ruhte. Verwirrung spiegelte sich in seinem Gesichtsausdruck, als wäre er überrascht, an diesem Ort zu sein; als er Varo und Brostek sah, verwandelte sich sein Erstaunen in Wut und beginnende Furcht.

Varo reagierte augenblicklich und instinktiv. Er sprang mit gezogenem Schwert auf seinen Gegner zu.

»Nein!« schrie Brostek. »Warte!«

Doch sein Freund ignorierte ihn. Varo hatte keine Zeit, um jetzt auf die Stimme der Vernunft zu hören. Er hatte nur ein Ziel, und sein Verlangen, diesen verhaßten Widersacher zu töten, war stärker als alles andere.

Der Messermann bewegte sich rasch, hob beide Arme und deutete auf seinen Angreifer. Blaues Feuer zuckte knisternd aus seinen Fingerspitzen und schoß auf Varo zu. Doch obwohl die Salve mitten in seinen schwarzen Umriß traf, verzögerte sie nur ein paar Schritte lang sein Vorankommen. Die blauen Flammen lösten sich spurlos auf, wurden von der schwarzen Leere aufgesaugt, die Varo war – und er lief weiter voran.

Der Messermann wirkte zuerst verblüfft, dann verängstigt. Er ließ weitere Lichtblitze los, die aber eine willkürliche Richtung einschlugen. Die meisten verfehlten ihr Ziel, doch andere trafen Varo zumindest teilweise, während er weiter voranstürmte und zwischen den Entladungen im Zickzack lief.

Brostek hatte sich nicht bewegt. Er war zwischen seiner eigenen Unsicherheit und dem Verlangen, seinem Freund zu helfen, hin- und hergerissen. Während er zögerte, hörte er ein klatschendes Geräusch in dem nicht zugefrorenen See. Als er sich umwandte, konnte er jedoch nur ein paar kleine Wellen auf dem Wasser erkennen, die sich vom Mittelpunkt zum Rand hin ausbreiteten.

»Bring ihn nicht um!« schrie er und fügte verzweifelt hinzu: »Wir haben keine Sonnenfinsternis. Er ist nicht einmal wirklich!«

Aber Varo wußte es besser. Er wich den letzten schwachen Energieblitzen aus und erreichte sein Ziel. Er hob das Schwert, das jetzt eine schwarze Leere war, eine rächende Klinge aus dem Nichts. Der Messermann stolperte und fiel rückwärts, stieß einen unverständlichen Schrei aus. Varos

Klinge stieß auf ihn nieder, schnitt durch wirkliches Fleisch und wirkliche Knochen. Sein Feind schrie nur einmal auf, und einen Augenblick später verschwand das orangefarbene Licht. Doch Varo hielt nicht inne. Der blaue Umhang war bald in Fetzen, und der Körper des Messermanns lag zerschmettert auf dem Boden – obwohl nicht ein einziger Tropfen Blut zu sehen war.

Brostek näherte sich vorsichtig seinem Freund, angewidert von seinem berserkerhaften Wüten. Er fragte sich einen Augenblick lang, ob Varo sich sogar gegen ihn wenden würde.

»Es ist vorbei, Varo«, sagte er. »Er ist tot.«

Die schwarze Form hielt inne, und das zum Schlag bereite Schwert verharrte mitten in der Luft. Er schien langsam wieder zu sich zu kommen.

»Wo ist das Blut?« fragte die metallene Stimme. »Er müßte bluten.«

»Da ist kein Blut«, antwortete Brostek ernst. »Laß es gut sein. Er ist tot.« *Und der letzte Messermann hat all ihre Macht*, fügte er für sich selbst hinzu.

Brostek sah zu der Burg hoch und erschauerte bei dem Gedanken, daß Magara dort gefangengehalten wurde. Doch bevor sie weitergehen konnten, wurde die Eisdecke des Sees neben ihnen an hundert Stellen gleichzeitig gewaltsam aufgerissen. Große Eisbrocken flogen träge durch die Luft, während kleinere Stücke in alle Richtungen geschleudert wurden. Das ohrenbetäubende Krachen des aufbrechenden Eises wurde von seltsamen zischenden Geräuschen begleitet. Die beiden Männer sahen entsetzt zu, als deutlich wurde, daß die Ursache für einen jeden dieser Ausbrüche ein Mann oder eine Frau war, die aus der Tiefe des Sees kamen. Als die ganzen Eisbrocken wieder auf sie herabregneten, kletterte die seltsame Truppe über das frostige Trümmerfeld. Ihre Haut war bläulich-weiß von der Kälte, und sie alle hielten fest ihre aus Eis geformten Waffen umklammert – lange, scharfe Spieße, grob geformte Keulen und Eiszapfen als Messer. Sie trugen ausnahmslos violette Kopfbänder, und ihre Augen verrieten einen brennenden, verzweifelten

Hunger. Sie waren nur zu einem einzigen Zweck aus ihrem frostigen Gefängnis entlassen wurden. Tötet die Eindringlinge und ihr Tier, hatte ihr Herr ihnen gesagt, und ich werde euch die Freiheit schenken. Sie brauchten nicht weiter angespornt zu werden. Sie würden ihm gehorchen und eher bei dem Versuch sterben, als wieder in ihren eisigen Kerker zurückzukehren.

Während sich die erste Welle über den aufgerissenen See bewegte und den beiden vor Überraschung gelähmten Eindringlingen näherte, war der Lärm von weiteren Aufbrüchen im Eis zu vernehmen, als die weiter unten Begrabenen sich befreiten und aus ihren glitschigen Löchern krochen, um ihren Gefährten zu folgen.

Brostek und Varo begriffen, daß ihre seltsamen magischen Schirme keinen wirklichen Schutz gegen den wütenden Angriff Hunderter von Eiskriegern bieten konnten. Brostek sah keine andere Möglichkeit als die, zusammen mit Schatten die Stellung zu halten und ihr Leben so teuer wie möglich zu verkaufen – doch Varo ging auf die Angreifer zu, stapfte mit einer Bereitwilligkeit in die Schlacht, als wäre es die reinste Freude für ihn. Angesichts dieser unwahrscheinlichen Übermacht wurde er zu einem dunklen Wirbelwind des Todes.

Hewitt hatte sich niedergelassen und den Gobelin auf seine Knie gelegt, sah zwischen ihm und dem Garten hin und her. Er erwartete keine weiteren Wunder – was er erlebt hatte, war schon mehr als genug –, aber er hoffte noch immer, daß Magara und die drei Männer zurückkehrten. Doch er bekam nur Celia ab und zu flüchtig zu sehen, sonst niemanden.

Seine wachsamen Augen hatten eine weitere Veränderung auf dem erneuerten Gobelin entdeckt. Das Grabmal trug jetzt eine neue Inschrift. Die kleinen Buchstaben besagten jetzt: **HABT VERTRAUEN**. Darunter befand sich das Symbol mit den vier sich berührenden Ringen. Während Hewitt zusah, löste sich soeben der orangefarbene Streifen des Regenbogens auf und verschwand spurlos, als versänke er in dem Gewebe selbst. Der violette Streifen blieb als einziger im Frühlingshimmel zurück.

Rogan und Slaton taumelten auf die Türöffnung zu. Sie versuchten verzweifelt, Ross' Wortfluß zu verstehen, der ihnen berichtete, was geschehen war, als sie in Jordanstein von den Zauberblitzen getroffen worden waren. Sie sahen hinaus und entdeckten Lisle, der mit gekreuzten Beinen auf dem Laufsteg hockte und eine sanfte Melodie spielte, die immer leiser wurde. Die Oberfläche des Sees war fast völlig ruhig, nur winzigste Kräuselungen zeigten einen letzten schwachen Windhauch an. Die meisten Bewohner von Trevine hatten sich am Wasser versammelt, drängten sich auf den Laufstegen und entlang des Ufers. Alle warteten schweigend und reglos.

»Tretet vorsichtig auf«, sagte Bair zu seinen wieder zu sich gekommenen Gefährten. »Es ist fast soweit.« Überrascht hielten sie an, wo sie waren. Dann war der Spiegel vollkommen, und Lisle hörte auf zu spielen.

»Jetzt?« fragte Cole.

»Ja«, bestätigte Rayne. »Los!«

Cole sprang vom äußersten Ende des Laufstegs und drang so gewandt in das Wasser ein, daß es um ihn herum kaum aufspritzte. Den Umstehenden stockte der Atem, als er im Funkeln des reflektierten Sonnenlichts aus ihrer Sicht verschwand. Obwohl das Wasser klar war, konnte ihn niemand unterhalb der Oberfläche sehen. Die kleinen Wellen, die sein Eintauchen verursacht hatte, strebten geräuschlos auseinander, während die versammelten Bewohner von Trevine die Luft anhielten. Lange Augenblicke vergingen, in denen alle die Oberfläche absuchten und nach unten spähten, wobei sie ihre Augen gegen die blendende Sonne des späten Vormittags schützten.

Dann löste sich ein allgemeiner Schrei der Erleichterung, als Cole plötzlich wieder auftauchte und so schnell schwamm, daß es ihn fast aus dem Wasser hob. Er näherte sich rasch dem Laufsteg, und eifrige Hände halfen ihm heraus, während von den entfernteren Zuschauern ein Stimmengewirr zu ihnen drang. Die Näherstehenden sahen die Antworten in den geweiteten Augen und dem bleichen Gesicht des Tauchers.

»Es ist so, wie Vilman gesagt hat«, keuchte er.

»Da seht ihr es ...«, begann Vilman und sah zu Ryker, doch Cole unterbrach ihn.

»Da war noch mehr«, sagte er mit Nachdruck. »Ich war nur ein paar Augenblicke dort, aber ich habe einen Mann mit einem blauen Umhang und einem orangefarbenen Leuchten um ihn herum gesehen, der gegen *etwas* gekämpft hat, das einfach nur ... nur schwarz war. Und Brostek war dort, zusammen mit einem weißen Wolf.«

»Weiß?« fragte Ross nach. »Aber Schatten ist grau.«

»Egal«, sagte Luchs. »Könnte der andere Varo gewesen sein?«

»Das kann ich nicht sicher sagen.«

»Sie sind es, und sie brauchen unsere Hilfe«, schlußfolgerte Bair.

»Dann laßt uns gehen!« sagte Ryker mit glänzenden Augen.

»Wir kommen mit euch«, warf Lynton rasch ein. Die vier verbliebenen Barianer waren unter den Zuschauern. »Das muß der Grund sein, warum wir nach hier gesandt worden sind.«

»Die Taucher kommen ebenfalls mit«, sagte Cole und blickte zu Rayne hinüber, der nickend seine Zustimmung signalisierte. »Das Wasser ist unsere Heimat, und vielleicht brauchen einige von euch unsere Hilfe.«

»Gut«, antwortete Bair. »Wir brauchen alle Hilfe, die wir bekommen können.«

Die Neuigkeiten machten die Runde und verursachten Tumult und Bestürzung. Doch inmitten der ganzen Verwirrung gelang den Bürgern von Trevine eine bemerkenswerte organisatorische Leistung. Ratsmitglieder übernahmen die Verantwortung für einzelne Bereiche des Laufstegs, und diejenigen, die Cole folgen wollten, bereiteten sich darauf vor. Überflüssige Kleidungsstücke wurden abgeworfen und Waffen sicher befestigt. Jeder, der kein besonders guter Schwimmer war, erhielt einen Taucher zur Begleitung. Das Startsignal wurde angekündigt.

Als sie schließlich begriffen, was vor sich ging, wollten Slaton und Rogan ebenfalls tauchen, wurden jedoch daran gehindert. Sie waren noch immer sehr schwach und wären eher eine Behinderung als eine Hilfe gewesen.

»Wir brauchen euch außerdem, um nach Lisle zu sehen«, erklärte Bair.

»Aber was ist mit deiner Hand?«

»Das ist nur ein Kratzer«, antwortete er ungeduldig. Nichts und niemand hätte den alten Soldaten daran hindern können, an diesem Abenteuer teilzunehmen.

Und so schlossen sich den fünf Mitgliedern von Varos Gruppe und den vier Barianern mehr als zwanzig Taucher und eine Anzahl von Freiwilligen aus Trevine an. Sie standen vollkommen reglos an den verschiedenen Laufstegen und warteten auf das Signal. Lisle spielte erneut auf, schien zu verstehen, was jetzt notwendig war. Seine entspannte Musik schwebte über dem Wasser, und die sanfte Melodie ergriff alle, die zusahen oder warteten. Die letzten Kräuselungen liefen aus.

Rayne hob einen Arm und senkte ihn dann mit einer jähen Geste wieder. Die verschiedenen Gruppen tauchten oder sprangen alle zugleich in den Spiegelsee. Bevor ihn jemand aufhalten konnte, legte Lisle seine Laute nieder und sprang hinter ihnen her.

In ihr Schreien drang eine Stimme, die sich nicht zurückweisen ließ.

Willst du dich etwa jetzt geschlagen geben?

Laß mich zufrieden, antwortete Magara kläglich. *Habe ich nicht genug getan?*

Hast du so hart gekämpft, fragte Halana zurück, *um anschließend zu kapitulieren?*

Ich kann nicht mehr kämpfen, klagte sie.

Deine Freunde halten durch, sagte Halana spitz. *Für dich, für ihr eigenes Leben, für uns alle. Willst du sie jetzt im Stich lassen?*

Ich kann überhaupt nichts tun, wandte Magara ein. *Ich habe keine Kraft.*

Bedeutet dir meine Gesundheit überhaupt nichts? Halanas Stimme war die einer erwachsenen Frau, nicht die eines gebrechlichen Mädchens. *Nimmern erblüht von neuem, Magara. Durch dich! Die Zauberer sind nicht die einzigen, die über eine Begabung verfügen: Warum leugnest du die deine? Was die Menschen Magie nennen, ist allen zugänglich, die ihre Augen geöffnet haben, um es zu sehen. Du hast dir das selbst bewiesen – und du bist im Vortex.*

Was kann ich von hier aus tun? Die Schmerzwellen aus ihren reglosen Beinen durchdrangen sie noch immer.

Du bist eine Heilerin, Magara. Beginne bei dir selbst! Was glaubst du, warum er dich mit Schmerzen abzulenken versucht? Er fürchtet dich. Und wir brauchen dich.

Er fürchtet mich? fragte sie ungläubig.

Wenn du nicht wärst, antwortete Halana, *dann würde er bereits über uns alle herrschen. Es wird ihm vielleicht doch noch gelingen.* Die Wächterin hielt inne, als dächte sie über die Wirkung ihrer Worte nach. *Scheue dich nicht davor, um Hilfe zu bitten*, brachte sie ihre Ausführungen zu Ende. *Aber suche sie zuerst in dir selbst.*

Halana zog sich wieder zurück, aber der Kontakt brach nicht völlig ab. Magara spürte noch immer die Weite der

Verbindung um sich herum. Innerhalb ihrer grenzenlosen Ausdehnung tobte eine Schlacht, eine Veränderung folgte auf die andere und brachte ein fast vollkommenes Chaos mit sich. Sie hatte keine Vorstellung, was das alles bedeutete; sie konnte es nicht in Worte oder Gedanken fassen. Da war ein entsetzliches Gefühl der Krankheit, aber sie spürte jetzt auch ein paar gesunde Ausläufer des Netzes. *Nimmern erblüht von neuem.* Der verzauberte Garten war ihre letzte Hoffnung gewesen – und er kämpfte zurück. Sie konnte zumindest versuchen, ebenfalls zu widerstehen. Aber wie?

Meine Begabung dient dem Heilen. Sie hatte das früher an diesem Tag ihrem Peiniger erklärt. *Dann beweise es!* forderte sie sich selbst heraus.

Magara begriff schlagartig, daß der Messermann als erster ihre Begabung ernst genommen hatte, als er sie ausgewählt hatte, die Geschichte zu schreiben, die die Magie des Gobelins aufheben sollte. War das nicht schon die reinste Magie? Und die Wiedergeburt Nimmerns war sicher eine Art von Heilung.

Du bist eine Heilerin, Magara. Beginne mit dir selbst!

Meine Schmerzen sind nicht echt, sagte sie zu sich selbst. Ihre Beine waren weder gebrochen noch gelähmt. Das war natürlich schön und gut, aber ihr Gehirn bestand darauf, daß sie es waren. Magara war sehr gut darin gewesen, anderen Leuten bei ihren Problemen zu helfen, ihre betrübten Gedanken zu besänftigen – aber wie konnte sie sich selbst beeinflussen?

Magara lächelte mit aufeinandergepreßten Zähnen – und sah, wie sich ein kleiner Strang innerhalb der Verbindung bewegte. Sie befand sich innerhalb dieses unendlich komplexen Netzes, war zugleich ein Teil davon als auch eine Beobachterin. *Alle Linien laufen hier durch.* Welches war die Linie, die der Messermann benutzte, um ihre Schmerzen zu erzeugen? Wo waren die Stränge, die sie angriffen? Sie suchte blindlings, nur von ihrem Instinkt geleitet. Sie spürte so vieles in der Verbindung, was falsch war, das verzerrt oder aus dem Gleichgewicht gerissen war. Es schien ein Zeitalter zu dauern, bis sie das fand, was sie suchte. Aber in dem

Augenblick, in dem sie die Fäden »sah«, die er benutzt hatte, um ihre Glieder zu beeinflussen, erkannte sie, wie entsetzlich unnatürlich sie waren. In ihren Gedanken färbte sie die Linien rot ein, da sie ein Bild brauchte, um ihre Aufgabe durchführen zu können. Die Stränge konnten nicht abgeschnitten werden – die Verbindung war ewig –, aber sie konnten verändert werden. Ihr Peiniger hatte sie umgewandelt, und sie mußte einen Weg finden, um seine widerwärtige Arbeit rückgängig zu machen, die Knoten des Schmerzes zu entwirren.

Sie gab den Linien durch ihre Gedanken versuchsweise einen »Stoß« und sah, wie sich die Farbe von Rot zu Orange verfärbte. Zu ihrer Überraschung gingen die Schmerzen leicht zurück. Dann öffnete sie sorgfältig eine weitere Schlinge und sah zu, wie sich das Orange in einen gelben Ton abschwächte. Magara fuhr fort, schrieb diesen Teil der Verbindung neu und ließ ihn wahr werden. Einmal mehr spürte sie, wie die Schmerzen zurückwichen. Grün, Blau, Indigo. Sie erkannte das Muster, das ihr wirkliches Selbst war, und griff danach. Violett. Von allen Farben des Regenbogens erschreckte sie diese am meisten. Er war *seine* Farbe. Aber sie war jetzt fast an ihrem Ziel. Sie rief ihre ganze Willenskraft zusammen, schloß die Verwandlung ab – und alle Farben verschwanden.

Magara saß angespannt und reglos da und wartete darauf, daß die Pein zurückkehren würde. Aber sie kam nicht wieder. Schließlich faßte sie Zutrauen in ihre eigene Leistung und öffnete die Augen. Nichts hatte sich in der kahlen, steinernen Zelle verändert, aber sie sah ihre Umgebung jetzt ganz anders. Die Verbindung war noch immer da, wie sie überall vorhanden war in ihrer alles durchdringenden Gegenwart, gleich der Maserung im Holz eines Baumes.

Steh auf, befahl sie sich selbst. Zu ihrem Erstaunen gehorchten ihre Beine. Freude mischte sich in ihr Erstaunen, aber sie wurde augenblicklich durch den Gedanken ernüchtert, daß dies erst der Anfang war. Magara stieß ihren Stuhl unvermittelt zurück, und er kippte um. Das Geräusch wurde durch berstende Geräusche aus der Ferne beantwortet, und sie spürte, wie sich weitere Muster im Chaos der Verbindung verschoben. Sie ging entschlossen auf die Tür zu.

Obwohl sie eigentlich alle gewußt hatten, was geschehen würde, waren die aus Trevine in den Vortex eingedrungenen Männer atemlos und wie gelähmt. Sie tauchten kurz nacheinander wieder auf, nachdem sie die kürzeste und seltsamste Reise ihres Lebens hinter sich gebracht hatten. Die weniger erfahrenen Schwimmer schnappten nach Luft, doch alle sahen sich rasch in ihrer neuen Umgebung um. Die majestätischen Berge boten einen entspannenden Anblick, doch der zugefrorene See neben ihnen bot ein ganz anderes Bild.

Von dem Mann im blauen Umhang, den Cole gesehen hatte, war nichts mehr zu sehen. Doch Brostek, Schatten und der schwarze Umriß, den sie für Varo hielten, wurden jetzt von einer zahlenmäßig großen Gruppe belagert, die sie mit Waffen aus Eis bedrohten. Während die Neuankömmlinge ans Ufer wateten, brachen mit ohrenbetäubendem Lärm weitere Eisflächen auf, und noch mehr Krieger drangen daraus hervor.

Ihnen blieb keine Zeit, um zu überlegen oder gar zu verstehen, was geschah. Sie traten ans Ufer und kamen ihren Freunden zu Hilfe. Die Feinde ignorierten sie zunächst, so sehr waren sie auf ihre Opfer aus. Doch der Angriff von hinten machte ihnen schon bald zu schaffen und zwang sie, sich umzuwenden und zu kämpfen. Fünf Männer aus Varos Gruppe führten den Angriff an, aber Lynton und seine Männer wie auch die Freiwilligen aus Trevine blieben nicht weit hinter ihnen zurück. Und obwohl sie bei weitem in der Minderzahl waren, rissen sie in kurzer Zeit Löcher in die Linien ihrer Feinde und machten damit auch Brostek und Varo neuen Mut.

Brostek und Schatten hatten sich verzweifelt verteidigt – wie die toten Körper zu ihren Füßen bezeugten. Aber sie hatten immer weiter zurückweichen müssen, und sie ermüdeten rasch. Im Gegensatz dazu hatte Varo eine Bresche in die Reihe der Gegner geschlagen. Er tötete ohne Reue und hinterließ eine Spur des Blutes, die hinter ihm auf dem Boden gefror. Er hatte rücksichtslos angegriffen, ohne jeden Sinn und Verstand, und er stürmte einfach weiter. Die Eiskrieger begriffen schon bald, daß sie nicht an ihn herankommen konnten – wenn sie es taten, fanden sie augenblicklich den Tod durch ein wirbelndes schwarzes Schwert. Jetzt umzingelten sie ihn auf dem aufgebrochenen Eis, machten Scheinangriffe und wichen wieder zurück, warteten auf den Fehler, der sicher passieren würde. Eine solche Taktik hätte andere Männer in eine unkontrollierte Wut getrieben, doch Varo ignorierte einfach seine geringen Chancen und wählte sorgfältig seine Ziele, so daß es immer einen Treffer gab, wenn er sein Schwert schwang oder damit zustieß. Jedes Opfer bedeutete für ihn eine geringe Befriedigung – bis er einer knurrenden Frau mit weit aufgerissenen Augen gegenüberstand. Zum erstenmal dachte er darüber nach, woher diese Leute gekommen sein mochten. Seine eigene Mutter war eine von denen gewesen, die von den Messermännern entführt wurden.

Der kurze Augenblick des Zögerns gab der Frau die Chance, mit ihrem nadelscharfen Eisspeer zuzustoßen. Varo wehrte ihn ab, doch die Spitze verletzte seinen linken Vorderarm. Varo tötete sie mit einem genau geführten Stoß in das Herz und zwang sich zu erneuter Wachsamkeit. Doch er fand nicht mehr zum vorherigen, gedankenlosen Gefühl der Unverwundbarkeit zurück, und die unerwartete Ankunft ihrer Verbündeten war daher eine große Erleichterung. Varo hatte zuvor noch nicht einmal an den endgültigen Ausgang des Kampfes gedacht. Jetzt begriff er, daß er ohne ihre Hilfe sicher getötet worden wäre. Und sie hatten noch immer gegen eine Übermacht anzukämpfen.

Nachdem die letzten Neuankömmlinge sich aus dem Wasser gekämpft hatten, um sich in die Auseinandersetzung zu mischen, zerrissen die Geräusche berstenden Eises erneut die Luft. Der zweite zugefrorene See, der sich näher an der Burg befand, brach auf – und eine zweite Armee tauchte auf. Gleichzeitig begann der dritte See zu überfrieren. Innerhalb von Augenblicken war das Eis an den Rändern so dick wie eine Handbreite, und das letzte Mitglied der Gruppe aus Trevine hing beinahe fest, da seine Füße von Eis umschlossen waren. Lisles unbeholfene Bewegungen wurden ihm fast zum Verhängnis, doch Ross bemerkte den Jungen und lief zurück, um ihn herauszureißen. Zugleich verfluchte er seinen Bruder, der Lisle nicht daran gehindert hatte, ihnen zu folgen.

Durch das Zufrieren des letzten Sees war ihr Fluchtweg abgeschnitten. Sie konnten jetzt nichts anderes tun, als bis zum Tod zu kämpfen.

Als ihre Verbündeten auf breiter Front in den Kampf eintraten, konnten sich Varo und Brostek zum erstenmal umsehen und entdeckten den Zauberer im blauen Umhang ganz oben auf einem der Burgtürme. Sie begannen sich durch den Aufruhr zu kämpfen, um zu ihren Freunden zu gelangen und mit ihnen eine Einheit zu bilden, die den wütenden Attacken der Feinde besser standhalten konnte. Wie ein Keil bewegten sie sich durch die Reihen der Gegner. Als sie sich der Burg weiter näherten, stellte sich ihnen die zweite Gruppe von Eiskriegern in den Weg, aber mit ihrer Wildheit und ihren behelfsmäßigen Waffen kamen sie nicht an gegen die Kampfpraktiken von Varos Männern und die Stärke und Geschicklichkeit der Taucher mit ihren Klingen aus Stahl.

Sie hielten Lisle geschützt in ihrer Mitte. Die barbarische Gewalt um ihn herum berührte ihn offenbar überhaupt nicht. Seine violetten Augen waren auf die Burg gerichtet.

»Magaaara!« rief er entzückt aus.

Varo und Brostek waren unter denen, die ihn hörten, und sie verdoppelten ihre Anstrengungen, um die Burg zu erreichen, wo von dem Messermann nichts mehr zu sehen war. Schließlich schafften sie es, die Front ihrer Gegner zu durchbrechen. Brostek gab Bair durch Gesten zu verstehen, daß er einen Verteidigungsring organisieren solle, während er und Varo auf die Burg zuliefen und Lisle hinter ihnen herhinkte, so schnell er konnte.

Magara öffnete die Tür und sah auf den mäßig beleuchteten Korridor hinaus. Am entfernten Ende drang Sonnenlicht ein, und sie ging in diese Richtung. Sie hatte keine gezielten Absichten, aber sie wollte irgendwie versuchen, mit Varo und Brostek in Verbindung zu kommen. Sie war nicht mehr als ein paar Schritte gegangen, als sie plötzlich das Gefühl hatte, als würde ihr Kopf auseinanderspringen. Erschrocken hielt sie an. Obwohl es keine Stimmen waren, die zu ihr sprachen, war Magara überwältigt von all den dringenden Bitten, die an sie gerichtet wurden. Da die Verbindung wußte, daß sich eine echte Heilerin im Vortex befand, und sie zudem von ihren Erfolgen in Nimmern und der Überwindung ihrer eigenen Gefangenschaft erfahren hatte, war sie zu ihr gekommen. All die magischen Orte, die so lange unter dem verderblichen Einfluß des Zauberers gelitten hatten, baten sie jetzt darum, sie ebenfalls zu retten. Durch den bloßen Gedanken an eine so gewaltige Aufgabe fühlte sich Magara hilflos und zerschlagen. Sie konnte nicht ernsthaft hoffen, daß sie dieses weitreichende Netz des Bösen entwirren konnte. Es war eine Aufgabe, die nicht von einem einzelnen Menschen zu meistern war.

Einen Augenblick lang war sie in Versuchung, die Macht der Verbindung zu benutzen, um ihren Feind zu zerstören. Doch sie wußte, daß ein solcher Kampf, selbst wenn er siegreich ausging, die Verbindung mit dauerhaften Narben und Schäden zurücklassen würde. Sie wäre damit dem nächsten Zauberer ausgeliefert, der die von Magara verursachten Schwächen auszunutzen wußte. Diese Macht war nicht für einen einzelnen Menschen gedacht; sie verdarb jeden, der sie berührte.

Die Verbindung flehte weiter, und ihre Schwäche und ihr Verlangen rührten Magara. Ihre Instinkte drängten sie, zu helfen – aber wo sollte sie beginnen? Es war hoffnungslos. Selbst wenn sie mit der Heilung jetzt beginnen konnte, waren ihre Anstrengungen zu gering und kamen zu spät. Die Mittel ihres Feindes waren unendlich wirksamer, und sobald er ihre Absicht entdeckte, würde er sich einmischen, um alles weitere zu verhindern – und sie vermutlich töten.

Und doch bestand die Heilerin in Magara darauf, daß sie es versuchen sollte.

Sie wählte einen kleinen Teil aus und spürte, wie sehr dieser verfälscht worden war. Es erwies sich als eine erschöpfende Anstrengung, sie wieder in Ordnung zu bringen – aber weit entfernt sprudelte eine Quelle, die einmal für ihre wunderbaren heilenden Eigenschaften bekannt gewesen, dann aber verunreinigt und giftig geworden war, nun wieder klar und rein wie zuvor. Magaras kleiner Erfolg ließ die Schreie in ihrem Kopf noch lauter werden, und ihr wurde noch deutlicher klar, daß sie schließlich scheitern mußte. *Kann mir denn niemand helfen?* Es gab viele andere in der Verbindung mit heilenden Kräften, aber keiner von ihnen befand sich im Vortex, niemand konnte ihr rechtzeitig beistehen.

Hört auf! rief sie lautlos, und sie fühlte sich schuldig dabei. *Ich schaffe es nicht.*

Magara begann zu laufen. Sie versuchte dem Wahnsinn zu entkommen, vor der schweren Aufgabe zu fliehen, die sie unmöglich meistern konnte. Sie trat in den sonnenbeschienenen Burghof hinaus und hielt plötzlich inne, als sie ihren Peiniger sah, der inmitten des Hofs stand und ihr den Rücken zugewandt hatte. Hinter ihm befand sich ein großes Tor, das zu beiden Seiten von Türmen flankiert wurde und durch das sie einen Kampf beobachten konnte, der unten im Tal tobte. Die Schreie in ihrem Kopf verstummten, als sich ihr der Zauberer langsam zuwandte. Vorübergehend zeigte sich Überraschung auf seinem Gesicht, die jedoch rasch wieder durch den Ausdruck kühler Gleichgültigkeit verdrängt wurde.

»Haltet sie fest«, sagte er. »Wenn sie sich wehrt, schneidet ihr die Kehle durch.«

Zwei Männer mit violetten Stirnbändern traten aus dem Schatten neben Magara. Bevor sie wußte, was mit ihr geschah, wurden ihre Arme rücksichtslos hinter ihr verdreht. Ein Messer wurde ihr an die Kehle gehalten, so daß die scharfe Klinge leicht ihre Haut berührte. Die Männer gaben keinen Ton von sich, hielten sie aber mit eisernem

Griff fest. Sie waren die Geschöpfe des Messermanns; sie hatte keine Chance, seine Herrschaft über ihren Willen zu brechen.

Der Mann im blauen Umhang wandte sich wieder ab und dem offenen Tor zu. Er wartete ruhig ab, die Arme vor seiner Brust gekreuzt. Der Kampflärm kam näher, und dann lief ein schwarzer Umriß ohne erkennbare Gesichtszüge in den Hof, und Magara wußte sofort, daß es Varo war. Sie allein konnte durch den undurchsichtigen Mantel der Dunkelheit sehen und den stählernen Ausdruck tödlicher Entschlossenheit darunter wahrnehmen.

Während Varo seinen Todfeind angriff, tauchten Brostek und Schatten im Durchgang des Tors auf. Varo hatte mit erhobenem Schwert seinen Gegner erreicht – und dann hob der Zauberer fast beiläufig eine Hand, und blaues Feuer zuckte in einer blendenden Entladung kontrollierter Kraft hervor. Die schwarze Abschirmung schien einiges von der ersten Wucht aufzunehmen, doch eine zweite Entladung wirbelte Varo wie eine Stoffpuppe zurück. Er landete in einem Schutthaufen und lag reglos neben dem Tor.

Magara sah mit Bestürzung, wie ihr Freund abgewehrt wurde. Dann zog Brostek ihre Aufmerksamkeit auf sich. Schatten und er waren von einem silbrig-weißen Licht umgeben, das lebhaft schimmerte, während sie sich bewegten. Unter dem Licht waren der Mann und der Hund mit Blutspuren überzogen. Brostek blickte unruhig zwischen Varo und Magara hin und her und schließlich zu dem Messermann.

»Ich habe vielleicht später einen Platz für deinen dummen Freund«, bemerkte der Mann im blauen Umhang. »Ich werde seine Begabung jedenfalls besser einzusetzen wissen. Aber jetzt bist *du* es, den ich haben will.«

Magara vernahm diese Worte mit Furcht und Abscheu. Sie hatte sich so lange danach gesehnt, ihre beiden Freunde zu sehen, aber jetzt war sie hilflos in ihrer Liebe, und sie sah keine Möglichkeit, ihnen zu helfen. Brostek hielt inne, noch etwa zehn Schritte von seinem Feind entfernt. Als er wieder zu Magara blickte, fragte sie sich, ob ihre Gegenwart ihn ablenkte.

»Du bist kein Gegner für mich«, fuhr der Zauberer fort. »Warum machst du es dir so schwer? Übergib mir deine Macht jetzt, und du wirst wenigstens ein schnelles Ende haben. Das ist alles, worauf du noch hoffen kannst.«

Magara spürte, wie wahr seine Worte waren, doch zugleich sah sie vor sich, was Keredin erreicht hatte. Er hatte die Kraft genommen, die sie ihm gewährt hatte, und sie mit der potentiellen Macht des Anhängers des Lichts und seiner eigenen restlichen Stärke verbunden. Diese ganze Kraft hatte er dann zwischen Varo und Brostek aufgeteilt und sie zu umgekehrten Spiegelbildern des jeweils anderen gemacht. Er hatte gehofft, aus der negativen Stärke des einen die positive Macht des anderen zu machen; die Dunkelheit gegen das Licht; der Intellekt gegen die Intuition; kalte Gewalt aufgehalten durch die Wärme der Liebe; unbeteiligte Überlegungen im Gegensatz zu unlogischen Leidenschaften. Indem die natürlichen Eigenschaften dieses Paars deutlicher ausgeprägt wurden, hätten sie beide stärker werden sollen, doch es war ganz und gar anders gekommen. Varo war seine Gelassenheit geraubt worden, und die ganze, seltsame Verwirrung hatte ihm seinen Schutz genommen. Und ohne ihn war Brostek unvollständig, von Wissen erfüllt, doch ohne die Entschlossenheit, es wirksam einzusetzen. Sein Schwert hing kraftlos an seiner Seite, als er auf seinen selbstgewissen Gegner starrte.

Ich frage mich, ob er überhaupt begreift, was mit ihm passiert? überlegte Magara in ihrer Hilflosigkeit.

»Ich warte.« Es belustigte den Zauberer offenbar, seinen zögernden Gegner zu beobachten.

Brostek selbst war sich dessen bewußt, daß er im Mittelpunkt von etwas stand, das er nicht verstehen konnte. Er hatte keinen Zweifel daran, daß es mit Magie zu tun hatte. Aber Keredins letzte Worte klangen in ihm nach – *es liegt jetzt an dir* –, weil er keine Vorstellung davon hatte, wie er die Kraft einsetzen oder wirksam werden lassen sollte. Er wußte einfach nicht, was er tun sollte. Er war sich sicher, daß der

Messermann nicht auf die übliche Weise getötet werden könnte – Varos Niederlage hatte ihm das deutlich bewiesen. Er wußte, daß dazu etwas anderes nötig war. *Aber ich bin kein Zauberer!*

Brostek wußte auch, daß Keredin für sie einen gewissen magischen Schutz bewirkt hatte, der aber sicher nicht ewig anhalten konnte. Er ging davon aus, daß der ehemalige Zauberer eine enge Zusammenarbeit zwischen Varo und ihm gewünscht hatte. Sein Partner begann sich jetzt wieder zu regen, drehte sich langsam um. Wenn einige von den Eiskriegern ihn erreichten, während er noch benommen war, hatte er keine Chance.

Am meisten nahm ihn aber mit, daß er ansehen mußte, wie Magara mit einem Messer an der Kehle festgehalten wurde. Sie war der Grund für sie gewesen, nach Nimmern zu gehen, und diese Reise hatte sie nach hier geführt – wo sie auf die eine oder andere Weise enden würde.

»Muß ich meine Energie verschwenden, um dir zu nehmen, was du mir mit viel weniger Schmerzen geben könntest?« fragte der Zauberer ungeduldig.

Er schnippte fast spielerisch mit der Hand, und eine kleine blaue Feuerkugel schoß auf Brostek zu. Er reagierte instinktiv und hob abwehrend die Hand mit dem Anhänger. Weißes Licht flammte auf und lenkte den Angriff ab, ließ ihn sich im Abseits verlieren.

»Du *weißt* also, daß ich hier bin«, bemerkte der noch immer belustigte Messermann. »Warum antwortest du mir dann nicht?«

Brosteks Blick wurde noch starrer. Er hatte das blaue Feuer abgewehrt, ohne lange zu überlegen, und gleichzeitig hatte er eine Welle der Kraft in sich verspürt. Er verstand nicht, wie das geschehen konnte, aber er hatte jetzt wenigstens einen Grund, auf Zeit zu spielen. Ein Gedanke begann in ihm zu keimen.

»Warum sollte ich meine Kraft einem Widerling wie dir überlassen?« sagte er.

»Bravo! Es spricht!« Der Zauberer klatschte spöttisch Beifall.

Magara hielt den Atem an. Auch sie hatte eine Welle des Bewußtseins verspürt, als der Angriff erfolgte. Die Verbindung hatte reagiert und Brosteks Verteidigung unterstützt. Aber so weite Teile der Verbindung waren bereits verdorben, daß sie befürchtete, sie könnte ihn letztlich eher behindern, statt ihm zu helfen. *Es sei denn* ...Endlich sah sie ihre Chance zu handeln und bereitete sich vor.

»Du bist nur übler Abschaum«, sagte Brostek. »Die Welt wird sauberer aussehen ohne dich.«

»Versuche gar nicht erst, deine lächerlichen Maßstäbe auf mich anzuwenden«, antwortete der Messermann gelassen. »Die Verbindung enthält alles. Deine rührenden Vorstellungen von Gut und Böse bedeuten nichts für sie oder für mich. Dieser kleinliche Moralismus ist wertlos. Die einzige Wahrheit liegt in der Macht, und die Verbindung hat mir meine Macht nicht *gewährt*. Ich habe sie mir *genommen*.«

»Beweise mir das«, forderte ihn Brostek heraus. »Ich glaube nicht, daß du einem Blinden das Essen vom Teller *nehmen* kannst.«

Warum reizt er ihn so? fragte sich Magara ängstlich. Dann wurde sie für einen Moment abgelenkt, als sie Lisle erspähte, der soeben durch das Tor kam und sich neben Varo hockte.

»Wirklich?« meinte der Zauberer, der noch immer Belustigung heuchelte, obwohl die Verärgerung in seinen Augen sichtbar wurde.

»Du hast keine wirkliche Macht«, fuhr Brostek fort. »Du täuschst sie nur vor, um deine Eitelkeit zu befriedigen.«

Der Messermann knurrte wütend und ließ eine blaue Feuerzunge los. Magara war diesmal bereit und filterte die Welle der Kraft aus der Verbindung, stellte sicher, daß nur die gesunden Stränge ihrem Geliebten beistehen konnten. Er leuchtete weiß auf und hielt dem Angriff stand, doch Schatten jaulte und zog sich knurrend zurück.

»Ist das alles, was du zustande bringst?« fragte Brostek.

Will er wirklich seine Kräfte mit denen des Messermanns messen? fragte sich Magara verzweifelt. *Er hat nicht die geringste Chance!*

»Du stellst meine Geduld auf die Probe«, sagte ihr Gegner.

»Ich teste deine Stärke, du Schwächling«, antwortete Brostek gehässig. Eine weitere, noch heftigere Entladung schlug in das abwehrende weiße Feuer, das Magara wieder zu verstärken half, aber diesmal taumelte Brostek zurück. Schmerzen zeichneten sich in seinem Gesicht ab, obwohl seine Augen noch immer trotzig aufblitzten. Das weiße Licht um ihn herum flackerte unruhig, wurde offenbar schwächer.

Tu das nicht, flehte Magara lautlos. Wir können uns nicht mit ihm messen. Sie bereitete sich vor und bat die Verbindung um eine letzte, noch größere Anstrengung.

»Hast du schon genug?« höhnte der Zauberer.

Brostek sah kurz zu Magara. Sie glaubte, den Anflug einer Entschuldigung in seinen Augen zu erkennen, bevor er sich wieder seinem Gegner zuwandte.

»Nein«, sagte er ruhig. »Du bist mir nicht gewachsen. Ich werde es dir jetzt zeigen.« Er trat vor und taumelte etwas, als wäre er betrunken.

Obwohl Magara wußte, was kommen würde, konnte sie nichts tun, um es zu verhindern. Der Angriff war blendend, ein brüllendes, wildes Biest, Feuer ohne Hitze, aber mit einer schrecklichen Kraft. Der Zauberer hatte endlich seine Geduld verloren und wollte das einseitige Duell zu einem Ende bringen. Magara tat, was sie konnte, konzentrierte ihre ganze Anstrengung darauf, der Verbindung bei der Verteidigung ihres Freundes zu helfen. Doch Brostek ließ absichtlich seine Abschirmung herab, als der Messermann seinen Angriff begann. Brostek stieß seine weiße Umhüllung beiseite und stand nun als ein bloßes menschliches Wesen vor ihnen.

»Varo!« schrie er. »Jetzt!«

»Nein!« schrie Magara und spürte, wie das Messer an ihrer Kehle die Haut aufschürfte. *Nein. Nein. Nein!*

Das blaue Feuer traf direkt auf Brosteks ungeschützten Körper, wirbelte ihn wie ein trockenes Blatt im Sturm herum. Sein Schwert und der Anhänger flogen aus seinen ausgestreckten Armen. Da sie keinen anderen Weg nehmen konnte, folgte die gewaltige Kraftwelle aus der Verbindung dem Symbol des Lichts. Eine schwarze Schattenhand griff nach oben und fing den Anhänger mitten im Flug auf. Das silberne Metall berührte das Blut, das Varos linke Hand befleckte. Er erhob sich wie ein Bote des Schicksals und nahm sein Schwert wieder auf. Sein schwarzer Umriß wies jetzt silberne Streifen auf, und er ging auf den wie vom Blitz getroffenen Zauberer zu, noch bevor Brosteks lebloser umhergeschleuderter Körper auf den Boden fiel.

Schatten knurrte, und Lisle sang einen so klaren und durchdringenden Ton, daß er kaum hörbar war. Seine seltsamen Augen blitzten auf und spiegelten die Farbe des Strahlenkranzes, der den Messermann umhüllte. Schatten blieb dicht hinter seinen Fersen, als Varo voranstürmte, und beide wollten Brosteks Mörder vernichten. Doch Magara wußte, daß sie ihn niemals rechtzeitig erreichen würden. Der Messermann würde fliehen und dann zurückkehren, um unter von ihm geschaffenen Bedingungen wieder mit ihnen kämpfen. Sie war verzweifelt und wie gelähmt. Dann sah sie eine Verdunkelung in der mittäglichen Sonne und wußte, was Lisle zu erreichen versuchte. Sie verstärkte seine Anstrengung, so gut sie es konnte.

Die Sonnenfinsternis kam plötzlich, verdunkelte die Welt und ließ nur einen violetten Hof im Himmel zurück. Aber im Vortex zog sich ein Schlauch undurchdringlicher Dunkelheit hinab bis auf den Burghof, das gefangene Licht schuf ein Reich der Leere. Zuerst wurde der Messermann davon erfaßt, dann folgten ihm Varo und Schatten in die Vergessenheit.

Der schwarze Schlauch war völlig undurchsichtig, ließ überhaupt kein Licht heraus oder hinein – bis er sich innerhalb weniger betäubender Augenblicke von Schwarz in Rot, dann in Orange und durch alle Farben des Regenbogens hindurch zu Violett verwandelte – und dann über den Bereich der menschlichen Sicht hinaus in eine unsichtbare Farbe. Der Zauberer, Varo und Schatten waren verschwunden. Zur gleichen Zeit brachen die beiden Männer zusammen, die Magara bis jetzt gehalten hatten, und sie hatte ihre Freiheit wieder. Sie brauchte nicht hinzusehen, um zu wissen, daß die beiden tot waren.

Die Verbindung war noch immer bei ihr, aber sie war jetzt in einem völligen Aufruhr; Magara konnte weder die Lebensstränge von Varo noch von dem Zauberer finden und wußte, daß sie tot sein mußten.

Durch diesen zweiten Verlust war sie wie gelähmt und fand sich allein wieder, konnte sich kaum auf den Beinen halten. Sie taumelte auf das Tor zu, neben dem Lisle reglos auf dem Boden lag. Als Heilerin wußte sie, daß der Junge tot war, und ihre Finger bestätigten ihr, daß sein Puls nicht mehr schlug. Sein letztes Lied hatte sein Herz zerrissen. Sie schloß seine violetten Augen und ging dann zu ihrem Geliebten.

Magara kniete sich neben Brostek nieder, und seine Gestalt wirkte im Tod anmutiger als je zuvor im Leben. Sie wiegte seinen Körper in ihren Armen und beugte sich hinab, um ihn sanft zu küssen. *Hast du es gewußt?* fragte sie sich qualvoll. *Hast du gewußt, wie sehr ich dich geliebt habe?*

Dann gab sich Magara dem Kummer hin, der mehr schmerzte als all die Qualen, die der Zauberer ihr zugefügt hatte. Sie hielt Brostek, schaukelte ihn vorsichtig hin und her, und die Tränen liefen über ihre Wangen.

46.
KAPITEL

Magara weinte noch immer, als die anderen sie fanden. Sie versammelten sich schweigend um sie, wollten sie nicht in ihrer Trauer stören. Doch schließlich bemerkte sie ihre Gegenwart und sah hoch. Einige der Gesichter kannte sie von Trevine her; andere waren ihr nur entfernt vertraut, und sie hielt diejenigen, die ihr am nächsten standen, für die Mitglieder der Gruppe von Varo und Brostek. Sie wirkten alle sehr erschöpft und machten ernste Gesichter. Viele von ihnen waren verletzt worden, aber das Tal war jetzt ruhig. Die Schlacht war vorbei.

»Er ist tot?« fragte Bair sachte.

»Ja.«

»Varo und Keredin?«

»Sind auch tot.«

»Und der Messermann?« fragte der Veteran.

»Er ist auch getötet worden«, antwortete Magara.

»Dann werden sie in Frieden ruhen«, stellte Bair fest.

»Wo sind eigentlich ihre Körper?« fragte Ross.

»Sie sind während der Sonnenfinsternis verschwunden«, erklärte sie.

Eine Zeitlang sagte niemand mehr etwas, doch schließlich verlangten die Notwendigkeiten des Lebens nach ihrer Aufmerksamkeit.

»Kennst du dich hier aus?« fragte Bair.

»Nicht besonders.«

»Wir brauchen eine Unterkunft, bevor die Kälte und die Feuchtigkeit uns den Rest geben«, erklärte Bair. »Und wir haben mehrere Verwundete, die Hilfe brauchen.«

Jetzt erst bemerkte Magara, daß ihre Kleidung und ihre Haare feucht waren und daß die meisten von ihnen zitterten. Die Hitze des Kampfes hatte sich verflüchtigt, und die eisige Kälte der Bergluft kühlte ihr Blut.

»Nein«, entschied Magara aus einer plötzlichen Eingebung heraus. »Ich habe eine bessere Idee. Ruft alle beim Tor zusammen.«

»Was ist mit unseren Toten?« fragte Bair. »Wir müssen sie begraben.«

»Nicht an diesem Ort«, antwortete sie. »Bringt sie nach hier oben.«

Der alte Soldat nickte. Obwohl er nicht genau wußte, was sie vorhatte, akzeptierte er ihre Autorität.

»Was ist mit den Soldaten des Messermanns?« fragte er. »Sind noch welche von ihnen am Leben?«

»Nein. Sie sind alle tot – bis auf den letzten Mann. Diejenigen, die wir nicht erledigt hatten, fielen einfach um, als die Sonnenfinsternis kam.« Bair versuchte, die unheimliche Erinnerung abzuschütteln.

»Sie starben zusammen mit ihrem Herrn«, erklärte ihm Magara. »Laßt sie dort. Sie haben ihre Ruhe gefunden – ihr Alptraum ist vorbei.«

Der Veteran machte sich daran, alles so auszuführen, wie sie es vorgeschlagen hatte. Das bedeutete eine beträchtliche Anstrengung für die überlebenden Männer und Frauen. Von Bairs Gefährten war nur Luchs getötet worden, aber Ross und Vilman waren beide verletzt. Ryker hatte als einziger nichts abbekommen. Lynton hatte überlebt, aber zwei der anderen Barianer waren tot. Fast die Hälfte der Männer von Trevine hatte ihr Leben verloren, während viele der anderen verwundet waren.

Während ihre Körper zur Burg gebracht und neben Brostek und Lisle gelegt wurden, zwang sich Magara, nicht an die entsetzlichen Opfer dieses Tages zu denken, sondern an das, was erreicht worden war. Die böse Herrschaft des Zauberers war vorbei, und in der Verbindung rund um sie herum konnte sie Zeichen der Erholung wahrnehmen. Ein dunkler Schatten war von der Welt gewichen. All die Linien des Lebens und magischen Orte waren endlich wieder frei, wurden wiederhergestellt. Ohne zu überlegen, benutzte Magara ihre heilenden Fähigkeiten, um die Entwicklung zu lenken, und benutzte dabei Nimmern als ihren Schlüssel. Bald trug sich der Vorgang von selbst, und ihre unbewußte

Beteiligung daran war nicht mehr erforderlich. Aber sie ließ den Kontakt nicht abbrechen. Es gab eine letzte Bitte, die sie an die Verbindung richten wollte.

Doch vorher mußte sie sicherstellen, daß ihre Welt nie wieder auf eine solche Weise leiden mußte. Der Vortex mußte abgeriegelt werden, entschied sie, als ein dunkler Friedhof böser Ambitionen zurückgelassen werden. Er war nie als ein Ort für Menschen gedacht gewesen.

Als alles bereit war, rief sie Bair zu sich und erklärte, was sie zu tun gedachte.

»Sollen wir es allen sagen oder einfach damit beginnen?« fragte sie.

»Sag es ihnen«, erwiderte der alte Soldat, ohne zu zögern. »Nach dem, was sie durchgemacht haben, können sie mit allem klarkommen.«

Zum erstenmal fragte sich Magara, wie sie alle nach hier gekommen waren.

»Es gibt viel, worüber wir reden müssen«, sagte sie.

»In der Tat«, antwortete Bair. »Aber was wir jetzt brauchen, ist Wärme.« Magara nickte, und er wandte sich an die anderen. »Hört alle her!« rief er.

Sie sagte den zitternden Männern, was sie zu erwarten hatten, und alle akzeptierten schweigend ihre Worte – bis auf Ryker.

»Besser, als zu Fuß zu gehen«, bemerkte er.

»Seid ihr alle bereit?« fragte Magara, und alle nickten. Sie aktivierte ihren Kontakt zur Verbindung und konzentrierte ihre Gedanken auf die Sehnsucht, wieder in die wirkliche Welt zurückzukehren. Damit verbunden war eine große Traurigkeit darüber, daß einige Dinge niemals wieder so sein konnten wie zuvor.

Es wurde zunehmend dunkler, obwohl es gerade eine Stunde nach der Mittagszeit war. Der Himmel wurde schwarz, die Sonne zu einer blassen weißen Scheibe. Schließlich war die Sonne verschwunden, und das ganze Tal wurde zu einer Leere, in die kein Licht eindringen konnte. Die Männer und Frauen waren völlig blind, standen zitternd in der absoluten Dunkelheit.

Und dann standen sie schlagartig, ohne jedes Gefühl von Bewegung, in einer wunderschönen, sonnenbeschienenen Landschaft. Sie alle, die Lebenden wie die Toten, befanden sich jetzt in Nimmern.

Der Wärme des Zaubergartens trocknete bald ihre Kleider und brachte wieder Farbe in die Gesichter der Reisenden. Und die grenzenlose positive Energie, die dieser Ort bereithielt, half enorm bei der Behandlung der Verletzungen. Am späteren Nachmittag befanden sich alle im bestmöglichen Zustand. Es war an der Zeit, sich mit den Toten zu beschäftigen.

Diejenigen aus Trevine würden verbrannt werden, wie es bei ihnen üblich war. Die Barianer entschieden sich dafür, daß mit ihren toten Landsleuten das gleiche geschehen sollte. Ihre Körper wurden von Nimmern zu dem Heideland in der Nähe getragen, da sich niemand berechtigt fühlte, in dem Garten ein großes Feuer abbrennen zu lassen. Dabei trafen sie auf Hewitt und überredeten ihn, das verbotene Gebiet zu betreten. Magara und er begrüßten sich, und er weinte zusammen mit ihr über den Verlust ihrer Freunde. Besonders traurig stimmte ihn auch die Nachricht von Lisles Tod.

Magara und die überlebenden Mitglieder von Varos Gruppe hatten sich darauf geeinigt, daß Brostek, Keredin, Luchs und Lisle in Nimmern selbst begraben werden sollten. Magara wußte, daß das die Zustimmung der Wächter finden würde. Sie wählten einen Platz nahe Halanas Grabmal aus und bereiteten die Gräber vor.

Nachdem die vier in die Erde gelegt worden waren, nahm jeder der Lebenden auf seine Weise Abschied von den früheren Gefährten. Die Leute aus Trevine kamen alle, um ihnen die letzte Ehre zu erweisen. Lynton und sein überlebender Gefährte taten es ihnen nach und versprachen, bei der Rückkehr in ihr eigenes Land von ihren Großtaten zu berichten. Sie wollten auch alles tun, um das Mißtrauen und die Feindseligkeit zwischen Bari und Levindre zu beseitigen. Hewitt huldigte den Toten auf die einzige Weise, die ihm gegeben war. Er spielte so gefühlvoll, daß selbst die abgehärmtesten Männer Tränen vergossen. Dennoch wußte er, daß seine Musik der außergewöhnlichen künstlerischen Begabung von Lisle nicht gerecht werden konnte. Bair, Ross und Vilman verabschiedeten sich von ihren gefallenen Kameraden mit schweigender Besinnlichkeit. Ryker legte einfache Nachbildungen von Pfeil und Bogen neben Luchs; die eigene Waffe des Bogenschützen war im Krater zurückgelassen worden.

Magara kam, um sich von allen vieren zu verabschieden. Sie wußte, daß sie ihr Leben für etwas geopfert hatten, daß bedeutender war als sie selbst. Es gab keine bessere Beschreibung für wirkliches Heldentum. Sie war Luchs nie begegnet, aber sie beklagte seinen Verlust und empfand eine verwandtschaftliche Nähe zu ihm, die sie nicht erklären konnte. Keredin kannte sie nur durch die kurzen Kontakte innerhalb der Verbindung, aber sie hatte das Gefühl, ihm doch sehr nahegestanden zu haben. Er verdiente ganz besonders diesen letzten Ruheplatz hier in dem Garten, den seine Selbstaufopferung wieder zum Leben erweckt hatte. Lisle würde immer ein Rätsel bleiben. Sie rührte der Verlust dieses einmaligen Geistes und seiner Begabung, und sie dachte auch an die Schmerzen, die sein Tod Slaton verursachen würde. Zumindest würde der Junge nie wieder zur Zielscheibe ignoranter Spötteleien werden, niemals wieder zur Schau vorgeführt werden. Sein kurzes Leben war nicht immer glücklich verlaufen. Aber er hatte den Verlauf von vielen anderen verändert; sein Ende schien traurig, aber passend zu sein.

Es war natürlich Brosteks Grab, an dem sie länger verweilte. Es schien unmöglich, daß ein so von Leben erfüllter Mann so leer sein konnte, daß sein Körper nur noch eine Hülle war. Und es kam ihr so falsch vor, daß seine lebenslangen Begleiter, Varo und Schatten, nicht an seiner Seite begraben werden konnten. *Vielleicht sind sie jetzt in seiner Nähe*, überlegte sie traurig und wußte, daß Brostek für immer bei ihr sein würde.

Zuletzt kniete sie nieder und legte den auf wunderbare Weise wiederhergestellten Gobelin in Brosteks Hände. Halanas Arbeit bedeutete ihr sehr viel, aber sie wollte, daß er sie hatte – als Beweis, daß seine Freunde noch immer bei ihm waren. Und es war auch richtig, daß der schicksalhafte Bildschlüssel in Nimmern verbleiben und über seine Zukunft wachen sollte.

»Er wird besser darauf aufpassen, als ich es könnte«, sagte Magara laut.

Sie lehnte sich nach vorn und strich Brostek zärtlich über das Haar. Dann ertrug ihr Herz die Qualen nicht länger. Sie ging davon und überließ es den anderen, die namenlosen Gräber mit Erde zu füllen.

An diesem Abend errichtete die Gruppe ihr Lager außerhalb von Nimmerns Grenzen. Das Totenfeuer brannte die ganze Nacht. Funken stieben in die Luft als leuchtende Erinnerungen an die Leben, die sie verloren hatten.

Bei Anbruch der Dämmerung brachen sie zu ihrer langen Reise in den Süden auf, ließen Nimmern in der Obhut seiner neuen Wächter zurück.

Nur ein lebender Mensch blieb in dem Zaubergarten zurück, bewegte sich glücklich zwischen Blumen und Bäumen, wurde von den Vögeln und Tieren als einer der ihren akzeptiert. Als sie zu den vier frischen Gräbern kam, betrachtete sie drei von ihnen und lächelte dann. Celia setzte sich zufrieden neben das vierte und begann leise, für ihren Sohn zu singen.

Epilog

Magara war vor vier Händen nach Arenguard gekommen, aber sie hatte kaum Zeit gehabt, auszuruhen oder sich zu erholen. Es hatte soviel Kommen und Gehen gegeben, und sie hatte ihre Geschichte so oft erzählen müssen, daß sie sich vor Erschöpfung oft ganz benommen fühlte. Und Brostek und Varo fehlten ihr sehr.

Ihre Familie hatte sich mit ihr wieder versöhnt, obwohl es ihren Eltern noch immer schwerfiel zu akzeptieren, daß sie unbedingt wieder nach Trevine zurückkehren wollte.

Magara hatte sogar ihren früheren Besuch eingestanden – obwohl sie vorsichtshalber ausließ, daß Stead daran beteiligt gewesen war –, und ihr wurde verziehen. Ihre Schwestern waren über ihre Abenteuer entsetzt und zugleich fasziniert gewesen, und sie hatte erneut ihre Freundschaft gewonnen. Sie hatte auch Trost bei den Kindern und in ihrer neuen Rolle als Tante gefunden. Die jüngeren waren stärker von der Geschichte beeindruckt, wie sich Magara mit einem Bart getarnt hatte, als von den lächerlichen Erzählungen ihrer Abenteuer in Nimmern und im Vortex – und das war seltsamerweise beruhigend. Sie weigerte sich jedoch standhaft, ihnen das noch einmal vorzuführen. Ihre ganze Familie sorgte sich um sie und tat alles, um sie aufzumuntern, aber sie konnten die schmerzende Leere in ihr nicht ausfüllen.

Die meisten Gefährten ihres Abenteuers war schon lange aufgebrochen. Die Gruppe aus Trevine war sogar schon so lange wieder in ihrer Heimatstadt angekommen, daß sie Botschaften nach Arenguard hatte schicken können. So erfuhr Magara davon, daß das Steingebilde unter dem See wieder verschwunden war. Einige der Taucher hatten es auf ihrem Weg in den Vortex gesehen und als eine Art von Türsturz beschrieben, aber jetzt war keine Spur mehr davon zu entdecken. Das Tor in den Vortex war wieder fest verschlossen – aber die Regel, daß der Spiegelsee nicht gestört werden durfte, würde von jetzt an noch strikter befolgt werden!

Sie hatte auch eine Nachricht von Slaton bekommen. Er

hatte Lisle aufzuhalten versucht und war nach ihm in den See gesprungen. Doch es war offenbar schon zu spät gewesen. Er war in den Gewässern von Trevine zurückgeblieben und hatte sich selbst retten müssen. Danach hatte er wie die anderen, die zurückgeblieben waren, nur noch warten können. Als er schließlich vom Tod seines Cousins erfuhr, hatte er sich entschieden, nach Hause zurückzukehren. Dort befand er sich jetzt, und er hatte Magara versprochen, sie bald zu besuchen. Sie hoffte, daß auch er sich mit seiner Familie versöhnen würde.

Bair, Ross und Vilman waren ebenfalls nach Trevine zurückgekehrt und dort wieder mit Rogan und Langel zusammengetroffen. Die fünf Männer blieben einige Zeit im Krater, teilten das Leid und den Ruhm der zurückkehrenden Männer aus Trevine. Magara hatte keine Zweifel daran, daß sie etwas finden würden, das ihrer alten Lebensart entsprach, obwohl sie es den Berichten zufolge nicht eilig hatten. Bevor sie Arenguard verließen, hatte Bair ihr die Gründe für seinen Haß auf das Kartell gestanden. Es war eine komplizierte und bittere Geschichte, die mit gestohlenem Vieh, Ungerechtigkeit und sich daraus ergebenden gewaltsamen Kämpfen zu tun hatte. Zu Magaras Erstaunen reichten diese Geschehnisse über zwanzig Jahre zurück. Sie konnte Blair beschwichtigen, indem sie ihm versicherte, daß der Landbesitzer, der ihm dieses Unrecht zugefügt hatte, inzwischen nicht mehr lebte.

Langel war von seiner Aussendung als Botschafter zurückgekehrt und hatte das Gefühl, daß er um seine Chance betrogen worden war, den anderen im wirklichen Kampf beizustehen. Seine Gefährten taten ihr Bestes, um ihn aufzuheitern, und er konnte sich damit trösten, daß auch seine eigene Mission teilweise zum Erfolg geführt hatte. Die Sonnenfinsternisse und die Plünderungen der Messermänner bereiteten natürlich keine Probleme mehr, aber das Kartell hatte auch beschlossen, in Zukunft den entfernteren Gebieten des Landes mehr Aufmerksamkeit zu schenken. Auch sollten die Beziehungen zu Bari verbessert werden. Lynton und die anderen Abgesandten waren jetzt auf dem Weg zurück in ihre Heimat und wurden von Vertretern Levindres begleitet.

Niemand wußte, wohin das letzte Mitglied von Varo und Brosteks alter Gruppe gegangen war. Ryker war eines Morgens einfach nicht mehr da, und sogar Vilman, der ihm immer am nächsten gestanden hatte, hatte keine Ahnung, wohin er verschwunden war. Sie nahmen alle an, daß Ryker wieder auf der Suche nach anderen Opfern war, an denen er seine besondere Begabung erproben konnte. Er schien bis jetzt ein nach seinen Maßstäben angenehmes Leben geführt zu haben, aber niemand erwartete, jemals wieder von ihm zu hören.

Hewitt war der einzige, der mit Magara in Arenguard blieb. Seine Musik belebte viele Abende, und sie wußte, daß er seine traumatischen Erlebnisse wirklich bewältigt hatte, als er von sich aus das Lied spielte, das Lisle an dem Abend gespielt hatte, an dem sie sich zum erstenmal getroffen hatten. Es wurde mit großer Begeisterung aufgenommen, doch Hewitt nahm den Beifall nur mit einem traurigen Lächeln entgegen. In seinen Augen standen Tränen, als er die Musik dem Andenken an Lisle widmete.

Magara hatte erleichtert ihren Frieden mit dem alten Bibliothekar von Arenguard gemacht. Zu ihrer Überraschung war es Stead gelungen, die Symbole der Messermänner zu enträtseln, und es erwies sich, daß die Bedeutung dieser Zeichen letztlich unwichtig war.

»Ich habe sie in der Reihenfolge ihrer Farben im Regenbogen angeordnet«, sagte er ihr. »Und das sieht so aus.«

»Und?« wollte sie weiter wissen.

»Versuche einmal, nacheinander die linke Hälfte eines jeden Symbols abzudecken.« Magara tat, was er gesagt hatte.

»Spiegelbilder!« rief sie aus.

»Und jetzt denke dabei noch an das Symbol des Lichts«, fuhr Stead fort.

»Natürlich – es ist das nächste in der Reihenfolge!«

»Die Zauberei liegt offenbar oberhalb des normalen Spektrums«, bemerkte er.

»Ich dachte, du glaubst nicht an die Magie«, zog sie ihn auf.

»Nach den Ereignissen der letzten Zeit«, sagte er, »sollte ich vielleicht doch besser damit anfangen.«

»Da ist jemand, der dich sehen will«, sagte Stead zu ihr.

Magara seufzte. Es war ihr gelungen, an diesem Nachmittag für ein paar kostbare Stunden Ruhe vor den zahllosen Besuchern zu finden. Sie hatte sich auf ihr Bett gelegt und etwas gelesen, aber die Zeit der Entspannung war offensichtlich vorbei.

»Wer ist es?«

»Ich weiß nicht«, antwortete er. »Dein Vater hat mich soeben gebeten, dich zu holen.«

Magara folgte dem Bibliothekar nach unten in Danyels Arbeitszimmer. Er öffnete die Tür und wich zur Seite, um sie eintreten zu lassen. Ihr Vater stand am entfernten Ende des Raums und sprach ernst mit zwei Männern, die ihr den Rücken zuwandten. Als sie hereinkam, wandte sich einer von ihnen um und lächelte, während seine braunen Augen vergnügt aufblitzten. Das Wiedererkennen war für Magara wie ein heftiger Stoß, ging dann in eine unglaubliche Freude über, als der Mann rasch auf sie zukam und seine Arme ausbreitete, um sie zu begrüßen. Es war Varo.

Magara lief auf ihn zu, wurde hochgerissen und von seinen starken Armen herumgewirbelt. Ihr Vater sah ungläubig zu – seine jüngste Tochter hatte wegen ihrer Größe immer empfindlich reagiert und es als Kind gehaßt, wenn sie hochgehoben wurde. Aber das störte sie jetzt überhaupt nicht.

»Ich dachte, du wärst tot!« rief sie aus und sah in sein schönes, bärtiges Gesicht.

»Das hatte ich auch geglaubt«, antwortete er und grinste, als er sie wieder absetzte.

»Was ist geschehen?«

»Es ist eine lange Geschichte«, sagte er, »aber da ist noch jemand, den ich dir vorstellen möchte ...«

Magara wandte sich um, um den anderen Neuankömmling zu begrüßen – und erstarrte vor Schrecken. Es war der Messermann. Er sah irgendwie jünger aus, der blaue Umhang und der dreieckige Anhänger fehlten, aber es war der gleiche Mann.

»Du bist tot«, keuchte sie.

»Der Mann, der ich *war*, ist tot«, antwortete er. »Mir ist eine zweite Chance gewährt worden.« Seine Stimme war ruhig und sanft, aber sie ließ Magara dennoch erschaudern.

»Nein!« flüsterte sie entsetzt. »Das ist nicht möglich.« Sie wandte sich an Varo. »Das ist Wahnsinn!«

»So solltest du nicht mit Gästen sprechen, Magara«, hielt ihr Vater ihr vor. »Temar ist ein Zauberer, der in einer wichtigen Angelegenheit für das Kartell unterwegs ist. Er reist morgen nach Mathry ab.«

»Hab keine Angst, Kleines«, sagte Varo. »Es ist alles in Ordnung.«

Aber für sie war nicht alles in Ordnung. Magara kämpfte gegen die in ihr aufkeimende Angst an, doch alles um sie herum wurde dunkel. Varo fing sie auf, als sie ohnmächtig wurde.

Als Magara zu sich kam, lag sie wieder auf ihrem eigenen Bett. Neben ihr saß Szara, eine ihrer Schwestern. Sie sah von ihrer Näherei hoch, als Magaras Augenlider zuckten.

»Es wird Zeit, daß du wieder aufwachst«, bemerkte sie. »Was ist denn über dich gekommen?«

»Wo ist Varo?«

»Er ist bei Vater und Temar«, sagte Szara.

»Laß ihn zu mir kommen ...«

»Glaubst du nicht ...«

»Hole ihn!« platzte Magara los.

Szara sah ihre Schwester mit Leidensmiene an, verließ dann aber den Raum und kehrte wenig später mit Varo zurück. Nachdem sie den Gesichtsausdruck ihrer Schwester sah, ließ sie die beiden allein.

Einmal mehr schickte die Wärme seines Lächelns eine Welle durch ihren ganzen Körper und erinnerte Magara daran, wie froh sie war, ihn zu sehen. Aber ...

»Ist er noch immer hier?« fragte sie ängstlich.

»Ja«, antwortete er. »Aber es ist in Ordnung, Magara. Er ist nicht mehr die gleiche Person.«

»Woher weißt du das?«

»Weil ich gesehen habe, wie er sich verändert hat.«

»Ich verstehe nicht«, sagte sie hilflos.

»Ich weiß nicht, wohin wir kamen, als die Sonnenfinsternis uns ergriffen hat«, begann er. »Vielleicht war es ein Teil der Verbindung, vielleicht war es etwas *jenseits* der Verbindung. Aber wo oder was auch immer das war, es hat uns beide ganz drastisch verändert. Ich wollte ihn töten, aber plötzlich wußte ich, daß genug getötet worden war. Wenn er von meiner Hand starb, würde auch mein Leben vorbei sein. Ich hätte damit alles erreicht, was ich immer erreichen wollte, alles, woran ich jemals gedacht habe. Aber ich konnte es nicht tun.« Er hielt inne und erinnerte sich. »Dann sah ich ihn, wie er wirklich war, ein alter Mann, der nach der Macht greifen wollte, jetzt aber hilflos war, böse, doch zugleich mitleiderregend. Und er veränderte sich vor meinen Augen. Er wurde jünger, und ich sah, wie seine Geschichte von neuem geschrieben wurde – oder vielmehr das aufgehoben wurde, was zuvor geschrieben worden war. Alle Entscheidungen, die ihn in den Vortex gebracht hatten, wurden ungeschehen gemacht, und all das Böse, das sich in ihm aufgebaut hatte, wurde weggespült. Er ist jetzt wieder achtzehn Jahre alt; jung, unverdorben und idealistisch.«

Varos Stimme klang völlig bestimmt und aufrichtig, aber Magara fiel es noch immer schwer, es zu glauben. Ihre Ängste konnten nicht so leicht besänftigt werden.

»Aber woher willst du wissen, daß er es nicht wieder tun wird?« fragte sie.

»Ich habe auch das gesehen«, erwiderte er lächelnd. »Diesmal wird er die Zauberei zu dem machen, was sie wirklich sein *sollte*. Er wird der Anführer sein, der uns allen helfen wird, wieder unseren Weg zu finden, die Engstirnigkeit und Korruption hinwegzufegen. Du wirst es sehen. Er geht morgen nach Mathry – und das wird die Dinge ins Rollen bringen!« Er lachte.

»Du hast die Zukunft gesehen?« flüsterte sie.

Er nickte.

»Und glaubst das alles.« Es war keine Frage.

»Ich habe keine Wahl. Ich habe es *gesehen*.«

Magara war sprachlos; sie konnte sich noch immer nicht überwinden, ein solches Wunder zu akzeptieren.

»Es ist wirklich wahr?« flüsterte sie schließlich.

»So wahr, wie ich hier stehe«, antwortete er.

»Und du *bist* hier.« Sie lehnte sich nach vorn, und sie umarmten sich. »Es tut so gut, dich zu sehen, Varo.« Aber dann fiel ihr etwas ein, das er zuvor gesagt hatte, und sie setzte sich zurück, um sein Gesicht zu betrachten. »Du hast gesagt, daß ihr euch beide verändert habt. Was ist mit dir geschehen?«

»Ich habe einen neuen Namen«, antwortete er rätselhaft. »Ich werde B'varo genannt.«

»Warum?«

»Weißt du das nicht, Kleines?« fragte er, und plötzlich war seine Stimme mehr als nur vertraut.

Magaras Augen weiteten sich.

»Brostek?«

B'varo nickte.

»Ich bin Varo *und* Brostek. Ich bin keiner von beiden. Aber was immer ich bin, ich liebe dich.«

»Was? Wie?« Sie schnappte nach Luft.

»Ich weiß es nicht«, antwortete er ernsthaft. »Vielleicht waren wir beide unvollständig, so wie wir waren, und die Magie hat einfach die beiden Hälften zusammengebracht ...«

»Warte!« unterbrach sie. »Was hast du eben gesagt?«

»Beide Hälften zusammen?«

»Nein, davor.«

»Ich liebe dich«, sagte B'varo lächelnd.

Kann das wirklich stimmen? fragte sie sich. Sie war wie betäubt und wagte es kaum zu hoffen. Es war viel zu schön, um wahr zu sein.

In diesem Augenblick wurde die Tür vorsichtig aufgestoßen, und Magara wollte schon den Eindringling verfluchen, als die Schnauze von Schatten erschien.

»Komm herein, Schatten«, befahl B'varo, und der Wolf trottete herein, um sich zufrieden neben die Bettstatt zu setzen. »Sie hat uns von den Bergen herabgeführt«, fuhr er fort und zauste dem Tier den Nacken. »Ich bin nicht sicher, ob wir es ohne ihre Hilfe geschafft hätten.«

»Sieh mich an!« befahl Magara.

Überrascht tat B'varo, wie sie ihn geheißen hatte. Die braunen Augen in seinem vollendet geformten Gesicht waren die gleichen wie zuvor, aber in ihnen lag eine Wärme, eine Tiefe des Gefühls, die Magara in Varos stählernem Gesicht nie wahrgenommen hatte.

Sie streckte ihre Hand aus und zog ihn zu sich. Er zögerte erst, aber dann reagierte er mit einer Leidenschaft, die ihnen beiden den Atem raubte. Alle Zweifel und offenen Fragen wichen aus Magaras Gedanken, und sie ergab sich ihrem überwältigenden Glück.

»Du brauchst eine Rasur«, sagte sie, und diese banale Feststellung ließ sie beide lächeln.

»Stimmt«, antwortete er. »Willst du es für mich tun?«

»Natürlich.« Magara grinste.

»Dann werde ich mir besser erst das Gesicht waschen«, sagte er und legte sich ohne weitere Umstände auf den Boden. »Komm schon, Mädchen.«

Schatten leckte eifrig über seinen Bart, und Magara lachte.

»Das reicht«, sagte B'varo und stand auf.

Magara stand jetzt auch auf und stellte sich vor ihn. Er nahm seine Hände in die ihren.

Es ist wahr, dachte Magara, und eine grenzenlose Freude überkam sie.

»Ich wußte ...« flüsterte sie. *Ich habe es gewußt, ganz tief in meinem Inneren.*

»Wann hast du es gewußt?« fragte er, wie es alle Liebenden tun.

»Als ich dein Gesicht sah«, antwortete sie und sah ihm in die Augen. »Als ich dich lächeln sah.«

»Bleib bei mir.«

»Für immer.«

B'varo lächelte.

»Heute nacht«, sagte er, »werden die Sterne aus deinen Augen leuchten.«

ENDE

Band 20 259
Paul Kearney
Der magische Wald
Deutsche
Erstveröffentlichung

Ein Roman, der den Zauber alter Märchen und Legenden wiederauferstehen läßt!

Für den jungen Michael Fay ist das Leben auf der Farm seines Großvaters in Irland recht idyllisch. Doch plötzlich muß er feststellen, daß die Geschichten, die man sich am Kaminfeuer über den Wald hinter dem Haus erzählt, mehr als nur ein Körnchen Wahrheit enthalten: Geschichten von Wölfen, Fuchsmenschen, schwerttragenden Kriegern und dem Teufel, dem schwarzen Reiter, der zwischen den Bäumen umherstreicht auf der Suche nach verlorenen Seelen. Und Michael könnte eine dieser Seelen sein!

Fantasy von geradezu erschreckend kraftvoller Art!

Sie erhalten diesen Band
im Buchhandel, bei Ihrem
Zeitschriftenhändler sowie
im Bahnhofsbuchhandel.

Band 20 256
Michael Moorcock

Der Runenstab
Die Saga vom
Herzog von Köln

Sein Ursprung liegt tief im Dunkel der Zeiten verborgen; denn er entstand, als die Erde noch jung war. Doch über Zeit und Raum hinweg wirkt der Runenstab auf Völker und Stämme sowie auf das Schicksal einzelner Menschen.

Insbesondere auf Dorian Falkenmond, den Herzog von Köln. Nur er verfügt über genügend Mut und Macht, sich den finstersten Kräften entgegenzustellen. Als die Dunklen Heere des Imperiums sich anschicken, die Welt zu erobern, zieht er mit seiner Legion der Morgenröte in den Kampf . . .

Band 20 254
Maggie Furey
Aurian
**Deutsche
Erstveröffentlichung**

Vor langer, langer Zeit existierten vier magische Waffen, die
nur das Maguschvolk zu beherrschen verstand. Doch in
einem fürchterlichen Krieg ging das Wissen um diese Waffen
und die Geschichte des Maguschvolks verloren.
Aurian, Tochter zweier Magier, lebt nach dem mysteriösen
Tode ihres Vaters wie in Gefangenschaft, bis sie nach Nexis
geschickt wird, um an der Akademie zu einer vollen Magierin
ausgebildet zu werden. Dort gerät sie unter den Einfluß des
ehrgeizigen Magusch Miathan, der es sich zum Ziel gesetzt
hat, die vier magischen Artefakte zu finden, um die Welt zu
beherrschen. Nur Aurian und eine Handvoll treuer Gefährten
wagen es, sich gegen ihn zu stellen. Ein unvergleichliches
Abenteuer beginnt . . .

**Sie erhalten diesen Band
im Buchhandel, bei Ihrem
Zeitschriftenhändler sowie
im Bahnhofsbuchhandel.**